플루토스 장편소설

플루토스 장편소설

초판 1쇄 찍은 날 | 2017년 12월 20일
초판 17쇄 펴낸 날 | 2024년 10월 25일

지은이 | 플루토스
펴낸이 | 권태완 우천제

편집책임 | 박은정
편집 | 김효주 천희진
편집 디자인 | 이즈플러스

펴낸곳 | (주)케이더블유북스
등록번호 | 제25100-2015-43호
등록일자 | 2015. 5. 4
WFN | 제3-023호

주소 | 구로구 디지털로31길 62 에이스아티스포럼 201호
전화 | 02-867-4626 팩스 | 02-866-4627
E-mail | paperbook@kwbooks.co.kr

ⓒ플루토스, 2017

ISBN 979-11-293-0711-8
　　　979-11-293-0710-1 (set)

※ 파본은 구입하신 서점에서 교환하여 드립니다.
※ 저자와 협의하여 인지를 붙이지 않습니다.
※ 이 책은 케이더블유북스와 저작자의 계약에 의해 출판된 것이므로 무단 전재 및 유포, 공유를 금합니다.
※ 이 도서의 국립중앙도서관 출판시도서목록(CIP)은 서지정보유통지원시스템 홈페이지 (http://seoji.go.kr)와 국가자료공동목록시스템(http://www.nl.go.kr/kolisnet)에서 이용하실 수 있습니다.

어느날 공주가 되어버렸다 1

플루토스 장편소설

Contents

제1장 어느 날 공주가 되어버렸다 　　　　　　　　7
제2장 공주 팔자가 상팔자라는 건 다 개소리다 　　62
제2.5장 그 아빠, 클로드 (1) 　　　　　　　　　99
제3장 당신은 누구십니까? 　　　　　　　　　　102
제4장 고양이도 목숨이 아홉 개라던데 왜 나는 하나뿐인지 　204
제4.5장 그 아빠, 클로드 (2) 　　　　　　　　　229
제5장 로맨스 소설의 남자 주인공은 역시 남달랐다 　237
제6장 파란만장 데뷔탕트 　　　　　　　　　　299
제6.5장 각자의 사정 　　　　　　　　　　　　412
제7장 설마 이것은 그린 라이트인가요? 　　　　423
제7.5장 고독한 검은 늑대 루카스를 건드리지 마세요 　486

제1장
어느 날 공주가 되어버렸다

"어떻게 하면 저를 사랑해 주실 건가요?"

아타나시아는 눈물로 얼룩진 얼굴을 들어 눈앞에 있는 사람을 바라보았다. 그러나 그녀의 아버지인 황제 클로드는 제 발치에서 흐느끼는 아타나시아를 무정히 내려다볼 뿐이었다.

"제가 제니트처럼 되면 되나요? 그럼 저를 사랑해 주실 건가요? 제니트에게 그렇듯, 다정하게 제 이름을 부르고 온기를 담은 눈빛으로 저를 봐주실 건가요? 제가 지금보다 더 노력하면……."

그녀의 아름다운 이복 자매. 아타나시아의 한 줌 보잘것없던 영광을 가져간 것으로도 모자라 그녀의 아버지마저 빼앗아 간 사랑스러운 제니트. 그 이름을 입에 올리며 매달릴 정도로 아타나시아는 정신적 한계에 몰려 있었다.

"그 손으로, 더 이상 저를 내치시는 일 없이 안아주실 수 있나요?"

"내가 죽는 날까지 그런 일은 없을 것이다."

"어째서요?"

클로드는 대답을 망설이지 않았다. 그는 언제나 순종적이던 딸이 이렇게 절박한 모습을 드러내는 데에도 한 점의 감흥조차 없어 보였다.

"저도 아바마마의 딸이잖아요. 제가 제니트보다 훨씬 오랫동안 곁에 있었잖아요."

아타나시아로서는 생의 모든 용기를 쥐어짜 낸 첫 애원이었고, 마지막 호소였다. 하지만 그녀의 왕, 그녀의 아버지는 끝까지 비정했다.

"어리석은 것."

클로드의 다리를 붙들고 있던 손이 힘없이 바닥으로 떨어져 내렸다. 머리 위로 내리꽂히는 강렬한 경멸. 두 귀를 파고드는 목소리는 보다 잔인했다.

"나는 너를 단 한 번도 내 딸이라 여긴 적이 없다."

푸른빛으로 물든 아타나시아의 눈동자에 그 어느 때보다 깊은 절망감이 어렸다.

-『사랑스러운 공주님』제8장 어그러진 운명 中-

"헉."

미쳤다. 갑자기 생각난 소설 속 한 장면에 나는 소스라치게 놀라 손에 들고 있던 딸랑이를 떨어뜨렸다. 재수 없게 왜 하필 예전에 봤던 이 소설이 머릿속에 떠오른 거지?

PC방 알바 중에 중학생 한 명이 자리에 두고 가서 슬쩍 읽어 봤던 로맨스 소설. 〈사랑스러운 공주님〉이라는 촌스러운 제목과 맞먹는 촌스럽고 유치한 내용의 이야기였던 것으로 기억한다. 거기에서 친아버지에게 18살 생일날 살해당하는 쩌리 공주와 지금 내 이름이 같아서 그런가. 아씨, 재수 없게. 훠이훠이, 내 머릿속에서 당장 꺼져 버려.

"아우, 뭐야. 칠칠맞지 못하게 왜 자꾸 떨어뜨린대."

바로 그때, 지금까지 의자에 앉아 꾸벅꾸벅 졸고 있던 여자가 딸랑이 떨어지는 소리에 잠이 깼는지 고개를 들었다. 그러더니 기다렸다는 듯이 내게 타박을 던진다. 당연하게도 나는 어이가 없었다. 자꾸는 무슨 자꾸! 내가 뭘 그렇게 많이 떨어뜨렸다고 구박이야. 그리고 원래 애기들은 뭐든 손에서 잘 놓치는 거거든?

"시끄럽게 울지 말고 이거 가지고 얌전히 노세요."

아무리 그래도 그렇지 바닥에 떨어졌던 걸 씻지도 않고 주니? 이 나라 위생 관념이 원래 별로인 건지 아니면 내가 뒷방 공주라고 무시하는 건지 모르겠다. 아마도 후자 같은데…… 흑, 아니라고 믿고 싶다.

"응아."

나는 내 손에 쥐어진 딸랑이를 다시 떨어뜨렸다. 아무리 지금 내가 엉금엉금 기어 다니는 것밖에 할 줄 모르는 아기라도 해도 이건 좀 아니잖아.

그러자 나쁜 언니가 나를 달래기 시작했다. 그래 봤자 지금 짜증 나 있는 거 다 티 난다.

"왜 그러세요? 가뜩이나 바느질할 게 많아서 바쁜데. 자, 다시 쥐어 드릴게요."

"이어."

이거 싫어! 일단 내가 두 번인가 떨어뜨렸던 거라 지저분하고 무엇보다 내 취향도 아니야! 아무리 지금 내 몸이 애기라지만 정신 연령이 몇인데 이런 딸랑이가 재미있을 리 없잖아!

"이제 질리셨나?"

하지만 그녀는 고개를 갸웃거리다가 카펫 위에 엎드려 놀고 있던 나를 다시 요람 속에 눕혀 준 뒤 방을 나섰다. 아마도 시녀장에게 간 게 분명하다. 또 딸랑이 같은 거나 들고 올 거면 그냥 오지 마.

"으아응."

난 얌전히 요람에 누워 시선을 옮겼다. 그러자 빙글빙글 돌아가는 모빌 아래로 하얗고 말랑거리는 통통한 손이 보인다.

하, 몇 번을 보아도 적응 안 된다. 분명 나는 수면제를 먹고 잠이 들었는데…… 다시 눈을 떠보니 이 모양 이 꼴이었다. 이게 말이 돼? 무슨 판타지 소설도 아니고 갑자기 애기가 되다니. 게다가 나를 돌봐 주는 언니들에게 주워들은 바로는 내가 이 나라의 공주란다. 완전 미쳤군.

"공주님!"

아, 이 언니는 맨날 이래! 애기가 있는 방문을 이렇게 벌컥벌컥 열고 들어와서 막 소리 질러도 되는 거야?

"시녀장님이 예산 부족이래요. 그냥 이거 가지고 노세요."

시녀 언니는 내 손에 딸랑이를 강제로 다시 쥐어준 뒤 의자에 앉아 바느질을 하기 시작했다.

"울어도 안 달래드릴 거예요. 저 진짜 바쁘다고요."

그러면서 하는 말이 참으로 매몰차기도 했다. 나 애기라고! 지금 애기가 그 말을 알아들을 거라고 생각하는 거야? 으앙, 진짜 너무해! 진짜 공주도 공주 나름인가 보다. 전생에 고아였던 내가 금수저를 입에 문 공주로 태어난 건 좋은데…… 왜 하필 구박데기 공주인 거야. 으앙.

나는 고아였다. 신생아 때 헌 옷에 둘둘 말려 고아원 정문 앞에 버려져 있었다고 같은 시설에 있던 언니가 훗날 말해주었다. 내가 처음 그 사실을 들은 것은 초등학교에 들어가기 전인 2월이었고, 그 언니는 곧 고아원을 나가야 할 나이인 19살이었다. 나를 버린 엄마는 내게 이름 석 자조차 지어주지 않아서 고아원의 원장님이 전화번호부를 뒤져 '이

지혜'라는 이름을 붙여 주었다고 했다.

 그 사실을 처음 들었을 때, 그저 '그런가 보다' 했다. 고아원에는 나 같은 아이가 수두룩했고, 처음 자의식을 형성할 때부터 내 인생에 존재하지도 않던 엄마의 부재를 느끼기에는 이미 때가 늦은 감이 있었다. 고아원에서는 8살짜리 아이는 아이가 아니다.

 나는 좁아터진 고아원에서 나와 똑같은 사정을 가진 아이들과 매일 밥 터지는 밥그릇 싸움을 해야만 했다. 그래서 나도 내 출생의 비밀을 알려 준 언니와 같은 나이가 되어 고아원을 나갈 나이가 되었을 때는, 이 지긋지긋한 곳에서 드디어 벗어난다는 해방감에 철없이도 약간 들떠 있었다. 하지만 현실은 내 생각보다도 더 팍팍한 것이었다. 돈도 빽도 학벌도 없는 나 같은 고아 계집애에겐 더더욱.

 고아원을 나간 뒤부터 먹고살기 위해 해보지 않은 일이 없었다. 손이 부르트도록 음식점에서 설거지를 하기도 했고, 담배 냄새 쩌는 PC방에서 알바를 하기도 했다. 유통기한이 지난 김밥으로 끼니를 때우며 편의점 알바도 하고 일사병이 날 정도로 뜨거운 땡볕 아래의 세차장에서 번쩍이는 차를 닦으며 내 처지를 비관하기도 했다. 나도 남들처럼 평범하게 공부도 하고 연애도 하고 싶었지만 상황이 여의치가 않았다. 곰팡내 나는 단칸방 월세를 다달이 내는 것만으로도 벅차서 한눈팔 새조차 없이 죽어라 일만 했다.

 와, 정말 꿈도 희망도 없구나. 한겨울, 난방조차 하지 못해 꽁꽁 얼어붙은 방 안에서 덜덜 떨면서 그런 생각을 했다. 바로 다음 날 새벽부터도 알바가 있는데 추워서 잠조차 오지 않았다. 차라리 여름이 낫지. 이대로 잠들었다가는 동사하는 게 아닌가 하는 생각도 들었다. 하지만 살을 에는 추위 때문에 이렇게 제대로 잠들지 못한 지도 벌써 며칠째였다.

 결국 나는 식당의 주인아주머니에게 부탁해 하루 전에 받아 두었던 수면제에 손을 댔다. 서서히 밀려오기 시작하는 수마가 현실에서의 모든 근심과 걱정조차 잊게 해줄 수 있을 것처럼 다디달았다. 그리고 눈을 떴을 때 나는 공주가 되어 있었다.

"아으바."

오늘도 난 요람에서 옹알이를 하고 있었다. 하루 종일 먹고 자고 싸고 멍 때리기만 했더니 시간이 얼마나 지났는지도 모르겠다. 지금 이 상황이 꿈인지 생시인지 아직도 가끔 헷갈렸다.

"우리 예쁜 아타나시아 공주님."

그나마 위안이 되는 것은 내 옆에 나를 구박하는 시녀 언니들만 있는 건 아니란 사실이었다.

나는 요람을 흔들어주는 여자를 향해 방실 웃어주었다. 그녀는 갈색 머리카락과 푸른 눈동자를 가진 젊은 언니였다. 나이는 대충 이십 대 초반쯤 되어 보였는데 이번 달부터는 그녀가 내 전담 시녀인 것 같다. 나는 공주인데 왜 유모가 없고 시녀만 있냐고? 크흑. 그것도 바로 내가 구박데기 공주라 그렇다.

"어서 건강하게 쑥쑥 크셔야죠."

처음 얼굴을 보았을 때 그만 멍하니 침을 흘리고 말았을 정도로 그녀는 예뻤다. 청순과 청초의 뺨을 골백번 후려치고도 남을 그녀의 이름은 릴리안이었다. 어쩜 한 떨기 백합 같은 외모와 딱 어울리는 이름이기도 하지! 그래서 난 그녀를 내 마음대로 릴리라고 줄여서 부르고 (속으로) 있었다. 이런 바람 불면 휙 날아갈 듯 가녀려 보이는 미인이 내 시녀라니. 하, 다시 태어나길 잘했다.

"우아, 바아."

그런데 나를 보던 릴리의 얼굴에 서서히 잔잔한 슬픔과 그리움이 깔리기 시작했다. 이런, 예쁜 언니가 이런 표정을 짓고 있으니 내 가슴이 다 미어지는 것 같다. 릴리는 나를 볼 때마다 무언가를 생각하며 곧잘 이런 얼굴을 하곤 했다. 언니, 그런 얼굴 하지 마. 언니는 웃을 때가 제일 예쁘단 말이야.

"어머. 공주님, 이제 주무실 시간이네요."

하지만 기쁨조로 재롱을 부리던 것도 잠시뿐, 문득 생각났다는 듯 중얼거린 릴리의 말에 난 거부의 뜻으로 몸부림치고 말았다. 아직 해가 중천에 떠 있는데 자야 한다니! 그러지 말고 나랑 좀 더 놀아줘. 여기 너무 심심해.

"안 돼요. 맘마도 잘 드시고 또 잘 주무셔야 쑥쑥 크시죠."

하지만 내 반항은 소용없었다. 부드러운 손길에 다독임을 받으며 옹알이를 하고 있으려니 릴리가 그런 나를 보며 또 곱게 웃었다.

"릴리안!"

그때, 방 밖에서 릴리를 부르는 목소리가 들려왔다. 저 언니는 매번 저러더라. 난 작고 연약한 아기라서 쉽게 깜짝깜짝 놀란단 말이야!

릴리도 문밖에 있는 사람의 몰상식한 행동에 눈살을 찌푸리고 있었다. 내가 놀랐을까 봐 가슴 언저리를 부드럽게 다독여 주는 손길에 기분이 좋았다.

"공주님, 잠시만 밖에 다녀올게요."

나는 잘 다녀오라는 의미로 손을 흔들어주었다.

혼자가 된 나는 천장을 보고 누운 채로 하릴없이 도르륵 눈을 굴렸다. 화려한 샹들리에와 섬세한 문양이 그려진 천장이 변함없이 시야에 들어왔다. 조금 더 옆으로 눈을 돌리자 요람 너머로 번쩍번쩍거리는 가구들과 장식품들이 시야를 찔렀다. 볼 때마다 궁금한 건데 저거 진짜 금일까? 나중에 이빨 나면 뜯어서 깨물어 봐야지. 물론 그때까지 살아 있을 때의 얘기지만.

"으야."

아빠라고 하는 인간의 소문을 다시금 떠올리자 몸이 절로 부르르 떨렸다. 내가 그에 대해 알고 있는 것은 시녀 언니들에게서 새어 나온 정보뿐이었지만 그놈은 진짜 무서운 놈이었다. 매일 내 방을 청소하러 들어오는 언니들이 속닥거리는 이야기만 들어도 각이 나왔다.

지금 내가 살고 있는 이곳의 이름은 루비궁으로, 대대로 황제의 후궁들이 사는 궁이었다고 한다. 한마디로 말해 황제의 하렘이었단 말이다. 내 어머니인 다이아나는 황궁 연회 때 초대받았던 무희로 어쩌다 황제의 눈에 들어 승은을 입었으나 그 후 그에게 잊힌 채로 나를 출산했다고 한다. 다이아나의 입궁 이후 한동안은 루비궁에 기거하는 다른 여자가 없었다고 하니, 그녀가 한때 총애받았던 것은 사실인 듯하다.

하지만 그것도 결국은 한철이어서, 나중에는 황제의 걸음이 완전히 끊겼다고 들었다. 다이아나는 평민조차 되지 못하는 비천한 출신이었던지라 황제의 정식 후궁조차 되지 못했다. 그리고 갓난쟁이인 나만 남겨 두고 죽어버렸다.

그 이후 이 루비궁에는 충격적인 사건이 벌어졌다. 어느 날 갑자기 회까닥 돌아버린 황제가 루비궁에 있던 사람들을 하루아침에 모조리 죽여 버린 것이다. 아직까지 이유는 불명이었으나 무언가에 크게 속이 뒤틀린 황제가 직접 제 손으로 그들을 도륙해 버렸다는 것이었다. 황제는 꽤 강력한 마법사였기 때문에 궁 안의 사람들을 살육하는 데는 그리 긴 시간이 걸리지 않았다고 한다.

으음, 그런데 마법사라니? 설마 서른 살까지 동정이면 마법사가 된다는 그런 의미의 마법사는 아닐 텐데……? 이 부분은 내가 잘못 들었나? 끙, 뭐, 일단 그건 그냥 넘어가고. 그 사건 전까지 황제는 제국민들에게 나름대로 성자라고 추앙받고 있었던 모양이라 모두가 크게 경악했다고 들었다. 그 후로도 한동안 걸핏하면 황궁에서 사람들이 죽어 나갔기 때문에 더욱. 그래서 세간에서는 황제가 갑자기 미쳤다며 그의 광기를 두려워했단다.

그 후 황제는 제 유일한 친자인 나를 줄곧 이렇게 방치해 두고 있고 말이다. 그래서 나를 키운 건 팔 할이 바람이었다…… 가 아니라 팔 할이 루비궁에 있는 시녀 언니들이었다. 으음, 이렇게 말하고 보니 완전 막장 집안이 아닐 수 없다.

사실 릴리가 내게 해준 말은 다른 시녀 언니들이 수군거리던 것과 조금 다르기는 했다. 황제가 내 어머니인 다이아나를 진심으로 사랑했으며, 그가 나를 이렇게 외면하고 있는 것도 그녀의 죽음으로 인한 상실감 때문이라는 것이다. 그 소리를 듣고 잠깐은 말이 되는 것 같기도 해서 솔직히 좀 혹했다. 내 모친의 죽음과 황제가 루비궁에서 그 사달을 벌인 시기가 공교롭게 맞아떨어지기도 하고.

하지만 아무래도 그건 릴리 혼자만의 착각이거나 아니면 그냥 나를 위로하려고 한 소리인 것 같다. 모든 시녀 언니가 '그놈은 그냥 정신 나간 놈이야!'를 외치고 있는데 릴리 혼자서만 '아니야, 그놈은 이유 있는 정신 나간 놈이야!'라고 반론하고 있으니, 아무래도 내 입장에서는 그들의 공통적인 의견인 '내 아빠는 정신 나간 놈!'에 무게가 쏠릴 수밖에 없었다. 게다가 황제는 내 모친이 죽기 한참 전부터 이미 그녀를 찾지 않게 되었다고 하니까.

아무튼, 그래서 나는 그런 잔인한 학살이 일어났던 성에서 살고 있었다. 으으. 처음 그 얘기를 듣고 난 밤마다 악몽을 꾸어야 했다. 나 같은 아기를 이런 데 짱박아 두다니 악취미가 아닐 수 없다. 하지만 나는 지금 내가 살고 있는 이 성에 얽힌 괴담보다도 얼굴조차 모르는 황제가 더 무서웠다. 이 궁에 있던 사람들을 죄다 죽인 것처럼 갑자기 또 회까닥해서 '너 끔살!' 하고 나도 죽이러 오는 거 아니야? 기껏 공주가 되었다 했더니 내 팔자도 참 박복하다.

"응아으."

아, 참. 그러고 보니 현재 내 이름이 뭔지 말했던가. 지난 생에서는 고아원 원장님이 전화번호부에서 대충 지어주었었지만 이번 생의 이름은 내 생모가 직접 지어준 것이란다. 그 이름하야 바로 아타나시아(Athanasia). 참으로 거창하게도 내 이름은 '불멸'이란 뜻을 가지고 있었다. 릴리가 어젯밤에 말해줘서 알게 되었는데 나 같은 뒷방 공주에게는 참으로 사치스러운 이름이기도 했다. 하필이면 로맨스 소설 〈사랑스러운 공주님〉에 나오는 비운의 공주와 동일한 이름이기도 하고 말이다. 아마도 내 어머니라는 사람이 황제의 손에서 만수무강하라는 의미로 지어준 이름이 아닐까 싶은데…….

크흑. 그런데 소설 속의 아타나시아 공주는 18살에 비극적인 죽음을 맞는 캐릭터였기 때문에 왠지 찜찜하다. 게다가 하필 친아버지인 황제의 손에 죽는 공주라니! 전에는 안 그랬는데 이 갓난쟁이 몸이 된 뒤로 왜 자꾸만 그 소설이 생각나는 거야.

"으으."

그래서 난 오늘 아침 눈을 떴을 때부터 혹여나 내 아빠라고 하는 인간이 날 찾아올까 봐 문을 힐끔거리며 두려움에 떨곤 했다.

벌컥!

그때 갑자기 문이 열려서 간 떨어지는 줄 알았다. 하지만 다행히 방 안에 들어선 것은 시녀 언니들이었다. 그녀들은 요람에 있는 나를 보며 못마땅하게 중얼거렸다.

"뭐야, 아직 안 자잖아."

"우리가 꼭 여기 있어야 해? 어차피 혼자 움직이지도 못할 텐데."

"릴리안이 유난인 거 알잖아. 정말 귀찮다니까."

아이고, 또 시작이다. 나만 보면 수군거리면서 구박하는 거. 어차피 이 루비궁에 짱박혀 있는 다 똑같은 처지면서 그러지 맙시다, 언니들.
"그냥 쉬다 가는 셈 치지 뭐."
"갑자기 빽빽 우는 거 아니야?"
"빨리 잠들게 요람 좀 흔들어줘 봐."
 누가 들으면 내가 맨날 울어 젖히는 줄 알겠네. 나처럼 안 우는 애기가 있으면 나와 보라고 해! 릴리도 내가 옹알이만 하고 잘 울지 않는다고 걱정하는데 이 언니들은 날 볼 때마다 저런 소리들이었다. 평소 속닥거리는 것으로 봐서 황제가 단 한 번도 찾지 않는 나를 뒷방 공주라고 무시하는 것이 뻔했다.
 그래서 서럽냐고? 천만에! 난 언제까지나 지금처럼 쩌리 공주로 지내는 게 목표였다. 이 방에 있는 금 좀 챙겨서 튀어도 한평생 놀고먹겠네. 그러니까 제발 나 좀 잊어주라.
"폐하의 관심도 못 받는 공주인데 그래도 공주라고 팔자 좋네."
 게다가 시녀 언니들이 지금 투덜거리는 말이 맞았다. 비록 내가 지금은 분유만 먹고 있지만 이래 봬도 황궁이라고 삼시 세 끼 밥도 꼬박꼬박 나오겠다, 잠자리도 안락하고 포근하겠다, 사방이 금붙이 천지겠다. 이대로 황제의 눈에 띄지만 않으면 어쨌든 밥 굶을 걱정 없이 지낼 수 있는 것이었다. 아무리 팔자가 박복하다고 하나 이런 것을 보면 공주 팔자가 상팔자가 아닐 수 없었다.
 만약 내가 이대로 쑥쑥 자라서 꼬꼬마를 벗어난다면, 적당한 기회를 봐서 금 좀 긁어다가 그대로 줄행랑 쳐서 떵떵거리며 살 테다. 그러니까 일단은 이 요람 신세에서 벗어나자. 그러려면 릴리가 말하는 것처럼 맘마도 잘 먹고 운동도 열심히 해서 무럭무럭 자라는 것이 중요했다. 영차영차. 나는 다리 근력을 기르기 위해 열심히 자리에 누워 버둥거렸다.
"그래 봤자 바람 앞의 등불이지. 손짓 한 번이면 찍소리 못 하고 바로 죽는 건데."

"맞아. 우리도 어쩌다 이런 곳으로 배정받아서……. 그 얘기 들었어? 밤마다 부엌에 귀신 나온다는 얘기."

"소름 끼쳐 죽겠어. 우리도 언제 그 신세가 될지 모르는 거잖아."

시녀 언니들은 연신 나를 힐끔거리며 수군거렸다. 하지만 나도 그녀들이 이해되지 않는 것은 아니었다. 나부터도 사람들이 대거 죽어 나갔던 이런 궁에서 살고 싶지 않은데 당연하지. 도주 비용만 어느 정도 모으면 바로 탈출하고 말 테다! 나는 다시 한번 굳세게 다짐했다.

─❦─

"으에헤."

지금 나는 기분이 매우 좋았다. 내가 눈앞에 있는 것을 보고 헤벌쭉 웃자 릴리가 그런 나를 향해 흐뭇하게 웃어 보였다.

"그렇게 좋으세요?"

"오아!"

어화둥둥 내 금. 예쁘기도 하지. 난 금색의 동그란 공을 보고 신이 나서 릴리에게 애교를 부렸다. 꺄르르 웃으며 부비부비 뺨을 비비자 릴리도 기분이 좋은지 내 뺨에 뽀뽀를 했다.

시간이 더 흘러 나는 이제 카펫 위를 별로 힘들이지 않고 기어 다닐 수 있게 되었는데, 그때마다 난 방 안 곳곳에 있는 금과 보석들에 대한 탐욕으로 눈을 번뜩였다. 황궁이 괜히 황궁이 아닌 듯 사방팔방에 어지간히 금칠을 한 것이 아니었던 것이다. 심지어 벽에도 보석들이 박혀 있었으니 말 다했다. 그런데 이거 진짜 금이랑 보석 맞겠지?

아무튼, 내가 자꾸만 버둥거리며 금으로 도색된 장식들과 보석에 손을 뻗자 릴리는 내가 반짝이는 것을 좋아한다고 생각한 듯했다. 그 후 그녀는 금으로 된 딸랑이나 모빌 같은 것을 가져와 내 눈을 휘둥그렇게 만들었다. 원래 후궁들이 살던 곳이라 그런지 궁전 자체는 휘황찬란했지만 예산 부족을 이유로 내 소유의 물건은 장난감조차 잘 생기지 않았었는데.

"나중에 질리시면 다른 걸로 가져다 드릴게요."

원래도 예쁘던 릴리의 얼굴에 후광이 비쳐 보였다. 언니는 내 노다지야!

"갸아. 어우아."

나는 카펫 위에 엎드려 릴리가 가져다준 공을 가지고 놀았다. 어차피 아직 걸음마도 시작하지 못한 몸으로 다른 걸 할 수는 없었으니 릴리도 기껏해야 바닥에서 굴리고 놀라고 준 것이 분명했다. 이것도 잘 챙겼다가 나중에 가지고 나가야지. 에헤헤. 앗, 침.

루비궁에서의 생활은 평화롭기 그지없었다. 처음에는 좀 조마조마했지만 몇 달이 지나도록 감감무소식인 것을 보면 황제는 정말 날 잊었을 확률이 커 보였다. 혹여나 황제가 또다시 피바람을 몰고 오지는 않을까 긴장하던 릴리와 시녀 언니들도 이제는 안심한 기색이 완연했다. 물론 급탕실과 부엌 곳곳에 등장한다는 귀신 이야기는 아직도 그녀들 사이에 성행하는 것 같았지만 말이다.

난 밥도 잘 먹고 운동도 열심히 하고 잠도 잘 자서 나날이 무럭무럭 자라 가는 중이었다. 릴리의 보살핌도 살뜰해서 나는 큰 병치레 한 번 하는 법 없이 건강한 아가로 크고 있었다. 그래도 역시 빨리 걸을 수 있게 되면 좋겠다. 그래야 도주 자금을 빨리 모을 수 있을 테니까.

기분 탓인지 내 방에 있는 장식품들이 하나씩 줄어 가는 느낌이라 어쩐지 뒷목이 싸했다. 내가 기어 다니다가 실수로 떨어뜨릴까 봐 릴리가 치우는 건가. 으앙. 안 돼, 내 금. 내 금 내놔라!

"으아앙!"

난 얌전히 공을 가지고 놀다 말고 우렁찬 울음소리로 릴리를 불렀다. 엉덩이가 축축했다. 흐흑. 부끄럽지만 기저귀 갈아야지.

✦

"탑의 마법사는 현존하는 마법사 중 가장 강한 힘을 가지고 있답니다."

나는 릴리의 품에 안겨서 동화책을 보는 중이었다. 하지만 말이 동화책이었지, 거의 이 나라의 건국 이래 이야기를 한 권으로 줄여 거기에 삽화나 몇 개 수록한 역사서나 마찬가지였다. 나야 이곳에 대해 이것저것 궁금한 게 많았으니 얌전히 듣고 있지만 보통 이 나이의 아가가 이런 어려운 내용을 이해할 리 없었다. 으음. 아마도 릴리는 아기들의 조기 교육에 관심이 많은 모양이었다.

하지만 릴리가 읽어주는 동화책의 내용은 흥미진진했기 때문에 나는 눈을 반짝이며 그녀의 말을 경청했다. 그중에서도 내 관심을 사로잡는 것은 따로 있었다. 바로 마법의 존재! 이 세계에는 마법사가 있다고 한다! 왠지 그냥 평범한 외국이 아닌 것 같긴 했는데 정말 다른 세계라니! 어흑, 솔직히 황제가 마법사라는 이야기를 처음 들었을 때는 안 믿었는데 말이야. 하지만 이렇게 책까지 있는 걸 보니 의심을 버릴 수밖에 없었다.

"이어!"

나는 릴리가 책장을 넘길 때 놓치지 않고 삽화 하나를 가리켰다. 그곳에는 가시덩굴이 칭칭 휘감고 있는 시꺼먼 탑이 그려져 있었다.

"탑의 마법사가 마음먹기에 따라 제국 하나쯤 지도에서 지우는 것은 일도 아니라고 해요."

나는 처음 접하는 마법의 존재에 흥분했다. 나도 보고 싶어! 마법 보고 싶어!

"그렇기 때문에 그들은 스스로 심장을 얼리고 있다고 하죠."

이제야 이 재미없는 역사서가 동화책 같아지기 시작했다. 릴리가 말해주는 검은 탑의 마법사 이야기는 엄청나게 흥미로웠다.

"이성이 아닌 감성이, 냉정이 아닌 열정이 마음을 잠식하게 되면 그 힘은 대의가 아닌 사사로운 일을 위해 쓰일 수 있으니까요."

"우아."

"오벨리아의 현 왕조가 폐허 위에 다시 세워진 이유도 탑의 마법사가 옛 오벨리아를 파멸시켰기 때문이라는 설이 있어요."

건국 설화나 구전되는 전설들이 으레 그렇듯 탑의 마법사 이야기 역시 과장되거나 왜곡되었을 확률이 컸지만 그래도 재미있는 건 재미있는 거였다. 나중에 해야 할 일이 하나 더 늘었다. 꼭 내 두 눈으로 직접 마법을 볼 테야!

나는 두근두근한 마음으로 릴리가 읽어주는 다른 이야기들에도 귀를 기울였다. 그런데 문득 내 눈에 들어오는 것이 있었다.

"이어 우아?"

이건 뭐야? 나는 책의 삽화를 보고 손가락질했다. 그곳에는 커다란 성검을 옥좌에 꽂고 서 있는 남자가 그려져 있었다.

"어머나. 이분이 누구인지 아시겠어요?"

알긴 내가 뭘 어떻게 알아.

"네, 그래요. 공주님의 아버님이세요."

앗, 뭐라고? 부인도 딸도 내팽개치고 지금 뭐 하는지 모를 그 망할 놈?

"아으오! 으에이."

나쁜 놈! 쓰레기! 나는 동화책 속의 남자를 향해 마구 욕을 했다.

"어머. 우리 공주님 영특하기도 하시지."

내가 책 위의 남자를 손가락으로 격렬히 삿대질하자 릴리가 기특하다는 듯 내 머리를 쓰다듬었다. 책에 써진 글자를 읽지는 못했지만 릴리가 말해준 이야기를 종합해 보았을 때 그는 내 아빠이자 오벨리아 제국의 현 황제가 분명했다.

동화책에는 흑마법에 심취해 폭정을 휘두르던 선황제와 황태자를 처단하고 대신 옥좌에 앉은 그를 영웅이라도 된 양 그려 내고 있었다. 루비궁에서 피의 살육을 벌인 데다 제 딸까지 나 몰라라 하고 있는 이런 놈이 성군으로 기록돼 있다니. 역시 역사서란 믿을 게 못 된다. 아무리 동화책이라고 해도 그렇지! 나는 홀로 분노해서 씩씩거렸다.

"그러고 보니 공주님께 폐하의 존함을 말씀드린 적이 없네요."

문득 생각났다는 듯 릴리가 읊조리는 말에 내 표정은 절로 썩어 들어갔다.

"여기 그림을 다시 한번 보시겠어요?"

하나도 안 궁금해! 그딴 나쁜 놈 따위 내가 알 게 뭐야! 하지만 나는 뒤이어 내 귓가에 속삭여지는 이름에 곧 쩡하니 얼어붙고 말았다.

"아타나시아 공주님의 아버님이신 클로드 데이 앨제어 오벨리아 황제 폐하시랍니다."

그 직후 내 머릿속은 '????????'의 향연이었다. 응? 언니 지금 뭐라고 했어? 내 의문 어린 눈길을 느꼈는지 릴리가 내 머리를 쓰다듬으면서 다시 생긋 웃어 보였다.

"클로드 데이 앨제어 오벨리아 황제 폐하세요."

아니…… 진짜 재수 없게 왜 그 소설 속 황제랑 이름이 똑같은 거야.

"그리고 공주님께서는 아타나시아 데이 앨제어 오벨리아 공주님이시죠."

으아? 기분 나쁘게 내 풀네임까지 그 소설 속 공주랑 똑같네? 생전에 로맨스 판타지 소설을 본 것도, 그만큼이나 더럽게 긴 이름을 본 것도 처음이었기 때문에 아직도 똑똑히 기억하고 있었다.

"본래 황족들의 이름은 대물림되지 않지만 폐하께서는 공주님을 처음 보신 날 자신의 미들네임을 주셨어요. 그러니 공주님께서는 분명 폐하께 사랑받고 계시는 거예요."

 와, 별게 다 똑같네. 진짜 찜찜하게…… 그런데 기분 탓인가. 왜 뒷목이 서늘한 걸까? 하하…….

 어디 보자. 그 소설 내용이 어떻게 되더라.
 〈사랑스러운 공주님〉은 인터넷 웹 연재로 폭풍 같은 인기를 끌었던 로맨스 판타지 소설이었다. 물론 내가 일하던 PC방에 책을 두고 갔던 중학생 여자애한테 들은 이야기다. 밤늦은 시간 심심함에 몰래 그 책을 읽어 봤던 나로서는 도저히 이해가 되지 않는 소리였다.
 제목 그대로 그 소설책에는 사랑스러운 공주님이 등장한다. 그것은 바로 오벨리아 제국의 둘째 공주인 제니트. 이야기에는 두 명의 공주가 등장하지만 다른 한 명은 비극적인 최후를 맞는 조연에 불과했기 때문에 여주인공은 명실상부 제니트라 할 수 있었다. 그녀는 갈색 머리카락에 황족 고유의 보석안을 지닌 매우 아름다운 공주님이었다. 제니트는 외모뿐 아니라 마음씨까지도 천사처럼 고와 모든 사람의 사랑을 받았다. 오벨리아의 제국민들뿐만 아니라 대륙에서도 내로라하는 멋진 남자가 모두 제니트에게 반해 그녀에게 열렬한 러브콜을 보냈다. 그리고 제니트를 아끼는 사람에는 그녀의 아버지인 황제 클로드도 포함되어 있었다.
 아버지가 딸을 사랑하는 건 당연하지 않냐고? 그건 다 클로드를 몰라서 하는 말이다. 이놈은 제 아버지인 선황과 배다른 형제이던 황태자를 죽이고 직접 제위에 오른, 피도 눈물도 없는 사람이었다. 그 두 사람이 워낙 흑마법에 미친 놈들이었기 때문에 클로드는 오히려 제국을 구한 성자로 추앙받았지만 그렇다 해서 이놈이 정말 착한 사람인 것은 아니었다. 그 증거로 이놈은 루비궁에서 학살극을 벌이지 않았던가. 아무튼 그런 냉혈한을 녹인 대단한 사람이 바로 이 사랑스러운 공주님 제니트였던 것이다.

사실 클로드가 제니트의 존재를 알게 된 것은 그녀가 14살이 되던 때였다. 그때까지 제니트는 제국의 삼대 기둥 중 하나인 알피어스 공작가에 의탁하여 지냈다. 후작 가문의 딸이었던 제니트의 어머니는 본래 클로드의 약혼녀였는데, 어떤 사정으로 인해 그의 분노를 사 황궁 밖으로 쫓겨난 채로 제니트를 낳다가 죽게 되었다.

이미 시집가 백작 부인이 되어 있던 제니트 모친의 언니, 즉 제니트의 이모라고 해야 하나. 그녀는 제니트의 출생을 숨긴 채로 평소 신의가 있던 알피어스 공작가에 맡기기로 결정한다. 똘끼가 무르익어 한창 포악을 떨어 대던 클로드에게서 어린 조카를 지키기 위함이었다. 그래서 클로드는 제니트의 존재를 시간이 한참 지나서야 알게 되었다.

물론 이 새파란 피를 가진 남자가 처음부터 제니트에게 애정을 느낀 것은 아니었다. 하지만 우리의 여주인공 제니트가 어떤 사람이던가. 여주인공 버프를 잔뜩 받아 비현실적인 사랑스러움을 지닌 공주님 아니던가. 얼음덩어리처럼 꽁꽁 얼어 한기를 폴폴 날리던 클로드도 결국은 제니트에게 속수무책으로 함락당하고 만다. 그 후 제니트는 든든한 빽인 아버지도, 그리고 알피어스 공작가에서 지내는 동안 정이 들었던 제국 최고의 신랑감인 공자 이제키엘도 얻어 평생 행복하게 잘 먹고 잘 살았다.

"애우엄어."

재수 없어.

나는 가만히 소설 내용을 생각하다 말고 담요를 물어뜯었다. 보드라운 천 조각이 내 유치 사이에서 잘근잘근 씹혔다. 괜한 질투일지도 모르지만 나는 이 소설의 여주인공인 제니트가 왠지 재수 없었다. 세상의 쓴맛을 모르는 때 묻지 않은 천사표 여주인공이라 그런가. 태어났을 때부터 주위에서 사랑만 받으며 자라온 이 아가씨가 마침내 아버지인 황제 클로드의 마음마저 얻었을 때는 분통이 터져 나도 모르게 읽던 책을 카운터에 내던져 버렸다. 와, 클로드나 제니트나 진짜 나쁜 연놈들이네. 〈사랑스러운 공주님〉을 다 읽고 난 후의 내 감상이었다. 하지만 욕이 나오는 것도 당연하지 않은가? 여주인공 제니트가 만인에게 사랑받아 꽃길을 걷는 동안 비참하게 소외당해야 했던 첫째 공주 아타나시아를 생각하면 말이다.

창백한 백금발과 보석안을 지닌 제니트의 동갑내기 자매 공주 아타나시아. 천한 무희에게서 태어난 아타나시아는 제니트와 마찬가지로 갓난아기일 때 어머니를 여의었으나 그녀와는 전혀 다른 삶의 궤도를 타게 된다. 제니트와 달리 아타나시아의 존재는 출생 직후 곧장 클로드에게 알려졌지만 그는 자신의 딸을 후궁전에 처박아 놓고 방치했다. 그래서 아타나시아는 자신을 무시하는 루비궁의 시녀들에게 눈칫밥을 먹어 가며 개복치 같은 심약한 공주로 성장하게 되었다.

그녀가 처음 아버지를 만난 것은 9살의 생일날. 딸의 생일을 기억할 리가 만무한 클로드는 이웃 나라에서 온 사신들을 맞아 화려한 연회를 열고 있었다. 아타나시아는 그 빛과 소리에 이끌려 늦은 저녁 시간 루비궁을 나오게 되고, 우연히 길을 잘못 들어 당도하게 된 황제궁의 후원에서 클로드를 마주친다.

물론 클로드는 어린 아타나시아를 무심한 눈길로 훑어본 뒤 그대로 그녀를 스쳐 지나간다. 하지만 정에 굶주려 있던 아타나시아에게는 가히 운명적인 만남이라고도 할 수 있었다. 제니트가 나타나기 전까지도 그녀는 이미 냉정한 아버지에게 주눅이 들어 있었다.

하지만 그럼에도 아타나시아는 그에게 사랑받기 위해 갖은 노력을 다했다. 그래서 아타나시아는 재예를 겸비한 우아한 공주님으로 성장하지만 14살 그녀의 데뷔탕트 날 알피어스 공작의 비호를 받으며 등장한 제니트로 인해 그녀의 희망은 산산조각 나 버리고 만다. 태양처럼 밝고 화사한 제니트와 상반되게도, 아타나시아는 어딘가 음울하고 흐릿한 분위기를 풍기는 안개 같은 여자였다. 그렇기 때문에 다른 사람들이 아타나시아보다 제니트를 사랑하게 된 것은 어쩌면 당연한 이치였다고도 볼 수 있겠다.

이야기가 전개되는 내내 제니트가 천사표의 어여쁜 공주님으로 강조되어서 그렇지 아타나시아도 소심하기는 하나 굉장히 선한 공주였다. 그게 어느 정도냐 하면……. 뒤늦게 나타나 모두의 관심과 사랑을 독차지하게 된 제니트를 시기하기는커녕 오히려 그녀가 처음 황궁에 들어와 적응하지 못하고 클로드를 서먹하게 여길 때 그것을 안타깝게 여겨 궁에서의 생활을 도와주기까지 한 것이 바로 이 아타나시아 공주였다. 아이고. 참으로 바보 같은 여자가 아닐 수 없다. 자기 밥그릇은 자기가 챙겨 먹는 거지, 뭘 또 자기 라이벌인 공주를 도와주고 있어.

아무튼, 그 정도로 순해 빠졌던 아타나시아는 결국 그토록 간절하게 원했던 아버지의 사랑마저 제니트에게 빼앗기게 된다. 사실 클로드는 단 한 번도 아타나시아를 딸로서 사랑한 적이 없었기 때문에 빼앗겼다고 하면 틀린 말일지도 모르지만.

그리고 결과적으로 이 불쌍한 공주는 아버지인 클로드의 손에 죽게 되고 말았다. 성대한 연회 날, 독배를 들고 쓰러진 제니트의 암살 사주자로 그녀가 지목되었기 때문이다.

하지만 사실 그것은 누명이었다. 범인은 제니트의 이모인 백작 부인으로, 눈엣가시 같았던 아타나시아를 제거하고 자신의 조카인 제니트를 제1황위 후계자로 만들기 위함이었다. 그런 짓을 하지 않아도 아타나시아는 클로드의 관심 한 자락 받지 못하던 보잘것없는 공주일 뿐이었는데.

 게다가 결정적으로 아타나시아는 그런 짓을 할 깜냥조차 되지 못했다. 바보 같은 이 아가씨는 오히려 그 사실을 알았다면 자신이 대신 독이 든 잔을 받아서라도 제니트를 구하려고 했을 것이다. 만약 제니트가 잘못된다면 클로드가 슬퍼할 것을 알았기 때문이다. 아타나시아는 이토록이나 멍청하고 불쌍한 공주였다.

 백작 부인은 기껏해야 아타나시아를 유폐시키거나 제1공주에서 끌어내리는 것 정도의 결과를 바랐다. 하지만 클로드가 어떤 사람이던가. 그는 제니트가 사경을 헤매고 있는 동안 아직 범인으로 확정되지도 않은 아타나시아를 죽여 버렸다. 18살의 생일날. 그를 처음 만났던 9살의 그때로부터 딱 9년이 더 지난 맑은 날이었다. 참으로 아이러니하지 않은가.

 결국 나중에는 그 모든 것이 백작 부인의 흉계였다고 밝혀지지만 아타나시아는 이미 억울하게 죽은 뒤였다. 게다가 애초에 제니트 외에는 누구도 사랑하지 않던 클로드는 자신의 죽은 첫째 딸에 대해 일말의 죄악감도 후회도 갖지 않았다.

 천사표 주인공인 제니트는 물론 아타나시아를 생각하며 죄책감을 느끼지만 연인인 이제키엘의 품에서 위로받고는 곧바로 그 일을 털어 버렸다. 그러고는 '죽을 때까지 행복하게 잘 살았어요'로 이야기가 끝나니 내가 분통이 터지겠니, 안 터지겠니.

 "아오."

 생각하니 또 열 받네. 도대체 작가는 무슨 생각으로 그런 개죽음당하는 캐릭터를 조연으로 넣은 건지 모르겠다. 그 소설의 열렬한 팬인 듯하던 중학생 애가 흥분해서 주장했던 바에 의하면 그런 게 다 여주인공 제니트만 온리 러브하는 폭군 아빠의 모습을 강조하기 위함이라던데. 그러면서 공주 육아물의 묘미라느니 여자들의 로망을 싹 다 집

결해 놓은 완벽한 소설이라느니 뭐라고 더 떠들어 댔지만 워낙 말 같지 않아서 그냥 흘려들었다.

그렇다고 내가 아타나시아를 좋아한 건 아니지만 그래도 클로드나 제니트보다는 나았다. 물론 나 역시도 다른 사람들이야 어찌 되든 일단 내가 우선적으로 행복하면 된다는 주의지만 이건 별개다. 왜냐고? 바로 내가 지금 그 소설 속의 아타나시아가 된 것 같으니까 그렇지!

"으아앙!"

갑자기 또 서러워져서 나는 우렁차게 울었다. 계속해서 아니라고 생각하려 했지만 현실도피에도 한계가 있었다. 일단 그 빌어먹을 소설이랑 비슷한 게 너무 많아! 이 찜찜한 기시감을 아무리 무시하려고 해봐도 무리였다.

"공주님!"

내 구슬픈 울음소리에 릴리가 문을 열고 들어왔다.

"우리 공주님이 왜 우실까."

나는 내 몸을 안아 드는 익숙한 품에 얼굴을 묻고 계속해서 엉엉 울었다. 가뜩이나 요즘 감정 기복이 들쭉날쭉한데 릴리의 얼굴을 보자 더 서러워졌다.

"혹시 배가 고프신가요?"

릴리안 요르크. 〈사랑스러운 공주님〉에서 아타나시아 공주의 결백을 끝까지 믿고 주장했던 유일한 사람. 그 대가로 릴리안은 아타나시아와 함께 클로드에게 죽임을 당한다.

릴리안은 꽤나 권위 있는 귀족 가문의 차녀로 원래대로라면 천한 무희 소생에 불과한 아타나시아의 시녀가 될 사람이 아니었다. 하지만 그녀는 자원하여 루비궁에 와 아타나시아에게 유모 같은 사람이 되어주었다. 그 이유는 아타나시아의 죽은 친모인 다이아나 때문이었다.

다이아나는 비록 모두가 천하다 하는 무희였으나 달빛 같은 백금발과 신비로운 자색 눈동자가 매력적인 아주 아름다운 여자였다. 게다가 그녀는 황궁 연회 때 맨 앞에서 독무를 출 정도로 실력 또한 출중했다. 답답한 황궁 생활에 지쳐 가던 릴리안은 연회의 밤 다이아나를 보고 새처럼 자유로운 그녀를 부러워하며 동경한다. 하지만 결국 다이아나는 클로드의 눈에 들어 루비궁에 갇힌 신세가 되고 만다.

"으아아아아앙!"

클로드 이 개자식아, 엉엉. 내가 더욱 큰 소리로 오열하자 릴리안은 당황한 기색이 완연했다.

"어머, 공주님, 왜 그러세요?"

하지만 내가 울지 않을 수 있겠는가? 아무리 생각하고 또 생각해 봐도 지금 내가 있는 이 세계가 그 빌어먹을 소설 속 세계가 맞는 것 같은데! 릴리안과 다이아나의 우정은 소설에서도 아주아주 짧게 언급되었을 뿐이지만 난 거기에 무척 깊은 감명을 받았었다. 어릴 때 생일 파티에 초대되어 간 동급생의 집에서 봤던 빨간 머리 앤과 다이애나처럼 질기고도 아름다운 여자들의 우정! 그래, 사실 나 친구 없었다. 그래서 줄곧 이런 멋진 우정을 동경하고 있었다고! 그런데 결국 릴리, 이 언니도 아타나시아 편을 들다가 죽어버렸다는 거잖아. 으아앙!

"기저귀 갈 때가 되었나."

앗, 잠깐! 나 쉬야 안 했어!

"맘마도 아니고 기저귀도 아닌데……."

으앙, 내 순결! 강제로 벗겨진 나는 이제 온몸을 버둥거리며 울기 시작했다. 물론 이 몸이 되고 나서부터 이런 상황을 겪은 게 한두 번은 아니지만 그래도 아직은 심적 타격감이 적지 않단 말이야!

"요즘 들어 부쩍 보채시네."

릴리는 내가 우는 이유를 알 수 없어 답답한 것 같았다. 하지만 나도 그녀 못지않게 답답했다. 지금 이 상황에 대해 말하고 싶어도 말을 못해! 진짜 꿈도 희망도 없어! 환생이든 빙의든 내가 공주가 된 것부터가 난센스이긴 하지만 이건 진짜 너무한 거 아니냐고. 오, 릴리안. 당신의 이름은 왜 릴리안인가요. 다이아나는 왜 다이아나고 클로드는 왜 클로드인 거지? 그리고 나는 왜 아타나시아인 거야, 왜! 나 그냥 제니트 할래. 아타나시아 안 할래!

"괜찮아요, 공주님. 제가 여기 있잖아요."

나를 달래는 릴리의 목소리를 들으며 나는 그 후로도 한동안 더 울어 댔다. 역시 언제라도 이 망할 궁을 떠날 수 있게 빨리 자라는 수밖에 없겠다. 시간아, 제발 좀 빨리 가라!

맑고 화창한 봄날이었다. 아무도 관리하지 않는 루비궁의 정원은 그럼에도 자연 그대로 자라난 꽃들이 화사하게 피어 있었다. 나는 흩날리는 꽃잎들 사이를 도도 달려 막 복도를 지나가던 시녀 언니의 치맛자락을 살짝 붙들었다.

"언니, 언니."

오늘은 일주일간 요리해 먹을 각종 채소와 육류, 어패류 등의 재료들이 성에 들어오는 날이었으니 그 확인을 끝마치고 다른 일을 하러 가는 중이었던 것이 분명했다. 내 부름에 시녀 언니가 나를 내려다보았다. 나는 최대한 두 눈을 반짝반짝 빛내며 귀여운 표정을 지어 보였다.

"아티, 쪼꼬 주세요."

난 다섯 살이다. 다섯 살이야. 그러니까 안 창피하다. 안 부끄럽다…… 는 개뿔. 으흑, 쪽팔려.

"귀여운 공주님, 초콜릿 드릴까요?"

"응! 쪼꼬 조아. 마니 마니 주세요."

하지만 시녀 언니는 내 귀여움에 넘어간 듯 뺨을 상기시키며 앞치마의 주머니를 뒤적이고 있었다. 그녀는 부엌에서 일하는 한나였는데, 나는 그녀가 내게 줄 초콜릿이나 캔디 같은 것을 항상 가지고 다닌단 사실을 이미 알고 있었다.

"그렇게 초콜릿이 좋으세요?"

"아티 쪼꼬 조아! 이마안큼 조아!"

나는 팔을 들고 위아래로 크게 원을 그렸다. 좀 창피하긴 하지만 애교 한 번으로 간식을 얻어먹을 수 있다면 이 정도쯤이야.

"한나도 조아!"

"어머."

기브 미! 기브 미 어 초콜릿!

"한나, 지금 뭐 하는 거니?"

하지만 시녀 언니에게 초콜릿을 얻어먹으려던 내 원대한 계획은 다른 누군가에 의해 방해받고 말았다.

"세스!"

"릴리안 님의 말씀 못 들었어? 공주님께 마음대로 간식을 드리면 안 된다고 했잖아."

복도 끝에서 나타난 시녀 언니는 '차도녀'라는 명찰을 이마에 써 붙인 것 같은 차가운 인상의 늘씬한 미인이었다. 그녀는 세스라는 이름을 가진 시녀 언니였는데, 이런 식으로 나타나 다른 시녀 언니들이 나한테 간식을 주는 걸 방해할 때가 한두 번이 아니었다.

"딱 하나만 드리면 되잖아."

"너처럼 안일하게 생각하는 애들이 한둘이 아니니까 문제지."

크으, 초콜릿과 나 사이를 가로막지 마! 세스는 한나와 달리 한기를 폴폴 날리게 생겨 다가가기 어려운 인상이었지만 나는 거기에 굴하지 않았다.

"언니."

나는 이번에는 세스의 치맛자락을 슬며시 붙잡으며 눈빛 공격을 날렸다.

"아티 쪼꼬 먹고 시퍼요."

최대한 처량한 표정을 지으며 올려다보자 시녀 언니의 표정이 미묘하게 변하기 시작했다.

"안 돼요, 공주님."

하지만 난 다 알아! 지금 당신의 마음이 흔들리고 있다는걸!

"정말 안 되는데……."

결국은 내가 이겼다. 잠시 후 시녀 언니는 무릎을 굽혀 내 눈높이에 몸을 맞춘 다음 초콜릿을 한 움큼 쥐어주었다.

"릴리안 님께는 비밀이에요."

예전부터 거의 내 생활을 전담해 책임지고 있는 릴리가 요즘 내 충치를 걱정해 달달한 간식거리를 금지시켰기 때문에 내가 시녀 언니들에게 이렇게 간간이 초콜릿을 삥 뜯어 먹는단 건 그녀들과 나 사이의 비밀이었다.

"고마어, 언니!"

나는 활짝 웃으며 그녀의 뺨에 쪽 뽀뽀를 했다. 내 깜찍함에 마주한 얼굴이 절로 풀어지는 것이 보였다. 이거 봐. 이 언니는 생긴 것만 쌀쌀맞지 사실은 한 다정 하는 성격이라니까? 크으. 나한테만 다정한 차가운 미인이라니. 좋구나.

"앗! 세스 치사해! 이러려고 끼어들었지?"

"크흠. 무슨 소리야? 내가 너처럼 개인의 사리사욕을 위해 움직이는 사람인 줄 알아?"

"그럼 왜 네가 공주님께 초콜릿을 드리는 거야? 으윽, 원래 공주님 뽀뽀는 내 건데."

두 사람은 등 뒤에서 티격태격하기 시작했다. 나는 행여나 릴리가 나를 보기 전에 다시 도도도 달려 복도를 벗어났다. 뭔가 좀 먹튀 같기는 하지만 일단은 릴리한테 안 들키는 게 중요하니까!

시간은 유수처럼 흘러 어느덧 내 나이도 5살이 되었다. 릴리는 내가 이러는 걸 볼 때마다 궁에서 일하는 사람들에게 말을 높이지도 친근하게 굴지도 말라고 잔소리했지만 이건 내가 이 궁에서 좀 더 쉽게, 좀 더 편하게 살아가는 방식이었다. 게다가 이런 구석진 궁전에 짱 박혀 있는 공주에게 무슨 품위가 필요하단 말인가. 내 필사의 노력으로 날 무시하던 시녀 언니들도 이제는 곧잘 내게 간식을 주거나 먼저 따뜻하게 말을 걸어주곤 했으니 이 정도면 나름대로 성공적이라 할 수 있었다.

물론 원래대로라면 시녀들이 먼저 내게 말을 거는 것은 황족 모독이었지만 내 궁에는 그런 법 따위 없었다. 내가 그녀들의 환심을 사야겠다고 결심한 것은 아장아장 걸음마를 시작할 때쯤이었다. 그전까지는 나를 무시하는 시녀들이 얄미워 이유 없이 엉엉 울어 대거나 실수인 척 물 같은 걸 쏟아 심술을 부리곤 했는데, 그런 것보다 상호 우호적인 관계가 내게 훨씬 더 도움이 된다는 걸 깨달았던 것이다. 가뜩이나 클로드 때문에 달랑달랑한 명줄인데 굳이 시녀 언니들과도 척을 져서 구박을 받으며 살 필요는 없지 않겠는가.

게다가 이대로라면 소설 속 아타나시아 공주와 내가 다른 점이 없잖아!

이러한 생각을 실천에 옮기는 데 결정적인 역할을 한 것은 내 방에 있는 금붙이들이 사라지는 게 착각이 아니었다는 사실이다. 돈 밝힌다고 비웃지 마라. 없이 살아 보지 않은 사람들은 이 한을 모른다구. 흑.

황성에서 일하는 사람은 모두 귀족 출신이었지만 현재의 루비궁에 소속된 궁인들은 그중에서도 한미한 집안 출신들이었다. 황제 클로드가 궁 안의 사람들을 모조리 죽여 버린 이후 아무도 이곳에 일을 하러 오고 싶어 하지 않았던 것이다. 그래서 울며 겨자 먹기로 내 궁에 배정 받은 사람들은 귀족 중에서도 작위가 낮은 남작, 자작 같은 가문 출신들이었다. 한마디로 죽어도 끽소리 못 할 권력 없는 사람들만 내 궁에 들어오게 되었다 이 말이다. 그들은 남작과 자작 중에서도 주로 몰락 직전인 가문 출신으로 평소에도 허드렛일을 도맡아 하던 궁인들이었다고 했다.

그들도 처음에는 살육의 흔적이 낭낭한 루비궁에서 몸을 사리며 지냈다. 그러나 한 달이 지나고 일 년이 지나자 황제가 이 궁에 처박혀 있는 나에게 눈곱만큼도 관심이 없다는 사실을 깨닫고 말았다. 그때부터 내 신세는 꿔다 놓은 보릿자루만도 못하게 변했다. 클로드가 무섭다 무섭다 해도 눈에 보이지 않으니 두려움을 잊은 것인지, 그들은 루비궁에 들어오는 예산을 야금야금 빼돌리기 시작했다. 게다가 어찌 된 일인지 클로드의 하렘과 마찬가지인 이 루비궁에 그 후 새로 들어오는 여자들도 없었기 때문에 더욱 거칠 것이 없었다.

처음에는 눈치채기 어려웠으나 나중에는 장님이 아니고서야 모를 수가 없을 정도로 수법이 대담해졌다. 심지어 그들은 궁에 있던 장식품들과 벽에 붙은 보석까지 하나씩 떼어 가기 시작했다. 와, 나 진짜. 클로드가 요즘 사람도 별로 안 죽이고 잠잠하다고 하더니 단체로 간덩이가 부었나 보다.

나는 릴리보다 먼저 내 방에 있던 값비싼 물건들이 사라지는 걸 알아차렸다. 왜냐하면 맨날 군침을 흘리며 저걸 어떻게 빼돌릴지 머리를 굴리고 있었으니까. 그런데 내 밥그릇이 하나씩 줄어 가고 있다는 걸 알았을 때의 그 원통함이란. 황제한테 찾아가서 궁인들의 건방진 작태를 모조리 고자질하고 싶었지만 클로드는 내가 '아빠! 쟤가 나 무시했어!'라고 말한다 해서 '어이구 그랬어, 내 새끼!' 하며 내 편을 들어줄 인간이 아니었다. 오히려 '응? 너 아직도 살아 있었냐' 하면서 내 목을 따버릴까 봐 무섭다.

무, 물론 이 모든 게 내 망상일 확률도 있다. 그래서 어쩌면 내가 걱정하는 일은 벌어지지 않을 수도 있지만 그렇다고 굳이 위험한 도박을 하고 싶진 않아. 난 소중하니까! 그래서 난 두 눈을 멀쩡히 뜬 채 내 금을 홀라당 뺏기게 되었다. 내가 할 수 있는 일이라고는 시녀 언니들이 내 방에 들어와서 내 눈치를 보며 금촛대 같은 것을 슬쩍 앞치마 속에 넣을 때마다 우렁차게 울어 대는 것밖에 없었다. 으으, 아까운 내 금! 흐흑.

하여튼, 그 일은 그에 화가 난 릴리가 직접 황궁의 시녀장과 담판을 지어 해결했다. 어릴 때 금으로 만들어진 장난감을 가져다주는 것이나 다른 시녀들이 그녀의 앞에서 존댓말을 하는 것에서도 느꼈지만 알고 보면 나보다는 릴리가 루비궁의 실질적인 최고 권력자일지도 몰랐다. 나야 그녀를 좋아하니 아무래도 상관없었지만.

아무튼 그래서 그 시녀들은 루비궁에서 쫓겨났다. 그것도 지금까지 훔쳐 간 것을 모조리 토해 낸 뒤 궁에서 쫓겨났다고 하던데, 괴이쩍게도 내 궁에 있던 물건들이 다시 나한테 돌아오는 일은 없었다. 도대체 어디로 증발한 거냐, 내 금! 난 시녀장이 의심스러웠지만 격렬하게 '으앙아' 칭얼거리는 것 말고는 아무것도 할 수 없었다. 어쩐지 예산을 핑계로 나한테 딸랑이 하나 안 사줄 때부터 알아봤어.

그나마 한 가지 위안이 되는 건, 그 빈자리들 때문에 내가 몰래몰래 한두 개씩 성에 있는 물건들을 훔쳐도 티가 나지 않는다는 점이었다. 아니, 정정할래. 어차피 이건 내 궁이니까 지금 내가 하고 있는 건 훔치는 게 아니라 보관. 그래, 내 귀중한 금이랑 보석들을 따로 보관하고 있는 거지!

그런데 그것도 정도가 있지, 실은 릴리가 요즘 들어 유심히 궁 안을 살피는 것 같아 걱정이었다. 내 눈에도 실내 풍경이 미묘하게 허전해진 것 같아 요즘 양심이 마구 찔리고 있었던 것이다. 차근차근 도주 자금을 모은다는 게…… 너무 열심히 일해 버렸나. 이러다 릴리가 3년 전의 반복인 줄 알고 궁을 뒤집기라도 하면 큰일인데. 아무래도 한동안은 자중해야겠다.

"공주님, 어디 가세요?"

"에헷. 릴리 보러 가!"

"호호. 그 전에 입을 닦으셔야겠어요. 초콜릿이 맛있으셨나 봐요."

그때, 복도를 지나가던 시녀들이 나를 부르더니 갖고 다니던 손수건으로 내 입을 닦아주었다. 거기에는 방금 전 내가 먹은 초콜릿의 흔적이 완연했다. 릴리한테 들키기 전에 먹는다는 게 그만 입에 다 묻히고 먹어버렸나 보다. 시녀들은 그런 나를 보며 웃고 있었지만 난 부끄러워졌다. 이런 몸이 되어서 한동안 어린애처럼 행동했더니 정말 내가 애라도 된 건가. 으앙, 쪽팔려.

"아티가 쪼코 먹은 거 비밀이야!"

"네, 공주님."

하지만 쪽팔림보다도 릴리한테 혼나는 게 더 무서웠다. 나는 시녀 언니들에게 손을 흔들며 그 자리를 벗어났다. 에잇, 이놈의 초코 손에도 묻었잖아. 그냥 슬그머니 옷에다가 문지를까 하다가 오늘 입은 드레스가 하필 흰색이라 참았다. 괜찮아. 가까운 곳에 분수가 있으니까. 예전에 황제의 후궁들이 살던 곳이라 그런지 이곳에는 운치 좋은 호숫가나 분수, 또 화원 같은 곳이 많았다. 물론 관리는…… 그냥 그랬지만.

후궁들의 거처에 혈육 외의 남자가 발길 하는 것은 법도에 어긋났기 때문에 지금 이곳에는 여자 궁인들밖에 없었다. 나는 시녀 언니들을 서넛 더 만난 뒤에 천사상이 세워진 분수에 도달할 수 있었다. 그런데 말이 천사상이지, 홀딱 벗어 풍만한 몸매를 드러내고 있는 조각상은 그 포즈도 요염하기 짝이 없어 천사가 아닌 요부 같았다. 하지만 이 궁에 있는 조각상은 모두 다 이랬다. 여기가 후궁전이기 때문인가. 하여간 어린아이 교육에 썩 좋은 궁전은 아니었다. 물론 난 매일매일 눈요기 하고 좋았지만. 워호. 언니 오늘도 몸매 대박 쩔어줘요.

참방참방. 난 초콜릿 범벅인 손을 분수 물에 씻었다. 이 몸으로 호숫가에는 내려갈 수 없었기 때문에 그나마 까치발을 들면 되는 분수가 최선의 선택이었다. 그런데 바닥을 딛는 힘이 과했는지 석조 분수대에 약간 깊숙이 몸을 들이게 되었다. 엄마야, 깜짝이야. 물에 빠지는 줄 알았네. 화들짝 놀라 버둥거리고 있는데, 잔잔한 물살이 그려진 수면 위로 서서히 선명한 형체가 잡혔다. 몸을 내리기 위해 버둥거리던 것조차 잊고 난 멍하니 중얼거렸다.

"이쁘다아."

자뻑 같긴 했지만 물 위에 비친 나는…… 좀 심하게 예뻤다. 크으. 이렇게 귀엽고 깜찍한 아가가 나라니! 만약 이런 애기가 내 눈앞에 있다면 너무 깜찍해서 깨물어주고 싶었을 게 분명하다.

적당히 살이 오른 뺨은 꼬집고 싶을 만큼 보송보송했고 주먹만 한 얼굴에 자리 잡은 이목구비도 올망졸망하기 그지없었다. 자연스럽게 구불거리는 머리카락은 부스스한 느낌 없이 부드러웠고, 눈도 크고 또렷한 데다 속눈썹도 길었다. 아역 배우나 모델을 했으면 정말 대성했을 얼굴이다. 올이 가는 백금발과 전체적인 이목구비는 아름다운 무희였던 어머니 다이아나를 닮았지만 내 독특한 눈동자만큼은 아버지인 클로드를 닮은 것이라 했다.

난 물 위에 비치는 내 눈동자를 보다가 잠시 넋을 놓았다.

"헤에."

난 한눈에 보아도 사랑스럽고 예쁜 아기였지만 그중에서도 탄성이 나올 만큼 특히 아름다운 것은 바로 이 눈동자였다. 릴리는 내 눈동자가 직계 황족들만이 물려받는 보석안이라고 했다. 특히 〈사랑스러운 공주님〉의 작가는 제니트의 눈동자를 가져다가 온갖 미사여구를 다 써서 찬미해 놨다. 그걸 활자로 읽었을 때에는 이게 무슨 중2병 설정이냐고 코웃음을 쳤었는데 실제로 보니 그 설명이 얼마나 적합했는지 알 것만 같다. 과연 그 이름처럼 보는 각도에 따라 신록의 녹색에서 청명한 파랑을 지나 고아한 군청색으로까지 보이는 내 눈은 신비롭고 아름답기 짝이 없었다.

현재 오벨리아의 황족은 클로드와 나밖에 없었기 때문에 이 보석안 역시 단둘만이 지닌 것이라고 들었다. 하지만 그건 틀린 말이었다. 왜냐하면 지금쯤 알피어스 공작가에서 한껏 예쁨받으며 살고 있을 제니트가 있었으니까. 아니, 물론 난 아직 이 세계가 그 망할 소설 속의 세계가 아닐지도 모른단 희망을 완전히 버리지 않았지만!

어쨌든 이 세계의 사람들에게는 각자마다 고유의 마력이 있는데, 직계 황족들이 갖는 마력의 파장은 특히 독특해 이런 색채의 눈을 만드는 것이라고 했다. 릴리가 구해 준 서적에서 읽은 설명이 복잡해서 나도 이 이상은 잘 모르겠지만 아무튼 예쁘면 됐지, 뭐.

"공주님! 위험해요."

그런데 그때, 누군가 내 몸을 덥석 안아 들었다. 순간적으로 깜짝 놀라 눈을 동그랗게 뜨기는 했지만 익숙한 손길에 곧 나를 안아 든 사람이 누구인지 알 수 있었다.

"혼자 다니지 마시라니까 이제는 제 말도 안 들으시고."

나는 릴리의 품에 익숙하게 자리 잡으며 그녀를 향해 헤헤 웃어 보였다.

"릴리, 보고 싶었어!"

내 아부에 릴리가 한숨을 내쉬었다. 릴리는 4년 전이나 지금에나 변함없이 청초한 미모를 자랑하고 있었다. 난 얼빠 기질이 있어서 전부터 릴리의 앞에만 서면 재롱을 부리기 바빴다.

"공주님, 오늘 초콜릿 드셨죠?"

헉. 난 웃는 그대로 돌덩이처럼 굳어버렸다. 어, 어떻게 알았지.
"한나한테 다 들었어요. 앞으로 일주일간 간식 금지예요."
으앙앙. 말도 안 돼! 한나, 이 배신자! 앞으로 일주일이나 초콜릿을 못 먹는다니! 하지만 내가 아무리 불쌍한 표정을 지으며 동정심 유발 작전을 써도 릴리는 끝끝내 넘어오지 않았다. 안 돼, 내 초코!

─❦─

잠시 후, 나는 궁의 정원에서 꽃을 꺾고 있었다.
"공주님, 저도 한 송이만 주시면 안 돼요?"
"안 돼! 때찌야!"
한나는 점심시간이 지나고 다른 시녀와 교대해 한가하다고 나를 쫓아다니기 시작하더니 슬슬 지루해진 눈치였다. 나한테 줄 간식을 항상 가지고 다닐 만큼 날 예뻐하는 그녀는 지금도 내가 들고 있는 꽃이 탐나는 모양이었다. 다른 때의 나라면 방긋 웃으며 한 송이쯤 주고도 남았을 테지만 오늘은 달랐다. 왜냐하면 내가 초콜릿을 먹었다는 사실을 한나가 릴리에게 전부 말해버렸으니까! 물론 절대 고의가 아니었고 아까 전에 세스만 나한테 뽀뽀를 받은 것이 속상해서 무심코 투덜거리다가 실수해 버린 것이라고 했지만, 어쨌든 그래도 말한 건 말한 거였다.
"공주님 너무하셔."
한나의 우는소리에도 나는 꿋꿋이 눈앞의 예쁜 들꽃들을 골라 꺾기만 했다. 시녀장을 만나러 간 릴리에게 큰 화관을 만들어줄 생각이었다. 따, 딱히 릴리를 꼬셔서 초콜릿 금지령을 어찌 해볼 생각은 아니다, 뭐. 아무튼 나는 릴리에게 어울릴 법한 하얀 꽃들을 다 모으고 나서 심심한 고민에 빠졌다. 이걸로만 화관을 만들면 조금 밋밋할 것 같은데. 응, 그래! 포인트가 될 만한 크고 예쁜 꽃이 있으면 좋겠어!

"한나, 여기 무슨 색 꽃이 예쁠 거 같아?"

내내 심통이 나 있던 내가 말을 걸자마자 한나가 눈을 빛냈다. 하여간 이 언니는 날 정말 좋아한다니까.

"릴리안 님께 드릴 거죠? 그럼 파란색이나 보라색이 어울리지 않을까요? 으음. 노란 꽃도 예쁠 거 같고."

한나는 진지하게 고민하다가 곧 자기도 어울리는 꽃을 찾아보겠다며 다른 곳으로 떠났다. 나는 나대로 정원을 좀 더 뒤져 보기로 했다. 릴리안에게 줄 꽃을 찾다가 한나에게 어울리는 걸 발견하면 작은 화관을 만들어줘도 괜찮을 것 같고…… 에잇, 난 너무 착하다니까. 하지만 평소에 한나가 날 얼마나 좋아해 주는지 알았기 때문에 이제 그만 심술을 부려도 될 것 같았다.

"꽃바테는 꽃드리 모오여 살고요."

나는 동요를 흥얼거리며 꽃밭을 열심히 뒤적였다.

"우리드른 유치원에 모오여 사라요."

그리고 한참 후, 내가 루비궁을 벗어났다는 사실을 깨달았다.

"헉?"

뭐야, 여기 어디지? 나는 당황해서 주변을 두리번거렸다. 끝없이 널린 꽃밭을 걷다가 별생각 없이 고개를 들었는데 처음 보는 곳이었다. 워낙 터가 넓어 원래도 끝과 끝이 어디인지 알 수 없던 궁이라지만 이렇게 당황스러울 데가. 심지어 한 방향으로만 걸어온 것이 아니었기 때문에 왔던 길을 되돌아갈 수도 없었다.

나는 이 세계에 온 직후 처음으로 미아가 되었다. 지, 진정하자. 궁전은 엄청나게 크니까 어느 방향으로든 고개를 들면 보일 수밖에 없잖아. 역시 내 생각이 맞았다. 시선을 들자마자 그리 멀지 않은 곳에 성의 외벽이 보였던 것이다. 나는 들꽃들을 품에 한 아름 안고 쪼르르 달리기 시작했다.

"이게 머야."

그런데 내가 도착한 곳은 루비궁이 아니었다. 사람이라고는 머리카락 한 올 보이지 않는 그 궁은 내가 사는 곳 못지않게 한적했다. 아니, 내 궁보다 훨씬! 훨씬 더 텅텅 비어 있었다. 여긴 아무도 안 쓰는 곳인가. 청소는 되어 있는 것 같은데 왜 이렇게 쥐새끼 한 마리 보이지를 않지. 난 그냥 꽃 한 송이 따려고 했을 뿐인데 다른 궁으로 와 버리다니 어이가 없다.

어, 그런데 잠깐. 아무도 사용하지 않는 궁이라고?

"호오?"

갑자기 눈이 번쩍 뜨였다. 아무도 없는 궁이면 내가 써도 되겠네? 마침 내 도주 자금들을 숨겨 둘 장소가 마땅치 않아 고민이었는데 이건 운명인 것 같았다. 그동안은 루비궁 내부에 조금씩 분배해 숨겨 놓았다지만 그것도 한계가 있었는데. 게다가 왠지 오늘 릴리가 시녀장을 만나러 간 것도 찜찜하고.

나는 조용히 숨을 죽이고 궁 내부를 이리저리 유심히 훑어보았다. 그리고 살금살금 발소리를 죽이고 걸음을 옮기기 시작했다. 잠시 조사를 해본 결과 이 궁은 깨끗이 청소가 되어 있긴 했지만 정말 개미 한 마리 얼씬하지 않는 곳이었다. 아마도 선황제 때 사용되던 궁전 중 하나로 지금은 주인이 없어 가끔씩 관리만 하는 모양이었다.

그렇다면 난 궁인들이 이곳에 청소를 하러 올 때만 조심하면 되었다. 내 궁과 거리도 가까운 것 같고. 역시 내 운은 기가 막히다니까. 그렇게 이 버려진 궁은 내 아지트로 낙찰되었다.

생각해 봤는데, 역시 나는 4년 전에 수면제를 잘못 먹고 죽은 것 같다. 그때가 한겨울이었고 방에는 난방도 하지 않은 상태였으니까 그럼 역시 동사인가. 크흑. 뭐, 어차피 난 혈혈단신 고아였기 때문에 딱히 이전 생에 미련이라거나 아쉬움이 남아 있는 건 아니었다. 지금 다시 그때로 돌아가라 해도 절대 절대 싫었으니까.

사실 그 망할 소설을 따로 떼고 냉정하게 생각해 보면 가만히 있어도 따박따박 밥 나오겠다, 돈 벌 필요 없이 하루 종일 먹고 놀기만 하면 되겠다. 어쨌든 내 명의로 된(?) 집도 있겠다. 지상 낙원도 이런 지상 낙원이 따로 없었다. 게다가 나름대로 빙의자 버프가 있는 것인지 나는 이곳의 언어를 쉽게 습득할 수 있었다.

"릴, 리!"

나는 삐뚤빼뚤한 글씨가 적힌 종이를 들며 방실방실 웃었다. 이 세계는 교육 수준이 낮아서 내 나이 때 글씨를 익히기 시작하는 건 없는 일이라고 한다. 나는 무난무난하게 존재감 없이 사는 게 목표라 이쯤 하면 되었겠지 싶어 작년 초 처음 글씨 쓰는 모습을 보였는데 완전히 망했다. 릴리와 시녀들은 내가 세기의 천재라도 되는 것처럼 놀라 나를 경악시켰다.

"우리 영민하신 공주님."

게다가 그 이후 그녀들은 내게 본격적인 조기 교육을 시작했다. 내 영민함을 보고 교육열이라도 불타오른 것인지, 평소 나를 예뻐하던 시녀 언니들이 기초적인 예법과 제대로 된 글공부를 내게 가르치기 시작한 것이다. 나중에 알았는데 본래 이 세계의 귀족들은 최소 8살 때부터 본격적인 공부에 들어간다고 한다.

"아타나시아 공주님의 옆에 있을 수 있어서 전 정말 기뻐요."

나는 빙의자일 뿐인데 그 사실을 모르는 사람들에게 천재 취급을 받고 있으려니 묘하게 양심에 찔렸다. 하지만 난 의도한 게 아니란 말이야! 그래서 난 적당히 맞춤법도 틀리고, 찻물도 흘리고 하면서 내가 둔

재란 것을 필사적으로 어필하고 있었다. 별로 소용은 없는 것 같았지만. 으앙.

"아티도 릴리랑 같이 있어서 쪼아!"

그나마 불행 중 다행인 것은 루비궁은 외부와 고립되어 있어 어지간하면 내 소식이 밖으로 새어 나갈 일은 없다는 사실이었다. 그건 퍽 안심이었다. 왜냐면 난 소설 속 아타나시아가 그랬던 것처럼 9살에 황제궁 후원에서 클로드를 만나지도 않을 거고! 18살이 되기 전에 일찌감치 한 밑천 챙겨 여길 나갈 거니까! 으으, 클로드 놈만큼은 어떻게든 피해 줄 테다. 어딘지는 모르지만 황제궁 따위 쳐다보지도 않겠어. 뭐, 황제가 사는 곳이니까 엄청나게 휘황찬란한 성 아니겠어? 제일 으리으리하고 삐까번쩍한 곳만 피하면 되겠지.

"공주님, 우유 가져다 드릴까요?"

"응! 차가운 거 시러!"

"네, 따뜻하게 데워다 드릴게요."

릴리가 방을 나가고 난 뒤 나는 바닥에 엎드려 글씨를 끄적이고 있던 몸을 벌떡 일으켰다. 그리고 내 침대 밑에 미리 숨겨 두었던 주머니 두 개를 꺼내 행동 개시에 들어갔다. 한나에게 애교를 부려 받아 냈던 주머니들 안에는 그동안 내가 모아 두었던 도주 자금이 들어 있었다. 궁의 벽이나 조각상에 붙어 있던 보석들과 그동안 조금씩 떼어 냈던 금붙이들을 얼추 비슷한 무게로 넣어 균형이 맞는 것을 확인한 뒤 나는 후딱 치마를 걷었다. 그러자 호박 모양 바지 형식으로 된 내 깜찍한 유아용 속옷이 모습을 드러냈다.

나는 릴리가 오기 전에 서둘러 주머니에 달린 끈을 허벅지에 묶기 시작했다. 일부러 시간을 벌기 위해 뜨거운 우유를 가져다 달라고 하긴 했지만 그래도 여유로운 건 아니었다. 끙끙. 근데 이거 왜 이렇게 단단히 안 묶이냐. 나름대로 머리를 굴려 봤는데 내가 릴리나 다른 시녀들에게 들키지 않고 내 예쁜이들을 궁 밖으로 빼내는 방법은 이것밖에 없었다.
"됐다!"
고사리 손으로 쪼물쪼물 끈을 다 묶고 나서 난 자리에서 일어났다. 역시 이 어린 몸에는 제법 무거웠지만 이 정도는 어쩔 수 없지. 이렇게 몇 번 왔다 갔다 하면 아마 그동안 숨겨 놓은 자금들은 빠른 시일 내에 무사히 옮길 수 있을 것이었다.
아, 그리고 릴리가 얼마 전 시녀장을 만나러 간 이유는 조만간 내 궁을 대청소할 계획이기 때문이란다. 전부터 벼르고 있었는데 이제 나도 얼추 크고 했으니 한번쯤 궁을 정비해야겠다 싶었나 보다. 물론 깐깐한 시녀장이 나와 시녀들을 위해 인력 보충 같은 걸 해줄 리는 없었지만 어쨌든 궁의 법도상 그녀에게 말하긴 해야 했단다. 릴리의 말을 듣고 난 뒷덜미가 싸해지는 기분을 느껴야만 했다. 그리고 내 계획을 조금 더 앞당겨야겠다고 결심했다.
그래서 난 오늘 낮잠 시간을 핑계로 몰래 궁을 빠져나갈 생각이었다. 그동안 자는 척을 하며 몰래 알아봤는데, 릴리는 내가 낮잠을 잘 때는 방에 들어오지 않았다. 아마도 내가 한번 잠들면 깨우기 전까지 절대 눈 뜨지 않는단 사실을 알기 때문인 것 같았다.
"공주님, 좋은 꿈 꾸세요."
오늘도 내가 새근새근 잠이 든 것 같자 릴리는 내 뺨에 입을 맞춘 뒤 조용히 방을 나갔다. 나는 잠시 그대로 누운 채 문밖에 귀를 기울이다가 살그머니 눈을 떴다.
아오. 주머니에 다리 눌려서 혼났네. 아무래도 안에 있는 것들이 죄다 딱딱한 데다 각까지 져 있어서 피부에 자국이 남았을 것 같다. 내 예쁜이들 안전한 곳에 무사히 가져다 놓기 한번 힘들구나.
달칵.

나는 최대한 소리가 나지 않게 조심하면서 문을 빠져나갔다. 시녀들이 일하는 시간과 동선을 알아 둔 탓에 다행히도 몇 번이나 머릿속으로 시뮬레이션 해본 대로 들키지 않고 정원까지 갈 수 있었다. 하지만 사실 릴리만 아니면 다른 시녀들은 내가 잘 구슬릴 수 있었기 때문에 들켜도 상관없었다. 나는 걸음을 서둘러 꽃밭을 가로질렀다. 이미 지난번에 길 탐색을 모두 끝마친 뒤여서 그때 보았던 궁으로 가려면 어느 방향으로 걸어야 하는지도 알고 있었다.

하지만 역시 이 어린 몸뚱이로 짐 덩이까지 매달고 뛰려니 좀 힘든 것이 아니었다.

마침내 목적했던 곳에 다다랐을 때쯤에는 난 완전히 지쳐서 헥헥거리고 있었다. 무엇보다 주머니를 달아 놓은 다리가 바들거리며 떨리기까지 했다. 하, 제길. 이러다 다리 풀릴 것 같다. 하지만 내게 주어진 시간은 두 시간이 고작이었기 때문에 마음 편히 쉴 수도 없었다.

"끙차."

일단 난 다리에 묶였던 끈을 풀고 전에 봐 두었던 곳으로 달려갔다. 건물 내부에 숨겨 두면 차후 다시 꺼내 갈 때 문제가 생길 수 있었기 때문에 야외에, 특히나 으슥하고 나무가 울창한 후원에 묻어 둘 요량이었다.

나는 덤불을 헤치고 적당한 곳에 주머니를 묻으려 했다. 하지만 문제가 있었다. 땅을 팔 도구가 없잖아! 한동안 비가 내리지 않았기 때문에 바닥은 내 말랑한 손으로 파기 힘들 정도로 아주 딱딱했다. 게다가 손에 흙을 묻혀 가면 릴리에게 들킬 것이 분명했다. 이걸 어쩐다지.

잠시 끙끙거리며 고민하다가 결국 나는 내 예쁜이들을 덤불 속에 잘 숨겨 두고 뒤돌아섰다. 아무래도 내일 다시 와서 파묻어야 할 것 같았다. 한나에게 부탁해서 소꿉놀이용 모종삽이라도 달라고 해야지. 그래도 다시 돌아갈 때는 짐이 없기 때문인지 좀 더 가벼운 몸으로 뛸 수 있었다.

방으로 가는 길에 멀찍이서 지나가던 시녀 언니와 눈이 마주쳐 간이 떨어질 뻔하긴 했지만 그녀는 그냥 내가 놀러 나왔거니 가볍게 생각하고 만 것 같았다. 그동안 빨빨거리고 여기저기 쏘다니길 잘했다. 다시 방으로 돌아와 누웠을 때 나는 완전히 녹초가 되어 있었다. 헉헉. 아이고, 나 죽겠다.

달칵.

"우리 공주님, 일어나셔야죠."

"으으응."

진짜로 힘들어서 끙끙거리는 소리가 다 나왔다. 릴리는 잠결에 보채는 것이라 생각한 것 같았지만.

"응? 무슨 땀을 이렇게 많이 흘리셨어요?"

릴리의 놀란 음성에 나는 그만 흠칫해 버렸다. 역시 완벽한 범죄는 무리였어.

"미열이 있는 것 같기도 하고. 혹시 아프신 건······."

"으응, 방 더워. 해가 쨍쨍해서 뜨거."

내 말에 릴리는 잠시 방을 훑어보다가 이내 내 이마의 땀을 손으로 닦아주며 말했다.

"내일부터는 창문을 열든가 커튼을 쳐드려야겠어요. 벌써 여름이 오려나 봐요. 방이 남향이라 확실히 햇볕이 뜨겁긴 하네요."

"아티 우유 머글래. 찬 우유 주세요."

"낮잠 주무시기 전에 드셨으면서."

하지만 그렇게 말하면서도 릴리는 내게 가져다줄 시원한 우유를 가져오기 위해 방을 나섰다. 그리고 혼자가 되자마자 난 완전히 뻗어버렸다.

그 후로 난 두 번 더 루비궁을 빠져나갔다. 릴리에게 들킬 것 같기도 하고 내가 매일 밖으로 나가기 힘들기도 해서 내 비밀 외출은 며칠에 한 번 꼴로 이루어졌다. 그동안 이 일에 제법 익숙해진 탓에 나는 처음보다 용의주도하게 움직일 수 있었다. 그래도 역시 아령을 매달고 달리는 것처럼 다리가 묵직한 건 어쩔 수 없었지만.

몇 번씩 이 짓을 하는 동안 회의감이 없었던 것도 아니었다. 사실은 루비궁에서의 지금 생활이 너무 좋아서 할 수만 있다면 이대로 계속 살고 싶었다. 하지만 이 황궁에는 클로드라는 거대한 시한폭탄이 살고 있었으니 아무리 이 생활이 좋다 해도 무작정 내 목숨을 담보 삼을 수는 없는 노릇 아니겠어? 그러니까 이 예쁜이들은…… 말하자면 내 보험. 그래, 언제라도 이 궁을 빠져나갈 수 있게, 언제 올지 모르는 디데이를 위한 보험이다.

난 벌써 다섯 번째라고 익숙하게 느껴지는 길을 따라 꽃밭을 걸었다. 그리고 잠시 후, 다른 날과 변함없이 쥐 죽은 듯 조용한 궁에 들어설 수 있었다. 하지만 오늘은 곧장 후원으로 가지 않고 지난번에 왔을 때 눈도장을 찍어 두었던 곳으로 발길을 돌렸다.

핫! 있다! 그동안은 멀리서만 봐서 긴가민가했는데 사방이 개방된 형식의 궁전 1층 복도에 진열된 건 천사상들이 맞았다. 크기는 다양해서 내 키보다 큰 것도 있고, 내 팔뚝만 한 것도 있었다. 그리고 그것들은 모조리 금이었다. 세상에! 내 궁에 있는 건 전부 대리석 같은 돌조각이었는데 금이라니!

나는 흥분에 젖었다. 천사상이 워낙 많아서 이 중에 하나쯤 슬쩍해도 아무도 모를 것 같았다. 지금은 무리지만 좀 더 나이가 들면 작은 거 하나쯤은 쓱싹할 수 있을지도 몰랐다. 그런데 이거 진짜 금인 거 맞겠지?

나는 가장 가까이 있는 천사상을 요리조리 뜯어보다가 내 눈높이에 있는 토실한 궁둥이를 슬쩍 깨물었다. 내 유치도 이제는 제법 튼튼하니까. 아양.

저벅.

그런데 그때, 내 등 뒤로 인기척이 느껴졌다. 나는 천사상의 엉덩이를 깨문 상태 그대로 굳어버렸다.

"언제부터 내 성에 이런 버러지가 살았지?"

경직된 내 귓가에 싸늘한 음성이 박혔다. 그 목소리를 듣는 순간 이상하게 온몸에 한기가 돌았다. 나는 반사적으로 뒤돌아선 직후 머리 위로 드리워지는 그림자에 주춤 뒷걸음질 치고 말았다. 내 등 뒤로 턱, 딱딱한 조각상이 부딪쳤다. 언제부터 이렇게 가까운 거리에 서 있었던 걸까. 소리 없이 내게 다가온 것은 두 사람이었다. 그중 한 사람은 비교적 먼 거리에 있어 얼굴을 볼 수 있었는데 복장을 보니 아마도 기사인 것 같았다. 그리고 내 바로 앞에 서 있는 사람은······.

투둑. 챙그랑!

그의 얼굴을 확인한 순간, 팔다리에 힘이 풀렸다. 손에 들려 있던 주머니가 바닥으로 떨어지며 그 내용물들을 밖으로 쏟아 냈다. 약 3년 동안 하나둘씩 야금야금 모아 왔던 보석들이 새하얀 바닥 위에서 오색찬연하게 빛났다.

뒤에 서 있던 남자가 힐끔 그것을 내려다보고 미묘한 표정을 지었다. 하지만 내 바로 앞에 버티고 선 남자는 다른 곳으로 시선 한 번 돌리는 법 없이 오직 나만을 미동 없이 내려다보고 있을 뿐이었다.

"그 얼굴."

낮게 깔린 목소리만큼이나 차갑게 빛나는 눈동자가 나를 꿰뚫을 듯 직시했다. 역광에서도 빛이 바래는 법 없이 오묘한 색채를 내는 신비로운 눈동자. 마치 거울을 보는 것처럼 나와 똑같았지만, 그의 눈동자에는 감정 한 점 깃들어 있지 않아 정말 그 이름 그대로의 보석안 같았다.
"어디선가 본 것 같은데."
단 한 번도 얼굴을 본 적은 없었지만 한눈에 알 수 있었다. 바람에 흩어지는 진한 황금색 머리카락. 황족들만이 가지고 태어나는 보석안. 나른히 나를 내려다보는 무표정한 얼굴. 온몸에 흐르고 있는 맹수 같은 분위기.
클로드 데이 앨제어 오벨리아. 아타나시아의 아버지이자 이 나라의 황제인 남자가 길가에 널린 돌멩이를 보는 듯한 눈으로 나를 응시했다.
"그래. 시오도나에서 온 무희였나. 그 계집과 닮았구나."
예기치 못한 만남에 굳어버린 내 입에서는 아무런 말도 새어 나오지 않았다. 머릿속이 백지장이 된 듯 새하얬다. 이, 이런 게 멘붕이란 건가. 지금 얘, 걔 맞지. 18살에 아타나시아를 죽이는 황제. 아니, 근데 왜 얘가 지금 내 눈앞에 있어?! 지금 난 5살인데요. 여긴 황제궁 후원도 아닌데요?! 이제 이십 대 중반 정도로 보이는 남자는 멘붕에 빠진 나를 또 조용히 내려다보다가 이내 읊조렸다.
"하긴. 누구라 해도 상관없다."
그것이 어떤 의미인지 궁금해할 정신도 없었다. 내가 멍하니 그를 올려다보는 동안 남자는 아주 느린 동작으로 손을 들어 올렸다.
"폐하."
그러자 뒤에 서 있던 기사가 동요하는 목소리로 그를 불렀다. 나는 내게 뻗어지는 손을 여전히 멍청한 얼굴을 한 채 멀거니 바라보기만 했다.
문득, 그의 손이 멈추어졌다. 다음 순간 무감정한 눈동자가 다시 한번 천천히 내 얼굴을 훑는가 싶었다. 믿을 수 없게도, 이제껏 무기질적인 빛만을 띠고 있던 남자의 얼굴에 실소가 걸렸다.
"그러고 보니 기억나는군."
그의 보석안은 까만색에 가까운 짙은 청색으로 변해 있었다.

"그 계집이 지었던 네 이름."

그리고 그의 입에서 마침내 내 이름이 속삭여진 순간 더 이상 참지 못해 멈추었던 숨을 토해 내고 말았다.

"분명 아타나시아였지."

그것은 내게 있어 사형 선고처럼 들렸다. 쿵 내려앉았던 심장이 이제야 상황을 파악한 것처럼 팔딱팔딱 뛰기 시작했다. 뒤에 서 있던 기사는 지금껏 내 존재를 몰랐던 듯 그의 말에 놀란 표정을 짓고 있었다.

"그땐 목도 가누지 못하는 핏덩이였는데."

확실히 클로드는 4년 전 아타나시아를 만난 적이 있었다.

"그것의 이름이 아타나시아라고?"

소설 속에서 아타나시아가 클로드를 만난 것은 9살 때라고 나와 있지만 사실 그들의 진정한 첫 만남은 아타나시아가 태어난 직후였다. 그날은 바로 루비궁에서 살육이 일어났던 날이었다. 그리고 그날 황제 클로드는 젖먹이인 아타나시아 공주에게 제 미들네임을 준다. 그것은 어린 공주의 이름이 그의 흥미를 끌었기 때문이다.

왜냐하면 소설 〈사랑스러운 공주님〉에서 불사와 관계된 이름은 차후 황제가 될 정식 후계자만이 가질 수 있는 것이었으니까. 게다가 그 이름은 황제만이 직접 하사할 수 있는 것이었기 때문에 여주인공인 제니트의 이름도 '신의 은총'이란 뜻일 뿐, '불멸'이나 '영원'을 뜻하고 있지는 않았다. 제니트의 이모인 백작 부인이 아타나시아를 평소 눈엣가시처럼 여겼던 이유도 여기에 있었다. 하지만 고작 비천한 무희에 지나지 않았던 다이아나는 무슨 생각에서인지 자신의 딸에게 '아타나시아'라는 제왕의 이름을 지어주었다. 참으로 간 큰 여자가 아닐 수 없다.

"재미있구나."

즉, 아타나시아가 클로드의 미들네임을 가질 수 있던 것도 릴리가 내게 말했던 것처럼 부모 자식 간의 애정 때문이 아니었다. 사실 그는 루비궁의 다른 사람들과 함께 아타나시아를 죽일 생각이었다.

"과연 그 이름처럼 질기게 살아남을 수 있을지 궁금하군."

와, 그럼 나 지금 실제로 날 죽일 마음을 가지고 있던 사람을 눈앞에 두고 있는 거야? 미친. 물론 소설 내용을 알고 있기 때문에 이놈이 요주의 인물이란 건 충분히 주지하고 있었지만 막상 이렇게 마주치고 나니 정신이 혼미해진다.
"그새 많이 컸구나."

그새 많이 컸구나. 이제 살 만큼 산 것 같은데 그만 죽어라! 서, 설마 이러진 않겠지? 9살인 아타나시아도 그냥 무시하고 지나쳐 갔다고 했잖아! 이대로 조용히 짜져 살다가 18살이 되기 전에 궁에서 빠져나가겠다는 내 원대한 계획은?

툭! 챙그랑!

그렇게 머릿속으로 온갖 생각을 다 하고 있을 때, 내 다리에서 무언가가 미끄러져 밑으로 떨어져 내렸다. 나를 포함해 세 사람의 시선이 소리가 난 곳으로 못 박혔다. 그곳에는 보석들을 꾸역꾸역 토해 내고 있는 주머니가 반짝이는 존재감을 뽐내고 있었다. 한나가 직접 수놓아 준 당근 먹는 토끼 무늬가 참으로 앙증맞기도 했다.

"……."
"……."
"……."

미, 미친. 엿 됐다. 다리에 묶어 놓은 끈이 어째 느슨하다 싶더니만 이런 미친 일이! 오늘 양쪽 다리에 달고 온 내 예쁜이들 7호와 8호를 모두 들키게 되다니! 나는 식은땀을 뻘뻘 흘리며 내 앞에 있는 사람의 눈치를 보았다.

클로드는 도무지 무슨 생각을 하는지 모를 표정을 짓고 있었다. 그는 한쪽으로 고개를 기울인 채 바닥에 있는 주머니와 나를 번갈아 쳐다보았다. 그리고 잠시 후, 나를 향해 저벅 걸음을 옮겼다.

번쩍!

그러더니 글쎄, 내 겨드랑이에 손을 넣어 나를 번쩍 들어 올리는 것이 아닌가!

동일한 눈높이에서 여전히 무슨 생각을 하는지 모를 보석안과 시선이 마주쳤다. 너무 깜짝 놀라서 목까지 올라왔던 욕이 돌덩이에 걸린 듯 턱 막혀 버렸다. 지, 지금 이게 뭐 하는 거지?! 그런데 내 당황스러움을 아는지 모르는지, 그는 잠시 동안 내 얼굴을 들여다보다가 불쑥 입을 열 뿐이었다.

"무겁군."

무심한 그 음성에 나는 그만 벙쪄 버렸다.

"어쩐지 볼살이 터질 듯하다 싶더니 이리 무게가 나갈 줄이야."

……이 미친놈아! 나 하나도 안 무겁거든요? 그리고 내 볼살은 지극히 표준이다! 아니, 그런데 그건 둘째 치고 너 왜 나한테 말 거는 거니? 너 냉혹한 폭군 아빠잖아! 제니트만 온리 러브하고 아타나시아는 본체만체하는 개자식이잖아!

"그런데 내 궁에서 뭘 하고 있던 거지?"

하지만 그 말을 듣는 순간 나는 쭈그러져 버렸다. 내 궁. 내 궁이란다. 하기야 황궁에 있는 궁이 모두 황제의 소유이긴 했다. 하지만 지금 그가 하는 말이나 마실 가듯 편안한 복장을 한 것을 보아하니 아마 이곳은 그가 실제로 이용하는 궁전인 듯했다.

으헐. 뭐야. 나 완전히 지뢰를 밟은 거였나 봐. 설마 여기가 황제궁인 거야? 루비궁보다도 검소한 이 궁이?! 미쳤다. 돌았다. 그럼 작중에서 아타나시아가 연회의 불빛을 보고 황제궁에 가게 된 것도 우연이 아니라 이렇게 엎어지면 코 닿을 정도로 거리가 가까워서였나.

무표정한 얼굴로 나를 쳐다보던 놈의 시선이 내 등 뒤로 향했다. 그곳에 무엇이 있는지 알기 때문에 내 등 뒤로 또 한차례 식은땀이 흘렀다. 클로드와 함께 시선을 옮긴 기사가 천사상의 엉덩이에 민망하게 남은 잇자국을 보며 말했다.

"장난감인 줄 아셨나 봅니다."

으아아! 나 죽일 거야? 죽일 거야? 네 성에 허락 없이 들어왔다고 죽일 거야? 네 천사상에 이빨 자국 남겼다고 죽일 거야? 지금까지 살아있었다고 죽일 거야?

"루비궁에서 놀다가 길을 잃은 모양이군."

나는 멘붕에 빠져 있느라 그가 나를 든 상태로 몸을 돌렸단 사실도 눈치채지 못했다.

"필릭스."

"예, 폐하."

"들어라."

내 의사와 상관없이 공중에서 몸이 옮겨졌다. 가까이에서 본 기사는 꽤 훈남이었다. 그는 내 얼굴을 보며 당황과 곤혹감이 뒤섞인 표정을 짓고 있었다. 하기야 클로드 때문에 느닷없이 나를 받아 들게 되었으니 당황할 만도 했다. 우리는 불편한 자세로 서로를 본 채 흔들리는 동공을 마주했다.

"손님과 다과라도 들어야겠다."

그 후 이어진 클로드의 말은 내게 있어 청천벽력과도 같은 것이었다.

와, 이게 지금 무슨 상황일까. 피부 위로 배어나는 땀에 등이 축축했다. 나 지금 밀폐된 방 안에서 클로드 놈이랑 오붓하게 마주 앉아 티타임을 즐기고 있는 거니? 그것도 먼 훗날 나를 죽일 운명인 이 나쁜 놈이랑?

헉. 눈 마주쳤다. 나는 내 맞은편에 있는 사람이 13년 후가 아니라 그냥 지금 당장 나를 죽인다고 할까 봐 서둘러 밑으로 눈을 깔았다. 크흡. 비굴하다고 욕하지 말아줘. 이건 생존 본능이라고.

현재 상황에서 유유자적한 건 클로드 놈뿐이었고, 구석에 선 기사 오빠도 이 분위기가 영 불편하고 어색한 눈치였다. 물론 나는 말할 것도 없었다. 잔뜩 얼어붙어서 도르륵 눈만 굴리며 내 맞은편에 있는 사람 눈치를 보고 있었으니까.

"벙어리라는 소리는 듣지 못했는데."

탁자에 놓인 찻잔을 들어 올리며 클로드가 읊조린 말에 나는 작게 딸꾹질해 버렸다.

"너무 조용하니 어째 재미가 없구나."

헉. 전생에 읽었던 〈사랑스러운 공주님〉의 영향일까. 무료하다는 듯 속삭인 놈의 말에 등줄기로 오싹거리는 느낌이 스쳐 지나갔다. 재미있을 줄 알았는데 재미가 없으니 널 죽여야겠다. 뭐 이런 의미인 걸까?

그동안 잊고 있던 딸을 다시 만나 반가워하기를 바란 것까진 아니었지만 그의 눈동자는 무생물을 보듯 차갑기 그지없었다. 그래. 어쩌다 보니 이렇게 함께 마주 앉아 시간을 보내고 있긴 하지만 그의 마음이 바뀌면 나는 지금 당장에라도 바로 죽을 수 있는 것이다.

"원래 말을 못 하나?"

"아티, 말할 수 이써요."

헤헷.

그 사실을 새삼스럽게 깨닫는 순간, 나는 굳은 얼굴로 애써 미소를 그려 보였다. 으어, 어쩌겠어. 까라면 까야지. 난 아직 죽기 싫단 말이야. 물론 아직까지 이놈이 날 죽이려는 낌새는 없었지만 내가 읽었던 소설은 둘째 치고서라도 그간 시녀 언니들에게 들었던 놈의 이력이 화려해서 절로 쫄게 되었다.

"이제 겨우 목소리를 들었군. 왜 지금까지는 입을 열지 않았지?"

이놈은 자기 앞에 있는 게 5살짜리 꼬마라는 걸 알긴 아는 건지, 또 이따위 질문이다. 뭐, 뭐라고 대답해야 하는 거지. 쫄아서 말문이 막혀 있었다고 해? 할 말이 없어 입만 벙긋거리고 있는 나를 도와준 건 벽에 붙어 서 있던 기사 오빠였다.

"폐하, 아뢰옵기 송구하오나 본래 공주님 또래의 유아들은 낯을 많이 가린다 합니다."

"그래?"

그러자 언제 나를 간 보듯 응시했냐는 것처럼, 클로드가 대수롭지 않은 어투로 반문했다. 그래, 이 자식아! 어린애가 낯가리는 데 이유가 어디 있어! 게다가 네 앞에서는 누구라도 꿀 먹은 벙어리가 되고 말 걸! 어린애뿐만 아니라 어른이어도 그래!

하지만 눈이 마주치는 순간 나는 또 아무것도 모른다는 양 쑥스러운 듯이 헤헤 웃고 말았다. 흑흑. 그래 네 말이 다 맞으니까 제발 나 좀 보내 줘.

클로드는 내 얼굴에서 시선을 떼지 않은 채로 소파에 나른히 몸을 기댔다. 내 머리카락과는 다르게 태양빛의 진한 적금발을 가진 클로드가 그런 자세로 있자 그 모습이 마치 휴식을 취하는 동물의 제왕 사자처럼 보였다. 물론 난 그 앞에서 오들오들 떨고 있는 먹잇감이었다. 사지 묶인 토끼나 생쥐 정도 될까. 사자가 앞발로 탁 후려치면 끽소리도 못

하고 찍 죽을 그런 힘없는 짐승 말이다.
"필릭스."
"예, 폐하."
"나가라."
"……."

기사 오빠는 곧바로 방에서 강퇴당했다. 내 대신 대답한 것이 마음에 들지 않았던 모양이다. 자, 잠깐만. 오빠, 진짜 나만 혼자 두고 나갈 거 아니지? 으허헝. 이 나쁜 클로드야, 기사 오빠 내보내고 날 어쩌려고! 하지만 기사 오빠가 무슨 힘이 있겠는가. 내 간절한 눈빛에도 불구하고 그는 조용히 부복해 보인 뒤 소리 없이 방을 나섰다. 떠나기 직전 그가 나를 안타깝게 바라본 것 같긴 하지만 위안이 안 된다. 제길.

"아티란 건 애칭인 모양이군."

정신이 없어서 아까 내가 뭐라고 지껄였는지도 몰랐는데 시녀 언니들에게 평소 귀여운 척하던 버릇대로 말했나 보다.

"아타나시아. 아타나시아라."

그가 내 이름을 음미하듯 중얼거리기 시작하자 나는 또다시 긴장할 수밖에 없었다.

"그 이름의 의미를 아느냐?"

아, 큰일이다. 클로드가 내 이름에 관심을 두는 것은 좋은 징조가 아니었다. 비록 그가 아타나시아를 처음 살려 둔 것은 이름 때문이긴 했으나 그것은 언제 나를 벨지 모르는 양날의 검이었다. 나는 더없이 순진무구한 표정을 지으며 고개를 갸웃거렸다. 하지만 실제로는 엄청 긴장하고 있었다.

사실 첫 만남 때 클로드가 나를 살려 준 것은 정말 두 번 있을 수 없는 요행이었다고 할 수 있었다. 왜냐하면 내가 가진 이 제왕의 이름은 현 황제인 클로드조차 갖지 못한 것이었으니까.

"제 아이에게, 그것도 계집에게 감히 그 이름을 붙이다니. 살아 있었다면 그 자리에서 바로 거열형에 처하고도 남았을 것이다."

그 이유는 클로드가 선황의 정식 후계자가 아니었기 때문이다. 전에도 말한 적 있듯, 클로드는 제 아버지와 배다른 형제였던 황태자를 죽이고 직접 왕관을 차지했다.

클로드의 손에 죽은 선황의 이름은 '아에붐', 그리고 클로드의 형이었던 황태자의 이름은 '아나스타시우스'. 그들의 이름은 둘 다 영원과 불멸의 뜻을 가지고 있었다. 오벨리아 최초의 여왕이었다고 하는 '앰브로즈' 역시 마찬가지였다.

좀 더 노골적으로 말하자면 오벨리아의 역대 황제 중 오직 클로드만이 제왕의 이름을 가지고 있지 못했다. 그러니 클로드 놈이 혹시라도 내 이름에 불쾌감을 느끼고 변덕을 부려 나를 죽일지도 모르는 일 아닌가.

나는 클로드를 향해 필사적으로 무해해 보이는 표정을 지었다. 나는 당신에게 해롭지 않답니다. 왕위에는 전혀 관심도 없구요. 최대한 조용히 살다가 조용히 가는 게 인생 목표예요. 굵게 살 마음도 없고 지금까지처럼 있는 듯 없는 듯 가늘게, 최대한 가늘게 사는 게 장래 희망이랍니다. 이름만 거창하지 님 말대로 전 그냥 다섯 살 먹은 식충이에 버러지예요. 아니, 그렇다고 '죽어라, 이 버러지!' 하며 밟아 죽이면 곤란하지만.

"왜 그러고 있지? 먹으려무나."

희망 고문인지 클로드는 지금 당장 날 죽일 마음은 없는 듯했다. 하지만 이대로 루비궁에 그냥 보내 줄 생각도 아닌 것 같아서 이게 불행인지 다행인지 알 수가 없었다. 그러나 이어지는 말에 나는 지금 이 상황에 내게 불행인 게 확실하다고 생각했다.

"일부러 아이들이 좋아하는 것을 내오라 시켰는데 네가 먹지 않으면 이것을 가져온 이를 벌할 수밖에 없지 않겠느냐."

"잘 먹겠습니다."

이런 썩을 놈. 지금 나 협박한 거 맞지? 그렇지? 나는 바들바들 떨리는 손을 들어 내 앞에 곱게 놓인 포크를 들었다. 테이블에는 맛있어 보이는 케이크가 여러 개 놓여 있었지만 이미 식욕은 싹 사라진 뒤였다. 아씨. 체할 것 같다. 이런 가시방석에서 다과를 들어야 하다니. 그런데 내가 이걸 남기면 클로드가 또 궁인들을 잡아 죽일 것 같아 안 먹을 수도 없었다. 클로드가 아무리 요즘 잠잠했다지만 또다시 기분 나쁘다고 4년 전 같은 학살을 벌일지 어떻게 아나. 그리고 이번에야말로 그 사망자 명단에는 내 이름이 들어 있겠지. 어흑.

"마이쪄요."

거울을 볼 수는 없었지만 아마도 내 얼굴은 사색이 되어 있을 것이 분명했다. 그래도 난 웃었다. 좀 더 오래 살고 싶었으니까. 어흐흑. 릴리 보고 싶어. 그런데 이놈 원래 이렇게 말이 많은 놈인가. 헉, 아냐. 말없이 가만히 쳐다보기만 하는 것도 무서워. 그래. 말해라, 해. 그리고 나 좀 그만 보내 줘. 흑흑. 도대체 어쩌다가 내가 여기에 앉아 있게 된 건지 이제는 아무것도 모르겠다. 그놈의 금이 뭐라고 내가 이런 마왕 소굴까지 기어 들어와서는. 이대로라면 클로드가 날 죽이기 전에 심장마비로 그냥 먼저 사망할 것 같았다.

"예법은 누가 가르쳤지?"

"릴리가 가르쳐 줬써요."

하지만 이 몸은 생각보다 생존 본능이 강한지 속으로 흐느끼고 있는 와중에도 클로드의 물음에 착실히 답하고 있었다. 잠시 무언가를 생각하는 듯하던 클로드가 마침내 읊조리는 말에 나는 깜짝 놀랐다.

"그래. 릴리안 요르크를 말하는가 보군."

난 그냥 '릴리'라고만 말했는데 어떻게 풀네임을 전부 다 아는 거야?

"4년 전 겁도 없이 내 앞을 가로막았던 그 시녀가 아직 옆에 있는 모양이구나."

헉! 릴리, 그런 과거가 있었어? 4년 전이라면 언제야? 아타나시아를 처음 만난 날을 말하는 건가? 그런데 클로드 앞을 가로막다니?

"내가 네 이름을 처음 듣게 된 것도 그 계집의 입을 통해서였지."

뭣! 그럼 아타나시아를 살린 게 릴리안이었단 말이야? 클로드가 아타나시아를 죽이려다가 그만둔 건 이름에 흥미를 느껴서였으니까. 그렇다면 내 생명의 은인은 릴리안이 되는 셈이다. 어흐흑. 역시 갓릴리! 언니는 이 빌어먹을 소설에서 내 최애캐였어요! 더군다나 이 무시무시한 놈의 앞을 가로막기까지 하다니! 정말 감동이다.

"감히 내 앞을 막아서고도 내 손에 죽지 않은 것은 네 어미와 그 계집이 유일할 것이다."

아이고. 그 와중에도 이놈은 착실히 살벌하다. 나 진짜 죽을 것 같아. 시종일관 차분한 목소리로 말하고 있을 뿐인데 왜 이렇게 목덜미가 싸늘한지 모르겠다. 그런데 내가 케이크를 먹는 모습을 가만히 바라보는가 싶던 클로드가 다시 천천히 입을 열었다.

"너, 내가 누구인지 아나?"

딸그락.

바로 그 순간 나는 들고 있던 포크를 접시 위에 떨어뜨리고 말았다. 앉아 있는 상태가 아니었다면 아마도 나는 다리에 힘이 풀려 바닥에 풀썩 주저앉아버렸을지도 몰랐다. 바짝 침이 마른 입술이 미세하게 떨리고 있었다.

나와 닮은 보석안과 허공에서 시선이 마주쳤다. 무서워서 당장에라도 눈을 돌리고 싶었지만 지금 그의 시선을 피해서는 안 된단 사실을 알 수 있었다.

이건 시험이다. 전생에 고아로 태어나 힘난한 삶을 살며 늘어난 것이라고는 눈치밖에 없었다. 그래서 나는 그의 눈을 보는 순간 본능적으로 깨닫고 말았다. 처음부터 그는 내게 호의가 있어 이곳에 데려온 것이 아니었다. 어쩐지 이상하다고 생각했다. 그는 원래 아타나시아에게 일말의 관심조차 없었는데. 아마도 이것 역시 아무런 의미도 없는 단순한 변덕. 일순간 그의 흥미를 끈 상으로 대가처럼 주어진 기회. 그는 나를 이대로 좀 더 살려 둘지 말지 오늘 다시 결정할 셈이었다. 책에 나와 있지 않았을 뿐, 사실은 9살의 아타나시아도 클로드에게 지금처럼 시험받았던 걸까?

그는 심연 같은 눈동자로 가만히 나를 들여다보고 있을 뿐이었다. 그런 그의 눈동자에는 아까보다 한층 더 깊은 따분함이 어려 있었다.

나는 초조해지기 시작했다. 지금 그를 만족시키지 못하면 이곳이 내 죽을 자리가 될 것 같았다. 어쩌지. 어떻게 해야 하지. 팔걸이를 툭툭 두드리는 그의 소리 없는 손짓이 흐르는 시간을 반증하고 있었다. 잠시 후, 그의 손이 뚝 멈추어졌다.

"아, 아바마마?"

이런 미친 자야. 반사적으로 말해놓고 나는 속으로 비명을 내질렀다. 여기가 내 묏자리라고 전해라. 아무리 할 말이 없어도 그렇지 이 미친 황제에게 아바마마? 아바마마? 지껄이면 다 말인 줄 아냐. 왜, 차라리 죽여 달라고 하지! 루비궁의 시녀들이 다들 날 공주라고 부른다고 해서 진짜 아타나시아라도 된 것 같냐? 차라리 그냥 무난하게 '존엄하고 위대하신 대제국 오벨리아의 황제 폐하'라고 말하면서 아부나 떨걸.

"……."

그런데 믿을 수 없게도 클로드는 나를 죽이지 않았다. 그는 느린 손짓으로 턱을 쓸며 마치 더해 보라는 듯이 두 눈을 나른히 뜬 채로 나를 쳐다보고 있었다. 뭐, 뭐야. 나 실패한 게 아니었어?

어라, 그런데 잠깐…… 생각해 보면 클로드는 제니트 같은 스타일을 좋아하지 않던가? 티 한 점 없는 해맑음을 간직하고 있는, 그 화사한 미소 하나로 주위를 온통 봄빛으로 물들이곤 하던 아름다운 제니트. 그리고 사랑을 갈구하며 늘 한 발짝 뒤에서 클로드를 바라보기만 하던 아타나시아와 달리 그에게 먼저 손 내밀기를 주저 않던 사랑스러운 소녀. 그럼…… 그렇다면…… 나는 제니트처럼 될 수도 없고, 또 제니트처럼 그의 마음을 녹이지도 못할 테지만…… 그래도 단지 흥미를 끄는 것뿐이라면…… 나는 이왕 미친 소리를 꺼낸 김에 좀 더 미친 척을 해보기로 했다.

"……파파?"

소름 끼치는 적막감이 주위에 감돌았다. 내가 숨을 죽이고 있는 사이 클로드가 느리게 고개를 기울였다. 짙은 황금색 머리카락이 그 움직임을 따라 천천히 흐트러지는 것이 보였다. 내 심장은 이미 터질 것처럼 쿵쾅거리며 뛰고 있었다.

왜, 왜 반응이 없는 거야. 으아아! 에라이, 나도 모르겠다. 나는 될 대로 되란 심정으로 내가 할 수 있는 최대한으로 활짝 웃으며 외쳤다.

"파파!"

……내가 지금 새로운 데드 플래그를 꽂은 게 아니라고 누가 좀 말해줘!

제2장
공주 팔자가 상팔자라는 건 다 개소리다

결론적으로 말하자면 나는 살아남았다.

좀 더 자세히 설명하자면 클로드의 시선을 받으며 케이크를 마지막까지 싹싹 긁어 먹은 뒤에 기사 오빠의 품에 고이 안겨 내 궁까지 무사 배달되었다.

내가 생사의 사투를 벌이는 동안 시간이 꽤 많이 흘렀는지, 루비궁은 발칵 뒤집혀 있었다. 방에서 얌전히 낮잠을 자는 줄 알았던 내가 갑자기 흔적도 없이 증발했으니 모두가 놀란 것도 무리는 아니었다.

릴리는 황제의 직속 호위 기사에게 안겨 온 나를 보고 기절할 것 같은 표정을 지어 보였다. 그녀의 얼굴이 너무 창백해서 이대로 쓰러지지 않을지 진심으로 걱정이 될 정도였다. 그녀는 기사 오빠 필릭스의 손에서 곧바로 나를 받아 든 뒤 마치 역병이라도 마주한 것처럼 그에게서 멀찍이 떨어졌다. 릴리의 가슴에 푹 파묻혀 얼굴을 보지는 못했지만 몸으로 전해져 오는 떨림으로 그녀가 어떤 표정을 짓고 있을지 짐작할 수 있었다. 릴리는 부들거리는 팔로 숨이 막힐 만큼 나를 꽉 끌어안았다. 슬쩍 고개를 돌려 보니 필릭스는 릴리와 시녀들에게 유괴범 취급을 받고 곤혹스러운 얼굴을 하고 있었다. 하지만 나도 기사 오빠의 편을 들어주고 싶지는 않았다. 왜냐면 저놈이 나만 혼자 두고 클로드 말대로 방을 나갔으니까!

그 이후 클로드 놈과 단둘이 보냈던 시간을 생각하자면 피눈물이 날 정도였다. 오죽하면 내가 기사 오빠에게 안겨 오는 동안 내내 죽은 것처럼 넋이 나가서 축 늘어져 있었겠느냔 말이다. 어흐흑, 이 나쁜 놈들아. 나처럼 무력한 어린애를 괴롭히다니. 천벌 받아라. 어흐흑.

"폐하께서 조만간 다시 아타나시아 공주님을 찾으시겠노라 하셨습니다."

헉. 이런 미친. 지금 뭐라고? 나뿐만이 아니라 시녀 언니들도 기사 오빠의 말에 경악했다. 응? 그런데 뭐야. 왜 다들 두려움 반, 기쁨 반의 표정인 거야? 아, 이런. 뒷방 신세이던 내가 지금 황제의 관심을 받게 되었다고 그러는 거야? 내가 무슨 루비궁에 처박혀 오매불망 황제만 기다리고 있던 후궁도 아니고! 클로드 놈은 또 날 찾긴 왜 찾는다는 거냐! 싫어, 싫어. 으아앙.

하지만 어디 세상이 단 한 번이라도 내 뜻대로 된 적이 있기는 하던가. 황제가 오라면 오고 가라면 가고 기라면 기어야 하는 것이 내 팔자였다. 필릭스가 핵폭탄을 떨어뜨리고 떠난 뒤 루비궁은 내가 사라졌을 때와 다른 의미로 또다시 발칵 뒤집혔다. 나는 정신적으로 너무 지쳐서인지 이대로 기절하고 싶었다.

"우웩!"

"공주님!"

그 전에 먼저 속 좀 비워 내고.

그날 밤 나는 이부자리에 누워 앞으로의 계획을 다시 세웠다.

플랜 A 실패.

꾸깃꾸깃한 하얀 종이가 내 손짓을 따라 검은 잉크로 물들어 갔다. 만약 누군가가 이 내용을 본다면 낭패였기 때문에 글씨는 당연히 한국어로 적었다. 나는 방금 적은 글씨 밑에 '플랜 C'라고 덧붙여 쓴 뒤 종이의 맨 윗줄에 써 놨던 문장에 가로줄을 쫙쫙 그려 지웠다.

내가 제일 먼저 세웠던 계획인 플랜 A는 '이대로 죽을 때까지 클로드에게 들키지 않고 루비궁에 짱박혀 산다'였다. 이 경우에는 원래 아타나시아와 클로드가 만나는 시점인 9살의 생일만 특별히 조심하면 될 줄 알았다.

하지만 안일한 생각이었다. 지난번 황제궁에서 클로드를 만난 순간 이 계획은 말짱 도루묵이 된 셈이었으니. 아니, 그 심플한 궁이 클로드의 거처일 줄 누가 알았겠느냐고. 애초에 황후궁도 아니고 하렘이나 마찬가지인 후궁전이 왜 황제궁이랑 그렇게 가까운 거야? 오벨리아의 선대 황제들은 모두 호색한에 난봉꾼이었던 게 분명하다.

나는 속으로 잠시 투덜거리다가 방금 전 검은 잉크로 덧칠해 지웠던 부분의 다음 문장을 주시했다.

플랜 B : 18살이 되기 전에 도주 자금을 모아 궁 밖으로 토낀다.

이건 그래도 아직까지 실현 가능성이 있었다. 원작에서 클로드가 아타나시아를 죽이는 건 18살 때였으니. 물론 내가 4년이나 일찍 클로드를 만나 버리면서 미래가 뒤틀리지 않았다고 확신할 수는 없었지만 적어도 그놈이 지금 당장 나를 죽이지는 않을 것 같았다. 그럼 내 예쁜이들을 모으는 계획도 이대로 계속 실행인가? 아마도 궁에서 빠져나갈 때는 시녀로 변장을 하든가 궁 밖으로 연결된 개구멍을 미리 찾아서 그걸 이용하든가 해야겠지. 이건 일단 보류.

그리고 대망의 플랜 C. 나는 그 어느 때보다도 엄숙한 얼굴로 종이 위에 한 자 한 자 또박또박 글씨를 적어 나가기 시작했다.

열심히 아양을 떨어 클로드의 하트를 픽업♡ 한다.

쓰읍. 그런데 막상 적고 나니 현타가 온다. 나는 방금 전 종이에 쓴 문장을 한참 내려다보다가 이내 마른세수를 했다. 으으, 현실 도피가 시급하다. 다른 사람도 아니고 그 클로드를 꼬시겠다니. 하트를 픽업하긴커녕 데드 플래그만 수두룩하게 꽂는 거 아냐? 미쳐 버리겠네. 방금 전 쓴 글자 위에 또 박박 줄을 그어 그냥 지워 버릴까 하다가 결국 나는 종이를 그대로 내버려 둔 채 팔짱을 꼈다. 그런 내 미간에는 깊숙한 주름이 져 있을 것이 분명했다.

……하지만 아예 실현이 불가능한 일도 아닌 것 같잖아? 아니, 물론 근거 없는 자신감 같기도 하지만 말이지. 나는 책 내용도 미리 알고 있겠다, 제니트처럼 클로드를 딸바보로 만들지는 못해도 적어도 죽일 마음이 들지 않을 정도로까지는 가까워질 수도 있지 않을까? 아까도 내가 겁 대가리 없이 '파파'라고 했는데도 살려서 보내 줬잖아!

"으악!"

그러나 아까 일을 생각하자 수치심이 밀려들어서 나는 이불을 빵빵 걷어차고 말았다. 맙소사 '파파'라니! 손발이 오그라들다 못해 소멸할 것 같다. 그런데 앞으로 이 흑역사를 몇 번이고 새로 갱신할 것 같다는 게 더 수치스러워!

"으으어어."

그렇게 얼마간이나 더 몸부림쳤을까. 마침내 나는 베개 속에 파묻었던 얼굴을 번쩍 들고 어려운 결단을 내렸다. 좋아. 플랜 B와 플랜 C를 병행하자. 보험은 많을수록 좋으니까. 그럼 그렇게 결정하고 릴리가 오기 전에 종이 치워야지. 그리고 계획을 진행하는 동안 얻게 될 나의 흑역사와 부끄러움은…… 크흑. 내 미래를 위한 밑천이자 발판이라 생각하자.

"공주님, 이제 주무실 시간이에요."

"릴리, 나 자장자장 해줘!"

나는 릴리에게 안겨 한껏 어리광을 부리며 어렵사리 피눈물을 삼켰다.

"릴리안 요르크, 간만이군."

싫은 일을 앞두고 있을 때는 시간이 왜 이렇게 빨리 지나가는지 모르겠다. 클로드와 단둘이 밀실에서 생존을 건 다과 시간을 가졌던 것이 바로 엊그제 같은데, 그로부터 열흘 후인 지금 나는 또다시 그의 앞에 서 있었다.

"오벨리아의 태양께 영광과 축복을."

그나마 의지가 되는 것은 이번에는 나 혼자가 아니라 릴리도 함께라는 점이었다. 흑. 미안해, 릴리. 하지만 난 클로드가 너무 무서워. 지금도 심장마비 걸릴 것 같아. 후하. 후하. 내가 5살짜리 어린애라 그런지 간도 콩알만 해졌나 보다. 클로드를 보는데 이렇게 쫄리는 기분인 걸 보니.

운동장만큼이나 넓디넓은 알현실에는 나와 클로드와 릴리, 그리고 지난번 보았던 필릭스 말고는 아무도 없었다. 지난번부터 느낀 건데 이놈은 황제치고 주위에 데리고 다니는 사람이 없어도 너무 없었다.

"짐이 공사다망하여 그간 하나뿐인 공주에게 충분히 신경 쓰지 못했구나. 한데도 아타나시아가 이리 몸 성히 자랐으니 네 공이 작지 않다."

"황공하옵니다."

웃기지 마라. 넌 충분히 신경 쓰지 못한 게 아니라 아예 신경 쓰지 않았잖아! 그뿐이냐. 내 존재조차 완전히 잊어 놓고는.

"이제부터는 짐이 공주의 안위를 두루 살필 것이니 염려치 말라."

콰콰콰쾅.

머리 위로 날벼락이 떨어지는 소리가 들렸다. 클로드는 옥좌에 여전히 몸을 나른히 기댄 채로 나를 내려다보며 눈을 좁혀 웃고 있었다. 우, 웃어? 지금 쟤가 날 보고 웃었어? 그런데 내가 귀여워서 짓는 그런 푸근한 미소가 아니라 마치 그래서 이제부터는 어떻게 할 거냐고 묻는 듯한 섬뜩한 미소다. 그에 나는 모골이 송연해지고 말았다.

방금 한 말 취소. 방금 욕한 거 취소! 그동안 잊어주셔서 감사했습니다. 지금까지 살아 있는지도 몰라주셔서 감사했습니다! 앞으로도 제발 좀 그래 주세요! 뭣하면 그냥 호적에서 파 주셔도 울면서 고마워할게요. 으흐흑. 하지만 힘없는 소시민인 내가 뭘 어쩌랴. 황제의 말에 릴리도 동공을 사정없이 흔드는 것을 나는 보고야 말았다.

"금일 이후 아타나시아는 공주로서 그에 걸맞은 복을 누릴 것이다."

하지만 넌 날 딸로 인정한 게 아니잖아. 아타나시아를 단 한 번도 딸로 여긴 적이 없다고, 분명 책 속의 클로드가 말했었잖아? 지금도 날 진짜 공주로 받아들인 것도 아니면서 이게 무슨 말장난인지 모르겠다. 도대체 무슨 생각을 하고 있는 거야? 그리고 나와 같은 것을 릴리 역시 느낀 모양이었다. 알현실을 빠져나온 뒤에도 릴리의 얼굴에는 혈색이 돌아올 낌새가 보이지 않았다.

"괜찮아요, 공주님."

내 몸을 끌어안은 채 속삭이는 그녀의 목소리를 들으면서 나도 정말 그랬으면 좋겠다는 생각을 했다.

※

"못 본 사이 살집이 더 늘어난 것 같구나."

그로부터 얼마간의 시간이 더 지난 뒤에도 클로드와 나는 여전했다. 너랑 나랑 마지막으로 만난 게 닷새 전인데 그사이 육안으로 구분될 만큼 살이 쪘을 리가 있냐!

"헤헤, 파파도 예뻐요!"

그동안 클로드와 나는 두 번 더 만나서 부녀간의 살벌한 시간을 보냈다. 그러는 동안 느낀 건데, 이놈은 내가 당돌하고 발칙하게 군다고 해서 날 죽이려고 들지 않았다. 오히려 내가 겁 많은 아이처럼 행동할수록, 또 판에 박힌 대답을 내놓을수록 그의 얼굴은 무표정해졌다.

나는 클로드가 지루하다는 듯이 나를 쳐다볼 때가 가장 무서웠다. 착각일지도 모르지만, 이 사람이 지금 나를 살려 두는 이유가 잠시 동안의 여흥거리를 위해서라는 생각이 들었기 때문이었다. 그래서 사실은 지금도 무서워서 기절할 것 같았다. 릴리가 내 잔망스러운 말을 듣고 저 옆에서 나를 놀란 눈으로 바라보는 것이 느껴졌다. 하지만 역시 이번에도 클로드는 나를 죽이지 않았다. 역시 이놈은 들이대는 스타일을 좋아하는 거였어!

"따라오거라."

그는 두 눈을 가늘게 좁힌 채 잠시 나를 내려다보다가 먼저 뒤돌아섰다. 그때에서야 릴리와 필릭스도 참았던 숨을 얕게 내쉬는가 싶었다. 어찌 된 게 나날이 내 목숨 줄이 간당간당해지는 것 같아서 피눈물 난다.

"마침 뱃놀이를 가려던 참이니 준비하도록."

준비하긴 뭘. 게다가 '마침' 뱃놀이를 가려던 참이라니. 일부러 지금 이 시간에 맞춰서 불러 놓고는 우연인 척하기는! 애초에 내가 무언가를 따로 준비할 필요가 있었다면 미리 지시했을 것이 분명하니 지금 저 말은 '닥치고 날 따라와라'라는 의미가 틀림없었다.

"폐하, 아뢰옵기 송구하오나 공주님께서는 아직 물을⋯⋯."

"짐과 함께 있는데 무엇이 걱정이지?"

바로 그게 문제다, 이놈아! 용기 내 클로드에게 먼저 입을 열었던 릴리가 불안한 눈빛으로 나를 보기 시작했다. 황족들의 뱃놀이에 허락받지 않은 사람이 낄 수는 없었으니 여차했을 때 황제에게서 나를 구할 수 없을까 봐 걱정하는 것이 분명했다. 하지만 그러지 마, 릴리 언니. 저놈이 또 확 돌아서 언니한테 해코지하면 어떡해.

하지만 사실은 나도 클로드랑 같이 배를 타고 싶지 않았다. 갑자기 재미가 없군. 죽어라. 이러면서 호수에 풍당! 빠뜨릴 줄 누가 아는가. 그런데 이 망할 놈은 자리에 멈추어 서더니 굳이 내게 물었다.

"나와 동행하는 것이 싫으냐?"

"으으응, 아티도 파파랑 같이 갈래요."

나는 또다시 무해한 미소를 만면에 지어 보이며 말했다. 그 말에 릴리의 얼굴은 또 새하얘졌지만 나도 어쩔 수 없었다. 그래서 결국 나는 도살장에 끌려가는 기분으로 클로드와 오붓하게 뱃놀이를 하게 되었다.

황성이 얼마나 넓으면 뱃놀이할 호수까지 다 있을까. 나는 핼쑥해진 얼굴로 클로드와 마주 앉은 채로 호수 위를 둥둥 떠다녔다. 클로드는 나를 직접 안아서 배에 태웠는데, 혹시나 이대로 물에 빠뜨리는 게 아닐까 싶어 난 남몰래 바들바들 떨어야 했다. 그리고 배에 올라타는 미션을 끝마치자마자 완전히 기력이 쇠해 버렸다.

응? 그런데 이 배, 승선감(?)이 장난이 아니었다. 아니, 황족들이 타는 배는 원래 다 이런가? 흔들림도 없이 막 미끄러져! 그런데 이 큰 배에 클로드랑 단둘이 타고 있으려니 여간 간이 쫄리는 게 아니다. 잠깐. 그런데 지금 우리 둘 다 노 같은 거 안 젓고 있잖아. 그럼 이 배는 어떻게 움직이는 거지? 모터 같은 건가? 아니면 설마 배가 이 층으로 되어 있어서 이 밑에서 노예들이 열심히 발을 구르고 있는 건가?

"무슨 생각을 하고 있느냐."

나한테 말 걸지 마. 쳐다보지 마. 으앵. 클로드의 물음에 '오늘 날씨가 좋아요!'나 '호수가 예뻐요!' 같은 말을 할까 하다가 이왕 이렇게 된 거 그에게 아부나 하기로 했다.

"파파 머리가 빤짝빤짝! 예뻐요!"

하지만 클로드의 머리가 예쁜 건 사실이었다. 색이 연한 내 금발도 예쁜 건 맞았지만 클로드의 꿀 같은 진한 금발은 확실히 더 내 취향이었다. 전생에 하도 없이 살다 보니 금에 한이 맺혔나. 크흑.

"빤짝빤짝 조아! 헤헤."

내 말에 클로드가 갸름한 미소를 입가에 걸었다. 아니, 잠깐…… 얘가 이렇게 웃으면 뭔가 불길한데.

"그러고 보니 그날도 보석 주머니를 가지고 있었지."

쿠구궁! 골인입니다! 아타나시아 선수 정신을 못 차리네요!

"네 보물은 내가 고이 간수하고 있으니 다음에 직접 와서 찾아가거라."

……지뢰다. 지뢰야! 사방이 지뢰밭이라 피할 수가 없다! 으아아! 어쩐지 그날 천사상 앞에 주머니를 전부 두고 와서 충격이었는데 재수 없게도 클로드가 그걸 가져가다니. 으아아, 미쳤다, 미쳤어. 난 진짜 곱게 죽을 팔자는 아닌가 봐. 내가 말을 잃고 있자 클로드는 그새 또 흥

미를 잃은 눈치였다. 그의 눈길이 내가 아닌 호수의 저편을 향했다. 그래서 나는 방금 전보다 조금 편하게 그를 관찰할 수 있었다.

으음. 클로드가 입은 이런 복식이 어느 나라 거더라? 이집트? 그리스? 석유 왕국? 모르겠다. 아무튼 클로드에게는 지금처럼 폼이 크고 느슨한 옷이 참 잘 어울렸다. 온몸으로 무료함을 내뿜고 있는 남자라서 그런가. 지난번에는 사자 같다고 생각했는데 지금은 햇볕에서 일광욕하는 표범 같기도 하고 그렇다. 물론 이러나저러나 야생의 육식 동물인 건 마찬가지다.

처음 봤을 때에는 너무 당황스럽고 무서워서 미처 몰랐는데, 클로드 놈은 확실히 헉 소리 나게 잘생겼다. 제길. 인정하기 싫어. 뭐랄까. 야성적인 느낌의 페로몬계 미남이라 해야 하나. 평소에 그렇듯 오늘도 가운 형태 같은 옷을 걸치고 있어서 그런지 쇄골에서부터 복근까지 언뜻 밖으로 드러나 보이는 것이…… 핫! 안 돼. 코로 피가 몰리는 것 같다.

아타나시아의 어머니인 다이아나도 클로드를 진심으로 좋아했다고 〈사랑스러운 공주님〉의 외전에서 본 기억이 난다. 처음에는 이해가 안 되었는데 클로드를 보면 여자들이 불나방처럼 뛰어들 만한 것 같기도 했다. 내가 아닌 다른 것을 바라보고 있는 클로드의 눈은 감탄이 새어 나오리만치 아름다웠다. 온기 한 점 없는 그의 눈동자는 진짜 보석 같았으니까. 지금 이 각도에서는 호수의 푸른 물보다 약간 옅은 청록색으로 보였다. 내 눈도 그러려나? 그렇다고 클로드를 오래 쳐다보기에는 내 담이 작았기 때문에 나는 곧 조용히 고개를 돌렸다.

어? 그리고 신기한 꽃을 보게 되었다. 처음에는 잘못 보았나 싶었는데 내 시선이 닿은 곳으로 배가 점점 가까워져서 잠시 후 나는 가까이에서 그것을 볼 수 있었다. 우와아. 이거 뭐야? 파란색 연꽃이잖아? 앗, 아니다. 호수물이 파란색이라 그렇게 보이는 것뿐, 신기하게도 꽃잎 자체는 투명했다. 생긴 건 연꽃하고 비슷했는데 꽃잎이 투명하다니. 그런데 연꽃이 호수에도 피던가? 저거 갖고 싶다.

왠지 손을 뻗으면 닿을 것 같아서 나는 배의 가장자리로 엉덩이를 옮겼다. 클로드가 그런 나를 쳐다보고 있다는 사실을 알았지만 그것조차 내 관심을 돌리지는 못했다. 신기하기는 해도 별로 예쁜 꽃도 아니었는데, 왜인지 지금 당장 저걸 손에 넣어야만 할 것 같았다. 조금만. 조금만 더. 그리고 막 손가락 끝에 푸른빛으로 물든 꽃잎이 닿았다 싶었을 때.

풍덩!

나는 배에서 떨어져 버렸다.

"아, 푸!"

순식간에 코와 입으로 물이 새어 들어왔다. 나는 정신없이 팔다리를 휘저으며 첨벙거렸다. 이거 뭐야. 어쩌다 이렇게 된 거지? 보글보글 숨이 막혀 와서 정신이 하나도 없었다. 오늘 클로드와 만난다고 시녀 언니들이 입혀 준 드레스는 레이스가 몇 겹이나 덧대져 있어 무거웠다. 잠깐. 난 수영 못 해. 못 한다구.

"사, 살려……."

아무리 발버둥 쳐도 발끝에는 아무것도 닿지 않았다. 물에 젖은 손은 배를 긁기만 할 뿐, 그 위로 몸을 끌어 올릴 힘을 내지 못했다. 그럼에도 나는 공포에 젖어 자꾸만 앞으로 손을 뻗었다. 그리고 여느 때처럼 고요한 눈동자와 눈이 마주치는 순간, 그렇지 않아도 차갑던 몸이 발가락 끝까지 얼어붙는 듯한 느낌을 받고 말았다.

클로드는 호수에 빠져 버둥거리는 나를 그저 조용히 지켜보고 있었다. 동요 한 점 없는 그 눈동자를 보는 순간 바로 알 수 있었다.

안 구해 줄 거야. 저 남자는 나를 안 구해 줄 거야. 이대로 내가 물 밑으로 가라앉아 가는 것을 지금 같은 무감정한 눈동자로 그저 조용히 지켜보기만 하겠지.

첨벙.

그것을 깨달은 순간 몸에서 힘이 빠져나갔다. 발목을 휘감은 무언가가 나를 밑으로 잡아당기고 있었다. 머리끝까지 물속에 잠기는 것은 순식간이었다. 폐에 물이 차오르는 느낌은 끔찍했다. 이번 생의 죽음이 익사라니. 배에 타기 직전 했던 생각이 진짜가 되어버렸다. 이래서 말이 씨가 된다고 했던가. 아무리 그래도 그렇지, 이……

"아푸!"

개새끼야!

"허억! 헉. 윽, 콜록……."

바로 그때 강한 힘이 나를 물 밖으로 끌어 올렸다. 나는 정신없이 물을 토해 내며 기침했다. 눈앞은 어지러웠고 귓가에는 이명이 가득해 몸을 제대로 가눌 수가 없었다.

"세상에, 공주님!"

얼마의 시간이 지났는지도 모르겠다. 누군가 내게 달려오는 소리가 들린다 싶더니 릴리의 경악 어린 목소리가 귀를 찔러 들어왔다. 나는 클로드가 어느덧 육지로 도달한 배에서 나를 꺼내 호숫가에 내려놓았단 사실을 그제야 알아차렸다.

"필릭스."

"예, 폐하."

"내일부터 아타나시아에게 물에서 헤엄치는 방법을 가르쳐라."

그는 물에 젖은 손을 한번 툭 털어 낸 뒤 그대로 내게서 뒤돌아섰다.

"짐의 딸이 고작 호수 따위에 빠져 익사한다면 수치스럽지 않겠느냐."

지금 막 물에 빠져 죽을 뻔했던 제 딸에게 할 소리가 아니었다. 하지만 이곳에는 그의 비정함을 지적할 사람이 아무도 없었다. 릴리는 달달 떨고 있는 나를 커다란 수건으로 감싸 안고 달래느라 경황이 없어 보였다. 필릭스는 황제의 말에 차마 아무런 대답도 하지 못하고 황망한 표정을 짓다가, 앞서 걷기 시작한 그를 따라 주저함이 서린 발길을 돌렸다.

"공주님. 공주님…… 괜찮아요. 이제 괜찮아요, 공주님."

나를 안고 있는 릴리의 손이, 내 귀에 속삭이는 릴리의 목소리가 형편없이 떨리고 있었다. 멀어지는 클로드의 뒷모습이 흐린 시야를 파고들었다.

"으……."

나는 그가 내 눈앞에서 완전히 사라진 뒤에야 겨우 입을 열 수 있었다.

"으아아앙……!"

길다면 길고 짧다면 짧은 내 인생에서 이처럼 공포에 질려 눈물이 났던 적은 또 없었다.

───※───

병치레 한 번 없이 건강하던 내가 클로드를 만난 뒤부터는 몸이 성할 날이 없었다. 그 자식하고 같이 다과 시간을 보낸 뒤에 체하는 것은 기본이고 이제는 뱃놀이 도중 호수에 빠져 익사할 뻔하기까지 했으니. 그 후 나는 생전 걸려 본 적 없던 감기 때문에 이불을 돌돌 말고 누워 식음을 전폐해야만 했다.

그렇게 릴리와 시녀 언니들의 보살핌을 받는 동안 나는 클로드가 진정한 개새끼라는 결론에 다다랐다. 물론 나중에 나를 물에서 건져 주긴 했지만 분명 그놈은 내가 허우적대는 꼴을 보면서도 곧바로 구해 주지 않았다. 나쁜 사이코패스 새끼 같으니라고. 어떻게 5살짜리 애가 호수에 빠져서 죽으려 그러는데 그런 눈으로 쳐다보기만 할 수가 있지?

더군다나 난 자기 딸인데! 그때를 생각하면 아직도 소름이 끼쳤다. 하긴. 그런 놈이니까 책에서도 일말의 망설임조차 없이 아타나시아를 죽여 버렸겠지. 흑흑.

나는 그날 이후 밤마다 악몽을 꾸며 훌쩍훌쩍 울었다. 그럴 때면 방을 나가지 않고 침대 옆에 앉아 있던 릴리가 다가와 내 머리를 쓰다듬으며 꼭 안아주었다. 나는 릴리의 따뜻한 품속에서야 겨우 다시 잠이 들 수 있었다.

요즘은 정말 사는 게 뭔가 싶다. 예전 생에서와는 또 다른 의미로 나는 너무나 무력했다. 아마 내가 보통의 어린애였다면 이 일은 평생의 트라우마로 남아 두 번 다시 뭍은 쳐다보지도 못했을 것이다. 그냥 금이나 더 모아서 한시 바삐 이곳을 뜨고 싶다. 역시 플랜 C보다는 B가 나한테 여러모로 이로울 것 같다. 내가 저 흉악한 사이코패스 자식을 무슨 수로 꼬셔? 와, 새삼스럽게 내가 참 헛된 객기를 부렸었구나 싶다.

나 이 황궁에서 언젠가 벗어날 수는 있는 거겠지. 그러고 보니 내 예쁜이들도 두 개나 클로드에게 뺏겨 버렸지. 이 나쁜 자식! 그는 나한테 직접 와서 보물을 찾아가라고 말했지만 내가 미쳤나. 그 악의 소굴로 스스로 기어 들어가게.

"한나."

아무리 생각해 봐도 살 의욕이 안 생긴다. 그래서 나는 이번 생의 최대 장점을 이용해 바닥을 치고 있는 삶의 의지를 끌어 올려 보기로 했다.

"쪼꼬 줘."

뻥을 뜯는 것처럼 손을 척 내밀고 있는 나를 향해 한나가 당황한 눈빛을 보였다. 하지만 나 지금 재롱부릴 기분 아니야. 내 마음은 지금 아주아주 시꺼멓게 피폐해져 있다구.

"쪼꼬."

"아, 안 돼요. 릴리안 님이……."

"쪼꼬 머글래."

하지만 내가 거듭 보챘는데도 한나는 쉽게 넘어오지 않았다. 아마 릴리에게 단단히 주의를 받은 모양이었다. 하기야 나를 만날 때마다 어울리지 않게 달달한 케이크를 내주는 클로드 때문에 요즘 내 당분 섭취가 늘기는 했다. 하, 참. 그럼 하는 수 없지. 나는 한나를 향해 내 필살기를 내보였다.

"언니, 아티 쪼꼬 먹고 시퍼요."

한나의 얼굴이 몽롱하게 풀어지기 시작했다. 자, 내 반짝반짝 공격을 받아라!

"이, 이러지 마세요."

반짝반짝.

"정말 안 돼요, 공주님! 죄송해요!"

그런데 한나는 결국 내게 아무것도 주지 않고 더 이상은 못 견디겠다는 듯 치맛자락을 휘날리며 자리를 벗어났다. 뭐야, 뭐야! 어디 가! 내 초콜릿! 초콜릿 주고 가!

"한나!"

말도 안 돼. 한나가 내 반짝이 공격을 이겨 내다니! 아무래도 요즘 정신적 스트레스를 너무 받아서 내 애교 레벨이 많이 하향된 모양이었다. 크으으, 분하다.

하지만 그렇다고 해서 내가 못 먹을 줄 알고? 나는 시녀들의 눈을 피해 몰래 부엌에 숨어들었다. 이 궁에 산 지도 어언 5년째라 시녀 언니들이 자리를 비우는 시간쯤은 알고 있었다. 그리고 초콜릿이나 사탕을 어디 숨겨 두는지도 알고 있지! 나는 살금살금 부엌으로 들어섰다. 애

같은 짓이라는 자각은 있었지만 초콜릿을 향한 집념을 버릴 수가 없었다. 그야, 이전 생에서 이런 것들은 나한테 완전 사치품이었는걸!

하루에 한 끼만 먹거나 그마저도 편의점의 유통기한 지난 김밥으로 겨우 겨우 배를 채우는 신세였는데 이런 기호품이라니. 꿈꾸는 것조차 사치였다, 나에겐. 그러니까 먹을 거야, 초콜릿! 눈을 번뜩이며 조용히 주위를 살펴봤지만 역시 내 예상대로 그 안에는 아무도 없었다. 난 신이 나서 초콜릿이 있는 선반으로 달려갔다.

"세스, 어디 가?"

"잠깐만. 냄비 뚜껑을 안 닫고 온 것 같아서."

헉! 그러다 갑자기 문가에서 들리는 소리에 나는 화들짝 놀라 몸을 숨기고 말았다. 부엌 안으로 들어온 것은 차도녀 시녀 언니 세스였다.

"역시 뚜껑이 열려 있네."

앗. 그럼 굳이 내가 초콜릿을 훔쳐 먹을 필요도 없이 그냥 지금 달라고 하면 되는 거 아닌가? 그래, 하필 이 타이밍에 만난 것도 운명인데!

"어……."

"앗! 벌레!"

내가 그녀를 부르려 막 입을 열었을 때, 갑자기 세스가 날카롭게 외치며 눈을 번뜩였다.

쿵! 콰직!

잠시 후 그녀의 뾰족한 구두 굽 아래로 모습을 드러낸 것은 완전히 뭉개져 처참한 몰골이 된 바퀴벌레였다.

"더러운 벌레가 감히 부엌에 발을 들이다니."

나는 귓가에 울리는 서늘한 목소리에 남몰래 식은땀을 흘리고 말았다.

"아무래도 궁 청소를 좀 더 서두르자고 릴리안 님께 말씀드려야겠어. 공주님도 계시는 궁에 바퀴벌레라니 도저히 용서가 안 되는군."

여, 역시 세스 언니는 루비궁의 세X코야! 벌레 잡는 달인 같은 저 신의 발놀림!

"그런데 방금 무슨 소리가 들리지 않았나?"

그, 그렇지만 지금 나가지는 말아야지. 물론 세스가 나를 저 바퀴벌레 대하듯이 할 리는 절대 없었지만 바닥에 짓뭉개져 있는 벌레 사체를 보니 뭔가 좀…… 지금 나가도 초콜릿을 주는 게 아니라 릴리한테 말해서 날 혼낼 것 같은데? 그런 생각으로 내가 쥐 죽은 듯이 가만히 있자 세스는 잘못 들었다 싶었는지 곧 고개를 갸웃거리며 부엌을 나섰다.

나는 그제야 몸을 숨기고 있던 선반 뒤쪽에서 슬그머니 고개를 내밀었다. 으흑. 오늘따라 초콜릿을 쟁취하기 위한 여정이 쉽지 않구나. 나는 문 쪽을 힐끔거리며 다시 초콜릿 선반으로 손을 뻗었다.

부스럭.

헉? 그런데 갑자기 옆쪽에서 작은 소리가 들렸다. 나는 혹시나 또 누가 들어온 걸까 싶어 온몸의 신경을 곤두세우고 소리가 난 쪽으로 고개를 돌렸다. 하지만 그곳에는 아무도 없었다. 조용한 정적이 바닥 위를 한차례 굴러갔다. 뭐지? 잘못 들었나? 하지만 분명히 뭔가가 움직이는 소리가 들렸는데. 나는 어리둥절해졌다. 몇 년 전부터 시녀 언니들이 틈날 때마다 떠들던 '부엌의 귀신' 얘기가 머릿속을 스쳐 지나간 것은 바로 그 순간이었다.

"헉."

얼마 전의 일 때문인지 어젯밤에도 머리를 미역 줄기처럼 늘어뜨린 물귀신이 내 발을 잡아당기는 꿈을 꾸었던 참이라 나는 더 섬뜩해졌다. 그동안은 클로드가 했던 일 때문에 헛소문이 돌아다니는 거라고 생각했는데 이런 상황이 되고 보니 갑자기 그 소문이 이제까지와 다르게 느껴지기 시작했다. 사람 한 명 없이 침묵만 가득한 부엌은 몇 년간 관리가 잘되지 않은 탓인지 천장에 달린 불빛까지 깜빡이고 있어 더욱 음침해 보였다. 그동안 가끔씩 릴리 몰래 부엌에 와 초콜릿을 훔쳐 먹은 적이 있었지만 이곳이 이토록 을씨년스럽게 느껴진 것은 처음이다. 그러고 보니 정말 귀신이 두세 마리는 살고 있을 것처럼 생겼잖아? 갑자기 등 뒤에서 식은땀이 흐르기 시작했다. 당장에라도 귀신이 짠! 하고 나타나 내 어깨를 덥석 붙잡을 것만 같았다.

"공주님!"

덥석!

그래, 바로 지금처럼……!

"으아아악!"

나는 소스라치게 놀라 경기할 듯 비명을 내질렀다. 귀신이다! 귀신이 내 어깨를 잡았어! 클로드가 죽였다던 루비궁의 시녀가 악령이 되어서 나를 잡으러 왔나?! 아니면 어제 꿈에서 봤던 물귀신이 쫓아온 건가?!

"어머, 공주님! 죄송해요. 많이 놀라셨어요?"

하지만 내 뒤에서 나타난 것은 릴리였다. 그녀는 내가 자지러지자 나 못지않게 깜짝 놀란 듯했다.

"공주님, 빨리 나가 보셔야 할 것 같아요."

그런데 릴리는 무언가 급한 일이 있는 듯, 나를 제대로 달래기도 전에 황급히 안아 들었다. 앗! 그런데 내가 부엌에 있는 걸 들켜 버렸잖아. 게다가 내 손에는 선반 바구니 속에 있던 초콜릿이 그새 두 개나 들려 있었다. 핫. 역시 내 순발력이란…… 이 아니라. 나는 릴리 몰래 손에 있던 것을 슬쩍 소맷자락 속에 집어넣었다. 눈치를 보니 릴리는 내가 부엌에서 초콜릿을 슬쩍한 것을 모르는 것 같았다. 도대체 얼마나 급한 일이길래 이러지? 그리고 나는 곧 그 이유를 알게 되었다.

"아타나시아 공주님을 모시게 되어 영광입니다."

나는 릴리의 품에 안겨 있는 나를 향해 읍하는 시녀들을 보고 그대로 굳어버렸다. 이게 다 몇 명이야. 하나, 둘, 셋, 넷, 다섯…… 나는 내 앞에 일렬로 선 시녀들을 대강 서른 명까지 세다가 포기했다. 이 언니들이 오늘부터 나를 모시게 될 거라고?

예전에 고깃집에서 알바를 하다가 곁눈질로 봤던 드라마의 한 장면 같았다. 기름때가 덕지덕지 낀 불판을 닦던 내 신세와 너무도 비교되어 부러움의 감정은커녕 실소만 자아내던 로맨틱 코미디 드라마. 재벌 2세 여주인공의 로맨스를 그린 그 드라마는 당시 꽤나 선풍적인 인기를 끌었던 것으로 기억한다. 하지만 내가 봤을 때는 현실성이 하나도 없이 유치뽕짝하기 그지없었다. 그때 내가 본 장면은 여주인공이 쇼핑을 마치고 집으로 돌아왔을 때, 저택에서 일하는 사용인들이 현관 앞에 정렬해 그녀를 맞이하는 장면이었다.

"오늘부터 아타나시아 공주님의 임시 호위 기사로 명받았습니다."

내가 얼떨떨하게 있는 사이 옆에 서 있던 필릭스가 내 앞으로 걸어와 부복했다. 지금 병 주고 약 주니? 클로드는 정말 속을 알 수 없는 또라이였다. 나는 그 사실을 새삼스럽게 깨닫고 헛웃음을 내뱉을 수밖에 없었다. 얼마 전에는 온몸이 폭삭 젖은 채로 달달 떨고 있는 내게 일말의 온정도 느껴지지 않는 모진 소리를 했으면서, 오늘은 내 궁에서 일할 시녀들과 호위 기사를 친히 하사해 주었단다. 더군다나 필릭스는 황제인 클로드가 늘 옆에 두고 다니던 사람이었다. 아무리 임시라지만 그런 사람을 빌려주다니 이게 도대체 무슨 의미일까? 앗! 설마 지난번에 호수에서 말한 것처럼 수영을 가르치라고 보낸 건 아니겠지?

"폐하의 성은에 감읍하나 어찌 로베인 경을……."

릴리 역시 미리 소식을 듣지 못한 듯 몹시 당황하고 놀란 눈치였다. 그러자 필릭스가 나를 쳐다보며 옅게 미소 지었다.

"이러나저러나 공주님을 아끼시는 것이 아니겠습니까."

필릭스가 하는 말에 뒷목이 저렸다. 이것 봐, 기사 오빠. 당신도 지금 '이러나저러나'라고 했잖아! 아끼기는 개뿔. 그 말을 누가 믿는다고. 차라리 마음이 바뀌면 언제든 내 목을 딸 수 있게 감시 차원에서 보냈다고 하면 그게 더 말이 되겠네.

"그, 그러신가요."

그것 봐. 오죽하면 릴리가 말을 다 더듬겠느냐고!

"예. 폐하께서 아타나시아 공주님의 정식 호위 기사를 심사숙고하고 계시니 아마 공주님 곁에 오래 머물게 되지는 않을 겁니다."

필릭스는 그렇게 말하며 나를 향해 웃어 보였다.

"하면 오늘부터 잘 부탁드립니다, 공주님."

아무튼, 그렇게 해서 클로드의 기사 필릭스는 매우 수상쩍은 방식으로 내 임시 기사가 되었다.

✦

알고 보니 클로드가 내게 궁인들을 직접 하사한 것은 좋은 일이 아니었다. 그는 내 궁에 시녀들을 추가로 더 보내 준 것이 아니라 아예 기존에 있던 시녀들과 교체해 버렸다. 그 말인즉, 그동안 내가 열심히 구워삶았던 시녀 언니들이 몽땅 다 내 궁에서 사라지게 되었다는 것이다.

새로운 시녀들이 내 궁에 온 바로 그날 저녁 나는 그 청천벽력 같은 소식을 알게 되었다. 내가 아무리 너 원래 시녀 언니들이 보고 싶어서 떼를 써도 릴리는 난처한 표정만 지었다. 듣자 하니 내 시녀들은 이미 오늘 아침 이곳을 떠나 곧바로 다른 궁으로 배치되었다고 했다. 그 말을 듣고 나는 몹시 골이 났다. 시녀들이 루비궁의 보물들을 훔칠 때도 내게 관심조차 주지 않던 클로드가 이제 와 내 궁인들을 멋대로 갈아치우는 것도 마음에 들지 않았고, 아무리 황제의 명이라지만 인사 한

마디 없이 궁을 떠난 시녀들에게도 서운했다. 그럴 만한 일이 아니란 것을 머리로는 아는데도 사람 마음이란 것이 참 어쩔 수가 없나 보다.

게다가 이번에 새로 온 시녀 언니들은 내 애교에도 무반응으로 일관하며 묵묵히 자기 할 일만 하기 일쑤라 나는 더욱 부아가 치밀었다. 역시 같은 시녀라도 버려진 공주의 궁에 보내진 하급 시녀와 황제가 엄선해 보낸 시녀들은 다른 것일까. 내가 그 언니들을 어떻게 꼬셨었는데! 어흐흑.

"한나랑 세스 보구 시퍼."

"공주님이 원하신다면 꼭 다시 보실 수 있을 거예요."

"언제?"

"으음, 열 밤 후에?"

나는 어른들이 하는 그 말을 믿지 않았다. 그도 그럴 것이 어른들이 아이들을 속일 때 하는 대표적인 거짓말 아닌가? 게다가 전생의 고아원에서 아이들이 부모님을 찾을 때마다 밥 먹듯이 들었던 소리도 바로 저것이었다. 내 입이 불룩 튀어나오자 릴리는 그런 나를 달래려고 또 진땀을 뺐다. 옆에서 그런 우리를 지켜보고 있던 필릭스가 입을 연 것은 그때였다.

"폐하께 한번 말씀드려 보시면 어떨까요?"

그 말에 나도 릴리도 미쳤냐는 듯이 필릭스를 쳐다보았다. 하지만 그는 자기가 무슨 말실수를 했냐는 양 오히려 우리를 의아하게 쳐다보고 있을 뿐이었다.

나중에 필릭스가 알려 준 바에 의하면, 호숫가 한가운데 있던 그 연꽃은 무려 마법 생물로, 사람을 현혹해 물에 빠지게 한 다음 양분을 빨아먹는 무시무시한 식물이라고 했다. 아무렇지도 않게 그 말을 해준 기사 오빠 때문에 나는 눈앞이 아찔해져 한동안 넋을 놓아야만 했다. 필릭스는 그런 위기에서 나를 구해 준 클로드의 능력과 멋짐을 어필하고 싶었던 모양이지만, 오히려 클로드를 향한 분노와 함께 이번 생에 대한 회의감이 우르르 달려들었을 뿐이다. 클로드 이 멍멍이 자식! 그런 상황에서 날 가만히 쳐다보기만 하다니! 아, 또 생각했더니 혈압이 오른다.

"마침 폐하께서 오늘 만찬 시간을 공주님과 함께 보내고 싶다 하셨습니다."

하지만 덧붙여진 필릭스의 말에 한껏 치솟던 혈압은 순식간에 푸스스 떨어져 버렸다. 나는 사색이 된 얼굴을 릴리의 품에 파묻었다.

……나 아무래도 한 번 죽었다가 다시 태어나는 게 좋지 않을까? 띠링. 로그아웃을 신청합니다. 로그아웃! 로그아웃! 크아앙……!

"공주님, 그러지 마시고……."

"싫어!"

나는 릴리의 난처한 표정을 못 본 체하며 휙 고개를 돌렸다.

"하지만 폐하를 뵙는 자리인데……."

우리가 실랑이를 벌이고 있는 이유는 바로 내 옷차림 때문이었다. 클로드와의 만찬 시간을 위해 릴리가 드레스를 갈아입자고 했으나 내가 강력히 거부하고 나선 것이다. 내가 지금처럼 우기는 것은 매우 드문 일이라 릴리는 다소 당황스러운 눈치였다. 하지만 내가 왜 클로드 놈을 위해 귀찮게 치장까지 해야 하느냐 이 말이다!

물론 나라고 해서 아직 플랜 C를 완전히 포기한 것은 아니었다. 하지만 호수에서의 일이 있고 나서 처음 클로드와 만나는 자리이기 때문일까. 도무지 그놈에게 잘 보이기 위해 꽃단장을 하고 싶은 기분이 아니었다. 게다가 그날도 시녀 언니들이 주렁주렁 입혀 준 드레스 때문에 몸이 무거워서 더 빨리 물에 가라앉아 버렸고. 그리고 지금의 옷이 아무리 수수하다고 해도 클로드를 만나기 전에 입던 것과 비교하면 엄청나게 화려한 편인데 굳이 갈아입어야 할 이유가 없었다. 클로드가 언제 나를 부를지 모른다는 이유로, 그리고 또 모름지기 공주라면 언제나 위엄 있는 모습을 보여야 한다는 이유로 시녀 언니들이 항상 내 복장에 신경 쓰고 있기 때문이었다.

"로베인 경도 뭐라고 말 좀 해주세요."

내가 볼을 빵빵하게 부풀린 채 꿈쩍도 않자 릴리가 필릭스에게 도움을 요청했다. 흥. 무슨 말을 하든 절대 안 넘어갈 테다. 난 지금 5살이니까 떼쓸 권리도 있는 거라고. 필릭스는 릴리의 말에 잠시 고개를 갸웃거리다가 이내 해사하게 웃으며 입을 열었다.

"아타나시아 공주님은 어떤 복장이셔도 사랑스러우십니다. 분명 폐하께서도 그리 생각하실 테지요."

쿨럭. 물론 내가 귀엽고 깜찍하긴 하지만 그건 좀 아니지 않니. 클로드가 날 보고 그런 생각을 할 리가 없잖아! 그 피도 눈물도 없는 냉혈한이!

"물론 그건 그렇지만……."

그런데 릴리는 거기에 또 설득된 듯 말끝을 흐리고 있었다.

"그럼 머리라도 다시 만져 드릴게요."

그녀는 결국 포기한 듯 내가 앉아 있던 의자 뒤로 다가와 부지런히 손을 움직이기 시작했다. 릴리의 풀 죽은 얼굴이 조금 마음에 걸리긴 했지만 싫은 건 싫은 거였다. 으으, 물에 빠진 내 모습을 그렇게 건조한 눈빛으로 지켜만 보고 있던 놈한테 잘 보이려고 아양을 떨어야 하다니. 흑. 더러워. 치사해. 그래도 결국 나는 내 머리 모양에 심혈을 기울이는 릴리를 말리지 못했다.

"자, 가시죠. 공주님."

최소한의 단장을 끝마치고 나서 필릭스가 나를 안아 들었다. 루비궁과 황제궁이 엎어지면 코 닿을 정도로 가까우니 이대로 나를 안고 걸어서 가려는 것이다. 뭔가 공주의 이동 방식치고는 참으로 심플했으나 그래도 요란한 것보다는 나았으니까.

 나는 릴리에게 다녀오겠다고 손을 흔들어준 뒤 다른 시녀들의 공손한 배웅을 받으며 필릭스와 함께 루비궁을 나섰다.

 알고 보니 루비궁과 황제궁을 잇는 길은 지난번 내가 잘못 들었던 화원만이 아니었다. 필릭스는 분수대 옆의 잘 닦인 길을 이용해 나를 황제궁까지 데려갔다. 처음에는 꽤나 훈남인 기사 오빠에게 안겨 간다는 게 좀 낯부끄러웠지만 몇 번인가 이 짓을 하면서 이제는 나도 꽤 익숙해져 있었다. 게다가 필릭스도 많이 발전해서, 처음과 달리 나를 제법 안정감 있게 들고 있었다.

 "폐하, 아타나시아 공주님께서 드셨습니다."

 그런데 이 궁, 정말 삭막하기 짝이 없다. 볼 때마다 느끼는 건데 도대체 왜 시녀들이나 시종들이 한 명도 없는 거지? 심지어는 황제의 방 앞을 지키고 있는 사람조차 없어서. 지금도 나를 여기까지 데려온 필릭스가 직접 클로드에게 내 방문을 고하고 있지 않은가.

 "오빠, 오빠."

 궁금해서 못 참겠다.

 "왜 파파 궁에는 다른 기사 오빠들이랑 언니들이 아무도 없어요?"

 안에서 들려오는 대답이 없어 한 번 더 입을 여는 필릭스를 향해 나는 물었다. 그러자 그가 나를 향해 고개를 내리며 대답해 주었다.

 "궁인들이 없는 까닭은 폐하께서 무엇이든 손수 하시는 것을 선호하기 때문입니다. 그리고 궁을 지키는 기사들이 없는 것은……."

 그러면서 필릭스가 이어서 지어 보인 미소에 나는 조금 알쏭달쏭해졌다.

"그럴 필요가 없으니까요."

그럴 필요가 없다니? 아니, 왜 그럴 필요가 없다는 거야? 황제궁이면 당연히 다른 궁보다도 예산이 빵빵할 테고, 일단 황제가 살고 있는 곳이니 일하는 사람들도 제일 많아야 하는 것 아닌가. 혹시 클로드 놈이 또라이라서 다들 알아서 피한다는 얘기면 이해가 된다.

"그리고 저를 그리 칭하시면 안 됩니다. 필릭스나 로베인이라고 불러 주십시오."

"으응."

"말씀도 편히 놓으시고요."

그런데 필릭스는 내 의문을 알아차리지 못했는지 다시 눈앞에 있는 방문을 향해 고개를 돌렸다.

"폐하께서 아무래도 오수 중이신가 봅니다."

뭐야? 사람을 불러 놓고 자기는 자고 있어? 와, 진짜 이 똥 매너. 하지만 오히려 잘된 건지도 몰랐다. 이건 다 클로드가 자고 있던 탓이니까 난 그냥 루비궁으로 돌아가도 되는 거 아니야? 필릭스가 증인을 해 주겠지.

"그럼 아티 그냥 갈래."

"그러지 마시고······."

그런데 잠시 나를 보며 무언가를 생각하던 필릭스가 이내 덧붙인 말은 아주 기가 막혔다.

"안으로 들어가 보시겠어요?"

······네? 지금 제가 잘못 들은 것이겠죠? 아무래도 요즘 몸이 허하다 보니. 하하······.

"공주님께서 직접 깨워 주신다면 폐하께서도 더 기꺼우실 겁니다."

달칵. 내가 무어라 말하기도 전에 필릭스는 눈앞에 있는 육중한 문을 열어젖혔다. 나는 미처 당황할 새조차 없이 부드러운 손길에 등을 떠밀문려 그 벌어진 틈 사이로 발을 들이게 되었다.
"그럼 전 여기에서 기다리겠습니다."
탁.
미소 짓고 있는 필릭스의 얼굴이 닫힌 문 뒤로 사라졌다.
"이, 뭐, 잠깐……."
나는 황당함에 젖어 닫혀 있는 문을 열려고 안간힘을 썼다. 그러나 내 팔 힘으로는 역부족이었다.
"필……!"
문 뒤에 서 있을 필릭스를 부르려고 했으나 나는 곧 화들짝 놀라 입을 다물어버리고 말았다. 내가 지금 소리를 지르면 클로드 놈이 깨는 거 아니야?! 와, 진짜 필릭스 이 나쁜…… 나는 어쩔 수 없이 문을 등지고 뒤돌아섰다. 그러자 역시나 문밖과 마찬가지로 살풍경한 방의 모습이 시야에 들어온다.
"망할……."
난 아무래도 최종 보스의 방에 진입해 버린 모양이다.

그동안 황제궁에서 클로드를 만난 적은 있었지만 이렇게 안쪽에 있는 방까지 들어와 본 것은 처음이었다. 나는 조용히 숨을 죽이고 잠시 주위를 두리번거렸다. 혹시 방금 전 문을 열고 들어오는 소리에 일어나 버린 건 아닐까? 한참 잘 자고 있었는데 허락도 없이 들어와서 시끄럽게 군다고 나한테 해코지하면 어떡해! 난 개복치다. 개복치는 많이 약하다. 이대로 돌연사해 버릴 거다. 그러니까 개복치 많이 아껴 줘야 한다!
그런데 실내는 바늘 굴러가는 소리까지 들릴 것처럼 조용했다. 다행스럽게도 클로드는 잠귀가 어두운 편인 것 같았다. 잠깐. 생각해 보니 내가 굳이 클로드를 깨워야 할 필요가 있을까? 그냥 아무리 기다려도 안쪽에서 소식이 없으면 필릭스가 문을 열고 방에 들어와 보지 않을까? 그런 생각에 나는 그냥 필릭스가 알아서 저 무거운 문을 열고 여기로 들어올 때까지 기다리기로 했다.

그리고 살펴본 클로드의 방은 황제가 사용하는 방답게…… 평수만 컸다. 여기 정말 황제의 침소 맞니? 뭐 이렇게 심플하지. 심지어 루비 궁의 내 방보다도 허전한 것 같다. 이상하다. 듣기로 전 황제는 폭정뿐 아니라 사치까지 엄청났다고 하던데 여기는 선황제가 쓰던 방이 아닌 것일까? 클로드 성격에 다른 사람이 쓰던 방을 개조까지 할 만한 열의는 없을 것 같은데. 운동장만큼 넓은 방이 워낙 휑해서 저 멀리 있는 큰 침대까지 한눈에 들어왔다. 베일이 길게 드리워져 있어 안쪽이 보이지는 않았지만.

아니, 그런데 침대가 이렇게 문에서 훤히 보이면 위험한 거 아니야? 원래 황제면 암살 기도도 있고 막 그런 것 아닌가. 이건 완전 나 잡아 잡수쇼, 하는 것 같은데. 아무리 마법사라고 해도 잘 때는 무방비할 거 아니야. 하긴. 클로드가 죽든 말든 내가 알 바는 아니지만. 그것보다 벽에 걸린 저 세계 지도 왠지 내 레이더를 건드리는데? 나는 아까부터 내 시각을 자극하던 것을 향해 살금살금 걸음을 옮겼다.

"헙."

그리고 이내 감격하여 저도 모르게 감탄이 새어 나오려는 입을 손으로 가리고 말았다. 몇 번을 보고 또 봐도 맞았다. 넓은 벽면을 가득 채운 세계 지도는 전부 눈부신 황금이었다. 더군다나 겉면만 도금되어 있는 것도 아니고 엄청나게 큰 금덩어리로 판화 찍듯이 만든 것 같다. 헐, 세상에. 전생과 이번 생을 통틀어 이런 건 처음 본다. 너무 감동이야. 크으, 역시 황제궁이구나! 이런 걸 벽면에 붙이고 있다니. 나도 이거 하나만 있으면 금촛대도 금딸랑이도 필요 없어! 설마 저쪽 벽에 걸린 것도 금인가? 나는 흥분에 차서 거의 뛰다시피 카펫 위를 가로질렀다.

클로드, 혹은 선황제는 그림을 모으는 취미라도 있었던 모양이다. 다른 장식품은 아무것도 없는 방 안에 오직 액자만이 가득가득했으니. 사이즈도 세계 지도만큼은 아니어도 완전 특대였다. 내용은 잘 모르겠지만 성서 속의 한 장면을 그려 넣은 것 같은 그림도, 깜찍한 아기 천사들과 눈 돌아가게 예쁜 천사 언니들이 그려진 그림도 전부 호화로운 금 액자 속에 보관돼 걸려 있었다.

앗! 이 그림은 최초의 여왕이었던 앰브로즈의 대관식 장면이다. 릴리가 공부용으로 가져다줬던 책에서 이거랑 비슷한 거 본 적 있어. 아무튼, 그림들이 엄청나게 큰 만큼 그 틀인 액자들도 어마어마한 사이즈를 자랑하고 있었다. 성인 남자들이 세 명 정도 모여 양팔을 쫙 뻗으면 이 정도 넓이가 될까. 게다가 이게 다 금이라니! 심지어 바닥 한구석에 세워져 있는 깨진 액자까지도 전부 금이었다.

응? 그런데 이런 먼지 앉은 액자를 왜 안 치우고 있는 거야? 혹시 이거 버리는 거면 나 주면 안 되니…… 나는 입맛을 다시며 뽀얗게 먼지가 앉은 액자를 보다가 이내 방금 전 보았던 세계 지도를 다시 한번 보기 위해 발길을 돌렸다. 아니, 돌리려 했다. 마지막 순간 내 눈을 사로잡은 것이 없었다면.

"……"

나는 지금 막 보았던 액자를 향해 한 발짝 더 가까이 다가갔다. 벽에 걸린 다른 호화로운 그림들과 달리 구석진 곳 바닥에서 하얀 먼지를 담뿍 먹고 있던 깨진 액자를 좀 더 자세히 보기 위해서. 그것은 어떤 여인의 초상화였다. 은은하게 미소 짓고 있는 얼굴은 세기의 미인 정도는 아니었지만 충분히 아름답고 매력적이었다. 어지간히 치장하는 것을 좋아하는 귀부인이었던 듯 그림에 나와 있는 여인의 머리끝에서부터 손끝까지는 온통 화려한 장신구들로 꾸며져 있었다. 그 화려함만으로 보자면 일국의 황후라 해도 믿을 수 있을 것 같다. 우아한 목선을 드러내며 틀어 올려진 머리카락은 따스한 색채의 담갈색. 그리고 매혹적인 미소를 머금고 있는 그녀의 눈동자는 초원을 닮은 녹빛이었다.

그저 책 속에서 단 몇 페이지에 걸쳐 설명되었던 글을 읽었을 뿐 당연히 실제로 본 적은 없었는데…… 나는 그림 속의 여인이 누구인지 알 것 같았다. 그래서였을까. 그로테스크하게 깨진 액자의 표면 위로 지저분하게 얼룩진 검은 핏자국이 유독 선하게 눈에 박혀 든 것은.

"으음."

아무래도 제니트의 엄마 같은데. 이건 왠지 애증이 느껴지는 흔적 아닌가? 역시 릴리의 말과 달리 클로드가 진짜 사랑한 건 다이아나가 아니라 제니트의 엄마인 것 같다. 하긴, 당연하지. 소설 속 주인공은 제니트니까. 아니, 물론 이 냉정한 남자가 과거에 사랑이란 걸 했다는 사실 자체가 믿기지 않긴 하지만.

괜히 봤네. 나는 매우 찝찝름한 기분에 휩싸여 미간을 구겼다. 왠지 봐서는 안 될 걸 본 기분이었다. 하, 그냥 안 본 걸로 해야지. 난 지금 아무것도 안 봤다. 난 아무것도 모른다. 진짜다, 정말이다! 그렇게 되뇌며 눈을 감고 고개를 마구 휘젓다가 이내 뒤돌아섰을 때.

"헉!"

나는 소스라치게 놀라 심장을 부여잡고 뒷걸음질 쳤다. 왜, 왜, 왜, 왜 클로드가 침대가 아니라 여기 있는 거야! 검은 가죽 소파 위에 한가득 흐트러진 황금색이 유독 뚜렷이 눈에 박혀 들어왔다. 클로드는 기다란 소파에 미동 없이 누워 눈을 감고 있었다. 세계 지도가 걸린 곳에서는 소파의 등받이 때문에 보이지 않았었는데 그 반대쪽인 이 위치에서는 클로드가 누워 있는 모습이 한눈에 드러나 보였다.

헉, 허억. 너무 놀라서 심장이 떨어진 것 같다. 당연히 침대에서 자고 있을 줄 알았는데 이런 낚시질을 하다니. 내가 깜짝 놀라서 심장마비라도 걸렸으면 어쩔 뻔했어! 그런데 아직까지도 진정이 되지 않아 쿵쾅거리는 심장을 부여잡고 있는 나와 달리 클로드는 한 번 뒤척이는 일조차 없이 참으로 편안하게도 잠들어 있었다.

으어, 얄미워. 한 대 때리고 싶다. 한 대만 쥐어박고 싶어. 진짜 딱 한 번만 때려 보면 안 되나? 나는 갑자기 억울해져서 몹시도 불건전한 마음을 안고 클로드가 누워 있는 소파를 향해 다가갔다. 그리고 다른 때와 달리 나와 비슷한 눈높이에 있는 얼굴을 보고 갑자기 기분이 미묘해졌다.

거참. 동화 속 왕자님처럼도 자고 있네. 눈을 감고 있는 클로드는 믿을 수 없을 정도로 온순하고 착해 보였다. 물론 난 무심코 이 생각을 해 놓고 소름이 돋아 한차례 부르르 몸을 떨어야만 했다. 내 눈이 잠깐 맛이 갔나? 누가 온순하고 착해 보여? 얘가? 다른 사람도 아니고 사이코 클로드가?

그런데 눈을 비비고 다시 봐도 눈앞에 잠들어 있는 얼굴은 흡사 저 벽에 걸린 그림 속의 성자라 해도 믿을 수 있을 법했다. 이러고 있는 것만 보면 꽤 내 취향인데. 그냥 이대로 영원히 깨어나지 말아주면 안 되겠니?

나는 왠지 착잡한 기분으로 클로드를 보다가 그의 얼굴 위로 휘휘 손을 내저었다. 필릭스가 문밖에서 부르는 소리에도, 그리고 내가 안으로 들어오는 소리에도 깨어나지 않은 걸 보면 정말 깊이 잠든 게 맞는 모양이었다. 만약 내가 이놈을 죽이러 들어온 암살자면 어쩌려고 이리도 속 편히 자고 있는지.

아무튼 잘됐다. 너 딱 한 대만 맞아라. 앞으로 언제 이놈을 때려 볼 수 있을지 모르니 지금이 기회였다. 게다가 호수에서의 일도 당연히 잊지 않았고! 나 뒤끝 있는 여자야, 왜 이래! 나는 어느 부위를 때릴까 고민하다가 아무리 그래도 얼굴은 티가 날 것 같아서 이내 그의 몸통을 노리고 손을 올렸다.

휘익! 툭!

그런데 바로 그때, 내 소매 속에서 무언가가 떨어져 내렸다. 그것은 재수 없게도 클로드의 이마를 정통으로 맞춘 뒤 튕겨 나가 바닥에 깔린 카펫 위를 나뒹굴었다. 그건 바로 오늘 낮에 내가 부엌에서 몰래 꺼내 와 소매 속에 숨겨 두었던 초콜릿이었다.

으아아……!

릴리에게 들킬까 봐 소매에 슬쩍 넣어 놨던 건데! 클로드가 보낸 시녀들을 맞이하는 동안 초콜릿의 존재를 완전히 잊고 있었다. 게다가 하필이면 오늘따라 옷도 안 갈아입고 왔었지. 나는 초콜릿에 얻어맞은 클로드가 혹여나 깨어날까 봐 한껏 숨을 죽였다. 그리고 바로 그 순간, 귀신처럼 소리도 없이 클로드의 눈이 떠졌다.

"……."

"……."

나는 그를 향해 손을 치켜 올리고 있는 자세 그대로 굳어버렸다. 클로드는 눈을 한두 번 느리게 깜빡이다가 이윽고 건조한 눈길로 나를 응시했다. 방금 전까지 깊은 숙면을 취하고 있던 사람이라고는 생각되지 않게도, 내 얼굴에 못 박혀 있는 그의 눈빛은 또렷했다. 마침내 나는 클로드를 힘껏 내려치기 위해 들었던 손을 그의 가슴팍 위로 사뿐히 올려놓았다. 그리고 어색하게 클로드의 가슴을 토닥이며 입을 열었다.

"자, 자장자장……."

제가 지금 뭘 하고 있는 거죠……?

무심결에 내가 한 짓을 깨닫고 나는 속으로 마구 비명을 내질렀다. 으앙, 으아앙! 도대체 나한테 뭘 어쩌라고 이런 상황이 벌어지는 거야! 지금 나 잠자는 사자의 코털을 건드려 버린 거 맞지? 이거 위급 상황인 거지? 차라리 무슨 말이라도 해주면 좋을 텐데 클로드는 아무 말도 없었다. 그저 빤히 나를 쳐다보기만 하는 시선에 이미 내 머릿속은 공황 상태였다.

"달님이 웃네요. 오늘은 안녕. 아가도 별님을 보고 웃어요."

어흐흑. 이런 미친! 왜 당황하기만 하면 입이 마음대로 움직이니. 지금 무슨 소리를 지껄이는 거야. 클로드한테 자장가라니, 제발 그만해!

"내일은 더 반짝이는 아침이 올 거야. 예쁜 꿈만 꾸세요. 잘 자요, 우리 아가."

나는 혹여나 내가 클로드를 때리려 했던 것을 그가 알아차릴세라 혼신의 힘을 다해 자장자장 클로드의 가슴을 토닥였다. 그러고 보니 클로드가 눈을 떴을 때 나 어떤 표정을 짓고 있었지? 어떻게 하면 찰지게 때릴까 생각하느라 완전 처키 같은 표정 짓고 있었던 거 아니야? 어흐흑. 왜 자꾸 내 명줄 깎아 먹을 일만 생기는 것 같지.

"그게 무슨 노래지?"

그런데 무슨 생각에서인지 내가 하는 짓을 가만히 두고 보는가 싶던 클로드가 마침내 입을 열어 왔다. 나는 구명줄을 잡듯 냉큼 대답했다.

"나쁜 꿈이랑 빠이빠이 하는 노래예요."

이 자식, 자장가도 모르나. 시녀 언니들이 말하기를 제국민이라면 누구나 이 자장가를 들으며 자랐다고 하던데. 하지만 자장가라고 곧이곧대로 말하기는 좀 그래서 나는 아무렇게나 생각나는 대로 돌려 설명했다. 그리고 검은 속내를 숨기며 천진난만한 척 웃어 보였다.

"파파, 좋은 아침이에요!"

그런데 클로드의 표정이 일순간 미묘해졌다. 물론 그것은 아주 찰나의 순간이라 내가 잘못 보았나 싶기도 했지만. 무표정한 얼굴의 클로드가 툭 내뱉은 말에 나는 티 나지 않게 웃고 있는 입매를 꿈틀거리고 말았다.

"지금은 아침이 아닌데."

"좋은 저녁이에요!"

그냥 좀 넘어가면 안 되겠냐.

"필릭스가 들여보냈나?"

그는 자신의 침소에 있는 나를 보고 모든 정황을 금세 추리해 낸 듯했다. 상체를 일으켜 앉은 클로드가 눈가로 흘러내린 머리카락을 나른한 손짓으로 쓸어 넘겼다. 방금까지 누워 있어서 그런지 머리카락도 평소보다 자연스럽게 헝클어져 있었고 현재 입고 있는 옷도 가슴 부위가 벌어져 잘 짜인 근육을 훤히 드러내고 있었다. 엇, 부끄러워. 이건 왠지 좀 부끄러운데. 내가 비록 겉모습은 꼬꼬마라지만 속은 과년한 처자인데!

클로드는 그런 나를 모른 채로 왼쪽에 위치한 창밖으로 시선을 던졌다. 어느덧 밖에는 노란 석양이 뉘엿뉘엿 무르익어 있었다. 그는 맹수가 기지개를 켜듯 느리게 자리에서 일어나며 읊조렸다.

"만찬은 이곳에 준비시켜야겠다."

"낯빛이 환한 것을 보니 그간 잘 지냈나 보구나."

클로드와 이렇게 직접 얼굴을 마주하는 것은 지난 뱃놀이 이후 처음이었다. 나는 황제의 침소 한가운데 마련된 탁자에 앉아 그 위에 펼쳐진 음식들을 구경하고 있었다. 물론 모든 요리에 윤기가 잘잘 흐르는 것이 하나같이 군침이 날 만큼 맛있어 보였지만 황제의 식단치고는 제법 검소한 면이 있었다.

나는 그것이 의외라고 생각하다가 클로드가 꺼낸 말에 황당하게 고개를 들었다. 그동안 내가 아팠다는 것을 모를 리 없는데도 그는 단 한 번도 나를 찾아오지 않았다. 아니, 물론 저놈이 날 찾아와 봤자 내 화병만 가중되었을 것이 분명하지만! 아무튼, 딸이 아프다는데 병문안을 오지는 못할망정 신수가 훤해졌다는 소리나 하는 클로드 때문에 나는 몹시 어이가 없었다. '많이 아팠다 들었는데 몸은 좀 괜찮니?'라든가 '그새 얼굴이 반쪽이 되었구나' 같은 온정 어린 한마디를 원한 것까진 아니었지만 이건 좀 심하지 않아? 하긴. 네가 괜히 클로드겠니.

"파파도 예뻐졌어요!"

하지만 난 힘없는 소시민. 잊지 말자. 플랜 C다, 플랜 C. 플랜 B를 위해서라도 이놈에게 오늘내일 죽지 않을 만큼 잘 보여 두는 건 필요해! 아무리 더럽고 치사해도 목숨보다 중요한 건 없어! 나는 클로드의 말을 받아치며 실없이 보일 정도로 해죽 웃었다. 내 웃는 얼굴에 클로드의 눈에 이채가 돌기 시작했다. 그래, 호수에 빠져 어제까지도 골골대던 애가 이렇게 생긋생긋 웃고 있으니까 신기하냐?

클로드는 내 맞은편에 나른하게 앉아 손에 턱을 괴고 나를 지그시 쳐다보고 있었다. 근데 왜 이렇게 치명적인 매력을 뽐내고 있는 거지? 지금 나 홀리려고 작정했니? 저것도 참 재주다. 물론 그래 봤자 난 안 넘어갈 거지만!

"들어라. 특별히 네가 좋아할 만한 것으로만 준비했다."

그래서 그게 고기인 거야? 이거 지금 나 통통하다고 까는 거지? 지금 돌려서 욕하는 거지?

"잘 먹겠습니다."

물론 그렇다고 못 먹을 내가 아니었다. 나는 클로드의 말을 무시하고 그냥 식사에 집중하기로 했다. 와, 완전 입에서 사르르 녹는다. 클로드는 매일 이런 걸 먹고 있단 말이야? 내 궁에서도 이런 비싸 보이는 고기가 나오긴 했지만 이런 맛에 이런 품질은 아니었는데, 이건 차별이다!

그런데 어린 내가 들기에는 식기가 좀 많이 무거웠다. 게다가 고기를 자르지도 않고 줘서 내가 하나하나 일일이 썰어서 먹어야 했다. 그리고 나한테는 식탁이 너무 높아!

끼익, 결국 내 손에서 엇나간 나이프가 접시 위를 긁으며 날카로운 소리를 냈다. 으헉. 그 순간 나는 숨을 멈추었다. 창피한 건 둘째 치고서라도 일단 클로드의 눈치가 보였다. 서, 설마 불쾌한 소리를 냈다고 기분 나빠하는 건 아니겠지? 혹시 들고 있던 나이프를 나한테 던지는 건 아니겠지?

"예법 공부를 더 해야겠구나."

하지만 다행스럽게도 클로드는 나를 쳐다보지도 않은 채 나지막하게 읊조릴 뿐이었다. 휴, 십년감수했다.

"내일 궁으로 사람을 보내마. 근본 없는 것들에게 배워 그런지 지적할 부분이 한두 군데가 아니라 영 성가시군."

뭐? 지금 네가 내 시녀 언니들을 깠니? 근본 없는 것들이라고? 그 언니들도 다 귀족이야 왜 이래!

"이제부터는 좀 더 제대로 된 교육을 받아라."

아, 그래요. 너님은 황족이시죠. 순간적으로 표정 관리가 되지 않았으나 앉은 자리가 식탁의 끝과 끝이었기 때문에 들키지 않은 것 같아 다행이었다. 식탁이 무식하게 커서 다행이다. 허허. 속에서 무언가가 부글부글 끓었지만 나는 오히려 클로드를 향해 활짝 웃어 보였다.

"아티 열심히 할게요, 파파!"

그러자 클로드가 그런 나를 향해 의미를 알 수 없는 시선을 보내는가 싶었다. 그동안 티타임을 표방한 고문 시간을 그와 함께 보낸 날들이 적지 않지만 저런 눈빛으로 날 보는 건 또 처음이었다. 그런데 뭔가 해괴한 짐승을 보는 듯한 눈빛이라 기분이 영 찝찝하다. 클로드는 밥을 먹는 내내 나를 그런 눈으로 쳐다보았다. 아, 체할 거 같아.

"파파, 잘 자요! 빠이빠이!"

그렇게 나는 클로드와 함께 참으로 길었던 만찬 시간을 보낸 뒤 다시 필릭스에게 안겨 루비궁으로 배달되었다. 그는 여느 때처럼 내게 편안한 밤을 보내라고 인사했지만 나는 평소와 달리 그의 인사를 받아주는 법 없이 '흥!' 하고 콧방귀를 뀌었다. 그에 릴리가 의아한 얼굴을 했지만 나는 필릭스에게 단단히 삐져 있었다. 그야, 아무런 마음의 준비도 되어 있지 않던 나를 덜컥 클로드의 방에 집어넣지 않았던가! 으으으, 거기에서 내가 당해야 했던 살 떨리는 일을 생각하자면 필릭스의 머리를 쥐어뜯어도 속이 시원하지 않다. 흑흑. 그래도 믿었는데. 이런 식으로 나를 클로드에게 넙죽 들이밀어버리다니.

필릭스는 토라진 나를 아는지 모르는지 생글거리는 얼굴로 뒤돌아서 나를 더욱 분노하게 했다.

"릴리, 나 자장가 듣고 싶어."

그날 밤 잠자리에 들 무렵, 나는 릴리에게 애교를 부리며 졸랐다. 그녀는 내 어리광에도 기분이 좋은 듯 후후 웃다가 이내 이불에 덮인 내 몸을 부드럽게 다독여 주었다.

"그럼 한 곡 불러드릴까요?"

곧 나지막한 노랫소리가 귓가에 번져 들었다.

"살금살금 밤이 오면 나를 위해 꽃을 꺾어주세요. 어여쁜 별님이 인사하며 웃어주네요."

크으. 역시 내가 엉망으로 불렀던 자장가와는 비교도 되지 않는다. 오늘도 이불을 좀 걷어차고 싶지만 릴리 앞이니 참아야지.

"오늘은 안녕. 내일은 더 반짝이는 아침이 올 거야."

다정한 목소리를 듣자 절로 눈이 감겼다. 누군가 나만을 위해 불러주는 자장가는 언제 들어도 기분이 좋았다. 비록 지금 내가 자장가를 들으며 잠을 자기엔 나이가 심하게 많긴 했지만.

"예쁜 꿈만 꾸세요. 안녕. 잘 자요, 우리 아가."

내일은 또 어떤 버라이어티한 하루가 기다리고 있을지 모르겠다. 그래도 지금은 전부 다 잊고 자자. 푹 자야지 키도 쑥쑥 크고 무럭무럭 자라지. 눈 감았다 뜨면 10년 후였으면 좋겠다. 크흑.

"잘 자요, 우리 아가."

릴리도 잘 자! 나는 재수 없는 클로드의 얼굴을 떨쳐 버리려 애쓰며 릴리의 옥구슬 같은 노랫소리를 자장가 삼아 눈을 감았다. 매일 밤 그렇듯, 시간이 빨리 지나가기만을 꿈꾸면서.

제2.5장
그 아빠, 클로드 (1)

 밤을 맞은 가넷궁은 한층 더 짙은 정적에 휩싸여 있었다. 클로드는 서서히 제 영역을 넓혀 가는 암흑을 바라보다가 아까부터 줄곧 손에 들고 있던 것을 내려다보았다. 그것은 반쯤 녹아 물렁해진 초콜릿이었다. 겉면을 감싼 종이를 손가락으로 지그시 누르자 가운데 부분이 어렵지 않게 움푹 꺼졌다. 저녁 시간 그의 방에 다녀갔던 아이가 잠들어 있는 그의 머리맡에 떨어뜨리고 간 것이었다.
 클로드의 머릿속에 다 녹은 초콜릿만큼이나 말랑말랑 연약하던 자그마한 생명체가 떠올랐다. 제 어미를 그대로 빼박은 듯했던 얼굴도. 문득 그는 실소했다.
 "다이아나를 닮아 그런지 발칙하지 않나."
 그 조그만 머릿속으로 무슨 생각을 하는지 쉽게 알 수 있을 것 같기도 했고 또는 영원히 알 수 없을 것 같기도 했다. 가끔씩 흔들리는 눈빛을 보일 때면 눈앞에 있는 그를 두려워하고 있다는 사실을 짐작할 수 있을 것 같았지만, 그럼에도 도무지 그 말이나 행동이 어디로 튈지 상상이 되지 않는다는 점에서는 미지에 가까웠다. 그리고 그런 점이 제 어미인 다이아나와도 비슷했다. 클로드로서는 이해할 수 없게도, 그런 두려움을 안고 있으면서도 그에게서 달아나지 않는다는 점까지도.

"확실히 다이아나 님은 누구에게나 쉬이 잊힐 만한 분은 아니셨죠."

클로드의 뒤쪽에 서 있던 필릭스가 그의 말에 웃음으로 긍정했다. 그러나 클로드는 냉정히 읊조릴 뿐이었다.

"일 년만 더 지났어도 그깟 계집의 얼굴쯤은 완전히 잊었을 것이다."

필릭스는 클로드의 말이 반쯤은 진심임을 알 수 있었다. 과연 그 말처럼 그의 냉정한 주군은 다이아나를 잊었을 것이다. 자신의 아이를 낳았다는 사실조차 이미 오래전 교차점이 지나간 여인을 기억할 이유는 되지 못할 터였다. 그러나 그러는 데 소요되는 시간이 일 년이란 짧은 기간은 결코 아니었으리라. 그 증거로 클로드는 다이아나가 죽은 지 몇 년이 지난 지금도 그녀를 기억하고 있었다.

"아타나시아 공주님과의 만찬 시간은 즐거우셨는지요?"

그러나 그 점을 구태여 꼬집는 법 없이 필릭스는 다른 화제를 꺼내는 것으로 말을 돌렸다. 하지만 다음 순간 필릭스의 얼굴에 피어난 것은 진심 어린 미소였다.

"참으로 사랑스러운 공주님 아니십니까."

어린 공주의 존재만으로도 삭막하던 궁이 한결 밝아진 것 같은 느낌이 드는 것은 비단 그 혼자만의 착각은 아니리라. 비록 필릭스의 주군은 아직까지 자신의 작은 딸에게 마음을 열지 않고 있었지만.

"'사랑스럽다'라."

역시나 클로드는 납득하지 못했다. 무료하기 짝이 없는 일상을 조금이나마 다채롭게 해주는 일종의 유흥거리라면 또 모르겠으나 '사랑스럽다'니.

"그런 감정은 잊은 지 오래다."

분명 아주 오래전에는 그런 마음을 가졌던 적도 있었던 것 같았으나, 그마저도 이미 빛바랜 과거일 뿐이었다. 두꺼운 먼지로 덮여 이제는 그 형체조차 알아볼 수가 없는, 그런 오래된 기억의 잔상. 필릭스의 시선이 아주 잠깐 방의 한구석에 놓인 초상화의 깨진 액자에 머무는 것과 동시에 클로드가 자리에서 일어났다.

"그만 나가라. 피곤하구나."

필릭스는 그런 클로드를 향해 다른 말없이 고개를 숙여 보였다.

"오벨리아의 축복과 영광을."

당신은 그렇게 말씀하시지만, 분명 그 안에 아직 남아 있을 겁니다. 언젠가 당신도 그 사실을 깨닫게 되실 테지요. 그날이 빨리 오게 되었으면 좋겠군요…….

"편히 쉬십시오."

긴 시간 동안 쌓인 어둠은 깊었고 오래된 침묵은 해묵어 있었다. 언젠가 이곳에도 밝은 빛이 스미는 날이 오기를. 그러나 아직은 끝나지 않는 밤이 오늘도 조용히 지나가고 있었다.

제3장
당신은 누구십니까?

 오늘 아침 잠에서 깨어나 보니 놀랍게도 나는 20살이 되어 있었다…… 라는 내용의 꿈을 꾸었다. 그럼 그렇지. 내 인생이 어디 단 한 번이라도 내 뜻대로 된 적이 있기는 하던가. 그래도 말이야. 눈을 떠보니 어른이 되어 있었다는 게 다른 세계의 공주가 되었다는 것보다는 훨씬 현실적이잖아? 그래서 어쩌면 이 꿈이 실현되었을지도 모른다고 생각했는데.
 "파파, 보고 시펐어요!"
 하지만 역시 나의 현실은 이쪽이었다. 클로드에게 잘 보이려고 살랑살랑 애교를 부리며 입에 침도 안 바르고 거짓말을 하는 일상. 새삼스럽게 인식하고 나니 살짝 가슴이 아프다. 하지만 외로워도 슬퍼도 나는 안 울어!
 "아!"
 파릇하게 자라난 잔디를 밟으며 뛰어가다 말고 나는 클로드의 앞에 우뚝 멈추어 섰다. 그리고 잠시 깜빡했다는 듯 아 하고 소리 낸 뒤 그에게 다시 인사했다.

"아티를 티타임에 초대해 주셔서 감사합니다."

요즘 교육받는 중인 예법대로 치마의 양쪽 끝을 사뿐히 잡아 올리며 인사하자 뒤에 있던 필릭스가 풋 웃는 것이 느껴졌다. 그래, 애가 어른 흉내 내니까 귀엽지? 하긴, 오늘은 내가 좀 평소보다 심하게 귀여울 거다. 이 짓을 하기 위해 내가 가진 옷 중에 제일 깜찍한 걸 골라 입은 데다 어떻게 하면 더 귀엽게 보일 수 있을지 몰래 거울을 보며 연습도 했으니까.

오늘의 콘셉트는 어른스러워 보이려고 노력하지만 사실은 아직 인사 예절에 서툰 꼬마 숙녀다. 물론 눈살이 찌푸려질 정도로 엉망이어서야 감점 요소일 뿐이니 딱 귀여워 보일 정도로만 서툴러 보여야 했다.

다행히도 내 작전은 성공인 것 같았다. 필릭스는 둘째 치고서라도 야외의 티 테이블 옆에 시립해 있는 시녀들까지도 용감하게 고개를 들어 나를 힐끔거리고 있었으니. 프릴을 잔뜩 넣어 부풀린 하얀 드레스를 입은 나는 내가 봐도 정말 천사 같았다. 물론 이 경우에는 어여쁜 천사 언니가 아닌 아기 천사였지만…… 크흑. 클로드는 그런 나를 보고도 그저 눈썹을 한번 슬쩍 들어 올려 보였을 뿐이지만, 언제는 애가 내 바람대로 반응해 준 적이 있던가.

"필릭스."

클로드의 부름에 필릭스가 짧게 대답한 뒤 나를 안아 들었다. 나는 필릭스의 도움을 받아 의자에 착석할 수 있었다. 나 혼자 의자에 올라가기에는 아직 내 키가 심하게 작아서 그렇다. 이것도 몇 번 해봤다고 이제는 제법 익숙한 걸 보면 사람이 적응의 동물이란 말이 이해가 된다. 클로드와 마주 앉게 되자마자 나는 그를 향해 활짝 웃으며 말했다.

"좋은 아침이에요, 파파!"

지금 시간은 오전 10시. 원래 그가 나를 부르던 시간은 오후 티타임

시간이었으나 어찌 된 일인지 약 한 달 전부터 점심 식사 전인 오전으로 그 시간이 앞당겨졌다. 한 달 전이라고 한다면 내가 클로드에게 자장가를 불러 줬던 때인데, 도대체 무슨 심경의 변화가 있었는지 모를 노릇이었다. 하지만 뭐 언제는 이놈이 예측 가능한 놈이던가.

아무튼 그래서 나는 그를 볼 때마다 이제는 매번 '좋은 아침'이라고 인사를 해주고 있었는데, 어째서인지 클로드는 내가 이렇게 인사할 때면 잠시 아무 말 없이 내 얼굴만 물끄러미 쳐다보고는 했다. 예상했듯 '좋은 아침이구나'라는 답변은 없었지만 그래도 나는 꿋꿋했다.

"어제 아티 꿈에 파파가 나왔어요!"

"꿈이라."

"아티랑 파파랑 릴리랑 필릭스랑 다 같이 빗자루 타고 올라가서 별님도 따고 달님도 따고 재미있게 놀았어요!"

"개꿈이구나."

호호. 말도 참 예쁘게도 하지요. 나는 클로드의 반응에 아랑곳하지 않고 에헤헤 해맑게 웃어 보였다.

"파파랑 같이 구름 위에서 폭신폭신 놀이도 했는데 아티 정말정말 좋았어요."

클로드는 내 말이 어지간히 헛소리로 들리는지 바람 빠지는 듯한 실소를 내뱉었다. 하지만 나도 내가 무슨 소리 하고 있는지 모르겠으니 괜찮다. 에잇, 이 짓도 더 못 해먹겠네. 그냥 케이크나 먹자.

그런데 문득 깨닫고 보니 옆에서 다과 준비를 하던 시녀 언니가 놀란 듯 두 눈을 부릅뜬 채 나를 보고 있는 것이 아닌가. 황제궁에는 시녀도 기사도 없었지만 이렇게 우리가 다과를 즐기거나 함께 만찬을 들 때에는 당연히 궁인들이 와서 그 준비를 하곤 했다. 지금 여기에 있는 시녀 언니는 클로드와의 티타임 시간에 자주 보았던 시녀인데 지금처럼 우리가 대화하는 건 처음 봐서 놀랐나 보다. 하지만 역시 베테랑은 베테

랑인지 그녀는 금세 표정을 수습한 뒤 조용히 뒷걸음질 쳐 물러났다.
 클로드는 오늘도 몹시 나른한 분위기를 풍기고 있었다. 그런데 이 모습도 계속 보다 보니 조금 의문이 든다. 혹시 얘 수면 부족인가? 지난번에 만찬 시간 전부터 낮잠을 자고 있던 것도 그렇고…… 요즘은 특히 오전 시간에 봐서 그런지 유독 풍기는 분위기가 느슨하다. 나사 하나 빠진 정도까지는 아니어도 날카로운 느낌이 한풀 가라앉은 걸로 보이는데, 내가 저혈압이라 그런지 혹시 클로드도 잠이 덜 깨서 그런가 싶기도 하고. 그럼 그냥 날 부르지 말든가. 아니면 그냥 평소처럼 오후에 부르든가. 왜 꼭 이 이른 시간에 날 불러내서 '좋은 아침'이라는 인사를 꼬박꼬박 받아 내는 거야?
 "파파, 그거 맛있어요?"
 그건 그렇고, 오늘도 익숙한 향기가 흘러드는 걸 보니 클로드는 또 같은 차를 마시는가 보다. 차 취향이 꽤나 확고한지 클로드는 나와 갖는 다과 시간마다 매번 저것만 먹었다. 그는 내 질문이 의외였는지 일순간 멈칫하다가 무심히 답했다.
 "맛으로 즐기는 게 아니다."
 나는 그가 찻잔을 기울이는 모습을 가만히 보다가 이내 호기롭게 외쳤다.
 "아티도 파파랑 똑같은 거 머글래!"
 한 달이라는 시간이 더 지나는 동안 나는 클로드와 조금 더 친해져서…… 가 아니라 그냥 내 간이 조금 더 커져서 이런 식의 객기도 전보다 어렵지 않게 부릴 수 있게 되었다. 모로 가도 서울만 가면 된다고, 내 당돌함에 감명받아 나를 죽이지 않고 좀 더 두고 볼 마음이 생긴다면 그것도 오케이다.
 "공주님께서 즐기기에는 향이 다소 강할 겁니다."
 클로드는 내 말이 퍽이나 의외였던 듯 차를 마시는 것을 그만두고 내 얼굴을 쳐다보았다. 그러자 그 대신 옆에 있던 필릭스가 나를 말리고 나섰다. 하지만 나는 고개를 끄덕이지 않고 뺨에 바람을 집어넣어 부풀린 뒤 계속해서 우겼다.

"머글래, 똑같은 거!"

필릭스의 얼굴이 살짝 난처하게 변했다. 솔직히 내가 단걸 좋아하긴 해도 매번 당분 덩어리 케이크에 꿀을 넣은 차나 우유만 먹으려니 혀가 너무 괴롭다. 그러니까 나도 클로드가 마시는 차 먹을래!

"주어라. 굳이 원한다면 말릴 것도 없지."

기쁘게도 클로드가 내 말을 두둔했다. 그가 손짓하자마자 저 멀리 있던 시녀 언니가 눈치 빠르게 다가와서 클로드의 지시대로 새로운 찻잔에 김이 모락모락 나는 차를 따라 주었다.

나는 또 요즘 예법 시간에 배운 대로 나름대로 우아하게 찻잔을 들어 올린 뒤 먼저 향을 음미하듯 맡아 보았다. 그런 내 모습을 보고 필릭스가 또 웃음을 참는 게 느껴졌다. 하지만 내가 찻물을 한 입 머금자마자 그의 눈빛에 걱정이 어리기 시작했다. 그러니까 말이야. 괜한 걱정이라니까.

"아티도 이거 조아요!"

나는 찻잔을 입에서 떼고 환하게 웃었다. 몇 번인가 클로드가 마시는 걸 보면서 향이 내 취향이다 싶었는데, 역시 내 기대를 저버리지 않는 맛이었다. 그동안 설탕에 길들여진 내 혀가 거부하지 않을 정도의 씁쓸함이 입안에 번져 나갔다. 그런데 향이 좀 독특해서 호불호가 갈릴 것 같기는 하다.

"아티 입에서 꽃이 피는 것 가타!"

응? 그런데 내 말에 반응들이 왜 그러니?

"마음에 드셨나 보군요."

내 말에 잠시 멍한 표정을 짓던 필릭스가 이내 정신을 차린 듯이 입을 열었다. 클로드는 아마도 내가 이 차를 한 입 먹어 보고는 맛이 없다며 뱉어 낼 줄 알았던 게 분명했다. 그렇지 않고는 저런 표정을 지을 리가. 그런데 꼭 내가 못 할 말을 한 것처럼 굳은 얼굴이다. 왜 저러지?

"폐하께서 즐겨 드시는 리페차입니다."

이름이 리페차구나. 그동안 이 맛있는 걸 클로드 혼자만 먹었겠다? 그런데 곧 이어진 필릭스의 말이 내 관심을 끌었다.

"다이아나 님께서도 무척 좋아하셨지요."

그는 무언가를 회상하듯 약간 아련한 눈빛으로 나를 보고 있었다.

"마치 입안에서 꽃이 피는 것 같노라고⋯⋯ 그분께서도 그리 말씀하셨습니다."

내가 아타나시아의 모친인 다이아나에 대해 듣는 것은 극히 드문 일이었기 때문에 필릭스가 하는 말에 당연히 관심이 갈 수밖에 없었다. 나는 슬쩍 클로드의 눈치를 보다가 이내 아무것도 모르는 순진무구한 아이인 양 필릭스를 향해 물었다.

"엄마랑 아티랑 똑같이 말했네?"

"예."

그는 나를 보며 다이아나를 떠올리는 듯 잔잔히 미소 짓고 있었다.

"폐하께서 처음 리페차를 즐기게 되신 것도 다이아나 님 때문입니다. 리페차의 원료인 산유초는 시오도나에서 나는 것이거든요. 아, 지금 이 자리에서 두 분이 함께 다과를 드신 적도⋯⋯."

"그런 기억 없다."

하지만 그 순간 귓가를 파고든 서느런 음성에 필릭스의 말은 도중에 끊어지고 말았다. 클로드는 방금 전 내 말을 들었을 때처럼 굳은 얼굴을 하고 있지는 않았지만 그의 눈빛만큼은 싸늘하기 그지없었다.

"오늘따라 쓸데없는 말이 많군. 시끄러우니 그만 물러가라."

필릭스는 클로드의 갑작스러운 퇴출 명령에도 그저 아무 말 없이 고개 숙여 보인 뒤 녹색 잔디가 깔린 정원을 빠져나갔다. 나로 말할 것 같으면…… 조금 불쾌해져서 클로드를 쳐다보고 있는 중이었다.

뭐야, 이 자식. 이제는 스쳐 지나간 여자라고 얘기조차 듣기 싫다는 거야? 어차피 한때만 관심을 두었던 여자에, 원하지도 않았는데 태어나게 된 아이라 이거지. 재수 없어. 진짜 재수 없어. 그 여자의 초상화는…… 아직도 버리지 못하고 있는 주제에.

나는 왠지 기분이 좀 나빠졌다. 다이아나는 내 진짜 엄마도 아니었는데 말이다. 하지만 다음 순간 클로드가 내게 시선을 움직였기 때문에 나는 반사적으로 미소를 짓고 말았다. 하, 내 강력한 생존 본능이여.

"아직 차를 들기에는 이른 나이인 것 같으니 우유를 마시는 편이 좋겠구나."

"헤헤. 아티. 우유도 조아해요."

이번만큼은 왠지 싫다고 말하면 안 될 것 같아서 나는 온순하게 대답한 뒤 클로드를 향해 방긋 웃어주었다.

나는 요즘 클로드가 보낸 가정 교사에게 기본 예법과 기초 교양을 배우고 있었다. 그녀는 엘로이즈 백작 부인으로, 이 방면에서 꽤나 이름을 알린 전문가라 했다. 물론 유아들을 상대하는 만큼 교육에 엄격함이 있지는 않았고, 그마저도 나는 보통의 귀족 아이들이 교육을 받기 시작하는 8살보다도 어렸기 때문에 그저 간만 보는 수준으로 수업을 받았다.

그런데 내가 시키는 것을 곧잘 따라하자 엘로이즈 백작 부인은 크게 놀란 눈치였다. 떼만 쓰고 어리광만 부리는 코흘리개 5살 여자애를 상상하고 온 것 같은데, 아무렴 내가 그런 철없는 애는 아니지! 하지만 그래 봤자 내가 배우는 것이라곤 기본적인 황궁 예절 정도가 전부였는데 말이야. 그래도 생각해 보면 5살짜리 어린애가 얌전히 앉아서 수업을 듣는 것부터가 놀라운 일일지도 모르겠다.

릴리는 내가 사실은 4살 때부터 글자를 썼다느니 하는 약간 팔불출적인 자랑을 늘어놓아 엘로이즈 백작 부인을 경악하게 만들었다. 그리고 그 이후 부인은 내 공부 양을 늘렸다! 이제 나는 황궁 기본 예법에 더해 기초 파스칼 공용어와 오벨리아의 역사, 그리고 세계 명작 등을 공부하고 있었다. 크으. 생각보다 재미있기는 하지만 생전 안 하던 공부를 하려니 당이 땡긴다.

"공주님, 초콜릿 전부 압수예요."

쿠쿵!

그래서 부엌에서 초콜릿을 훔쳐 와 먹는 걸 그만 릴리에게 들켜 버렸다. 새로 바뀐 시녀들이 내 간식 선반은 건드리지 않아 지금도 나는 종종 부엌에 가 초콜릿과 사탕을 빼내 먹곤 했던 것이다. 다만 이제는 한나와 세스가 없어 그런지 내게 몰래 간식을 줄 사람이 없었다. 그래서 릴리가 허락해 준 양이 성에 차지 않을 때에는 이렇게 위험을 감수하고 직접 부엌에 숨어들어가야만 했다.

"힝. 진짜 조금만 먹었는데······."

"자아, 공주님. 지금 가지고 계신 초콜릿 이리 주세요. 숙제 다 끝내면 드릴게요."

엄한 표정을 짓고 있는 릴리를 보면서 나는 주섬주섬 주머니에 넣어 놨던 초콜릿을 꺼냈다. 하나, 둘, 셋, 넷. 릴리는 내가 준 초콜릿의 개수를 보고 이게 전부냐는 듯 나를 쳐다보았다. 하지만 정말 이게 다다. 릴리가 나를 향해 다시 한번 엄격한 얼굴을 했다.

"너무 많이 드시면 이가 아야 해요."

흑흑. 그건 나도 알아! 그래도 좋은 걸 어떡하라고!

"숙제 끝내시면 초콜릿 하나 드릴게요."

나는 좌절해서 울상을 지었다. 그러자 릴리가 나를 달래듯 숙제의 포상으로 초콜릿을 약속했다. 내 마음대로 초콜릿도 못 먹는 신세가 한탄스럽긴 했지만 이 나이 먹고 이런 일로 심각하게 침울해지는 것도 민망했다. 그래서 나는 릴리가 자리에서 일어나는 것을 본 뒤 다시 숙제를 향해 고개를 내렸다. 그런데 그 순간 릴리의 걱정 어린 혼잣말이 내 귀에 꽂혀 들었다.

"방금 보니 바구니가 텅 비었던데 충치가 생기지 않으셨을지 걱정이네."

아니, 잠깐. 나 그렇게 많이 먹지 않았어! 그거 나 아니야! 나 아니라고!

"릴……."

"그래도 숙제도 척척 하시고. 착하세요, 우리 공주님."

나는 생긋 웃으며 문을 나서는 릴리를 망연자실하게 바라보았다. 간식 바구니가 텅 비어 있었다니? 내가 마지막으로 꺼내 올 때만 해도 아직 초콜릿이 남아 있었는데? 뭐야, 뭐야. 내 초콜릿 누가 먹었어. 누구냐. 어떤 시녀 언니냐. 와, 그렇게 안 봤는데 애가 먹는 걸 뺏어 먹기나 하고. 어흐흑. 내 초콜릿.

게다가 릴리는 내가 다 먹은 줄 알잖아! 몹시 억울했지만 그렇다고 진실을 주장하기에는 내가 생각해도 내 말에 신빙성이 없어 보였다. 결국 나는 매우 떨떠름한 기분으로 엘로이즈 백작 부인이 내준 독후감 숙제를 끝마친 뒤 릴리에게 칭찬과 함께 초콜릿을 받아먹었다.

"뭘 그리시는 건가요, 공주님?"

"필릭스 바보! 세상에서 제일 제일 예쁜 릴리잖아!"

그리고 현재 나는 카펫 위에 배를 깔고 누워 종이 위에 낙서를 하며 노는 중이었다. 역시 아이들의 정서 발달에는 그림이지. 사실 내 그림은 엉망이라 누가 봐도 릴리라고는 생각하지 못할 정도였지만, 평소 필릭스에게 쌓인 게 있어서 그런지 조금은 진심을 담은 바보란 소리가 입에서 튀어나왔다.
"아, 이번엔 알겠네요. 폐하시죠?"
내 놀림에 짐짓 풀 죽은 시늉을 하던 필릭스가 이윽고 내가 다른 종이를 꺼내 그린 남자를 보고 아는 척을 했다.
"땡! 틀렸어요."
으헤. 하지만 아니지롱.
"이거 필릭스 오빠 줄게."
필릭스는 내가 주는 것을 얼떨떨하게 받아 든 뒤 잠시 종이 위에 그려진 얼굴을 바라보았다. 그리고 이내 믿을 수 없다는 듯 반문했다.
"설마 저인가요?"
그런데 어느 쪽의 설마냐? 내가 자기를 그려 준 게 놀라워서 '설마'라는 거야, 아니면 이 못생긴 남자가 자기일 리가 없어서 '설마'라는 거야.
"정말…… 정말 감사합니다, 공주님. 평생의 가보로 간직하겠습니다."
아무래도 전자였던 모양이다. 엣헴. 그렇게까지 감동받을 건 없는데.
"릴리, 릴리! 선물이야."
"어머. 제가 이렇게 예쁜가요?"
"하늘만큼 땅만큼 예뻐!"
옆에서 그런 우리를 지켜보며 미소 짓던 릴리에게도 그림을 선물했다. 어디 보자. 그럼 이번에는 클로드 놈을 그릴 차례인가. 나는 콧노래를 부르며 새로운 종이 위에 클로드를 그려 나가기 시작했다. 흐헤헤. 제일 못생기게 그려 줘야지.
"그 그림을 받으시면 폐하께서도 무척 기뻐하시겠네요."
아니, 이거 안 줄 건데? 내가 그린 미니어처 클로드는 우주 최고 못

생겨서 이걸 줬다간 날 죽이려고 들지도 모른다. 그리고 애초에 내가 이걸 선물한다고 해도 그놈이 내 그림을 받을 리가 없잖아?

"다해따!"

"폐하와 공주님이 함께 놀이를 하고 계신 그림이군요."

아니, 내가 클로드에게 드롭킥을 날리는 그림이다. 이런 걸로 스트레스 해소를 하는 내가 좀 불쌍해 보이지만 어쩔 수 없지.

어디 보자. 더 그릴 사람 없나. 나는 잠시 색연필을 들고 고민하다가 문득 내 머릿속을 스쳐 지나간 사람을 그리기로 했다. 그런데 일단 동그란 얼굴을 그리고 나니 자료 부족으로 더 이상 진도를 나갈 수가 없다. 으음. 일단 머리랑 눈은 이 색깔이고…… 머리 길이는 이 정도인가? 아니면 이쯤?

"릴리, 릴리."

"네, 공주님."

나는 혼자서 고개를 갸웃거리며 고민하다가 결국 릴리를 불렀다.

"엄마는 어떻게 생겼어?"

잠시 공기가 멈춘 느낌이었다.

"엄마 그리고 싶은데, 아티는 엄마 얼굴 몰라."

필릭스와 릴리는 왜인지 말문이 막힌 표정을 짓고 있었는데, 재차 이어지는 내 질문에 그래도 정신을 차린 듯했다.

"엄마 머리는 릴리처럼 쭉쭉쭉이야? 아니면 꾸불꾸불이야?"

곧 릴리가 어렴풋이 미소를 지으며 답해 주었다.

"아타나시아 공주님처럼 황홀하게 물결치는 백금발이셨답니다."

"헤에. 그럼 이만큼 길었어?"

"그것보다는 약간 짧으셨어요."

나는 그 밖에도 다이아나의 얼굴형이라든가 앞머리의 유무라든가 눈꼬리의 위치나 키 등을 물어보았고, 그럴 때마다 릴리는 상냥하게 답변해 주었다. 우리가 그러는 동안 필릭스는 웬일로 대화에 끼어드는 법 없이 옆에서 조용히 서 있기만 했다. 으흠. 좋아. 이제는 그릴 수 있겠는걸. 얼추 머릿속의 이미지가 완성되었다 싶었을 때, 나는 다시 종이 위에 색연필로 슥삭슥삭 그림을 그리기 시작했다.

"무척 아름다운 분이셨죠. 아타나시아 공주님처럼요."

"아티처럼?"

알고는 있었지만 역시 릴리는 다이아나를 무척 좋아했던 것 같다. 지금도 기억 속의 얼굴을 덧그리듯 아득한 눈빛을 한 채 나를 보고 있었으니까.

그나저나 〈사랑스러운 공주님〉에서도 다이아나는 누구나 한눈에 시선을 사로잡힐 만큼 아름다운 무희였다고 했는데, 도대체 어느 정도나 예뻤던 건지 궁금하다. 물론 지금 내 얼굴과 많이 닮았다고는 하지만 이런 애기 얼굴로 그녀의 얼굴을 상상하기란 무리였다. 아, 그러고 보면 천하의 클로드조차 다이아나를 마음에 들어 해서 결국 아타나시아를 낳게 되지 않았던가. 으음. 그 정도로 엄청난 미인이라니.

"나도 보고 싶다."

으아. 궁금해, 궁금해! 한 번쯤 직접 보고 싶은데 그럴 수 없으니 아쉽다. 한 십 년쯤 후에 거울을 보면 다이아나를 보는 것 같은 느낌일지도 모르지만 그때까지 내가 살아 있어야 말이지. 흑.

"……."

"……."

……응? 그런데 지금 뭔가 이상하지 않아? 이 무거운 침묵은 뭐야? 나는 별 생각 없이 의문 어린 시선을 들었다가 이내 마주한 얼굴들에 깜짝 놀라고 말았다. 그도 그럴 것이, 릴리와 필릭스가 나를 향해 매우 이상한 표정을 짓고 있었던 것이다.

필릭스는 내게 무슨 말인가를 하고 싶은 듯 입술을 달싹이다가 이내 무겁게 입을 다문 채 굳은 눈빛으로 나를 쳐다보았고, 릴리는 잔뜩 당황해서 안절부절못하고 있었다.

그런데 두 사람 모두 왜인지 드디어 예상했던 일이 벌어졌다는 듯한 분위기를 풍기고 있어서 나는 매우 의아해지고 말았다. 그리고 잠시 후 그들이 왜 이러는지 비로소 그 이유를 깨달았다.

혹시 내가 지금 다이아나 보고 싶다고 소리 내서 말했니……? 그럼 그들의 반응도 이해가 되었다. 다섯 살짜리 애기가 처음으로 죽은 엄마가 보고 싶다고 했는데 아무렴 동요하지 않을 수 없겠지. 헉. 그런데 난 그런 의미로 한 말이 아니었다고! 나는 잠시 당혹감을 담은 눈을 깜빡이다가 이내 까르르 웃었다.

"오빠랑 릴리 얼굴 이상해!"

"……."

"어제 책에서 본 동그리 도깨비 같아!"

내가 이렇게 나이에 맞지 않는 재롱까지 부리면서 우스꽝스러운 흉내까지 짓고 있는데 그만 분위기 좀 풀어주면 안 되겠니? 이 불편한 공기 어떡할 거냐고! 진짜 온몸이 오그라들 것만 같다.

"으응, 그림 그리기 이제 재미없어. 나가서 놀래."

제기랄. 안 되겠다. 도망쳐야지. 나는 이 무거운 분위기를 더 이상 견디지 못해 종이랑 색연필을 바닥에 버려두고 자리에서 일어났다.

"공주님……."

릴리와 필릭스가 그런 나를 보고 다시 입을 열었으나 나는 또 다른 어색한 상황에 빠지기 전에 서둘러 방을 빠져나와 버렸다.

그러고 난 뒤 두 사람은 며칠 내내 내 눈치를 봤다. 물론 티를 내지 않으려고 노력하는 것 같았지만 내가 어디 보통 어린애던가. 그래도 나는 그들의 그런 모습을 모른 척했다. 모른 척하지 않으면 어쩌겠는가. 나한테 다이아나에 대해 설명해 준답시고 무슨 말인가를 해봤자 어차피 진짜 내 엄마도 아닌데 마음만 불편하고 어색할 뿐이다. 그러니까 내 눈치 좀 제발 그만 봐. 으앙. 두 사람은 몇 번인가 나를 붙잡고 대화를 시도했으나 그럴 때마다 내가 헤헤헤 웃으며 자리를 회피하자 이내 포기한 기색이었다.

그런데 바로 오늘, 점심 식사 이후 잠시 자리를 비우는가 싶던 필릭스가 한 시간 뒤쯤 슬며시 내 방에 들어와 릴리를 불러냈다. 그들은 『오벨리아 역사서』를 읽는 나를 두고 소리 없이 방에서 빠져나갔다.

잠깐…… 지금 뭔가 뒷덜미가 싸했어. 지금부터 저 두 사람이 나눌 얘기가 나한테 아주아주 중차대한 이야기일 거라고 내 감이 소곤거렸다. 그것도 자칫하다가 뒤통수를 얼얼하게 얻어맞을 수도 있는 아주아주 위험한 이야기일 거라고!

나는 의자에서 폴짝 뛰어내려 두 사람이 나간 문을 향해 서둘러 걸음을 옮겼다. 다행히 릴리가 문을 조금 열어 두었기 때문에 밖에서 나누는 대화가 내게도 작게나마 들려왔다.

"다이아나 님의 모습을 담은 영상석이 있는지 알아보고 왔는데 황궁에 보관된 것은 없다고 합니다."

"그렇군요…… 아쉽네요."

그런데 필릭스가 내뱉은 영상석이란 단어가 내 귀에 콕 박혀 들었다. 앗, 맞아. 그리고 보니 여기 마법이 있는 세계였지. 마법을 이 두 눈으로 목격하는 게 내 원대한 꿈인 적이 있었어! 요즘 살기 바빠서 까맣게 잊고 있었다. 영상석은 전생의 동영상과 비슷한 기능으로, 길게는 약 30초 정도의 영상을 보석에 담아 보관할 수 있는 마법 물품이었다. 궁정마법사라면 당연히 영상석을 제조할 수도 있을 터.

하지만 다이아나를 담은 것은 없었던 모양이다. 하기야, 당연한가. 기껏해야 딱 한 번 황제 앞에서 춤을 춘 적이 있던 무희일 뿐인데 비싼 영상석을 그런 데 썼을 리가. 그런데 필릭스는 자신이 잘못하기라도 한 것처럼 풀이 죽어 있었다.

"아타나시아 공주님께 꼭 다이아나 님을 뵙게 해드리고 싶었는데."

"로베인 경……."

지난번부터 느낀 건데, 필릭스도 릴리만큼이나 다이아나를 좋아했던 것 같다. 그런데 이상하다. 다이아나는 그냥 클로드에게 잠깐 관심을 받다가 나를 얻은 뒤 그대로 루비궁에서 잊혔던 여자가 아니던가. 릴리와 다이아나의 우정은 책에서 읽어 알고 있었지만 지난번 다과 시간에 봤던 클로드의 반응도 그렇고 필릭스의 반응도 그렇고 뭔가가 찜찜하게 이상했다.

하지만 내 의문은 갑자기 생각났다는 듯 내뱉은 필릭스의 말에 순식간에 증발해 버리고 말았다.

"폐하께 말씀드려 보겠습니다."

뭐? 클로드한테 뭘 말해?

"폐하의 힘이라면 머릿속에 있는 형상을 누군가에게 전달하는 것도 가능할 테니까요."

그러자 릴리도 생각났다는 듯 '아!' 하고 탄성을 내뱉었다. 오직 나만이 어리둥절하게 그들의 이야기를 엿듣고 있었다.

"개인의 기억이니만큼 객관적이지도 않을 테고, 또 시간이 많이 흘렀으니 영상석처럼 선명하지도 않을 테지만 그래도 잠시 동안 공주님께 이미지를 전달하는 것 정도는 가능할 겁니다."

나는 그 말을 듣고 깜짝 놀랐다. 뭐?! 클로드 놈이 그런 마법을 쓸 수 있었단 말이야? 사람을 해치는 마법만 쓰는 줄 알았더니!

"하지만 폐하께서 그런 일을 허락하실까요?"

"공주님을 위한 일인걸요. 제가 한번 부탁드려 보겠습니다."

하지만 지금 중요한 건 그런 것이 아니었다. 잠깐, 잠깐, 잠깐! 잠깐만 기다려! 저 오빠가 지금 돌았나? 당신, 진정 미친 거야? 그런 걸 부탁하면, 클로드가 뭐 얼씨구나 좋다고 할 것 같아? 솔직히 클로드가 다이아나를 긍정적으로 기억하고 있을지도 회의적인데 짜증 나는 여자를 생각나게 했다고 날 죽이고 싶어 하면 어떡해? 그게 아니더라도 그런 식으로 클로드를 귀찮게 굴면 완전히 나만 손해였다. 전부터 영 수상쩍긴 했지만 필릭스 저 오빠 진짜 클로드에 한해서만큼은 천하의 눈새가 아닐 수 없었다.

"그럼 지금 바로 폐하께……."

"하지 마!"

갑작스럽게 닥친 생명의 위협에 나는 본능적으로 문을 박차고 밖으로 뛰쳐나갔다. 헉. 그런데 내가 좀 세게 말한 것 같다. 갑자기 문을 열며 외치자 두 사람 모두 놀란 눈치였다. 나는 마음을 가다듬고 이번에는 평소 같은 목소리로 말했다.

"싫어."

"공주님."

"파파한테 엄마 얘기 하지 마."

내가 옷자락을 잡아당기며 그렇게 말하자 릴리는 잠시 아무 말도 하지 않다가 이내 슬픈 얼굴을 하며 내게 반문했다.

"어째서요, 공주님?"

아니, 그러니까 왜 그런 얼굴인 거냐고. 나 아무렇지도 않다니까! 그런데 너무 앞뒤 분간 없이 다짜고짜 대화에 난입했나 보다. 도대체 뭐라고 말해야 이 사람들이 나를 가만히 내버려 둘지 알 수가 없다. 여기서 아타나시아가 할 법한 적절한 말이 뭐가 있을까? 으아! 빨리 생각해 내라, 나!

"엄마 얘기하면 파파가 싫어해."

문득 지난번 야외에서의 다과 시간이 떠올랐다. 필릭스의 말을 듣고 평소보다 날 선 반응을 보였던 클로드가.

"그런데 엄마 보고 싶다고 말했다가."

으어어, 멘붕이 온다. 누가 나 좀 도와줘.

"파파가 아티도 싫어하면 어떡해?"

"공주님!"

내 말에 믿을 수 없다는 듯 릴리가 두 눈을 부릅떴다.

"그런, 그런 생각을…… 그런 생각을 하고 계셨어요?"

헉. 릴리의 떨리는 목소리에 덜컹 가슴이 내려앉았다. 그녀는 나를 보며 거의 울기 직전이었다. 당연하게도 나는 크게 당황하고 말았다. 으헐. 미, 미안. 릴리, 미안! 아무리 할 말이 없었어도 이 말은 좀 아니었던 것 같아. 어떡해. 진짜 우는 거 아니지? 울지 마, 릴리! 내가 잘못했어!

"공주님."

그런데 그때, 필릭스가 한참 멘붕에 빠져 있던 나를 불렀다. 그는 한쪽 무릎을 바닥에 댄 채로 손을 뻗어 내 어깨를 붙잡았다. 당연하게도 우리의 시선은 정면에서 마주치게 되었는데, 그 어느 때보다도 진지한 필릭스의 눈빛에 나는 또 한 번 아득해지고 말았다.

"폐하께서는 싫어하지 않으세요. 정말 맹세코, 제 이름을 걸고 감히 단언하건대."

그는 내게 신뢰를 주려는 듯 내 눈동자를 곧게 들여다보며 단호히 말했다.

"폐하께서는 다이아나 님도, 아타나시아 공주님도 싫어하지 않으십니다."

어…… 나 어떡하지. 릴리와 필릭스가 너무 심각해서 양심이 찔렸다. 으, 으윽. 나 지금 순진한 이 사람들을 속여 먹고 있는 건가. 난 그냥 아타나시아가 했을 법한 말이라고 생각해서 궁여지책으로 되는대로 내뱉은 것뿐인데…….

"그러니 폐하께 다이아나 님이 보고 싶다고 솔직히 말씀하셔도 괜찮아요."

상황이 뭔가 좋지 않은 방향으로 끌려가고 있었다.

"공주님은 아직 어리십니다. 벌써부터 참는 것을 배우지 않아도 되세요."

나는 입을 뻐끔거리며 눈동자를 불안히 굴리다가 이내 우물쭈물 중얼거렸다.

"아냐. 아티 진짜 괜찮아. 이제 안 보고 시퍼졌어. 진짜야."

하지만 두 사람은 믿는 기색이 아니었다. 릴리는 여전히 울망울망한 눈길로 나를 쳐다보고 있었고, 필릭스는 필릭스 나름대로 나를 향해 아주 안타까운 표정을 지어 보이고 있었다. 그 한가운데에서 나는 등 뒤로 식은땀만 흘리고 있을 뿐이었다. 제, 제길. 나 이제 어쩌지. 그런데 다음 순간 필릭스가 어쩔 수 없다는 듯 나를 향해 슬프게 미소 짓더니 이윽고 좋은 생각이 났다는 듯이 이번에는 방금 전보다 짐짓 밝게 읊조렸다.

"그럼 이렇게 할까요? 공주님께서 말씀하시기 어렵다면 제가 대신 전해드릴게요."

뭐, 그럼 다시 원점이잖아! 애초에 내가 당신들 대화에 난입한 이유가 뭔데! 오빠 진짜 나 죽이려고 작정했니?

"안 그래도 돼!"

"아닙니다. 제가 꼭 폐하께…….'

아씨, 됐다니까! 나는 답답함에 돌아버릴 것 같은 심정으로 내 앞에 있는 필릭스를 밀치며 버럭 소리 질렀다.

"싫어!"

으악, 손바닥 아파. 민 건 나인데 왜 뒤로 밀려나는 것도 나니. 내 행동에 그가 당황하는 것이 여실히 느껴져 양심이 콕콕 쑤시긴 했으나 나도 어쩔 수 없었다. 이렇게라도 안 하면 필릭스가 정말 클로드에게 내 얘기를 해버릴 것 같았으니까.

"파파한테 말하면 미워할 거야! 진짜 진짜 미워할 거야! 이제 엄마 안 보고 싶다고 했잖아!"

내가 소리치자 필릭스는 또 내게 무슨 말을 하려는 듯 입을 벌렸다. 하지만 더는 듣고 싶지 않았다. 보나마나 내 속을 뒤집는 소리나 해대겠지! 게다가 나는 지금 이 상황이 정말 너무너무 너무 불편했다. 에잇, 도망가자! 나는 필릭스가 나한테 무슨 말을 더 하기 전에 홀라당 뒤돌아서 뛰어갔다.

"공주님!"

릴리의 울먹이는 부름이 들렸으나 그마저도 내 발걸음을 붙잡지는 못했다. 그래서 내가 어디로 도망갔느냐 하면…….

바로 내 방이다. 윽. 하, 하지만 어쩔 수 없잖아! 밖으로 나가 봤자 달리 갈 곳도 없고, 또 내가 지금 궁 밖으로 뛰쳐나가면 릴리가 걱정할 텐데. 그렇지 않아도 지금 거의 울릴 뻔했는데 걱정까지 끼치고 싶진 않은걸.

나는 약간 뻘쭘한 기분으로 『오벨리아 역사서』가 펼쳐진 책상 앞에 엉거주춤 다시 가 앉았다. 그러자 릴리가 잠시 후 문을 열고 내게로 다가왔다.

"공주님."

"이거 볼 거야."

흑, 미안. 지금은 나 좀 가만히 내버려 둬 줘. 지금 현타 왔단 말이야. 다행히도 내 마음을 알았는지 내 옆에 가만히 서 있던 릴리가 잠시 후 다시 조용히 문을 나섰다.

"으으아으아."

그 직후 나는 책 위에 얼굴을 파묻고 마구 몸부림쳤다. 나 이제 어떻게 하냐고. 수습이 안 된다고. 어흐흐흑. 설마 내가 이렇게까지 했는데 필릭스가 클로드한테 가지는 않겠지? 일단 급한 불은 끈 것 같았지만 또 다른 시련이었다. 제발 누가 이 상황 좀 어떻게 해주세요. 으엉.

※

다음 날 우리 세 사람은 잠을 제대로 자지 못해 얼굴이 까칠해진 상태로 서로를 마주했다. 필릭스와 릴리는 어제 일로 내게 마음 쓰여 밤에 잠을 잘 이루지 못한 눈치였고, 나는 나대로 두 사람에게 미안해서 도저히 편히 쉴 수가 없었다.

게다가 어제 내가 일찍 자는 척하는 것을 모르고 릴리가 나를 토닥이면서 '다이아나 님은 언제나 아타나시아 공주님의 곁에 계시다'느니, '분명 아타나시아 공주님이 이렇게 예쁘게 자라신 걸 봤으면 다이아나 님도 기뻐하셨을 게 틀림없다'느니 하는 소리를 했기 때문에 당연하게도 내 마음은 돌덩이가 앉은 것처럼 천근만근 무거울 수밖에 없었다. 애초에 다이아나가 보고 싶단 말을 그렇게 생각 없이 내뱉는 게 아니었는데! 어흐흑. 여러분, 혼잣말이 이렇게 위험합니다. 잘못하다가 아주 주옥 되는 수가 있어요.

"이제 출발해야 할 것 같습니다."

나는 막대에 꿰인 동그랗고 납작한 사탕을 깔짝깔짝 핥아 먹다 말고 필릭스를 올려다보았다. 오늘도 클로드가 나를 제 궁으로 불렀기 때문에 늦지 않으려면 슬슬 자리에서 일어나야 할 시간이었다. 나 참. 그놈은 맨날 나만 자기 궁으로 불러내고 정작 자기는 한 번도 루비궁에 찾아오는 법이 없어! 반항적인 마음이 들었지만 물론 그렇다고 해서 안 갈 수는 없었다. 만약 내가 간 크게 배 째고 클로드를 바람맞히면……으음. 아마 그날이 진짜 내 배가 째지는 날이 되겠지. 흐잉.

그런데 다른 때 같으면 곧장 나를 안아 들었을 필릭스가 오늘따라 머뭇거렸다. 나는 잠깐 의아하게 그를 올려다보다가 이내 필릭스가 무슨 생각을 하는지 알아차렸다. 아이고. 이 오빠 지금 내 눈치 보고 있네. 어제 내가 다이아나의 일로 그에게 버럭 소리 지른 데다 손으로 밀쳐 내기까지 했던 것이 어지간히 충격이었던 모양이다. 필릭스는 내게 쉬이 손을 뻗지 못하고 망설이고 있었다.

하긴. 그런 그가 이해되지 않는 것도 아니지만 말이다. 싸우고 난 뒤 상대방에게 먼저 다가가는 게 어려운 건 애나 어른이나 똑같은 법이지. 더군다나 그게 먼저 자기를 밀어냈던 사람이라면 더더욱.

나는 사탕을 입에 문 채로 곤혹스러운 듯 주저하는 필릭스를 잠시 지켜보았다. 그리고 이내 사탕을 들고 있지 않은 손으로 그의 바지 자락을 아래로 꾹꾹 잡아당기며 입을 열었다.

"아티 다리 아파."

어쩔 수 없네. 내가 먼저 화해하자고 해야지. 애초에 이게 전부 필릭스 탓인 것도 아니었고, 어제는 뜻하지 않게 나도 좀 심하게 굴었으니까. 게다가 필릭스나 릴리는 내가 5살짜리 애인 줄 알고 걱정해서 그랬을 게 분명한데 이대로 입 싹 씻고 있긴 양심에 스크래치가 나다 못해 박살 나는 기분이었다. 으으으.

"나 어부바해죠."

그리고 난 지금 어린애니까! 자고로 어린애는 아무 근심 걱정 없이 해맑은 게 최고지. 어제 일은 벌써 다 잊었다는 양 내가 천진난만하게 올려다보며 보채자 필릭스가 한순간 멈칫하는가 싶었다. 그리고 잠시 후, 낮은 한숨 소리와 함께 익숙한 팔이 나를 들어 올렸다.

"그럼 다녀오세요."

"릴리, 빠이빠이!"

"다녀오겠습니다."

근데 이 광경 좀 신혼부부랑 그 딸내미 같지 않니. 릴리는 내가 아무렇지도 않아 보이자 적잖이 안심한 듯 부드럽게 미소 짓고 있었다. 그건 필릭스도 마찬가지였다. 잠깐, 두 사람 그러다가 눈 맞는 건 아니겠지? 안 돼! 릴리는 내 거란 말이야!

"오늘은 알현실로 모시겠습니다."

나는 필릭스의 너른 등판에 업혀 사탕을 쪽쪽 빨면서 그의 뒤통수를 찜찜한 눈길로 쳐다보았다.

"아무래도 잠시 기다리셔야 할 것 같네요."

내가 이 알현실의 문을 본 것은 오늘로 두 번째였다. 예전에 릴리와 함께 클로드를 만날 때 이 문을 넘었었지. 크흑. 그날로부터 벌써 시간이 이만큼이나 흘렀다니. 아니, 고작 이만큼밖에 안 지났다고 해야 하는 건가. 생존을 위한 몸부림을 치는 동안 뭔가 굉장히 많은 일이 있던 것 같은데 말이야. 그나저나 사람을 기다리게 할 거면 차라리 방에 가서 있으라고 하든지. 하여간 클로드의 매너는 오늘도 변함없이 똥이다. 똥! 그것도 개똥!

벌컥.

그런데 내가 한창 클로드의 똥 매너를 씹고 있을 때쯤, 알현실의 문이 열렸다. 오, 드디어 내가 들어가도 될 차례인가. 하지만 지금까지 알현실 안에 있던 누군가가 밖으로 나오는 것이 먼저였다. 알현실의 문은 실로 웅장해서, 나는 처음 이 앞에 섰을 때 문 사이로 모습을 드러낸 사람은 누구나 작아 보일 것 같다고 생각했다. 하지만 지금 보니 아니었다.

알현실의 문을 통해 나타난 사람은 클로드나 필릭스보다 좀 더 나이

들어 보이는 남자였다. 그런데 기백이랄까, 풍기는 분위기랄까. 그에게서 흘러나오는 기운이 그의 존재감을 부각시키는 느낌이었다. 클로드랑은 다른 의미로 카리스마가 있는 아저씨네. 나이는 젊은 편인 것 같은데 머리가 백발인 걸 보면 실제로 그보다는 좀 더 나이가 든 것 같기도 하고. 나는 사탕을 쪽쪽거리면서 하릴없이 그를 관찰했다. 그런데 필릭스와 남자는 서로 아는 사이인 듯했다. 필릭스를 발견한 남자가 먼저 입을 열어왔다.

"로베인 경."

흐에. 뭐야. 클로드랑 알현실에서 만난 걸 보면 당연히 귀족일 거라고 짐작하긴 했지만 필릭스가 이렇게 반가워하기까지 할 사람이었나. 그 정도로 친한 아저씨인 거야?

"알피어스 공, 간만입니다."

그런데 다음 순간 필릭스의 입에서 나온 이름에 나는 크헉 놀라고 말았다. 무, 뭐. 알피어스 공작이라고? 이 아저씨가? 진짜? 알피어스라면, 14살 때까지 제니트를 맡아 길렀던 바로 그 공작 가문이잖아!

"그렇잖아도 알현실에 보이지 않아 의아하던 참인데 여기 있었군."

나는 두 눈을 휘둥그렇게 뜨고 필릭스의 어깨 위로 빼꼼 고개를 내밀었다. 억. 아저씨 머리 백발이 아니라 은발이었나 보네. 하, 이렇게 다시 보니 알겠다. 〈사랑스러운 공주님〉의 남자 주인공이었던 이제키엘 알피어스는 반짝이는 은발과 금안을 가진 제국의 일등 신랑감이었지. 이렇게 보니 그 색소는 아버지한테 그대로 물려받은 것인 모양이었다.

"이런. 미처 몰라뵈었군요."

필릭스의 어깨 위로 드러난 내 얼굴을 보고 남자도 그제야 내 존재를 깨달은 것 같았다. 곧 그가 내게 정중히 인사해 왔다.

"신, 로저 알피어스라 합니다. 오벨리아의 번영이 깃들기를."

제법 예의 바르게 인사하고 있었지만 이 남자가 로저 알피어스라면 그 속이야 뻔했다. 훗날 황실의 제2공주로 인정받았다가 제1공주인 아타나시아의 죽음 이후 클로드의 유일한 후계로서 그 자리를 공고히 했던 제니트. 그리고 그런 그녀를 갓난아기일 때부터 맡아 길렀던 알피어스 공작가. 여기까지 들어도 그림이 뻔히 나오지 않는가? 애당초 제니트나 그녀의 어머니와 아무런 연고도 없던 알피어스 공작가가 왜 제니트의 이모인 백작 부인의 청을 받아들여 그녀를 숨겨 주었겠는가. 거기에는 알피어스 공작의 야심이 숨어 있었다.

물론 그렇다 해서 공작가의 사람들이 사랑스러운 제니트를 그 자체로 아끼지 않은 것은 아니었다. 하지만 적어도 알피어스 공작만큼은 제니트가 훗날 가져다줄 영광에 더 큰 관심을 갖고 있었다. 사실 로저 알피어스는 상당한 야욕을 가진 인물로, 그런 의미에서 그는 제니트를 이용해 성공한 셈이었다.

특히 아들인 이제키엘 알피어스와 공주인 제니트의 결혼으로 그는 엄청난 권력을 손에 넣게 되었으니 말이다. 지금도 그는 사람 좋은 얼굴을 한 채로 나를 탐색하고 있었다. 에, 뭐야. 혹시 자신이 가진 패인 제니트와 나를 비교해 보고 있는 건가? 우와, 아저씨 바보. 나 지금 5살인데? 나는 로저 알피어스를 향해 바보처럼 웃어 보였다.

"헤헷. 안녕, 흰둥이 아저씨!"

그래, 제니트는 잘 자라고 있냐?

"흰둥……."

저도 모르게 내 말을 따라 했던 필릭스가 곧 멍하게 입을 벌렸다. 내가 가리키는 게 눈앞에 있는 로저 알피어스란 사실을 깨달은 것 같았다. 그것은 로저 알피어스도 마찬가지인 듯, 곧 그에게서 반문이 흘러나왔다.

"설마…… 저를 지칭하시는 건 아니겠지요?"

"아저씨, 멍뭉이 흰둥이랑 똑같이 생겨써!"

"……"

"이거 머글래? 맛있는 거야."

나는 또 한 번 생글생글 웃으며 말한 뒤 선심 쓴다는 듯 침 묻은 사탕을 척 앞으로 내밀었다. 로저 알피어스는 상식을 벗어난 내 언행에 황당하다는 표정을 짓고 있었다. 왜, 이제키엘하고 제니트는 아저씨한테 이런 짓 한 적이 없나 보지?

"풉."

그런데 그런 로저 알피어스의 얼굴을 마주하고 있던 필릭스에게서 돌연 억누른 웃음소리가 새어 나왔다. 그러더니 이내 간헐적으로 어깨마저 들썩이기 시작하는데…… 이 오빠 지금 빵 터졌나 보다. 소리 안 내려고 용쓰는 건 알겠는데 부들부들 떠는 것 좀 어떻게 해봐.

"고, 공주님께서 알피어스 공이 마음에 드신 모양이네요."

"…….”

당연히 그런 말을 듣는다 한들 로저 알피어스의 기분이 좋아질 리 없었다. 이제키엘이나 제니트라면 훈육을 위해 따끔하게 혼낼 수라도 있을 텐데 나한테 그럴 수는 없으니 저리 표정 관리에 힘쓰며 눈썹만 꿈틀거리고 있을 수밖에.

거기에 대고 나는 빨리 안 받고 뭐 하냐는 듯 사탕을 위아래로 크게 흔들었다. 이제 아저씨의 눈썹은 완전히 롤러코스터를 타고 있었다. 하지만 아무리 그래도 공주가 손수 주는 선물을 받지 않을 수는 없었는지, 곧 그가 떨떠름하게 앞으로 손을 내미는가 싶었다.

나는 그 손이 내 사탕 막대에 닿기 전에 홀랑 다시 팔을 굽혔다. 당연하게도 로저 알피어스는 허공에 대고 헛손질을 하게 되었다. 난 또 한 번 황당한 빛을 띠기 시작한 금색 눈동자를 빤히 쳐다보면서 다시 사탕을 빨기 시작했다.

쪽쪽쪽쪽.

"……."

쪽쪽쪽.

"……."

기막히지? 아마 엄청 어이없을 거다. 그런데 5살짜리 애한테 진심으로 화를 내기도 뭐하고 뭐 이런 게 다 있나 싶겠지. 크헤헤. 아저씨 놀리기 재밌다. 로저 알피어스에게 일명 줬다 뺏기를 실천한 나는 어처구니가 없다는 듯한 얼굴을 하고 있는 그를 멀뚱히 보며 사탕을 빨다가 잠시 후 무서운 표정을 지으며 말했다.

"쓰읍. 때찌야! 흰둥이는 이런 거 먹는 거 아니랬어."

"큽."

필릭스는 그런 나를 말리지는 못할망정 아까부터 시종일관 어깨를 떨며 웃어 대기 바빴다. 평소 냉철한 카리스마로 귀족들을 이끌던 로저 알피어스가 내게 이런 취급을 받는 것이 못내 재미있는 모양이었다.

"참으로…… 귀여운 공주님이시군."

로저 알피어스는 잠시 아무 말도 없다가 이내 씹어 삼키듯 그렇게 중얼거렸다. 으엑. 이제 그만 놀려야겠다.

"아티, 파파 보고 시퍼!"

"크흠. 그럼 들어가실까요."

내가 칭얼거리자 필릭스도 상황을 수습하려는 듯 애써 웃음을 참아 삼켰다. 그리고 처음 만났을 때와 확연히 온도가 달라진 로저 알피어스를 향해 헛기침을 하며 말했다.

"그럼 공주님과 전 이만 들어가 보겠습니다. 알피어스 공도 살펴 가십시오."

"빠빠이, 흰둥이 아저씨!"

"만나 뵙게 되어 영광이었습니다…… 오벨리아의 번영이 함께하기를."
 그래도 역시 괜히 공작이 아닌지 마지막에는 침착해 보이는 표정과 말투를 내게 보였지만 문장 사이에 있는 저 찜찜한 말줄임표는 어쩔 거야. 쯧쯧. 다 큰 어른이 속 좁게 꽁해져서 있긴. 웃는 얼굴에 침 못 뱉는다고, 나는 방긋방긋 웃는 낯으로 로저 알피어스에게 손을 흔들어주었다. 닫히는 문 틈 사이로 보이는 그는 그런 나를 향해 어쩔 수 없다는 듯 어색하게 웃어 보이고 있었는데, 그게 또 그렇게 웃길 수가 없었다.
 "왔나."
 알현실에 들어가자마자 큰 옥좌 위에 팔을 걸친 채 턱을 괴고 앉아 있는 클로드의 모습이 보였다. 설마 저렇게 불량한 자세로 로저 알피어스를 맞이했던 건 아니겠지?
 "예, 폐하. 앞에서 알피어스 공을 만났습니다."
 "흰둥이 아저씨!"
 내 반사적인 외침에 클로드가 드물게도 의문을 표했다.
 "흰둥이?"
 "멍뭉이 흰둥이 닮아써!"
 내가 말하는 것이 무엇인지 깨달은 클로드가 일순간 미세하게 입매를 움직이는가 싶었다. 분명히 아주 작게 들썩이는 수준이었지만 나는 똑똑히 봤다. 너 지금 웃었지! 다 들켰어!
 "시도 때도 없이 짖어 대는 알피어스에게 딱 어울리는 별명이군."
 아무리 그래도 공작인데 시도 때도 없이 짖어 댄다니. 원작대로라면 그 양반은 당신 사돈댁이 될 거라고!
 "혹 언짢은 일이 있으셨는지요?"
 "그네들이 하는 말은 언제나 들으나 마나 한 소리지."
 클로드는 귀찮다는 듯 손을 휘저어 대화를 끝냈다. 그런데 그러다 말고 갑자기 필릭스를 지그시 쳐다보는 것이 아닌가. 뒤이어 그의 입술

끝이 이번에는 확연히 눈에 드러나 보일 정도로 깊은 호선을 그렸다.

"그새 보모가 다 되었구나."

와, 어쩜 저렇게 얄밉게 비웃을 수가 있지? 클로드가 툭 내뱉은 말에 필릭스는 약간 쑥스러운 듯이 웃으며 지금까지 줄곧 업고 있던 나를 바닥에 내려놓았다. 나는 대리석 바닥에 발이 닿자마자 클로드 쪽으로 아장아장 뛰어갔다. 앗! 그리고 보니 깜빡했다. 내가 다시 뒤돌아 뛰자 필릭스의 눈동자에 의문이 피어올랐다. 나는 그에게 내 사탕을 고이 들려 준 뒤 다시 클로드에게 걸음을 옮겼다.

"그리고 보니 알피어스 공에게도 공주님과 비슷한 또래의 아이가 있다고 들었는데요."

내가 준 것을 버리지도 못하고 곤혹스러운 표정을 짓던 필릭스가 마침내 내 사탕을 손에 든 채로 뒷짐을 져 섰다. 잠시 동안이지만 잘 부탁하네, 내 간식.

"아마 사내아이라고 했던 것 같습니다."

가까이서 보니 클로드가 앉은 옥좌는 더욱 화려했다. 헉, 이 보석들 좀 봐. 알 크기 하며, 광택 하며! 이 뒤쪽에 있는 건 하나 정도 없어진다고 해서 티도 안 날 거 같은데…….

내가 츄릅 군침을 흘리며 옥좌에 붙은 보석을 탐내는 동안 필릭스는 방금 전 봤던 로저 알피어스의 아들 이야기를 하고 있었다. 응? 그런데 그 아저씨의 아들이면 이제키엘이잖아?

"공주님의 말벗으로 붙여 주시는 것도 괜찮지 않을까요?"

클로드는 옥좌에 턱을 괴고 앉은 채로 옆에서 내가 하는 양을 가만히 지켜보고 있었다. 문득 그 사실을 깨닫고 나는 화들짝 놀랐다. 뭐야, 왜 그렇게 보고 있는 거야? 나, 난 아직 아무 짓도 안 했어! 그냥 보석이 예뻐서 쳐다보기만 하고 있었다구! 그래도 도둑이 제 발 저린다고, 지금까지 눈을 번뜩이며 보석들을 탐내던 모습을 클로드가 모조리 지켜보고 있었다고 생각하자 속이 뜨끔거렸다. 그래서 나는 순진무구한 척 두 눈을 동그랗게 뜨며 말했다.

"아티 친구 생기는 거야?"

필릭스는 내가 관심을 보이는 듯하자 신이 난 눈치였다. 하지만 오늘따라 알피어스 공작을 만나 기분이 더욱 저조한 눈치였던 클로드는 필릭스와 내 말에 또 싸늘한 미소를 드리울 뿐이었다.

"황궁에 아이가 둘씩이나 뛰어다닌다고 생각하는 것만으로도 기분이 불쾌해지는구나."

으억, 내가 좀 방심하고 있었나 보다. 친구 같은 거 필요 없다고 말했어야 하는 건데. 보석 같은 거에 한눈을 파니까 빠릿빠릿하게 반응하지를 못하지! 죄송해요, 이제 한눈 안 팔게요!

"시끄러운 아이는 딱 질색이다. 게다가 로저 알피어스를 닮은 사내놈이라니. 상상만 해도 신물이 나는군."

"하하…… 역시 그건 좀 그렇지요."

로저 알피어스를 닮았을지도 모른다는 말에 오히려 필릭스가 설득당했다. 으음. 눈치 없음의 대명사인 필릭스까지 이런 반응을 보일 정도라니 평소 훤둥이 아저씨의 이미지가 어땠는지 알겠다. 그나저나 아쉽네. 남자 주인공인 이제키엘의 어린 모습이 좀 궁금하기도 했는데. 이제키엘 나이가 제니트보다 두 살이 더 많다고 했나, 세 살이 더 많다고 했나? 하긴 두 살이나 세 살이나 다 똑같긴 하…….

번쩍!

"으에."

그런데 갑작스럽게 내 몸이 번쩍 들렸다. 온몸을 감싼 부유감에 나는 어리둥절해졌다. 그래서 의문을 해소하기 위해 고개를 들고 나자…… 방금 전보다 백배는 더 어리둥절해졌다.

……응? 으응? 왜 내 위에 필릭스가 아니라 클로드의 얼굴이 보이는

거지? 의아하게 고개를 돌리자 여전히 같은 자리에 서 있는 필릭스가 시야에 들어왔다. 아니, 그럼 뭐야? 뭔데, 이 상황? 도저히 믿을 수 없는 일이긴 했으나 지금의 상황을 총체적으로 판단해 봤을 때 답은 하나밖에 없었다. 헐, 이게 지금 뭐야. 클로드, 너 설마 지금 나 안아 들었니? 물론 짐짝 들듯이 한 팔로 달랑 들어 옆구리에 꼈을 뿐이지만 그래도 어쨌거나 나는 클로드에 의해 운반되고 있었다. 앞으로 내디뎌지는 그의 발걸음을 따라 아래로 늘어뜨려진 내 팔다리도 함께 딜렁딜렁거렸다.

와, 와아. 이런 쇼킹한 일이. 아니, 왜 안 하던 짓을 하고 그래? 사람이 그러면 죽을 때가 다 된 거라는데! 클로드에게 직접 안겨서 이동되고 있는 이 상황이 나는 참으로 후덜덜 했다. 그는 나를 안은 채로 옥좌 뒤쪽에 늘어뜨려져 있던 불투명한 휘장을 걷어 올렸다. 헉. 이거 벽 아니었네. 휘장 너머에는 푹신해 보이는 카펫이 깔려 있었는데 그 위에는 또 솜을 잔뜩 집어넣어 엄청나게 말랑말랑해 보이는 쿠션이 한가득 널려 있었다. 나는 클로드가 나를 그 한가운데에 얌전히 내려놓기까지 하자 더욱 얼떨떨해지고 말았다.

"이른 시간부터 시끄럽게 짖는 소리를 들었더니 피곤하구나."

벌써 해가 중천인데 뭐가 그렇게 이른 시간이라고. 그리고 또 개 짖는 소리란다. 흰둥이 아저씨는 당신 사돈 될 사람이라니까. 쯧. 이러다가 만약 원작대로 제니트랑 이제키엘이 결혼이라도 하게 되면 어떻게 할는지.

오, 그나저나 이 쿠션 보이는 대로 엄청나게 폭신폭신하다. 속에 뭘 집어넣은 거지?

내가 쿠션에 대고 꾹꾹거리고 있는 동안 클로드는 내 옆쪽에 아무렇게나 자리 잡고 누웠다. 흐엑, 설마 여기 이런 식으로 쉬려고 만든 장소인 건가? 아니, 여긴 연회장도 아니고 알현실인데? 나는 뜨악한 마음으로 클로드를 향해 고개를 돌렸다가 급히 코를 부여잡으며 다시 눈을 돌렸다.

헉. 잠깐. 이러지 마. 옷 좀 제대로 입어주지 않으련? 클로드가 복장을 신경 쓰지 않고 쿠션들 사이에 아무렇게나 누워 있던 탓에 복근이 그대로 드러나 보였다. 지금까지도 몇 번인가 느꼈지만 그놈 참 근육들이 실하기도 하다. 그렇지만 남자가 말이야! 너무 조신하지 못한 것 아니냐고! 아무 데나 넙죽넙죽 눕지를 않나, 옷을 다 풀어헤치고 있지를 않나. 으으. 엄한 처자 낯부끄럽게시리. 그래 봤자 나, 난 네 미인계에 넘어가지 않을 거라니까! 그런데 왜 난 자꾸 옷자락 사이로 드러나 보이는 저놈의 속살을 힐끔힐끔 쳐다보고 있는 거지. 크윽. 뭔가 진 기분이다.

"그때 그 노래."

아잇, 깜짝이야. 내가 훔쳐보고 있던 걸 들킨 줄 알았다. 갑자기 말 걸지 말란 말이야. 내 간은 토끼만 해서 쉽게 깜짝깜짝 놀란다구. 그런데 노래라니. 뭔 노래 말이야. 나는 고개를 갸웃거렸다.

"노래?"

"나쁜 꿈을 몰아내는 노래라고 했었지."

"아! 자장자장 노래!"

"자장자장 노래?"

헉. 실수. 자장자장 아냐! 여기 취소 버튼이 어디 있죠? 쓸데없이 눈치 빠른 클로드 놈이 수상쩍음을 감지했는지 눈을 가늘게 뜨고 나를 보고 있었다. 이 자식. 그게 벌써 한 달 전 일인데 왜 아직도 기억하고 있는 거야!

"어쨌든, 그거."

그나마 아무래도 상관없다는 듯 클로드가 금방 말을 돌려서 다행이었다. 하지만 이어진 그의 말은 내게 있어 '다행'의 범주에 들 만한 것이 아니었다.

"한번 불러 봐라."

뭣. 그러니까, 지금 나더러 네 앞에서 재롱을 부려 보라 이 말이냐? 내가 제대로 들은 게 맞는지 귀가 의심스러웠다. 하지만 클로드는 여전히 나른히 누운 자세로 나를 지그시 응시하고 있을 뿐이었다. 그런 그의 눈빛은 말없이 무언가를 종용하고 있었다. 허허…… 이런 개먹이 쌍X바 같은 놈이? 아무리 내가 까라면 까고 달라면 줘야 하는 비굴한 인생이라지만 맨정신으로 네 앞에서 쇼까지 해야 한다니. 아무리 내가 5살로 보인다지만 정신만은 성숙한 성인인데 이건 좀 너무하지 않니.

"아티 그거 까먹었는데에."

크와와왁. 지난번에는 워낙 위기 상황이라 되는 대로 자장자장도 하고 자장가도 부르고 했다지만 지금 또 그 짓을 하기엔 많이 민망하다. 난 아무것도 몰라요, 란 눈으로 클로드를 쳐다보았다. 그래, 난 지금 그 노래를 모르는 거다! 그래서 너한테 불러 주고 싶어도 못 불러 줘!

"잊었다?"

그래! 그게 벌써 한 달 전인데 잊고도 남았지!

"하면 어찌 해야 기억이 날까."

그냥 포기해라, 이 끈질긴 놈아.

"그러고 보니 생각나는군. 내가 옥좌에 앉은 직후 멍청하게도 이 알 현실에서 내게 위해를 가하려 한 불순종자들이 있었지."

그런데 클로드가 느닷없이 옛날 얘기를 시작했다.

"모두 붙잡아 무릎을 꿇리고 나니 그 어리석은 종자들이 하나같이 배후는 없다, 나는 이번 일에 대해 아무것도 모른다. 그리 말하더군."

그런데 그의 이야기를 듣는 동안 괜스레 목덜미가 휑한 느낌이 들었다. 클로드는 정말 문득 떠오른 과거의 이야기를 하듯 무덤덤한 어투로 말을 잇고 있었는데 어째서인지 서서히 내 위험 경보에 빨간 불이 들어오기 시작했다.

"그래서 강제로 기억이 나게끔 만들어줬지."

제, 제길. 왜 불길한 느낌은 틀리는 법이 없냐. 기억이 나게 만들어 줬다니. 그게 무슨 의미죠? 왜 그 말을 듣는 순간 이렇게 등골이 시린 느낌이 드는 거죠?

"증발된 기억이 돌아오게 만드는 방법은 다년간의 경험으로 수백 가지쯤 알고 있지만."

크앙. 그 방법이 뭔데! 아니, 아니야. 그냥 말하지 마. 말하지 말아주세요. 곧이곧대로 배후를 실토하지 않는 암살자들에게 사용하는 방법이란 게 뭐겠냐? 고문이지? 고문인 거지? 그런 거지? 으허허허엉.

"그런 것을 네게 쓸 수도 없고."

당연하지, 당연하지! 그런 무시무시한 방법을 나 같은 애한테 쓴다는 건 네가 사이코패스보다 더한 인간 말종이라는 의미야! 으앙. 엄마, 나 얘 너무너무 무서워.

"하나 방금 전에는 그 노래를 아는 듯하다가 그새 또 잊었다 하니. 내 어찌 해야 네 기억이 제 기능을 찾을지 방도를 고민……."

"생각나써요. 자장자장 노래!"

심장 쫄려서 기억 안 난다고 더 우기지도 못하겠네! 으아앙. 얘는 진짜 왜 멀쩡하다가 갑자기 살벌하다가 오락가락하고 난리야! 이 소름 돋는 자식! 오들오들 떨고 있는 내가 불쌍하지도 않아?

"아티가 파파한테 노래 불러 줄게요. 헤헤."

괜히 쓸데없는 자존심 챙겨 보겠다고 까불다가 요단강 건널 것 같다. 그래, 계속 뻗대다가 저놈이 노래 가사를 기억나게 한답시고 나한테 무슨 짓이라도 하면…… 어오, 상상도 하기 싫다.

"살금살금 밤이 오면……."

나는 도살장에 끌려가는 기분으로 구슬프게 노래를 시작했다.

"어여쁜 별님이 인사하며 웃어주네요. 오늘은 안녕. 내일은 더 반짝이는 아침이 올 거야."

크흑. 너무나 거지 같은 기분이군. 클로드, 너 이 자식. 넌 나한테 수치심을 주었어.

그런데 이 망할 놈이 내가 한 곡조를 다 뽑은 뒤에도 계속 안 하고 뭐 하냐는 듯 나를 쳐다보는 것이었다. 이놈아! 이 노래 원래 엄청 짧은 노래거든! 지금 벌써 한 곡 다 부른 거거든! 결국 나는 이놈이 만족할 때까지 계속해서 자장가를 열창해야만 했다. 그리고 내가 여섯 번이나 이 노래를 반복해 부른 뒤에야 클로드는 눈을 감았다. 뭐야, 지금 너 자겠다고 나한테 이 창피한 짓을 시킨 거였냐! 크아악.

나는 클로드가 정말 잠든 것이 맞는지 확인하기 위해 그의 눈앞에서 휘휘 손을 흔들어 보기도 하고 볼을 쿡쿡 찔러 보기도 하고 그래도 그가 일어나지 않자 가슴까지 간질간질 간질여 보았다. 그리고 클로드가 완전히 잠들었다는 확신이 들었을 때, 오늘만큼은 참을 수가 없어서 누워 있는 클로드의 머리카락을 잡초 뽑듯 쥐어짜기 시작했다. 이이이익! 나한테 이런 수치심을 주고도 아무 짓도 안 당할 줄 알았냐! 에잇, 에잇! 대머리나 돼라!

"폐하께서 잠드셨습니까?"

악, 깜짝이야! 갑자기 휘장 밖에서 필릭스의 목소리가 들려와서 깜짝 놀랐다. 소리가 가까이에서 들린 걸 보면 바로 앞에 서 있는 것 같은데 언제 여기까지 다가온 거야?

"으, 으응."

"드문 일이군요. 다른 이를 앞에 두고 무방비한 모습을 보일 분이 아닌데."

그리고 덧붙여진 웃음기 어린 목소리에 나는 쥐구멍에 숨고 싶어졌다.

"공주님의 노래가 효능이 좋았던 모양입니다."

으악! 너도 내 노래 들은 거야? 으앙. 난 망했어. 이제 필릭스 얼굴을 어떻게 봐. 으앙으앙. 쪽팔려.

"공주님."

"왜에?"

나는 발버둥 치며 쿠션들 사이를 마구 굴러 다녔다. 그러자 필릭스가 다시 한번 나를 불러왔다. 으흑. 또 무슨 말을 하려고 날 부르니. 그래, 할 말 있으면 해라 해.

"어제는 제가 잘못했습니다."

그런데 그가 내게 말한 것은 어제 일의 사과였다.

"공주님의 허락 없이 마음대로 움직여서는 안 되었는데, 제 생각이 짧았습니다."

엥. 뭐, 뭘 또 그걸 나한테 사과하고 있어? 괜히 더 미안해지게시리.

"전 그저 다이아나 님을 뵙게 되면 공주님께서 기뻐하실 거라고만 생각했어요."

아니, 그건 릴리나 당신이나 당연히 그렇게 생각할 수밖에 없는 문제지. 일단 내가 말실수라지만 먼저 다이아나를 보고 싶다고 했고…… 어쨌거나 두 사람 다 아타나시아의 보호자로 옆에 있는 거니까 엄마 얼굴도 모르는 애한테 당연히 마음 쓰일 수밖에. 흐억. 그런데 난 양심 없이 그런 사람들한테 신경질이나 내고 심지어 물리적인 폭력(?)까지 행사해 버렸잖아?

"어, 저기."

크으윽. 이제 보니 나란 사람 완전히 인성 쓰레기잖아요. 어흐흑.

"아, 아티도 어제 때려서 미안……."

그냥 이대로 없던 일로 넘어가려고 했는데 필릭스가 먼저 사과를 하니 나도 도저히 가만히 있지 못하겠다. 내가 안절부절못하며 미안하다고 하자 밖에서 낮은 웃음소리가 들려왔다.

"괜찮습니다. 조금 아팠지만 벌써 다 나았어요."

이익, 그건 거짓말이야! 이 솜방망이 주먹이 뭐가 그렇게 아프다고! 오히려 필릭스를 밀쳐 내려고 했던 내 손이 다 얼얼했는데! 게다가 뒤로 밀려난 것도 오히려 나였고! 하지만 또 어제처럼 말실수하기 전에 그냥 쥐 죽은 듯 가만히 있어야겠다. 크흑.

그런데 클로드 얘는 정말 자는 거 맞지? 나는 클로드의 코를 돼지 코로 만들어 본 뒤 그래도 미동이 없는 것을 보고 다시 한번 안심했다.

"실은 저도 아타나시아 공주님만큼은 아니지만, 꽤 어릴 때 어머니를 잃었습니다."

그런데 휘장 너머로 들려온 담담한 독백에 귀가 쫑긋 섰다.

"제 어머니께서는 폐하의 유모이시기도 했죠. 그러니 폐하와 저는 젖형제가 되는 셈입니다."

나는 그제야 클로드가 유독 필릭스에게 너그러워 보였던 이유를 깨달았다. 그래도 나름대로는 유모의 아들이라고 필릭스를 많이 봐주고 있었나 보다. 아니?! 그런데 새로운 발견인걸. 클로드 너, 그런 이유로 다른 사람에게 인내와 자비심을 발휘할 수도 있는 인간이었니? 그거 나한테도 조금만 떼어주라!

"어릴 때에는 사실 어머니가 조금 밉기도 했습니다. 저와 함께 놀아주시는 시간보다 폐하와 함께 보내는 시간이 많으셨거든요."

쯧. 한창 어릴 때 클로드에게 엄마를 빼앗겼었구먼. 그럼 클로드가 필릭스에게 잘해 줄 만도 하네.

"그래서 어머니께서 돌아가신 직후에는."

그나저나 어릴 때의 클로드라니. 상상이 되지 않는다. 왠지 쟤는 태어났을 때부터 철심을 입에 물고 태어났을 것 같으······.

"어머니 같은 건 조금도 그립지 않다고 다른 사람들에게 말하곤 했습니다. 실제로 그 후 3년 정도는 어머니를 보고 싶다는 생각을 특별히 한 적도 없었고요. 생전에 저와 보낸 시간이 극히 적었던 분이니만큼, 어머니의 부재를 크게 느낄 일도 없었습니다."

나는 필릭스가 갑자기 자기 어머니의 얘기를 꺼낸 이유를 알 것 같았다. 그래도 나는 청자로서의 예의로 도중에 그의 말을 끊는 법 없이 조용히 필릭스가 해주는 이야기를 들어주었다.

"그런데 어느 날인가 아주 우연히, 평소 가지고 다니던 손수건의 자수를…… 그러니까 어머니께서 생전에 직접 수놓아주셨던 제 이름을 새삼스럽게 눈에 담는데."

필릭스는 담담히 말하고 있었지만 아마 저렇게 되기까지는 스스로 많은 노력이 필요했을 터였다.

"믿을 수 없게도 눈물이 나더군요."

나는 약간 난처한 기분으로 생각보다 부드러운 클로드의 머리카락을 잡아당겼다. 내가 필릭스와 클로드의 이런 개인사를 들어도 되는 건지 알 수가 없었다. 필릭스는 자기가 직접 나한테 말해주는 거니까 나중에 뭐라고 하지는 않겠지만…… 클로드 이놈은 내가 자기 어릴 때 이야기를 들은 걸 알면 나중에 나한테 해코지하는 거 아니야?

"그토록 미워했던 어머니인데. 제게는 그저 그 이름으로만 그림처럼 존재했던 어머니인데도, 실은 저는 그분이 그리웠던 겁니다."

사실 나는 필릭스의 말이 가슴 깊이 와닿지 않았다.

"비록 함께한 추억은 없었어도 그분은 제 하나뿐인 어머니셨으니까요."

필릭스의 비밀 얘기까지 들어 놓고 이런 말을 하기에는 좀 미안하지만, 나한테는 그런 식으로 미워할 만한 가족조차 곁에 없었으니까. 물론 나도 아주 어릴 때에는 나한테도 엄마, 아빠가 있었으면 좋겠다든가 그런 생각을 했었지만…… 그런 감정마저도 나이가 들면서 다 잊어버렸다. 그리고 나중에는 그들이 날 버리고 갔다는 사실에 화가 나거나 하지도 않았다. 가족을 그렇게 미워하고 그리워하는 것마저도 일종의 기대가 남았을 때 가능한 얘기니까 말이다.

만약 내가 진짜 아타나시아였다면 어떻게 생각했을까. 태어났을 때부터 어머니의 얼굴조차 모른 채로 루비궁에서 박대받으며 살다가, 처음으로 아버지인 클로드를 만나게 되었던 아타나시아 공주라면.

"있지. 이거 진짜 진짜 비밀인데."

나는 필릭스에게만 비밀 얘기를 해주겠다는 듯 소곤소곤 입을 열었다.

"사실 어제 엄마 안 보고 싶다고 한 건 아티가 거짓말한 거야."

"그러셨습니까."

필릭스는 모든 것을 알고 있었을 텐데도 그저 그러냐는 듯 내게 부드럽게 대답해 주었다.

"근데 엄마 안 봐도 된다는 건 거짓말 아냐."

으음. 모르긴 몰라도 아마 소설 속의 아타나시아라면 이렇게 말했을 것 같다.

"아티한테는 파파가 있잖아."

아마 이 나이쯤의 나였어도 이렇게 생각했을 것 같고.

"엄마 없어도 파파랑 자장자장도 할 수 있으니까 아티 안 울어."

크으. 클로드 이 나쁜 자식. 제니트만 편애한 건 둘째 치고서라도 자기만 해바라기처럼 사랑하던 아타나시아를 그런 식으로 죽여 버리다니. 너 이놈 벌 받아라!

"그리고 루비궁에 가면 릴리도 있고 필릭스도 있고 다른 시녀 언니들도 있고 쪼코도 있어!"

그리고 클로드는 없지! 이 얼마나 쾌적한 환경이란 말인가. 흑흑. 지금도 루비궁으로 돌아가고 싶다. 클로드 이놈도 나만 내버려 두고 자고 있는데 나 그냥 가면 안 되겠니. 자, 필릭스야. 어서 나를 안아라!

"아타나시아 공주님은 소원이 있으십니까?"

"소원?"

"그러니까, 이랬으면 좋겠다고 원하는 일 같은."

그걸 말이라고 묻니? 내 소원은 당연히!

"열여덟……."

18살에 클로드 놈이 나를 안 죽이는 거 말고 또 있겠냐. 그러려면 일단 18살 생일이 되기 전까지 죽으면 안 되겠지만요. 흑흑.

"예?"

다행히도 필릭스는 내 말을 듣지 못한 눈치였다. 나는 5살짜리 아이에 맞춰 내 소원을 변형시켰다.

"파파가 아티를 더 많이 많이 좋아해 주면 좋겠어!"

날 죽이고 싶은 마음이 들지 않을 만큼! 10살이 돼도, 18살이 돼도 날 죽이려는 마음이 생기지 않을 만큼!

"아티가 파파를 좋아하는 것처럼 이만안큼! 아주아주 많이!"

너에 대한 내 애정도 쥐뿔 없긴 하지만 적어도 난 널 죽이고 싶다는 생각은 안 하니까 제발 기본 상식만이라도 장착하고 나 좀 봐주라. 그럼 최소한 네 딸인 날 없애려는 생각은 안 들지 않겠니. 크흐흑. 눈물 없이는 들을 수 없는 내 짠내 나는 소원에 필릭스가 마침내 작게 웃었다.

"그 소원, 꼭 이루어지실 겁니다."

나도 제발 그랬으면 좋겠구나. 잠결에라도 내 말이 무의식중에 자리 잡아서 클로드 놈이 제발 좀 나를 가만히 내버려 두게 해주세요. 제발요, 하느님. 나는 그렇게 생각하며 고이 잠든 클로드의 머리카락을 또다시 얍얍 쥐어뜯었다. 그리고 내 손안에서 사정없이 모양을 일그러뜨리는 금발을 보자 조금은 속이 개운해져서 크크크 소리 죽여 웃을 수 있었다.

놀랍게도 그 후 나는 병든 병아리처럼 앉은 채로 꾸벅꾸벅 졸다가 이

내 클로드의 옆에서 잠이 들어버렸다. 전날 릴리와 필릭스 때문에 마음이 불편해 거의 밤을 새웠던 탓인 듯싶었다. 게다가 옆에서 클로드까지 눈을 감고 있으니 긴장이 풀려서 나도 모르게 눈꺼풀이 아래로 자꾸만 내려앉았다.

필릭스는 무엇을 하는지 아까부터 계속 조용했다. 게다가 마침 시간도 딱 낮잠을 자기 좋은 때가 아니겠는가. 그래서 나는 푹신한 쿠션들 틈에 누워 깜빡 정신을 놓아버리고 말았다.

그리고 온몸을 휘감는 수마 속에서 어떤 여인이 나오는 꿈을 꾸었다. 처음 내 오감을 건드린 것은 새벽이슬이 은반 위를 굴러가는 듯한 맑은 노래 소리였다. 그 흥얼거리는 소리를 듣는 것만으로도 기분이 좋아져서, 나는 도대체 누가 이렇게 예쁜 목소리로 콧노래를 부르는 건지 무척 궁금해졌다.

내 의문은 오래가지 않았다. 안개가 걷히듯 마침내 시야가 맑아졌을 때, 나는 싱그러운 연두색 풀잎 사이로 모습을 드러낸 여인을 마주할 수 있었다. 햇빛 조각 같은 옅은 금발이 눈앞에 아찔하게 흩날렸다. 처음에 보이는 것은 뒷모습뿐이었는데, 그녀는 마치 춤을 추듯 맨발로 푸른 잔디 위를 걷고 있었다. 그 움직임이 한 마리의 나비 같아 당장에라도 멀리 날아가 버릴 것만 같았다. 나는 무의식중에 그녀를 향해 손을 뻗었다. 그런데 내 손이 닿기 직전, 먼저 그녀가 나를 뒤돌아보았다.

아. 웃는다. 미소를 머금고 휘어진 자색 눈동자는 무척이나 고혹적이었으나 아직 때 묻지 않은 소녀 같은 느낌이 남아 있어 무척이나 순수해 보이기도 했다. 그녀는 보는 순간 숨이 멎을 듯한, 엄청나게 아름다운 여인이었다. 헐, 초미인! 언니, 대박 이뻐요! 완전 내 스타일! 이 정도로 아름다운 사람을 보는 건 처음이라 나는 흥분하고 말았다. 와, 이런 언니가 매일 날 보면서 웃어준다면 진심 발닦개라도 될 수 있을 것 같다. 완전 여신이야. 요정이야. 언니는 나의 데스티니…… 내게로

쏟아져 내리는 그녀의 미소는 특히나 무척이나 따사롭고 다정해서, 나는 그것을 마주하는 것만으로도 행복해지고 말았다. 왜인지 가슴 한구석이 아릿하게 먹먹해질 정도로.

"공주님께서 좋은 꿈을 꾸고 계시나 봅니다."

잠결에 흘러드는 익숙한 목소리가 나를 현실로 불러내려 했지만 아직은 잠에서 깨고 싶지 않았다.

"나쁜 꿈을 몰아내는 노래라며 한참을 불러 댔으니 그럴 수도 있겠지."

"예. 방금 전까지 공주님의 목소리를 귀 기울여 듣고 있던 요정님이 좋은 꿈을 선물해 주었겠지요."

"요즘은 입만 열면 헛소리."

"후후."

시끄러워. 나 아직 더 자고 싶단 말이야.

"우응……."

내 입에서 잠투정하는 소리가 새어 나오자 두 사람의 대화가 멈추었다. 나 조금 더 자도 되는 거야? 문득 내 머리 위로 새털 같은 온기가 와 닿은 것은 바로 그때였다. 그것은 닿았다는 느낌조차 거의 들지 않을 정도의 약한 힘으로 내 머리를 몇 번인가 어루만졌다.

"귀찮구나. 자라."

지금 꾸고 있는 꿈이 정말 너무나도 아름답고 행복했기 때문에, 나는 그 목소리를 허락 삼아 다시 깊은 잠 속에 빠져들었다. 할 수만 있다면 이대로 영원히 깨어나고 싶지 않은, 그런 다디단 낮잠이었다.

"필릭스, 나 초코."

"안 됩니다."

"딱 한 개만."

"제가 혼납니다."

"흐잉."

야멸찬 거절에 나는 울상을 지었다. 아무리 그래도 그렇지 고민쯤은 할 줄 알았는데! 나쁜 필릭스는 내 간절한 눈빛을 슬쩍 외면하기까지 했다. 와, 그렇게 안 봤는데 은근 매정한 오빠였어. 흑흑.

"죄송합니다, 공주님."

그래도 내가 불쌍해 보이기는 했는지 필릭스는 나를 향해 안타까운 표정을 지으며 난처해했다. 그럼 뭐 하나. 나한테 초콜릿을 줄 수 있는 것도 아니면서. 에잇!

"아티는 초코가 너무너무 먹고 싶어서 잠도 못 잤는데에."

물론 그렇다고 순순히 포기할 수는 없지만! 내가 잔뜩 시무룩하게 중얼거리자 필릭스의 어깨가 살짝 움찔거리는 것이 보였다. 좋았어! 역시 효과가 있군.

"진짜 진짜 딱 한 개만 먹으면 안 돼요?"

나는 내 초콜릿 물주에게 한껏 애교를 피우며 귀여움을 어필했다. 그러자 마주한 동공이 약간 흔들리는가 싶었다. 언제부터인가 필릭스는 내 시녀였던 한나와 세스를 대신해 훌륭한 간식 조달자가 되어주고 있었다. 하지만 이번에는 릴리안이 특히나 내게 단것을 주지 말라고 신신당부했기 때문에 필릭스의 초콜릿 지원도 끊어져 있던 참이었다. 그래그래, 너의 고충도 잘 알겠으니 이쯤 하고 어서 넘어와라, 넘어와라.

"이번에는 정말 안 되는데……."

"약속. 진짜 하나만 먹을게."

"릴리안 님이 알게 되면 혼나는……."

"릴리한테 말 안 할게. 우리 둘 다 말 안 하면 아무도 모를 거야!"

나는 열성적으로 필릭스를 설득했다. 자, 나를 봐. 초콜릿에 굶주린 내가 불쌍해 보이지 않아? 진짜 진짜 딱 하나만 먹을게. 아니, 물론 하나가 두 개가 되고, 두 개가 세 개가 될 수도 있는 거지만.

"그래도……."

"아티는 초코를 못 먹어서 며칠 내내 우울하고…… 막 세상이 깜깜하고. 울고 싶고……."

깊은 한숨을 내쉬며 중얼거린 말에 필릭스가 서서히 넘어오기 시작하는 것이 내 눈에도 보였다. 나는 그가 나를 더더욱 가련히 여기도록 최대한 불쌍한 표정을 지어 보였다.

"초코 먹으면 다 나을 거 같은데."

애먹이지 말고 빨리 넘어오란 말이야! 나는 울망울망한 눈빛으로 필릭스를 올려다보았다. 크흑. 지난 2년간 클로드를 상대하면서 늘어난 것이라곤 이런 불쌍한 연기밖에 없다. 그래도 나름대로 처절히 살아온 보람이 있어서, 필릭스는 결국 내게 두 손을 들고 말았다.

"그럼 정말 딱 한 개만입니다."

"필릭스가 세상에서 제일 좋아!"

나는 좋다고 필릭스를 넙죽 띄워 주며 제자리에서 방방 뛰었다. 그러자 그도 어쩔 수 없다는 듯 나를 보며 웃어주었다. 자, 어서 초콜릿을 내게 다오! 아이 러브 초콜릿! 기브 미 어 초콜릿! 필릭스가 내게 내미는 초콜릿이 내 방 벽장에 숨겨 놓은 내 예쁜이들만큼이나 눈부시게 반짝거려 보였다. 그러나 나는 내 초콜릿과의 감격적인 접선에 성공할 수 없었다.

"이럴 줄 알았어요."

"헉."

소리 소문 없이 나타난 릴리가 내 초콜릿을 압수해 갔다.

"로베인 경, 제가 자리를 비운 동안에 잘 부탁드린다고 했는데."

"하하. 죄송합니다."

어느덧 릴리에게 꽉 잡혀 살게 된 필릭스는 멋쩍은 웃음을 지으며 딴청을 피우기 시작했다. 아이고. 저 오빠는 클로드를 상대할 때도 쓸모가 없더니 언젠가부터 릴리를 대할 때도 저렇게 약해져 버리고 말았다. 이 개복치 오빠야! 나보다 더한 개복치 같으니!

"공주님, 초콜릿 많이 드시면 또 이가 아야 한다고 했죠?"

"흐엥."

릴리의 엄격한 말투와 표정에 나는 또다시 울상을 지을 수밖에 없었다.

크으. 이게 다 그 초콜릿 도둑 때문이야! 잊을 만하면 부엌 선반에서 초콜릿을 훔쳐 먹는 그놈 때문에 나는 릴리의 눈치를 봐야만 했다. 초콜릿을 꺼내 먹으러 갔다가 바구니에 담긴 양이 생각보다 줄어들어 있어서 그냥 빈손으로 나온 적도 있었다.

그간 서너 번 정도 부엌에서 부스럭거리는 소리를 듣기도 했는데, 그럴 때마다 나는 루비궁에 출몰한다는 귀신 얘기가 생각나 흠칫흠칫 놀라야만 했다. 아, 아니! 물론 내가 이 나이 먹고 귀신 같은 게 무섭다는 건 아니지만! 그리고 진짜 귀신 게 있을 리도 없지만! 크흠.

하여튼, 그 초콜릿 도둑이 부엌에서 내 초콜릿을 훔쳐 먹은 지도 어언 2년이니, 그 인연이 참으로 지긋지긋하기도 했다. 도대체 어느 시녀 언니인 건지 눈을 번뜩이며 찾아보려 했지만 아직도 나는 알아낼 수가 없었다. 대신 초콜릿 서리를 시켰던 필릭스는 그동안 한 번도 부엌에서 부스럭거리는 소리를 듣지 못했다고 해 내 간을 더욱 쪼그라들게 만들었다. 내가 기가 허해서 자꾸만 잡귀들이 달라붙는 건가! 크앙.

"다 공주님을 위해서예요. 공주님도 또 아프시긴 싫잖아요. 그렇죠?"

실제로 작년에 충치로 고생한 적이 있었기 때문에 릴리의 초콜릿 금지령이 이해되지 않는 것도 아니었다. 그렇지만 먹고 싶다고, 초콜릿.

어흑. 릴리도 실패, 필릭스도 실패. 루비궁의 시녀 언니들에게는 애초에 그런 걸 기대하면 안 되고, 이런 철혈의 언니들 같으니라고. 으앙. 벌써 거의 2년간이나 보지 못한 한나와 세스가 그립다. 흑흑. 제길. 하는 수 없이 나는 최후의 수단을 쓰기로 했다.

"나 아빠 보러 갈래."

어느덧 내 나이도 벌써 7살. 나는 작년쯤부터 스리슬쩍 클로드를 부르는 호칭을 변화시켰다. 사실 클로드를 처음 만난 날 어떻게든 그놈에게 임팩트 있어 보이려고 마구 던졌던 그 빌어먹을 '파파'란 호칭 때문에 내가 밤마다 얼마나 이불을 빵빵 걷어차야만 했던가. 역시 어린 애인 척은 아무나 하는 게 아닙니다. 엉엉.

"공주님……."

"왜에? 아티는 진짜 아빠 보고 싶어서 그러는데."

하여튼, 그래서 드디어 파파 소리를 졸업하게 되어 나는 매우 기뻤다! 아티는 자유로운 아티예요! 아임 프리덤! 그런데 내 속셈을 간파한 듯 릴리가 눈을 가늘게 뜬 채 나를 지그시 바라보는 것이 아닌가. 나는 옆에 있는 필릭스를 따라 아무것도 모르는 척 다른 곳을 보며 딴청을 피웠다.

그런데 오래전부터 계속 느끼고 있는 건데, 이거 빼박 소규모 가족 같은 풍경 아닌가요. 철없는 아빠와 그 딸내미, 그리고 그런 두 사람을 꾸중하는 엄마 같은 그림인데.

"아티 안아줘. 아빠 보러 갈래!"

으앗, 자리를 피하자! 나는 필릭스의 옷자락을 밑으로 잡아당겼다. 그러자 이런 면에 있어서 눈치가 빨라진 필릭스가 지체 없이 나를 안아 들었다.

"공주님께서 폐하를 찾으시니 어쩔 수 없네요. 다녀오겠습니다."

"그래도 미리 연락이라도 하고 가야 하지 않겠어요?"

"폐하께서는 언제든 공주님의 방문을 기꺼워하시는걸요."

그래그래. 릴리도 참 아직까지 괜한 걱정이었다. 고작 이런 걸로는 안 죽인다니까.

"그럼 다녀오세요."

"네. 다녀오겠습니다."

"릴리, 빠이!"

으악. 이 신혼부부와 아이 같은 낯간지러운 모습에서 얼른 벗어나자. 나는 필릭스의 팔을 잡아당겨 한시바삐 루비궁을 나설 것을 재촉했다.

"왔나."

그간의 내 눈물 어린 노력 덕분인지 내가 가넷궁에 들어서자마자 클로드가 우리를 아는 척해 왔다. 크흑. 들었냐? '왜 왔나'가 아니라 '왔나'란다. 물론 그게 '또 왔나' 하는 듯한 말투이긴 하지만 그래도 이게 어디야. 그간 뻔질나게 클로드를 찾아와서 애교를 부리고 귀여운 척을 했던 보람이 있었다. 그 인고의 2년을 생각하자 눈물이 앞을 가린다.

"아빠아아!"

나는 필릭스의 팔에서 내려와 한껏 환하게 미소를 지으며 클로드를 향해 달려갔다. 그러자 클로드도 자상하게 웃으며 두 팔 벌려 그런 나를 안아주었다.

"이제는 아주 내 궁을 제집 드나들 듯하는군."

……는 개뿔. 하늘이 두 쪽 나지 않는 한 우리 사이에 그런 일은 일어날 수가 없었다. 클로드는 소파에 반쯤 기대 누운 몸을 일으키지도 않은 채로 귀찮다는 듯 휘휘 손짓해 나를 쫓아 보내려 했다. 아유, 저 손목 스냅 하나하나가 너무 얄미워서 재수가 없다. 그래도 이 정도에 기가 죽을 거면 애초에 여기 오지도 않았어!

"아빠, 아티 왔어요!"

나는 그런 클로드에게 쪼르르 다가가 그의 무릎에 손을 얹고 생글생글 웃어 보였다.

"갑자기 아빠가 이마안큼, 이마아아안큼 보고 싶어서 왔어요!"

늘 해오던 짓이라 그런지 이제는 별다른 거부감이 들지도 않았다. 게다가 오늘은 이놈에게 바라는 것까지 있었기 때문에 나는 더욱 혼신의 노력을 기울여 클로드 앞에서 귀여운 척을 해댔다.

"이른 아침부터 소란스럽구나."

클로드는 여전히 다정한 말 한 마디 해주는 법이 없었지만 그래도 내가 이런 식으로 달라붙을 때마다 그런 나를 먼저 떼어 내지도 않았다. 그리고 느낌상, 본인은 아닌 척해도 내가 지금처럼 불쑥불쑥 찾아오는 걸 클로드도 진심으로 싫어하진 않는 것 같다.

"에헤헤."

얼굴만 봐도 좋다는 듯 바보같이 실실거리는 나를 보고 클로드가 작게 혀를 차는가 싶었다. 이거 봐. 아직까지도 내 위험 경보가 울리지 않고 있잖아?

"필릭스."

"예, 폐하. 지시 내리겠습니다."

클로드가 이름을 부르자 필릭스는 이미 알고 있다는 듯 곧바로 대답했다. 그러자 마치 종소리를 들은 파블로프의 개처럼 내 눈도 절로 반짝거리기 시작했다. 헉헉. 내 예쁜이들만큼 사랑스러운 귀염둥이들을 드디어 만날 수 있는 건가? 노련한 시녀 언니들이 문을 열고 안으로 들어오기 시작하자 내 가슴은 첫사랑을 만난 것처럼 두근두근 콩닥콩닥거렸다.

아, 너무나 감동적인 순간이다. 시녀 언니들이 들고 오는 눈부신 하얀 접시 위의 저 아리따운 자태! 크으. 너무나 예술인 것. 만약 나한테 꼬리가 있었다면 아마도 지금쯤 사정없이 방정맞은 움직임을 보이며 흔들리고 있었겠지.

"아무래도 나보다 그 케이크를 더 반가워하는 것 같은데."

내가 군침을 흘리며 탁자 위에 차려지는 디저트들의 모습을 감상하고 있을 때 클로드가 빈정거리듯 말했다. 아이, 얘는 쓸데없이 이런 데서만 눈치가 빨라서는. 그냥 좀 모른 척해 주면 안 되니? 사람 쑥스럽게 말이야.

"아빠랑 같이 먹으니까 더 맛있어요. 에헷."

나는 마음에도 없는 소리를 하며 방긋방긋 웃었다. 물론 그러는 동안에도 나는 부지런히 손을 놀려 눈앞에 있는 케이크를 폭풍 흡입하고 있었다.

클로드는 여전히 나를 만날 때마다 그에게 어울리지 않는 달콤한 간식들을 내어주곤 했다. 그래서 나는 릴리에게 금지령을 받아 초콜릿 기근에 시달릴 때면 최후의 수단으로 클로드를 찾아와 지금처럼 간식을 얻어먹고는 했다. 옛날 같으면 내가 이렇게 자의적으로 클로드를 찾아오는 것은 있을 수 없는 일이었을 텐데, 새삼 흐르는 세월이 참 무섭기도 하다.

"그러고도 볼살이 터지지 않다니 신기하구나."

이놈은 맨날 나 보고 살쪘다면서 내가 올 때마다 자꾸 이런 디저트를 내준다니까? 혹시나 복스럽게 먹는 내 모습이 귀여워서 자꾸만 뭔가를 먹이고 싶다거나…… 는 너무 앞서간 생각이겠지. 뭐, 지금만큼은 아무래도 상관없어. 냠냠냠.

나는 찐득찐득한 초콜릿 퍼지 케이크를 전투적으로 흡입하며 부족한 당분을 보충했다. 이렇게 허구한 날 단걸 퍼먹는데도 살이 찌지 않는 걸 보면 아타나시아는 실로 축복받은 유전자를 가지고 태어난 모양이다. 클로드는 늘 그렇듯 김이 모락모락 나는 찻잔을 앞에 둔 채로 내가 먹는 양을 가만히 지켜보고 있었다. 처음에는 저 시선 때문에 체한 적이 한두 번이 아니었는데, 이제는 하도 저 눈빛을 밥 먹듯이 마주하다 보니 예전처럼 무서운 생각은 들지 않았다. 그냥 익숙해져서 그런가. 냠냠. 그런데 나한테 할 말 있나? 왠지 그런 표정인데?

"오는 길에 아무도 만나지 않았나?"

아니나 다를까, 잠시 무언가를 생각하는가 싶던 클로드가 슬쩍 미간을 좁히며 내게 물어 왔다.

"냠냠. 만나요? 누구를?"

당연하게도 나는 입안 가득 먹을 것을 문 채로 의문을 내비치고 말았다. 쥐새끼 한 마리 얼씬거리지 않는 궁전에서 살고 있으면서 만나긴 누구를 만났느냐는 거야?

"만나지 않았으면 되었다. 앞으로도 계속 무시하려무나."

아니, 그러니까 누구를 말하는 건데요? 하지만 클로드는 생각만 해도 기분이 저조해지는 무언가를 떠올린 듯이 드물게도 약간 짜증이 배어난 얼굴을 하며 찻잔을 들어 올릴 뿐이었다. 나는 케이크를 우물우물거리며 그런 그를 향해 고개를 갸웃거렸다. 그리고 나는 클로드가 말한 사람이 누구인지 바로 잠시 후 알게 되었다.

"앗! 흰둥이 아저씨다!"

"안녕하십니까, 알피어스 공."

"평안하셨습니까, 공주님……."

나는 내 얼굴을 보자마자 떨떠름한 표정을 짓는 알피어스 공작을 향해 방실방실 웃어주었다. 오늘따라 정말 피곤했는지 짧은 다과 시간을 갖자마자 나를 쫓아 보낸 클로드 때문에 나는 생각보다 일찍 가넷궁을 나선 참이었다. 그런데 마침 클로드를 만나러 가는 길인 듯한 로저 알피어스를 딱 맞닥뜨리게 된 것이다.

"안녕, 흰둥이 아저씨?"

"그러니까 신에게는 로저 알피어스란 이름이…….."

"흰둥이 아저씨, 손."

로저 알피어스는 내가 부르는 자신의 호칭을 정정하려고 하다가 이내 포기한 듯 한숨을 내쉬었다. 지난 2년간 나는 이런 식으로 종종 알피어스 공작을 만날 때가 있었는데, 그럴 때마다 그를 흰둥이라 부르며 놀리는 것에 재미를 붙이고 말았다. 그리고 그 반작용으로 로저 알피어스는 나를 볼 때마다 학을 떼며 피하기 일쑤였다.

하지만 일단 나는 공주이지 않겠는가? 애당초 나를 피하는 데 성공해 마주치지 않았다면 또 몰라도 이렇게 만나 버린 이상 클로드의 충복을 자처하는 로저 알피어스는 내 요구를 대놓고 거부할 수 없었다. 이번에도 그는 필릭스에게 고이 안겨 있는 내게 하는 수 없다는 듯 시키는 대로 손을 내밀었다. 아마도 내가 평소 그런 것처럼 애완동물 먹이 주듯 자질구레한 간식 같은 것을 줄 거라고 생각하는 거겠지. 하지만 오늘은 아니다!

"흰둥이 아저씨, 착해요! 참 잘했어요."

자, 오늘은 변화구입니다! 나는 내게 내밀어진 손을 밑에서 척 붙잡은 뒤 다른 쪽 팔을 뻗어 알피어스 공작의 머리를 잽싸게 쓰담쓰담했다.

"푸읍."

나를 고이 안고 있던 필릭스는 또다시 웃음을 참기 바빴다. 로저 알피어스는 또 황당한 표정을 짓다가 이내 눈썹을 꿈틀거리며 내게서 두어 걸음 물러났다. 앗, 이제 도망치려나 보다. 알피어스 공작은 이렇게 공격당할 때마다 엄청난 순발력으로 자리를 비워 웬만해서는 내가 연타 공격을 할 수가 없었다.

"크흠."

으응? 그런데 오늘은 어쩐 일인지 로저 알피어스가 내게 곧바로 작별 인사를 고하지 않았다. 그는 작은 헛기침 소리를 내뱉더니 '이만 물러가겠다'는 소리 대신 다른 말을 꺼냈다.

"아타나시아 공주님께서는."

우와, 흰둥이 아저씨가 웬일이지? 뭔지는 모르지만 나한테 할 말이 있나 본데. 이건 평소와 다른 패턴이라 조금 흥미가 동했다. 그리고 이어진 그의 말에 나는 더욱 흥미진진해지고 말았다.

"혹시 주위에 말벗으로 삼을 만한 친구가 없어 적적하지 않으신지요?"

겉은 호랑이지만 속은 능구렁이에 가까운 이 아저씨가 왜 갑자기 나한테 이런 걸 묻는 걸까? 그러고 보니 클로드가 방금 전에 누구를 만나든 무시하라고 했었는데, 그게 이 아저씨였던 모양이다. 헉. 뭐야, 뭐야. 흰둥이 아저씨가 클로드한테 도대체 무슨 얘기를 했기에 나한테 그런 소리를 다 한 거야. 이거 궁금하잖아.

"친구?"

요즘 내 간이 많이 커지긴 했나 보다. 한 반년쯤 전이었다면 클로드가 시키는 대로 흰둥이 아저씨를 못 본 체하고 지나갔을 텐데 이렇게 아무것도 듣지 못한 척 대화를 시도하고 있는 걸 보면.

"죄송하지만, 알피어스 공. 공주님께서는……."

"로베인 경, 공주님께서 말씀 중이시지 않나. 허락 없이 끼어들지 말게."

오직 필릭스만이 클로드의 말을 따라 알피어스 공작을 물리치려다가 그의 정색한 얼굴에 난감한 듯 입을 다물었다. 필릭스의 가문인 로베인도 오벨리아의 삼대 공작가 중 하나라고는 하나, 필릭스 자체만 놓고 본다면 공작인 로저 알피어스에게 약간 밀리는 감이 있었다. 역시 남자 주인공의 아버지이자 여주인공인 제니트의 든든한 뒷배였던 알피어스 공작이라 이건가. 그런데 그런 아저씨가 갑자기 무슨 생각으로 나한테 친구 얘기를 꺼냈는지 몰라.

"흰둥이 아저씨, 바아보. 아티한테 친구가 왜 없어."

음. 하지만 역시 이 아저씨가 원하는 대로 반응해 주기는 싫었다.
"필릭스가 아티 친구인데?"
"공주님."

내 말에 필릭스가 감격 어린 눈빛으로 나를 보는 것이 느껴졌다. 이것이 바로 꿩 먹고 알 먹고. 흰둥이 아저씨도 놀리고 필릭스 호감도도 올려 주고.

"그보다는 또래의 아이와 관계를 맺는 편이 공주님께 더 좋지 않겠습니까?"

오호라. 처음부터 혹시나 싶긴 했지만 흰둥이 아저씨 속내를 대충 알 것 같다. 이 아저씨가 워낙 나만 보면 기겁을 해대서 내 짐작이 틀리지 않을까 하는 생각도 들었었는데.

"실은 신에게 공주님과 비슷한 나이의 자식이 있습니다만."

아무래도 로저 알피어스는 〈사랑스러운 공주님〉의 남자 주인공이자 자신의 아들인 이제키엘을 내게 소개해 주고 싶은 모양이었다. 흐으응?

"저를 닮아 무척 총명하고 어른스러운 아이입니다. 나이는 공주님보다 3살 위이니 공주님께서 친오라비처럼 대해 주시면 그 아이도 공주님을 누이처럼 아낄 겁니다."

나는 마구 소리 내 폭소하고 싶은 것을 꾹꾹 억눌러 참았다. 아이고, 이 아저씨 진짜 속 보이는 것 좀 봐! 이건 어딜 봐도 날 보험 취급하는 거지? 내가 클로드랑 그럭저럭 잘 지내는 것 같으니까 제니트뿐만 아니라 나까지 스페어키로 옆에 두고 싶은 거야. 혹시라도 나중에 제니트를 앞세웠을 때 클로드가 부정적인 반응을 보이면 그때는 나로 갈아탈 속셈인가 보지? 그래서 미리미리 자기 아들을 나한테 붙여서 오누이의 정이든 이성 간의 정이든 뭐든 간에 일단 붙여 놓으려는 계획인 모양이다.

하기야 그래서 이제키엘이 내게 뭔가를 크게 밉보이지 않는 한 이 아저씨로서는 득이 되면 되었지 결코 손해 볼 것 없는 장사였다.

"크흠…… 그리고 이런 말은 제 입으로 하기 다소 부끄럽지만 제 아들이 저를 닮아 아주 잘생겼답니다."

그런데 아저씨, 설마 클로드 앞에서도 이런 식으로 회유하려고 했니? 본인 입으로 아들이 자기를 닮아서 잘생겼다느니 성격이 좋다느니 하면서 애들끼리 친구 시켜 주자고 꼬시려고 했다면 클로드가 짜증이 날 만도 했다. 흰둥이 아저씨, 공략법이 잘못돼도 한참 잘못됐다구요! 차라리 클로드 대신 국정을 한 달 동안 봐주겠다고 그래라. 차라리 그게 더 성공 가능성이 높겠다.

"흐엥, 흰둥이 아저씨 닮았으면 아티는 별로."

아무리 남자 주인공 버프를 받았다 한들 10살은 10살. 그런 이제키엘을 보면…… 음. 좀 심하게 깰 것 같다. 그리고 그런 애 데리고 나한테 뭘 하라고. 같이 쎄쎄쎄라도 하라는 말이야? 그럴 시간에 아를란타어 단어를 하나라도 더 외우겠다. 가뜩이나 요즘 공부 양이 늘어서 놀 시간도 줄어들었는데 말이야.

내가 질색하는 표정을 지으며 '널 닮았으면 싫다'고 말하자 알피어스 공작의 눈매가 움찔거렸다. 그는 내 말에 미묘하게 자존심이 상한 것 같았다. 그렇지만 역시 7살짜리 꼬마의 말에 기분 상한 티를 내는 것도 우습다고 생각한 듯, 곧 아무렇지 않은 척 다시 말을 잇는다.

"그렇다면……."

그리고 심드렁하게 알피어스 공작을 바라보던 나는 이어지는 그의 말에 슬며시 눈꼬리를 치켜 올리고 말았다.

"공주님과 동년배인 여자아이는 어떠신지요?"

아니, 이 아저씨가 지금 돌았나? 나는 기가 막혔다.

"아, 알피어스 공의 질녀라는 아이를 말씀하시는 겁니까?"

"그렇다네. 몸이 약해 플로레아 지방에 요양 간 내 사촌 누이의 막내 딸을 대신 돌봐 주고 있지."

 핑계 한번 좋구나. 물론 제니트를 황제의 딸이라고 대놓고 드러내 키울 수는 없으니 그런 적당한 구실을 붙이는 게 당연하겠지만.

 알피어스 공작이 데려다 맡고 있는 어린 여자아이에 대한 소문을 들은 듯, 필릭스도 먼저 아는 척을 해왔다. 그는 예전부터 내게 친구를 만들어주는 것이 좋지 않겠냐고 클로드를 설득했던 만큼 나와 동갑인 여자아이에게 호기심이 드는 모양이었다. 그리고 나로 말할 것 같으면.

"어떠십니까, 공주님?"

 알피어스 공작 때문에 지금 좀 빡쳐 있었다.

 어떻긴 뭘 어때, 이 미친 아저씨야! 이제키엘이라면 차라리 그러려니 하겠는데 지금 이 아저씨가 나한테 제니트를 갖다 붙이려고 해? 하, 진짜 사람이 아무것도 모른 척하고 있으려니까 호구로 보이나. 애초에 아타나시아가 죽게 된 게 여주인공인 제니트의 꽃길에 밑거름이 되기 위해서인데 지금 나보고 그 애랑 친구를 하라고? 그래서 친구가 되면 뭐. 미리 클로드한테 눈도장이라도 찍으라고 하게?

 물론 나도 제니트에게 죄가 없다는 걸 알고 있었다. 하지만 내가 아타나시아가 되었기 때문인지, 제니트가 아니었다면 애초에 소설 속에서 아타나시아가 죽을 일도 없었다는 생각이 드는 것도 사실이다. 그래서 나는 제니트의 존재 자체가 다소 꺼림칙했고, 그런 그녀를 이용해 자신의 사리사욕을 채우려 한 제니트의 이모나 알피어스 공작을 가끔 생각하면 그들을 한 대씩 때려 주고 싶은 충동이 일었다.

 그렇지만 그들이 한 짓은 어디까지나 책 속에서의 일이었던 데다 또 실제로 마주한 알피어스 공작은 내 생각만큼 악한 사람이 아닌 것 같아 지금껏 그럭저럭 괜찮은 관계를 유지하며 지내 왔던 것인데. 그런데 이런 식으로 내 뒤통수를 치려 하는 꼴을 목격하자 이마에 빠직 핏대가 서는 것 같았다. 아오. 아까 머리를 쓰다듬는 게 아니라 그냥 쥐어뜯어줬어야 하는 건데!

"공주님, 만약 공주님께서 친구를 원하신다면 저도 알피어스 공과 함께 폐하를 설득해 보겠습니다."

아무것도 모르는 필릭스는 순진한 눈빛으로 내 의견이 어떤지를 묻고 있었다. 로저 알피어스는 설마 내가 두 번씩이나 자신의 제안을 거절할까 싶은지 자신만만한 표정을 짓고 있는 상태였다. 궁에는 내 또래의 아이들이 아무도 없는 데다 보통 이 나이의 아이는 친구를 갖고 싶어 하게 마련이니 나 역시 어렵지 않게 그의 생각대로 움직일 것이라 믿는 것이 여실히 드러나 보이는 얼굴이었다.

게다가 마침 알피어스 공작가에는 남자아이와 여자아이가 한 명씩 있었으니 내가 어느 성별의 친구를 원하든 맞춰 줄 수 있어 잘되었다 싶었겠지. 지금쯤 새로운 미래의 청사진을 그리고 있을 로저 알피어스를 생각하니 내 표정은 절로 썩어 들어가기 시작했다.

아무래도 정정해야 할 것 같다. 클로드가 세상에서 제일 재수 없는 놈인 줄 알았는데, 그 생각 취소할래. 이제부터 재수 없음의 1인자는 지금 내 눈앞에 있는 이 하얀 멍멍이다!

나는 알피어스 공작을 엿 먹여 주기 위해 짜증 난 기분을 숨긴 채 순진무구한 표정을 지어 보였다. 그리고 무언가를 고민하는 것처럼 입을 볼록 내민 뒤 고개를 갸웃거리며 말했다.

"우웅, 그치만 아티는 아티보다 멍청한 친구는 싫은걸?"

내 반응이 뜻밖이었던 탓일까? 설마 내가 그렇게 말할 줄은 몰랐는지, 내 직설적인 화법에 필릭스도 알피어스 공작도 당황한 기색이 역력했다.

"고, 공주님."

큭. 내가 생각해도 나 지금 좀 재수 없는 것 같다. 하지만 그래도 상관없어! 이 아저씨에게 크고 아름다운 엿을 안겨 줄 수만 있다면!

"크흠. 공주님께서 그런 걱정하실 필요가 없는 제법 영특한 아이입니다."

아, 그러세요? 자신만만한 로저 알피어스의 말에 나는 코웃음을 쳤다. 아무렴 그러시겠지. 훗날을 위해 일찍부터 제니트를 조기 교육시켰던 당신이니까. 그럼 이건 어떠냐. 나는 흰둥이 아저씨의 말에 기대된다는 듯 우와, 소리 내며 천진난만하게 물었다.

"그럼 흰둥이 아저씨가 말한 애 아를란타어로 말할 줄 알아? [흰둥이 아저씨 바보 똥개 말미잘]."

내 입에서 제법 유창하게 흘러나온 아를란타 언어에 로저 알피어스의 두 눈이 크게 떠졌다. 하지만 이 정도로 놀라면 쓰나.

"파스칼 공용어는? [하얀 멍멍이 오줌싸개 멍청이. 메롱 메롱]."

"……."

"사이칸시아 신성 제국어 정도는 쉬우니까 벌써 다 끝냈겠지? [신은 거짓말쟁이에게 천벌을 내리리라]."

사이칸시아 신성 제국어로 성서의 한 구절을 낭독하기까지 하자 로저 알피어스는 꿀 먹은 벙어리처럼 입을 굳게 다물었다. 그렇지만 아직 더 남았는데?

"사회학 이론은 어느 정도 공부했어? 그렇게 똑똑한 애면 중권까지는 벌써 다 뗐겠네? 웅, 아티는 막스 베르딩거의 기능주의 이론이 좀 어려워서 막혀 있는데 그 애는 벌써 빌 로이츠까지 배웠겠지. 다른 공부는 어때? 마력학은? 철학은? 역사는?"

"……."

"어…… 그런데 흰둥이 아저씨가 그렇게 똑똑하다고 하는 애니까 아직 아를란타어도 잘 못하는 아티랑은 친구하기 싫다고 할지도 몰라…… 지금 배우고 있는 거 다 끝낸 다음에 그 애한테 친구 하자고 해봐도 돼?"

나는 벌써부터 그 애한테 차이기라도 한 양 잔뜩 시무룩해진 얼굴로 알피어스 공작에게 물었다. 그리고 나자 어느덧 주위는 쥐 죽은 듯이 조용해져 있었다. 하, 이 희열. 아무래도 제가 이 날을 위해 그동안 클로드가 보낸 가정 교사들에게 그렇게 열심히 공부를 배웠었나 봅니다. 난 그냥 클로드에게 예쁨받으려고 숙제도 열심히 하고 수업도 열심히 듣고 그랬던 것뿐인데 이런 일에도 쓸모가 있을 줄이야. 그래. 나도 성격이 좀 고약하긴 하다. 인정. 그렇지만 이 흰둥이 아저씨가 먼저 날 건드렸단 말이야! 으씨, 여긴 내 홈그라운드인데 제니트를 막 내 옆에 밀어 넣으려고 하고.

어, 그런데 잠깐…… 만약에 흰둥이 아저씨의 계략이 성공해서 원작보다 제니트가 더 빨리 클로드를 만나게 되면, 혹시 나도 원작에서보다 더 일찍 죽을 위기에 처하게 되는 거 아니야? 그렇게 생각하고 나자 머리카락이 곤두설 정도로 오싹 소름이 돋았다. 헐헐. 미쳤다. 돌았다. 이거 그냥 알피어스 공작이 제니트 정체를 숨기고 나한테 붙여 주려고 한다는 이유로만 짜증 낼 문제가 아니었어!

"……아타나시아 공주님께서 무척이나 영민하시다는 소식은 이미 들어 알고 있었습니다만."

바로 그때 로저 알피어스가 침묵을 깨고 입을 열어왔다.

"이건 오히려 소문이 축소된 것 같군요."

그는 침착한 모습을 되찾은 채 나를 향해 감탄했다는 듯 허허 너털웃음을 내뱉었다. 하지만 그런 와중에도 그는 마치 탐색하는 듯한 눈빛으로 나를 뜯어보고 있었다.

"제 질녀 역시 일찍부터 학문에 관심을 두긴 했으나 공주님께 댈 것은 아닌 듯합니다."

당연하지. 아무리 여주인공이라고 해도 제니트는 지금 한창 손에 흙 묻히고 놀 나이인 7살이잖아. 나도 내가 그런 아이를 상대로 지금 반칙을 했다는 사실쯤은 알고 있었다. 으악. 새삼스럽게 인식하고 나니 실로 낯부끄러운 짓이 아닐 수 없다. 이렇게 흑역사는 축적되고, 나는 오늘 밤도 이불을 빵빵 걷어차고. 그래도 어쨌거나 흰둥이 아저씨를 물리친 기분은 썩 나쁘지 않으니 그걸로 위안을 삼아야지. 내가 이 정도까지 했으면 그냥 물러가라. 훠이훠이.

"역시 제 아들은 어떠시겠습니까? 공주님과 어느 정도 말이 잘 통할 듯싶은데."

뭐얏? 그 10살짜리 꼬꼬마가 벌써 나랑 비슷한 수준이란 말이야? 그거 허풍 아니야? 평소 나를 대할 때 로저 알피어스가 느꼈던 기분이 이런 것일까? 고작 10살 먹은 어린애와 내 수준이 같다는 말에 나는 묘하게 자존심이 상했다.

"흰둥이 아저씨 안 닮게 되면 생각해 볼래."

입을 삐죽거리며 내뱉은 내 말에 로저 알피어스가 끄응 소리 냈다.

"아티 이제 갈래."

나는 그런 그를 뒤로하며 이제 그만 루비궁에 가자는 의미로 필릭스의 팔을 손가락으로 꾹꾹 눌렀다. 그래서 알피어스 공작은 결국 나를 회유하지 못한 채로 자리를 떠나야만 했다.

필릭스의 팔에 안겨 가면서 슬쩍 뒤돌아보니 로저 알피어스는 클로드가 있는 가넷궁을 향해 걷고 있었다. 나를 구슬리는 건 실패했으니 이제 또 클로드를 설득해 볼 생각인가 보다. 벌써 몇 번씩이나 거절한 걸 보면 클로드도 뭐 저 수작질에 넘어가지는 않겠지. 에잇, 퉤퉤. 여기 소금 없나. 오늘 일진이 안 좋아서 소금 좀 뿌려야 할 것 같은데.

그나저나 진짜 이제키엘 그놈이 나랑 같은 수준으로 공부 중이라고? 나는 왜인지 기분이 나빠져서 또 다시 입을 삐죽거렸다. 그리고 바로 그때, 어째서인지 아까부터 풀이 죽어 있는 듯하던 필릭스가 이내 다짐하듯 내게 말했다.

"공주님, 저 공주님께서 부끄러워하시지 않도록 열심히 노력하겠습니다."

응? 뭐를? 당연하게도 나는 의문 어린 눈길을 보냈지만 필릭스는 다만 혼자서 굳세게 결의를 다질 뿐이었다.

※

"자, 자리에서 일어나 보세요."

오늘도 나는 무척이나 바빴다.

"이제 앉아 보세요."

앉아! 일어나! 기다려! 같은 똥개 훈련을 하느라 말이다.

"이번에는 제가 서 있는 곳까지 걸어와 보세요."

이놈의 기초 예법은 말 그대로 기초 예법이었기 때문에 매일 30분씩 기본적인 궁정 예절을 복습한 뒤에 그날 배울 다른 내용으로 넘어가곤 했다.

"공주님께서는 일찍부터 예법 공부를 시작하신 탓인지 기본자세가 아주 좋으세요."

나를 칭찬해 주는 것 같지만 이건 다 자화자찬이다. 요컨대 자신이 지난 2년간 내게 기본을 잘 가르친 탓에 또래 애들 같지 않게 예법이 봐줄 만하다는 것이다. 으아유. 다른 공부는 재미라도 있지 예법은 꿈도 희망도 재미도 감동도 없어. 그래도 다행히 시간은 빨리 흘러서 엘로이즈 백작 부인에게 배우는 예법과 작문 수업은 금세 지나갔다. 맛있게 점심을 먹고 오후가 되었다.

"오벨리아의 번영이 닿기를. 간밤엔 평안하셨습니까, 공주님."

이번에는 아를란타어 수업이다. 전 시간에 암기 숙제로 내주었던 단어를 간단히 테스트하고 난 뒤에 독해와 읽기 식으로 수업이 진행되었다. 그날 배운 단어를 넣어 간략한 문장을 만드는 것이 수업 말미에 있는 그날의 최종적인 과제였다. 하지만 나 같은 어린애한테 너무 많은 걸 바란다 싶었는지, 실제로는 나를 가르치는 교사가 문장을 만들면 내가 그걸 따라서 읊는 식이었다.

그리고 약 두 시간에 걸친 아를란타어 수업이 끝나고 나면 곧바로 역사 공부에 들어간다. 내게 아를란타어와 역사 과목을 가르치는 사람은 오벨리아의 유명한 학자로, 나이가 지긋한 할아버지였다. 나는 잘생긴 젊은 오빠를 바랐는데 좀 아쉽다. 하지만 이미 버스는 지나간 것을. 크흑. 참고로 나는 그에게 격일로 사회학 이론도 배우고 있었다.

"오늘은 여기까지 하겠습니다."

우와아! 드디어 하루치 수업이 모두 다 끝났다! 나는 신이 나서 속으로 마구 환호성을 내질렀다.

"허허. 공주님께서 하나를 가르치면 열을 아시니, 스승 된 입장에서 참으로 뿌듯합니다."

그래그래, 내가 좀 똑똑해. 그러니까 그쯤 추켜세워 주고 얼른 가라.

"그럼 내일 또 뵙겠습니다."

"안녕히 가세요!"

나는 루비궁을 떠나는 백발의 남자를 향해 손을 흔들어주었다. 오전 시간에 나를 가르치러 왔던 엘로이즈 백작 부인이 본다면 질겁할 본데없는 인사법이었지만 이 할아버지는 내가 이렇게 친손녀처럼 격 없이 대하는 걸 더 좋아했다.

과연 그의 말대로 나는 스펀지처럼 배우는 것마다 그 엑기스를 쭉쭉 빨아들였다. 전생에서는 하고 싶어도 못 했던 공부라 이렇게 원하는 대로 지식을 습득할 수 있다는 게 재미있기도 했던 탓이었다. 물론 어떤 날은 공부가 너무너무 하기 싫어서 좀이 쑤실 때도 있었지만 말이다. 그리고 그날이 바로 오늘이었다.

"필릭스, 필릭스. 뭐 해?"

나는 수업이 끝나자마자 투다닥 필릭스를 향해 뛰어갔다. 요즘은 매일 가정 교사들에게 수업을 받는 것 외에 하는 일도 없었기 때문에 심심했다. 가넷궁 앞에서 알피어스 공작을 만났던 이후로 클로드는 한 번도 나를 찾지 않았다. 필릭스가 전하기를, '말이 안 통하는 멍멍이가 있으니 한동안은 루비궁을 나오지 말라'고 클로드가 말했다고 한다.

그 말을 듣고 나는 혼자서 혀를 찰 수밖에 없었다. 흰둥이 아저씨 참 용감하기도 하지. 저러다 클로드가 한번 제대로 빡 돌면 흰둥이 아저씨도 사지 멀쩡히 집으로 돌아가진 못할 건데. 하기야, 전과 비교하면 클로드도 좀 얌전해진 게 아니긴 했지만. 걸어 다니는 시한폭탄 같았던 2년 전에 비하면 참으로 순둥순둥해지기도 했다. 물론 그 순둥하다는 기준이 보통 사람과 다르긴 했지만 말이다.

"으응? 이거 뭐야? 뭐야, 뭐야?"

아무튼, 나는 릴리를 제외하고 루비궁에서 유일하게 나와 잘 놀아주는 필릭스에게 가서 뭐야 뭐야 공격을 퍼부었다. 필릭스는 방 한쪽에 마련된 의자에 앉아 드물게도 심각한 표정을 지은 채로 무언가를 들여다보고 있었다. 얼마나 집중하고 있는지, 그는 내가 다가간 것도 깨닫지 못한 것 같았다. 나는 필릭스의 다리에 매달려 사정없이 기웃거렸다.

"아, 공주님. 수업은 끝나셨나요?"

그러자 필릭스가 그제야 시선을 내게로 돌렸다.

"필릭스는 뭐 하구 있어?"

나는 하던 건 그만두고 나랑 같이 놀자고 할 요량으로 필릭스에게 물었다. 그런데 별안간 필릭스가 내 물음을 기다렸다는 듯 뿌듯한 웃음을 내뱉는 것이었다.

"막스 베르딩거를 공부 중이었습니다."

"어, 막스 베르딩거?"

"예. 공주님의 친구라면 무릇 이 정도 내용은 머리에 담고 있어야지요."

뭐, 뭐지? 나는 갑작스러운 필릭스의 학구열에 남몰래 당황했다. 때늦은 바람이라도 든 것일까. 어쩐지 며칠 전부터 틈이 날 때마다 책을 들여다본다 싶더니만…… 필릭스가 움직일 때 슬쩍 들여다본 책의 제목은 『사회학 이론 中』이었다. 이거 내가 흰둥이 아저씨한테 말했던 거잖아?

"으응. 이거 다 하고 나면 나랑 놀아줘."

그런데 다른 때 같으면 바로 자리를 털고 일어났을 필릭스가 내게 미안한 표정을 지어 보였다.

"죄송합니다, 공주님. 오늘 공부해야 할 분량을 아직 끝마치지 못해서 지금은 같이 놀아드리기 어려울 것 같아요."

"오래 걸리는 거야?"

"이걸 다 보고 나면 아를란타어 기초 단어를 50개 외워야 하거든요."

찜찜한 느낌이 더욱 강해졌다. 이 오빠 갑자기 왜 이러는 거지?

"그, 그래? 그런데 그런 건 갑자기 왜 하는 거야?"

뭔가 느낌이 쎄 해져서 묻자 필릭스가 쑥스러운 듯 콧잔등을 긁적이며 수줍게 말했다.

"실은 저는 그날 감동했습니다."

"으응?"

"공주님께서 저를 친구라고 말씀해 주실 줄 몰랐거든요."

내 등 뒤로 식은땀이 배어나기 시작했다. 아니, 물론 내가 흰둥이 아저씨 앞에서 그렇게 말하긴 했지만…… 그거 그냥 별 의미 없는 소리였는데. 헉. 왠지 미안해지고 있어.

"그래서 저는 그날 결심했습니다. 절대로 공주님께 부끄러운 친구가 되지 않겠다구요."

필릭스가 굳은 결의에 찬 얼굴로 말하는 것을 보자 나는 무척 당황스러워지고 말았다. 잠깐, 잠깐. 내 친구가 되는 거랑 공부랑 무슨 상관이라고 자꾸 이러는 거지? 미간을 좁히며 고민하던 바로 그 순간 어떤 기억이 내 머릿속을 스쳐 지나갔다.

"아티는 아티보다 멍청한 친구는 싫은걸?"

크헙. 귓가에 메아리처럼 울리는 내 목소리에 나는 입을 쩍 벌리고 말았다.

"그러니 저 힘내겠습니다, 공주님."

눈앞에서 반짝이는 순진한 눈망울에 등 뒤로 삐질삐질 식은땀이 흘렀다. 뭐야, 뭐야. 설마 그래서 나 때문에 공부를 한다는 거야? 내, 내가 그날 나보다 멍청한 친구는 싫다고 해서? 그건 그냥 흰둥이 아저씨를 무찌르려고 한 말이란 말이야!

"아니…… 그런 거 안 해도 필릭스는 아티 친구인데?"

"아닙니다. 공주님의 친구라면 당연히 이 정도는 기본으로 숙지하고 있어야지요."

"아, 안 그래도 돼."

"저, 필릭스 로베인은 다시 태어날 겁니다."

내 거듭된 만류에도 필릭스는 꿋꿋했다. 그는 주먹을 불끈 쥐며 다시 한번 공부에 대한 의욕을 불태우기까지 했다. 그래서 결국 나는 그에게 어정쩡한 인사를 남긴 채로 방을 빠져나오고 말았다. 이, 이런. 왠지 나 또 순진한 저 오빠를 속여 먹은 것 같은 느낌인데. 저런 천연기념물 뺨치는 오빠 같으니라고. 방금 전 본 필릭스의 순진무구한 눈동자를 떠올리자 마음속 깊이 죄책감이 일었다. 크으. 나, 난 그런 의도로 말한 게 아니었는데!

어느 정도 인적이 없는 후원 쪽에 와서 나는 마른세수를 했다. 아우,

필릭스 저 오빠를 진짜 어쩌지. 하기야 생각 없이 막말을 내뱉어 댔던 나도 문제지만. 으흑. 나란 바보. 나란 곱등이. 흑흑.

바스락.

그런데 바로 그때 근처에 있는 덤불에서 바스락거리는 소리가 들렸다. 그 소리에 나는 한창 회한에 젖어 마른세수를 하고 있던 손을 뗐다. 응? 저거 뭐야? 그리고 보게 된 것은 녹색 덤불 사이로 빼꼼히 모습을 드러낸 새까만 털 뭉치였다. 나는 눈앞에 보이는 것이 무엇인지 의문이 들었다. 저게 도대체 뭐지? 먼지 덩어리인가? 그런데 방금 저거 움직이지 않았어?

부스럭.

헉. 또 한 번 검은 털 뭉치가 흔들렸다. 나는 강렬한 호기심을 느끼며 그것을 향해 살금살금 다가갔다. 그리고 털 뭉치가 낀 덤불을 살며시 벌려 보았더니…….

"헉, 귀여워."

동글동글한 노란 눈동자가 나를 올려다보았다. 흐억, 이거 뭐야? 동화나라 요정이야? 이 귀여운 생물체는 도대체 뭐야? 새까만 털이 복슬복슬한 그것은 고양이도 강아지도 아니었다. 뭔지는 모르지만 엄청나게 귀엽잖아!

"맘마 줄게, 이리 와."

루비궁에 이런 동물이 살았던가? 나는 무섭게 흥분해서 나를 향해 고개를 갸웃거리는 새끼 짐승을 향해 손을 내밀었다. 털 만지고 싶어! 쓰담쓰담하고 싶어! 그런데 그것은 잠시 나를 물끄러미 바라보다가 덤불 너머로 휙 몸을 날렸다.

"앗, 기다려!"

먼지 덩어리처럼 생긴 게 잽싸긴 엄청 잽싸다! 에잇, 안 돼! 털 한 번만 만져 보게 해줘!

나는 까만 털 뭉치의 뒤를 쫓기 시작했다.

"까망아!"

벌써 이름까지 붙여 줬다. 이렇게 강력한 운명을 느낀 건 꿈속에서의 요정 언니 이후로 처음이야!

"까망아, 어디 있어?"

우쭈쭈. 이제 그만 이리 오지 않으련? 내가 맛있는 맘마도 주고 털도 빗어줄게. 나는 까만 털 뭉치를 찾아 평소에 잘 오지 않던 루비궁의 후원 구석구석을 뒤졌다. 앗! 저쪽에 있다! 새까만 털! 나는 또다시 발걸음을 죽이고 살금살금 다가가 웃자란 수풀 너머로 보이는 까만 형체를 향해 확 달려들었다.

"잡았다!"

"윽!"

그런데 내 귓가에 울린 것은 나지막한 남자의 신음이었다. 헉?! 이거 까망이 아니야? 그러나 미처 의문을 표할 새도 없이 나는 곧바로 비명을 내지르고 말았다.

"엄마야!"

잠깐만! 기울어진다, 기울어진다!

바스락!

초록의 잎사귀들이 내 얼굴이며 팔다리를 마구 할퀴고 지나가는 것이 느껴졌다. 체중을 실어 사정없이 몸을 날렸기 때문인지 그다음 내게 닥친 여파도 작지 않았다. 아야야. 따가워! 풀잎에 긁힌 피부가 아려서 나는 잠시 끙끙거렸다.

"으윽. 갑자기 뭐야."

그런데 별안간 머리 위에서 혼잣말 같은 낮은 음성이 흘러드는 것이었다. 나는 그 소리를 따라 눈물이 찔끔 맺힌 눈동자를 움직였다가 이내 깜짝 놀라 숨을 멈추고 말았다.

"아파. 내 머리 그만 잡아당겨."

장미처럼 아주 예쁜 붉은 눈동자였다. 공포 영화에서나 나올 법한 빨간 색깔의 눈이 무서울 만도 한데, 그저 한없이 예쁘다는 생각만 들었다. 그런데 내가 자기 머리를 뭘 어쩌고 있다고…….

"비키라는 말 못 들었어?"

"헉."

내가 이 사람 머리를 잡아 뜯고 있었잖아! 게다가 방금 전 덤불 너머로 넘어지면서 누구인지 모를 이 남자를 깔아뭉개고 있기까지 했다. 어쩐지 이상하게 몸통에 와 닿는 충격이 적더라니!

나는 화들짝 놀라 손에서 힘을 빼고 후다닥 뒤로 물러났다. 그러자 남자가 기다렸다는 듯이 몸을 일으키며 손목을 만지작거렸다. 방금 전 내가 덮쳤을 때 실수로 삐끗한 모양이었다. 그는 목이 뻐근한 듯 뒷목을 주무르며 눈살을 살짝 찌푸리기까지 했다.

슬며시 고개를 내리자 아마도 남자의 것으로 추정되는 검은 머리카락 몇 가닥이 내 손가락 사이에 걸려 있는 게 보였다. 하하…… 이렇게 보니 까망이랑 달리 푸른빛이 도는 검은 머리인데 왜 착각을 했는지 몰라…… 나는 앞에 있는 사람 몰래 그의 머리카락을 푸른 잔디 위로 슬쩍 날려 보냈다.

"쪼그만 게 무겁네."

그건 그렇고, 무슨 남자애가 이렇게 인형같이 생겼대?

"너 누구야?"

나이는 열일곱, 열여덟 정도 되었을까? 대충 고등학생 정도로 보이는 외모였는데, 아직도 가슴이 쿵덕쿵덕거릴 만큼 예쁜 얼굴이었다. 그런데 그게 여자애처럼 예쁘게 생겼다는 게 아니라…… 전에 알바하던 곳에서 알고 지냈던 동생이 요즘 인기라며 보여 줬던 비스크돌처럼 생겼다. 한 마디로 잘생쁨이다. 잘생쁨.

"그러는 오빠 누구야? 여긴 아무나 들어오면 안 되는데."

"난 아무나 아니거든."

황궁에서 일하는 사람인가? 하긴 그러니까 여기에 있겠지. 그런데 루비궁은 남자 출입 금지라서 함부로 들어오면 안 되는데. 물론 클로드가 직접 붙여 준 필릭스는 제외였지만. 그는 임시로 내 기사가 되어서 어쩌다 보니 벌써 2년째 호위를 맡고 있었지만 사실 황궁 안은 안전해서 따로 호위하고 말고 할 것도 없었다. 그래서 현재 필릭스가 하는 일이라곤 클로드를 만나러 갈 때마다 나를 안아서 이동시키는 일이나 릴리가 바쁠 때 나랑 같이 놀아주는 것 정도가 다였다.

"눈을 보니 직계인 것 같은데. 카일룸이 언제 딸을 낳았지?"

그런데 이 오빠 지금 무슨 소리 하니? 지금 황궁에 살고 있는 어린애는 당연히 나 하나뿐인데 직계니 아니니 따질 게 뭐가 있어. 그리고 카일룸? 어디서 들어 본 것 같은데?

"너 몇 살이야?"

"나 7살."

잠깐. 내가 왜 순순히 대답을 해주고 있지? 남자의 태도는 당당하기 이루 말할 데 없어서 나도 모르게 그가 묻는 대로 술술 대답을 하게 되고 말았다. 그러고 보면 내가 황족이라는 걸 아는데도 그는 나를 처음 봤을 때부터 거리낌 없이 하대를 하고 있었다. 나는 매우 의문스러워졌다. 진짜 이 사람 뭐야?

"오빠 진짜 누구야? 여기서 뭐 하고 있었어?"

내 질문을 듣고 남자가 아까부터 잔디 위에 고정시키고 있던 왼쪽 팔을 들어 올렸다.

"이거 잡고 있었어."

"까망이!"

그의 손에는 방금 전까지 내가 열심히 쫓고 있던 털 뭉치가 들려 있었다. 나를 올려다보고 있는 노란 눈동자가 보름달처럼 반짝반짝 빛났다. 그것은 남자의 손안에서 '키잉' 소리 내며 몇 번인가 버둥거리다가, 붉은 눈동자가 내게서부터 옮겨 가는 순간 아주 얌전해졌다.

"오빠가 키우는 거야?"

"설마 이거 오늘 처음 봐?"

무슨 동문서답이야? 당연히 처음 보니까 너한테 묻는 거 아니겠니? 그런데 그는 내가 이 동물을 오늘 처음 보는 것이 아주 신기한 일이라도 되는 것처럼 말하고 있었다. 뭐야. 네가 주인이라서 데리러 온 거 아니었어?

"공주님!"

어라? 그런데 멀리서 나를 부르는 목소리가 들려왔다. 이건 필릭스 같은데? 공부를 한다고 나를 혼자 내보내 놓고 아무래도 마음에 걸렸나 보다. 아니면 릴리가 나를 찾아오라고 했거나. 마침 나도 이 수상쩍은 남자와 단둘이 있기 찜찜했던 참이라 냉큼 필릭스를 부르기로 했다.

"필……."

따악.

그런데 내 앞에 있는 남자가 손가락을 튕긴 바로 그다음 순간, 믿을 수 없는 일이 일어났다.

"도대체 어디 계신 거지?"

바스락거리는 소리와 함께 바로 지척까지 다가온 필릭스가 나와 눈이 마주치고도 아무것도 발견하지 못한 것처럼 다시 고개를 돌리는 것이었다. 그는 나를 찾듯이 주위를 두리번거리기까지 했다.

"피, 필릭스?"

내가 그의 이름을 불러도 마찬가지였다.

따악.

내 앞에 있는 남자가 또 한 번 손가락을 튕겼다. 그러자 갑자기 필릭스가 무언가 생각났다는 듯 탄성을 내뱉었다.

"아! 맞아. 아를란타어 단어를 아직 열 개밖에 못 외웠지. 빨리 마저 끝내고 공주님 찾으러 가야겠다."

그러고 난 뒤 필릭스는 곧장 나를 내버려 둔 채 후원을 빠져나갔다.

"들키면 귀찮아지니까."

나는 어안이 벙벙해져서 멀어지는 필릭스의 뒷모습을 바라보았다.

"특히 오벨리아 놈들은 꼭 볼 때마다 사람 성가시게 군단 말이야."

내 앞에 있는 남자는 생각만 해도 귀찮다는 표정을 짓다가 이내 나를 향해 시선을 움직였다.

"그래서 최대한 조용히 왔다 가려고 했는데 너한테 벌써 들켜 버렸으니. 어쩐다지."

그는 잠시 무언가를 고민하듯 내 얼굴을 응시했다. 그의 손에 뒷덜미를 잡힌 까만 털 뭉치가 다시 '끼잉끼잉' 소리 내며 버둥거리는 것이 보였다. 하지만 나는 다른 데 정신이 팔려 있었다.

"지금."

그런 내 가슴은 방금 전과 다른 의미로 콩닥콩닥 뛰고 있었다.

"지금 뭐 한 거야?"

"뭘 하긴 뭘 해? 귀찮은 거 치운 거지. 그런데 이상하네. 생각보다 감각도 둔하고 마력도 많이 약해졌어."

그는 제 마음대로 몸이 움직이지 않는다는 듯 자유로운 오른쪽 손을 쥐었다 폈다 하며 미간을 찡그렸다. 나는 그의 말에 흥분해서 외쳤다.

"오빠 설마 마법사야?"

그런 내 목소리는 한껏 고양돼 있었다. 나는 남자에게 더 바싹 다가가 반짝이는 눈망울로 그를 올려다보았다.

"왜 이래, 촌스럽게. 마법사 처음 봐?"

그러자 그가 별 이상한 애를 다 보겠다는 듯 나를 쳐다보았다. 이 오빠 궁정마법사인가 봐! 어쩐지, 그 정도 되는 사람이 아니고서야 황궁을 이렇게 자유롭게 돌아다닐 수 있을 리가!

오벨리아에서도 마법사는 꽤나 희귀한 존재라 황궁 소속 마법사도 고작해야 그 수가 50명이 안 된다고 배웠다. 물론 클로드가 마법을 쓸 수 있다지만 나한테는 한 번도 보여 준 적이 없으니까 그냥 넘어가고. 그렇게 생각하고 나니 갑자기 눈앞에 있는 사람의 모든 것이 범상치 않게 느껴졌다.

"다른 거, 다른 것도 할 수 있어?"

내가 너무 좋아하자 마주한 눈빛이 약간 미묘하게 변했다. 그는 웃어야 할지 말아야 할지 잘 모르겠다는 얼굴로 나를 보더니 이내 다른 말 없이 손을 들었다.

"이런 거?"

따악, 하는 소리와 함께 그의 손에서 나온 비눗방울이 둥실둥실 허공을 날았다.

"우와아!"

지금! 맨손에서! 비눗방울이 나왔어! 손 위에서 피어오르는 거대한 화염 같은 걸 보여 줄 줄 알았는데 생각보다 소박한 마법이었다. 하지만 아무런 기구 없이 그가 손에서 비눗방울을 계속 뽑아내기 시작하자 나는 진짜 7살짜리 어린애라도 된 것처럼 흥분하고 말았다.

눈앞에 투명한 비눗방울이 둥둥 떠다녔다. 햇빛을 받아 오색 찬연하게 반짝이고 있기도 하다. 바람이 불자 그것들은 나를 향해 훅 날아들었다. 나는 그것을 잡으려고 손을 들었다. 그러자 내 손가락 끝에서 동그란 것들이 비누 향기를 풍기며 방울방울 터져 나갔다. 아, 냄새 좋다. 그런데 기분 탓인가. 왠지 점점 숨이 막히는 것 같…….

"크릉!"

바로 그때, 나를 감싸고 있던 것들이 증발하기라도 한 것처럼 갑자기 한순간에 사라져 버렸다. 나는 꿈이라도 꾸었던 것 같은 기분으로 눈을 떴다. 응? 그런데 눈은 언제부터 감고 있던 거지?

낑. 끼잉…….

그런데 아까부터 어디서 멍멍이 소리가…… 방금 전에는 짐승이 이를 드러내며 우는 듯한 소리가 들렸던 것 같은데, 지금은 기가 억눌린 듯 낑낑거리는 소리가 고막을 울리고 있었다.

"하. 뭐야."

나는 그 소리를 따라 시선을 움직였다가 이내 깜짝 놀라고 말았다.

"지금 그따위 잔재주로 감히 날 방해한 거야?"

남자가 손에 들고 있는 까만 새끼 짐승을 향해 기가 막히다는 듯 혼잣말하고 있었다. 그런 그의 눈동자는 섬뜩할 정도로 차게 식어 있었다.

"짐승 새끼 주제에 건방지게. 그냥 없애 버릴까?"

그러자 그 한기 가득한 시선을 받은 털 뭉치가 몸을 바들바들 떨며 또다시 끼이잉 다 죽어 가는 소리를 내뱉었다. 뭐가 뭔지는 몰라도 그가 까망이를 괴롭히고 있다는 사실만큼은 명백해 보였다.

"까망이 괴롭히지 마!"

우리 까망이 괴롭힐 데가 어디 있다구! 작은 동물 친구를 괴롭히는 건 나쁜 사람이야! 인간 말종이야! 쓰레기야! 그것도 타지 않는 쓰레기! 분리수거 불가능!

"오빠 까망이 주인 아니지?"

나는 이번에야말로 확신을 갖고 물었다. 그러자 마주한 얼굴이 심드렁하게 변했다.

"이거 주인은 너잖아."

아까부터 이해하지 못할 소리만 하고 있었다. 내가 주인이었으면 너한테 '네가 까망이 주인이냐'고 아까도 그렇고 지금도 거듭 물어봤겠니?

"마법사도 처음 보고, 신수도 처음 보고. 어디 깡촌에서 살다 왔어?"

그런데 이놈은 오히려 나를 지진아 혹은 천치 취급했다. 아니, 이거 조금 열 받는데? 그는 잠시 동안 뭔가 이상하다는 듯 미간을 찌푸리다가 이내 의심하는 듯한 말투로 내게 물었다.

"너 카일룸 딸 맞아?"

"그거 우리 아빠 아니야!"

아까부터 말해주고 싶었다! 어디서 남의 족보를 지 마음대로 다시 만들고 있어?

"아니야? 역시 그런가. 내가 생각보다 좀 오래 잤나 보네. 그럼 그 아들 이름이……."

그는 머리가 잘 안 돌아가서 답답하다는 듯 제 머리카락을 손으로 헤집다가 마침내 원하는 답을 생각해 낸 것 같은 표정을 지었다.

"아, 그래. 아에테르니타스. 그럼 너 그놈 딸이야? 그래도 카일룸은 나름대로 바보 소리 안 들을 만큼은 똑똑했는데 어쩌다 그 아들하고 손녀는."

이번에는 나도 확실히 알고 있는 이름이 나왔다. 아에테르니타스. 역대 오벨리아의 황제들과 마찬가지로 '영원'을 뜻하는 그 이름의 주인공은 클로드보다 3대 전에 제위했던 황제였다.

"지금 무슨 소리 하는 거야! 우리 아빠 이름은 클로드야!"

넌 깡촌이 아니라 언덕 위에 있는 하얀 집에 살다 왔니? 무슨 3대 전 황제 이름을 자기 앞집 꼬마 얘기하듯 말하고 있어. 아! 그러고 보니 카일룸이란 이름도 생각났다. 아에테르니타스의 바로 전에 제위했던 황제로 너무 빠르게 요절해 역사서에는 거의 이름조차 남지 않은 사람이 아니던가.

"클로드?"

"그래!"

"설마 그게 지금 황제 이름이야?"

"그래!"

헉. 그럼 나 지금 살짝 머리가 돈 사람하고 단둘이 인적도 없는 후원에 있는 거야? 믿을 수 없다는 듯 반문하는 말에 짜증스럽게 답해 놓고 나는 갑자기 흠칫해서 입을 다물었다. 아, 아무래도 난 이제 그만 가 봐야 할 것 같은데. 갑자기 급한 볼일이 생각나서…….

"아하하!"

그런데 갑자기 내 귀에 뜬금없는 웃음소리가 번졌다. 나는 무심코 그 소리를 따라 눈길을 움직였다. 내 말을 듣고 나서 잠시 아무 말도 없던 미친 사람이 갑자기 웃기까지 시작하니 겁이 나야 정상일 것 같았는데 이상하게도 그 웃음소리가 너무 맑아서 하나도 무섭지가 않았다.

"하하. 그게 뭐야. 나 이런 거 처음 봐. 그새 역성혁명이라도 일어난 거야?"

그리고 보게 된 그의 웃는 모습이 너무나도 해맑아서 나는 조금 놀라고 말았다. 이렇게 보니 십 대 중반 정도로밖에 안 보이는데. 소리 내서 웃는 얼굴이 소년처럼 해사해서 그런가. 그런데 방금 전에 까망이를 향해서 서느런 눈빛을 빛낼 때에는 보이는 것보다 어른처럼 느껴지기도 했기 때문에 이 남자의 실제 나이가 몇인지 도무지 추정해 낼 수가 없었다.

"응?"

그런데 그가 한참 웃다 말고 갑자기 내 얼굴을 들여다보기 시작했다. 웃음기가 남아 있던 얼굴에 문득 눈을 의심하는 듯한 표정이 어렸다.

"잠깐."

그는 손을 뻗어 내 얼굴을 만지기까지 했다. 이, 이거 왜 이래? 어디서 처음 보는 여자 얼굴을 함부로 막막!

"흐응?"

그러는 와중에 그의 손에 들려 있던 까망이가 자유를 되찾아 잔디 위로 폴짝 내려앉았다. 하지만 까망이는 자리에서 달아나는 대신 내 품을 파고들었다. 헉. 이거 좀 좋다. 내 앞에 있는 이놈만 아니었으면 더 좋았을 텐데.

"이게 뭐야."

그는 내 얼굴까지 잡아 돌리면서 나를 요리조리 뜯어봤다. 바로 코앞에서 마주친 붉은 눈동자가 내 깊숙한 곳까지 들여다보는 듯했다. 그 눈동자를 마주한 순간 마치 영혼을 붙들린 것처럼 몸을 마음대로 움직일 수가 없어서 나는 그를 뿌리치지 못했다.

"너 신기하네. 이런 경우는 처음 봐."

마침내 유리알 같은 붉은 눈동자 안에 이채가 돌았다. 나는 그 붉은 빛 속에 마치 꽃처럼 생기가 피어나는 모습을 약간 넋이 나간 채로 바라보았다.

"한동안 따분했는데 이건 좀 재미있겠어."

방금 전에는 무슨 말을 하든, 무슨 행동을 하든 그냥 사람 감정을 흉내 내는 인형 같았는데…… 갑자기 말하는 인형이 진짜 사람이 된 듯한 기분이었다.

"어쩔까."

그러나 그가 혼잣말처럼 중얼거리는 말에 나는 퍼뜩 정신을 차리고 말았다.

"그럼 그냥 살려 둘까."

저기요……? 지금 그 고민의 대상이 혹시 나입니까? 이거 내 목숨이거든요? 네 목숨 아니거든요? 이 세계는 도대체 어떻게 돼먹었길래 클로드 놈이나 이놈이나 다들 내 목숨을 맡겨 놓은 담보 취급하지 못해서 안달이야! 하도 어이가 없어서 그런지 이 사람에게 죽을지도 모른다는 공포심보다 황당함이 먼저 내 머릿속을 뒤덮었다. 나를 쳐다보는 눈동자가 워낙 맑아서 진짜 죽일 거라는 생각은 들지 않았기 때문일지도 몰랐다. 아무튼, 얘 진짜 미친놈 아니야?

끼잉.

바로 그때, 내 품속에 있던 까망이가 작은 울음소리를 내뱉었다. 그 소리를 따라 내 얼굴에 못 박혀 있던 시선도 마침내 다른 곳으로 움직였다. 이름을 알 수 없는 남자는 내가 안고 있는 까만 새끼 짐승을 보며 선심 쓴다는 듯 웃어 보였다.

"좋아. 이게 뭔지 설명해 줄게. 오늘은 기분이 좋으니까."

아니, 이제 별로 안 궁금한데. 안 궁금, 안 물. 너 그냥 좀 가 주면 안 되겠니. 하지만 뒤이어 그가 내뱉은 말에 나는 금세 호기심을 되찾고 두 눈을 동그랗게 뜨고 말았다.

"이건 네 마력으로 태어난 거야."

뭐, 내 마력?

"내 마력으로 태어났다고?"

귀를 의심하며 반문하자 그가 또 다시 부진아를 보는 듯한 눈으로 나를 쳐다보았다. 당연하게도 나는 울컥하고 말았다. 아니, 이놈이? 이래 봬도 내가 나름 영재 소리를 듣고 있는데 어디서 날 바보 보듯 하고 있어?

"그러니까 네가 직계면서도 이렇게 마력이 쥐똥만큼도 없지. 네 아빠가 그런 것도 말 안 해줘? 그 보석안을 보면 기껏해야 서자가 적통 후계자 대신 보위에 오른 정도고 아예 오벨리아의 핏줄까지 바꾼 건 아닐 텐데. 이름은 클로드지만 어차피 그놈도 직계인 건 맞았을 거 아니야. 그나저나 제 자식한테 클로드라는 이름을 붙이다니, 아에테르니타스 그놈도 원래부터 음침하고 성격 나쁜 건 알았지만 참 상상 이상이네."

나는 놈의 말에 어디서부터 딴지를 걸어야 할지 알 수가 없었다. 일단 직계의 마력이니 뭐니 클로드에게 한 번도 들은 적이 없었고, 클로드의 아빠는 아에테르니타스도 아니었다. 무엇보다 그 사람은 벌써 3대 전의 황제라니까 그러네!

"아, 벌써 좀 귀찮은데."

몇 마디나 했다고 귀찮대, 이놈이!

"그래서 까망이가 내 마력으로 태어난 신수라는 거야? 신수가 뭔데?"

"신수는……."

그는 자신이 이걸 어떻게 설명해야 지진아 제자가 잘 알아들을 수 있을지 고민하는 선생님처럼 약간 착잡한 얼굴로 나를 보다가 말을 이었다.

"한마디로 말하자면 네 마력의 결정체라고 할 수 있지."

"마력의 결정체?"

"성체가 되면 스스로 너한테 흡수돼서 자유자재로 사용할 수 있는 마력이 될 거야."

그는 이런 것까지 굳이 설명해야 하나 회의감을 느끼는 표정으로 마저 말했다.

"그리고 신수는 아무한테나 생겨나는 게 아니고, 소유자의 능력이 그릇보다 넘쳐서 감당하지 못할 정도일 때만 그게 신수 형태로 떨어져 나오는 거야."

그의 말을 들은 직후 내 머릿속에 댕댕 종이 울렸다.

"그래서 보통은 주인한테 찰싹 붙어서 떨어지지 않으려고 하는데 이건 짐승 새끼 주제에 수줍음이라도 타는 건지."

그러니까 한마디로 말해서 내 자질이 너무 뛰어나다는 거 아니야? 그래서 내 마력이 몸 밖으로 떨어져 나왔다는 거지? 왜냐면 내 마력이 너무 강해서. 그래서 신체 보호 차원에서!

"그럼 내가 대마법사란 말이야?"

헉헉, 대박. 완전 대박! 드디어 내 인생에도 볕 들 날이 오는 건가! 가슴이 사정없이 쿵쾅거렸다. 내가, 내가 마법을 부릴 수 있다니! 그것도 이 몸이 대마법사님이시라니!

"둘 중 하나지. 마력은 어마어마한데 아직 어린 신체가 그걸 받아들이지 못해서 깨질 위험이 있거나 그냥 그릇이 너무 심하게 부실해서 보통의 마력조차 담아내지 못할 정도이거나."

그는 내가 껴안고 있는 까망이를 힐끗 내려다보면서 한쪽 입꼬리만 들어 올려 썩은 미소를 지었다.

"그런데 네 건 좀 쓸 만해. 아까도 임시지만 내가 발현시킨 마법도 깨 버렸고."

뭔지는 잘 몰라도 아까 이놈이 까망이한테 무섭게 굴던 것과 상관이 있나 보다. 그러니까 이 까망이는 내 마력으로 형체를 갖게 된 거고, 나중에 성체가 되면 내 힘이 된다 이거지? 그럼 그때부터 나는 마법을 자유자재로 쓸 수 있고? 와! 우와! 우와와아! 역시 아무리 더럽고 치사해도 열심히 살다 보면 쥐구멍에도 볕 들 날이 오는 거였어요. 클로드가 나한테 왜 그런 얘기를 해주지 않았는지 모르겠지만 아무튼 이걸로 내 생명줄이 조금은 더 길어진 느낌이었다.

"말해줘서 고마워, 오빠!"

눈앞에 있는 사람의 뒤에서 갑자기 후광이 비쳐 보였다. 이 오빠가 말 안 해줬으면 계속 모를 뻔했잖아! 어라, 그런데 좀 이상하다. 〈사랑스러운 공주님〉에서 아타나시아가 마법을 쓸 줄 안다는 내용은 본 적이 없었는데.

"고마워할 건 없는데."

에라이, 모르겠다. 사실은 그 책을 읽은 지 7년이 넘어가다 보니 내 기억력도 예전 같지 않았다. 그런데 이 오빠 생각보다 착하고 괜찮은 사람이었잖아? 신수가 뭔지도 친절히 설명해 주고 까망이까지 대신 잡아주고! 게다가 지금은 겸손하게 고마워할 것 없다는 말까지.

"이제 슬슬 가 봐야겠네."

그는 잠시 허공의 저편을 보며 무언가를 가늠해 보듯 눈살을 찌푸리다가 말했다. 아, 맞아. 필릭스! 릴리랑 필릭스가 찾을 텐데, 나도 들어가 봐야겠다.

"아티도 그만 갈게. 오빠, 조심해서 가."

그리고 까망이를 안은 채로 그대로 걸음을 옮기려고 하는데…….

"그래. 다음에 또 볼 일이 있겠지."

갑자기 내 품속에 있던 털 뭉치가 사라졌다. 나는 가벼워진 무게감에 고개를 숙였다가 곧바로 텅 빈 팔을 발견하고 어리둥절하게 다시 얼굴을 들었다. 엥? 그런데 내 까망이가 왜 또 저 오빠 손에 들려 있는 거지?

"응? 까망이 왜 가져가?"

까망이는 눈앞에 있는 사람의 손에 뒷덜미를 잡힌 채로 또다시 불쌍하게 끙끙거리고 있었다. 내 의아한 물음에 그가 입술 끝을 들어 올리며 예쁘게 웃었다.

"내가 언제 너 준대?"

내 머리 위로 '???????'가 떠올랐다. 지금 뭐라 그랬니? 아니, 이게 뭔 소리야.

"까망이 내 거라며?"

"내가 찾아내기 전까지는 그랬지."

……네? 뭐라구요? 허허. 내 귀가 이상한가. 왜 자꾸 개소리가…….

"내가 주웠잖아. 그러니까 이걸 회 쳐 먹든 구워 먹든 그것도 내 마음이지."

이건 또 무슨 신종 또라이죠? 저런 말을 뭐 이렇게 당당하게 해? 하도 아무렇지도 않게 저딴 말을 지껄이는 것을 보자 한순간 말문이 막혔다. 나는 잠시 앞에 있는 남자를 멍청히 바라보다가 까망이의 끙끙거리는 소리에 정신을 차렸다. 아니, 뭐 이런 뻔뻔한 놈이 다 있어!

"내 걸 왜 오빠가 가져가! 까망이 이리 줘!"

나도 도둑놈한테 차려 줄 예의 같은 건 없다! 주인이 이렇게 버젓이 두 눈 멀쩡히 뜨고 있는데 그 앞에서 내 걸 훔쳐 가겠단 소리를 해?

"까망이 데려가서 뭐 하려고!"

서, 설마 진짜 잡아먹을 건 아니겠죠? 우리 작고 여여쁜 동물 친구를! 으아앙!

"뭘 하긴. 사람은 잠이 부족하면 잠을 자고 배가 고프면 밥을 먹어야 하잖아?"

그런데 놈은 또 이상한 소리를 지껄이기 시작했다.

"내가 생각보다 오랜만에 눈을 떴더니 마력이 많이 약해져서 말이야. 대대로 황족들의 마력 순도가 가장 높거든. 그래서 신수를 하나 찾으러 왔는데, 하필 네 까망이가 내 눈에 딱 발견됐네?"

콰콰콰쾅! 어디선가 천둥 벼락이 치는 것 같았다. 궁정마법사인 줄 알았는데 애초에 신수를 훔쳐 가려고 황궁에 들어온 도둑놈이었단 말이야?!

"그런데 이상하단 말이지. 여기 왜 이렇게 신수가 없어? 그새 씨가 마르기라도 한 것처럼. 어쨌든 그냥 허탕 치나 했는데 네 덕분에 살았어. 아직 부족하긴 하지만 이거라도 먹고 나면 내 마력도 어느 정도 보충이 되겠지."

끼야악! 나는 그 말을 듣자마자 놈에게 달려들었다.

"안 돼! 까망이 돌려줘! 우리 까망이 잡아먹지 마아!"

이 또라이 놈아! 할 짓이 없어서 우리 귀여운 까망이를 잡아먹으려고 하냐! 그리고 내 까망이인데! 내 마력인데!

"아, 이래서 안 들키고 몰래 가져가려고 한 건데."

내가 달려들어서 까망이를 빼앗으려고 하자 놈이 혀를 차며 손을 높이 들어 올렸다. 내가 아무리 폴짝폴짝 뛰며 손을 뻗어도 까만 털 끝 하나 닿지 않았다. 안 돼, 우리 까망이 내놔라! 어흐흑.

내 머릿속에 사지가 결박돼 식탁 위에 진상되어 있는 까망이의 모습이 스쳐 지나갔다. 어헝, 우리 까망이이! 그런데 내가 울먹거리며 매달리자 이놈도 나름대로 양심이 있기는 한지 속이 영 불편한 모양이었다. 한쪽 눈매를 슬쩍 찡그리며 나를 내려다보던 놈이 잠시 후 위로랍시고 말했다.

"신수 없어도 별거 아니야. 그냥 지금까지처럼 마력 없이 살면 돼."

이 자식이 말이면 다인 줄 아나! 어디서 이따위 궤변이야!

"마력이 줄어든 건 그쪽 사정인데 왜 내 까망이를 너한테 줘야 돼! 이리 줘! 우리 까망이 이리 내놔아아!"

내가 하도 발악을 해대자 놈이 잠시 무언가를 생각하는 듯한 얼굴로 가만히 나를 내려다보았다. 그래, 아직 늦지 않았어! 어서 마음을 고쳐먹으라고! 나 같은 어린이와 작은 동물 친구를 괴롭히면 벌 받는단 말이야!

"그냥 이거 먹지 말까?"

잠시 후 놈이 내 앞에 무릎을 굽히고 앉았다. 나는 갑자기 나란해진 눈높이에 깜짝 놀라 뒷걸음질 쳤다. 놈의 붉은 눈동자가 바로 정면에서 나를 물끄러미 들여다보고 있었다.

"좀 귀찮고 시간이 오래 걸려서 그렇지 마력을 회복할 다른 방법이 아예 없는 건 아니거든."

무슨 심경의 변화가 있었는지 놈이 나를 떠보는 듯한 어투로 말했다. 그런데 그걸 말이라고 하니? 다른 방법이 있었으면 진작 그걸 썼으면 됐잖아!

"이거 그냥 내버려 둘까 말까. 어차피 아직 덜 자라서 먹어 봤자 간에 기별도 안 갈 것 같긴 한데."

말 한 마디 한 마디에 아주 분통이 터졌다. 그런데 왠지 저놈 말에 냉큼 좋다고 낚이면 나중에 후회할 일이 벌어질 것 같은데? 내가 경계심 어린 눈초리로 노려보고만 있자 놈은 작전을 바꾼 듯했다. 그렇게 불쌍한 표정 지어 봤자 안 통하거든!

"그리고 난 아주아주 착한 마법사라서, 너 같은 꼬맹이 걸 뺏어 먹으면 미안해서 밤에 잠도 안 올 거 같아."

"웃기지 마!"

나는 가차 없이 소리쳤다. 그런 놈이 애초에 남의 신수를 훔치러 여길 기어들어 와? 끝까지 내가 믿지 않는 눈치이자 놈이 유감스럽다는 듯한 얼굴로 웃었다. 그러고 나서 덧붙이는 말에 나는 또 발끈했다.

"그럼 이렇게 하자. 이게 성체가 될 때까지 일단 보류할게. 그럼 됐지?"

"되긴 뭐가 돼. 그리고 보류라니, 내가 왜."

"왜라니."

내가 따지려고 입을 열자마자 그가 아주 바보 같은 말을 들었다는 듯이 소리 내 웃었기 때문에 나는 조금 화가 나고 말았다. 하지만 뒤이어 내 눈을 똑바로 직시하는 붉은 눈동자에 나는 꿀 먹은 벙어리가 되어버렸다.

"내가 지금 널 봐주겠다는 말을 한 거니까 그렇지."

그는 분명 웃는 낯을 하고 있었지만 나는 어째서인지 한순간 등 뒤로 소름이 끼쳤다.

"넌 이걸 알아야 해. 난 지금 당장에라도 널 없애고 네 걸 뺏어 갈 수 있어. 아니면 지금 바로 네가 보는 앞에서 네 마력을 전부 삼켜 버릴 수도 있지. 아마 상대가 네가 아니라 다른 사람이었다면 주저 없이 그랬을 거야. 그런데 너한테는 특별히 그러지 않아주겠다는 말을 하고 있는 거야."

뒤이어 눈앞에서 피어나는 미소에 등골이 서늘해졌다.

"난 네가 마음에 들었거든."

그는 더없이 상냥한 말투와 표정을 한 채로 무서운 소리를 하고 있었다. 그리고 나는 지금 그가 하고 있는 말이 인정하고 싶지 않은 진실임을 깨닫고 말았다. 내 눈앞에 있는 이 남자에게는 아마도 나를 설득하려 굳이 애쓰는 것보다 차라리 이대로 나를 처리한 뒤 까망이를 훔쳐 가는 것이 보다 손쉬울 터였다. 게다가 방금 전 그가 한 말처럼 지금이라도 마음이 바뀌면 언제든 그렇게 할 수 있겠지.

……그런데 나 방금 전에 엄청 패기 돋게 얘한테 막 소리 지르고 까망이 내놓으라고 떼쓰고 '너'라 그러고, 막 그러지 않았니? 나는 슬그머니 지금까지 붙잡고 있던 놈의 옷자락에서 손을 뗐다. 나, 나도 안 그러고 싶은데 나도 모르게 쫄았다. 지금 이 으슥한 후원에서 이 미친 놈하고 단둘이 있는 것 자체도 위험한 상황 같은데 괜히 자극해서 나한테 좋을 건 하나도 없잖아? 어흐흑…… 까망아, 미안. 내가 너무 약해서 널 지켜 주지 못해. 허흐흐흑. 내가 상황을 깨닫고 입을 다물자 그가 착하다는 듯이 나를 향해 빙긋 웃었다.

"겁먹지 마. 나 착한 마법사야. 보류하는 동안 혹시라도 내 마음이 변해서 안 먹고 싶어질지도 모르잖아?"

세상에 있는 착한 마법사가 다 얼어 죽었냐! 네놈이 진짜 착한 마법사면 내 성을 간다! 어느 착한 마법사가 7살짜리 애를 상대로 공갈 협박에 갈취에 온갖 범죄를 다 저지르는데! 나는 입을 꾹 다물고 슬슬 놈의 눈치를 보다가 물었다. 나, 나도 내가 비굴한 거 알아. 그래도 무서운 걸 어떡해. 으엉.

"그 대신 나한테 바라는 게 뭔데?"

"너 꽤 똑똑하네."

그는 정말로 재미있는 걸 발견했다는 듯이 킥 웃었다.

"넌 아무것도 안 해도 돼. 내가 너한테 바라는 건 아주 작고 사소한 것인 데다 네가 가만히 있어도 내가 알아서 받아 갈 수 있는 거거든. 아, 하지만 내가 너한테 뭔가를 빼앗거나 하는 건 아니야."

그게 뭐야. 겁나 찜찜해. 그래도 싫다 그러면 지금 당장 까망이도 꿀꺽하고 나도 속삭해 버리겠지? 흐흑, 하느님! 왜 저를 이렇게 약한 존재로 만드셨어요!

"그래 놓고 나중에 또 다른 말하거나 속이는 거면……."

"안 그래. 난 착한 마법사라니까? 너한테 해로울 거 하나도 없는 조건이야. 맹세해."

입에 침이나 바르고 거짓말을 해, 이 사람아! 어디서 돼먹지도 않은 말로 약을 팔고 있어.

"그리고 내가 너한테 받아 간 게 내 마음에 들면."

어우. 그렇지만 내가 무슨 힘이 있겠는가. 나는 그저 의심하는 눈초리로 놈의 눈치나 슬슬 볼 수밖에 없었다. 이런 생명의 위협 너무나 오랜만이야. 하지만 결코 반갑지는 않구나. 크흑.

"그 털북숭이가 성체가 돼도 안 잡아먹을게. 그럼 너도 손해는 아니지?"

놈은 내게 마지막으로 의사를 묻듯 내 얼굴을 들여다보았다. 나쁜 놈! 애초에 나한테 무슨 선택권이 있다고! 내 불만스러운 눈빛을 모를 리 없을 텐데도 놈은 내가 거부하는 말을 내뱉지 못하자 그럼 승낙으로 알겠다는 듯 방긋 웃었다. 그리고 그때까지도 들고 있던 까망이를 나한테 건네주었다.

"자, 가져."

까망아아아! 으앙아앙! 나는 까망이와 극적인 상봉을 한 뒤 또다시 놈이 빼앗아 갈세라 냉큼 뒤로 물러났다. 까망이도 자신이 생사의 기로에 섰다가 돌아왔다는 것을 알았는지 내 품에서 낑낑거리며 파들파들 몸을 떨었다.

"진짜 가야겠네. 고작 이 정도 일로 마력 소모라니 기분 참 거지 같기도 하지."

크앙, 빨리 꺼져 버려! 나는 털을 바싹 곤두세운 동물처럼 까망이를 꼭 끌어안은 채로 놈을 경계했다. 저러다가 또 마음 바뀌었다고 안 가는 거 아니야? 헉. 다음 순간 갑자기 놈이 나를 향해 고개를 돌리는 바람에 나는 소스라칠 듯 놀라고 말았다. 으앙, 딸꾹질 나올 것 같아.

"너 이름이 뭐야?"

"알아서 뭐 하려고."

앗, 나도 모르게 반사적으로 날 선 대답이 튀어나갔다. 그러자 놈이 오해받아 슬프다는 듯한 표정을 지으며 말했다.

"왜 그래? 나 나쁜 사람 아니라니까."

하지만 나는 그저 놈이 한없이 가증스러울 뿐이었다. 내가 까망이를 안고서 입을 꾹 다물고만 있자 결국 놈이 어쩔 수 없다는 듯 다시 입을 열었다.

"그럼 일단 내 이름부터 알고 있어. 난 루카스. 다음에 만나면 이름으로 불러."

싫어, 싫어, 싫어! 네 이름도 부르기 싫고 다음에 다시 만나기도 싫어! 그래도 그 말을 끝으로 놈이 진짜 자리를 떠날 것처럼 몸을 돌려서 다행이었다. 그리고 나는 또 한 번 놀라운 광경을 목격하고 말았다.

따악.

그가 손가락을 마찰시키기 무섭게 신비로운 하얀빛이 물거품처럼 몽글몽글 허공에 피어올랐다. 그 눈부신 빛 속으로 완전히 사라지기 직전, 그는 마지막으로 나를 뒤돌아보며 웃었다.

"갈게. 나중에 봐."

그 직후 몇 번인가 더 입술을 달싹였으나 그의 목소리는 내 귀에까지 닿지 않았다. 섬광 속에서 무심코 눈을 질끈 감았던 내가 다시 천천히 눈꺼풀을 들어 올렸을 때, 그곳에는 이미 아무도 없었다.

"공주님, 품에 안고 계신 그건 뭔가요?"

내가 까망이를 안고 내 방으로 돌아갔을 때, 필릭스는 아를란타어 단어를 40개째 외우고 있었다. 그는 내 가슴에 안긴 것을 보고 두 눈을 휘둥그렇게 떴다.

"혼자 놀고 싶다고 저도 버리고 가시더니, 새로운 친구를 사귀어서 오셨네요."

"내가 혼자 놀고 싶다 그랬다고?"

"네. 릴리안 님께도 그렇게 말씀하셨다면서요. 화원에서 방해 없이 혼자 놀고 싶으시다고."

필릭스가 하는 말을 듣고 나는 이것이 그 루카스라는 놈의 소행이란 걸 눈치챘다. 와, 와아. 그 무서운 놈. 진짜 나 같은 건 그 자리에서 감쪽같이 실종되었어도 아무도 몰랐겠네. 새삼스럽게 그 사실을 다시 한번 깨닫고 나자 그놈이 정말 무시무시한 놈이라는 생각이 들기 시작했다.

끼잉.

까망아, 우리 아무래도 괴물 같은 사이코패스 또라이한테 가까스로 살아서 나왔나 봐.

"공주님, 간식 시간에 딱 맞춰서 들어오셨네요."

내가 방금 전 만났던 놈을 떠올리며 식은땀을 흘리고 있을 때, 릴리가 문을 열고 방으로 들어왔다.

"오늘 간식은 오랜만에 공주님께서 좋아하시는 초콜릿 케이크…… 어머나? 그게 뭐예요?"

그녀 역시 내 품에 안긴 검은 털 뭉치를 보고 두 눈을 크게 떴다. 그러고 보니까 궁에서 애완동물 길러도 되나?

"컹!"

그런데 지금까지 내 가슴에 얌전히 안겨 있던 까망이가 돌연 눈을 빛내며 바닥으로 폴짝 몸을 날리는 것이었다.

"앗, 까망아!"

새까만 털 뭉치가 구르듯이 카펫 위를 달려가더니 테이블 위에 접시를 올려놓다 말고 놀란 표정을 짓고 있던 릴리에게 그대로 돌진했다.
"잠깐!"
필릭스가 까망이를 잡기 위해 급히 자리에서 발을 뗐지만 이미 늦었다.
나는 까망이가 그렇게까지 빠르게 움직일 수 있다는 걸 지금 이 순간 처음 알게 되었다. 까망이는 놀라운 순발력을 이용해 자신을 향해 달려온 필릭스의 몸을 타고 올라가 탁자 위로 곧장 뛰어내렸다. 그리고 그 위에 있는 접시에 그대로 코를 박더니…….
우걱우걱!
내 초콜릿 케이크를 한 입에 먹어 치워 버렸다. 우리 세 사람은 당혹감과 놀라움이 뒤섞인 눈빛으로 양쪽 뺨을 크게 우물거리고 있는 새까만 털북숭이를 바라보았다. 바로 그 순간 나는 뇌리를 스쳐 지나간 놀라운 깨달음에 아앗! 하고 소리를 지르고 말았다. 너였구나, 초콜릿 도둑!

"까망아, 목욕하자!"
"공주님, 머리 마저 말리셔야죠."
나는 릴리의 부름조차 뒤로한 채로 까망이를 향해 후다닥 달려갔다. 저녁 목욕을 막 끝내고 난 참이라 온몸이 뽀송뽀송했다. 사실 나는 까망이와 같이 목욕을 하고 싶었는데 릴리의 결사반대로 그러지 못했다. 아무리 그래도 애완동물(사실은 신수지만)인 까망이를 나랑 같이 목욕하게 할 수는 없단다. 그래서 하는 수 없이 나는 까망이와 함께하는 즐거운 목욕 시간을 또 다음 기회로 미뤄야만 했다.
자, 까망아. 이제 네가 목욕할 차례야! 어라, 그런데 분명 방을 나서기 전까지만 해도 침대 위에서 몸을 말고 있던 까망이가 보이지 않았다. 그새 어디를 간 거지? 하지만 까망이가 이런 식으로 어딘가에 숨거나 도망친 것도 한두 번 있던 일이 아니었다. 그래서 나도 이제는 제법 익숙하게 까만 털 뭉치가 몸을 숨겼을 만한 곳을 뒤지기 시작했다.

아니나 다를까. 방을 조금 살피자마자 침대 밑에서 살랑살랑 흔들리고 있는 풍성한 까만 꼬리가 눈에 들어왔다.

"까망이 찾았다!"

나는 한달음에 침대가로 달려가 곧장 바닥에 엎드렸다.

"공주님, 지지예요!"

그런 나를 보고 릴리가 질겁했지만 나는 까망이를 오구오구 해주기에 바빴다. 아이, 귀여워. 우리 까망이 누구 신수인지 오늘도 참 귀엽기도 하지. 루카스라는 놈한테 까망이가 원래 내 신수라는 말을 들었을 때부터 왜인지 애정이 더 샘솟는 것 같았다. 태어나서 처음으로 가져 보는 내 거라서 그런가?

침대 밑에서 꼬리를 흔들고 있던 까망이가 내가 우쭈쭈 하는 소리를 듣고 귀를 꿈틀거리더니 이내 얼굴을 들었다. 동전 같은 노란 눈동자가 나를 말끄러미 응시했다. 으윽. 안 돼. 그런 식으로 쳐다보면 내 심장이! 나는 까망이의 깜찍함에 엄청난 충격을 받고 가슴을 부여잡은 채로 헉헉거렸다. 그런 나를 보고 고개를 갸웃거리는 모습까지 정말 너무너무 귀여웠다.

"우리 까망이 반짝반짝 예뻐지러 가자."

"뀨."

목욕을 하지 않아도 새까만 털은 반짝반짝 윤이 나고 있었지만 오늘도 하루 종일 나랑 밖에서 뛰어놀았기 때문에 씻겨 주기는 해야 할 것 같았다. 물론 까망이는 물을 아주 싫어해서 매일 목욕 시간마다 전쟁이 따로 없었지만.

"까망이 착하지. 가만히 있…… 으앗!"
"낑끼잉!"
오늘도 나는 까망이를 씻기느라 힘겨운 씨름을 해야만 했다. 한참 애먹는 나를 보고 릴리가 폭 한숨을 내쉬었다.
"이래서 제가 씻긴다고 한 건데. 또 다 젖으셨잖아요."
"괜찮, 으푸!"
바로 그때 까망이가 차르르 꼬리를 흔들어 터는 바람에 나는 머리끝에서부터 물을 뒤집어써 쫄딱 젖고 말았다. 까망이는 고양이도 아닌데 물을 왜 이렇게 싫어하지? 꼭 호수에 빠진 뒤로 전보다 깊은 물을 기피하게 된 나 같네.
"까망이, 이제 맘마 먹자."
물을 뒤집어써도 그저 좋다고 까망이를 챙기는 나를 보면서 릴리도 결국은 포기한 듯했다. 하지만 우리 까망이가 어디 보통 사랑스러움을 가지고 있던가! 나랑 같이 바닥에 엎드려 노닥거리는 까망이를 보고 릴리가 귀엽다는 듯 웃는 걸 나는 보았다.
"냠냠 잘 먹네, 우리 까망이. 아이 예쁘다."
까망이가 지금 먹고 있는 건 오벨리아에서 나는 신선한 과일이었다. 릴리가 구해 온 애완동물용 사료를 몇 번인가 줘 보긴 했지만 그때마다 까망이는 풍성한 꼬리를 흔들어 밥그릇을 가차 없이 후려갈겨 버렸다. 개나 고양이가 좋아한다는 먹이를 줘도 마찬가지였다.
첫날 릴리가 내 간식으로 준비해 온 초콜릿 케이크를 냉큼 훔쳐 먹을 정도로 초콜릿을 좋아한다는 건 알고 있었지만, 보통의 평범한 애완동물은 초콜릿 같은 걸 먹으면 안 되기 때문에 릴리나 필릭스는 걱정하는 눈치였다. 하지만 아마도 까망이는 신수여서 그런지 그런 것에 나쁜 영향을 받지 않는 모양이었다. 하긴 그러니까 벌써 몇 년째 부엌에서 내 초콜릿을 훔쳐 먹었겠지! 그나마 과일 같은 건 먹어서 다행인데. 신수는 이렇게 편식해도 되나?

"릴리, 릴리. 우리 까망이 무슨 동물 닮은 거 같아?"

나는 오벨리아의 동물들을 잘 모르기 때문에 릴리에게 물었다.

"글쎄요. 바움이나 레피의 일종이 아닐까요?"

그러나 무엇 하나 딱 짚이는 것이 없는지 릴리도 고민하는 눈치였다. 나도 오벨리아의 특산품인 보라색 사과를 한 입에 넣고 우물거리는 까망이를 쓰다듬으며 고민에 빠졌다. 내가 봤던 동물들 중에서는 그거, 그거 닮았는데. 그 강아지 이름이 뭐더라. 포…… 포오…… 포오메…….

"아!"

그래, 그래! 포메라니안! 털이 북슬북슬한 포메라니안 닮았다!

"왜 그러세요?"

"에헤헤. 아무것도 아니야."

이 귀염둥이가 내 신수라니! 우웅, 예뻐, 예뻐. 쪽쪽쪽.

"내일은 오랜만에 폐하를 뵙고 오시겠네요."

그러게. 한동안은 우리 까망이랑 같이 밥도 먹고 정원도 뛰어 놀고 낮잠도 자고 천국도 이런 천국이 따로 없었는데 말이야. 흑흑.

"이제 그만 주무셔야죠. 자, 까망이 이리 주세요."

"흐잉. 더 놀고 싶은데."

나는 밥을 다 먹고 앞발을 핥는 까망이를 애처롭게 쳐다보았지만 릴리는 그런 나를 까망이에게서 엄하게 떼어 놓을 뿐이었다. 까망이도 릴리의 품이 좋은지 그 안에서 꼬리를 말고 자리를 잡았기 때문에 결국 나는 아쉬운 마음을 안고 침대에 눕고 말았다.

"아빠아아!"

나는 클로드를 보자마자 눈 만난 강아지처럼 뛰기 시작했다. 어유, 이 연기도 오랜만이라 그런지 좀 감정 이입이 안 된다.

"보고 싶었어요!"

내가 녀석을 보고 방긋방긋 웃자 놈은 나를 향해 무표정한 얼굴로 눈동자만 움직였다.

오늘도 클로드는 알현실에 있는 큰 의자에 앉아 나를 맞았다. 그 모습이 예전 같으면 나도 모르게 기가 눌리고 말았을 정도로 위압감 있었지만 나는 지금 그의 상태가 어떤지 대충 짐작할 수 있었다. 당신 지금 졸리니? 이렇게 귀엽고 깜찍한 딸을 오랜만에 봤는데 졸려? 지금 잠이 와? 그것도 댁이 오라고 불러 놓고? 하지만 필릭스에게 듣기로 클로드가 하루에 자는 시간은 길어 봤자 4시간 정도라 했으니 피곤할 만도 했다. 역시 황제도 할 게 못 되는구먼. 그냥 하는 일 없이 매일 한가한 줄 알았더니 그것도 아닌가 봐.

"폐하, 오늘은 날도 좋으니 바깥에 나가 산책이라도 하시는 것이 어떨지요."

꽤나 오랜만에 보는 클로드의 분위기가 평소보다 나른나른한 것을 필릭스도 느낀 모양이었다. 나는 산책이야 아무래도 좋은 입장이었고, 그보다는 다른 곳에 신경이 팔려 힐끔힐끔 눈동자를 굴리고 있었다.

"산책이라. 나쁘지 않군."

쓰읍. 아무리 봐도 저 옥좌 너무 멋지단 말이야. 저 정도 크기의 보석이면 시중에서 얼마나 할까. 내 방에 숨겨 둔 이쁜이들은 하나같이 미니미니한 사이즈에 아담하고 큐티한 보석들이었는데, 여기에 있는 것은 거대 사이즈만큼이나 거대한 아름다움을 자랑하고 있어 자꾸만 나도 모르게 눈길이 갔다. 앗, 침 나올 뻔했다. 조심해야지.

"공주님?"

"으응."

나랑 저 이쁜이를 떼어 놓지 마. 흐흐흑. 저기 있는 저 이쁜이 하나라도 가져 보면 소원이 없겠네. 바로 옆으로 다가오는 인기척이 느껴지자 나는 여느 때처럼 손을 뻗어 옷자락을 잡아당겼다. 필릭스에게 안아 달라고 할 때마다 나오는 습관으로, 보석에 정신이 팔려 있는 채로 나도 모르게 한 행동이었다. 그런데 어째서인지 필릭스는 내 채근에도 나를 안아 들지 않았다. 아, 맞아. 산책 갈 거라고 했지? 그럼 클로드랑 같이 걸어야겠네.

"아빠……."

'아빠랑 같이 산책 가는 거 아티도 좋아요!'라고 또다시 입에 발린 소리를 하려던 참이었다. 나는 무심코 고개를 들었다가 눈앞에 보이는 얼굴에 어리둥절해지고 말았다.

"엥."

클로드, 너 왜 여기 있냐? 필릭스는 어디 있어? 의아하게 고개를 들자 서너 걸음 떨어진 곳에 서 있는 필릭스가 눈에 들어왔다. 아니, 왜 그렇게 멀리 서 있는 거야? 난 당연히 내 앞에 있는 게 당신인 줄 알았잖아! 이제 보니 클로드는 자리에서 일어나 막 나를 지나쳐 가는 길이었던 듯했다. 왜냐면 알현실의 문은 내 뒤쪽에 있었으니까. 으악! 난 그것도 모르고 가는 사람 붙들어서 옷까지 잡아당긴 거야?

"뭐지?"

무슨 짓이냐는 듯 나를 내려다보는 클로드의 눈빛에 어버버 말이 튀어나오지 않았다. 그런데 그런 우리를 지켜보던 필릭스가 말갛게 웃으며 내게 폭탄을 던졌다.

"안아 달라는 의미십니다."

아냐! 아니라고!

"안아 달라?"

"예. 걷다가 다리가 아프실 때 제게도 곧잘 그러시거든요."

그건 너한테나 그런 거지! 상대가 클로드인 줄 알았으면 안 붙잡았어!

필릭스의 말에 클로드가 눈썹을 휘며 나를 내려다봤기 때문에 나는 더욱 위기의식을 느끼고 말았다.

"아냐. 난 그냥 아빠 옷에 뭐가 묻어서…… 으어으!"

억! 잠깐만 내 배! 가만히 있던 클로드가 예고도 없이 나를 잡아 들었기 때문에 나는 허공에서 잠시 버둥거리고 말았다. 게다가 그는 예전에 그랬듯 나를 짐 덩이처럼 옆구리에 끼기까지 했다. 내가 불편함을 참지 못해 덜렁거리는 팔다리를 허우적거리자 클로드가 나를 보고 짧게 혀를 찼다.

"그렇지 않아도 무거운데 가만히 있지 못하고."

그 말투가 마치 부모의 노고도 모르고 철없이 난동을 피우는 어린애를 대하는 것 같아서 내 이마에도 빠직 핏대가 섰다. 난 지금 체중이 다 배로 쏠리는 것 같다고! 이 자세로는 내 앙증맞은 에나멜 구두와 발목 위까지 올라오는 레이스 양말이 한눈에 들어왔다. 왜냐하면 내 몸이 지금 폴더처럼 반으로 접혀 있으니까! 너만 편하면 다야? 응응?

"폐하, 그렇게 안으시면 공주님께서 불편하실 겁니다."

"제 두 다리 쓰는 일 없이 가만히 있기만 하면 되는데 뭐가 불편하다는 거지?"

클로드는 진심으로 필릭스의 말을 이해하지 못하는 눈치였다. 나는 딱딱한 팔뚝에 배가 눌린 채로 낑낑거리며 내 상태를 알리기 위해 노력했다.

"수, 숨 막혀……. 흐억."

게다가 머리에 피도 쏠린다. 나는 필릭스에게 구해 달라는 의미로 울망울망한 눈빛을 보내며 손을 뻗었다.

"그렇게 말고 이렇게 안아주셔야죠."

그래도 내 이동 수단으로 살아온 짬밥이 있어 그런지 필릭스는 이제

나를 제법 편하게 안을 줄 알았다. 처음에 클로드에게서 엉거주춤 나를 받아 들고 난 뒤 동공지진을 일으키던 사람이라고는 믿기지 않는 노련한 솜씨다. 그래, 그러니까 그냥 네가 날 안아 들고 가란 말이야!

"자, 지금 제가 한 것처럼 안아 보세요."

안 돼, 그러지 마! 날 클로드에게 보내지 마! 흐어어. 나는 나를 클로드에게 넘겨주려고 하는 필릭스에게 더욱 찰싹 달라붙었다.

"고, 공주님."

필릭스가 좀 당황하는 것 같긴 했지만 나도 어쩔 수 없었다. 옆구리에 매달린 도롱이 애벌레 신세가 되는 것도 싫지만 클로드랑 이렇게 얼굴을 가까이 한 채로 안기는 것도 싫단 말이야. 생각만 해도 뻘쭘하다고! 나 안 해, 안 해!

"폐하께서 기다리시는데…….."

"그냥 필릭스랑 이러고 갈래."

나는 초롱초롱한 눈빛으로 필릭스를 올려다보았다. 내가 그렇게 말하자 필릭스는 난처함을 느끼는 듯했다. 하지만 그러면서도 은근히 기분 좋은지, 그는 입꼬리를 작게 들썩이다가 이내 작게 헛기침을 하며 클로드를 향해 말했다.

"크흠. 공주님께서 제가 안고 가시는 게 좋다고 하시니 어쩔 수 없네요."

"……."

"가시죠, 폐하. 먼저 앞서시면 제가 공주님과 함께 뒤따르겠습니다."

그래, 그래. 이제 그만하고 어서 산책하러 가자꾸나. 역시 필릭스 가슴팍이 공기도 쾌적하고 딱 좋네! 쓸데없이 클로드한테 바람을 넣어서 날 고문하려고 하지 말란 말이야.

그런데 어째서인지 클로드는 자리에서 한 발짝도 움직이지 않았다. 옆얼굴에 와 닿는 시선에 나는 불안하게 눈동자를 굴렸다. 왜 저러는 거지? 괜히 팔 아프게 날 안 들어도 된다니까? 그리고 무언가가 마음에 안 드는 듯 낮게 읊조린 클로드의 목소리에 나는 질겁하고 말았다.
"내가 들겠다."
뭐! 아니, 왜!
"하도 훈수를 두기에 아이를 안는 데 대단한 방법이라도 있는 줄 알았더니 별것 아니로군."
아무래도 애 하나 제대로 못 안는 사람 취급당한 것이 자존심 상한 모양이었다. 하지만 그건 네 사정이구요! 난 싫거든?
"아티는 그냥."
"그래서. 나한테 안겨 가는 게 싫다고?"
"에헤헤."
으앙. 음산히 내리깔린 물음에 기가 눌렸다. 나는 설마 그럴 리가 있겠냐는 듯 웃으며 클로드에게 냉큼 손을 뻗었다. 아무래도 제가 요즘 좀 시건방졌던 것 같죠? 반성하겠습니다. 이놈은 언제 홱 돌지 모르는 잠재적인 범죄자였는데 제가 너무 방심하고 있었어요. 흑흑. 결국 나는 눈물을 삼키며 클로드의 팔로 옮겨 가게 되었다.
그런데 봐. 역시 어색하지? 팔을 어떻게 해야 할지 잘 모르겠지? 하필이면 클로드가 나를 안아 드는 과정에서 눈동자가 정면으로 딱 마주쳤다. 헤헤. 나는 거의 반사적으로 클로드에게 웃어주었다. 으씨, 못 해 먹겠네, 진짜. 아무튼 클로드는 어찌어찌 나를 안아 드는 데 성공했다.
"비켜라. 방해된다."
클로드는 나를 빼앗기고 난 뒤 이러지도 저러지도 못하고 엉거주춤 서 있는 필릭스를 구박하기까지 했다. 그러지 말고 너나 좀 내 인생에서 비켜 주면 안 되겠니? 그냥 너 자체가 내 인생에 너무나 심각한 방해거든요. 영구 퇴출! 내 인생에서 이제 그만 좀 영원히 나가 줘!
"앞서갈 테니 뒤에서 따라와라."
클로드는 필릭스만 뒤에 덩그러니 남긴 채로 나를 안고 그대로 걸음을 옮겼다. 아니, 애꿎은 필릭스한테 왜 그래? 으음. 그렇지만 필릭스의 말에 자극받아서 기분이 상한 것 같으니 애꿎은 건 아닌가. 그러게 필릭스도 참, 괜히 클로드 놈의 신경을 긁어서. 쓰읍. 불편하다고 뒤척이지 말고 그냥 쥐 죽은 듯 가만히 있어야겠다. 나는 돌상이다. 돌하르방이다. 이대로 발가락 하나 꼼지락거리지 않고 가만히 있는 거다.

"다른 때도 매번 이런 식으로 필릭스가 안아주나?"

그런데 알현실을 빠져나가 복도를 걷다 말고 갑자기 클로드가 내게 물어 왔다. 다른 때라니, 그게 언제를 말하는 거래.

"아빠 보러 올 때?"

"그 외에."

루비궁에서 말인가. 어차피 내가 루비궁을 나올 때는 네놈 얼굴을 보러 올 때밖에 없는걸.

"아티 혼자서 씩씩하게 잘 걸어요!"

그러니까 나 좀 그만 내려 주라. 흑흑.

"지금도 아빠가 손 잡아주면, 응. 아티 걸어갈 수 있는데."

"필릭스가 안아주는 것보다 불편해서 내리고 싶다는 의미냐?"

쿨럭. 그런 걸 왜 굳이 물어보고 그래…… 아무래도 필릭스에게 자존심을 이만저만 많이 다친 게 아닌가 보다. 얘 은근히 속 좁네. 난 괜히 새우등 터지기 전에 가만히 있어야지.

"내가 부를 때 말고는 필릭스에게 쉬이 안기지 마라. 버릇 든다."

이건 또 무슨 의미지? 필릭스를 조만간 다시 데려가려는 건가? 하기야, 필릭스는 어쩌다 보니 원래 계획보다 좀 더 오래 내 옆에 있을 뿐, 어디까지나 임시로 보내진 기사가 아니던가. 그러고 보니 클로드 이놈, 내 호위 기사를 따로 선별한다더니 벌써 2년째 감감무소식이잖아. 혹시 도중에 귀찮아서 때려치운 거 아니야? 그런데 아까부터 자꾸만 무언가가 눈앞에서 정신 사납게 돌아다녔다. 이거 뭐야. 벌레인가?

"저, 폐하. 저도 좀 가까이 가면 안 되겠습니까?"

에잇, 눈앞에서 알짱알짱. 신경 쓰이네. 가뜩이나 클로드한테 안겨 있느라 꼼짝도 못 하는데. 저리 가. 저리 안 가? 으앙, 루비궁의 세X코였던 세스 언니가 필요해!

"방해라고 하지 않았나. 열 걸음 더 뒤로 떨어져라."

나는 최대한 몸을 움직이지 않고 손을 휘휘 내저어 눈앞에서 왔다 갔다 하는 것을 쫓아 보내려 했다. 그런데 이 망할 잡벌레가 계속 집요하게 나한테 꼬여 드는 것이었다. 아우, 별게 다 성질 긁네!

"혹시 힘드시면 제가 공주님을 안아도 되는데요."

으악, 짜증 나! 죽어라, 날벌레!

"시끄럽……."

짜악!

손을 휘둘러 벌레를 때려 맞추려고 했는데 아무래도 벌레 대신 다른 걸 때려 맞춰 버린 모양이다. 잠시간의 정적 끝에 지금의 하늘색 같은 맑은 푸른빛을 띤 보석안이 나를 응시해 왔다.

"헉."

나는 클로드의 뺨에 고사리 같은 손을 댄 상태 그대로 굳어버렸다. 난 분명 벌레를 후려쳤는데 왜 내 손이 여기에 있는 거지? 방금 전 귓가를 울린 찰진 소리나 손바닥에 닿은 따끔한 타격감은 그럼…….

"지금 이게……."

마침내 클로드의 입에서 묵직한 음성이 흘러나오는 순간 나는 불현듯 놀라 그때까지도 클로드의 오른쪽 뺨에 찰싹 붙어 있던 손을 떼어 냈다.

"……무슨 짓이지?"

도대체 내가 지금 무슨 짓을 한 거지? 나는 공포에 젖었다. 설마 내가 지금 클로드 뺨을 때린 거?

"폐하."

클로드의 심상찮은 반응에 필릭스도 놀라 앞으로 나섰다. 나는 바로 코앞에서 비치는 서늘한 눈동자에 얼어붙어버렸다. 주위로 싸늘한 공기가 가득 들어차는 느낌이었다. 소름 끼치는 정적을 뚫고 마침내 클로드가 웃었다.

"아무래도 내가 그동안 너를 너무 많이 봐준 모양이구나."

그의 눈동자 속에 담긴 냉혹함이 무엇을 의미하는지 나는 깨닫고 말았다. 그러자 곧 온몸이 사시나무처럼 떨리기 시작했다. 그동안 열심히 숨기려 노력했지만 이런 상황이 되고 나자 여지없이 내 몸은 클로드를 향한 공포로 빠르게 잠식당하기 시작했다.

"재미없어진 장난감은."

고작 7년. 내가 살아남으려고 발버둥 친 짧고도 긴 시간.

"치워 버려야지."

내 눈앞에 있는 사람은 단 한 번의 손짓으로 그것을 너무도 간단히 수포로 만들어버린 것이다. 클로드의 손이 내 목에 닿는 순간, 나는 내 영혼이 육체에서 분리되는 듯한 느낌을 받았다. 그리고 아마도 그것은 단순한 느낌만은 아니겠지.

그렇지 않고서야 이렇게 잠이 드는 것처럼 눈앞이 급속도로 흐려지지는 않을 테니까. 내가 죽기 전 마지막으로 본 것은 이런 순간까지도 나를 향한 온기라고는 한 줌도 담아내고 있지 않은 무정한 눈동자였다. 아아, 그녀는 좋은 아티였습니다…… 지금까지 저의 일대기를 시청해 주셔서 감사…….

"지금 이게……."

하지만 클로드의 입에서 묵직한 음성이 흘러나오는 순간 나는 망상에서 깨어났다. 헉. 뭐, 뭐야! 혹시 방금 전에 제가 꿈꾼 건가요? 저 아직 안 죽었어요? 나는 목을 만지작거려 본 뒤 아직 내가 살아 있다는 사실을 깨닫고 하늘에 감사 인사를 올렸다.

"······무슨 짓이지?"

크큭, 그러니까 이건 내가 아니라 내 오른손에서 날뛰고 있는 흑염룡이······ 가 아니라! 으어어, 난 이런 손 몰라! 이거 내 손 아니야! 기왕 망상이려면 클로드 뺨을 때린 부분부터일 것이지 이게 뭐예요! 흐엉엉! 전혀 예상치도 못한 곳에 있던 지뢰를 밟아 터뜨려 버린 느낌이라 머릿속이 새하얘져서 아무 생각도 들지 않았다.

그런데 내 의식이 저 멀리 안드로메다로 날아가고 있을 때, 마찬가지로 내가 한 짓에 깜짝 놀란 표정을 짓던 필릭스가 먼저 뒷수습을 시도해 왔다.

"죄송합니다, 폐하. 제가 괜히 시끄럽게 굴어 공주님께서."

으와와와와왁! 필릭스 이 미친 오빠가? 뒷수습이 아니라 확인 사살이었던 거야? 그렇게 말하면 내가 둘 다 그만 입 닥치라는 의미로 클로드 싸대기를 날린 것 같잖아? 지금 나한테 무슨 똥을 퍼 먹이려고 하는 거야? 나 그런 의미로 때린 거 아니란 말이야!

"버, 벌레. 벌레가! 난 그냥 벌레를!"

이번엔 진짜 놀라서 말이 잘 나오지를 않았다. 그러자 내가 당황한 모습을 가늘게 뜬 눈으로 지그시 바라보던 클로드가 다시 입을 열었다.

"내가 벌레라고?"

야이, 그게 아니라!

"아냐, 아빠 얼굴에 벌레가! 아빠 괴롭히려고 해서, 그래서 아티가 이렇게! 잡아준 거야!"

어흐흑. 길고도 짧은 인생이었습니다. 18살 생일날 이후까지 살아남으려고 지금까지 그렇게 갖은 애를 다 썼는데 설마 이런 식으로 인생을 종치게 될 줄은 몰랐어요. 역시 인생지사 새옹지마. 엉엉. 에잇, 내 오른팔에서 날뛰는 망할 흑염룡 자식이······.

"그러셨군요. 공주님이 폐하께 호 해드리면 금방 낫지 않을까요?"

전부터 계속 느낀 건데 필릭스 좀 때려 주고 싶다……. 날 도와주려는 건지 죽이려는 건지 모르겠어. 나한테 그딴 짓 시키지 마! 내가 아무리 지금 뒷수습에 애를 먹고 있다지만 말이야! 그런 거 하란다고 내가 할 것 같아? 나는 울상을 지으며 클로드를 쳐다봤다.
 "아빠. 호, 호오……."
 제길, 살기 어렵다…….

 약 30분 뒤 나는 눈물 섞인 우유를 마실 수 있었다. 크흑. 여러분, 저 살았어요. 아직 목이 제대로 어깨 위에 붙어 있어요! 으허허헝. 내가 클로드를 그동안 너무 나쁘게만 생각했었나 보다. 이렇게 막! 나한테 뺨을 후려 맞아도! 클로드는 날 죽이지도 않고 살려 줬는데! 그런데 난 클로드를 막 오해하고!
 물론 그 이후로 기분이 몹시도 언짢은 듯 날카로운 눈빛으로 계속 나를 주시하고 있기는 했지만. 흑. 지금 마시는 우유에서 왠지 짠내가 나. 설마 이게 내 마지막 만찬인 건 아니겠지.
 "역시 공주님은 다음부터 제가 안는 것이 낫겠지요?"
 눈치 없는 필릭스가 클로드를 향해 해맑게 물었다. 크아아아. 제발 죽으려면 혼자 죽으라구요. 난 아직 앞날이 구만 리로 창창한 사람이란 말이야!
 클로드는 아무런 대답 없이 필릭스를 향해 싸늘한 시선을 보내며 차를 마셨다. 우리가 늘 다과 시간을 함께 보내곤 하는 바로 그 야외 정원이었다.
 원래 오늘 클로드를 만나면 신수에 대해 아냐고도 물어보고 루카스라는 또라이 얘기도 하려고 했는데 그냥 얌전히 짜져 있어야겠다. 그러고 보면 나 지금 클로드 싸대기를 광역으로 날리고도 사지 멀쩡히 살아 있는 거잖아? 헉! 새삼 이게 얼마나 엄청난 일인지 깨달았다.

예전에는 틈만 나면 저걸 어떻게 죽일까 하는 시선으로 날 보던 놈이었는데. 이제는 내 흑염룡이 마구잡이로 날뛰어도 날 가만히 내버려 두고 말이야. 그래. 다른 건 바라지도 않으니 나 죽일 생각만 하지 마라. 저도 오늘부터 흑염룡 단속을 철저히 할게요. 흑흑.

"아무래도 옆에 붙여 줄 사람을 새로 뽑아야 할 것 같군."

그런데 가늘게 뜬 눈으로 한참 나를 보던 클로드가 갑자기 혼잣말처럼 그렇게 읊조려 왔다. 응? 왜 결론이 그렇게 나는 거니? 필릭스도 클로드의 말이 뜬금없게 느껴진 모양이었다.

"옆에 붙일 사람이라 하시면."

"이제부터 체술을 배우게 할까 싶다."

네? 체술을 배우다니, 누가요? 설마 제가요?

나는 잘 먹던 우유를 뿜을 뻔했다. 아니, 나한테 뺨 맞고 돌았나? 왜 느닷없이 나보고 체술을 배우래?

"벌레 한 마리 제대로 때려잡지 못해 아무 데나 함부로 손을 휘두르는데, 그런 것이라도 배워야 다음부터는 실수하지 않겠지."

헉. 이 사람 뒤끝 쩐다……. 클로드의 말에 등 뒤로 식은땀이 배어났다. 나, 나한테 맞은 게 그렇게 충격이 컸니.

"게다가."

또 무슨 말을 하려고! 클로드의 지긋한 눈빛에 심장이 벌렁벌렁거리기 시작했다.

"손힘까지 이리도 약해 빠져서야 앞으로 무슨 일인들 제대로 할지. 이대로라면 벌레가 사람을 잡을 수도 있겠군."

그, 그건 뭐냐. 반어법? 나한테 꽤나 세게 얻어맞았을 텐데 내 손힘이 약하다니. 이거 그냥 내가 벌레 같다고 돌려서 욕하는 거지? 허흐흑.

"하오나 공주님께서는 아직 일곱 살…….."
"무엇보다, 호위라고 붙여 준 놈이라고는 그저 하루 종일 애를 안고 다니는 것 말고 하는 일이 없으니 영 쓸모가 없구나."

클로드가 지나가듯 던진 무정한 말에 필릭스는 금세 풀이 죽어 시무룩해졌다. 물론 필릭스가 하는 일이 없는 건 맞지만 그건 다 황궁이 지나치게 평화로운 탓인데. 호위도 어떤 위험에서 날 지킬 필요가 있을 때에나 효용이 있는 거지. 역시 클로드는 그냥 지금 기분이 나빠서 누구라도 까고 싶은 것 같다.

쓰읍. 그런데 이상하네. 아까부터 자꾸만 심장이 두근두근 쿵덕쿵덕 난리법석을 떨어 대는 게…… 헉. 혹시 부정맥인가. 만병의 근원은 스트레스라는데 혹시 내 주위에 있는 또라이들 때문에 계속 내 심장이 혹사당해서…… 어라, 갑자기 가슴에 막 불이 붙은 것처럼 뜨겁게 쑤시기까지…….

"욱."

바로 그때, 목에서 뜨거운 무언가가 치밀어 올랐다. 으악! 설마 지금 먹은 우유가 역류하는 건가! 헛구역질을 하는 소리에 옆에 있던 클로드와 필릭스도 나를 향해 시선을 돌렸다.

그런데 바로 그 직후, 두 사람의 얼굴이 변했다. 악! 창피해! 그래도 아직 안 토했어! 는 무슨. 겨우겨우 참았나 싶었더니 또 한 번 속이 크게 울렁거리기 시작했다. 그리고 보니 입가에 우유가 좀 흘러내린 것 같은데.

"공주님!"

응? 그런데 왜 우유가 빨갛지? 그런 의문을 갖기 무섭게 내 입에서 다시 한번 비릿한 무언가가 왈칵 쏟아져 나왔다. 그와 동시에 눈앞이 핑글 돌았다. 뭐야? 이거 아무리 생각해도 피 같은데? 설마 나 지금 독살당한 거…….

하지만 내 생각은 거기까지였다. 의자 밑으로 떨어지는 내 몸을 서둘러 누군가가 받아 드는 것도, 내 귀에 누군가가 큰 소리로 무어라 외치는 것도, 또 다른 그 어떤 자극도 내 머릿속에 직접적으로 와 닿지 않았다. 설마 나 지금 죽는 건가요? 이렇게 허무하게? 잠깐만요…… 이거 너무 급전개잖아요?

제4장
고양이도 목숨이 아홉 개라던데 왜 나는 하나뿐인지

속을 쥐어뜯기는 듯한 고통 속에서 나는 강제로 눈을 뜨게 되었다.
"폐하, 공주님께서 눈을 뜨셨습니다!"
그러자마자 다급한 음성이 고막을 파고들었다.
"공주님, 제가 보이시나요? 제가 누군지 아시겠어요?"
나 지금 기억상실증 아니거든? 당연히 알지, 이 오빠야. 그런데 귀에 대고 너무 쩌렁쩌렁 말하지 말아주라. 그렇지 않아도 지금 속이…… 속이…….
"으."
갑자기 또 숨이 턱 하니 막혀 왔다. 나는 침대에 누운 상태로 입을 벌렸다. 그러자 필릭스가 말해보라는 듯 다급하게 고개를 끄덕여 보였다. 하지만 내 입에서 새어 나온 것은 그의 물음에 대한 대답이 아니었다.
"으아아앙……!"
으허헉, 나 죽네! 내장이 터지는 것 같아! 으악, 악악!
"고, 공주님!"

나 지금 죽을 것 같으니까 공주님 그만 찾아, 허어어헝. 눈을 뜨자마자 내가 무턱대고 울어 대자 필릭스는 당황한 눈치였다. 그러고 보니 기절한 동안에도 나는 계속 울고 있었던 것 같다. 그렇지 않으면 얼굴이 이렇게까지 흥건히 젖어 있을 리는 없으니까.

"아파, 흑. 아파……."

가슴 언저리인지 명치 부근인지가 불에 지지는 것처럼 아팠다. 역시 우유에 독이 들어 있던 거지! 그런 거지! 아니, 도대체 나한테 왜 이래요? 난 아무것도 잘못한 게 없는데 이건 너무하잖아요. 으어엉.

"어쩌죠, 폐하?"

예전에 호숫가에서 물에 빠졌을 때 말고는 한 번도 운 적이 없는 애가 이렇게 자지러질 듯 빼액 울어 젖히기 시작하니 아마 좀 당황스러운 것이 아니긴 하겠지. 하지만 그런 건 신경조차 쓸 수 없을 정도로 속이 진짜 진짜 아팠다. 전기 드릴 같은 걸로 누가 내 내장을 막 헤집어 놓는 기분이야. 흐어어. 설마 나 이렇게 죽는 건가요? 이제 고작 7살인데? 아직 클로드한테 속 시원히 욕 한 마디 해주지 못했는데?

"치료를 하라고 불렀더니 이게 무슨 짓이지? 도대체 뭘 어떻게 했기에 상태가 더 나빠졌느냔 말이다."

"말씀드리기 외람되오나, 상태가 더 위중해진 것은 아닙니다. 단지 공주님께서 의식을 잃고 계시는 동안 고통을 직접적으로 느끼지 못하셨던 것이지요. 하나 저도 이런 경우는 처음이라…… 지금처럼 마력이 체내에서 원인 불명으로 날뛰는 상황에서는 별다른 방도가 없는……."

"쓸모없는 놈."

내가 마구 우는 동안 옆에서 누군가와 대화를 나누던 클로드가 이내 서릿발 같은 목소리로 일갈했다. 그래도 내가 갑자기 피를 토하며 쓰러지니까 나름대로 날 치료하려고 사람을 부르기는 했나 보다. 그런데 무슨 소리인지 하나도 이해를 못 하겠다. 아, 몰라, 몰라. 그냥 빨리 나 좀 살려 달란 말이야! 아파서 죽을 것 같다고, 허어엉.

"그래서 방법을 찾으라 했더니 제 무능력함을 부끄러워할 줄도 모르고 잘도 나불대는군. 이놈 말고 다른 마법사를 데려와라."

"죄, 죄송합니다. 하나 궁정마법사 중 마력의 이상 현상에 대해 가장 정통한 것은 소신이라 자부합니다. 아마 다른 어떤 마법사가 와도 공주님께는 도움이 되지 못할……."

"죽고 싶나?"

얼음장 같은 스산한 속삭임에 클로드와 얘기하던 사람이 헉 숨을 들이마시는 소리가 들렸다. 그러고 보니까 아저씨, 누군지는 모르지만 왜 그렇게 바닥에 엎어져서 달달 떨고 있어?

"그래, 네놈 말대로라면 밥버러지 같은 놈들을 더 이상 내 궁에 둘 필요가 없겠구나."

아파서 엉엉 울고 있는 와중에도 지금 클로드 놈이 얼마나 섬뜩한 표정으로 말하고 있을지 상상이 되었다.

"죽여 달라는 말을 그리 번거롭게 돌려 하지 않아도 너희들이 계속 앵무새 같은 말만 반복한다면 알아서 죽여 줄 것이다."

날카로운 목소리가 머리 위에 꽂히자 바닥에 엎드려 있던 아저씨가 사형 선고라도 받은 것처럼 사시나무 떨 듯이 온몸을 떨기 시작했다.

"다른 마법사를 불러와라. 그리고 저놈은 지하 감옥에 처넣어라."

"예, 폐하."

"살고 싶다면 그 멍청한 머리를 좀 더 열심히 굴려 보도록 해라. 다음 차례에도 만약 지금 같은 말을 지껄인다면 그때는 그 쓸모없는 목을 베기 전에 네놈의 사지부터 하나씩 잘라 줄 테니."

그러고 나서 한동안 절박하게 클로드를 부르던 목소리가 점차 내 귓가에서 멀어졌다. 모르긴 몰라도 지금 내가 이렇게 아픈 이유가 독 때문이 아니란 것과 그걸 해결할 방법을 찾지 못해 저 아저씨가 끌려 나갔단 사실만은 알 것 같았다. 그 후 클로드가 나한테 가까이 다가왔기 때문에 나는 마침내 그의 얼굴을 볼 수 있었다.

"아, 아파. 아빠, 나 아프…… 으앙……."

클로드는 무언가가 굉장히 마음에 안 드는 듯 굳은 얼굴을 한 채로 나를 내려다보았다. 짜식, 그래도 좀 감동이다. 그때 호수에서처럼 내가 죽든 말든 무감정한 눈빛으로 그냥 가만히 구경만 할 줄 알았더니 나름대로 날 살릴 방법을 찾고 있긴 하구나. 그리고 보니까 여긴 클로드 방 같은데? 그런데 침대에 누워서 한참 울고만 있는 나를 조용히 응시하던 클로드가 다음 순간 내 얼굴 위로 손을 뻗었다.

"시끄럽다. 자라."

야, 이놈아! 네 딸이 아파서 죽으려고 그러는데 할 말이 그거밖에 없냐! 감동받은 거 취소! 그리고 지금 장난해? 그렇지 않아도 기절했다가 아파서 깼는데 지금 나보고 어떻게 자라고!

하지만 클로드의 체온 낮은 시원한 손이 내 눈 위를 덮는 바로 그 순간, 나는 빠른 속도로 의식을 잃고 말았다. 와, 와아. 이런 상황에서도 잠이 오다니…… 나란 여자…… 알고 보니…… 멘탈 강도가 오리하르콘…… 같은 여자……. 음냐. 가물가물해지는 의식 속에서 서늘한 손이 눈물에 젖은 내 눈가를 언뜻 매만지는 것 같은 느낌이 들었다.

그리고 나는 꿈속에서 또다시 요정 언니를 만났다. 2년 전 클로드의 옆에서 깜빡 잠이 들었을 때 처음 보았던 요정 언니는 여전히 환상적인 미모를 자랑하고 있었다. 그 후로도 나는 지금처럼 꿈에서 요정 언니를 가끔 만나고는 했기 때문에, 이렇게 동일한 사람이 등장하는 꿈을 몇 번이나 반복해서 꾼다는 사실에 나 홀로 신기해하고 있었다.

게다가 요정 언니는 매번 똑같은 모습으로 내 꿈에 등장했다. 한 번은 싱그러운 녹색 이파리들을 배경으로 한 숲의 요정 같은 모습으로, 또 한 번은 달빛이 은은하게 비치는 밤에 홀로 춤을 추는 달의 요정 같은 모습으로, 또 어떨 때는 호숫가에서 장난스럽게 물장난을 치는 물의 요정 같은 모습으로. 큽. 이러나저러나 요정이구먼. 아무튼 버전에는 대충 일곱, 여덟 가지가 있었지만 요정 언니는 항상 그림처럼 내 앞에 나타났다가 사라지고는 했다.

이왕 나타난 김에 나랑 같이 애기도 하고 놀기도 하면 참 좋을 텐데 마치 스크린 속의 영상처럼 나는 그녀를 만질 수도 같이 무언가를 할 수도 없었다. 그녀는 그동안 내가 전해 들어오기만 했던 아타나시아의 엄마와 외양이 비슷했다. 그래서 나는 만약 다이아나가 살아 있다면 이렇게 생기지 않았을까 하고 내 멋대로 생각하고 있었다.

오늘의 그녀는 눈물의 요정님 버전이었다. 이건 진짜 진짜 레어한 장면인데! 나도 지금까지 딱 한 번밖에 못 봤다고. 하지만 늘 발랄하던 요정 언니가 유일하게 슬픈 모습을 하고 있던 장면이었기 때문에 아직까지도 내 인상에 강하게 남아 있었다. 내가 지금 죽네 사네 하고 있는 슬픈 상황이라 이 장면이 나온 건가. 흑흑. 언니, 나 오늘 죽을 뻔했어요. 아니, 사실은 지금 당장 죽을지도 몰라. 우유 먹다가 갑자기 피 토해쩡. 그래서 나 많이 아팠쩡. 흐엉.

나는 그녀가 내 말에 어떤 반응도 보이지 않을 걸 알면서도 징징거리며 한탄을 늘어놓았다. 역시 오늘도 요정 언니는 내가 뭐라고 말하든 슬픈 표정을 지은 채로 허공의 한 점을 가만히 바라보기만 했다.

요정 언니의 꿈을 꿀 때마다 나는 늘 다른 사람의 시각에 서 있었다. 지금도 나는 누구인지 모를 사람이 되어 그녀를 보고 있었다. 요정 언니는 어두운 방 안에 홀로 앉아 창가에서 스며드는 달빛을 받고 있었는데, 잠시 후 그런 그녀의 눈에서 투명한 눈물이 한 방울 뚝 떨어져 내렸다. 하, 이런 미인이 소리도 없이 울고 있으니 내 애간장이 다 녹는 것 같다. 가서 달래 주고 싶지만 당연하게도 나는 그렇게 할 수 없었다. 꿈속에서의 '나'는 그런 그녀를 못 본 것처럼 그대로 방을 빠져나온다.

지난번에도 이 꿈은 거기에서 끝났다.

어라? 그런데 이번에는 뭔가 달랐다. 약간 매정하게 뒤돌아 방을 빠져나오던 '나'의 걸음이 갑자기 우뚝 멈추어진 것이다. 그렇게 잠시 자리에 가만히 서 있던 '나'는 이내 다시 왔던 길을 되돌아 걷기 시작했다. 이번에는 발소리를 죽이지 않았기 때문인지 창가에 앉아 있던 요정 언니가 놀란 얼굴로 고개를 돌리는 것이 보였다. 마찬가지로 깜짝 놀란 내 귓가에 남자의 목소리가 울렸다.

-내가 졌다.

나는 그 익숙한 목소리에 숨을 죽이고 말았다.

-처음부터 끝까지 그 손에 놀아난 기분이군. 하지만 원한다면 그대에게 애원이라도 하겠다.

뜻밖의 등장에 놀라 미처 눈물을 닦아 내지도 못하고 있던 언니가 그 말을 듣고 황망한 얼굴로 속삭였다.

-어찌…… 어찌 그런 말씀을 하십니까.

-그렇게라도 하지 않으면 내 앞에서 완전히 사라질 것이 아닌가.

남자는 속에서 무언가가 치미는 듯 잠시 아무 말도 하지 않다가 이내 스스로를 향해 조소했다.

-그래, 안다. 이 또한 어리석은 감정놀음일 뿐이다. 그걸 알면서도 또다시 이런 식으로 먼저 끝을 보이게 되다니.

-폐하.

-솔직한 심정으로 지금 당장에라도 그대를 찢어 죽이고 싶은 마음이야.

-…….

-그런데도.

지금 시선을 마주하고 있는 '나'가 어떤 표정을 짓고 있는지, 잠시 흔들리는 눈동자로 '나'를 바라보던 요정 언니의 표정도 급속도로 허물어지기 시작했다.

ㅡ그런데도 꼴사납게 애원이라도 하고 싶다. 이대로 떠나지 말아 달라고.

마주한 눈동자에서 방울져 떨어진 눈물이 창백한 뺨을 적셨다. '나'는 울고 있는 그녀를 향해 손을 뻗었다. 그리고 그녀의 젖은 뺨을 감싸며 또다시 속삭였다.

ㅡ그러니 나를 선택해라. 다른 건 아무것도 생각하지 마. 좀 더 이기적으로 그대만을 위한 결정을 내려.

지금 내 눈앞에 펼쳐진 장면은 이제까지 내가 꿈속에서 봐 왔던 그 어떤 장면들보다도 선명했다. 그렇기 때문에 그 목소리에 실려 나오는 감정까지 모조리 다 알 수 있을 것만 같았다.

ㅡ지금 이 순간에도 그대의 목숨을 좀먹고 있는 아이가 아니라.

그 말을 듣고 내 눈앞에 있는 요정 언니는 웃었다. 유리구슬 같은 눈물방울을 자신의 뺨을 감싼 손등 위에 하염없이 뚝뚝 떨어뜨리면서. 지금 당장 죽는다 해도 후회가 없을 만큼 행복해 보이는, 혹은 지금 당장에라도 죽고 싶을 만큼 무척이나 괴로워 보이는 얼굴을 한 채로. 그 얼굴을 끝으로 서서히 영상이 흐려져 갔다. 물속에 푹 잠겨 있던 몸이 수면 위로 떠오르는 느낌이었다. 나는 이 느낌을 알고 있다. 이제 꿈이 끝나려나 보다. 예상대로 잠시 후, 나는 잠에서 깨어났다.

"이제 일어났네. 자기가 무슨 잠자는 숲속의 공주라도 되는 줄 아나 봐."

그런데 눈을 뜨자마자 보이는 게 왜 이 까만 또라이입니까? 나는 다시 조용히 눈을 감았다. 아무래도 제가 올 곳을 잘못 찾았나 봅니다. 로그아웃! 로그아웃을 신청합니다!

"이번엔 자는 척이야? 다른 나라에서 왕자라도 데려와 줄까? 어느 나라 왕자가 좋아? 아를란타? 휴에일? 사이칸시아?"

아, 좀! 여운에 잠길 틈 좀 주면 안 되겠니? 나 지금 엄청 중요한 꿈 꿨거든? 그래서 엄청 엄청 진지하거든? 나 좀 가만히 내버려 둬, 으아앙! 눈을 뜨자마자 보게 된 얼굴이 하필이면 지난번 까망이를 먹으려고 했던 놈의 얼굴이라 나는 급격히 짜증이 났다. 그렇지 않아도 피 토하고 아파서 신경질 나는데, 왜 또 이 잡놈이 여기에…….

"으응?"

바로 그 순간 나는 내 몸의 변화를 깨달았다. 뭐야, 안 아프잖아? 아까 잠들기 전까지만 해도 눈물이 쏙 빠지게 아팠는데!

"너 나한테 목숨 빚진 거야."

심드렁한 목소리에 정신이 번쩍 들었다.

"네가, 아니, 오빠가 날 고쳐 준 거야?"

그 와중에도 이놈이 무서웠던 기억은 있어서 내 비굴한 생존 본능이 저절로 놈의 호칭을 정정하고 있었다. 크으.

"그래. 나 아니었으면 너 심장 터져서 죽었을걸."

이 자식, 아무렇지도 않게 살벌한 소리 하네. 그런데 클로드랑 필릭스는 어디 간 거야? 날 이놈이랑 둘이 두고 도대체 어디를 갔대? 그러고 보니 피가 묻어 있던 옷을 갈아입혔는지 지금 내가 입고 있는 것도 잠옷인 데다 금방이라도 목욕을 한 것처럼 온몸이 뽀송뽀송했다. 릴리가 왔다 갔나? 아니, 그런데 이놈은 내가 초주검인 걸 어떻게 알고 와서 날 고쳐 준 거지?

"내가 아픈 건 어떻게 알았어?"

그리고 그 말을 하자마자 나는 흠칫하고 말았다. 애초에 날 고쳐 주러 왔던 게 아닐지도 모르잖아. 혹시 또 까망이 훔치러 왔던 거 아니야?!

"우리 까망이는 안 돼!"

나는 방금 전까지 침대에 누워 있던 것조차 잊고 벌떡 몸을 일으키며 소리쳤다. 그러자 까만 또라이가 그런 나를 보고 픽 웃었다.

"사람 말 참 못 믿네. 안 먹는다고 했잖아."

내가 믿을 게 없어서 네 말을 믿겠니? 당연하게도 나는 의심의 빛을 지우지 못했다. 그러자 침대맡의 의자에 앉아 있던 놈이 다리를 꼬며 갸름하게 웃었다. 그러고 보니까 이놈은 언제 또 뻔뻔하게 내 옆에 자리를 잡고 앉았어?

"물론 그때보다 지금 더 탐나기는 하지만, 그래도 약속한 게 있으니까 까망이는 안 먹어. 그리고 너 나한테 고마워해야 돼."

이놈 말을 정말 믿어도 되나? 물론 믿을 수 없다 한들 내가 할 수 있는 건 아무것도 없었지만. 그리고 이어지는 녀석의 말에 나는 두 눈을 휘둥그렇게 뜨고 말았다.

"네 아빠가 까망이 죽이려고 하는 걸 내가 말려 줬거든."

"뭐?"

이건 또 무슨 헛소리죠? 난데없이 클로드가 까망이를 왜 죽이려고 해? 그런데 놈은 내 의문을 친절히 해소해 줄 생각이 없는 것 같았다. 다음 순간 그가 한 자락 낮게 깔린 목소리로 덧붙인 말에 나는 어깨를 움찔 떨고 말았다.

"나 되게 힘들었어, 옆에서 먹고 싶은 거 참느라."

히익. 역시 까망이를 죽이려고 한 건 클로드가 아니라 네놈이지!

"호랑이도 제 말 하면 온다더니. 시간이 다 됐나 보네."

바로 그때, 놈이 문 쪽으로 슬쩍 시선을 움직였다. 그 눈길을 따라 나도 문을 향해 고개를 돌렸다. 그 순간, 벌컥 문이 열렸다.

"공주님!"

방 안으로 들어온 것은 클로드와 필릭스였다. 먼저 문을 밀치고 안으로 들어서던 클로드가 침대 위에 앉아 동그랗게 눈을 뜨고 있는 나를 보고 불현듯 걸음을 멈추었다. 필릭스는 나를 다시 본 것이 퍽 반가운지 감격 어린 표정을 짓고 있었다. 나는 냉큼 침대에서 벗어나 클로드를 향해 달려갔다.

"아빠아아아!"

나만 까만 또라이랑 단둘이 두고 가면 어떡해! 쟤가, 쟤가 그랬어! 막 내 까망이 먹는다고 협박하고, 나도 죽인다고 막막! 그런데 너랑 필릭스는 나랑 쟤를 이런 밀폐된 방에 같이 넣고! 흐어어엉!

뒤에서 '아무리 그래도 내가 살려 준 건데 너무 몹쓸 놈 취급하는 거 아니냐'고 작게 투덜거리는 소리가 들린 것 같기도 했지만 그런 건 내가 알 바 아니었다. 그런데 막 바닥에 발을 딛고 뛰기 시작하자마자 다리에 힘이 풀려 버렸다. 어머나. 이런 창피한 일이. 갑자기 우유 마시다가 피 토하고 쓰러진 것도 억울한데 눈을 뜨자마자 저 까만 또라이를 본 걸로도 모자라서 이제는 카펫 위에서 격하게 슬라이딩까지 하게 되는 건가요?

"으억!"

나는 돼지 멱따는 소리를 내며 균형을 잃었다. 하지만 내가 바닥에 꽈당 넘어지기 전에 클로드가 먼저 나를 받아 들었다. 아마 클로드도 내가 넘어지려는 걸 보고 반사적으로 몸을 움직였던 듯했다. 그렇지 않고서야 내가 자신의 품에 쏙 안기게 된 지금의 상황을 상상조차 하지 못했던 것처럼 이렇게 굳어 있지는 않았을 테니까. 헉. 그렇다고 설마 다시 나를 내팽개치거나 하지는 않겠지? 내가 눈치를 보며 슬쩍 고개를 들려고 했을 때, 놀라운 일이 벌어졌다. 내 등 언저리에서 잠시 미동 없이 머무는가 싶던 클로드의 손이 곧이어 나를 완전히 안아 든 것이다.

"이제 아픈 곳은 없나."

클로드는 어리둥절한 상태의 나를 향해 그렇게 묻기까지 했다. 그 목소리는 지금까지 그래 왔듯 서늘하고 또 무뚝뚝하기 그지없었으나 어째서인지 나는 그 안에서 꿈속의 목소리에 담겼던 감정과 겹치는 부분을 발견하고 말았다. 나는 그것만으로도 크게 놀라서 고개를 도리도리 저었다. 그러자 클로드의 눈동자가 나를 살피듯 한차례 훑고 지나갔다.

"다른 부작용은 없는 거겠지?"

마침내 내게서 별다른 이상을 발견하지 못한 클로드가 내 뒤쪽으로 눈길을 돌렸다. 아, 맞아! 까만 또라이!

"아빠, 저 사람!"

녀석이 왜 여기에 있는 거냐고 물어보려고 했다. 그런데 나보다 필릭스의 말이 더 빨랐다.

"아. 공주님을 치료하기 위해 힘을 거의 소진했나 보네요."

넹? 뭐라구요?

누가 누굴 위해 힘을 거의 소진해? 나는 필릭스의 말을 이해할 수가 없었다. 게다가 표정은 왜 저렇고? 감동과 안쓰러움과 고마움이 공존하는 저 뜻 모를 표정은 대체 뭐야?

"확실히 노고를 치하하지 않을 수 없겠군. 물론 공주가 완쾌한 것을 확인한 후의 일이지만."

"황공하옵니다만 공주님께서는 아직 완쾌하신 것이 아닙니다."

……응? 뭐죠?

한순간 오싹 소름이 돋아서 그대로 굳어버리고 말았다. 지금 내 등 뒤에 있는 거 까만 또라이 아닌가요……? 그런데 저 촉촉하게 젖은 가냘픈 미성은 도대체 누구의 것이죠? 게다가 한 공손, 한 예절 하기까지 하는 저 단정한 목소리는 대체?

"완쾌한 것이 아니라니?"

"송구합니다. 아직 미진한 몸인지라 공주님의 마력을 완전히 안정시키지 못했습니다."

나는 내 뒤쪽을 향해 끼기긱 고개를 돌렸다. 그러자 클로드를 향해 고개를 숙이고 있는 깜장 머리가 눈에 들어왔다. 하지만 그는 방금 전까지만 해도 의자 위에 시건방지게 다리를 꼬고 앉아 있던 또라이가 아니었다.

"하지만 위험한 고비는 모두 넘겼으니 이제 체내에 남은 마력도 서서히 자리를 잡아 갈 것…… 콜록!"

11살 혹은 12살쯤 되어 보이는 남자아이가 쌕쌕거리며 가슴을 부여잡고 있다가 갑자기 숨이 넘어갈 것처럼 기침을 하기 시작했다.

"앞으로 몇 번 더 이런 경우가, 콜록. 발생할 수 있으나 그때에는 또다시 제가…… 이 한 몸을 바쳐서라도 공주님을 도와드릴…… 웁, 콜록콜록! 흐윽, 컥!"

남자아이는 창백한 얼굴로 기침을 하다가 바닥을 짚고 쓰러지기까지 했다. 당연하게도 나는 입을 떡하니 벌린 채 어버버거리고 있을 수밖에 없었다. 뭐, 뭐야! 너 누구야! 여기 있던 싸가지 또라이 어디 갔어?! 원래 저렇게 어린애가 아니었는데? 마치 도깨비의 둔갑술을 본 기분이었다. 도대체 이게 어떻게 된 일이야?

"폐하, 일단 쉬게 하는 것이 좋을 것 같습니다. 이제 공주님도 깨어나셨으니 자세한 이야기는 차후 듣는 것이 어떨지요. 어린 마법사님도 많이 지친 듯합니다."

어린 남자애가 저렇게 당장에라도 죽을 것처럼 제 몸조차 가누지 못하고 있는데 마음이 편할 사람은 없었다. 클로드도 혀를 차며 필릭스의 말을 수용했다. 그래서 결국 까만 또라이의 미니미 버전인 남자 아이는 필릭스의 부축을 받아 걷기 시작했다. 그리고 막 방문을 나서기 전 내게 움직인 녀석의 붉은 눈동자가 한순간 쌜쭉한 미소를 머금는 것을 나는 보았다. 저, 저, 저! 쟤 역시 까만 또라이 맞지? 그렇지?

"공주님!"

하지만 곧 이어 문을 박차고 들어온 사람 때문에 나는 깜짝 놀라 까만 또라이에 대한 생각을 잊고 말았다.

"릴리!"

아무래도 나를 많이 걱정했던 듯, 그새 얼굴이 반쪽이 된 릴리가 울먹이며 나를 향해 달려왔다. 그, 그런데 여기 클로드도 있는데 이렇게 막 허락 없이 안으로 들어와도 돼?

"공주님, 공주님을 이렇게 다시 뵙게 되니 저는 정말, 정말……."

내 얘기 듣고 많이 놀랐구나. 하긴 갑자기 피 토하고 쓰러졌다고 하면 나 같아도. 결국 릴리는 내 앞에서 눈물을 터뜨려 버렸다.

"한 달이 너무 길었어요. 정말 다시는 못 뵙게 되는 줄 알고……."

으엥? 잠깐. 뭐라구요?

"한 달?"

"예."

귀를 의심하며 내뱉은 내 반문에 대답한 건 방 안으로 막 다시 들어서던 필릭스였다. 그리고 그가 감격스럽다는 듯 덧붙인 말에 나는 멍청히 입을 벌리고 말았다.

"공주님께서 잠드신 지 오늘로 정확히 48일째랍니다."

"넹?"

놀랍게도 내가 멀쩡히 우유를 마시다 피를 토하며 쓰러진 지 한 달이 넘었다고 한다. 난 하루 동안 자면서 꿈꾼 줄 알았는데 48일이라니! 진짜냐고, 이거.

"그럼 진짜지."

탁자 위에 있는 초콜릿 쿠키를 주워 먹으면서 미니미 버전의 까만 또라이가 말했다.

"너 운 좋은 줄 알아. 내가 며칠만 더 늦게 왔어도 이미 죽은 목숨이었어, 넌."

그러니까, 네가 왜 여기 있는지 설명 좀요. 그리고 왜 릴리가 나 먹으라고 가져다준 과자를 네가 다 먹고 있어? 에라이, 이 간식 도둑놈아. 게다가 며칠 전 다른 사람들 앞에서 다 죽어 가는 몰골로 퇴장한 사람이라고는 상상조차 할 수 없게도 그는 아주아주 건강하고 생생한 모습이었다.

"어차피 오늘은 따로 할 것도 없으니까 대충 시간이나 때우자."

"뭐? 다른 사람들한테는 날 치료해야 하니까 한 시간 동안 밖에 나가 있으라고 했잖아?"

"그거야 당연히 공갈이지. 이래서 세상 물정 모르는 애들은."

악, 이게 또 누굴 무시하고 있어? 아예 접시째로 과자를 끌어와 오물딱거리면서 비웃듯 입꼬리를 올리는 모양새가 그렇게 얄미울 수가 없었다. 방금 전까지만 해도 클로드한테 공손히 머리를 조아리던 놈 맞아? 나를 치료하는 데는 엄청난 집중력이 필요하기 때문에 다른 사람이 옆에 있으면 안 된다고 밖으로 다 쫓아 보내더니!

"다들 나 같은 미소년 천재 마법사는 처음 봐서 그런지 어딜 갈 때마다 야단들이란 말이야. 하여간 이놈이나 저놈이나 다 귀찮아."

미소년 천재 마법사는 개뿔. 으윽, 제길. 하지만 사실 10대 초반의 모습을 한 까만 또라이는 정말 인형처럼 예뻤다. 으어, 인정하기 싫다! 그치만 너무 예뻐! 저 윤기 나는 깜장 머리도, 촉촉한 물기를 머금은 빨간 눈동자도(물론 다른 사람들 앞에서만), 오밀조밀 섬세한 이목구비도, 전부 다 사람이 아닌 것처럼 진짜 진짜 예뻤다. 심지어 입가에 부스러기를 묻히고 양 뺨을 가득 부풀린 채 과자를 먹는 모습까지도 깨물어주고 싶게 귀여웠다.

"미쳤다. 이거 왜 이렇게 맛있어? 이따가 시녀 오면 더 달라고 해."

하지만 그 알맹이는 어째서…… 나는 잠시 현타가 와서 놈이 햄스터처럼 냠냠거리며 과자를 씹어 먹는 모습을 망연히 바라보았다.
"맞아. 네 아빠 아에테르니타스 아들 아니더라?"
"오빠 바보지? 아에테르니타스는 벌써 200년 전에 죽었는데."
그때 침대 밑에 숨어 있던 까망이가 살금살금 내 다리 위로 기어 올라왔다. 나는 반질반질 보드라운 털을 쓰다듬으면서 까만 또라이를 향해 수상쩍은 눈길을 보냈다. 아직도 저 소리야? 설마 이놈 200년 묵은 구미호 같은, 뭐 그런 건 아니겠지? 진짜 이놈 정체를 모르겠네.
"어쩐지 계속 뭔가 이상하다 싶더니만."
까망이는 놈이 먹고 있는 초콜릿 쿠키가 매우 탐나는 듯 빠른 속도로 비워져 가는 접시를 헥헥거리며 쳐다보고 있었다. 그렇지만 상대가 상대이다 보니 차마 놈의 손에서 과자를 강탈할 엄두는 나지 않는 모양이었다. 그건 나랑 똑같았다. 크흑. 까망아, 저놈 가고 나면 내가 초콜릿 쿠키 한 접시 먹게 해줄게. 애초에 여긴 내 집인데 이놈 눈치를 왜 봐야 하는지 모르겠다. 으흑. 억울해.
하지만 아마도 이놈은 황궁에서 내 은인으로 통하는 것 같았다. 한 달이 넘도록 눈을 뜨지 못하고 있던 공주를 구한 천재 마법사라나. 내가 의식 없이 누워만 있는 동안 꽤 많은 일이 벌어졌었던 모양이다. 며칠 전 필릭스에게 들은 바에 의하면 내가 우유를 먹다가 피를 토하며 쓰러진 이유는 체내에 있는 마력이 갑자기 제멋대로 날뛰며 충돌을 일으켰기 때문이란다.
하지만 분명히 아주 미비한 마력만 있던 내 몸에서 돌연 그런 일이 발생한 이유도, 그리고 그것을 치료할 방법도 아무도 알아내지 못했다. 그러는 동안 나는 기절하다 깨는 것을 반복하면서 그때마다 통증을 호소하며 울었다고 한다. 그래서 클로드는 나를 수면 상태로 만들었다. 그리고 나를 고칠 수 있는 마법사를 수소문했다. 하지만 궁에 오는 족족이 나를 보며 고개를 저을 뿐이었단다. 그러던 차에 이 까만 또라이 놈이 나를 치료할 수 있다고 황궁에 찾아온 것이었다.

도대체 무슨 수를 썼는지 놈은 황궁 마법사를 보호자로 둔 어린 천재 마법사가 되어 있었다. 게다가 클로드나 다른 사람들 앞에서 얼마나 입안의 혀처럼 구는지 몰랐다. 그간 재미라도 들린 건지, 놈은 나를 제외한 다른 사람들을 상대할 때마다 '예의 바르고 가녀린 천재 미소년 마법사'인 척해 댔다.

나는 내 앞에 있는 날강도 같은 놈을 힐끔 흘겨보았다. 어쨌거나 날 구해 준 것은 맞으니 고마워해야 할 텐데 이상하게 별로 그런 마음이 들지 않는단 말이지?

그런데 내 시선을 받은 놈이 과자를 우물거리다 말고 방긋 웃었다.

"왜, 이거 먹고 싶어? 그거랑 바꿀래?"

"안 먹어! 안 바꿔!"

으앙, 이놈이 또 내 까망이를 노리고 있어! 까망이도 신변의 위협을 느꼈는지 내 품속에서 몸을 동그랗게 말며 끙끙거렸다.

"그래도 내가 살려 줬는데 너무 야박하네. 아주 살짝 맛만 보고 다시 돌려줄게."

"안 돼!"

맛만 보는 건 또 뭔데! 으아아앙. 저런 놈에게 우리 까망이를 내어줄 수는 없어! 그런데 내가 질겁을 하자, 나를 놀리는 듯했던 놈이 흐응 소리 내며 이상한 말을 했다.

"애초에 네가 이렇게 된 것도 다 그거 때문인데?"

"뭐? 왜 그게 까망이 때문이야?"

"네 신수 몸에 있던 마력의 일부가 너한테 다시 옮겨 가서 이 사달이 난 거니까. 지금처럼 끌어안거나 하면서 접촉할 때마다 조금씩 네 몸에 흡수되고 있는 거지. 이런 건 극히 드문 일인데 네 마력은 회귀 본능이 강한가 봐. 아니면 그 신수로도 다 담아 내기 어려울 정도로 마력양이 많든가."

 헉. 역시 나에게는 대마법사의 자질이? 하지만 그렇게 마냥 감탄할 때가 아니었다.

 "그, 그럼 지금 이러고 있는 것도 위험한 거 아니야? 나 이제 우리 까망이랑 같이 있으면 안 돼?"

 그러자 까만 또라이가 재미있는 말을 들었다는 듯 바람 빠지는 소리를 내며 웃었다.

 "너 날 너무 얕보고 있네."

 그는 이걸 기분 나빠해야 할지 한심하게 여겨야 할지 모르겠다는 표정을 짓고 있었다.

 "내가 고작 그 정도도 해결하지 못해서 기껏 살려 놓은 애를 다시 죽게 만들 얼간이로 보여?"

 아, 아니요…… 아니라고 해둘게. 그러니까 검은 오오라는 좀 집어넣지 않으련? 나는 까망이를 꼬옥 끌어안으면서 삐질삐질 식은땀을 흘렸다. 그러자 놈이 다 먹은 접시를 툭 쳐서 탁자 끝으로 밀어 놓은 뒤 의자 등받이에 편안히 기대앉았다. 그 모습이 참으로 시건방지기도 했다.

 "네 아빠가 이걸 없애서 해결하려고 한 걸 내가 막아준 거니까 고마운 줄 알아."

 앗, 맞아! 클로드가 까망이 죽이려고 했다고 그랬지?

 "너 꽤 예쁨받는 모양이더라. 이거 때문에 네가 다 죽어 가는 거라고 하니까 당장 잡아서 족치려고 하던데. 사실 죽였으면 신수 몸속에 있던 마력이 너한테 전부 다 이동해서 더 위험했을 테지만."

 바로 그 순간 꿈에서의 목소리가 생각난 것은 어째서인지 몰랐다. 나는 긴 잠에서 깨어난 직후 보았던 클로드의 얼굴을 떠올렸다. 방 안으로 들어서다 말고 문 앞에서 우뚝 멈추었던 걸음과 눈을 뜨고 있는 나를 발견한 순간 그가 보였던 표정도.

"참. 요즘은 신수 갖고 있는 사람이 없나 보더라? 설명하기 귀찮아서 그냥 마법 생물이라고 했어. 그리고 널 치료하는 데 쓸 수 있다고 말해서 겨우 살아난 거야, 네 까망이."

줄곧 내게 안겨 있던 까망이가 갑자기 내 손을 핥아 와서 문득 정신이 들었다. 나를 빤히 올려다보는 노란 눈동자를 보자 갑자기 의문이 들었다.

"그럼 나랑 같이 있으면 위험한 걸 알고 까망이가 그동안 날 피해 다닌 건가?"

처음에는 그냥 한번 해본 말이었으나 곱씹을수록 정말 그럴 수도 있겠다는 생각이 들었다. 헉, 우리 까망이는 영특하니까 진짜 그런 거일 수도 있어! 왜냐하면 까망이는 장차 대마법사가 될 내 신수니까! 그런데 까만 또라이가 내 감동에 초를 쳤다.

"아니? 걔네들한테 그런 지능이 어디 있어? 신수들의 행동은 그냥 주인 습성 따라가는 건데? 너랑 까망이가 나란히 초콜릿에 환장하는 것처럼."

그러더니 글쎄, 나를 보고 비웃듯 입꼬리를 들어 올리기까지 하는 게 아닌가. 하지만 곧이어 그가 비밀 얘기를 하듯 목소리를 낮추며 속삭인 말에 나는 그만 깜짝 놀라 몸을 떨고 말았다.

"너 사실은 황궁에서 도망가고 싶지."

흠칫.

"어디로든 아무한테도 안 들키게 숨고 싶고 궁 밖으로 훌쩍 떠나고 싶고 그렇지?"

흠칫흠칫.

"여기 있는 동안 좀 지켜봤는데 네 까망이 말이야. 틈만 나면 방구석 눈에 띄지 않는 곳에 기어 들어가지를 않나, 창문 밖으로 뛰쳐나가지를 않나 아주 난리도 아니더라고. 신수들은 대개 주인을 닮게 마련이거든."
 "아, 아니야. 지금 무슨 소리…….."
 "그리고 너 나 엄청 싫어하지? 지금 당장 눈앞에서 꺼져 버렸으면 좋겠지? 다시는 꼴도 보기 싫지?"
 완전 흠칫!
 "이거 봐. 네가 그러니까 이것도 내가 만지기만 하면 경기를 일으키려고 하잖아."
 끼잉, 낑.
 말하는 동안 점점 내 앞으로 상체를 기울였던 놈이 어느덧 내 품에서 까망이를 빼내 갔다. 다가오는 빨간 눈동자에 굳어 있던 나는 낑낑거리는 까망이의 소리를 듣고서야 정신을 차렸다.
 아니, 이놈이 언제 또 까망이를 가져갔어! 그리고 유도 신문 쩌네!
 "네가 계속 먹고 싶다고 그러고 괴롭히니까 까망이가 무서워하는 게 당연하지!"
 "와, 그럼 너 나 안 싫어? 안 무서워? 다행이다. 나 사실은 엄청 소심하고 섬세해서 누가 나 싫어하면 완전 상처받거든."
 "……"
 이 미친놈…… 어디서 말 같지도 않은 소리를…… 하도 어이가 없어서 표정 관리를 하기가 어려웠다. 그런데 지금의 나보다 고작 몇 살 위로 보이는 외모 때문인지 어떤 소리를 지껄여도 귀여워 보인다는 게 문제다. 크흑. 이건 말도 안 돼. 제가 이렇게 아이들에게 약했었나요?
 "그런데 꼭 그 모습으로 있어야 해? 왜 굳이 어린애인 척하는 건데?"
 나는 불만을 담아 물었다. 이놈이 이런 귀여운 모습으로 나를 현혹하려 하는 것도 마음에 들지 않았고, 다른 사람들 앞에서 내숭을 떨어 대는 것도 짜증이 났다. 그러자 버둥거리는 까망이를 이번에는 아예 품에 끌어안으며 놈이 콧방귀를 꼈다.

"까망이 먹어도 되는 거 아니면 그런 소리 하지 마."

"헉, 뭐?"

"지금 내 마력양이 너무 쓰레기라서 그나마 사이즈라도 줄여야 효율성이 쥐똥만큼이라도 오르거든. 그 이유 아니면 나도 이런 꼴로 재롱이나 피우고 있진 않았어."

그럼 그렇다고 곱게 말하면 될 것이지, 우리 까망이는 왜 또 걸고 넘어져? 하여간 방심할 수가 없는 놈이다. 얘 대체 자기 집으로 언제 돌아가지? 빨리 내 눈앞에서 꺼지란 말이야! 크아앙.

"며칠 전에는 마력이 조금 차서 잠깐 원래대로 돌아갈 수 있었는데 자주 하는 건 좀. 한동안 이 모습으로 있으면서 마력이나 모으려고."

과연 내가 48일 만에 눈을 떠 처음 봤을 때는 고등학생 정도의 모습이었던 토라이였다. 물론 클로드와 필릭스가 나타나자마자 미니미 버전으로 탈바꿈해 나를 충격과 공포에 빠뜨리긴 했지만. 그러고 나서 그는 줄곧 이 상태를 유지하고 있었다.

그런데 다음 순간 그가 까망이의 머리를 쓰다듬으며 사르르 눈꼬리를 접어 웃었다.

"아 참. 네 마력 생각보다 맛있더라."

……네? 뭐가 맛있어요? 나는 귀를 의심하며 놈을 쳐다보았다.

"그렇게 보지 마. 너한테 융합되지 못하고 난동 부리는 마력만 먹은 거야. 어차피 그건 없애는 거 말고 다른 방법도 없어. 그렇다고 그냥 버리면 아깝잖아."

놈의 말에 오소소 소름이 돋았다. ……그래서 먹었냐? 먹은 거냐……! 먹어서 치료한 거냐?! 설마 그날 잠깐 본모습으로 돌아갈 수 있었던 이유가 내 마력을 먹어서였어?!

"그렇다고 그걸 왜 먹어!"

"큐앙!"

"어쭈."

녀석이 쓰다듬어주는 동안에도 불안하게 버둥거리던 까망이가 그때 갑자기 이를 세우며 놈에게 꼬리를 휘둘렀다. 까망이도 참다 참다 폭발한 모양이다.

"이거 제법 깜찍하게 구네."

"끼잉, 끄이잉……."

물론 그것도 잠시뿐, 곧 섬뜩하게 미소 짓는 또라이 놈에게 금세 꼬리를 내리고 말았지만.

"데려가. 날 너무 무서워하네."

놈은 멘붕에 빠져 있던 나에게 웬일로 곱게 까망이를 돌려주었다.

"네 아빠 온다."

클로드가 와서 그런 거였냐!

벌컥.

"공주님!"

며칠 전과 같은 상황이 눈앞에 펼쳐졌다. 나는 필릭스를 뒤에 세우고 들어오는 클로드에게 대번에 달려들었다.

"아빠아아!"

클로드는 그런 나를 보고 이상함을 느낀 듯 눈을 가늘게 좁힌 채 우리 두 사람을 번갈아 쳐다보았다.

"나……."

나는 '나 쟤 싫어!'를 장렬히 외치려고 입을 벌렸다. 나이 사기치고 있는 것도, 전에 까망이 훔치려고 황성에 들어왔던 것도, 지금 내숭 떨고 있는 것도 다 말해버릴 테야! 저놈이 내 은인이라고 하는 데다, 또 상황이 어떻게 돌아가는 건지 좀 살펴보려고 나도 며칠 동안은 가만히 있었는데 이제 더 치료할 것도 없다고 하니까!

그런데 수상쩍음을 감지했는지 까만 또라이가 먼저 선수를 쳤다.

"제 말에 기분이 상하셨다면 죄송합니다, 공주님."

"느, 넹?"

으, 으잉? 쟤 뭐야, 왜 저래? 왜 갑자기 나한테 사과하는 거지? 나 아직 아무 말도 안 했는데!

"하지만 공주님의 애완동물은 숙련된 마법사도 제대로 다루기 어려운 마법 생물로, 되도록 가까이 하지 않으시는 것이 좋습니다. 하나 공주님께서 그리할 수 없다 하시니, 최소한 이제부터는 함께 보내는 시간만이라도 줄이시는 편이 나으리라 사료됩니다."

뭐, 무슨 헛소리야! 놈이 지껄인 말에 나는 어이가 없어졌다. 너랑 내가 언제 그런 말을 했어?! 어느덧 연약한 미소년 천재 마법사 캐릭터로 돌아간 까만 또라이는 면목 없다는 듯 고개를 떨군 채 눈망울을 잘게 흔들고 있었다. 마치 나를 걱정해 조언한 말이 내 심기를 불편하게 만들자 풀이 줄어 어쩔 줄을 모르는 사람 같았다. 그리고 나는 어디서 위험한 동물을 주워 와서는 그게 해로운 줄도 모르고 떨어져 있기 싫다고 우기는 떼쟁이 어린애고!

"맞는 말이군. 하나 버리는 것이 가장 좋다고 본다."

방금 전까지만 해도 놈을 의심 어린 눈초리로 지켜보던 클로드가 그 말에 냉큼 긍정해 왔다. 당연하게도 그 말에 나는 화들짝 놀라고 말았다. 사실 클로드가 까망이를 죽인다고 하지 않은 것만으로도 엄청나게 많이 봐준 것이란 걸 알았지만, 그래도 그렇지 버리라니!

"아, 아빠. 까망이 이제 안 위험하다고 저 오빠가 그랬는데……."

"한 번 주인을 문 개가 두 번 물지 말란 법은 없지."

까망이는 개 아니야! 그리고 그렇게 무서운 눈으로 까망이 쳐다보지 말란 말이야! 으헝, 우리 까망이 겁먹잖아!

"공주님의 마력이 아직 완전히 자리를 잡지 못했기 때문에 오랜 시간 같은 장소에 있는 것은 위험할 수 있습니다. 그러니 적어도 한동안은 하루에 서너 시간 이상 접촉하지 않으시는 게 좋겠습니다."

"아, 역시 든든하네요. 어린 마법사님이 계셔서 얼마나 마음이 놓이는지 모릅니다."

필릭스는 내 속도 모르고 감탄하며 놈의 칭찬을 해댔다. 클로드는 그의 말에 못마땅한 기색이었지만 적어도 지금 당장 까망이를 죽이거나 버리라는 소리를 또 하지는 않았다. 나는 그들을 향해 겸손한 척하는 까만 또라이를 어이없이 바라보았다. 텄다, 텄어. 이놈은 이미 제 본색을 완벽히 숨기는 데 성공했어.

"하면 저는 이만 물러가 보겠습니다."

"그것도 같이 가지고 나가라."

클로드는 마치 버러지 보듯 까망이를 경멸 어린 눈초리로 싸늘히 깔아 보기까지 했다. 우씨, 왜 다들 우리 까망이를 가만히 두지 못해 난리야!

"아빠, 아빠. 까망이 아티가 맘마 주면 안 돼요? 아까부터 까망이 배고플 텐데."

물론 그런 말을 큰 소리 내서 할 수 있을 리는 없었다. 나, 난 소중하니까. 대신에 나는 클로드를 향해 최대한 불쌍한 표정을 지으며 부탁했다. 내가 깨어난 후로 이놈도 좀 유해졌기 때문에 어쩌면 내 애교에 넘어올지도 몰랐다. 내 초롱초롱한 눈빛에 클로드가 잠시 가만히 나를 내려다보았다. 그리고 잠시 후 입을 열었다.

"역시 지금 내다 버리는 것이 좋겠군."

"응? 마법사 오빠, 지금 뭐라고 했어? 오빠가 아티 대신 까망이 맘마 준다고? 고마워, 오빠!"

"마음이 바뀌었다. 지금 당장."

"하, 하아암. 으응, 자꾸 하품 나. 아티 졸려요, 아빠."

나는 클로드의 날카로운 눈빛을 모른 척하며 길게 하품을 했다. 그리고 클로드의 어깨에 얼굴을 파묻으며 까만 또라이 놈을 향해 마구 눈짓했다. 까망이 빨리 데리고 나가, 빨리! 그러자 별 신기한 걸 다 보겠다는 듯이 잠시 웃음을 참는 것처럼 입술 끝을 씰룩거리던 놈이 정중히 클로드에게 인사한 뒤 까망이를 안아 들었다.

"공주님께서 잠이 오신다 하시니, 저도 나가 있겠습니다."

그리고 필릭스와 까만 또라이는 나란히 방을 나섰다. 그러자 실내에는 클로드와 나, 단둘만이 남게 되었다.

"으으음, 졸려어."

내 발연기를 클로드가 눈치챘는지 못 챘는지는 알 방도가 없었으나, 어쨌든 그는 짧게 혀를 찬 뒤 나를 침대 위에 눕혀 주었다.

"괜한 짓 말고 자라."

아잇, 진짜 잘 생각은 없었는데 클로드가 또다시 내 눈을 손으로 덮는 순간 잠이 쏟아지기 시작했다. 그냥 자는 척만 하다가 까망이 만나러 가려고 했는데! 하지만 무산된 계획에 내가 속으로 발버둥을 치든 말든 내 의식은 빠른 속도로 수면 아래로 가라앉아 갔다.

그리고 이번에도 나는 꿈에서 요정 언니를 만났다. 처음에 꾸었던 꿈에서처럼 녹색 나뭇잎들 사이를 춤추듯 걸으며 환히 웃고 있는 요정 언니를. 다시 눈을 떴을 때에는 사위가 온통 깜깜했다. 으앗, 이런 도대체 몇 시간을 잔 거야. 나도 모르게 숙면해 버렸네. 뜻하지 않게 내 하루가 몽땅 날아가 버렸잖아. 나는 약간 억울한 기분으로 뻑뻑한 눈을 비비다가 돌연 손을 멈추고 말았다.

"……."

어렴풋한 달빛 사이로 클로드의 얼굴이 비쳤다. 그는 침대맡에 앉아 무표정한 얼굴로 창밖을 응시하고 있었다. 나는 미묘한 기분을 안고 그의 옆모습을 훔쳐보았다.

……요정 언니 꿈꾸게 해준 거 역시 당신 맞잖아. 생각해 보면 그런

꿈을 꾸게 되는 것도 주로 클로드를 만난 후였고, 무엇보다도 그 꿈속의 요정 언니는…….

"아직 밤이 길다. 좀 더 눈을 붙이도록 해라."

내 귓가에 고요한 밤공기만큼이나 조용히 속삭이는 음성이 흘러들었다. 나는 덮고 있던 이불을 눈 바로 아래까지 끌어 올렸다. 그동안 어딘가 멀게만 느껴졌던 클로드와의 거리가 갑자기 부쩍 좁혀진 것처럼 느껴져서 곤란했다.

"완전히 잠들 때까지 여기 있을 테니."

여전히 정 없는 말투로 말하고 있으면서 그 내용은 왜 쓸데없이 다정한 건데. 나는 속으로 작게 투덜거리다가 어쩔 수 없이 다시 눈을 감았다. 그날 밤은 꿈조차 꾸지 않고 푹 잘 수 있었다.

제4.5장
그 아빠, 클로드 (2)

"우욱!"

흰색의 테이블보가 붉게 젖었다. 지금 막 입에서 피를 토해 낸 아이는 자신에게 무슨 일이 벌어진 건지 모르는 얼굴을 하고 있었다. 그것은 그 자리에 함께 있던 두 사람 역시 마찬가지였다.

"공주님!"

경악 어린 외침이 귀를 찌른 직후 붉은 피가 한차례 더 왈칵 쏟아져 나왔다. 자그마한 발에 신겨진 구두처럼 붉디붉은 피가 테이블보만큼이나 새하얀 옷 위로 짙게 물들었다. 곧이어 기울어지는 몸에 클로드는 반사적으로 자리를 박차고 일어났다.

의자 밖으로 풀썩 떨어진 몸이 물기 먹은 솜처럼 축 늘어져 있었다. 그것이 마치 시체 같았다. 클로드는 그렇게 생각한 직후 곧바로 흠칫 몸을 떨고 말았다.

"공주님, 이게 무슨!"

옆으로 달려온 필릭스가 쓰러진 아이를 붙잡고 경황없이 소리쳤다.

클로드는 저도 모르게 아이를 받아 든 상태 그대로 잠시 미동 없이 굳어 있었다.

어쩐지 지금 벌어진 일이 현실성 없게 느껴졌다. 손 아래에서 마력이 거칠게 요동치는 감각만이 생생했다. 경위야 알 수 없으나 체내에서 제멋대로 날뛰는 마력이 각혈의 원인인 듯했다. 그것을 급히 억제하지 않으면 위험한 상황이었다. 클로드는 제 마력을 흘려 넣기 위해 무의식중에 손을 뻗어 놓고 이내 멈칫했다.

"공주님! 정신을 차려 보세요, 공주님!"

'굳이 살려야 할 이유가 있을까?'

그런 의문이 문득 머릿속을 스쳐 지나간 탓이었다. 오히려 처음부터 이 아이를 죽이려고 마음먹고 있지 않았나. 하면 이대로 그냥 죽게 내버려 둬도 괜찮지 않겠나. 태어난 직후부터 지금까지 줄곧…….

"으……."

손바닥에 박힌 가시 같았던 이 아이가 알아서 사라져 준다는데.

"아, 으…… 아빠……."

작은 신음과 함께 잠깐 모습을 드러낸 물기 어린 눈동자가 그의 경직된 얼굴을 그대로 담아 내고 있었다. 조막만 한 손이 가까스로 그의 옷자락을 붙잡나 싶더니, 곧이어 힘없이 풀썩 떨어져 내렸다. 그와 동시에 보석안에 담겨 있던 그의 얼굴도 눈앞에서 사라졌다.

"궁의를 불러라."

클로드는 미동 없는 몸에 마력을 불어 넣어 구제불능으로 날뛰는 힘을 강제적으로 억압하며 입을 열었다.

"빨리!"

그렇게 소리치는 목소리가 평소의 그답지 않게 다급했으나, 정작 그 스스로는 그 사실을 알아차리지 못했다.

"공주님께서 잠드셨습니까?"

"그래."

"편안한 얼굴이시군요."

방금 전까지 치료를 받느라 지쳤는지 금세 잠든 아이를 보며 필릭스가 안심한 얼굴을 했다.

"마법사님은 방으로 돌아갔습니다. 아직까지는 수상한 점을 찾지 못했는데 그래도 조금 더 조사해 볼까요?"

"조심해서 나쁠 건 없겠지. 따로 지시할 때까지 경계심을 버리지 마라."

"예."

클로드와 필릭스, 둘 모두 하늘에서 뚝 떨어진 것처럼 갑자기 나타난 어린 마법사를 완전히 믿지 않았다. 하지만 그럼에도 이제 겨우 열댓 살로 보이는 그 소년이 아이를 살려 낸 것은 사실이었다. 만약 적절한 때에 그가 나타나지 않았다면 지금쯤 아이가 어떻게 되었을지는 어렵지 않게 상상할 수 있었다.

클로드는 자신의 애완동물을 버린다는 말에 어설프게 연기해 말을 돌리던 아이를 지그시 내려다보았다. 새근새근. 얕은 숨이 내쉬어졌다 다시 삼켜지는 소리가 귀에 선연했다. 잠시 그것을 바라보던 클로드의 입술에서 이윽고 나지막한 목소리가 새어 나왔다.

"언제 죽어도, 언제 내 눈앞에서 없어져도 상관없을 줄 알았는데."

평온히 잠든 얼굴을 내려다보는 그의 눈빛은 여전히 서늘했다. 그러나 지금 그가 품고 있는 감정의 대상은 눈앞의 아이가 아닌 그 자신이었다.

"우습게도 그게 아니더군."

"폐하."

"또 입바른 소리 할 작정이라면 나가라. 오늘은 들어줄 기분이 아니니."

필릭스는 그의 말에 잠시 조용한 시선을 던지더니 곧 아무 말 없이 고개를 숙여 보인 뒤 방을 나섰다. 그리고 난 후 방 안에는 다시 농도 짙은 정적만이 가득 들어찼다. 클로드는 그의 앞에서 무방비하게 잠들어 있는 아이를 보며 조소했다. 사실 그는 마음속에 증오를 품고 언제나 기회를 엿보고 있었다.

"아빠!"

오늘은 죽여도 되지 않을까. 오늘은 죽일 수 있지 않을까. 그렇게 하루하루. 그리고 오늘이 가고 또다시 내일.

"아빠. 헤헤."

하지만 결국 죽이지 못했다.

"아티가 자장자장 해줄게요!"

망할 계집. 그는 저도 모르게 짓씹듯 새어 나온 욕을 다시금 되삼켰다. 죽어 사라졌으면 그것으로 끝이지, 쓸데없이 저와 똑같이 닮은 것을 내 앞에 남겨 두고 가서는.

"아빠, 좋은 아침이에요!"

독한 계집. 그리도 무책임하게 떠나 버린 주제에. 그런데도 죽어서까지 망령처럼 들러붙어 완전히 잊을 수도 버릴 수도 없게…… 거의 다 잊어 가고 있었는데. 거의 다 지워 가고 있었는데. 그러나 그를 말끄러미 올려다보는 동그란 눈동자에 다시 떠올려 버리고 말았다.

"파파가 아티를 더 많이 많이 좋아해 주면 좋겠어!"

그가 잠든 줄 알고 아이가 그런 말을 했을 때, 클로드는 남몰래 속으로 헛웃음 지으며 그것을 비웃었다.

"사실 이제 엄마 안 보고 싶다고 한 건 아티가 거짓말한 거야."

멍청한 것. 그런 일이 일어날 리 없지 않나. 죽는 날까지 내가 너를 딸로 생각하는 일도, 네게 좋은 감정을 품는 일도 없을 것이다.

"근데 엄마 안 봐도 된다는 건 거짓말 아냐."

그가 아이를 살려 둔 것은 어디까지나 매일매일이 똑같은 지금의 일상이 따분했기 때문이니까. 그렇지 않고서야 예쁜 구석이라고는 한 군데도 없이 그저 손만 많이 가고 시끄럽기만 한 아이를 옆에 두는 일은 없었을 것이었다. 심지어 아이는 살아가는 동안 그가 처음으로 간절하게 매달렸던 사람을 빼앗아 간 원흉이었다. 그러니 이런 아이를 사랑하는 일 따위, 죽을 때까지 있을 수 없었다.

"아티한테는 파파가 있잖아."

하지만 그 말에 묘하게 속이 답답해진 것은 어째서인지 몰랐다. 따끔따끔. 언제부터인가 아이를 볼 때마다 속이 묘하게 따갑게 아리는 느낌이 드는 것 또한 어째서인지.

그가 살심을 품은 채 자신을 보고 있다는 사실조차 모르고 아이는 언제나 티 없이 맑은 눈동자로 그를 올려다보았다. 그럴 때면 마치 돌멩이가 굴러와 틀어박힌 것처럼 미비하게 가슴이 답답해졌다. 날이 갈수록 죽여야 한다는 생각이 강해진 것은 당연한 수순이었다. 하지만…….

"으아앙! 아파. 흑. 아파……."

막상 정말로 죽을 상황에 처하자 화가 났다.

"아, 아파. 아빠, 아프…… 으앙."

웃기지 마라.

"공주님께서 고통을 겪게 되신 원인은 이 마법 생물입니다."

이런 것까지 제 어미를 닮을 필요는 없지 않나.

"죽이겠다."
"폐하! 어린 마법사님이 공주님을 치료할 수 있다 하지 않았습니까. 이것의 처분은 공주님이 깨어나신 후 결정해도 늦지 않다 생각됩니다."
"이미 결정했다. 제 주인의 생명을 갉아먹는 짐승을 살려 둘 필요가 어디 있지?"

당장에라도 목을 분질러 버릴 생각으로 새까만 짐승을 허공에 들어 올리자 팔딱팔딱 가늘게 뛰는 맥박이 손에 잡혔다. 그것은 지금 자신이 죽을 위기에 처한 것도 모르는 듯 다소 불안히 눈동자를 굴리면서도 그의 손 안에서 꼼짝도 않고 있었다. 그 멍청함이 제 주인과 닮아 있어 실소가 났다.

"폐하, 고정하시옵소서. 이 생물을 이용해 공주님의 마력을 한결 더 빨리 안정시킬 방법이 있습니다."

아타나시아, 그 이름만큼이나 발칙한 아이. 그는 그 아이가 줄곧 귀찮기 짝이 없었다. 그래서 몇 번이나 죽이려고 생각했다. 어린아이들이 무의식적으로 타인의 마음을 꿰뚫어 볼 수 있다는 것이 사실인지, 아이는 그의 속을 들여다보기라도 한 것처럼 이따금씩 두려움을 내비쳤다. 그것을 뻔히 알면서도 끊임없이 아이를 냉정히 대한 데는 어느 정도 고의성도 있었다. 하면 그대로 숨어서 다시는 그의 눈앞에 모습을 드러내지 않으면 될 텐데. 그럼 그와 아이, 둘 모두 지금보다는 마음이 편해질 텐데. 그리고 그렇게 되면 그도 이미 지나간 과거의 일을 두 번 다시 떠올리지 않아도 될 터인데. 그런데도 아이는 다음 날이 되면 또다시 아무렇지도 않게 그를 찾아와 멍청하게 웃어 댔다. 그것이 신물이 날 만큼 지독히도 귀찮았다.

"할 수 있는 방법은 모두 동원해라. 만약 공주가 죽으면 너도 죽는다."

그 얼굴을 볼 때마다 증오스러워 죽이고 싶다. 그래도 아직은 조금 더 눈앞에 두고 지켜보고 싶다. 아니, 지금 당장 이 손으로 죽여 버리고 싶다. 그래도 아직은 조금만 더…….

"아타나시아."

변덕스러운 마음이 쉴 새 없이 시끄럽게 난동을 부렸다. 아아, 전부 다 귀찮기 짝이 없구나.

"나는 네가 싫다."

클로드는 조용히 눈꺼풀을 내리고 있는 아이를 내려다보며 한 번 더 속삭였다.

"나는 네가 싫다."

오히려 스스로에게 되뇌는 말 같기도 한 그 작은 속삭임은 잠들어 있는 사람 대신 그의 귓가에 돌아와 안쪽 깊숙한 곳까지 스며들었다.

"나는 네가……."

그러나 마침내 앞으로 뻗어진 손은 가느다란 목을 조르는 대신 식은 땀이 맺힌 동그란 이마를 간질이듯 조심스레 스칠 따름이었다. 새근새근 곤히 잠든 얼굴을 바라보는 동안 그의 입은 다시 열리지 않았다. 그리고 바닥에 길게 늘어진 그의 그림자 역시 밤이 깊을 때까지 자리를 떠날 줄 몰랐다.

제5장
로맨스 소설의 남자 주인공은 역시 남달랐다

"저기, 아빠. 아티도 혼자 걷고 싶은데요."

"이게 더 빠르다."

저기, 산책을 빨리 해야 할 이유가 어디 있는지 설명 좀 해주시겠어요? 그리고 산책이란 건 원래 자기 발로 걸어야 산책이라고 할 수 있는 거 아닙니까? 이건 유람이나 관광이라고 해도 될 것 같은데…… 나는 클로드의 가슴팍에 어정쩡하게 안긴 채로 주위의 풍경을 관망하며 생각했다. 분명히 이건 내 재활 치료를 겸한 산책이었을 텐데 어쩌다 이렇게 되었을까?

"맞습니다. 아직 무리하시는 건 좋지 않아요, 공주님."

그래, 너였구나, 이 원흉! 역시 필릭스 말고는 나에게 이런 똥을 퍼먹일 사람이 없었다. 바야흐로 산책을 시작한 지 십 분 후 나는 콧속에 직격한 꽃가루 때문에 잠시 재채기를 하고 말았는데, 그것을 듣자마자 필릭스가 또다시 저 가벼운 입을 놀린 것이다. 48일 만에 깨어난 나는 그 후유증으로 전처럼 팔팔하게 뛰어다니지 못했다. 첫날 클로드를 보고 달려가려다가 바닥에 엎어지고 만 것도 근육에 힘이 들어가지 않아서였다. 그나마 며칠 후에는 마법의 힘을 빌려 짧은 거리나마 내 두 다리로 움직일 수 있게 되었지만, 필요 이상 마법을 이용하는 것은 좋지 않으니 스스로의 힘으로 걷는 연습을 해야 한다고 까만 또라이가 또다시 순진한 척 내숭을 떨며 말했다.

"10분이면 이미 충분히 걷지 않았나."

"물론입니다. 그 정도면 충분하지요."

아니거든요? 엄청나게 모자라거든요? 이 양반들이 단체로 약을 잘못 주워 먹었나.

"오늘은 날이 좋으니 이대로 후원까지 걸어야겠다."

심지어 클로드는 필릭스가 시키지 않았는데도 나를 안아 들더니 이제는 앞장서 후원 관광까지 시켜 주려 하고 있었다. 아니, 정 그러면 나를 필릭스한테 주고 혼자 산책하든가. 꼭 나를 이렇게 안고 가야 하는 거야? 으허. 기분 탓인지 클로드가 요즘 들어 나한테 미묘하게 다정해진 것 같았다. 허허, 미친 거 아닌가. 내가 이런 생각을 하다니. 역시 착각이겠지. 그렇겠지?

그런데 바로 그때, 멍하게 벌린 내 입안으로 풀인지 나뭇잎인지 하는 것이 날아 들어왔다. 악. 바람 때문에 풀 먹었어. 에잇, 저리 가! 저리 가!

"에퉤퉤."

퉤퉤퉷! 그런데 아무래도 내가 좀 요란하게 뱉었나 보다. 침을 튀기는 소리에 클로드가 내게로 시선을 움직였다. 나는 잔뜩 인상을 쓴 채 혀를 내밀던 상태 그대로 움직임을 멈춰 버렸다.

"퉤…… 에헤. 헤헤……."

그, 그렇게 보지 마. 내가 풀떼기를 먹고 싶어서 먹은 건 아니잖니! 나는 지긋한 눈빛에 최대한 자연스럽게 웃어 보였다. 웃는 얼굴에 침

못 뱉는다는 말도 있잖아!

"풀은 먹는 게 아니다."

으악! 나도 알아, 이 바보야! 진짜 까만 또라이나 얘나 다들 날 멍청이 취급하고 있어! 난 이 나이에 모국어인 오벨리아어까지 4개 국어나 할 줄 아는데! 그런데 이거 봐. 내가 자기 어깨에 침을 뱉는데도 화를 안 내잖아! 신경질도 안 부리고 짜증도 안 내고! 봤지? 그치?

"폐하, 공주님은 제가 안을까요?"

"지금보다 다섯 걸음 뒤에서 따라와라."

끙. 필릭스는 금세 시무룩해져서 총총총 다섯 걸음 뒤로 물러났다. 나는 그 모습을 웃어야 할지 말아야 할지 헷갈리는 기분으로 바라보다가 그냥 될 대로 되란 심정으로 클로드의 어깨에 턱을 얹었다. 아따, 고놈 참 어깨 한번 실하기도 하지. 내가 볼 때마다 맨날 하는 일 없이 늘어져 있는 게 전부인 것 같은 놈이 가만 보면 등짝이나 가슴팍이 참 튼실하단 말이야. 그래도 그동안 이놈 맨살을 좀 봤다고 이제는 가슴이 두근두근 설레지 않는 게 다행이었다. 아무리 그래도 이놈은 지금 내 생물학적인 아버지란 놈인데, 단정치 못하게 속살을 드러낼 때마다 코피가 날 것 같은 기분이면 그것도 난처하지 않겠냐 이 말이다. 하지만 나는 이놈의 유혹을 견뎌 냈어! 부동심! 철벽의 여인! 그런 미인계 따위 나한테 통할 줄 알고! 흥, 어림도 없지. 나는 콧방귀를 뀌며 도도하게 고개를 도리도리 내저었다.

"아얏."

어라. 그런데 누가 내 머리 끄덩이 잡았냐?

"뭐 하는 거지?"

헉. 머리카락이 잡아당겨지는 느낌에 정수리 부근을 더듬거리던 나는 곧 헛숨을 들이마시고 말았다.

'어서 오세요, 릴리의 미용실에!'로 매일 아침을 시작하는 나는 오늘도 릴리가 심혈을 기울여 꾸며 준 머리를 하고 있었다. 굽실굽실한 머리카락을 조금 모아서 사과 꼭지처럼 올려 묶은 정수리 부근에는 반짝이는 구슬들과 리본으로 장식된 머리핀이 꽂혀 있는 상태였다. 그런데 왜 지금 그게 클로드 머리랑 엉켜 있는 걸까? 하하하.

"풀을 먹은 것으로도 모자라서 이번에는 내 머리카락을."

"아냐, 안 먹었어! 그게 아니라! 아티 머리핀에 아빠 머리가 낀 거 같아요. 으힝."

어, 어떡하지? 오늘 아침까지만 해도, 아니. 방금 전까지만 해도 깜찍한 내 모습에 아주 잘 어울리는 귀여운 머리핀이라고 마음에 들어 했었는데! 왜 그랬어, 머리핀아! 으허엉.

"그럼 미적거리지 말고 빼면 될 것이 아니냐."

망할. 그게 쉬웠으면 내가 이렇게 꼼지락거리고만 있었겠니? 내가 끙끙거리며 엉킨 부분을 풀려고 애쓰는 동안 뒤에 있던 필릭스가 슬그머니 다가왔다.

"제가 도와드릴까요, 공주님?"

"다섯 걸음."

"……"

이익, 필릭스가 도와주겠다는데 왜 쫓아내고 난리야!

"산책이 끝날 때까지 풀어라."

헉. 이래 놓고 십구팔칠이일, 산책 끝! 아직도 내 머리를 못 풀다니, 죽어라! 이런 상황이 펼쳐지는 건 아니겠죠? 흐어어어. 한 가지 다행인 건, 클로드가 이상할 정도로 느리게 걷고 있다는 거였다. 어쨌든 나는 내 사랑스러운 머리핀에 엉킨 클로드의 머리를 빼내려고 갖은 용을 다 썼다. 내가 그러는 동안 클로드는 느긋하게 후원을 거닐었다.

헉. 그런데 실수로 클로드 머리 뽑았다. 나는 흠칫 놀라 힐끔 놈의 눈치를 봤다. 그런데 클로드는 방금 전 내가 자신의 두피에 가한 공격을 눈치채지 못한 것처럼 아무런 반응이 없었다. 다, 다행이다. 이놈 생각보다 좀 둔한가 보네. 나는 방금 전 아무 일도 없었던 것처럼 클로드의 머리카락을 슬그머니 그의 등 뒤로 날려 버렸다. 이거 내가 그런 거 아니야! 진짜야! 그런데 이거 진짜 왜 이렇게 안 빠지냐. 으엉, 이 방법만은 사용하고 싶지 않았는데. 결국 나는 릴리가 해준 머리핀을 잡아 빼는 것으로 클로드의 머리카락을 해방시켜 주었다.

"이제 됐다!"

으잉, 오늘 머리 마음에 들었는데. 아깝지만 할 수 없지. 자, 내가 네 머리를 해방시켜 주었어. 클로드는 지금부터 자유로운 클로드예요. 옜다, 받아라, 양말…….

"머리가 지저분해졌군."

뭣. 나보고 지금 네 머리까지 빗기라 이 말이니?

"아빠 머리 오늘도 반짝반짝 예뻐요. 헤헤."

흐엉. 하라면 해야지 어쩌겠어. 나는 속없이 방실방실 웃으며 핀에 엉킨 자국이 고스란히 남아 있는 놈의 머리를 손으로 슥슥 빗겨 주었다. 자, 이 정도면 너도 만족하겠지! 그런데 클로드는 미간을 구기고 있었다. 뭐야, 이 이상 나보고 어쩌라고! 나는 너를 이해하지 못하겠다는 마음을 그대로 담아 놈을 쳐다봐 주었다.

그러자 클로드가 작게 혀를 찬 뒤 다시 아무 말 없이 걸음을 옮기기 시작했다. 그런데 마지막으로 나를 보는 시선이 마치 까만 또라이의 눈빛 같았다! 이 자식, 내가 뭘 했다고 또 날 바보 취급해?!

그리고 잠시 후 클로드가 나를 잔디 위에 내려 주었다. 응? 네가 날 안고 관광시켜 주는 게 아니었니? 뭐, 상관없지만. 그런데 이놈이 갑자기 나한테 손을 내미는 것이었다. 헉. 진짜 얘 미쳤나 봐. 서, 설마 손 잡아주려는 거야? 진짜? 나는 얘가 뭘 잘못 먹었나 하는 심정으로 어쩔 수 없이 녀석의 손에 내 손을 척 가져다 대주었다. 그런데 글쎄,

이놈이 또 나를 멍청이 보듯 하며 한쪽 눈썹을 슬쩍 추켜올리는 것이었다. 뭐, 뭐, 왜! 댁이 손 달라고 한 거잖아! 아니야?

"말고."

손 아니면 뭔데? 내가 영문을 알 수 없는 표정만 지어 보이자 결국 클로드가 직접 손을 움직였다. 나는 내 반대쪽 손에 들려 있던 내 머리핀이 클로드의 큼지막한 손으로 옮겨 가는 걸 멍청히 바라보았다. 그리고 여전히 미간을 좁히고 있는 놈이 그걸 내 머리에 무심한 손짓으로 꽂아주는 모습도.

"이제 좀 봐줄 만하군."

나는 너무 놀라서 입만 벌린 채 어버버거리고 말았다. 애 진짜 약 잘못 먹은 거 아니야? 오늘 아침밥에 독약이 들어 있었나? 그리고 이어지는 그의 행동에 나는 또 한 번 내가 지금 꿈을 꾸는 게 아닌지 의심스러웠다.

"정신 사납게 뛰어다니지 말고 얌전히 걸어라."

너 지금 내 손 잡았니? 설마 내 손 잡고 산책하려는 거니? 미쳤다. 돌았다…… 애 정말 정신이 나갔나 봐. 말과 행동이 따로 노는 클로드 때문에 내 기분이 참으로 요상해지고 만 것은 당연한 일이었다.

요즘 들어 클로드의 행동을 종잡을 수가 없었다. 물론 내 필사적인 노력 탓인지 전부터 조금씩 나에게 부드러워지고 있는 것 같다고 느끼긴 했다. 하지만 산책할 때 손을 잡아준다거나, 이동할 때 필릭스 대신 직접 나를 안아서 데려다준다거나, 지난번처럼 내 머리가 헝클어졌다고 핀을 꽂아준다거나 하는 건 어디로 보나 이상했다.

심지어 클로드는 내 거처를 다른 궁으로 바꿔 주기까지 했다! 모두가 알고 있듯이 나는 클로드의 무관심 때문에 황제의 후궁전이었던 루비궁을 지금까지 그대로 사용하고 있지 않았던가.

 하지만 며칠 전 클로드는 내 거처를 황제궁과 거리가 가까운 또 다른 궁인 에메랄드궁으로 옮기라는 전언을 보냈다. 얼마 전 루비궁에 왔을 때 처참하던 꼴을 봐서 그런가……? 하기야 몇 년 전 일(간 큰 시녀들의 반란이랄까)로 벽면에 박혀 있던 금과 보석들은 군데군데 떨어져 나간 상태지, 시녀장이 예산 부족을 핑계로 보수를 미뤄 여기저기 손볼 곳도 한두 군데가 아니지. 그러니 클로드가 첫눈에 내 궁을 보고 '언제부터 이 궁이 개집이 되었지'라며 스산하게 중얼거릴 만도 했다. 그리고 바로 그날 저녁, 에메랄드궁으로의 대대적인 이사가 시작되었다. 아니, 사실 나야 몸만 덜렁 가면 돼서 할 일은 아무것도 없었지만.

 참고로 말하자면 클로드 놈이 내가 사는 루비궁에 직접 와 본 것은 7년 만에 처음이었다. 사실 보통의 평범한 가정 같으면 아빠가 딸이 사는 곳에 7년 만에 처음 방문한 사실에 경악해야 마땅할 것이었다. 하지만 그 아빠란 사람이 클로드이기 때문인지 나는 이놈이 내 궁에 그 귀하신 몸을 들였다는 것 자체가 오히려 충격이었다. 그래서 나는 지금도 루비궁보다 휘황찬란한 에메랄드궁에서 홀로 찝찝해하고 있었다.

 도대체 클로드가 왜 이러는 거지? 역시 가장 유력한 건 그거였다. 내가 죽을 뻔한 것에 나름대로 충격을 받고 회개해서 이제부터는 나한테 잘해 주려고 한다든가. 허허…… 하지만 생각할수록 헛웃음이 나오지 않는가. 나도 참 꿈이 야무지네. 자기 친딸도 막 죽이는, 그런 피도 눈물도 없는 놈이 기껏해야 내가 피 좀 토하고 헤롱헤롱했다고 정신을 차렸을 리가.

 하지만 잠시 후 나는 또 떨떠름하게 미간을 구기고 말았다. 사실 클로드가 마냥 피도 눈물도 없는 놈은 아니긴 했다. 자기 테두리 안에 들어온 사람을 제외하고는 지독히도 무심해져서 그렇지. 오히려 자기 선

안에 들어온 사람한테는 약간 호구 같은 구석도 있는 사람이 아니던가. 그 증거로 원작에서는······.

"헐. 아에테르니타스가 역대 최강의 마법사 황제라고? 이 멍청한 찌질이 놈이?"

갑작스럽게 고막을 찌른 비웃음 소리에 생각이 끊기고 말았다. 아나, 맞아. 까만 또라이 너도 이 방에 같이 있었지?

"아무리 애들 동화책이라지만 이거 너무 허풍이 심한 거 아니야? 이미 죽은 놈이라고 미화를 장난 아니게 해주네."

"그거 동화책 아니야!"

"이게 동화책이 아니면? 이딴 게 역사서인 건 말도 안 되지."

나는 카펫 위에 엎드려 뒹굴거리는 놈을 찌릿 노려보았다. 역사 수업 시간에 내가 공부하는 책을 홀랑 가져가 읽으며 과자를 우물거리는 폼이 참으로 태평하기도 했다. 그런데 그 모습이 이 방의 주인이라도 되는 것처럼 퍽이나 자연스럽지 않은가? 아니, 이 망할 놈이 이제는 아예 내 방을 자기 방처럼 쓰고 있어?!

"내가 아직 다 안 나았다는 거 거짓말이지? 언제까지 다른 사람들 속이고 이렇게 내 방에서 빈둥거릴 셈이야?"

"아니. 너 아직 다 안 나은 거 맞아."

그렇게 건성으로 대답하는 걸 누가 믿을 줄 알고! 이놈이 날 치료한답시고 다른 사람들을 속인 것도 벌써 세 번째였다. 매번 하는 일 없이 내 방에서 과자나 축내다가 나가는 주제에, 시간이 돼서 다른 사람들이 방으로 들어오면 또 얼마나 신들린 내숭을 떨어 대는지! 당장에라도 피를 토할 것처럼 기침을 해내며 비틀거리는 연기가 어찌나 일품인지 몰랐다. 처음에는 그게 진짜인 줄 알고 나조차도 놀랄 정도였으니 이만하면 말 다했다.

"뭐, 지금의 오벨리아 영토를 완성시킨 것도 이놈이라고? 희대의 현

자라고까지 불리는 위대한 마법사? 무슨 위대한 마법사가 다 얼어 죽었나."

놈은 계속해서 아에테르니타스 황제 윗대의 일을 운운하며 오늘날 오벨리아 마법사들의 씨가 마른 이유를 찾아봐야겠다고 했다. 그러면서 내 역사서를 가져다 보기 시작했으니, 전에 말했다시피 신수가 사라진 이유나 마법사의 숫자가 수백 년간 급격히 줄어든 이유를 찾고 있는 것이 분명했다. 하지만 신수 얘기는 책에도 안 나오는데. 그렇지만 저놈이 허탕을 치든 말든 내 알 바 아니었기 때문에 그 사실을 굳이 알려 주지는 않았다.

"이놈 부분만 뭐가 이렇게 줄줄이 길어? 진짜 오래 살고 볼 일이네. 바지에 오줌 싸서 질질 짜던 놈이 말이야."

그나저나 이 까만 또라이는 진짜 정체가 뭐길래 200년 전에도 살아 있었던 것처럼 말하는 거지? 자꾸 듣다 보니 단순히 미친놈의 헛소리만은 아닌 것 같아서 찜찜했다. 으음. 아에테르니타스 황제도 엄청난 마력을 보유했던 마법사라 장수해서 거의 170살까지 살았다고 하던데 혹시 이놈도 그런 경우라든가.

하지만 거기까지 생각해 놓고 나는 소름이 끼쳐서 몸을 부르르 떨고 말았다. 저놈이 하도 자칭 미소년 천재 마법사라고 떠들어 대는 걸 듣다 보니 나까지 세뇌를 당했다. 역대 최강이라 불렸던 황제도 그 당시 평균 수명의 세 배 정도인 170살쯤에 죽었다고 하는데 그럼 쟤는 무슨 탑의 마법사라도 된다는 거야? 으헤헤. 어이없당.

"이게 뭐야."

그런데 방금 전부터 이상하게 잠잠하던 또라이가 갑자기 심각하게 중얼거렸다. 엥. 저 책에 별 내용도 없을 텐데 왜 저래? 표정은 또 왜 저렇게 굳어 있고.

"하. 아에테르니타스 이 개또라이 병신 새끼."

예쁘장한 남자애의 입에서 갑작스럽게 짓씹듯 토해져 나온 욕설은 나를 깜짝 놀라게 만들기에 충분했다. 저놈이 갑자기 살벌하게 왜 저러지?

"마력 운용도 제대로 못 하던 코찔찔이 놈이 무슨 수로 역대 최강의 마법사가 된 건가 했더니."

그는 어이가 없다 못해 화가 난 것 같았다. 만약에 내 책이 생물이었다면 아마도 저놈의 눈빛에 열 번은 족히 심장마비로 죽고 말았으리라. 까만 또라이는 내 역사서를 말 그대로 찢어 죽일 것처럼 노려보고 있었다. 나는 그놈이 살벌하게 읊조리는 말에 호기심이 들어 조심스럽게 물었다.

"왜에? 아에테르니타스 황제가 어떻게 대마법사가 된 건데? 그게 그렇게 화낼 일이야?"

몇 년간 클로드를 상대하다 보니 나도 좀 겁대가리가 없어졌다. 하지만 궁금하단 말이야! 나도 클로드한테 죽지만 않으면 나중에 대마법사님이 될 운명이니까! 음하핫.

"그럼 이 자식이 금지된 마법을 쓰다 못해 자기 후손들까지 잡아먹었는데 욕이 안 나오게 생겼어?"

까만 또라이가 짜증스레 뇌까렸다. 당연하게도 나는 이놈이 무슨 소리를 하는 건지 잘 이해하지 못했다. 물론 놈은 그런 내게 친절히 설명해 주는 일 없이 계속해서 자기 혼자 살기등등하게 이를 갈며 중얼거릴 뿐이었다.

"제대로 미친 새끼 아니야, 이거. 뒈지려면 혼자 곱게 나자빠져서 뒈질 것이지. 나이를 몇이나 처먹었는데 함부로 처먹을 거 못 처먹을 거 구분을 못 하나?"

"헙!"

"게다가 내 마력까지 이놈이 처먹은 거 같은데."

바드득 이를 가는 소리가 섬뜩하게 울렸다. 뭔지 몰라도 지금 저놈을 건드리면 안 된다는 사실만큼은 알겠다. 나랑 몇 살 차이도 안 나는 어린 외모를 하고 있었는데도 또라이 놈에게서 풍겨져 나오는 살기가 장난이 아니었다. 허헉. 무, 무서워.

"진짜 등신 같은 놈."

그런데 그 나직한 음성에는 분노 외의 다른 복잡한 감정이 숨겨져 있는 것 같았다. 나는 눈만 도록도록 굴리면서 까만 또라이의 눈치를 봤다. 여긴 내 방인데 왜 내가 매번 저놈 눈치를 봐야 하냐구요. 흑흑. 바로 그 순간, 놈의 앙증맞은 손이 더 볼 가치도 없다는 양 두꺼운 역사서를 덮었다. 자리에서 벌떡 일어나는 놈을 보고 나는 반사적으로 입을 열었다.

"어, 어디 가?"

"오늘 치료 끝이야."

이놈이?! 애초에 자기가 거짓말까지 해서 내 방에 마음대로 쳐들어와 놓고는! 치료는 개뿔 넌 엎드려서 내내 책이나 보고 과자나 까먹었잖아! 나도 안 말려, 안 잡아! 하지만 기분 나쁜 티를 폴폴 날리는 놈이 방문을 나선 후에 나는 저도 모르게 문 쪽을 힐끔거리고 말았다. 저놈이 저렇게 대놓고 짜증 내는 건 처음 봐서 괜한 호기심을 자극받은 탓이었다. 진짜 뭐냐, 쟤? 그리고 잠시 후 방으로 들어온 릴리가 하는 말에 나는 기가 막혀졌다.

"어린 마법사님도 참 걱정이네요. 저리 몸이 약해서 어찌할지. 매번 쓰러질 것처럼 비틀거리며 돌아가는 모습이 안쓰러워요. 그런 와중에도 꼬박꼬박 공주님의 치료에 전력을 다해 주고 있으니 얼마나 고마운 일인지 모르겠어요."

오늘 같은 날까지 내숭 떠는 걸 잊지 않다니. 이 징그러운 놈…….

"폐하께서 곧 오실 테니 머리를 다시 만져드릴까요?"

한껏 짜게 식어 있던 나는 릴리가 덧붙인 말에 퍼뜩 정신을 차렸다. 그리고 보니 클로드에게 한 가지 변화가 더 있었다. 그것은 바로! 이제는 클로드가 직접 나를 보러 내 궁에 행차하기도 한다는 것이었다. 사람이 안 하던 짓을 하면 죽을 때가 다 된 거라던데 말이죠. 어떻게 생각하시나요!

"헛소리 마라."

갑자기 고막을 뚫고 들어온 서늘한 음성에 나는 경기를 할 뻔했다.

"역시 그렇겠지요? 어제 알피어스 공을 만났는데 아들을 조만간 아를란타로 보낼 계획이라 하더군요. 그래서 그 전에 마지막으로 공주님과 인사시키고 싶었던 것 같습니다."

"잘되었군. 더 이상 그 일로 짖어 대지 않을 테니."

나, 나한테 하는 소리 아니구나. 어휴, 딴생각하다가 깜짝 놀랐네. 그런데 알피어스 공작 아들이면, 남자 주인공인 이제키엘이잖아?

"흰둥이 아저씨네 오빠 아를란타 놀러 가요?"

"아를란타에 있는 학교에 들어갈 예정인 것 같습니다."

"따로 관심 둘 만한 문제가 아니다."

쿠, 쿨럭. 아주 단호박이세요? 흰둥이 아저씨네 얘기 나올 때마다 철벽 수비가 장난이 아니시네요. 흐음. 그리고 보니 이제키엘은 원래 조기 유학파였지. 원작에서도 어릴 때 아를란타로 공부하러 갔다고 하더니 그게 지금이었나.

"친구가 될 수도 있었는데 싶어 아쉬우십니까?"

"으응. 그치만 흰둥이 아저씨 닮았다고 하니까 그렇게 많이 궁금하진 않아!"

"공주님의 말 상대가 될 수 있도록 제가 더 많이 노력하겠습니다."

아, 아니. 노력 안 해도 돼! 매일 아를란타어 단어 외우는 것도 그만해도 돼! 철학 공부도 그만해!

"새로운 궁에서는 지낼 만하냐?"

이거 봐. 얘도 진짜 이상하다니까. 지금 클로드가 나한테 안부를 묻고 있어요. 크허헝.

"궁이 반짝반짝해요!"

여기도 반짝 저기도 반짝! 예쁘기도 하지요! 그렇지 않아도 루비궁에는 이제 더 떼어 낼 보석들도 없던 참인데 나는 신이 났다. 앗! 아! 그러고 보니 내 예쁜이들! 갑자기 생각났다. 루비궁에 숨겨 뒀던 내 예쁜이들 안 가져왔어, 으아앙!

"그렇겠지. 내친김에 시녀장도 바꿨다. 그간 주제도 모르고 설쳐 댔던 것을 들으니 가관이더군."

나는 통한에 젖어 좌절하다 말고 화들짝 놀랐다. 헉. 시녀장을 바꿨다니. 예산 부족이라고 내 딸랑이도 새로 안 사 줬던 그 시녀장? 재정이 안 좋다고 루비궁 보수도 안 해줬던 그 시녀장? 지난번에 루비궁 꼴을 제 눈으로 직접 확인하고 나니 얘도 빠쳤나 보구먼. 그, 그런데 설마 안 좋은 방법으로 바꾼 건 아니겠죠? 가령 다시는 이 세상 빛을 보지 못하게 만들어줬다거나. 그래서 더는 시녀장 노릇을 못 하게 되었다거나. 뭔가 묻기가 두려우니 그냥 가만히 있자.

"에메랄드궁은 가넷궁과 가까운 데다 환경도 쾌적하니 좋은 것 같습니다."

사실 클로드가 사용하는 가넷궁은 정식 황제궁은 아니라고 한다. 클로드가 황자였던 시절부터 이용하던 궁을 제위 후에도 그냥 계속 쓰는 거라나. 그리고 에메랄드궁으로 말할 것 같으면, 대대로 공주들이 사용하던 궁이란다. 그래서 나는 클로드가 내게 이 궁을 주었을 때 적잖이 놀라고 말았다. 왜냐하면 에메랄드궁은 클로드가 제니트를 딸로 인정한 후 하사한 궁이었기 때문이다.

클로드는 〈사랑스러운 공주님〉에서도 그다지 쉬운 놈은 아니라 아타나시아가 죽기 1년 전쯤에서야 제니트를 완전히 딸로 받아들이고 이 궁을 주었었다. 그래서 제니트도 그 전까지는 손님들이 묵는 사파이어궁에 머물러야 했고 말이다. 참고로 소설 속의 아타나시아는 죽을 때까지 루비궁에 짱박혀 살았다. 크흑.

그런데 그렇게 의미가 남다른 궁전을 지금 나한테 주다니! 내가 어떻게 놀라지 않을 수 있겠어. 클로드, 얘가 진짜 뭘 잘못 먹어서 이러지? 헉. 혹시 이러다가 나중에 제니트 오면 내가 쓰던 궁 뺏어서 주는 거 아니야? 그거 진짜 치사한 건데! 원래 줬다 뺏는 게 아예 안 주는 것보다 더 치사한 거랬어! 내 금! 내 보석!

"······하는 게 좋을 것 같은데. 공주님도 그렇게 생각하시죠?"

"으응."

"역시."

나는 아직 하나하나 공들여 만져 보지도 못한 에메랄드궁의 금과 보석들을 불안히 떠올리다가 옆에서 들려오는 물음에 무의식중에 대꾸했다. 응? 그런데 지금 뭐라고 한 거니? 퍼뜩 정신을 차리고 고개를 돌리자 눈썹 사이를 살짝 좁히고 있는 클로드의 얼굴이 시야에 들어왔다. 엥? 넌 또 왜 그런 얼굴로 날 보고 있어?

"이해할 수가 없군. 그따위 귀찮기만 한 게 왜 필요하다는 건지."

"물론 공주님께는 저도 있지만, 그래도 역시 아이들에게는 또래 친구가 있는 편이 좋다고 생각합니다."

뭐야, 뭐야! 흰둥이 아저씨네 아들 얘기는 다 끝난 거 아니었어?

"아티는 흰둥이 아저씨네 오빠랑은 친구 안 하고 싶어!"

"예. 그러시다고 했죠."

그런데 안다는 듯이 웃어 보이고 있는 것치고는 뭔가 방금 전 나눈 대화가 의미심장하지 않았냐?

"오늘은 그만 되었으니 물러가라."

"예. 쉬십시오."

하지만 클로드가 짧게 혀를 찬 뒤 대화를 종결시켜 버렸기 때문에 나도 수상쩍게 그들을 쳐다볼 수밖에 없었다. 이제키엘하고 친구 하고 싶지 않다고 분명히 말했으니까 괜찮겠지? 제니트랑도 친구 하기 싫다고 말하고 싶지만 흰둥이 아저씨가 이번에 직접 다시 얘기를 꺼낸 건 이제키엘뿐인 것 같아서 지금 괜히 말했다가는 긁어 부스럼만 만들 것 같았다. 나는 찜찜한 마음을 끌어안은 채로 클로드를 힐끔힐끔 쳐다보았다. 그리고 며칠 뒤 내 불안은 약간 다른 의미의 현실이 되었다.

"금일부터 아타나시아 공주님의 말동무를 겸하게 되었습니다. 잘 부탁드립니다, 공주님."

까만 또라이, 넌 또 왜 튀어나오고 난리야!

나는 내 앞에 공손히 머리를 조아리고 선 놈의 까만 머리통을 보며 그대로 얼어붙어버렸다.

"어린 마법사님이라면 공주님의 이야기 상대로 적합할 것 같아 제가 추천드렸습니다."

뿌듯하게 웃으며 말하는 필릭스를 나는 진심으로 때리고 싶어졌다. 역시 당신이었어! 매번 그렇게 해맑게 웃는 얼굴로 나한테 몇 번이나 똥을 뿌리는 거야! 캬악!

"지난번에 공주님께서도 알피어스의 어린 영식보다 어린 마법사님이 좋다고 하셨지요?"

지난번에 내가 제대로 못 들었던 게 그거였던 거야?! 난 그냥 흰둥이 아저씨네 얘기만 하는 건 줄 알았는데!

"아티는 새로운 친구 필요 없어! 필릭스만 있으면 된단 말이야!"

"감사합니다, 공주님. 정말 기쁩니다."

그래, 그러니까 그냥 저 또라이는 보내고 얘기하자!

"하지만 아무리 생각해 보아도 같은 나이 대의 친구를 사귀시는 것이 좋을 것 같았습니다. 나이를 초월한 우정도 굉장히 멋지다고 생각합니다만, 또래의 친구에게만 받을 수 있는 값진 경험들도 분명 있게 마련이니까요."

헉. 언제부터 필릭스가 이렇게 청산유수가 되었지? 무, 물론 그건 맞는 말이지만. 그렇지만 아니야, 당신들 지금 속고 있어! 저놈도 나랑 나이 안 비슷하다니까?

"부끄럽지만 예전부터 몸이 편치 않아 실내 생활을 하며 여러 학문적 소양을 익힐 수 있었습니다. 공주님의 말동무로서 부족한 모습 보이지 않게 노력하겠습니다."

저, 저 능구렁이 같은 놈이? 어디서 은근슬쩍 내 친구로 여기 붙박으려고!

"아빠는? 아티가 아빠한테 직접 말할래."

그동안 나름대로 날 살려 준 은혜가 있어서 입 다물고 있었지만 이제는 나도 전부 다 밝혀 버릴 거야! 설마 내가 진정성을 담아 말하는데 내 말이 전부 다 거짓말이라고 생각하지는 않겠지!

"공주님의 까망이는 오늘도 참 귀엽군요."

그런데 갑자기 까만 또라이 놈이 소름 끼치게 미소 지으며 말했다. 물론 그린 듯이 예쁘게 지어 보인 꽃 미소였지만 내 눈에는 한없이 무서워 보일 뿐이었다. 게다가 내 까망이는 또 언제부터 안고 있던 거야?! 분명 탁자 밑에 들어가 있던 까망이였는데 저 귀신 같은 놈이?

"역시 공주님의 애완동물이네요. 볼 때마다 너무 사랑스러워서 이대로 제 방으로 데려가고 싶을 정도예요."

히익. 까망이의 복슬복슬한 털을 쓰다듬으며 속삭이는 말에 나는 대번에 사색이 되어버렸다. 까망이도 놈의 다정한 손길에 부르르 몸을 떨고 있었다. 애 지금 나 협박하는 거지? 우리 까망이 납치해 버릴 거라고 협박하는 거지? 우리 까망이 먹어버릴 거라고 지금 나 협박하는 거지?!

"너무 조그마해서 한 입 거리도 안 되게 생겼네요. 정말 귀엽기도 하지……."

그리고 놈이 들릴 듯 말 듯한 작은 목소리로 음산하게 속삭이는 순간, 나는 항복했다.

"와, 와아. 아티한테 새로운 친구가 생겼네. 오빠, 잘 부탁해! 아빠한테는 나중에 아티가 고맙다고 해야지. 헤헤."

"저야말로 잘 부탁드려요, 공주님."

어흐흑. 저는 왜 항상 이렇게 비굴하게 살아야 하는 겁니까? 필릭스는 자신의 중매가 성공해서 기쁜지 매우 흐뭇한 얼굴로 에메랄드궁을 떠났다. 저 나쁜 필릭스 오빠 같으니! 오늘 밤 내 일기장에 다 써 버릴 거야! 앞으로 10년 동안은 두고두고 보면서 계속 욕해 줄 거야! 어흐흑.

"잠깐 신세 좀 지자. 며칠 있어 봤더니 역시 황궁이 익숙해서 편하네."

이 뻔뻔한 놈이? 자기가 뭔데 내 집을 자기 집처럼 여기고 난리야? 지금 불청객 주제에 어쭙잖은 주인 의식을 자랑하고 앉았네, 이놈이?

"오빠 누구야?"

"루카스."

"그거 말고!"

나는 또다시 카펫 위에 편하게 드러눕는 놈을 노려보다가 소리쳤다. 그러자 놈이 어쭈, 하는 눈으로 나를 쳐다보았다.

"오빠, 진짜로 몇 살이야?"

"몇 살 같은데?"

지금 나한테 물어봤냐? 어디 봅시다. 그 싸가지로 봤을 때 네 나이는요.

"18! 오빠는 18! 어디로 봐도 18! 18 맞지?"

"……."

"나이 말이야."

내 입에서 기다렸다는 듯이 다다다 터져 나온 말에 놈이 바보 같은 표정을 지어 보였다.

잠시 후, 그는 너무 어이가 없어서 화도 나지 않는다는 얼굴로 헛웃음을 내뱉었다. 하지만 어쩔 거냐. 난 지금 7살인데. 설마 너도 7살짜리 애가 일부러 욕을 했다고 생각하진 않을 거잖아? 은근히 기분은 나쁘겠지만 뭘 어쩔 거야. 그런데 갑자기 까만 또라이 놈이 이해할 수 없는 얼굴로 웃으며 황당무계한 말을 했다.

"나, 너랑 동갑인데."

야이, 사기도 적당히 쳐! 재미있니? 재미있어?

"그래, 그냥 적당히 맞먹어. 어차피 이제부터 같이 늙어 가는 처지에."

이놈이 자기가 지금 어린애 형상을 하고 있다고 진짜 회춘이라도 한 줄 아나? 나는 짜증이 난 상태로 놈에게 다가가 까망이를 확 빼앗으며 눈을 치켜떴다.

"진짜 정체가 뭐야? 이제부터 내 친구 할 거라며? 그럼 최소한 자기소개 정도는 제대로 해야 하는 거 아니야?"

"이름 알고 나이 알고. 또 뭐가 더 필요한데? 그 밖에 날 설명할 수 있는 것들은 이미 죄다 없어져 버렸는데. 그러는 넌 처음 친구 사귈 때 뭐라고 자기소개 해?"

헉. 가, 갑자기 말문이 막혔다. 까만 또라이 놈이 내 눈을 정면으로 쳐다보며 그렇게 말하자 마땅히 답변할 말이 생각나지 않았다. 그, 그러게. 친구끼리 자기소개는 어떻게 하는 거지?

"거봐. 할 말 없지?"

"아, 아니야!"

허흑, 제가 이렇게 휩쓸리기 쉬운 성격이었나요? 이놈이 정색하고 쳐다보니까 무슨 말을 해야 할지 모르겠어요!

"그런 것보다 알피어스 공작이면 어제 너네 아빠가 불러서 갔을 때 복도에서 언뜻 본 그 아저씨인가?"

'그런 것보다'라니! 이놈이 은근슬쩍 넘어가려고 하고 있어!

"오빠랑 이렇게 될 줄 알았으면 차라리 흰둥이 아저씨네 오빠랑 친구하는 게 나았어!"

적어도 남자 주인공인 이제키엘이라면 까망이 상습 협박범인 얘보다는 정신이 제대로 박혀 있었을 텐데. 으아앙. 괜히 흰둥이 아저씨랑 얽히기 싫어서 거절했다가 이게 뭐야. 하지만 이미 버스는 지나가 버렸고. 으앙앙.

"설마 흰둥이 아저씨라는 게 그 너구리 말하는 거야?"

내 작명 센스에 감탄했는지 놈이 신나게 웃어 댔다. 지금 이 까만 또라이가 누구 이름을 비웃고 있는 거래? 나는 양쪽 뺨을 뽀로통하게 부풀린 채 놈을 찌릿 째려보았다. 저놈이 며칠 전에 심각하게 뛰쳐나간 걸 걱정하는 게 아니었어. 역시 이놈은 나랑 까망이의 공공의 적! 사회악! 이 개미핥기! 헉, 아냐. 미안해, 개미핥기야.

"그렇게 원하면 흰둥이네 애랑 친구하면 되겠네."

그런데 한참을 소리 내 웃던 놈이 갑자기 나를 보며 사악하게 씨익 미소 짓는 것이었다. 잠깐. 너 무슨 짓 하려고? 내 위험 경보가 오랜만에 삐용삐용 요란하게 울어 대기 시작했다.

"그 새로운 친구한테 자기소개 하는 법 배워 와."

"뭐? 그게 무슨."

그런데 미처 질문을 끝마치기도 전에 내 시야가 반전되었다. 갑작스럽게 몸이 붕 뜨는 느낌이 들었다. 이게 뭐야? 너 나한테 무슨 짓 한 거야, 이 또라이야!

휘이잉.

그리고 잠시 동안의 현기증 끝에 다시 정신을 차렸을 때, 어째서인지 나는 아래로 떨어져 내리고 있었다.

"으아아, 엄마야!"

당연하게도 나는 소스라치게 놀라 비명을 내질렀다. 왜 하늘이 보이는 거죠? 왜 내가 허공에 떠 있는 거죠?

풀썩!

그런데 한순간 내 몸이 둥실 공중에 떠오르는 느낌이 들었다. 떨어지는 속도가 현저히 느려진다 싶었을 때, 누군가가 타이밍 좋게 내 몸을 붙잡았다. 하지만 역시 온전히 받아 내는 건 무리였는지, 나를 붙잡은 사람도 결국은 나와 함께 뒤로 넘어져 버렸다.

"아야……."

파릇한 잔디가 햇빛을 머금어 환하게 빛나고 있었다. 넘어진 충격으로 잠시 신음하던 나는 곧 내가 깔아뭉개고 있는 사람을 깨닫고 화들짝 놀라 몸을 일으키고 말았다.

"윽."

낮게 울리는 신음에 나는 황급히 입을 열었다.

"헉. 죄송……."

하지만 그 순간 내 눈에 들어온 것은 햇볕 아래 눈부시게 반짝이고 있는 은빛 머리카락과 그 아래에서 금화처럼 반짝이고 있는 금색의 눈동자였다. 한순간 허공에서 눈이 마주쳤다. 나는 고통으로 약간 접혀 있던 눈동자가 조금씩 크게 터지는 모습을 멍하니 바라보았다. 잠시 후, 지금의 까만 또라이와 비슷한 나이로 보이는 소년이 나를 보며 믿을 수 없다는 듯 중얼거렸다.

"천사님……?"

너 설마 이제키엘이니……?

하지만 나는 곧 내 생각을 부정해 버렸다. 아하하. 설마 아니겠지. 그냥 외양만 좀 비슷한 사람이겠지. 물론 지금 내 아래에 깔린 소년의 얼굴이 흰둥이 아저씨와 버전만 달리한 것처럼 무섭게 닮아 있긴 하지만 말이야. 그, 그래도 아니겠지? 그렇겠지?!

"천사……."

소년은 내 갑작스러운 등장에 크게 놀란 듯 잔디 위에 드러누운 상태 그대로 또 한 번 멍하게 중얼거렸다. 동그랗게 떠진 눈동자가 제 나이에 맞게 순진해 보여서 귀여웠다. 저기, 그런데 나보다는 네가 더 천사 같은데…… 물론 내가 좀 많이 귀엽고 예쁘고 사랑스럽긴 하지만 말이야! 그렇지만 확실히 나보다는 새하얀 은발과 반짝이는 금안을 가진 소년이 더 천사처럼 생겼다. 이, 이건 절대 내가 금에 환장하는 애라 그렇게 생각한 게 아니다.

그런데 어느 순간 퍼뜩 정신을 차린 듯, 당혹감과 놀라움을 담고 있던 금색 눈동자 안에 서서히 침착함이 어리기 시작했다. 이성을 되찾은 눈빛으로 나를 바라보는 소년은 방금 전의 무방비함이 모조리 헛것이었다는 것처럼 놀랍도록 차분했다.

"천사가 아니야."

마치 스스로에게 정답을 주지시키는 것 같은 작은 혼잣말이었다. 다, 당연히 아니지. 일 분 전까지만 해도 그토록 순진해 보였던 아이가 빠르게 동요를 갈무리한 상태로 나를 물끄러미 바라보자, 창피하게도 나는 그 시선으로부터 도망가고 싶어졌다.

"그런데 어떻게 하늘에서."

"이제키엘!"

헛. 그럼 도망가면 되잖아! 하지만 곧바로 내 귀를 파고든 목소리에 나는 더 생각할 겨를도 없이 반사적으로 움직이고 말았다. 흐허억. 이 목소리는! 내가 서둘러 자리에서 벌떡 일어나자 소년이 무어라 말하려는 듯 급히 입을 열었다. 하지만 내가 몸을 숨기는 게 더 빨랐다.

"이제키엘, 여기 있었구나."

그리고 내가 나무와 덤불 뒤로 폭삭 주저앉자마자 그가 모습을 드러
냈다.
"아버지."
"혼자 무얼 하고 있던 게냐?"
도대체 나한테 무슨 짓을 한 거야, 루카스 이 진성 또라이야! 저거 흰둥이 아저씨잖아! 그럼 저 애는 이제키엘이 맞다는 거고!
"제니트를 찾고 있었어요."
게다가 여긴 알피어스 공작저인 거냐구! 허허헝. 제니트래, 제니트. 제니트가 여기에 있대! 그리고 남자 주인공인 이제키엘하고 흰둥이 아저씨는 지금 내 코앞에 있고!
"그 아이가 또 혼자 토라져서 저택 밖으로 나온 모양이구나."
루카스 이 미친놈아 날 흰둥이 아저씨네 소굴로 던져 버리다니. 나는 소리 없이 발버둥 치며 혹시나 흰둥이 아저씨에게 들킬세라 조용히 숨을 죽였다. 설마 이제키엘이 방금 전에 날 만난 걸 전부 얘기해 버리는 건 아니겠지? 하지만 다행스럽게도 그는 내가 숨은 곳을 티 나지 않게 한번 곁눈질했을 뿐, 제 아버지에게 나에 관한 이야기를 꺼낼 생각이 없는 것 같았다.
"널 친오라비처럼 따르고 있으니 한동안 떨어져 있어야 한단 사실에 서운해할 만도 하지."
알피어스 공작이 그렇게 말하며 한차례 혀를 찼다. 말하는 걸 들어보니 이제키엘이 조만간 아를란타로 유학 가는 것 때문에 제니트가 많이 속상해한 모양이다. 어, 음. 하지만 실망하지 말렴, 제니트야. 네 낭군님은 몇 년 후에 최고의 예비 신랑감이 되어 돌아올 테니까.
나는 방금 전 보았던 소년을 떠올리며 과연 미래가 기대되는 외모였다고 잠시 감탄하다가, 곧 그 얼굴이 흰둥이 아저씨를 닮았다는 사실을 깨닫고 곧바로 썩은 표정을 짓고 말았다. 아냐, 하지만 버전이 다르게

생겼으니까 나이 들면 흰둥이 아저씨랑은 별로 안 닮게 되지 않을까?

"하지만 그 투정을 네가 일일이 다 받아줄 필요는 없다고 하지 않았느냐."

그리고 나는 못마땅하다는 듯 내뱉은 로저 알피어스의 목소리에 다시 그들의 대화로 관심을 집중하고 말았다.

"그 아이도 물론 알피어스의 소중한 보물이지만 무엇보다 중요한 건 너란다. 그 사실을 굳이 상기시켜 주지 않아도 내 아들인 너라면 잘 알고 있으리라 믿는다."

"네. 잊지 않았습니다."

와. 저 아저씨 좀 봐. 아들한테 아주 좋은 교육 시켜 주네. 아니, 물론 흰둥이 아저씨 입장에서는 저렇게 생각하는 게 당연할 수도 있지만, 그렇다고 해서 저런 열 살짜리 어린애한테 굳이 그런 말을 따로 해야 하나. 뜻하지 않게 엿듣게 된 대화에 나는 입맛이 약간 떨떠름해졌다.

"그래도 조금만 더 찾아보고 들어갈게요. 아버지 말씀처럼 이제 곧 알피어스를 떠나게 될 텐데 그 전에 달래 줘야지요."

그 와중에도 이제키엘은 시종일관 침착하게 알피어스 공작을 상대하고 있었다. 분명히 열 살짜리 애인데 왜 이렇게 어른 같지? 방금 전까지는 그래도 제법 귀여운 얼굴을 하고 있었는데 말이야.

"그래. 어련히 알아서 잘하겠지. 너를 믿는다."

그렇게 말한 뒤 로저 알피어스는 먼저 자리를 떠났다. 그 후 주위가 급속도로 조용해졌다. 사방에 나뭇잎이 흔들리는 소리만이 가득 울렸다. 나는 나갈 타이밍을 잡지 못해 이러지도 저러지도 못한 채로 덤불 뒤에서 삐질삐질 식은땀을 흘리고 있었다.

"……아직 거기 있으십니까?"

바로 그때 이제키엘의 나지막한 목소리가 귓가로 흘러들었다. 야생동물을 포획하기 직전의 사냥꾼처럼 지극히 조심스러운 물음이었다.

"제가 미흡한 탓에 제대로 받아 들지 못해 죄송합니다. 혹시 다친 곳은 없으신지요, 공……."

"처, 천사는 이깟 일로 다치지 않아."

제 손 발이 멀쩡한지 확인 좀 해주시겠어요……? 아주 그냥 손발이 오그라들다 못해 시공간이 뒤틀리는 기분이네요. 하지만 내가 공주라고 할 수는 없잖아? 갑자기 하늘에서 뚝 떨어져서 공작저로 무단 침입한 걸 무슨 수로 설명하라고?

"……천사시라고요?"

악, 왜 이래, 그 천사 소리는 네가 먼저 시작해 놓고! 그렇지 않아도 이 나이 먹고 그런 소리 하기 창피한데 내 입으로 또 말하라고? 그 금단의 단어를?

"크흠. 그래. 그리고 천사는 함부로 인간에게 얼굴을 보이면 안 돼. 그러니 거기에서 다가오지 말도록 해."

쪽팔림을 감수하고 도도하게 내뱉은 내 말에 뒤에서는 잠시 아무 대답도 없었다. 왜 반응이 그런 거니? 아무리 어른스러운 것 같아도 애는 애잖아. 방금 전에도 넌 날 천사님이라고 불렀잖아? 그러니까 애면 그냥 애답게 속아라. 으아앙. 서, 설마 그 잠깐 사이에 내 정체를 파악한 건 아니겠지? 문제는 내 눈인데, 방금 전까지 머리가 완전 산발이었어서 어쩌면 못 봤을 수도 있다고 생각했단 말이야. 그런데 바로 그때 덤불 뒤로 웃음을 꾹 눌러 참는 듯한 목소리가 날아들었다.

"천사님이시군요."

제, 제길. 쟤가 내 말을 믿지 않는다는 데 오늘 간식을 걸게요. 너무 창피해서 얼굴이 뜨끈뜨끈했다. 아마 지금 누군가 날 본다면 얼굴이 토마토 같다고 비웃지 않을까. 이익. 그런데 아까 전에 그렇게 귀여운 표정으로 나한테 '천사님'이라고 했던 애가 왜 이러실까? 나 아직 안 잊었거든? 네가 엄청 순진무구한 얼굴로 눈 동그랗게 뜨고 날 천사라고 부른 거!

"크흠, 큼. 이미 알고 있었으면서 왜 몰랐던 것처럼 그래? 먼저 날 천사라고 부른 건 그쪽이잖아?"

"그건……."

이제키엘은 내 갑작스러운 역공에 당황한 듯했다. 그래, 한번 변명해 보시지. 뭐라고 할지 들어나 보자. 하지만 잇따른 것은 기묘한 침묵뿐이었다. 으응? 왜 이렇게 조용해?

바스락.

나는 덤불 사이의 틈으로 빼꼼히 밖을 내다보았다. 그리고 초록의 잎사귀 사이로 보게 된 이제키엘의 얼굴에 훅 숨을 들이마시고 말았다. 그도 그럴 것이, 이제키엘은 상당한 부끄러움을 느끼고 있는 듯 그 단정한 얼굴을 옅게 붉힌 채 딴청을 부리고 있었던 것이다. 방금 전 놀랄 정도로 어른스러운 면모를 보였던 소년이라고는 믿기지 않게도 쑥스러워하는 그 모습이 참으로 귀엽기도 했다.

헉. 모, 모에하다. 이것이 바로 갭모에인가. 큭, 안 돼! 위험한 것에 눈떠 버릴 것 같아! 나는 까망이를 볼 때 같은 기분으로 잠시 헉헉거렸다. 무엇보다도 평소 내 옆에 있는 사람들이 거의 다 뻔뻔한 성격들이라 그런지 이런 식으로 부끄러워하는 사람을 너무 오랜만에 봐서 무척 신선하고 감동적이었다. 이런 걸 보니까 확실히 10살이 맞구나. 크윽. 그런데 넌 왜 하필 흰둥이 아저씨 아들인 거니.

"제가 가까이 다가가는 게 곤란하다고 하시니 여기에 있겠습니다."

이제키엘은 자신의 언행을 돌아보며 잠시 혼자서 부끄러워하는 것 같았다. 그러더니 곧 내가 숨어 있는 곳 근처의 나무 둥치에 등을 기대고 앉는 것이 아닌가.

"천사님은 어떻게 이런 곳까지 오게 되신 건가요?"

크허헝, 항마력이 부족합니다! 천사 소리를 육성으로 또 들으려니 시공간이 오그라드는 기분이네요! 나는 덤불 뒤에 무릎을 세우고 쭈그려 앉은 채로 화끈거리는 얼굴을 양손에 파묻었다.

"그런 건 비밀입니다아……."

으허헝, 왜 매번 흑역사를 차곡차곡 적립해 가는 느낌이죠? 나도 이러고 싶지 않은데에. 손바닥에 얼굴을 묻고 웅얼거린 내 말에 이제키엘은 또 웃음을 참는 목소리로 '그렇군요'라고 대꾸할 뿐이었다. 그러고 난 뒤 우리 사이에는 아무 말도 오가지 않았다. 풀벌레 우는 소리가 작게 옆을 스쳐 지나갔다. 이 침묵이 불편한 건 나뿐인가? 나는 소리 없이 끙끙거리며 고민하다가 먼저 정적을 깨뜨렸다.

"난 그냥 내버려 두고 동생 찾으러 가."

그러고 보니까 난 어떻게 돌아간다지. 이대로 여기 머물다가 결국 흰둥이 아저씨에게 도움을 청하는 일은 생기지 않으면 좋겠는데. 그런데 그 까만 또라이 놈이 아무리 또라이라지만 날 여기에 이렇게 던져 놓고 언제까지나 나 몰라라 할 것 같지는 않았다. 적당히 때 되면 데리러 오지 않을까. 으아아, 나도 몰라.

"동생이라면……."

"제니트라는 애 말이야. 아까부터 찾고 있었다면서?"

"전부 들으셨군요."

이제키엘이 말끝을 흐렸다. 그러고 난 뒤 그는 잠시 망설이며 말을 아꼈다. 아. 그러고 보니 여기서 내가 제니트를 만나게 되면 이제키엘이 난처할 수도 있겠다. 제니트 보석안은 어쩔 거야. 흰둥이 아저씨가 나한테 제니트를 소개해 주려고 했던 걸 보면 그 눈을 숨길 방법이 아예 없는 것 같진 않지만 지금도 그런 준비가 되어 있을지는 모르니까.

"실은 혼자 울고 있을 것 같아서 찾기를 망설이고 있었습니다."

하지만 이제키엘이 자기 입으로 말한 망설임의 이유는 그런 것이 아니었다. 진짜인지는 모르겠지만 꽤나 순진한 이유구먼, 그래. 나는 방금 전 들은 대화로 대강의 전말을 유추했음에도 모르는 척 물었다.

"동생이 왜 울어?"

"제가 곧 이곳을 떠나게 되거든요. 그래서 많이 서운한 것 같아요."

"흐응. 그 애가 오빠를 많이 좋아하나 보네."

이제키엘은 또 아무 말도 없었다. 나는 문득 이제키엘의 입에서 나오는 제니트의 이야기를 듣고 싶어졌다.

"저기, 그 제니트라는 애는 어떤 애야?"

사실 소설에서는 자세히 다루어지지 않았던 그들의 어린 시절이 궁금한 이유도 있었다. 뭐, 여주인공인 만큼 당연히 어렸을 때도 귀엽고 깜찍했겠지? 그런데 이제키엘이 무미건조하게 읊조리는 말에 나는 약간 당황하고 말았다.

"제가 지켜 줘야 할 아이지요."

저런 말을 할 거면 좀 어린애답게 호기로워야 하는 거 아닌가. 정해진 답을 읊듯 하도 무덤덤해서 뭐라고 대답해야 할지 잠깐 혼란스러웠다.

"그, 그럼 더더군다나 찾아서 달래 줘야 하는 거 아니야?"

왜인지 이제키엘은 내가 뭐라고 할 때마다 잠깐 아무 말이 없었다. 뭐 내가 어려운 말이라도 했니?

"우는 아이는."

그리고 잠시 후 작게 속삭여지는 목소리에 나는 또 요상한 기분이 되고 말았다.

"어떻게 달래야 할지 잘 모르겠어요."

헐. 이건 또 무슨 어울리지 않는 고민인가요? 혹시 지금 할 말이 없어서 대강 지어낸 말 아닌가요? 나는 이제키엘의 말을 믿을 수가 없어 또다시 덤불 사이로 그의 얼굴을 살펴보았다. 하지만 이건 진짜다. 얘 지금 진심이네. 으악, 저 민망해하는 얼굴 좀 봐. 그 모습이 어쩐지 조금 우스웠다.

〈사랑스러운 공주님〉에서의 이제키엘은 남자 주인공답게 멋진 놈으로 서술되어 있었는데, 소설 어디에도 이런 귀여운 고민을 했던 순수한 소년이었단 말은 없었다. 으앙, 놀려 주고 싶다! 막 괴롭혀 주고 싶어! 나한테 이런 가학적인 본능도 있었다니. 으어어.
"공…… 천사님은 다른 사람들이 어떻게 달래 주면 우는 것을 멈추시나요?"
나는 손으로 얼굴을 감싼 채 내 안의 위험한 본성과 한바탕 격한 레슬링을 하다가 이제키엘의 물음에 고개를 들었다. 이것만은 당당하게 대답할 수 있어!
"그걸 내가 어떻게 알아."
"아, 너무 어려운 질문이었."
"난 애초에 아예 안 우는데."
"……."
"나이가 몇인데 애처럼 울어."
그래. 내 나이가 몇인데 어린애처럼 질질 짜겠니? 난 애기 때부터 안 우는 애로 유명했다 이거야. 물론 얼마 전에 죽을 뻔했을 때는 아파서 징징거렸지만…… 그, 그건 아프니까 할 수 없는 거고. 그것 말고는 운 적이 없다는 말씀. 그런데 내 위풍당당한 선언에 한동안 침묵하던 이제키엘이 마침내 입을 열었다.
"그러신가요?"
"왜, 왜 웃어?"
이제키엘은 방금 전보다 확연히 티가 나게 웃고 있었다. 뭐야, 아까부터 계속. 내가 웃겨? 그래? 그리고 이어진 이제키엘의 웃음기 어린 목소리에 나는 당황하고 말았다.
"죄송합니다. 천사님이 귀여워서요."
헉. 너 지금 나한테 작업 거는 거야? 하지만 그렇다고 하기에는 그 목소리에서 느껴지는 감정이 담백하기 그지없었다. 하긴, 당연한가. 애는 지금 열 살짜리 꼬마니까. 지금 한 말도 여동생을 귀여워하는 듯한 것이었고. 실제로 나는 지금 이 녀석이 동생처럼 아끼는 제니트와 동갑이다. 그런데 그 말을 듣자 갑자기 얼굴이 빠른 속도로 달아오르고 심장도 같이 두근두근 쿵쾅쿵쾅 뛰기 시작하…… 기는 무슨.

허. 내가 지금 열 살짜리 남자애한테 귀엽다는 말을 들은 거야? 아니, 이런 어이없는 일이. 하도 어처구니가 없어서 그냥 헛웃음만 나왔다. 이 아가가 지금 누구를 제멋대로 귀여워하고 있는 거야? 와, 내가 지금 여기서 뭘 하고 있는 건지 새삼 회의감이 든다. 나는 까만 또라이를 향해 이를 갈았다.

"루카스, 이……."

이 망할 놈! 당장 날 여기서 빼내가란 말이야! 바로 그 순간이었다.

따악-

처음 이곳에 떨어질 때와 마찬가지로 한순간 눈앞이 환해진다 싶더니, 곧 주변에 어른거리던 풀벌레 소리와 실바람이 사라졌다.

"잘 다녀왔어?"

다시 눈을 떴을 때, 나는 내 방의 카펫을 밟고 있었다.

"꽤 즐거웠나 보네. 생각보다 날 늦게 부른 걸 보면."

눈앞에서 까만 또라이가 예쁘게 웃으며 내게 말했다. 까망이는 침대 위에서 꼬리를 살랑살랑 흔들며 나를 반겨 주고 있었다.

"자기소개 하는 법은 배워 왔고?"

나는 까만 또라이를 향해 헤헤 웃어주었다. 자기소개? 그럼. 그 정도야 쉽지. 다음 순간 내 손이 놈을 향해 힘껏 휘둘러졌다. 나를 알려면 먼저 내 주먹하고 얘기해라!

"퍼억!"

"윽!"

주먹에 가해지는 짜릿한 타격감에 나는 십 년 묵은 체증이 아주 조금 가라앉는 것을 느낄 수 있었다.

"와. 날 때린 사람은 네가 처음이야."

사실 무턱대고 저질렀던 일인 만큼 뒤늦은 후폭풍을 걱정했는데, 뜻밖에도 까만 또라이는 내게 화를 내지도 보복을 하지도 않았다. 그는 내 행동에 분노는커녕 얼떨떨한 감정만 느끼는 것 같았다.

"더군다나 어떻게 이 모습을 하고 있는데 그렇게 가차 없이 때릴 수가 있지?"

"내가 오빠보다 어리거든?"

"아, 맞아. 그랬지."

'아, 맞아' 좋아하시네! 까먹을 게 없어서 내가 자기보다 어리다는 걸 까먹냐? 그리고 이놈 자기 외모의 위력을 너무 잘 알고 있잖아? 하긴 그러니까 그렇게 다른 사람들 앞에서 연약한 척하면서 동정과 호의를 사는 거겠지.

"그런데 왜 때려? 네가 흰둥이 주니어랑 친구 하고 싶다고 해서 보내 준 건데."

"그건 그냥 말이 그렇다는 거였지!"

그리고 넌 진짜 내가 이제키엘이랑 친구 하고 싶어 하는 거라고 생각해서 거기에 보낸 게 아니잖아! 내가 바보인 줄 알아?

"알았어. 내가 잘못했어. 화내지 마. 그런데 누가 너한테 위해를 가하거나 네가 다시 돌아오고 싶다고 진심으로 바라면 저절로 이동하게 해놔서 위험한 일이 생길 건 하나도 없었어."

내가 화가 나서 씩씩거리자 그래도 양심이 있는지 까만 또라이가 나한테 사과했다. 아오, 진짜 이 개똥구리 같은 자식.

"이제부터 마음대로 이런 짓 안 한다고 약속해."

"알겠어."

나한테 얻어맞은 게 퍽이나 충격적이었는지 놈은 순순히 대답했다. 아직 좀 찜찜하긴 하지만 웬일로 깐죽거리지 않고 가만히 있는데 거기에 대고 더 뭐라고 하기도 애매하고. 그런데 의미를 알 수 없는 눈길로 나를 빤히 쳐다보던 까만 또라이가 뜬금없이 툭 내뱉듯 내게 물었다.
"너 내가 엄청 센 마법사인 거 알아, 몰라?"
　이 자식이 재수 없게 왜 또 갑자기 잘난 척이래?
"내가 마음만 먹으면 오벨리아를 통째로 날려 버릴 수도 있어. 하다못해 이 황궁 하나 폭파시켜 버리는 건 일도 아니야."
"그, 그래서 뭐?"
　이게 혹시 또 날 협박하려는 건가?! 자기가 미친놈인 걸 뭐 이렇게 당당하게 지껄이고 있어? 까만 또라이는 내가 자기 눈치를 보는 걸 유심히 지켜보더니 다시 입을 열었다.
"그래, 알면서도 그랬다는 거지."
　머리 한 대 얻어맞았다고 돌았나? 너 지금 나 홀로 독백하니?
"기분 이상하네. 태어나서 부모한테도 맞아 본 적 없었는데."
　나한테 말하고 싶은 거면 좀 잘 들리게 말하든가. 혼잣말이면 그냥 조용히 속으로만 생각하든가. 얘는 왜 자꾸 이도저도 아니게 혼자 중얼거리고 있어? 녀석은 신기한 얼굴로 고개를 갸웃거리며 한참 나를 보더니 이윽고 자리를 털고 일어났다.
"나 간다. 이제 혼자 놀아."
　야이, 내가 언제 너한테 놀아 달라고 한 적 있었니? 이건 뭐, 자기 마음대로 내 말동무 자리를 꿰차 놓고는. 하지만 이제는 일일이 반응하기도 지친다. 그래, 그냥 빨리 내 눈앞에서 사라져 버려. 그래야 내 마음이 평온을 되찾지. 그리고 까만 또라이가 방을 나선 뒤에야 나는 침대 위에 편하게 드러누워 까망이와 함께 진정한 휴식 시간을 보낼 수 있었다. 어, 그러고 보니 이제키엘한테 온다고 말도 안 하고 왔잖아?

"너 나중에 학자라도 될 생각이야?"

내가 열심히 공부하는 것을 보던 까만 또라이가 질렸다는 듯이 물었다. 그렇지 않아도 요즘 진도 밀려서 바쁜데 귀찮게 굴기는.

"오빠 바보야? 꼭 학자가 되려고 공부를 하니? 그냥 칭찬받으면 뿌듯하고 또 재미있으니까 열심히 하는 거지."

"흐응. 너 나중에 여왕 되고 싶어?"

나는 열심히 오늘 배운 내용을 복습하다 말고 콧방귀를 뀌었다. 여왕이라니. 이게 무슨 개풀 뜯어먹는 소리란 말인가. 난 그냥 18살 이후까지 생존하는 게 목표다, 이놈아. 그리고 여왕은 뭐 아무나 하나? 되고 싶으면 다 될 수 있는, 그런 건 줄 알아? 〈사랑스러운 공주님〉의 결말에서도 그냥 제니트하고 이제키엘하고 클로드하고 잘 먹고 잘 살았다고만 나와서 클로드 다음 황제가 누가 되었는지 알 방도도 없었고 관심도 없었다. 하지만 어쨌든 간에 지금의 나와는 거리가 먼 문제 아니겠는가? 난 그냥 가늘고 길게 사는 게 꿈인데!

"이상한 소리 하지 말고 저리 가. 방해된단 말이야. 저쪽 가서 역사서나 봐. 나 오늘까지 숙제해야 돼."

"이거 재미없어. 죄다 사기야."

그런데 얼마 전까지만 해도 내 역사서를 킬킬거리며 보던 놈이 얼굴을 구기며 질색했다. 또 왜 이러실까? 처음에는 아에테르니타스 황제의 이야기를 찾아보면서 심각하게 굴던 놈이 그 뒤로는 내 역사서를 보면서 만화책이라도 보듯 배를 잡고 웃어 대지를 않나, 그러더니 이제는 못 볼 걸 본 것처럼 이렇게 질겁하는 표정을 짓고.

"특히 탑의 마법사 가지고 아주 소설들을 써 놨어."

변덕이 아주 죽 끓는다고 속으로 투덜거리던 나는 놈이 지나가듯 내뱉은 말에 귀를 쫑긋 세우고 말았다.

"탑의 마법사가 왜?"

탑의 마법사가 누구이던가. 릴리가 어릴 적 읽어줬던 책들에 빠짐없이 등장해 나에게 마법에 대한 환상을 심어주었던 존재가 아니던가. 가시덩굴로 휘감은 검은 탑에 홀로 은둔하고 있다는 세계 최강의 마법사 이야기는 언제나 내 가슴을 두근두근하게 만들곤 했다.

"하나하나 짚자면 한도 끝도 없어. 일단 탑의 마법사가 오벨리아 옛 왕조의 부패를 참지 못해 제도를 날려서 정화했다는 것도 어이없고(그냥 황제 놈이 시건방진 게 마음에 안 들어서 딱밤 한 대 때렸는데 황성이 날아간 걸 어쩌라고), 탑의 마법사가 아에테르니타스의 강대한 마법에 감명받아 충실한 심복을 자처했었고 그래서 그놈이 죽고 난 뒤에 절망해 모습을 감추었다는 것도 진짜 개소리고(빠드득, 진짜 이 병신이 당사자 없을 때 이딴 사기를), 그리고 결정적으로 탑의 마법사가 불의의 사고로 흉측한 외모를 가지게 돼서 칩거하고 있다는 건 완전 헛소리지."

이놈이 하는 말은 언제나 진짜 같기도 하고 그냥 미친놈의 허풍 같기도 해서 영 아리까리했다. 까만 또라이는 엄청난 헛소리를 들었다는 듯 잠시 썩소를 짓다가 위풍당당하게 말했다.

"탑의 마법사는 언제나, 늘, 세계 최고로 잘생겼거든."

……아, 네, 그러세요. 그런데 왜 네가 그렇게 흥분해서 말하는 거니? 한껏 진지하게 말하고 있는 놈이 지금 10대 초반의 모습을 한 채로 카펫에 배를 깔고 엎드려 있는 꼴이라 더 웃겼다. 물론 나도 탑의 마법사를 좋아하니까 그랬으면 좋겠다고 생각하지만 말이야. 혹시 이놈도 탑의 마법사의 열렬한 팬인가? 아, 하긴. 전생에서도 남덕들 화력이 의외로 장난 아니란 말을 들었던 것 같기도 하고.

똑똑. 달칵.

"간식 드세요, 공주님."

바로 그때, 릴리가 방문을 열고 안으로 들어왔다. 나는 유난히 극성 맞은 까만 또라이를 미묘한 눈빛으로 바라보다가 릴리가 들고 온 간식으로 고개를 돌렸다.

"와, 맛있겠다!"

헉헉, 초코 수플레다, 초코 수플레!

"이건 마법사님 거."

힐끔 보니 어느덧 단정한 정좌 상태로 돌아간 까만 또라이도 아닌 척하면서 접시에서 눈을 떼지 못하고 있었다. 훗, 우리 릴리가 만들어주는 간식은 완전 짱짱이라구.

"까망이는 여기."

이제는 릴리도 까망이가 마법 생물이라 탈이 나지 않는다는 걸 알았는지 마음껏 초콜릿이 들어간 음식을 주고 있었다. 침대 위에서 동그랗게 몸을 말고 있던 까망이도 어느새 릴리의 발치에까지 와 꼬리를 마구 흔들어 대며 헥헥거리는 중이었다.

"그럼 맛있게 드세요."

릴리는 그런 우리들 모두를 귀엽다는 듯이 보다가 방을 나섰다. 내게 말동무가 생긴 뒤부터 릴리는 우리들이 함께 있을 때면 노는 것을 방해하지 않으려 다른 곳에 가 있곤 했다.

"맛있어, 어흑."

나는 따끈따끈한 수플레를 한 입 떠먹은 뒤 감격에 젖어 부르르 몸을 떨었다.

"솔직히 말해봐. 저 여자, 간식에 마약 타지?"

"저 여자가 뭐야, 릴리한테!"

사실 여전히 재수는 없었지만 양 뺨 가득 수플레를 쓸어 넣고 햄스터처럼 우물거리는 까만 또라이는 좀 귀여웠다. 물론 외양만. 엇, 그런데 쟤 왼쪽 눈 밑에 눈물점 있었네. 그래서 입 다물고 있을 때 더 새침해 보이는 건가. 하여간 까만 또라이나 이제키엘이나. 남자애들이 생긴 게 다들 왜 이렇게 예쁜 거람.

"너 안 먹으면 나 줘."

"앗! 내 거야!"

으악, 이 방심할 수 없는 놈!

※

오늘은 오랜만에 내가 먼저 클로드를 찾아갔다. 하지만 그 전에 먼저 만나게 된 것은 알피어스 공작이었다.

"흰둥이 아저씨, 안녕!"

가넷궁으로 향하는 초입. 나를 발견한 로저 알피어스가 웬일로 나를 기피하는 느낌 없이 공손히 인사해 왔다.

"안녕하셨습니까, 공주님."

크으. 이렇게 보니까 이제키엘하고 더 닮았네.

"자네도 잘 지냈나."

"예. 얼마 전에도 뵈었었지요, 알피어스 공."

이 아저씨는 뭘 먹고 이렇게 능구렁이 같은 아저씨가 되었을까. 이제키엘은 설마 이렇게 자라지 않겠지?

"공주님, 건강해 보이셔서 기쁩니다. 오벨리아의 보배이신 공주님께서 갑작스러운 병환에 시달리신다는 소식을 듣고 많이 염려했답니다."

오랜만에 봤다고 흰둥이 아저씨가 내게 입에 발린 소리를 하기 시작했다.

"공주님을 치료했다는 어린 마법사의 이야기도 들었지요."

그런데 까만 또라이 얘기를 꺼내는 알피어스 공작의 눈동자가 약간 가늘어져 있었다.

"듣자 하니 그 마법사를 공주님의 말동무 상대로 삼으셨다고······."

아하. 이제키엘을 내게 밀어 넣으려고 했는데 실패해서 언짢은 상태구나. 더군다나 어디서 굴러들어 온지도 모르는 까만 또라이가 떡하니 그 자리를 차지하기까지 했으니 이 사람 입장에서는 못마땅할 수밖에. 나는 그런 그의 속내를 모르는 척 우울한 표정을 지으며 말했다.

"으응. 아티가 아직 아를란타어 공부를 덜해서 흰둥이 아저씨네 오빠랑 여자애랑은 친구할 수가 없으니까."

전에 만났을 때 했던 얘기를 또 꺼내자 로저 알피어스가 사레가 들린 것처럼 큼큼 헛기침을 했다. 하지만 역시 구렁이를 백 마리쯤 삶아 먹은 것 같은 아저씨라 그런지 회복력이 장난 아니게 빨랐다. 그는 클로드를 만나러 가던 길에 우연히 얻은 기회를 놓치지 않고 또다시 나를 회유하려 들었다.

"실은 이번에 제 아들이 보다 폭넓은 소양과 경험을 위해 아를란타로 떠난답니다. 당연히 아를란타어를 꽤나 유창히 할 줄 알지요. 그러니 혹시 괜찮으시다면 그 전에 제 아들이 공주님의 아를란타어 공부를 도와······."

"와아! 대단하다! 그럼 흰둥이 아저씨네 오빠가 다시 오벨리아에 올 때까지 아티도 공부 열심히 해야겠네!"

"아니, 제 아들에게 말해서 공부를······."

"지금 아빠 보러 가려고 했는데, 그냥 가서 공부할래. 아티 지금보다 더 똑똑해질 수 있어! 그럼 흰둥이 아저씨 빠빠이! 그 오빠도 아를란타에서 힘내라고 해줘!"

이제는 척하면 척이었다. 내가 옷자락을 잡아당기자마자 필릭스가 알피어스 공작에게 인사를 남긴 뒤 왔던 길을 다시 되돌아 걷기 시작했다. 내가 돌아서기 직전 본 로저 알피어스는 또다시 내게 한 방 먹었다는 듯한 표정을 짓고 있었다. 하지만 설마 7살짜리인 내가 계획적으로 자기를 물 먹인다는 생각은 하지 못할 거고, 그냥 나처럼 말 안 통하는 애는 처음 봤다고 답답해하고 있겠지. 크크. 흰둥이 아저씨 놀리기 재미있당.

"저도 오늘부터 공부 양을 더 늘리겠습니다, 공주님. 공주님의 예비 친구인 알피어스의 어린 영식도 학문적 소양을 넓히기 위해 유학을 간다는데, 공주님의 현재 친구인 저도 더 노력해야지요."

헉. 필릭스가 듣고 있는 걸 또 잊고 있었네. 이제는 내 호위 기사라기보다는 이동 수단이란 느낌이 더 강해서 그만!

"아아아냐. 필릭스는 진짜 지금 이대로도 좋은데."

"아닙니다. 공부도 하다 보니 나름대로 재미있는걸요."

결국 나는 다른 때보다도 유독 강한 열의를 보이는 필릭스에게 지고 말았다. 그, 그래. 공부는 마음의 양식. 우리 모두 공부합시다. 자, 어서 책을 펼치세요!

"어서 와!"

그리고 정작 나는 공부를 하지 않고 시간 맞춰 내 방에 온 까만 또라이를 반겨 주었다. 그러고 보니 오늘 클로드 보러 간다고 말도 안 했었잖아. 헉. 흰둥이 아저씨 아니었으면 이놈 바람맞힐 뻔.

"뭐야. 왜 날 이렇게 반겨? 수상쩍게."

에잇, 말 좀 예쁘게 해줄 수 없니? 내가 말이야, 이유 없이 널 좀 반가워할 수도 있지! 하지만 내가 생각해도 지금 까만 또라이가 이상한 눈으로 날 보는 게 이해가 되었다. 크흠. 나는 두어 번 헛기침을 하다가 까만 또라이에게 말했다.

"있잖아, 나 그때 거기로 다시 보내 줄 수 있어?"

"그때 거기? 흰둥이네 집?"

이놈도 척하면 척인걸?

"언제, 지금?"

"어, 진짜 보내 주려고?"

"네가 보내 달라며. 이번에도 그냥 해본 말이야?"

"그건 아니지만."

뜻밖에도 그는 내게 이유를 묻지 않았다. 이놈이 왜 이렇게 순순하지? 나한테 얻어맞은 보람이 있었나? 만약 안 된다고 하거나 조건을 걸거나 아무튼 치사하게 나오면 그냥 관두려고 했는데. 뭐, 어쨌든 좋은 게 좋은 거라고 나는 내친김에 한 가지를 더 부탁했다.

"응, 그리고…….."

※

"으악!"

그런데 꼭 이렇게 우아하지 못한 방법으로 보내 줘야 하냐고!

"읍, 콜록, 콜록!"

잠시 후 나는 까만 또라이를 속으로 마구 욕하고 있었다. 아무래도 이놈의 순간 이동 방법은 꼭 하늘에서 떨어뜨리는 걸로만 한정된 건 아닌가 보다. 그 증거로 나는 눈을 뜨자마자 먼지가 폴폴 날리는 비좁은 공간에서 콜록콜록 기침을 하고 있었으니까.

"아얏!"

여긴 어디야? 왜 이렇게 좁아? 악, 자리에서 일어나려다가 머리 부딪쳤잖아. 내 뇌세포. 으아앙.

"고……!"

그래도 제대로 온 모양이다. 먼지 때문에 눈물을 찔끔하며 앞을 보니, 이제키엘이 잔뜩 당황한 표정으로 나를 보며 서 있었다. 그런데 '고'라고?

"거, 거기서 뭘 하시는 건가요?"

방금 전보다 약간 정신을 차린 것 같은 그가 그래도 여전히 당황하며 물었다. 말을 더듬는 걸 보니 놀라긴 많이 놀랐나 보다. 그런데 왠지 급하게 말을 돌린 느낌인데, 뭐지?

"손을."

나는 이제키엘이 내미는 손을 잡고 좁은 공간에서 벗어났다. 으억. 벽난로였냐? 벽난로였어?

"머이 머어떠."

으앙. 먼지 먹었어. 퉤퉤. 루카스 이 망할 놈은 왜 하필 날 벽난로에 밀어 넣고 난리야? 내가 혀를 삐죽삐죽하며 얼굴을 찡그리는 동안 이제키엘은 내 옷에 묻은 먼지들을 털어주었다. 그러더니 내 머리카락에 붙은 벽난로의 잔재들까지 부드러운 손길로 떼어 내 주기 시작하는 것이 아닌가. 오, 제니트를 돌보던 솜씨인가. 행동이 아주 자연스러운데. 이런 세심한 손길은 릴리에게서밖에 느껴 본 적이 없었던 나는 이 어린 소년의 오빠다운 면모에 약간 감탄하고 말았다. 그러던 중 문득 허공에서 눈이 마주쳤다.

"붉은 눈……."

이제키엘이 놀란 듯이 중얼거렸다. 앗. 여기 오기 전에 까만 또라이한테 할 수 있으면 내 눈 색깔을 바꿔 달라고 했었는데 정말 해준 모양이다(놈은 자기가 할 수 없는 건 세상에 없다며 코웃음 쳤다).

그런데 왜 하필 빨간색이야, 에잇. 혹시 귀신 눈 같아서 놀랐나? 그치만 까만 또라이 눈은 제법 예쁜 빨간색이었는데.

"저기, 너무 빤히 보지 말았으면 좋겠는데."

이제키엘은 자신이 내 얼굴을 가까이에서 내려다보고 있었던 것을 그제야 깨달은 듯했다. 그 직후, 그가 흠칫 놀라서 내게서 물러났다.

"죄송합니다."

아니, 그렇다고 그렇게 급하게 물러설 건 없는데. 어째서인지 이제키엘은 나와 눈조차 마주치지 못한 채로 무척이나 당황하고 있었다. 그는 무슨 말을 해야 할지 모르겠다는 듯 잠시 갈팡질팡하는 표정을 짓다가 이내 내게 물었다.

"어떻게 여기에……."

나는 약간 겸연쩍어져서 머리카락을 만지작거리면서 대답했다.

"그, 그때 내가 갑자기 사라졌잖아?"

"네. 걱정했습니다."

기다렸다는 듯이 답변이 돌아왔다. 크으. 역시. 얘라면 왠지 걱정할 것 같았어. 이제키엘은 내 말에 다시 한번 시선을 돌려 나를 살피더니 이내 안심했다는 듯 웃었다.

"아마 그럴 것 같다고 짐작하고 있긴 했지만, 원래 계신 곳으로 무사히 돌아가셨던 것 같아 다행이에요."

헉. 얘 뭐야. 치유캐인가? 뭐 이런 가슴 훈훈해지는 남자애가 다 있죠? 역시 오늘 다시 오길 잘했다. 이런 순진한 남자애를 계속 걱정시켰으면 아마 죄짓는 기분이 들었을 거예요. 으앙.

"으응. 그때 간다고 말 못 하고 가서, 그래서 다시 온 거야."

마침 흰둥이 아저씨도 황성에 있고 말이지. 그래도 네가 까만 또라이 같은 애였으면 여기 다시 안 왔을 거란다.

"그럼 그때 인사를, 제게 못 한 것이 마음에 걸려서 다시 오신 것이라는……."

이제키엘이 내 말을 확인하려는 듯 혼잣말처럼 읊조렸다. 으억. 얘 입으로 다시 들으니까 좀 민망하당.

"그러니까 오늘은 저를 만나러 와 주신 거군요."

"그렇지……?"

윙. 지난번에도 어쨌거나 까만 또라이가 널 만나라고 보내 준 거였으니까, 그때도 어쨌든 널 보러 왔던 건데. 그리고 다음 순간 보게 된 것에 나는 눈을 의심하고 말았다. 이제키엘의 은발 사이로 드러난 귀가 약간 빨갰던 것이다. 헉. 쑥스러워하는 건가? 고작 이런 걸로? 으앙, 귀엽다. 역시 이 신선하고 풋풋한 반응! 그나저나 오늘은 방에 혼자 있었네. 으음. 이제키엘 방이 맞겠지……? 왜, 왜인지 방의 인테리어나 분위기가 애가 쓰는 방 같지 않아서 좀 의심스럽다.

"뭐 하고 있었어?"

헤헤. 나 무사한 거 봤으니 됐지? 그럼 안녕! 뿅! 이러고 사라지기는 또 뻘쭘해서 나는 괜히 하릴없이 물었다. 그리고 이어지는 답변에 동공지진을 일으키고 말았다.

"『편미분방정식에 의한 시공간의 곡률 연구와 특수 상대성 이론에 기반한 게일 쉴러의 논리가 가진 오류와 그 비판 그리고 재해석』을 공부하고 있었습니다."

……네? 그게 뭐죠? 책 제목인가요? 지금 열 살인 네가 그걸 공부하고 있었다는 건가요? 정말요? 이 나라 원래 예법 같은 기초 교양도 8살부터 시작한다고 했잖아요. 그런데 얘는 뭔데요?

"……사회학 어디까지 공부했어? 빌 로이츠 알아? 조셉 로투스의 재귀 이론은?"

"벌써 빌 로이츠와 조셉 로투스를 아십니까? 놀랍군요. 저는 최근에 하퍼스 코엘의 표상적 실재론을 공부하고 있습니다."

"[아를란타어로 일상 회화해 봐]."

"예? 그러니까…… [갑자기 이런 질문은 왜 하시는 건가요? 너무 갑작스러워서 마땅히 할 말이 생각나지 않는데. 그나저나 벌써 아를란타어 일상 회화를 할 줄 아시는]."

"아를란타어로 표상적 실재론 설명해 봐."

"[하퍼스 코엘이 마크빌력 231년에 처음 주장한 이론으로, 사물의 내적 대상과 외적 대상에 대한 직간접적 지각을 관념적으로……]."

"사이칸시아 신성 제국어는 어느 정도 할 줄 알아? [신이 말하기를 너희들은 나의 핏빛 젖 속에서 태어났으니 타락한 낙원에서 영원히 벗어나지 못하리라]. 이 뒤의 구절이 뭐야?"

"[그러나 억겁의 세월이 흐른 뒤 내가 너희들을 구원할지니, 그 파멸의 날까지 모두 피의 성배를 들라]. 맙소사. 사이칸시아의 성서 내용을 벌써 12장 41절까지 외우고 계시다니. 15세는 되어야 보통 그 정도 진도를 나간다고 알고 있었는데 대단하시네요."

제, 제길. 몇 장 몇 절 내용인지까지 알고 있는 거냐……! 그건 나도 모르는데! 그러는 너도 10살인데 벌써 성서를 그 정도까지 외우고 있잖아! 게다가 내가 뜬금없이 뒤 구절을 말해보라고 했는데도 1초도 안 망설이고 대답했어. 나도 아직 배우지 않은 하퍼스 코엘도 알고, 그걸 아를란타어로 설명하라는 것까지 다 해내다니! 일상 회화도 엄청 유창했어! 심지어 아를란타어에서 어렵기로 소문난 'i' 변화형 단어도 제대로 맞게 썼다고!

"정말 믿을 수가 없군요."

이런 게 남자 주인공 버프입니까? 그런 겁니까?! 그런데 이놈은 오히려 나를 천재 보듯 하고 있었다. 이 무슨 학이 까마귀를 보고 네 깃털 희다고 하는 소리며, 황새가 뱁새 보고 다리 길다고 감탄하는 소리란 말인가. 흰둥이 아저씨가 자기 아들 잘났다고 내 앞에서 주름잡던 게 다 그럴 만한 이유가 있어서였단 말이야? 정말? 진정? 나는 왜인지 지금까지 용을 쓰며 공부하던 게 허탈해져서 잠시 멍하니 서 있었다.

똑똑.

그런데 돌연 문밖에서 노크 소리가 들려왔다.

"오빠."

그것은 어린 여자애의 목소리였다. 뭐?! 어린 여자애의 목소리? 이 집에 있는 어린 여자애라면 제니트밖에 없잖아? 내 짐작이 맞는지 이제키엘이 멈칫했다.

"동생이야?"

모르는 척 내가 묻자 금색 눈동자가 더욱 크게 흔들리기 시작했다.

"그……."

"오빠, 나 들어가도 돼?"

역시 여주인공 파워인지 문밖에서 들리는 목소리가 참으로 깜찍하기도 했다.

"잠깐만 기다려. 내가 나갈게."

사실 나는 오늘 여기에서 제니트를 만나도 상관없다는 생각으로 왔던 것이었다. 물론 저 아이가 껄끄러워서 보기 싫은 건 맞았지만 지난번 여기에 왔을 때 흰둥이 아저씨와 이제키엘의 이야기를 듣고 난 뒤 어린 제니트가 조금 궁금해졌다. 루카스를 통해 눈 색깔도 바꿨겠다, 내 얼굴을 아는 사람도 흰둥이 아저씨밖에 없겠다, 솔직히 여기에서 누굴 만난다 해도 내가 아타나시아 공주라는 걸 알 사람이 없었다. 왜냐하면 난 여기에서, 크흠, 처, 천사님이니까. 게다가 지금의 상황에서 제니트와 나 둘 중, 정체를 숨겨야 할 사람은 아마 나보다는 제니트 쪽일 것이었다.

"잠시만 여기에서 기다려 주세요."

이제키엘은 또 금세 침착함을 되찾았다. 제니트는 평소 교육을 잘 받은 건지 허락 없이 문을 열고 방 안으로 난입한다거나 하는 일은 벌이지 않았다. 아마도 그것은 지금의 이제키엘에게 있어 퍽 다행스러운 일이리라.

"무슨 일이야?"

방문을 연 이제키엘이 아마도 문밖에 서 있을 사람을 향해 부드럽지만 어딘가 사무적인 어투로 물었다. 이쪽에서는 문에 가려져 얼굴이 보이지 않았지만 소녀의 목소리만큼은 문을 닫고 있던 방금 전보다 한결 또렷이 들렸다.

"나 책 읽어줘."

"책?"

"응. 지난번에 읽어줬던 거 뒤 권 마저 읽어줘."

"그건 이틀 전에 끝까지 다 읽어줬잖아."

그러자 제니트인 것이 분명해 보이는 아이는 잠시 말이 없었다.

"그럼 앨리스 머리 빗겨 주는 거 도와줘."

으응? 앨리스가 누구래? 머리를 빗겨 준다는 거 보니까 우리 까망이처럼 애완동물인가?

"앨리스는 지금쯤 빨랫줄에 널려 있을 텐데. 아침에 깨끗하게 만들어준다고 에이미랑 같이 빨래통에 넣었잖아. 그냥 새 인형을 사 준다고 해도 싫다고 하면서."

인형이었냐! 그럼 이제키엘한테 같이 인형 머리 빗겨 주자고 한 거야? 저 애늙은이가 퍽이나 재미있게 인형 놀이를 하겠다.

"그, 그럼 같이 온실에 가. 오늘 아침 처음으로 하얀 장미가 폈다고 앤이 그랬단 말이야."

"제니트······."

어쩐지 약간 짠내가 나기 시작했다. 저 일곱 살짜리 여자애가 왜 갑자기 이제키엘의 방에 찾아와 저런 말을 하는지 슬슬 이해가 되고 있었기 때문이다. 아마도 저 아이는, 무얼 하든 상관없으니 그저 이제키엘과 함께 시간을 보내고 싶은 것뿐인 것 같았다.

"지금은 아저씨도 없잖아. 그러니까 나랑 같이 장미 보러 가 줘. 응?"

이제키엘이 난처해하는 것이 여기까지 느껴졌다. 흐음. 지난번에 밖에서 흰둥이 아저씨가 한 말을 생각해 봤을 때 아마도 그 아저씨가 있을 때는 제니트가 필요 이상 이제키엘을 귀찮게 하지 못하도록 단속을 하는 모양이었다. 하지만 저 아이는 지금 7살밖에 되지 않은 꼬마고,

친오빠 같은 이제키엘이 집에서 떠나기 전에 더 많은 시간을 함께 보내고 싶어 한다. ……이 정도로 설명이 되는 건가. 문득 시선을 느끼고 나는 고개를 들었다. 방금 전 문을 열었을 때 무심코 커튼 뒤에 숨은 채로 머리만 삐죽 내밀고 있는 나를 보고 그가 한순간 웃음을 참는 얼굴이 되었다.

'가도 돼.'

나는 입 모양으로 말해주었다. 어차피 내 목적은 이미 달성한 참이었으니 이제키엘과 더 할 것도 없었다. 그런데 그는 잠시 망설이다가 앞에서 들려오는 목소리에 그제야 다시 고개를 돌렸다.

"왜? 방에 뭐가 있어?"

"아니. 창문이…… 열려 있는지 확인했을 뿐이야."

그러고 난 뒤에도 그는 몇 초가량 침묵했다.

"그래. 온실에 가자."

그러자 기쁜 듯이 '정말?' 하고 묻는 소리가 방 안에 울렸다.

"고마워. 나 오빠가 같이 가 줄 줄 알았어."

굳이 얼굴을 보지 않아도 제니트가 무척 기뻐하고 있다는 걸 알 것 같았다. 크흡. 여주인공이라 그런지 매우 귀엽네요. 클로드도 나중에 저기에 넘어가는 건가요. 지, 지금 저 위기의식을 가져야 할 때 맞죠? 문을 닫기 직전 이제키엘이 마지막으로 나를 돌아보며 소리 없이 입술을 달싹였다. 으응? 뭐라고 하는 거니.

'금방 다녀올 테니 기다려 주세요.'

탁. 그리고 문이 닫혔다. 지금 기다려 달라고 한 거 맞아? 네가 언제 올 줄 알고 기다려? 난 그냥 갈래.

"쟤 키메라야?"

"악!"

그때 갑자기 귓가에 들려온 목소리에 나는 소스라치게 놀라 비명을 지르고 말았다.
"아, 귀 따가워."
깜짝이야! 네가 왜 여기에 있어! 까만 또라이, 이 미친놈아!
"갑자기 뭐야?"
"뭐긴 뭐야. 네가 친구 삼고 싶어 하는 애 구경하러 왔지."
"이 미…….."
"뭐?"
나는 목 끝까지 차오른 욕을 집어삼키고 벌렁거리는 가슴을 진정시키려 노력했다.
"그런데 쟤 키메라냐니까?"
"느닷없이 와서 뜬금없이 뭔 소리야."
"저 여자애 말이야."
내가 숨어 있는 커튼 뒤에서 나타난 까만 또라이 때문에 진짜 심장 떨어지는 줄 알았다. 그런데 놈이 나를 따라서 커튼 밖으로 머리만 삐죽 내민 채 하는 말에 나는 또 한 번 흠칫하고 말았다.
"온실 간댔지? 나도 구경 가야겠다."
"뭘 구경 가? 난 이제 집으로 가려고 했는데."
"괜찮아. 안 들켜."
놈은 자신만만했다. 그리고 내 말은 귓등으로도 듣지 않았다. 야이, 그냥 가자니까!
따악.
놈이 손가락을 튕긴 다음 순간, 우리는 온실 밖에 도착해 있었다. 유리온실 안에는 벌써 이제키엘과 제니트가 와 있었다. 까만 또라이가 또 한 번 작게 손가락을 마찰시키자 눈앞에 반투명한 무언가가 한번 일렁이다가 사라졌다.
"지금 뭐 한 거야?"

"저쪽에서 우리를 인식하지 못하게 한 거야."

앗. 신기하다. 그런데 그거 정말 믿을 만한 거 맞아? 하지만 이런 걸 또 물었다가는 저놈이 짜증 내겠지.

"저 여자애 뭐야? 너 동생 있었어?"

헉, 맞아. 제니트 보석안! 루카스 얘가 서 있는 곳에서는 제니트 얼굴이 보이나? 나는 까만 또라이를 은근슬쩍 옆으로 밀어내고 온실 안을 기웃거렸다. 오늘 아침 하얀 장미가 피었다는 제니트의 말대로였다. 흰 꽃들 사이로 이제키엘과 제니트가 나란히 서 있는 모습이 보였다. 앗! 제니트 얼굴 보인다! 그 순간 나는 입을 쩍 벌리고 말았다.

우으아아아! 제니트 뭐야! 짱 예뻐! 짱 귀여워! 이런 졸귀! 역시 여주인공이라 이건가요! 예쁜 애는 어릴 때부터 예쁘다는 건가요! 이거 완전 개사기! 저 깜찍이는 대체 뭐죠! 살랑살랑 보드라워 보이는 갈색 머리카락 아래로 보석안이 눈부시게 반짝거렸다. 올망졸망 예쁜 얼굴이 이제키엘과 같이 온실에 와서 좋은지 약간 발그레하게 상기되어 있어 더욱 사랑스러웠다. 와, 이래서 '사랑스러운 공주님', '사랑스러운 공주님' 그 타령을 해댔던 거구나.

"이상한데."

그런데 내 옆에서 얼굴을 구긴 채 제니트를 유심히 관찰하던 까만 또라이가 눈살을 찌푸리며 말했다.

"아무리 봐도 쟤 마력 파장은 순수 황족의 것이 아닌데. 뭔가가 막 섞여 있어. 좀 가까이에서 보면 확실히 알 수 있을 것 같기도 하고."

"가까이에서 보긴 뭘 가까이에서 봐?"

작작해, 이놈아. 우린 지금 무단 침입자라고. 전생 같으면 들키자마자 바로 철컹철컹인데.

"너 저 여자애 알고 있었어?"

"뭐, 뭐?"

"알고 있었던 것 같은 얼굴이길래. 놀라지도 않고."

나는 당황했다. 으앙, 망할. 여기서 이 까만 또라이가 제니트를 보게 될 줄은 몰랐는데. 뭐라고 해야 하지? 하지만 고민할 필요는 없었다.

"뭐 아무래도 상관없지만."

따악.

"정말? 그럼 안 가면 되잖아."

헉. 제니트 목소리다. 갑자기 온실 안에서의 대화가 바로 옆에서 울리는 것처럼 생생히 들리기 시작했다. 까만 또라이, 이놈 참 신묘하네?!

"오빠도 나랑 같이 있고 싶은 거면 그냥 여기 있으면 되는 거잖아."

"제니트."

"내가 대신 말해줄게. 아저씨도 아주머니도, 내가 말하면 들어주실 거야. 오빠도 사실은 여기에 있고 싶은 거라고, 내가 오빠 대신 말해줄 수 있어. 그럼 되겠지?"

둘이서 무슨 이야기 중이었는지, 제니트가 반색하는 얼굴로 말했다. 반면 이제키엘은 약간 곤란한 얼굴을 하고 있었다.

"빈말인 걸 모르다니 애는 애구먼."

옆에서 한가롭게 그런 두 사람을 지켜보고 있던 루카스가 중얼거렸다. 과연, 그런 건가. 지금 말하는 걸 들어 보면 이제키엘이 '사실은 나도 너랑 같이 있고 싶다'거나, 아니면 '사실은 나도 공부 같은 거보다 네가 더 좋다'거나 하며 말한 것을 제니트가 진지하게 받아들인 것 같은데.

"네가 그래도 나는 가."

"왜?"

이제키엘의 단호한 말에 제니트가 이해할 수 없다는 듯이 물었다.

"지금까지 내가 원하는 건 다 들어줬으면서 왜?"

"그래야 하는 일이니까."

이제키엘은 그렇게 말하며 제니트를 잠시 가만히 쳐다보다가, 이내 방금 전보다는 부드러운 어조로 달래듯 덧붙였다.

"아예 떠나는 게 아니야. 네가 원한다면 학기 중에도 종종 널 보러 올게."

"……."

"네가 내게 편지를 보내 주면 나도 잊지 않고 답장할 거야. 그러니 내가 영영 네 앞에서 사라지는 것처럼 그렇게 울지 않아도 돼."

푸른빛이 어른거리는 커다란 눈망울에서 눈물이 뚝뚝 떨어져 내리고 있다. 으음. 소설을 봐서 알고는 있었지만 이 두 사람 진짜 사이가 좋은가 보다. 특히 제니트는 이제키엘을 진짜 많이 좋아하는 것 같았다. 어떻게든 그를 아를란타로 떠나지 못하게 하고 싶을 만큼. 하지만 책에서도 이제키엘은 결국 다년간 유학생활을 하다가 본격적인 이야기가 시작될 때부터 다시 오벨리아에 정착하게 된다.

"울지 마."

우는 아이를 어떻게 달래야 할지 모르겠다고 하더니, 이번에도 이제키엘은 곤혹스러움을 감추지 못해 가만히 서 있다가 결국 그의 앞에서 훌쩍훌쩍 울고 있는 제니트의 어깨에 팔을 둘러 끌어안았다. 그 모습이 마치 한 쌍의 어린이 천사들처럼 가슴 훈훈하게 예뻤으나…… 내 쪽에서 보이는 이제키엘의 얼굴에 나는 그만 기분이 미묘해지고 말았다.

"한 달에 한 번…… 나 보러 와."

"그래."

"매일 편지할 거야. 꼬박꼬박 답장해 줘야 해."

"그래."

"나 말고 친한 친구 만들면 안 돼."

"……그래."

그래도 마음이 달래지지 않는 듯 제니트는 이제키엘의 가슴에 얼굴을 묻고 계속 훌쩍거렸다.
"재미있는 것 좀 있나 했더니 쪼그만 것들이 신파 찍고 있네."
그 모습을 짜게 식은 눈으로 쳐다보던 까만 또라이가 약간 신랄하게 중얼거렸다.
"내가 그냥 가자고 했잖아!"
소리 죽인 내 외침에 놈이 쯧 혀를 차더니 따악, 손가락을 튕겼다. 곧장 시야가 뒤틀렸다.
"으억."
저놈이 순간 이동 쓰기 전에 눈 감았어야 하는 건데! 어지러워!
"뀨웅!"
두다다다!
방에 도착하자마자 혼자 있던 까망이가 기다렸다는 듯 나를 향해 달려왔다.
"그 여자애 뭐지?"
까만 또라이 놈은 또다시 이상하다는 듯 혼잣말을 하고 있었다.
"키메라인 듯 키메라 아닌 키메라 같은 희한한 애네."
야아, 아무리 그래도 키메라는 너무 심하지 않니? 키메라는 보통 돌연변이 괴물 같은 의미로 많이 쓰이는 말인데. 하지만 사실 까만 또라이가 제니트를 보고 첫눈에 키메라냐고 물은 이유를 알 것 같았다. 끄응. 왜냐하면 〈사랑스러운 공주님〉의 여주인공인 제니트는 클로드의 방에 있던 초상화 속 여인, 즉 제니트의 어머니인 페넬로페 유디트에 의해서 '만들어진' 아이였기 때문이었다. 그 일이 그녀가 클로드의 분노를 사 황궁 밖에서 몰래 제니트를 낳아야 했던 이유이기도 하고 말이다.
어, 음. 하지만 사실 제니트의 엄마가 만들었다고 하기에는 어폐가 있긴 하다. 그녀는 그냥 그 일에 동조한 것뿐이니까. 게다가 만들어졌다고 해봤자 막 거창한 의미도 아니었다. 어쨌든 제니트가 자기 어머니의 배 속에서부터 자라 태어난 것은 맞으니까 말이다. 다만 배 속의 아이가 생기기까지의 과정이 다분히 인위적이었다는 의미였다. 어디 보자. 그게 어떻게 된 일이었더라.

전에 말했듯 페넬로페는 유디트 후작 가문의 둘째 딸로 클로드의 약혼녀였다. 페넬로페는 꽤나 허영심이 많고 자신의 미모에 대한 자부심도 컸던 여자로, 어릴 적부터 클로드와 결혼을 하기로 내정된 사람이었다. 하지만 그 사실은 페넬로페의 데뷔탕트 이후로도 공식화되지 않았는데, 그 이유는 그녀가 클로드의 아내로 만족할 만한 여자가 아니어서였다. 그녀는 자신을 아끼는 유디트 후작에게 약혼을 늦추어 달라 부탁했고, 그러는 동안 황태자를 유혹했다.

하지만 그러면서도 페넬로페는 클로드 역시 한 손에 쥐고 놓아주지 않았다. 클로드는 당시 황제였던 아버지와 황태자인 이복형에 의해 불행한 유년 시절을 보냈다고 한다. 오죽했으면 젊을 적부터 광기가 있던 황제가 자신의 둘째 아들인 그에게 '절름발이'의 의미를 가진 '클로드'라는 이름을 붙여 줄 정도였다. 클로드의 어린 시절 이야기는 소설에 자세히 서술되어 있지 않아 그 이상은 나도 몰랐지만, 어쨌든 그가 꽤나 불우한 시절을 보냈다는 것은 알 것 같았다. 시녀 출신인 클로드의 어머니 역시 황제가 죽였다고 했으니.

페넬로페는 그런 클로드의 약점을 파고들었다. 그녀는 유일한 안식처를 어릴 때 잃고 줄곧 외로웠던 클로드의 마음을 손쉽게 뒤흔들었다. 그때는 클로드 역시 앳되었던 소년이었으니 '영원히 곁에 있어주겠다'는 페넬로페의 약속은 차마 거부할 수 없는 달콤한 유혹으로 느껴졌을 것이었다. 하지만 결국 페넬로페는 클로드를 배신했다. 언제나 그에게 달콤한 말만을 속삭이던 페넬로페가 그의 형인 아나스타시우스의 침실에서 발견되었을 때, 클로드는 두 번 다시 그 누구도 믿지 않을 것을 다짐했다. 그리고 아나스타시우스가 그 일로 자신을 조롱했을 때, 그동안 자신의 인생을 폐허로 만들어 왔던 이 질긴 피의 족쇄를 완전히 끊어 내기로 결심했다. 그가 선황인 아에붐과 황태자 아나스타시우스를 죽이고 핏빛 왕관을 쓰게 된 데에는 이런 사연이 있었다.

사실 클로드는 처음 만났을 때부터 페넬로페가 그에게 거짓말하는 것을 알고 있었다. 그를 사랑한다는 것도, 영원히 옆에 있어주겠다는 것도. 하지만 설령 그 모든 것이 거짓이라 해도, 그는 페넬로페의 손을 먼저 놓아버릴 수 없었다. 그녀가 아나스타시우스를 유혹하고 있다는 사실을 진작부터 알았음에도 그것을 모른 척한 것 역시 그래서였다.

그리고 마침내 제 손으로 아버지와 형을 죽인 날, 클로드는 페넬로페 역시 버리기로 결정했다. 사실은 단 한 순간도 자신의 사람이었던 적이 없는 여자를 비로소 완전히 놓아버리기로. 클로드와 페넬로페의 인연은 여기에서 끝나지만 제니트의 탄생 비화는 이제부터 시작이었다. 클로드가 황제가 되자 제국민들은 그를 '악마의 추종자인 선황과 황태자를 처단한 성자'라 추앙했다.

으음. 이건 내 역사서들에도 빠짐없이 등장하는 내용이다. 그 이유는 바로 황제 아에붐과 황태자 아나스타시우스가 금기된 마법을 사용하는 흑마법사였기 때문이다. 이 사악한 남자들은 야망을 가지고 불나방처럼 몸을 던져 오는 페넬로페를 이용해 한 가지 실험을 했다. 바로 마력을 불어넣어 아이를 만드는 것. 그들은 흑마법으로 어느 정도 강력한 힘을 지닌 아이를 만들 수 있을지 알고 싶어 했다. 그리고 페넬로페 역시 자신을 제국 최고의 여성으로 만들어준다는 꾐에 넘어가 이에 동의했다.

하지만 클로드가 선황과 황태자를 죽이면서 그녀의 꿈 역시 박살이 나고 만다. 클로드는 두 번 다시 그녀를 돌아보지 않았다. 그래서 그녀는 자신의 임신 사실을 철저히 숨기고 그 무엇보다 강력한 힘을 가지고 태어날 아이를 기다렸다. 아이를 앞세워 오벨리아의 모두를 제 발아래에 두게 될 황홀한 미래를 꿈꾸면서.

그리고 태어난 아이는 보석안을 가지고 있었지만 그 외에는 지극히 평범한 여자 아이였다.

게다가 페넬로페는 그 사실을 알기도 전에, 출산 직후 과출혈로 죽어버렸다. 자신이 다시는 눈을 뜨지 못할 것도 모르고 그녀는 그 자리에 있던 자신의 언니에게 '앞으로 이 아이가 나를 높은 곳으로 끌어올려줄 것'이라고 말했다고 한다. 그것은 그대로 그녀의 마지막 유언이 되었다.

재미있는 것은, 페넬로페가 흑마법을 이용한 아이를 갖게 된 것을 당사자들 외에 아무도 몰랐다는 것이다. 그래서 페넬로페의 언니나 후에 제니트를 맡게 된 알피어스 공작가의 사람들은 제니트를 진짜 클로드의 딸이라 믿었다. 왜냐하면 페넬로페는 어릴 적부터 줄곧 클로드의 암묵적인 혼약자였던 데다, 클로드가 돌연 선황을 죽여 제위에 오르기 전까지 표면적으로는 사이도 원만했으니까.

다만 그들은 제위 이후 선황과 마찬가지로 광기를 드러내기 시작한 클로드에게서 제니트를 지키기 위해 그녀의 출생 소식을 숨겼다. 그러니 다시 말해, 제니트는 사실 클로드의 친딸이 아니었던 것이다. 아오. 〈사랑스러운 공주님〉 두 번째 외전에 이 내용이 나왔는데 이거 보고 대박 뒤통수 맞는 기분이었다. 아무리 요즘 막장이 대세라지만 이렇게 쓸데없이 출생의 비밀을 넣어야만 했냐고.

한편 클로드는 페넬로페의 일 이후 일종의 인간 불신과 여성 혐오에 빠져 이전과 전혀 다른 방탕한 생활을 일삼았는데, 그러던 중 만난 것이 바로 시오도나의 무희인 다이아나였다. 비록 동갑이기는 하지만 제니트는 일 년 중 가장 첫 달에, 그리고 나는 가장 마지막 달에 태어난 정도의 달 수 차이가 있었다. 그러니 생일로 치면 사실은 제니트가 제

1공주여야 했다.

 물론 그건 클로드의 친딸일 때 얘기지만. 이게 얼마나 뚜껑 열리는 얘기인지 알겠어? 그러니까 한마디로 클로드의 친딸은 아타나시아뿐이었는데, 친딸도 아닌 제니트 때문에 죽어야 했다는 거잖아? 이런 썩을. 심지어 클로드는 제니트가 자기 딸이 아닌 걸 알고 있지 않았던가.

 세월이 흘러 과거의 분노도 애증도 모두 잊은 인형 같은 사람이 된 그는 당시의 쳇바퀴 같은 일상에 무료함을 느끼고 있었다. 그쯤에는 아마 사람을 죽이는 것도 슬슬 질리지 않았을까…… 쿨럭. 그렇게 생각한다. 아무튼 그러던 중 그의 딸이라며 알피어스 공작이 데려온 여자아이는 클로드에게 꽤나 신선한 자극이 되었을지도 몰랐다. 완전 개막장! 당연히 나는 그렇게 생각했다. 그래도 어쩌겠는가! 작가가 그렇게 쓰겠다는데.

 나에게 이 책을 처음 소개했던 머리에 피도 안 마른 중학생 아이는 제니트가 클로드의 '가슴으로 낳은 자식'이라느니 하는 헛소리를 지껄여 나를 짜증 나게 만들었다. 그래서 나는 그 책을 읽고 클로드가 제니트의 엄마인 페넬로페를 목숨보다 더 사랑했던 것이 분명하다고 생각했다. 그렇지 않은가? 사이도 좋지 않았던 아버지와 이복형에 의해 태어난 제니트를 그렇게까지 아끼려면. 그 여자의 초상화까지 아직 가지고 있지를 않나. 비록 먼지구덩이 속에 처박혀 있기는 하지만 말이야. 그리고 클로드와 다이아나의 인연은 실로 얄팍하여, 결국 그녀는 그에게 잊힌 채로 루비궁에서 아타나시아를 낳았다고 원작에서 그랬는데.

 그런데 이상하단 말이야. 분명히 클로드의 유일한 사랑은 제니트의 엄마였을 텐데, 왜 꿈속에서의 그는 아타나시아의 엄마를 사랑한 것처럼 나왔지? 그가 내게 보여 주었던 꿈을 생각했을 때 애초에 다이아나를 그렇게 아름다운 모습으로 기억하고 있는 것도 놀라웠고, 특히 지난번 꾸었던 꿈에서는…… 분명 그거 같지? 다이아나가 아타나시아를 가져서 생명이 위험해지니까 아이를 죽이라고 한 거야. 크윽. 클로드 그놈은 진짜 아타나시아랑 전생에 무슨 악연이어서 태어나기도 전부터 자기 딸을 죽이려고 그랬대?

어쨌든 난 그냥 다이아나가 아타나시아를 낳다가 죽었다는 것만 알고 있었는데, 사실은 그 전부터 아이 때문에 자신이 죽을 수도 있는 걸 알고 있었다니 조금 놀라웠다. 그리고 기분이 약간 이상해졌다. 내가 진짜 아타나시아는 아니었지만, 어쨌든 지금은 그 아이의 모습을 하고 있는 나를 위해 스스로를 희생했다는 점에. 클로드 같은 아빠에 다이아나 같은 엄마라니! 이거 밸런스 붕괴 아닙니까! 너무 극과 극이잖아. 으아앙. 역시 내 최애캐인 다이아나가 살아 있었어야 했어. 그랬으면 아마 아타나시아의 삶은 엄청나게 많이 달라졌을 텐데. 지금까지 내가 개고생할 이유도 없었을 테고!

"으앙!"

갑자기 너무 억울해져서 나는 까망이를 쓰다듬다 말고 바닥에 엎어져 몸부림쳤다.

"왜 갑자기 지랄 발광이야?"

그러자 언제나처럼 카펫에 배를 깔고 엎드려 얼굴을 구긴 채로 무언가를 생각하는 듯하던 까만 또라이가 그런 나를 힐난했다. 그나저나 이 자식, 딱 한 번 보고 제니트가 흑마법으로 만들어진 애란 걸 알다니! 물론 자세한 것까지는 아직 모르는 것 같지만, 키메라니 뭐니 한 걸 보니 확실히 보통이 아니다.

그런데 그건 그거고.

"애한테 지랄 발광이 뭐야? 나 같은 어린애한테는 고운 말을 써야 하는 거 몰라?"

전부터 느낀 건데 애 교육에 안 좋게 너무 말을 막 하고 있어! 내가 보통 어린애였으면 엄청난 악영향을 받았을 거라고! 그런데 심드렁하게 이어진 녀석의 말에 나는 그만 경기하듯 몸을 떨고 말았다.
"너 애 아니잖아."
이, 이놈이 지금 무슨 소리하는 거야? 당연히 별 의미 없이 내뱉은 소리일 거라고 생각했지만 방금 전 이놈이 제니트의 정체를 알아맞힌 것을 떠올리자 갑자기 등줄기가 서늘해지기 시작했다.
"애, 애가 아니라니. 내가 왜 애가 아니야. 나 7살이야. 그것도 몰라?"
그러자 까만 또라이가 카펫 위에 옆으로 누워 팔에 얼굴을 괴고 있던 자세 그대로 내게 시선을 돌렸다. 붉은 눈동자가 내 눈을 그대로 직시했다. 곧 그가 여우처럼 얄쌍하게 웃었다.
"아하. 7살."
"그으래!"
"너 7살이야? 정말?"
나는 눈동자의 떨림을 감추기 위해 갖은 용을 다 썼다. 이, 이 자식 설마 뭘 아는 건가?
"그럼 내가 7살이 아니면 뭔데!"
도둑이 제 발 저린다고, 나는 괜히 찔려서 버럭 소리 질렀다. 그러자 루카스가 여전히 눈동자를 갸름하게 접어 웃는 얼굴로 내게 말했다.
"누가 뭐래? 그래, 너 7살이야. 속은 좀 늙었지만."
"헉. 그게 무슨 뜻이야?"
"아무 뜻도 아닌데. 아까 봤던 흰둥이네 아들처럼 그냥 너 애늙은이 라고."
아직도 내 눈은 동공지진을 일으키고 있었다. 지, 진짜인가? 그냥 나 놀리려고 한 말인가? 하긴, 그렇겠지?!
똑똑.
"공주님, 간식 드세요."
바로 그때 릴리가 방문을 열고 들어왔다. 그래서 나는 그만 까만 또라이와 더 말할 기회를 놓치고 말았다.

※

"아빠아!"
"정신 사납게 뛰지 마라."
자신을 향해 달려가는 나를 향해 클로드가 냉정하게 말했다.
"넘어진다."
크으. 들었어? 지금 들었어? 넘어지니까 뛰지 말란다. 2년간 이놈 옆에 찰싹 붙어 있던 보람이 있구나.
"에헤헤."
나는 클로드를 보며 최대한 귀엽게 웃어 보였다.
"아빠아, 보고 싶었어요오."
내가 생글생글 웃으며 다가가서 손을 잡아당기자 클로드의 고개가 슬쩍 기울어졌다. 하지만 여기에서 끝이 아니지! 나는 거기에서 멈추지 않고 클로드의 손에 얼굴을 가져다 대고 부비부비하기까지 했다. 그러자 클로드가 내게 닿은 손을 한순간 움찔거렸다.
"간지럽다. 그만 놔라."
그래? 그럼 네가 뿌리치면 되지 왜 가만히 있으실까? 이상하다 이상하다 싶었는데 이제는 확실히 감이 왔다. 너 지금 나한테 흔들리는 거지? 내 필사적인 노력이 깃든 애교에 너도 모르게 빠져들고 있는 거지! 플랜 C 성공적? '열심히 아양을 떨어 클로드의 하트를 픽업♡ 한다'는 내 세 번째 계획은 이제 반쯤 성공인 건가? 워호! 이런 경사가!
"아빠, 아빠."
크헤헤. 그래, 그래. 앞으로 내 매력에 더더더 빠져들어라. 나는 해맑게 웃는 낯으로 클로드를 올려다보며 위로 팔을 뻗었다. 그러자 클로드가 비스듬히 눈썹을 올린 채로 나를 가만히 바라보았다. 그는 곧 내가 원하는 것을 알아차렸다.

"요즘 잘 먹고 있나 보군."

으씨, 몸무게 얘기는 좀 그만해라. 크윽, 그래도 내가 안아 달라고 손 내민 줄 찰떡같이 알아차린 데다가 또 이렇게까지 선뜻 날 안아 들다니! 여러분, 우리 클로드가 달라졌어요!

"헤헤. 아티는 뭐든 아빠랑 같이 먹는 게 제일 맛있어! 아빠가 요즘 아티 많이 많이 보러 와 줘서 좋아요!"

그럼 이제 굳히기를 들어가야죠! 으흑, 사실은 얼마 전에 제니트를 보고 왔더니 나도 모르게 위기의식이 들어서 다른 때보다 혼신의 힘을 다해 애교를 부리게 되었다. 내가 방긋대며 말하자 가까이에 있는 클로드의 표정이 한순간 또 미묘해졌다. 그런데 옆에서 그런 우리를 유심히 지켜보던 필릭스가 입을 열었다.

"오늘따라 공주님께서 유독 행동하시는 것이……."

내 행동이 뭐, 뭐, 왜. 물론 내가 오늘따라 클로드한테 적극적으로 귀여운 척하고 있긴 하지만 그게 뭐 어때서! 욕할 거면 그만둬, 그만둬. 이 나이 먹고 귀여운 척하는 것도 보통 일이 아니라구. 진짜 얼굴에 철판 깔고 해야 하는 짓이라 부정적인 소리를 들으면 용기와 자신감이 회복 불가능할 만큼 팍팍 깎인단 말이야. 크흑.

"그러니까 꼭…….."

그리고 필릭스는 정확한 단어가 생각나지 않는 것처럼 잠시 끙끙거리며 고민하다가 이윽고 생각났다는 듯 외쳤다.

"아! 까망이 같으시네요."

뭐! 이 사람이!

"그렇군."

그 말을 듣고 클로드가 기다렸다는 듯 대번에 긍정했다. 야이, 이 사람들아! 말이면 다인 줄 아냐! 물론 우리 까망이는 엄청나게 귀엽고 사랑스럽지만 그렇다고 내가 까망이를 닮았다니. 크흑. 그거 칭찬 아니지?

"헤헤. 아티가 그렇게 귀여워?"

나는 표정이 썩어들어 가는 걸 참고 얼굴에 더 두꺼운 철판을 깔았다. 그래, 어차피 한 번 살다 가는 인생…… 이제는 쪽팔릴 것도 없는 거야. 으흑.

"아마 전 대륙을 통틀어 가장 귀여우실 겁니다."

쿠릭. 고, 고맙긴 한데 스케일이 좀 크구나. 난 그냥 지금은 일단 클로드 눈에만 귀여워 보이면 되는데. 저렇게 말하는 필릭스의 얼굴이 이만저만 진지한 게 아니라서 괜히 내가 더 부끄러워졌다. 왜 부끄러움은 내 몫이죠. 내 아빠는 클로드인데 왜 당신이 더 팔불출인 거야? 응? 그거 우리 클로드한테 절반만 주면 안 되겠니?

"제 말이 맞지 않습니까, 폐하?"

"실없는 소리."

클로드는 필릭스의 말을 단칼에 잘라 버린 뒤 나를 안고 궁으로 향했다. 그러나 필릭스는 포기하지 않고 우리의 옆으로 따라붙으며 또 한 번 클로드에게 말했다.

"이렇게 귀엽고 어여쁘신데요. 세상 그 어떤 아이도 아타나시아 공주님처럼 사랑스럽진 않으실 겁니다."

"하나 마나 한 소리 말고 열 걸음 떨어져라."

끄잉. 필릭스는 또다시 클로드에게 '뒤로 물러나' 벌칙을 받았다. 그런데 클로드가 한 말은 듣기에 따라 그 의미가 상당히 애매하게 느껴지는 것이었다. 도대체 저게 긍정이야, 부정이야?

"그 마법사는 어떻지?"

잉. 마법사요?

"말동무로 쓸 만한가."

루카스, 그 까만 또라이 말하는 건가?

"만약 마음에 안 든다면."

내가 잠시 놈을 생각하며 뭐라고 말해야 할지 고민하는 동안 클로드가 미간을 좁힌 채로 다시 입을 열었다.

"다른 아이를 구해 주겠다."

네? 다른 아이요? 설마 제 말동무로 삼을 다른 아이요? 이게 갑자기 뭔 소리래. 나는 내가 제대로 이해한 건지 헷갈려서 눈을 동그랗게 뜨고 클로드를 쳐다보았다.

"귀찮고 번거롭고 쓸모없기 짝이 없는 친구라는 것이 도대체 왜 필요하다는 건지 아직도 잘 모르겠지만 필릭스가 계속 우기더군."

나는 계속 내 귀를 의심하며 그가 하는 말을 들었다.

"그러니 원한다면."

그리고 마침내 바보같이 입을 헤에 벌리고 말았다.

"말동무로 삼을 만한 다른 적합한 아이를 더 찾아주겠다."

그렇게 말하는 클로드는 기분이 언짢은 듯한 표정을 짓고 있었다. 전부터 알피어스 공작의 공세를 수없이 무시하고 필릭스의 말조차 못 들은 척해 왔던 사람이 지금 내게 친구를 구해 주겠노라 말하고 있었다. 그것을 아직 못마땅하게 여기는 게 분명하면서도, 그래도 다른 아이를 이 궁에 들여도 좋다고. 그러니까…… 내가 원한다면.

나는 경악했다. 이게 도대체 무슨 일이래?! 지금 날 위해서 내 친구를 구해 주겠다고 말한 거 맞아? 클로드는 어린애 싫어하잖아! 지난번에도 어린애는 시끄럽다느니, 귀찮다느니 하면서 애가 둘씩이나 궁에 있는 건 생각만 해도 신물이 난다고 했잖아! 헉. 그러고 보니 그런 사람이 어린애로 둔갑한 루카스를 이 성에 아직까지 놔두고 있는 것도 이상하긴 했다.

게다가 필릭스의 추천을 수용해서 까만 또라이를 내 말동무로 보내기까지 했었지! 설마 그것도 날 위해서였다는 거야? 필릭스가 하도 귀찮게 구니까 그냥 네 마음대로 해라, 그런 게 아니라? 너 클로드 아니지!

"머리카락은 먹는 게 아니라고 하지 않았나."

으허헉. 나도 모르게 이놈 가죽을 벗기려는 듯 머리카락을 잡아당기고 있었다. 그 안에 클로드의 껍데기를 쓴 다른 사람이 숨어 있기라도 한 것처럼. 오잉. 그런데 안 벗겨지네. 너 클로드 맞는 거네?

"놔라."

넵.

나는 언제 클로드의 머리채를 붙잡았냐는 양 후딱 손을 놓았다. 으아아앙! 진짜 감동의 눈물을 멈출 수가 없구나. 우리 클로드가 이렇게까지 달라지다니! 그래도 이 사람이 이렇게까지 확실한 태도 변화를 보인 건 내가 쓰러진 이후부터인 것 같은데. 하긴 이런 거대 이벤트가 있어줘야 거기에 따라오는 보상도 크고 그런 거겠지? 이런 걸 보면 죽을 위기도 한두 번쯤은 겪어 볼 만한 것 같고!

하지만 바로 그 순간, 그 당시의 끔찍한 기억이 뇌리를 스쳐 지나갔다. 으, 으음. 아니야. 이건 아니야. 지금 마지막 말은 취소다. 내가 실언을 했어! 요단강을 건널 뻔한 정도의 위험한 이벤트는 인생에서 한 번이면 족하다고 생각합니다. 지, 진심이에요.

"으으응, 아티는 필릭스랑 마법사 오빠가 좋아요."

사실 처음에는 루카스가 못마땅했었지만 한동안 같이 지내보니 나름 이 생활이 괜찮은 것 같기도 하고. 뭔가 미묘하게 말이 잘 통하는 것도 있고. 또 내 말동무로 처음 올 때 그랬던 것 이외에는 까망이 데리고 다시 협박하는 일도 없고. 게다가 요즘은 이상하게도 깐죽거리는 일이 급격히 줄었단 말이야? 크흑. 하지만 무엇보다도 까만 또라이 앞에 서는 내가 의식해서 내숭을 안 부려도 돼서 편했다. 어쩌다 이렇게 되었지.

"아빠가 보내 준 친구들이라 더 좋아!"

일단 점수 좀 따고 들어가겠습니다. 실없이 웃으며 그렇게 말하자 클로드가 잠시 그런 나를 빤히 쳐다보았다. 그리고 곧 그는 내게서 시선을 떼고 잠시 멈추었던 걸음을 다시 옮겼다.

"마음에 든다면 되었다."

클로드는 그 이상 무언가를 더 말하지 않았지만 어쩐지 나는 기분이 좋아져서 그에게 안긴 채로 계속해서 헤헤거렸다.

얼마 후 나는 이제키엘이 아를란타로 떠났다는 소식을 필릭스로부터 전해 들었다. 마지막으로 보았을 때 이제키엘이 내게 기다려 달라고 했는데 그냥 와 버려서 좀 찜찜하긴 했지만 나는 그 일을 금방 털어버렸다. 그렇다고 내가 또 먼저 이제키엘을 만나러 가는 것도 이상하잖아? 물론 마지막에 온실에서 보았던 그의 지친 표정이 마음에 걸리기는 했지만.

하지만 이제키엘에 대한 그 어떤 종류의 관심도 그에 대한 내 학구적 흥미를 이기지는 못했다. 큭, 사실 흥미라기보다는 수치심이다. 이게 말이 돼? 열 살짜리 남자애한테 내가 지식으로 밀리다니! 난 전생의 기억까지 있다지만 이제키엘은 진짜로 그냥 어린애인데 말이야! 이건 있을 수 없는 일이었다. 그래서 나는 매일같이 책상에 코를 박고 열심히 공부를 해댔다. 까만 또라이는 그런 나를 보며 질린 얼굴을 했지만 세상에는 아직 배워야 할 것이 너무나 많았다.

그렇게 정신없이 지내는 사이 몇 년의 세월이 지나갔다.

제6장
파란만장 데뷔탕트

'짐의 딸이라.'

모두 상상조차 하지 못한 이 초유의 사태에 소리 높여 웅성거렸다. 슬쩍 눈길을 돌리자 그녀와 마찬가지로 옆에서 고개를 숙이고 서 있는 알피어스 공작과 이제키엘의 모습이 보였다. 그 두 사람을 눈에 담고 나니 불안하던 마음이 빠르게 안정을 되찾았다. 그들을 앞에 둔 채로 황제 클로드는 잠시 말이 없었다.

제니트는 그동안 배운 대로 우아하게 인사하던 자세에서 살짝 고개를 들었다. 허락 없이 움직이는 것은 예법에 어긋난다는 것을 알았지만 생전 처음 보는 아버지의 얼굴을 조금 더 자세히 살피고 싶은 마음이 이긴 탓이었다. 샹들리에 아래에서 다채롭게 빛나는 아름다운 두 쌍의 보석안이 허공에서 마주쳤다. 다행스럽게도 클로드는 그런 그녀에게 화를 내지 않았다. 오히려 그는 그녀의 당돌함에 퍽 흥미를 느낀 듯했다. 아, 이분이 내 아버지구나. 다시 한번 그 사실을 인지하고 나자 가슴속에 짙은 감동이 빠르게 들어찼다.

바로 그때, 황제의 시선이 한순간 그녀의 뒤로 향했다. 제니트는 무심코 그 시선을 따라 눈길을 옮겼다가 곧 깜짝 놀라고 말았다. 당장에라도 기절하는 것이 아닐까 걱정스러울 정도로 창백한 얼굴을 한 소녀가 거기에 서 있었기 때문이다.

게다가 거대한 홀 한가운데에 홀로 덩그러니 선 소녀는 가여울 정도로 몸을 떨고 있었다. 자세히 살펴보면 상당히 아름다운 사람이란 것을 알 수 있었지만 어쩐지 생기 없이 시들어 가는 흰 안개꽃을 생각나게 하는 인상이었다. 제니트는 곧 그 소녀가 자신의 이복 자매인 아타나시아 공주라는 사실을 깨달았다.

"재미있군."

황제의 목소리가 그녀의 호기심 어린 눈동자를 다시 움직이게 했다.

"자세한 이야기는 알현실에서 듣도록 하지. 그만 일어나겠다."

데뷔탕트 내내 따분한 듯 앉아 홀 안의 귀족들을 싸늘히 지켜보고 있었던 클로드가 오늘 하루 중 처음으로 얕게나마 미소를 지었다. 감히 그의 말을 거역할 사람은 없었으므로 모두가 공손히 읍한 채 그의 퇴장을 기다렸다. 그리고 황제가 완전히 자리를 떠나자마자 주위는 경악 어린 소음으로 시끄러워졌다.

"허리를 좀 더 꼿꼿이 펴십시오."

제니트는 안도와 긴장감이 섞인 숨을 내뱉다가 옆에서 들리는 알피어스 공작의 목소리에 시선을 돌렸다.

"누가 뭐라 해도 오늘의 주인공은 제니트 공주님, 당신이십니다."

그리고 앞으로도 그럴 테지요.

어릴 때부터 그녀를 친딸처럼 길러 주었던 알피어스 공작은 이제 그녀에게 말을 높이고 있었다. 그것이 못내 불편했지만 그만큼 지금 그녀가 처해 있는 현실의 무게가 더욱 뼈저리게 와 닿는 것도 사실이었다.

"손을."

옆에 있던 이제키엘이 그녀에게 손을 내밀었다. 제니트는 깊은 숨을 한 번 들이마신 뒤 자신을 향해 내밀어진 손을 잡았다. 알피어스 공작과 그 후계자인 이제키엘의 에스코트를 받으며 홀을 나서는 그녀의 모습을 모두가 숨죽이고 지켜보았다. 그러던 중 제니트는 군중 속에 존재감 없이 파묻힌 아타나시아 공주를 발견했다. 보석 같은 눈동자가 푸른빛을 머금은 채 여리게 흔들리고 있었다.

홀 안에 들어서기 전에 제니트는 오늘 데뷔탕트에서 아버지 클로드가 아타나시아 공주를 에스코트하지도, 첫 춤을 함께 춰주지도 않았다며 다른 귀족들이 수군거리는 소리를 들었다. 심지어 축하의 말 한 마디조차 그녀에게 건네지 않았다는 것도.

어릴 적부터 동정심 많게 자란 소녀인 제니트는 그 누구보다 찬연하게 빛나야 마땅한 날, 그 누구보다 초라한 모습으로 덩그러니 남게 된 자신의 이복 자매가 신경 쓰였다. 하지만 지금의 자신이 그런 그녀를 위해 해줄 수 있는 일은 없었다. 제니트는 붉은 융단을 밟고 그녀가 원래부터 서 있었어야 할 자리로 한 발짝 나아갔다.

―『사랑스러운 공주님』제2장 최고의 데뷔탕트 中―

"오른쪽으로 반걸음."

맑고 화창한 13살의 어느 날. 나는 무반주로 댄스를 선보이고 있었다.

"곧바로 두 바퀴 도시고. 아주 좋아요!"

손뼉 치는 소리만으로 박자를 맞추는 건 보통 어려운 일이 아니었으나 이 짓도 몇백, 몇천 번을 반복하다 보니 어느덧 익숙해져 버렸다. 음하하. 이것이 바로 인간 승리지!

"한 발짝 뒤로 물러나셨다가 다시 오른쪽으로."

이제 거의 막바지였다. 나는 가볍게 회전한 뒤 다시 제자리에 균형을 잡고 섰다. 그리고 마지막 인사! 뿅! 나는 지금의 내 모습이 한 마리의 나비 같으리란 사실을 잘 알았다. 역시나 내 춤 선생인 퐁파듀 부인이 잔뜩 흥분한 채 꿈꾸는 듯한 어조로 정신없이 말했다.

"정말이지, 아타나시아 공주님의 춤 실력은 나무랄 데가 없군요. 제가 가르치는 영애들에게 교본으로 선보이고 싶을 정도예요. 어쩜 이렇게 요정처럼 날 듯이 가볍고, 또 우아하고 아름답게 움직일 수 있는지!"

홋. 내가 춤에 강한 이유를 알고 싶나? 그건 바로 내가 탈주 닌자이기 때문이다! 음하하핫! ……흠, 커흠. 드립 죄송. 그게 아니라 난 요정 언니의 딸이기 때문이지. 유전자의 신비라고 아시나? 퐁파듀 부인도 같은 것을 생각한 듯했다.

"공주님의 어머니가 무희였던 것이 이럴 때는 도움이 되는군요."

아이, 저 아줌마 또 저러네.

퐁파듀 부인의 말에 악의는 없었지만 듣기에 따라 상당히 기분이 나쁠 수도 있는 소리였다. 하지만 나는 늘 그렇듯 그녀를 향해 해맑게 방긋 웃어 보일 뿐이었다.

"과찬이세요. 선생님께서 가르쳐 주시는 대로 열심히 배운 것뿐인걸요."

내 겸손한 말에 퐁파듀 부인이 감격하는 것이 느껴졌다. 나처럼 예쁘고 뭐든 잘하는 애는 물론 좀 오만하게 굴어도 괜찮겠지만 나는 그러지 않으니까!

퐁파듀 부인은 기분 좋은 얼굴로 에메랄드궁을 떠났다. 나는 그때에서야 방긋거리고 있던 표정을 썩혔다.

으웩. 퉤퉤. 악의가 없는 건 알지만 매번 엄마 얘기를 걸고 넘어가야겠니? 나이가 들면서부터 부쩍 옥의 티인 내 출생(다른 사람들의 말로는)

을 아쉬워하는 선생님들이 늘어났기 때문에 나는 저 소리가 꽤나 듣기 싫었다.

 게다가 전생까지의 기억을 합쳐 보았을 때, 지금의 퐁파듀 부인 같은 스타일은 대개 저런 말에 기분 나빠하며 열 내는 사람을 오히려 이상한 사람으로 만들지 않던가. 그래서 나는 그들이 저런 말을 할 때마다 차라리 상대하지 않았다. 음. 하지만 사실 저 사람들이 내게 나쁜 마음으로 말하는 게 아니란 걸 아니까 그럭저럭 참고 넘어갈 수 있는 거지, 나중에 내 앞에서 이 문제로 악의적으로 걸고넘어지는 인간들이 나오면 또 모르겠네.

 "마귀할멈 오래도 있다가 가네."

 문득 뒤에서 미성의 목소리가 울렸다. 꽤나 갑작스러운 등장이었지만 이제는 이놈이 예고 없이 뿅뿅 나타나는 게 놀랍지도 않았다. 나는 뒤도 돌아보지 않고 자리에 체통 없이 주저앉아 구두끈을 푸르기 시작했다. 으억, 오늘도 열일했더니 발 아프다.

 "어차피 할 일 없이 빈둥거릴 거면 내 춤 상대나 해주면 좋잖아."

 "차라리 마력 없이 던전을 들어가라고 해."

 루카스가 기다렸다는 듯이 대꾸했다. 놈이 사교댄스에 얼마나 학을 떼는지 알고 있는 나는 그 말이 좀 웃겼다. 애는 춤을 못 추는 것도 아니면서 이런다니까.

 "종이 인형처럼 혼자 팔랑팔랑 움직여야 하는 내가 불쌍하지도 않아?"

 "꽤나 즐기면서 하던데 뭘 이제 와서 아닌 척은."

 이 까만 또라이가? 코웃음 치는 거 왜 이렇게 얄밉죠? 물론 내가 사교댄스 시간을 꽤나 즐거워하는 건 맞지만! 원맨쇼도 쪽팔림 없이 나름대로 재미있게 하고 있는 것도 맞지만! 그래도 내가! 너한테 지금처럼 비웃음 살 이유는 없는 거거든! 내가 끈 푸는 걸 멈추고 째려보자 놈이 '그래 봤자 네가 어쩔 거냐'는 듯이 쳐다봐서 더욱 성질이 났다.

"답답하게 굼뜨기는. 이리 내놔 봐."

그러던 어느 순간 까만 또라이 루카스가 내 앞에 털썩 앉더니 지금까지 내가 잡고 있던 구두끈을 빼앗아 갔다. 한두 번 있던 일이 아니어서 그런지 이제는 나도 그러려니 했다.

"어차피 오십보백보구먼, 이런 높은 신발은 매번 왜 신는 거야? 이런 거에 올라타서 네 키가 변하면 얼마나 변한다고."

"적어도 오빠보단 커질걸?"

지난 6년 동안 꽤나 많은 것이 변했는데 그중 하나가 까만 또라이와 나의 키 차이였고, 또 다른 하나는 놀랍게도 내가 까만 또라이와 생각보다 많이 친해졌다는 것이다.

까만 또라이는 중간중간 내 성장 속도에 맞춰서 자기 신체도 리모델링을 했다. 그래서 지금은 13살인 나와 비슷한 체구와 키를 가지고 있는 소년의 모습을 하고 있었다. 음. 물론 나는 생일을 몇 달 앞두고 있었기 때문에 이제 곧 14살이나 마찬가지였지만. 그나저나 고놈 참 손길이 야무지기도 하지. 구두끈 푸는 장인이 있다면 아마 이 녀석일 거야. 음.

"이딴 걸로 네가 나보다 커진다고? 웃기고 있네. 반 토막만 한 게."

루카스가 또 내 말을 비웃는 동안 나는 댄스 시간 내내 하나로 올려 묶고 있던 머리카락을 풀었다. 그러자 풍성한 백금발이 어깨 위로 물결치며 떨어졌다. 으헤헤. 내 머리 짱 예쁘다.

전생의 머리는 귀찮아서 짧게 자른 푸석푸석한 갈색 머리였는데, 이번 생에서는 어릴 때부터 관리를 잘 받아서 그런지 만지면 그렇게 보들보들하고 폭신폭신할 수가 없었다. 그냥 척 보면 완전히 공주 머리라고나 할까! 한마디로 내 머리 짱 예쁘다는. 역시 유전자의 신비! 감사합니다, 다이아나 요정 언니!

"왜 이렇게 느려. 빨리빨리 좀 해."

나는 내 머리카락을 만지며 한껏 행복해하다가 내 구두끈의 마지막 매듭을 풀고 있는 루카스를 괜히 구박했다. 댄스 연습용 구두는 춤추다가 벗겨지지 않게 특히 매듭을 단단히 져 묶기 일쑤였는데, 그래서인지 연습 전후로 구두를 신고 벗는 데만 시간을 꽤나 할애해야 했다.

"난 이 뒤로도 할 일이 산더미 같단 말이야. 그냥 마법 써서 벗겨 주면 빠르잖아."

"너 얼마 전부터 내 마법을 너무 하찮게 보는 경향이 있는데 그러다 이 망할 신발을 아예 소멸시키는 수가 있……."

내 말에 눈매를 좁히며 고개를 들던 까만 또라이가 웬일로 갑자기 멈칫했다. 그 직후 가늘게 떠져 있던 눈동자가 아주 약간 그 모양을 달리하는가 싶었다. 엥. 하던 말 안 하고 또 왜 이런대. 요즘 들어 부쩍 자주 이런단 말이야? 나는 입을 꾹 다물고 있는 그를 의아하게 쳐다봤다. 루카스가 손에 쥐고 있던 구두끈을 갑작스레 바닥에 집어 던진 것은 바로 그때였다.

"네가 해."

아잇, 얘가 또 왜 짜증이래? 내가 이런 사소한 일에 마법 써 달라고 해서 화났나? 그런 거야?

"나, 나 그냥 농담한 건데. 당연히 미소년! 천재! 마법사! 루카스 님의 마법은 우주 제일 존엄……."

따악!

하지만 까만 또라이는 쌀쌀맞게도 일언반구의 말도 없이 순식간에 눈앞에서 뿅 하고 사라져 버렸다. 저, 저 변덕스러운 놈! 거참 기분 맞춰 주기도 힘드네! 으앙. 이제 매듭 하나 남았는데 마저 해주고 가지! 혼자 남은 나는 끈을 풀기 위해 끙끙거리며 이미 눈앞에서 사라진 루카스를 향해 혼자서 투덜거렸다.

오늘 저녁은 클로드와의 만찬이 약속되어 있었다.

"아빠!"

사실은 오늘뿐 아니라 어제도 그렇고 그제도 그렇고, 내일도 모레도 저녁은 클로드와 함께 먹기로 쭈욱 약속되어 있었다. 4년 전부터 지금까지 나는 매일 클로드와 함께 다과 시간과 저녁 식사 시간을 보내는 중이었다. 오늘은 내가 약속 시간보다 조금 일찍 왔기 때문에 자리에 앉기 전에 클로드를 만났다. 당연하게도 나는 자동적으로 그를 향해 생글거리며 달려갔다. 그리고 나를 발견한 직후 자리에 멈추어 서서 기다려 주고 있던 클로드를 포옥 끌어안았다.

"뛰지 말라고 했을 텐데."

그래도 내가 본인을 볼 때마다 반갑게 뛰어가는 걸 싫어하지 않는 거 다 안다. 몸집의 차이 때문에 안는다기보다는 안긴 모양새가 된 내 어깨 위로 클로드의 손이 내려앉는 것을 느끼며 나는 헤헤 웃었다.

"오늘도 보고 싶었어요, 아빠!"

오전에 클로드가 보낸 궁인이 와서 오늘은 다른 볼일 때문에 나와 다과 시간을 함께 보내지 못한다는 소식을 전해 와서, 내가 그를 만난 것은 딱 하루 만이었다. 며칠 만에 본 것도 아니고 바로 어제도 같이 저녁을 먹었으면서 그런 말을 하자 클로드가 별소리를 다 듣겠다는 듯 한쪽 입꼬리를 들썩였다.

"매일 보는 얼굴에 무슨 특별한 게 있다고."

"에헷. 그래도 좋은걸요."

하지만 당신도 내 얼굴 보는 게 지겨웠으면 애초에 다과 시간이랑 저녁 시간마다 나를 뻔질나게 불러 대지는 않았을 거 아니야? 흐헤. 다 아는데 아닌 척은.

나는 활짝 웃으며 발뒤꿈치를 들어 클로드의 뺨에 인사의 의미로 쪽 뽀뽀를 했다. 내 애정 공세에 익숙해진 클로드도 내가 그럴 때마다 이 제는 슬쩍 고개를 낮춰 주는 걸 나는 알았다.

"들어가지."

내가 클로드와 있을 때 하는 얘기란 주로 그날의 일상을 시시콜콜하게 늘어놓는 것뿐이었다. 그래서 높은 비중으로 공부 얘기가 많았다. 크흡. 어, 어쩔 수 없잖아. 난 대부분의 시간을 에메랄드궁에서만 보내는걸!

"그래서 요즘은 윤리학 시간이 제일 재미있어요. 열흘 만에 책 한 권을 떼서 이제 새로운 개론서를 공부할 건데 정말 기대돼요."

그리고 그 공부 얘기라 하면 또 대부분이 내 자랑이었다. 클로드에게 그런 이야기를 하는 것은 정말 내가 늘 가정 교사들에게 칭찬만 들어서 그런 것도 있었고, 또 내가 이렇게 뭐든 시키면 잘하니 날 좀 예쁘게 봐 달라! 는 어필을 하기 위해서이기도 했다.

"그리고 댄스 수업 선생님은요, 제가 춤을 출 때마다 꼭……."

평소처럼 주저리주저리 혼자서 떠들다 말고 나는 흠칫하고 말았다. 억. 나도 모르게 '댄스 수업 선생님은 제가 춤을 출 때마다 꼭 엄마 얘기를 해요!'라고 고자질할 뻔했다! 으악, 지뢰를 밟을 뻔했습니다! 저녁 시간 내내 혼자서 떠드는 게 습관이 되다 보니 무심코 그만! 번뜩이는 직감에 입을 다물지 않았으면 살벌한 저녁 시간이 될 뻔했네. 내 생존 본능아, 오늘도 고생하고 있구나. 으아앙.

"꼭 요정을 보는 것 같대요! 헤헤."

나는 자연스럽게 말을 돌리고, 그 사이의 부자연스러운 공백을 해맑은 웃음으로 때워 버렸다. 그러자 클로드가 잠시 기민한 눈으로 나를 살피더니 곧 무심한 어조로 흘리듯 말했다.

"퐁파듀 부인은 평소에도 헛소리를 자주 하는 편이니 뭐든 적당히 흘려들어라."

뭣, 내가 요정 같다는 게 그렇게 헛소리 같단 말입니까? 크흑, 내 마음에 스크래치. 이 가차 없는 사람 같으니라고.

"그러고 보니 곧 생일이군."

문득 생각났다는 듯 내뱉은 클로드의 말에 나는 접시 위로 움직이던 식기를 잠시 멈추고 말았다. 사실 공주의 생일치고 내 생일은 언제나 존재감 없이 지나가기 일쑤였다. 내 일에 언제나 열혈인 릴리와 필릭스도 내 생일날만큼은 성대한 파티를 주장하지 못했다. 물론 나도 그들에게 단 한 번도 그런 것을 바란 적이 없었다. 그 이유는 바로 '나만을 위한' 생일 파티가 왜인지 민망했기 때문이다.

전생에서도 고아원에서 매달 생일인 아이들을 모아 케이크를 하나 나눠 먹는 게 파티의 전부였던 데다, 그 생일이란 것도 고아원에 버려진 날짜였으니 애당초 그날이 행복한 날이 되기는 무리였다. 게다가 나이가 들어서는 아르바이트를 전전하며 먹고살기 바빠 따로 생일을 챙길 새가 없었다. 그러니 이제 와서 내 생일 파티를 해준다고 해봤자 그 낯선 상황이 적응되지 않을 수밖에 없지 않겠느냐 이 말이다.

하지만 만약 이유가 그것뿐이었다면 아마도 릴리나 필릭스는 내 생일 파티에 대해 좀 더 강경히 주장할 수 있었을 것이다. 그들이 그러지 못한 건 내가 가진 이유보다도 확연히 큰 무게를 가지는 다른 이유 때문이었다. 내 생일은 바로 어머니인 다이아나가 죽은 날이었으니까.

이건 내가 몇 년 전에 알게 된 건데, 과거에 클로드가 루비궁에서 살벌한 학살을 벌인 것도 바로 그즈음이라고 한다. 그때에서야 나는 아마도 그 일이 다이아나의 죽음과 연관되어 있지 않을까 하는 생각을 했다. 게다가 '그래서'라고 해야 할지, 클로드는 나와 만난 5살 때부터 내 생일 때만 되면 며칠간 나를 부르지도 보러 오지도 않았다.

그런 이유로 그동안 생일 파티는 항상 릴리와 필릭스와 함께 조촐하게 보내곤 했다. 그들은 그것이 퍽 신경 쓰이는 모양이었지만 나는 정말 아무렇지도 않았다. 오히려 셋이서 함께하는 생일 파티도 그냥 없앴으면 싶었는데, 크흑. 선물 타임 때마다 리액션하기도 힘들단 말이야. 아니, 물론 선물은 좋지만! 날 정말 좋아해 주는 것 같아서 기쁘지만! 그래도 영 적응이 되지 않아 민망한 건 민망한 거였다.

하지만 한 번 그 말을 꺼냈다가 릴리와 필릭스가 '공주님은 사랑받아야 마땅한 아이이고, 또 오늘은 그 누구보다 소중한 공주님이 이 세상에 태어난 기쁘고 감사한 날이므로 반드시 축하해야 한다'고 열과 성을 다해 설득해서 나는 금세 꿀 먹은 벙어리가 되고 말았다. 아마도 그들은 내가 엄마의 죽음 때문에 생일마다 죄책감을 느끼는 불쌍한 공주님이라고 생각하는 듯했다. 으앙. 그거 아니라고!

"갖고 싶은 게 있나?"

그러던 중, 7살 생일 때 클로드가 처음으로 내게 그런 것을 물었다. 당연하게도 나는 '아니, 이 사람이 미쳤나?' 하고 생각했다. 그러나 클로드는 진심이었다. 생각해 보면 그 무렵, 내가 생사의 기로에서 살아 돌아온 뒤부터 나를 향한 그의 태도는 빠른 속도로 바뀌었다. 클로드가 처음으로 내게 생일 선물에 대해 언질한 바로 그 순간, 나는 머릿속에서 환희의 종이 요란하게 울리는 경험을 하고 말았다. 지금 이게 무슨 소리? 내 팔자 펴는 소리! 꺄오!

하지만 막상 뭘 달라고 해야 할지 알 수가 없었다. 솔직한 심정으로는 나중을 위한 자금으로 금 같은 거나 한 괴 달라고 하고 싶었지만(내 상상력의 한계였다. 흑.) 그렇게 말하면 너무 속이 보일 것 같았다. 크흑.

나는 대신 루비궁에 있던 한나와 세스를 내 시녀로 다시 달라고 했다. 그들은 내가 예쁜 보석이나 옷, 구두 또는 인형 같은, 어린애들이 좋아할 법한 약간은 사치스럽지만 귀여운 그런 선물을 달라고 할 줄 알았다가 놀란 눈치였다. 특히 릴리는 내가 아직까지도 한나와 세스를 기억하고 있을 줄 몰랐다며 두 눈을 크게 떴다.

그 말에 나는 '루비궁에 있을 때 아티한테 초코도 주고 같이 꽃 화관도 만들었던 시녀 언니들인데 어떻게 까먹어!'라고 말했다. 고작 2년 지난 걸로 내가 잊을 거라고 생각하다니. 백 밤만 자면 한나와 세스가 다시 돌아올 거라고 릴리가 나한테 거짓말한 것도 아직 기억하고 있는데!

그런데 그렇게 말하자 릴리는 또 울려고 했다. 아니, 도대체 왜?! 그 표정이 마치 내가 엄마를 보고 싶어 한다고 오해했던 그때의 표정을 닮아 있었다. 가만히 보니 필릭스도 마찬가지였다. 그 눈빛이 마치 정에 굶주렸던 외로운 아이를 보는 것 같아 나는 또 약간 식은땀이 났다. 단지 클로드만이 '초콜릿 같은 걸 많이 먹으니 그렇게 살이 쪄서 무거웠던 모양'이라고 냉소적으로 읊조렸을 뿐이다.

그리고 다음 날 클로드는 내게 한나와 세스를 보내 주었다. 그녀들은 설마 내가 다시 자신을 불러 줄 줄은 꿈에도 몰랐다는 듯 나를 보고 울먹울먹했다.

그런데 에메랄드궁에 온 것은 두 사람만이 아니었다. 그녀들의 뒤로 웬 시녀들이 줄줄이 따라 들어온다 싶더니 잠시 후 세계 각지의 다양한 초콜릿이 내 앞에 진상되었다. 그것을 클로드가 보냈다는 소리를 듣고 나는 어이가 없어서 헛웃음 짓고 말았다. 진짜, 이 말과 행동이 따로 노는 사람 같으니라고.

내친김에 더 말하자면 내가 클로드와 처음으로 뽀뽀를 트게 된 건(?) 내가 9살일 때였다. 온갖 요망한 짓은 다 하면서도 그동안 민망함 때문에 뽀뽀만큼은 차마 할 수가 없었는데, 그날만큼은 진심으로 그럴 마음이 들었다. 그도 그럴 것이, 클로드가! 클로드가! 오벨리아에 왔던 사신들이 공물을 주고 갔다며 내게 보물 창고 열쇠를 통째로 선물로 주었던 것이다!

클로드가 '오는 길에 주웠으니 너나 가져라' 하는 식으로 귀찮다는 듯 내게 그 열쇠를 주었을 때, 나는 진정한 후광이 무엇인지를 깨달았다. 그때 클로드의 뒤에서 어찌나 휘황찬란한 빛이 번쩍번쩍하던지. 나는 그 어느 때보다 격한 감동을 받고 클로드에게 냅다 달려가 안기며 그의 뺨에 뽀뽀 세례를 퍼부었다. 그때 클로드가 지어 보였던 표정은 아직도 내 기억에 생생히 남아 있었다. 크크크.

어쨌든 소설 속에서 아타나시아의 비극이 시작된 것도 9살 때부터나 마찬가지였기 때문에 클로드의 행동은 더욱 의미 깊다고 할 수 있었다. 아타나시아가 몰래 루비궁을 빠져나와 아버지인 클로드를 만났던 것도 바로 9살 때 아니던가. 그때 아타나시아는 클로드를 향한 애틋한 마음을 품게 되지만 클로드는 그런 아타나시아를 못 본 체하며 스쳐 지나갔다. 그런데 나는 그에게 다름 아닌 보물 창고 열쇠를 받은 것이다. 만세!

"이번에도 갖고 싶은 것이 있으면 말해도 좋다."

하지만 클로드의 기행은 거기에서 멈추지 않았다. 그는 그동안 못 해 주었던 것을 보상이라도 하듯 꼭 생일 때만이 아니더라도 종종 내게 선물을 안겨 주었다. 그래서 작년에는 이유 없이 황성 안에 내 전용 도서관을 만들어주기도 했다.

"혹은 따로 바라는 것이나 해줬으면 하는 일 같은."

흐흑. 지금 이날을 위해 그동안 제가 그렇게 피똥 싸게 고생했나 봐요. 그럼 여기서 필요한 거 뭐다?

"아빠가 주시는 선물이면 다 좋아요!"

나는 천진난만한 눈망울을 빛내며 클로드를 향해 환하게 웃었다. 이제는 내가 따로 뭘 요구하지 않아도 내게 척척 선물을 떠안겨 주는 클로드였으니, 이 얼마나 갸륵한가. 흑흑. 감동의 눈물이 멈추지를 않는구나.

물론 클로드는 좀 겉과 속이 다른 면이 있어서 마치 김첨지가 부인에게 설렁탕 주듯, 또 점순이가 소작인 아들에게 감자 주듯 '쯧. 너한텐 이런 거 없지? 이거 오다 주웠는데 난 많으니까 너나 갖든가' 식으로 선물을 획획 던져 주곤 했지만 그래도 이 얼마나 놀라운 일이란 말인가!

"따로 원하는 게 없다?"

잉? 그런데 이 이상한 반응은 또 뭐랍니까? 내 말에 클로드가 미세하게 미간을 좁혔다. 이건 뭔가 마음에 들지 않을 때 짓는 표정인데. 서, 설마 몇 년 만에 벌써 선물 고르기가 귀찮아졌다거나…… 그래서 내가 꼭 짚어서 말해주기를 바란다거나…….

"사실은 그냥 아빠랑 같이 있는 것만으로도 좋아요. 에헷."

혹시 선물 얘기를 그냥 빈말로 꺼낸 거였나? 그래서 나는 선물을 따로 준비하지 않아도 된다고 돌려 말했다. 하지만 그래도 클로드의 얼굴은 펴질 줄 몰랐다. 쿨럭. 이게 아닌가 보당.

"……밥이나 마저 먹어라."

클로드는 여전히 언짢은 표정으로 다시 식사하라는 소리를 할 뿐이었다. 으앙. 뭐지, 뭐지? 왜 저러는 거지? 난 그냥 이번에는 내 데뷔탕트도 겹치겠다, 신경 쓸 게 많으면 귀찮을 것 같아서 편하게 해주려고 그런 건데! 나는 클로드의 기분이 갑자기 나빠진 이유를 알 수가 없어 식사 시간 내내 알쏭달쏭한 기분으로 그를 훔쳐보았다.

"폐하께서 생일 선물에 대해 묻지 않으시던가요?"

에메랄드궁으로 돌아가는 길에 필릭스가 내게 웃는 낯으로 말했다. 6년이 지난 지금까지도 그는 내 호위 기사 자리에 머물고 있었는데, 단지 이제는 나도 나이가 있다 보니 필릭스에게 안겨서 이동하는 것을 진작 졸업한 뒤였다. 나는 필릭스와 나란히 걷다 말고 눈을 번뜩였다. 오호라. 이 오빠는 클로드가 왜 저러는지 알겠구나!

"원하시는 선물을 말씀드렸는지요?"

"으응. 그냥 아빠가 주시는 선물이면 다 좋다고 했는데."

"그래도, 따로 바라시는 것은 없으신가요?"

그 말에 나는 미간을 좁히고 고민했다. 어디 보자. 클로드가 달에 한 번 꼴로 한 상자씩 보내 줬던 보석들도 처리가 불가능할 정도로 궁에 가득하고. 클로드가 간수하기 귀찮다며 던져 줬던 보물 창고 열쇠도 엄청 많고. 작년에는 도서관, 그리고 재작년에는 내 궁에 호수만 한 연못을 만들어줬었지. 정원에 핀 장미가 예뻐서 에메랄드궁이 좋다고 했다가 황성에 장미 화원이 네 개나 생겼고. 가넷궁에 있는 천사상(성별 남)이 마음에 든다고 하니 에메랄드궁에 그것과 비슷한 천사상(성별 여)들을 수십 개 가져다주지를 않나. 드레스나 장신구 같은 것도 너무 많아서 이제는 처치 곤란이었다.

"흐잉. 잘 모르겠어."

와아, 세상에! 나도 이런 배부른 소리를 할 수 있어! 으허허헝. 내 입으로 너무 가진 게 많아서 더 필요한 게 있는지 모르겠다고, 이런 복 터진 소리를 멋들어지게 할 수 있는 날이 올 줄이야! 허헝허헝헝!

내가 한창 속으로 감격의 몸부림을 치는 동안 필릭스가 어쩐지 곤혹스러운 표정을 지어 보였다. 그는 두어 번 큼큼 헛기침을 한 뒤 화제를 돌렸다.

"공주님의 데뷔탕트가 얼마 남지 않았는데, 저어. 혹시 첫 춤은 어떻게 하실 계획인지."

데뷔탕트의 첫 춤. 보통 귀족들은 집안에서 정해 준 혼약자가 어릴 때부터 있는 경우가 많기 때문에 정혼자와 첫 춤을 추는 것이 관례라고 했다. 다만 그렇지 않은 경우에는 아직 미혼인 친오빠나 사촌 오빠 같은 가족이 대신 그 자리를 대신한다고. 이야기를 들어보니 어째서인지 아빠는 딸과 함께 첫 춤을 추는 일이 거의 없는 듯했다. 데뷔탕트라 하면 그래도 아직은 청소년들의 무대라는 인식이 강해서 그런가. 하지만 그렇지 않다 하더라도 클로드가 춤이라니. 뭔가 상상이 되지 않잖아?

"필릭스랑 같이 추면 되지 않을까?"

별로 큰 고민 없이 내뱉은 말에 필릭스가 사레가 들린 듯 기침했다. 필릭스라면 공작가 사람으로 직위도 끝내주겠다, 얼굴도 꽤 잘생긴 데다 동안이겠다, 게다가 아직 미혼이겠다. 구색이 완전 딱 맞지 않은가? 원작에서 아타나시아가 자신을 에스코트해 줄 사람이 없어 쩔쩔맸던 것을 생각하면 이 얼마나 멋진 일이란 말이야?

"제, 제가 공주님과 첫 춤이라니."

"어, 싫은 거면…….'

"물론 영광입니다! 아니, 하지만 제가 어떻게 감히."

그런데 어찌 된 일인지 필릭스는 사색이 되어서 잠시 횡설수설했다. 이 사람이 이렇게까지 당황하는 건 또 처음 봐서 매우 이상한 기분이 들었다.

"으흠. 저보다 더 적합한 파트너가 있지 않을까요?"

잠시 후 진정한 필릭스가 그렇게 말하자 나는 더욱 기분이 이상해졌다. 으음. 필릭스라면 당연히 흔쾌하게 그러자고 할 줄 알았는데 저렇게까지 회피하려고 하다니. 뭔가 배신감이 드는걸…….

"아직 몇 달이나 남았는데 더 생각해 보지 뭐."

나는 그냥 그렇게 말한 뒤 약간 뾰로통해져서 에메랄드궁을 향해 걸었다.

"까망아! 언니 왔어!"

"꾸우, 꺙!"

우쭈쭈. 우리 예쁜 까망이. 오늘도 귀엽기도 하지! 에메랄드궁에 들어서자마자 잔디 위에 배를 깔고 엎드려 꼬리를 흔들고 있던 까망이가 달려와 나를 반겨 주었다. 이제는 까망이도 몸집이 제법 커져서 지금처럼 나한테 달려들면 한순간 몸이 휘청거릴 정도였다. 물론 우리 까망이는 사이즈가 커져도 여전히 귀엽지만!

나는 거리낌 없이 잔디에 주저앉아 까망이와 기쁨의 재회를 누렸다. 으헉, 그런데 까망아, 잠깐만! 나, 나 뒤로 넘어가! 때마침 까망이에게 밥을 주러 나왔던 한나가 그런 우리를 보고 어쩔 수 없다는 듯 웃으며 고개를 절레절레 흔들었다.

"공주님, 옷에 풀물 들어요."

"에이. 풀물 좀 들면 어때서. 앗!"

"꿍!"

내게 배를 보이고 재롱을 떨던 까망이가 순식간에 발딱 일어나 한나를 향해 달려갔다. 으앙, 까망이 너! 나보다 초코가 더 좋은 거야? 그런 거야! 저저저, 꼬리 흔드는 것 좀 봐!

"까망이 님, 오늘도 잘 드시네요."

그릇에 코를 박고 정신없이 식사 중인 까망이를 보며 한나가 흐뭇해했다. 그녀는 에메랄드궁에 온 이후로 거의 혼자서 까망이를 전담하고 있었다. 루비궁에 있을 때부터 알고 있었지만 한나는 제법 빠릿빠릿해서 내가 없어도 까망이를 살뜰하게 보살펴 주었다.

사실 작년부터 급격히 자란 까망이를 은근히 무서워하는 시녀 언니들도 있었는데 한나만큼은 절대 그렇지 않았다. 음. 릴리가 화나면 무섭다는 걸 알면서도 나한테 몰래 초콜릿을 줬을 때부터 알아봤지만 이 언니 간도 보통 큰 게 아니란 말이야? 물론 까망이를 무서워하지 않는 건 세스도 마찬가지였지만 왠지 그 언니는 동물을 별로 좋아하지 않는 것 같았다. 크으. 역시 세스 언니는 나한테만 따뜻한 차도녀야! 그런데 다른 시녀 언니들도 참. 우리 까망이가 얼마나 착한 귀염둥이인데. 으흑. 크기만 커졌지 여전히 순둥순둥한 우리 애를 그렇게 피하다니! 아무튼 그래서인지 까망이도 한나를 유독 좋아하는 눈치였다.

"한나도 저녁 먹었어?"

"아직이요. 로베인 경이 오시면 식사하려고 릴리안 님이랑 다 같이 기다리고 있었어요."

크으. 역시 화목한 에메랄드궁!

"그럼 배고프겠다. 자자, 한나도 필릭스도 어서어서 가서 식사하세요. 릴리랑 세스가 기다리고 있잖아요."

밥도 잘 먹어야 호랑이 기운이 솟아나요! 음음! 나는 방금 전까지 필릭스 때문에 약간 뚱했던 것도 잊고 기분 좋게 웃는 얼굴로 두 사람을 안으로 들여보냈다.

"까망이 너 초코가 좋아, 내가 좋아?"

와구와구.

"네? 초코보다 내가 더 좋다구요? 그런 당연한 걸 왜 묻냐구요?"

와구와구. 헥헥.

까망이와 둘이 남은 나는 주위에 아무도 없다는 것을 확인하고 혼자서 자문자답하며 놀았다. 하지만 까망이는 내 말을 듣는 척도 안 하고 여전히 밥그릇에 얼굴을 박고 있을 뿐이었다. 아, 아무리 그래도 귀라도 한 번 쫑긋거려 주면 안 되겠니. 크으. 그래도 귀여우니 하는 수 없지. 나는 이제 밥을 다 먹고 그릇에 묻은 초콜릿을 핥고 있는 까망이를 쓰다듬으려 손을 뻗었다.

"앗!"

그런데 바로 그때, 까망이에게 닿은 손끝이 한순간 찌릿했다. 정전기인가? 깜짝이야. 이따가 우리 까망이 빗질 좀 해줘야겠네.

"까망아, 털 좀 깎아줄까?"

"끄릉! 킁!"

"앗. 알았어, 알았어."

그냥 털은 안 깎는 걸로! 으악! 또 뒤로 넘어졌엉! 나는 그 후로 한동안 더 잔디 위에서 까망이와 뒹굴거리다가 내 방으로 돌아갔다.

"공주님, 그럼 쉬세요."

"릴리도 잘 자."

나는 막 문을 나가는 릴리에게 생글거리며 굿나잇 인사를 건넸다. 혼자가 된 후 나는 이제부터 무엇을 할지 잠시 고민했다. 방금 목욕을 하고 나와서 그런지 온몸이 뽀송뽀송했다. 바로 자면 딱 좋을 것 같은 노곤한 상태였지만 머리도 덜 말랐고 하니 조금 더 있다가 잘 생각이었다. 게다가 보통 이 시간이면 루카스가 심심하다고 몰래 놀러 올 때였다.

처음에 그 까만 또라이가 내 방 한가운데 갑자기 나타났을 때, 나는 말 그대로 심장이 떨어져 내리는 줄 알았다. 놈은 내가 혼자 있을 때만 잘도 골라 아무 때고 뿅뿅 나타나곤 했는데 그때마다 내가 얼마나 깜짝깜짝 놀랐었는지! 그래도 이제는 그것마저도 적응이 되다니, 인간의 적응력이란 얼마나 무서운지. 허허허.

"잘 때까지 뭘 한다지."

하지만 어쩌면 오늘은 안 올지도 모르겠다. 아까 춤 연습 시간에도 기분이 저조한 상태로 사라졌으니까. 아니, 도대체 내가 뭘 그렇게 잘

못했다고 구두끈까지 내던지고 갔대? 나는 잠시 속으로 투덜거리다가 이내 책장에 꽂힌 책들을 두고 '코X콜라 맛있다'를 했다. 남는 시간 동안 책이나 읽을 생각이었다. 절대 그 깜또를 기다리는 건 아니야! 그리고 얼마간의 시간이 지났을까. 잠시 후 머리 위에서 익숙한 목소리가 들렸다.

"달밤에 혼자 뭐 해?"

"보면 몰라. 스트레…… 칭하잖아."

그래도 왔네! 하도 변덕이 죽 끓어서 오늘은 안 올지도 모른다고 생각했는데! 나는 카펫에 앉아 몸을 반으로 접은 채 낑낑거리던 것을 멈추고 고개를 들었다. 오늘은 어쩐지 책 읽기도 지루해서 하릴없이 몸이나 풀고 있던 중이었다.

"후하!"

아이고, 다리야. 아무래도 오늘 너무 무리했나 봐. 루카스는 아까랑 달리 기분이 제법 괜찮아 보였다. 하여간 말이야. 사람이 뭐든 일관성이 있어야 하는 건데 말이야, 얘는 그게 너무 부족해. 투덜투덜. 까만 또라이는 내가 권하지도 않았는데 비어 있는 내 소파에 가서 드러누웠다.

6년 전 처음 황성에 왔을 때만 해도 10살 정도의 모습을 하고 있던 루카스는 이제 그보다는 조금 더 나이 든 모습을 하고 있었다. 듣자 하니 그 이상 성숙해 보이면 클로드가 자기를 에메랄드궁에 못 들어오게 할 거라고 하던데. 난 설마 그러기야 하겠냐고 생각했지만 루카스는 오히려 모르는 소리 말라며 나를 비웃었다.

"너 또 까망이랑 붙어 있었지."

헉. 이 귀신같은 놈! 지나가듯 툭 던진 루카스의 말 때문에 나는 화들짝 놀라고 말았다.

"으아니?"

"뻥치지 마."

뻔한 거짓말에 루카스가 썩소를 지었다. 이익, 나도 애초에 속을 거라고 생각하지도 않았지만 그래도 역시 얄밉다! 이놈은 내가 까망이랑 좀 오래 붙어 있거나 하면 귀신같이 알아차리기 일쑤였다. 내가 까망이랑 같이 있으면 까망이에게 있던 마력이 나한테 찔끔찔끔 옮겨 와서 그렇단다. 하지만 그 정도로는 특별히 위험하지 않다고 해서 나도 그냥 적당히 눈치껏 시간을 조절해 가며 까망이랑 놀아주고 있었다.

"네가 이제 열넷이던가?"

"생일 되면 그렇지? 아참, 아까 아빠가 말이야."

갑자기 내 생일을 묻는 루카스 때문에 아까 클로드와의 일이 떠올라 버렸다. 나는 저녁에 있었던 일을 그에게 이야기했다. 그러자 내가 말하는 내내 시큰둥한 반응을 보이던 그가 잠시 후 나를 비웃었다.

"너 바보야?"

뭐, 왜 또 나한테 바보래요!

"답이 뻔히 정해져 있는데 눈치 없이 굴긴. 애초에 네가 말해야 할 건 딱 하나였네."

뭐라. 한 마디로 클로드가 '답정너였다' 이 말씀이십니까? 하지만 나는 여전히 알쏭달쏭했다.

"넌 네 아빠와 관련된 일에만 가끔 그러더라."

그리고 다음 순간 루카스가 부진아를 가르치는 듯한 눈빛으로 날 보며 내뱉은 말에 나는 충격을 받고 말았다.

"보나 마나 너랑 데뷔탕트 첫 춤을 추고 싶어서 그러는 거잖아."

……그건 신종 개그인가요? 클로드가 나랑 첫 춤을 추고 싶어 해요? 왜요?

"그, 몰라서 하는 소리 같은데. 데뷔탕트 때는 아빠랑 같이 춤추는 거 아니야."

"아주 간혹 있잖아, 그런 경우."

"다들 촌스럽다고 생각해서 안 한다고 하던데."

"그래. 네 아빠가 그 촌스러운 짓을 하고 싶어 하는 거라고."

헐. 헐? 허어얼?

"진짜?!"

"이거 봐. 그러니까 공부는 왜 해. 이렇게 헛똑똑이일 거면서."

내 표정이 아주아주 이상했는지 루카스가 소파에 나른히 누운 자세로 있는 대로 나를 비웃었다. 하지만 나는 그런 그에게 발끈하지도 못할 정도로 놀라 있었다. 하긴, 그러고 보니까 눈치 못 채는 게 바보였던 건가! 생각해 보면 필릭스도 힌트를 줬었던 것 같은데! 헐, 그럼 진짜라구요? 클로드가 내 데뷔탕트 때, 나랑 첫 춤을 추고 싶어 한다는 게? 마침내 마지막으로 루카스가 심드렁하게 내뱉은 말에 나는 정말 형언할 수 없는 기분이 되어버리고 말았다.

"그러니까 내가 말했잖아. 네 아빠는 네 생각보다 널 훨씬 더 많이 좋아하고 있다니까."

다음 날 나는 여느 때처럼 클로드와 함께 마주 앉아 차를 마셨다. 오전의 맑은 햇살이 그의 눈동자를 새뜻한 초록의 빛으로 물들이고 있었다.

"아빠."

조용히 차를 마시던 내가 그를 부르자 곧 고요한 시선이 내게로 향했다. 그 눈빛을 받으며 나는 방긋 웃었다.

"얼마 후면 제 생일이잖아요."

어젯밤 루카스에게 그 말을 듣고 나는 참 별 희한한 일도 다 있다고 생각했다. 허허. 다른 사람도 아니고 '그 클로드'가 내 데뷔탕트 때 나랑 같이 첫 춤을 추고 싶어 한다니!

"또 제 데뷔탕트도 있구요."

어제 클로드, 필릭스와 각각 나누었던 대화나 그들의 반응을 생각해 보면 루카스의 말이 진짜 맞는 것 같아서 나는 너무나 놀라웠다. 내 말에 클로드가 '그래서?' 하는 듯이 나를 쳐다보았다. 이렇게 그냥 봐서는 무슨 생각을 하는지 도무지 모르겠다. 나는 그냥 대놓고 그를 떠보기로 했다.

"실은 그래서 누구 에스코트를 받고 첫 춤을 추면 좋을지 생각해 봤거든요."

한순간 클로드의 눈빛이 미묘하게 달라졌다. 힐끔 눈길을 돌리니 옆에 서 있던 필릭스가 '공주님, 바로 그겁니다!'라고 말하는 것 같은 표정을 지은 채 나를 응원하듯 보고 있었다.

"의미 있는 날이니만큼 가까운 사람에게 부탁하고 싶은데……."

오호라, 그렇단 말이지? 어제 루카스한테 얘기를 듣고 깨달음을 얻긴 했지만 지금 두 사람의 반응을 보고 이젠 정말 감 잡았다. 흐헤. 자꾸 악동 같은 미소가 비집고 나오려 해서 참기가 힘들다. 나는 지금 이 상황에 대해 아무것도 모른다는 듯이 천진난만하게 웃으며 말을 이었다.

"필릭스가 제일 적합하지 않을까요? 아빠 생각은 어떠세요?"

"흡!"

곧바로 필릭스에게서 급히 숨을 들이켜는 소리가 흘러나왔다. 그는 도대체 지금 무슨 소리를 하는 거냐는 듯이 나를 보고 있었다. 하지만 지금은 필릭스보다 다른 사람의 반응이 더 내 관심을 끌고 있었다.

달칵.

마침내 클로드가 테이블 위에 찻잔을 내려놓으며 입을 열었다.

"필릭스라. 나쁘지 않지."

평소와 같은 담담한 어조였으나 그가 내 말을 듣자마자 한순간 눈썹을 꿈틀거리는 것을 나는 보았다. 나는 헤헤 웃으며 맞장구쳤다.

"역시 그렇죠?"

"네가 원하는 대로 해라."

필릭스의 의견은 안중에도 없다는 뉘앙스였다. 하기야, 애초에 필릭스가 클로드의 명을 거부할 수 있을 리도 없었고, 설령 그런 명령이 없더라도 필릭스라면 내 진심 어린 부탁을 들어주지 않을 리가 없었다. 물론 필릭스가 정말 싫어하는 일이라면 우리 둘 다 억지로 시키지 않을 테지만 말이다. 그러나 필릭스가 내 데뷔탕트 날 나를 에스코트하고 함께 춤을 추는 일을 진심으로 싫어할 확률은 전혀 없다고 봐도 되었다.

"와아. 실은 어제 물어봤는데 필릭스도 더 적합한 사람이 달리 없다면 좋다고 하더라구요."

"고, 공주님."

"그래도 아빠 의견은 어떠신지 궁금해서 여쭈어봤어요."

내 눈치 없는 짓에 필릭스는 완전히 얼굴이 새하얘져 있었다. 당황하는 모습이 좀 안돼 보이기도 했지만 평소에 내가 이 오빠한테 당한 것을 생각하면 이 정도는 아무것도 아니지!

"폐하. 아뢰옵기 황송하오나, 저는……."

"마침 잘되었구나. 그렇지 않아도 얼마 전 필릭스가 네 데뷔탕트 이야기를 했었는데. 단 한 번뿐인 중요한 날이니만큼 에스코트를 맡길 이는 특히 심혈을 기울여 정해야 할 것이라 주장했었지. 그러니 필릭스도 네게 선택받아 기쁘지 않겠느냐."

"폐, 폐하."

"그런데 표정이 왜 그렇지? 별로 기뻐 보이는 낯이 아니구나."

"물론 대대손손 가문의 자랑으로 삼을 일이라 생각…… 헉. 폐하! 그것이 아니라."

필릭스는 옆에 서서 식은땀을 뻘뻘 흘리고 있었다. 보아하니 늘 그렇듯 필릭스가 먼저 앞장서 클로드에게 내 데뷔탕트 이야기를 했던 것 같은데, 뜻하지 않게 자신이 내 상대가 되게 생겼으니 당황스러울 만도 했다. 다음 순간 클로드가 필릭스에게 싸늘한 시선을 보내며 낮게 읊조렸기 때문에 더욱 그랬다.

"대대손손 가문의 자랑이라. 물론 그래야겠지."

"저도 필릭스랑 같이 갈 수 있어서 기뻐요! 헤헤."

나는 차마 클로드를 쳐다보지도 못하고 핼쑥해져 있는 필릭스를 향해 또 해맑게 말했다.

네 아빠는 네 생각보다 널 더 좋아하고 있다니까.

흐응. 그리고 나는 잔상처럼 남은 어젯밤의 목소리를 다시 한번 떠올리며 남몰래 슬쩍 웃었다. 어쩐지 두 사람을 약간 놀려 주고 싶어졌다.

"나랑 춤 연습하자!"

"안 해."

며칠 뒤 나는 루카스에게 기세 좋게 외쳤다. 하지만 그는 에메랄드 궁의 드넓은 대리석 바닥에 홀로 팔자 좋게 드러누운 채로 어디선가 가져온 사과나 와삭 베어 물 뿐이었다.

"매일 혼자서도 좋다고 심취해서 춰 대더니 갑자기 왜 나까지 끌어들이려고? 난 안 해."

"아무래도 내가 데뷔탕트 때 아빠랑 같이 춤을 출 것 같단 말이야."

나는 훗 미소 지으며 의기양양하게 허리에 손을 얹었다. 그날 내가 필릭스와 데뷔탕트에 가겠다고 말한 후로 클로드는 알게 모르게 저기압 상태였다. 나는 나날이 파리해지는 필릭스를 볼 때마다 웃음을 참기 힘들었다. 물론 클로드 입으로 직접 내 데뷔탕트 에스코트를 하고 싶다고 말한 적은 없었지만 이건 딱 봐도 그런 느낌이 아닌가?

하지만 나도 끝까지 필릭스에게 에스코트를 받고 싶다고 우길 작정은 아니어서, 나중에는 못 이긴 척 클로드에게 손을 내밀 생각이었다. 크흑. 내가 클로드를 상대로 이렇게 밀당이란 걸 할 때가 올 줄이야.

"그런데 어디를 봐도 키가 안 맞잖아? 그날 높은 구두도 신어야 할 텐데 춤추다가 발 밟으면 어떡해."

음. 난 기껏 늘려 놓은 내 수명을 다시 줄이기는 싫다네. 그러니 어쨌거나 데뷔탕트 전까지는 열심히 춤 연습을 할 참이었다. 내 말을 듣고 루카스가 반쯤 먹은 사과를 입에서 떼며 썩은 미소를 지었다.

"그래서, 지금 나보고 '어른 모습으로 변해서 연습 상대를 해달라?"

"응응!"

난 정말 천재 같다! 이런 생각을 해내다니 말이야.

"그때 오빠 키가 우리 아빠랑 비슷하지 않았나?"

물론 내가 루카스의 원래 모습을 본 것은 7살 때가 마지막이어서 가물가물하긴 했지만 상당히 키가 컸던 것으로 기억하고 있었다.

"뭐, 그게 아니어도 비슷하게 변신해 줄 수 있잖아?"

그러자 루카스가 나를 향해 '이것 봐라?' 하는 표정을 지어 보였다. 물론 그러실 줄 알고 제가 아부를 준비해 놨죠!

"세계 제일 최강 능력자이자 우주 최고 미소년 천재 마법사인 루카스 님이라면 이 정도는 밥 먹는 것보다 쉽게 할 수 있잖아요. 그렇잖아요? 으응? 그러니까 안 될까요? 응?"

나는 루카스를 상대로 평소 다른 사람들에게 잘 먹혔던 귀여운 표정을 지어 보이며 초롱초롱한 눈망울로 그를 쳐다보았다. 그러자 한순간 루카스가 잘 먹던 사과가 목에 걸린 것 같은 표정을 지어 보이는가 싶었다. 다음 순간, 그가 내게서 눈길을 돌리며 손가락을 튕겼다.

따악!

"난 바쁘니까 이거나 데리고 해."

그리고 내 눈앞에 웬 새하얀 종이 인간이 나타났다!

"이게 뭐야!"

"뭐긴 뭐야. 네 파트너지."

"이게 왜 내 파트너야! 맨날 뒹굴거리면서 뭐가 바쁘다고 이딴 거나 만들어줘!"

"난 매일 숨 쉬느라 바빠."

그냥 좀 해주지, 이 귀차니즘 같으니!

하지만 루카스는 정말 나랑 같이 춤을 춰 줄 생각이 없는 것 같았다. 하기야 그가 그런 건 하루 이틀 일도 아니니까 놀랍지도 않았지만. 사실 그는 2년 전에 내 춤 선생님인 퐁파듀 부인의 극성으로 잠시 동안 내 파트너로 함께 춤 연습을 한 적이 있었다. 까만 또라이와 내 키 차이가 마치 하늘이 내려 준 짝인 것처럼 연습하기에 적합하다나 뭐라나. 그때도 루카스는 춤이란 소리에 학을 뗐지만 퐁파듀 부인의 무서운 기세에 어리벙벙하게 떠밀려 결국은 나와 함께 댄스홀에 섰었다. 그리고 나는 아주아주 놀랍게도 까만 또라이가 춤을 매우 잘 춘다는 사실을 알게 되었다.

하지만 그는 그 후로도 춤이라면 질색을 했기 때문에 두세 번 함께 춤을 춘 이후로는 퐁파듀 부인이 에메랄드궁에 올 때마다 감쪽같이 자취를 감추기 일쑤였다. 에잇. 그럼 정말 지금도 안 해줄 건가. 그래도 은근히 내 부탁을 잘 들어주던 루카스였는데 이건 정말 싫은가 보다. 으흑.

"이왕 만들어줄 거면 눈, 코, 입이라도 좀 그려 주든가."

결국 나는 하는 수 없이 종이 인형의 손을 잡으며 투덜거렸다. 종이 인형은 종이 인형 주제에 소름 끼치게 내 손을 맞잡기까지 했다! 으허. 루카스 놈 별 이상한 걸 다 만드네. 가끔 보면 진짜 기상천외하다니까.

"흠흠, 흠."

그러고 난 뒤 홀 안에는 내가 혼자 박자를 맞추며 내는 허밍 소리와 구두 굽이 바닥에 부딪치며 내는 발걸음 소리만이 가득 찼다. 아이, 그런데 이 종이 인형 키 진짜 크네. 예전에 루카스랑 같이 연습할 때랑은 차원이 다른데? 걸음 맞추기도 더 어렵고. 그런데 종이 인형 주제에 움직임이 섬세해! 왠지 기분 나빠!

"으악!"

압도적인 신장의 차이 때문인지, 결국 나는 황새를 쫓다 가랑이가 찢어진 뱁새처럼 처참한 몰골로 바닥에 넘어지고 말았다. 그런데 루카스는 내가 비틀거리며 넘어진 꼴을 보더니 기다렸다는 듯이 비웃음을 날려 나를 분노하게 했다.

"지금 바닥 쓸어? 재미있어?"

"이익! 이거 뭐야! 비실비실해! 관절도 없어! 내가 넘어져도 붙잡아 주지도 못하고! 완전 흐물흐물 이상해! 그리고 달걀귀신처럼 생겼어!"

춤에 관한 한 자부심이 넘치던 내게 넌 모욕감을 주었어! 그런데 바닥에 엎어져 다다다 쏘아 보낸 내 뾰족한 외침에 루카스가 어떻게 그런 심한 말을 할 수 있냐는 듯 표정을 변화시켰다.

"인신공격 쩐다. 얘 상처받아."

"헉. 그냥 인형 아니었어? 내 말 알아들어?"

"당연히 아니지."

"……."

사람 놀리니까 재미있냐! 나는 약간 짜증이 나서 자리에서 다시 벌떡 일어났다. 루카스 놈은 여전히 재수 없게 킬킬거리며 나를 구경하고 있었다.

"배경 음악 필요해? 만들어줘?"

따악.

순식간에 주위에 웅장한 음악 소리가 흐르기 시작했다. 이, 이건 무슨 일류 오케스트라 뺨칠 정도의 솜씨다. 소리의 근원은 알 수가 없었으나 어차피 루카스의 마법으로 이루어진 일이었으니 일일이 따지고 듣기 시작하면 나만 호기심으로 사망할 거다.

"밖에서는 안 들리니까 마음껏 추시죠, 공주님."

아악, 얄미워! 얄미워! 그때, 무언가가 내 어깨를 툭툭 쳐서 돌아보니 종이 인형이었다. 잠깐! 갑자기 내 손은 왜 잡아! 허리에 팔은 왜 둘러! 결국 나는 종이 인형의 묘한 박력에 이끌려 다시 댄스홀을 누벼야 했다. 그런데 이 인형 엄청 팔랑팔랑거리면서 움직여서 영 집중이 안 된다! 잠시 후 나는 종이 인형에게 이끌려 한 바퀴 회전을 하며 루카스를 향해 다시 투덜거렸다.

"그냥 진짜 사람 같은 인형을 만들어줄 순 없어?"

"내가 못 하는 게 있을 것 같아?"

역시!

"그럼 만들어줘. 될 수 있으면 잘생긴 인형 오빠로."

"싫어."

하지만 루카스는 내 부탁을 단칼에 거절했다.

"왜 싫은데?"

"그러게. 왜인지 모르겠는데 기분이 나빠서 싫네."

심지어 마땅한 이유조차 없었다. 이 자식, 꼭 잘 나가다가 가끔 이렇게 심술이더라? 할 수 있으면서 왜 안 해준대! 에잇. 두 번 더 춤을 추고 나서 나는 그냥 차가운 대리석 바닥에 대자로 드러누워 버렸다. 종이 인형은 계속 눈앞에서 경망스럽게 팔랑팔랑거리지, 거기에 안 어울리게 배경음은 한 장엄하지, 루카스는 내가 비틀거리는 걸 보면서 간간이 비웃음을 날려 대지, 도저히 집중을 하려고 해도 그렇게 되지가 않았다! 에이, 나 안 해! 그런 나를 보고 루카스가 홀 안 가득 울리던 음악을 없앴다. 그러자 순식간에 주위가 조용해졌다.

"벌써 그만둬?"

"차라리 필릭스한테 연습 상대해 달라고 하는 게 낫지."

"너 은근히 잔인하다니까."

내가 구시렁거리는 소리를 듣고 루카스가 '정말 그 기사를 피 말려 죽이고 싶은 거냐'며 혀를 찼다. 흥. 필릭스가 걱정되면 제대로 된 사람 인형을 만들어주든가! 누가 저런 하느작거리는 종이 인형 같은 걸 달랬나.

"아, 힘들다."

나는 루카스의 말을 흘려들으면서 저 멀리 보이는 샹들리에를 멀거니 쳐다보았다. 에메랄드궁의 연회장은 이제까지 딱히 사용할 일이 없어 지금은 내 댄스 교습을 위한 장소로나 쓰이고 있었다. 그래도 공주들이 머물던 궁의 홀이라 그런지 사방이 참으로 눈부시게 화려하기도 했다.

나도 이제 데뷔탕트가 지나면 여기에 다른 사람들을 초대하기도 하고 연회를 열기도 하고 그런 건가? 처음에는 이런 반짝이는 걸 볼 때마다 넋 놓고 감탄하기 일쑤였는데 이것도 이제 어느 정도 적응이 되다니. 내가 타고난 소시민이기 때문인지 아예 감흥이 없는 것까지는 아니었지만 그래도 공주 생활에 이렇게까지 익숙해졌다는 게 놀랍다. 물론 금과 보석은 언제 어느 때나 소중합니다. 그러합니다. 인생 불변의 진리!

보는 사람도 없겠다, 나는 체통이고 뭐고 바닥에 완전히 드러누워 하는 일 없이 천장만 바라보았다. 그러고 보니 요즘 내 스케줄이 너무 빡빡하긴 했어. 아구구, 삭신이야. 그러던 중에 갑자기 어젯밤 한나가 내 머리를 빗겨 주며 해주던 이야기가 떠올랐다.

"그러고 보니까 이제키엘이 돌아왔다고 하던데."

"이제키엘 알피어스?"

내가 혼잣말처럼 중얼거리자 루카스가 곧바로 반응해 왔다. 자기 대신 내 친구가 될 뻔했던 데다 6년 전 알피어스 공작가에서 직접 얼굴을 보기까지 했던 이제키엘이니, 루카스도 그를 기억하고 있을 만했다.

게다가 한나의 말을 듣자 하니 이제키엘이 얼마 전 아를란타에서의 오랜 수학을 마치고 돌아온 것은 궁에서도 이미 소문이 파다한 이야기라고 하니까. 젊은 시녀들도 그 일로 며칠째 계속 시끌벅적하다고 했다. 얘기를 들어 보니 지난번에 알피어스 공작과 함께 클로드한테 인사를 하러 궁에 왔었다지? 소문에 의하면 아를란타의 학술원을 수석 조기 졸업하고 왔다던데.

그 순간, 문득 과거의 기억이 되살아났다. 6년 전의 그날로부터 지금까지도 가끔씩 내 머릿속에 예고 없이 떠올라 학업 욕구를 마구마구 불살라 주곤 하는 그 수치스러운 기억! 크으. 내가 10살이던 이제키엘에게 지식으로 밀렸다니. 있을 수 없는 일이야.

"그때부터 6년이 지났는데 어떻게 컸을지 궁금하네."

정확히 말하면 어느 정도로 똑똑해졌을지 궁금하다. 아를란타의 학술원을 수석 조기 졸업했다니, 그게 어느 정도여야 가능한 거지? 하지만 나도 그동안 놀고먹기만 한 건 아니니까!

그런데 내가 중얼거린 말에 루카스가 흐응, 소리 내더니 물었다.

"너도 그 흰둥이 아들한테 관심 있어?"

"말도 마. 지난 6년 동안 책을 읽다가도, 밥을 먹다가도, 잠을 자다가도 시도 때도 없이 생각나서 얼마나 괴로웠는데!"

내 흑역사! 그날 이후로 내가 지난 몇 년간 미친 듯이 읽어 댔던 책이랑 공부한 양을 따지면 말이야.
"그렇게 궁금하면 직접 보고 오면 되겠네."
이 홀 안을 가득 채우고도 남을…… 느, 네? 너 지금 뭐라고 했니? 지금 들은 말이 뭐였는지 한순간 이해할 수가 없어서 나는 루카스가 누워 있는 쪽으로 고개를 돌렸다. 그 직후 나는 나를 정면으로 직시하고 있는 붉은 눈동자를 마주할 수 있었다. 헉. 나 이 표정 알아. 까만 또라이가 사고 치기 직전에 짓는 건데, 이거!
"진작 말하지 그랬어. 나한테는 그렇게 어려운 일도 아닌데."
그런데 위험한 미소를 짓고 있는 루카스의 눈빛이 왜인지 평소와는 약간 달랐다. 내가 그 의미를 파악하기도 전에 그가 눈꼬리를 접으며 예쁘게 웃었다.
"특별 서비스니까 고맙다는 말은 안 해도 돼."
따악!
휘이잉.
갑자기 나를 가격한 강풍에 머리를 묶고 있던 리본이 풀어져서 저 멀리로 날아갔다. 나는 지금 나한테 무슨 일이 벌어진 건지 어리둥절하게 있다가 곧 내가 어떤 상황에 처해 있는지를 깨달았다.
"이거 뭐야?!"
나 왜 허공에 떠 있어?! 바로 그때 내 머리 위로 얄미운 목소리가 들려서 나는 곧장 고개를 쳐들었다.
"그렇잖아도 심심했는데 잘됐네."
"잘되긴 뭐가 잘돼! 갑자기 이게 무슨 짓이야?"
"그럼 즐거운 시간 보내고 와, 친구."
"야, 이…… 엄마야!"
곱게 휘어지는 붉은 눈동자를 보았다 싶었을 때, 나는 추락하기 시작했다.
"이 나쁜 놈아아아!"
긴 머리카락이 햇빛과 뒤섞인 채 깨진 유리 조각처럼 반짝이며 공중에 휘날렸다. 나는 밑으로 떨어지는 동안 속으로 마구 까만 또라이를 욕했다! 이 미친놈! 나쁜 놈! 역시 또라이는 그 이름값을 하는 거였어! 으아앙! '휴포'는 있어도 '탈포'는 없다는 건가요! 엄마아!
풀썩!
그런데 이번에도 어느 정도 떨어졌을 때 몸이 약간 붕 뜬다 싶더니 잠시 후 무언가가 나를 안정감 있게 받아 냈다. 으아아! 이번에는 6년 전보다 더 무서웠어! 내가 그때보다 무거워져서 중력의 영향을 더 크게 받아서 그런가? 으아앙. 몰라 몰라. 루카스, 너. 너어!
"……괜찮으십니까?"
그런데 바로 그 순간 내 머리 위에서 낯선 중저음의 목소리가 울렸다. 얼굴을 가리고 있던 손이 한순간 움찔거렸다. 헉. 그러고 보니 지금 누가 떨어지는 날 받아 낸 거야? 진짜?
나는 슬그머니 손가락의 틈을 벌려 그 사이로 밖을 엿보았다. 그러자 어딘가 익숙한 듯도 하고 낯선 듯도 한 남자의 얼굴이 기다렸다는 듯이 시야에 박혀 들었다. 바람을 따라 살랑살랑 흔들리고 있는 은빛의 머리카락과 오후의 빛을 모조리 끌어모아 놓은 듯 눈부시게 빛나는 금색의 눈동자가 그대로 내 기억의 한 부분을 스쳐 지나갔다.
하지만 이제 막 소년과 남자의 경계에 서기 시작한 수려한 외모도, 나를 조용히 응시하고 있는 깊고 어른스러운 눈동자도, 내 몸을 단단히 받쳐 들고 있는 다부진 육체도 모두 내 기억속의 아이와는 확연히 많은 차이가 났다. 나는 숨 쉬는 것조차 잊고 그저 두 눈을 동그랗게 뜬 채로 그를 바라보았다.
"만날 때마다 저를 놀라게 하시는군요."

마침내 그가 나를 향해 부드럽게 미소 지으며 속삭일 때까지.

"보고 싶었습니다, 천사님."

천사님. 천사님…… 지금 막 내 고막을 뚫고 들어온 말이 메아리처럼 끈질기게 귓가에서 맴돌았다. 이거 지금 무슨 상황? 나는 지금 뭐 하는 거? 이 남자는 누구죠? 왜 지금 날 보고 웃고 있는 거죠? 나는 정말 오랜만에 심각한 멘붕에 빠졌다. 그러는 동안에도 그는 나를 향해 눈부신 꽃 미소를 시전하고 있었다. 으, 으헉. 잠깐만, 내 눈! 인간적으로 실드 칠 시간은 좀 주시지 않겠어요? 갑자기 그렇게 사기적인 광채를 뿜뿜 하면 난 어쩌라고!

그나저나 생긴 것도 그렇고 저놈의 천사 소리도 그렇고, 이 사람 이제키엘 맞지? 그런데 뭐야. 내가 알던 어린애 어디 있어?! 이번에도 나는 루카스 때문에 하늘에서 뚝 떨어져 버렸고, 이제키엘이 그런 나를 밑에서 받아 냈다. 왜인지 6년 전의 재현 같지만 이번에는 그가 나를 안은 채로도 흔들림 없이 자리에 서 있다는 것이 달랐다. 잠시 동안 놀란 토끼처럼 눈을 동그랗게 뜨고 마주한 얼굴에 시선을 못 박고 있던 나는 내가 아직까지도 이제키엘에게 안겨 있는 상태라는 것을 깨달았다.

"헉."

으허헉, 아니, 이런 공주님 안기는 좀 많이 부끄러운데! 게다가 너무 지나치게 밀착한 거 아닙니까? 이, 이래 봬도 내가 과년한 처자인데!

"내, 내려갈래."

그 사실을 깨닫자마자 나는 크게 버둥거렸다. 하지만 내 등과 다리를 받쳐 들고 있는 팔은 내 몸부림에 한 번 움찔했을 뿐, 돌덩이처럼 꼼짝도 하지 않았다. 아니, 이게 뭐람? 진짜 뭐람? 나는 약간 어안이 벙벙해졌다.

"제가 내려드리겠습니다."

결국 나는 그가 나를 잔디 위에 내려 주고 나서야 내 의지대로 땅을 밟을 수 있었다. 그리고 그러자마자 나는 그를 경계하듯 후다닥 뒤로 물러났다.

"으악!"

하지만 이 망할 놈의 구두가 문제였다. 하필이면 오늘따라 클로드의 키에 맞춤 연습을 하기 위해 신었던 특대 길이의 굽 높은 구두 말이다! 허접한 순정 만화의 한 장면처럼 나는 발목을 삐끗해서 휘청거리고 말았고, 이번에도 이제키엘이 놀라운 반사 신경으로 그런 나를 붙잡았다.

짹짹.

새가 지저귀는 소리가 귓가를 스쳐 지나갔다. 나는 이제키엘에게 팔뚝을 붙잡힌 채로 남몰래 식은땀을 뻘뻘 흘렸다. 흐, 흑. 그래도 잡힌 게 팔이라 다행이다! 하이틴 드라마나 순정만화 같은 곳의 여주인공처럼 남자 주인공에게 허리를 끌어 안겨서 붙잡힌다거나, 때마침 주위에 핑크색 꽃이 촤아악! 피어나서 화아악! 흩날리는 그런 분위기였다면 난 아마 지금쯤 완전히 수치사 했을 거야!

그런데 이제키엘 너 왜 이렇게 폭풍 성장했니? 사, 사람 당황스럽게. 나는 최대한 아무렇지 않은 척하며 그에게 잡힌 팔을 털어 냈다. 그러자 이제키엘이 자연스럽게 내게서 손을 떼고 한 걸음 뒤로 물러나는가 싶었다.

"괜찮으십니까?"

"괘, 괜찮아요……."

헉. 이, 이런 제기랄. 순간 나도 모르게 존댓말이 튀어나왔다. 얘 그래 봤자 지금 나이가 열여섯? 열일곱? 그쯤 아니야? 그럼 어차피 나보다 까마득하게 어리잖아? 게다가 얘, 6년 전에 천사님 찾으면서 수줍게 귓불까지 붉히던 순진한 어린애였잖아? 아니, 그런데 지금은 왜 이렇게 처음 보는 남정네처럼 낯설게 느껴지냐는 말이야.

"당연한 말이지만."

변성기가 오래전에 지난 듯한 감미로운 낮은 음성이 귓가에 흘러드는 순간 그 낯선 느낌은 더욱 뚜렷하게 다가들었다.

"6년 전보다 많이 성장하셨습니다."

아, 아니. 너보다는 아니야. 넌 왜 이렇게 많이 컸어? 나야말로 누구인지 몰라볼 뻔했잖아! 녹색 음영과 흰 햇빛이 뒤섞여 이지러지는 나뭇잎 아래에서 몰라보게 훌쩍 큰 이제키엘이 나를 보며 또 한 번 얕게 웃었다.

"그래도 역시 한눈에 알아볼 수 있겠더군요."

크리티컬! 크리티컬입니다! 머릿속에서 삐용삐용 소리가 났다. 이제키엘 알피어스는 역시 소설 속의 남자 주인공이었다! 우어! [이제키엘의 '매혹' 스킬이 발동되었습니다! 효과는 굉장했다아!] 뭔가 이런 알림창이라도 떠야 할 것 같은 상황이었다!

하지만 나는 그런 이제키엘에게 두근두근 설렌다기보다는 지금 이 상황을 어떻게 헤쳐 나가야 할지가 최우선적인 고민이었다. 차라리 내 눈앞에 있는 게 여전히 10살짜리 어린 이제키엘이었다면 이렇게 난감하지 않았을 텐데 말이야. 도대체 이렇게 다 큰 이제키엘에게는 뭐라고 말해야 하는 거지?

나는 슬쩍 눈동자를 굴려 위를 올려다보았다. 하지만 내 눈에 들어온 것은 맑디맑은 푸른 하늘뿐이었다. 으익, 까만 또라이 또 어디 갔어?! 분명 어딘가에서 내가 당황하는 꼴을 보면서 밉살맞게 웃고 있겠지? 갑자기 여기 던져 놓으면 나보고 어떻게 하라고! 그런데 내 곤혹스러움을 어떻게 받아들였는지, 이제키엘의 얼굴에서 천천히 미소가 사그라졌다.

"그럴 수도 있다고 생각하기는 했지만……."

그다음 마주한 눈동자에 서서히 번져 드는 감정이 나를 당황하게 했다.

"저를 기억하지 못하십니까?"

찬란한 황금색 눈동자 안에서 파도처럼 일렁이는 실망감과 씁쓸함. 하지만 그것을 굳이 겉으로 드러내 보이지 않으며 홀로 깊숙이 눌러 담는 체념까지. 그 표정이 그냥 그를 모른 체할까 했던 내 생각을 바꾸게 만들었다.

"아니. 당연히 기억하고 있긴 하지만 말이야, 요…….."

사실 6년 전에 이제키엘이 기다려 달라고 한 것을 무시하고 그냥 집에 갔던 것도 기억 속에 내심 찜찜하게 남아 있던 참이었다. 으아악! 그렇다고 해서 이제키엘과 또다시 이런 식으로 만날 거라고는 예상하지 못했었는데, 루카스 너 진짜!

"그렇군요. 저를 기억해 주셨던 거군요."

하지만 내 말에 곧 이제키엘의 표정이 서서히 달라지기 시작했기 때문에 나는 정말 애매한 기분이 되고 말았다. 어, 어디선가 봄바람이 살랑살랑 불고 있는 것 같지 않아요? 표정 변화는 그렇게 크지도 않은데 분위기라고 해야 할지, 그런 게 너무 다르잖아요…… 그런데 애초에 날 왜 이렇게 반가워하는 건데?

"크흠. 혹시 전에 날 여기서 봤던 걸 누구한테 말하지는 않았겠지…… 요?"

"말씀을 편히 하시지요. 아무에게도 말하지 않았습니다."

"그래. 그럼 그때도 지금도 나랑 만난 건 비밀로 하도록 해."

나는 이제키엘의 말이 있자마자 기다렸다는 듯이 홀랑 어정쩡한 존칭을 버리고 곧바로 말을 놓기 시작했다. 자, 자기가 말 편하게 하라고 하는데 뭘. 어차피 여긴 사석이고 난 지금 천사님…… 크흑. 손발이 오그라든당. 아무튼 난 그거니까.

어쩐지 이제키엘은 6년 전에도 내가 공주인 걸 아는 것 같기도 했지만…… 설령 그렇다 해도 내가 아니라고 했으니, 일단은 이제키엘도 아닌 것으로 해줄 것이다. 왜인지 지금 눈앞에 있는 이 사람이라면 그래 줄 것이란 생각이 들었다.

"말씀하시지 않아도 그럴 겁니다."

역시 이제키엘은 내 말에 쉬이 그러겠노라 약속해 주었다. 그러고 난 뒤 나는 또다시 뻘쭘해졌다. 더 할 말도 없고, 이 상황은 부담스럽고. 도주, 도주가 하고 싶다! 그것도 격하게! 아주 격하게 어디론가 도주해 버리고 싶어! 한동안 잠들어 있던 나의 도주 본능이 간만에 시끄럽게 날뛰기 시작했다. 당장에라도 이 자리에서 벗어나고 싶어서 속이 근질근질했다. 그런 나를 아는지 모르는지, 이제키엘이 무슨 말을 할 것처럼 다시 입을 열었다. 바로 그때였다.

바스락.

"이제키엘? 거기에 있어요?"

헉. 마치 옥구슬이 굴러가듯 맑고 깨끗하고 청아한 목소리였다. 이제키엘이 남자 주인공 버프를 받아 환상적인 외모를 지니고 있다면, 이 꿀 떨어지는 목소리는 아마 여주인공 버프쯤은 받아야만 이 세상에 있을 수 있는 것이리라!

하지만 그런 생각을 하자마자 내 눈은 태풍을 맞은 종이배처럼 마구마구 줏대 없이 흔들리기 시작했다. 왜 이제키엘을 만날 때면 매번 누가 찾아오는 거지?! 이건 또 무슨 식상한 연출이랍니까! 소리가 나는 방향으로 잠시 시선을 움직였던 이제키엘이 동공지진을 일으키고 있는 나를 향해 다가온 것은 바로 그때였다.

"무례를 용서하십시오."

향수 냄새인지 뭔지 아무튼 시원한 느낌의 은은한 향이 코끝을 한차례 간질인다 싶었을 때, 그가 나를 다시 공주님 안기로 들어 올렸다. 옴마야. 이건 또 뭔 상황이래요.

"조용한 곳으로 모시고 가겠습니다."

이제키엘은 이곳에 몰래 온 것이 분명해 보이는 내가 혹여나 다른 사람을 만나 곤욕을 치를까 봐 걱정해 주고 있는 모양이었다. 헉. 그나저나 얘는 어떻게 이 각도에서도 이렇게 굴욕 한 점 없이 잘생겼다지요? 원래 아래에서 보면 브이 라인 얼굴도 좀 찐빵같이 되고, 깎아지른 것처럼 오똑한 코도 좀 돼지 코로 보이고, 그래야 하는 것 아닌가. 역시 남자 주인공! 나는 아까처럼 가까워진 이제키엘의 얼굴에 잠시 홀려 있다가 퍼뜩 정신을 차렸다.

그런데 지금 너 찾는 거 제니트 아니야? 그럼 그냥 네가 지금 제니트한테 가면 문제는 다 해결되는 거 아니야? 그럼 나도 까만 또라이를 불러서 다시 궁으로 돌아가고. 그럼 모든 게 완벽해!

"난 여기 두고 그냥 가 보는 게…….''

"그럼 또 말없이 사라져 버리시겠죠.''

뜨끔! 이제키엘이 무덤덤하게 읊조린 말에 나는 괜히 양심이 찔리는 느낌을 받고 말았다. 하지만 그때도 난 기다리겠다고 약속한 적 없었는데? 왜, 왜 내가 이런 죄책감을 가져야 하는 거죠.

"어쩌지. 지금 출발하지 않으면 늦을 텐데. 이제키엘-''

그때, 꾀꼬리 같은 목소리가 또 한 번 이제키엘의 이름을 불렀다. 어디를 같이 나가기로 약속해서 저렇게 찾는 것 같은데.

"저기. 역시 난 그냥 여기 두고 가 보는 게 좋을 것 같은데 말이에요?''

하지만 이제키엘은 내게 조용히 하라는 듯 '쉬잇' 소리 낸 뒤 나를 안은 채로 걸음을 옮기기 시작했다. 이, 이것 참. 뭔가 미묘하네. 얘가 외국물을 먹고 들어오더니 묘한 박력이 생겼어! 하긴 6년 전의 순진한 어린애일 때보다야 지금 모습이 오히려 원작 속 이제키엘답긴 하지만. 아무튼, 그는 주위에 울창하게 자라난 나무들 사이로 소리 없이 걸었다. 제니트의 목소리가 들린 방향과 반대되는 곳을 향해서.

"이상하네. 분명 이쪽으로 왔다고 했는데.''

의문을 품은 고운 목소리가 작게 울리더니 이윽고 바스락거리는 소리가 멀어져 갔다. 나는 소리가 사라진 곳을 너른 어깨 너머로 훔쳐보았다. 이제키엘의 얼굴은 여전히 평온하기만 해서 나는 그가 무슨 생각을 하는지 알 수가 없었다.

"혼자 있고 싶을 때 오는 곳입니다."

도대체 날 데리고 어디까지 가나 싶었을 때, 이제키엘의 걸음이 멈추어졌다. 그는 나를 사방이 탁 트인 언덕 어귀에 내려 주었다.

"이곳을 아는 건 저 혼자뿐이니 나름대로 비밀 장소인 셈이지요."

"어, 그런 장소에 내가 있는 건 좀 미안한."

"어째서 말입니까?"

그, 그걸 왜 나한테 묻니? 원래 자기 비밀 장소에 다른 사람이 있는 건 좀 싫은 일 아닌가? 하지만 이제키엘이 정말 모르겠다는 듯 물어서 한순간 말문이 막히고 말았다. 그는 내 말을 이해할 수 없다는 듯이 잠시 내 얼굴을 들여다보다가, 이내 내게서 고개를 돌리며 주위의 풍경을 한차례 훑어보았다.

"이곳을 마음에 들어 하실 것 같았습니다."

과연 이제키엘의 말대로 주위에 펼쳐진 경관은 내 마음에 들었다. 완만히 경사진 언덕은 탐스러운 하얀 꽃으로 온통 뒤덮여 있었는데, 그 모습이 꽤나 아름다웠다. 하지만 내가 여기를 마음에 들어 할 것 같았다니? 꼭 여기 올 때마다 내 생각을 했다는 것처럼 들리는데. 허허. 아무래도 제가 한동안 공주로 살았더니 약도 없는 병에 걸렸나 봐요. 공주병 그건 진짜 치료도 못 한다던데 말이죠!

"이렇게 갑자기 또 제 앞에 나타나실 줄은 몰라 놀랐습니다."

"그건 나도……."

"예?"

"아, 아니요. 아무것도 아닙니다."

이제키엘의 말에 나도 속으로 열렬히 동의했다. 내 말이, 내 말이! 나도 갑자기 네 앞으로 떨어질 줄은 몰라서 깜짝 놀랐다고. 이게 다 루카스 때문이야! 걔는 예전에도 갑자기 날 흰둥이 소굴에 떨어뜨리더니, 진짜 이번에는 또 무슨 변덕으로 갑자기 이런 짓을 했대?

"저를 만나러 와 주신 거라면 기쁠 테지만."

다시금 입을 열기 시작한 이제키엘 때문에 나는 꽃밭 한가운데에 아무렇게나 두고 있던 시선을 옮겼다.

"아마도 그런 것은 아닌 것 같고."

그리고 나를 향해 어렴풋이 웃고 있는 그의 얼굴을 보고 또 기분이 약간 싱숭생숭해지고 말았다.

"어떤 사정인지는 모르나, 원하신다면 이 일은 앞으로도 계속 함구할 것입니다. 그러니……."

하지만 순간 멈칫하는가 싶던 이제키엘은 거기에서 더 말을 잇지는 않았다. 잠시 내 얼굴에 머물던 그의 시선이 이내 옆으로 비껴 나갔다. 그는 무언가를 망설이는 듯했다. 그런데 미남이 꽃밭에 서 있으니 그림이 참 끝내준다. 하긴 남자 주인공에게 배경이야 뭔들. 아무튼, 그가 더 이상 입을 열 생각이 없는 것 같았기 때문에 이번에는 내가 말했다.

"아까 찾아온 사람하고 같이 외출하기로 약속한 것 같던데 지금이라도 가 봐야 하는 게 아닌지……."

큭. 사실 나는 어떻게든 그를 보내려고 혈안이 되어 있었다. 이제키엘하고 편하게 대화하던 것도 7살 때 얘기지, 얼마 뒤 데뷔탕트 날에 또 볼지도 모르는 판에…… 거기까지 생각하고 나서 나는 힐끔 이제키엘의 얼굴을 훔쳐보았다.

"괜찮을 겁니다. 꼭 제가 같이 가지 않아도."

그의 옆모습은 그래도 6년 전과 아직 닮은 구석이 있었다. 하지만 그를 보는 내 마음은 그때와 같을 수 없었다. 원작대로라면 내 데뷔탕트 날은 제니트의 화려한 등장일이기도 했다. 어쩌면 이번에도 이제키엘은 알피어스 공작과 함께 제니트를 에스코트하며 나타날지도 몰랐다. 원작에서 그랬던 것처럼. 하지만 나를 바라보는 이제키엘의 눈동자는 여전히 올곧아서, 나도 그냥 더 이상 말하지 않고 입을 다물어버렸다.

"실은."

그러자 잠시 후 이제키엘이 낮은 목소리로 속삭였다.

"6년 전 아틀란타로 떠나는 날까지, 하루도 빠짐없이 당신을 처음 만났던 곳에 갔었습니다."

그것은 뜻밖의 내용을 담고 있었다.

"그 후로도 반년마다 한 번씩 오벨리아에 돌아올 때면, 언제나."

그의 목소리에는 나도 모르게 숨을 죽이고 이어질 말에 집중하게 만드는 힘이 있었다.

"당신을 다시 만나게 된 오늘까지도."

나는 이미 충분히 이상한 지금의 상황 속에서 그보다 갑절은 더 이상한 말을 들은 기분이 되어버렸다. 물론 지난 만남이 어린 그에게 상당히 인상적인 일로 비쳐졌을지도 모른다는 것은 이해했지만, 그것만으로는 오늘 본 그의 태도가 설명되지 않았다. 지금 그가 미동 없는 눈빛으로 나를 보며 담담하게 속삭인 말들도. 그래서 나는 묻지 않을 수가 없었다.

"어째서?"

"왜일까요."

그리고 내 질문에 이제키엘이 스스로에게 묻듯이 반문한 순간, 나는 또다시 입을 다물고 말았다.

"단 이틀뿐이었는데. 그것도 한낮의 꿈이었다 생각해도 좋을, 단지 그 짧은 시간 동안 시선을 빼앗겼을 뿐이었는데."

나지막한 음성이 얕은 바람에 실려 내 귓가를 간질이며 스쳐 지나갔다. 나는 내 눈을 정면으로 응시하고 있는 금색의 눈동자에서 시선을 떼지 못했다. 마침내 들어 올려진 그의 손이 내게로 느리게 움직일 때까지도.

"정말로."

바람에 사그라질 듯한 작은 속삭임이 먼저인지, 깃털처럼 부드럽게 날아든 따스한 체온이 먼저인지 알 수가 없었다.

"왜일까요."

바람에 헝클어진 머리카락을 쓸어 넘기던 손길이 귀에 닿는 순간 나는 움찔 손끝을 떨고 말았다. 흰색의 꽃잎들이 눈앞에서 새하얀 눈처럼 흩날렸다. 그 속에서 이제키엘은 흔들림 없는 눈동자로 오직 나만을 바라보고 있었다.

그러던 어느 순간, 그의 금색 눈동자에 문득 작은 파문이 일기 시작했다. 온기를 품은 손이 내게서 떨어진 것과 마주한 얼굴에 의미를 알 수 없는 미소가 담긴 것은 거의 동시였다.

"괜찮습니다."

이제키엘이 나를 보며 천천히 입을 열었다.

"다음에는 제가……."

따악.

그리고 그 말을 마지막으로 희게 흔들리던 꽃밭도, 눈앞에 이지러지던 미소도 신기루처럼 사라져 버렸다. 고작 눈을 두어 번 깜빡할 정도의 짧은 시간만 지난 것 같았는데, 어느덧 나는 본래 있던 자리로 다시 돌아와 있었다. 화려한 내벽을 장식하는 에메랄드궁의 연회장이었다.

"앗!"

그리고 내 앞에는 내가 그토록 찾아 헤매던 까만 또라이가 있었다! 아주 잠시 꽃밭의 여운에 젖어 있던 나는 루카스를 보자마자 정신을 차리고 그에게 삿대질하며 외쳤다.

"아, 정말! 그놈의 순간 이동은 예고 좀 하고 쓰든가, 그리고 사람을 왜 네 마음대로 여기 보냈다 저기 보냈다 하는…… 그런데 표정이 왜 그러십니까?"

어, 어라. 그런데 왜인지 이놈의 표정이 심상치가 않았다. 뭐, 뭐야. 잘못은 자기가 해놓고 왜 이런 무서운 표정을 짓고 있어? 나도 모르게 깜짝 놀라서 그에게 화내던 것을 멈추고 말았다. 하지만 까만 또라이가 입을 열어 내뱉은 말은 아주아주 어처구니가 없는 것이었다.

"나 지금 짜증 난 건가?"

……요즘은 질문에 질문으로 되돌리는 게 유행인가요? 도대체 왜 그걸 나한테 묻니?

"그, 그래 보이기는 한데?"

"그래. 내가 지금 기분이 나쁜 건가 보네."

아니, 기분이 나쁠 건 난데, 네가 왜! 네가 왜!

"도대체 왜 이렇게 기분이 더럽지."

하지만 까만 또라이가 여전히 살벌한 표정을 지은 채로 중얼거리고 있었기 때문에 나는 놈에게 더 화를 낼 타이밍을 놓치고 말았다. 싸늘하게 식은 표정을 지은 채로 한동안 나를 쳐다보던 루카스가 돌연 내 눈앞에서 사라졌기 때문에 더욱 그랬다. 아니, 저놈이? 이제키엘이 앞에 버젓이 있는데 갑자기 순간 이동을 써서 다시 날 여기로 데려온 것도 그렇고, 갑자기 멀쩡하던 기분이 더러워져서 있는 것도 그렇고, 진짜 이해할 수가 없네?

"왜 저래. 뭘 잘못 먹었나?"

하지만 루카스는 이미 떠나 버린 후였기 때문에 나는 그의 빈자리를 보며 어이없이 혼잣말을 중얼거릴 수밖에 없었다.

"흐으음."

막 목욕을 하고 나온 직후, 나는 거울을 통해 비치는 내 모습을 요리조리 살펴보았다. 아직 식지 않은 열기로 몸이 뜨끈뜨끈해서 그런지 젖살이 남아 있는 뺨이 약간 발갛게 물들어 있었다. 나는 갸름한 턱을 매만지면서 끊임없이 각도를 바꿔 내 얼굴을 관찰했다.

"흐음?"

해가 지날수록 나는 꿈속의 요정 언니와 점점 외양이 비슷해져 가고 있었다. 동그란 이마에서 내려와 갸름한 선을 그리다가 오뚝 솟아난 콧마루도, 끝이 말려 올라가 있는 길고 풍성한 백금색의 가느다란 속눈썹도, 자세히 살펴보면 은근히 꼬리가 올라가 있는 눈매도, 옅은 장미빛으로 물든 미소 띤 입술과 백금을 녹인 폭포수처럼 물결치는 머리카락도, 전부 다.

단 하나 그녀를 닮지 않은 것이라고 한다면 불빛 아래에서 시린 바다색을 띠었다가 고개를 돌리기 무섭게 페리도트를 닮은 연한 녹색과 금색 사이의 오묘한 빛으로 변하는 이 보석안뿐이었다.

게다가 그동안 잘 먹고 살아서 그런지 딱 보기 좋게 살이 붙은 몸은 드디어 밋밋한 유아 체형에서 벗어나 들어갈 데 들어가고 나올 데 나온 소녀다운 풋풋한 굴곡을 그리고 있었고, 백옥 같은 피부는 아무것도 하지 않아도 절로 윤기가 흘렀다. 이것이 바로 금수저의 수혜! 크흑. 나는 거울을 보다 말고 잠시 혼자서 감동하는 시간을 가졌다.

"릴리, 릴리."

그리고 잠시 후, 한창 내 잠자리를 봐주는 중인 릴리에게 물었다.

"나 예뻐?"

"당연히 세상에서 가장 아름다우시죠."

그러자 침구를 정리 중이던 릴리가 1초의 망설임도 없이 기다렸다는 듯이 답했다. 마치 '거울아, 거울아 이 세상에서 누가 제일 예쁘니?'라고 물으면 '세상에서 왕비님이 제일 예뻐요!'라고 대답해 주었다는 백설공주 새 엄마의 거울 같은 스피드였다. 역시 우리 릴리야! 나는 기분이 좋아져서 그녀를 돌아보며 헤엣 웃었다. 릴리도 그런 나를 보고 덩달아 미소를 지었다. 하긴. 아타나시아가 다이아나를 닮아서 예쁘긴 참 예쁘지.

"주무시기 전에 머리를 빗겨드릴게요."

그러니 이제키엘이 호감을 가질 만도 해.

"후후. 기분 좋으세요?"

"응. 릴리가 머리 만져 주니까 좋아."

나는 얼마 전에 꽃밭에서 보았던 이제키엘을 떠올렸다. 비록 내가 전생에 팍팍한 삶을 사느라 흔한 연애 한 번 못 해봤다지만 아무리 그래도 이제키엘이 내게 보인 말과 행동의 의미가 무엇인지 아예 모를 정도로 눈치가 없진 않았다. 무, 물론 잠시 동안은 내가 공주병인가 싶기도 했지만 말이야.

"저도 우리 공주님 머리 만져드릴 때가 제일 좋답니다."

사실 그렇지 않은가. 이제키엘에게는 여주인공인 제니트가 있었으니까. 그러니 예쁘고 귀엽고 사랑스럽고 착하기까지 한 소설 속 여주인공 대신 다른 사람이 눈에 들어올 리가 없잖아. 하지만 아무래도 이야기에 약간의 변수가 생긴 모양이다. 루카스가 6년 전 나를 알피어스 공작가로 날려 보냄으로써.

요컨대 그건가? 어린 시절의 아련한 추억? 그리고 어린 시절의 미화된 기억 속에서 나는 꼬마 이제키엘의 첫사랑 비슷한 역할이라든가. 왜냐하면 아타나시아는 내 최애인 다이아나 요정 언니를 닮아서 엄청 예쁘니까 말이야! 음음! 나는 그런 생각을 하고서도 한 점의 부끄러움도 없이 뻔뻔스레 고개를 주억거렸다.

"공주님, 갑자기 움직이시면 머리카락이 엉킬 수 있어요."

어차피 제니트를 두고 이제키엘이 날 진지하게 좋아하게 될 거라는 생각까지는 안 하지만 이건 이것대로 나쁠 게 없었다. 애초에 주인공들이 행복해지도록 설계된 이 소설 속의 인력이 그대로 움직이고 있다면 남자 주인공인 이제키엘에게 호감을 사서 손해 볼 건 없잖아. 뭐, 그건 데뷔탕트 후에 다시 생각해 볼 문제이긴 하지만 말이다.

"릴리, 오늘도 루카스 안 왔어?"

"마법사님이 바쁘신가 봐요. 하긴 모르긴 몰라도 궁정마법사시니까 많이 바쁘긴 하겠죠."

바쁘기는 무슨. 루카스 그놈이 진짜로 하는 일이 많아 바쁘면 내 성을 간다. 루카스는 마음만 먹으면 언제 어느 때고 내 앞에 뿅뿅 나타날 수 있으면서도 아직까지도 어린애인 척을 하며 '미소년 천재 마법사' 역할극을 즐기곤 했다.

심지어 녀석은 3년 전부터 최연소 궁정마법사의 타이틀까지 달고 있었다. 3년 전이라 하면 내가 10살 때인데, 루카스 이놈은 처음 황성에 굴러 들어왔을 때 이후로 외모 보수를 하지 않아 여전히 10살에서 11살 정도의 외양을 하고 있었다. 나야 자세한 건 모르지만 아마도 이놈의 몸은 보통 사람처럼 하루하루 나이를 먹는 시스템은 아닌 것 같았다.

아무튼, 루카스는 그 무렵 또 죽 끓는 변덕으로 황궁 생활이 심심하다고 하며 덜컥 궁정마법사 시험을 봤고 결국은 최연소로 합격했다. 이때 이놈이 우리 궁정마법사들이 하나같이 허접하다고 어찌나 비웃어 댔는지 모른다. 어우, 얄미워.

그런데 분명히 나와 4살 차이가 난다고 공식적으로 알려져 있던 루카스의 나이가 어찌 된 일인지 나와 동갑인 것으로 기록되어 있는 것이었다. 더욱 귀신이 곡할 노릇인 것은 아무도 그 사실에 의문을 품지 않았다는 것이다. 모두가 루카스의 어려진 나이에 일말의 의심조차 품지 않았다. 마치 원래부터 그가 그랬던 것처럼. 나는 이놈이 사람들을 상대로 또 다시 사술을 부렸단 사실을 깨달았다.

생각해 보면 이 또라이와 처음 만났던 때도 놈은 다른 사람들이 나를 찾지 못하게 필릭스와 릴리를 포함한 루비궁의 사람들에게 환술을 걸었던 적이 있지 않은가? 게다가 놈이 처음 황궁에 들어올 때, 주위에 아무런 연고도 없는 듯했던 그의 보호자를 자청하고 나섰다는 궁정마법사까지. 하나하나 따져 보면 이상하지 않은 것이 없었다.

"내가 마법 쓴 거 맞는데? 그게 뭐."

루카스는 양심의 가책도 없이 쉽게 인정했다. 게다가 자신이 쓴 마법이 좀 강해서 정신력이 약한 사람의 경우 부작용이 있을지도 모른다는 것까지 아무렇지 않게 털어놓았다. 아오, 다시 생각해도 열 받는다. 그 후 나는 그를 좀 귀찮게 했다. 내 주변 사람들에게 두 번 다시 그런 위험한 마법을 쓰지 말라고 얼마나 난리를 쳤는지 모른다. 처음에는 자기 마음이라고 내 말을 들은 척도 안 했던 놈도 어느 정도 시간이 지나자 어지간히 성가셨는지 결국은 알겠다고 대답해 주었다. 그리고 내가 알기로, 루카스는 최소한 그날의 약속이 있은 뒤부터는 내 주위에 있는 사람들에게 그런 사술을 쓴 적이 없었다.

"마법사님도 어린 나이에 참 대단하세요."

물론 그래 봤자 나와 약속하기 전에 사용한 마법 때문에 이미 모두가 놈을 나와 동갑으로 알고 있었지만 말이다. 허흐흑. 분명 이놈은 나이 어린 척하면서 주변 사람들이 대단하다고, 똑똑하다고 떠받들어주는 걸 즐기는 게 분명해. 나도 가끔은 내가 진짜 어린애인 줄 알고 다른 사람들이 천재라고 치켜세워 줄 때마다 민망한데 말이야!"

"물론 우리 공주님보다는 아니지만요."

가령 지금처럼 말이지. 나는 부드러운 손길로 내 머리를 빗어주며 엄마 미소를 짓는 거울 속의 릴리를 향해 그저 헤헤 웃어버리고 말았다. 아, 아무래도 빨리 자야겠다. 릴리도 은근 팔불출적인 면이 있어서 날 너무 띄워 준단 말이야!

"릴리, 나 졸려."

"어머. 시간이 벌써 이렇게 되었네요. 주무셔야죠, 공주님."

나는 이제키엘을 만난 날부터 도통 얼굴을 보이지 않아 신경 쓰이게 만드는 루카스를 상념의 저 멀리로 냉큼 밀쳐 버린 뒤 잠자리에 들 준비를 했다.

"아빠, 아빠."

나는 한껏 간드러진 목소리로 클로드를 불렀다. 오늘은 처음 봤을 때부터 특히나 애교를 담뿍 담아서 그를 보고 웃어주기까지 했다.

"저 얼마 후에 있을 데뷔탕트가 너무 걱정돼요."

하지만 지금은 웃을 타이밍이 아니지! 나는 눈썹 끝을 추욱 내리고 비 맞은 강아지처럼 불쌍한 기운을 폴폴폴 날리기 시작했다. 그러자 나른한 손짓으로 찻잔 속의 액체를 휘젓던 클로드가 고개를 들어 나를 쳐다보았다. 그는 어쩐 일로 리페차 대신 선택한 다른 차를 눈앞에 두고 있었다. 하지만 그것이 영 마음에 차지 않는지 딱 한 번 찻잔을 입에 댄 뒤로는 줄곧 지금처럼 그 내용물만 휘휘 젓고 있는 참이었다.

나는 그런 그를 향해 말했다.

"혹시라도 긴장해서 실수하면 어쩌죠."

"실수해도 된다."

그러자 클로드가 무덤덤하게 대꾸했다.

"춤 연습도 엄청 열심히 하고 있는데 그래도 걱정이에요."

"걱정할 이유가 어디에 있지. 만약 실수를 한다 해도 옆에서 제대로 보필하지 못한 필릭스 탓이 아니겠나."

여, 역시 클로드는 뒤끝이 쩔었다! 기회를 놓치지 않고 이렇게 필릭스 저격을! 나는 흔들리는 동공을 애써 가라앉히며 계속 '얼마 남지 않은 데뷔탕트를 걱정하는 어린 딸' 연기를 했다.

"그래도 다들 흉볼 거 아니에요."

"마지막 유언치고는 거창한 편이로군."

헉. 누구든 내 흉을 보면 그걸 유언으로 만들어주겠다 이거냐! 이건 좀 감동이었다. 아, 아니. 물론 방법이 좀 과격하긴 하지만! 그래도 무심한 척 딸 마음을 편하게 만들어줄 줄도 알고. 정말 많이 발전했잖아요. 으아앙.

"그리 대단하게 생각할 것 없다. 정 불편하다면 그저 의례상의 춤 한 번만 추고 나오면 끝날 일이니."

클로드는 데뷔탕트가 별것 아니라는 듯이 말했다. 나는 그런 클로드의 얼굴을 보며 오늘의 목적을 다시금 상기했다. 자아, 밀당은 여기에서 끝냅시당!

"사실은 저요, 그날 아빠 손잡고 같이 들어가고 싶어요."

나는 주저주저하며 말할까 말까 하다가 말한다는 듯이 웅얼거렸다. 그러자 찻잔 위에서 느리게 움직이던 클로드의 손이 우뚝 멈추었다.

"첫 춤도 아빠랑 같이 추고 싶고."

밀당도 길어지면 독이 되는 법이 아니겠습니까. 그동안 겪었던 일들이 있어서 필릭스나 클로드나 좀 더 괴롭혀 주고 싶었지만 이쯤에서 그만둬야지.

"14살 데뷔탕트를 축하한다는 말도 아빠한테 제일 먼저 듣고 싶어요."

슬쩍 눈치를 보니 클로드가 찻잔을 젓던 것도 멈춘 채로 나를 쳐다보고 있었다. 포인트는 바로 여기다!

"하지만 아빠는……."

나는 내 앞에 있는 찻잔을 양손으로 만지작거리며 최대한 아련한 표정을 지어 보였다.

"그런 거 별로 안 좋아하시겠죠."

작은 아티는 꼭꼭 아빠랑 같이 연회장에 들어가고 싶은데 아빠가 싫어할 것 같아서 지금 시무룩합니다. 아무룩. 그런 티를 팍팍 내자 티스푼을 든 클로드의 손이 한순간 움찔했다. 오호라, 확실히 입질이 오나 보다.

"그래서 필릭스한테 대신 부탁한 거긴 하지만요. 그래도……."

필릭스가 들으면 섭섭해할지도 몰랐지만 지금 이 자리에는 당사자도 없으니 괜찮았다. 왜냐하면 지난번 내 폭탄선언 이후 클로드가 다과 시간마다 필릭스를 우리 옆에 얼씬도 못 하게 만들었기 때문이다.

"정말 아빠랑 가고 싶은데……."

움찔.

"살면서 딱 한 번 있는 데뷔탕트인데."

움찔.

내가 한 문장을 말할 때마다 클로드의 손이 아주 미세하게 움찔거렸다. 표정은 여전히 방금 전과 별 차이가 없는데 저런 자잘한 부분에서 티가 났다. 나는 대미를 장식하기 위해 괜한 말을 꺼냈다는 듯이 또 아련하게 미소 지어 보인 뒤 이내 아무렇지 않은 척 말했다.

"헤헤. 너무 욕심 부리지 말아야지."

"……."

"아빠처럼은 아니어도 필릭스라면 그래도 옆에서 저를 잘 도와주겠죠. 아빠한테 자랑스러운 딸이 되도록 저 노력할게요."

달칵.

티스푼을 아래로 내려놓은 클로드가 다시 찻잔을 들었다. 그는 잔을 기울여 옅은 향기가 풍기는 액체를 쭈욱 원샷한 뒤 다시 팔을 내렸다.

"흠. 그렇게까지 소원이라면."

그리고 마침내 클로드가 못 이긴 척 입을 여는 순간, 나는 속으로 회심의 미소를 지었다. 빠밤! 월척입니다! 파닥파닥! 갓 잡아 올린 신선한 클로드 대어입니다!

"딱히 들어주기 어려울 것도 없다."

"정말요?"

그 말을 기다리고 있던 나는 냉큼 화색하며 반문했다. 하지만 그것이 지극히 무의식중에 튀어나온 반응이었다는 것처럼 나는 곧 조심스럽게 물었다.

"하지만 그런 자리에서 춤추고 그러는 거, 별로 안 좋아하시는 거 아니에요?"

"기껏 해야 에스코트 한 번, 춤 한 번 추는 게 뭐가 그리 대단한 일이라고."

클로드는 어느덧 완전히 여유를 되찾은 상태였다. 그는 다시금 티스푼을 들어 찻잔 속의 액체를 휘젓듯이 손목을 움직였다.

"그래도 괜찮으세요? 요즘은 아빠랑 같이 데뷔탕트 파트너를 하는 경우는 거의 없다고 들었는데. 다른 귀족들이 수군거리기도 한다고 해서, 전 혹시나 아빠도 기분 상하실 일이 생길까 봐."

"내가 하는 일에 누가 감히 뭐라고 한다는 거지? 제 목숨 아까운 줄 모르고 건방진 소리를 지껄이는 자들은 없을 것이니 너도 괜한 데 신경 쓸 필요 없다."

역시 천상천하 유아독존이었다. 그는 내 고민이 아주아주 쓸모없다는 듯이 코웃음까지 치면서 말했다. 그래요, 당신이 최고십니다. 나는 확인 사살을 위해 다시 한번 물었다.

"정말 저랑 같이 데뷔탕트 파티에 가 주실 거예요?"

"그렇게까지 원한다는데 하는 수 없지."

그는 어디까지나 내가 원하니까, 그리고 그렇게까지 간절하고 절실하게 일생의 소원이라고까지 하니 어쩔 수 없이 은혜를 베풀어 같이 가 주겠다는 듯이 말했다. 그래도 같이 지낸 세월이 있어 이런 반응을 보일 거라고 예상하고 있긴 했지만 이건 좀 귀엽지 않은가. 그럼 저도 당근을 드려야죠!

"본래 그런 시끄러운 자리는 딱 질색이나 특별히⋯⋯."

"아빠아아!"

나는 자리에서 일어나 내 맞은편에 앉은 클로드를 향해 한달음에 달려갔다. 그리고 와락 그의 목을 끌어안았다.

"정말요? 정말요? 진짜 그날 저 에스코트해 주시는 거예요? 저랑 같이 춤도 춰 주시는 거죠?"

"그."

"아, 정말 기뻐요! 어떡해, 너무 좋아. 이게 꿈은 아니겠죠?"

클로드를 끌어안은 채로 호들갑스럽게 재잘거리자 그는 말을 잇지 못했다. 내가 말할 틈을 안 준 것도 맞지만 이 사람 지금 당황했다. 도무지 그런 내색을 하지 않는 사람이지만 그래도 지금은 내 갑작스러운 행동에 어떤 반응을 내보여야 할지 몰라서 굳어 있는 티가 났다.

"무르시기 없어요. 저랑 약속하신 거예요?"

나는 진짜 너무 행복해서 주체를 못 하겠다는 듯이 환하게 웃으면서 그를 쳐다보았다. 그러자 클로드가 그런 나를 잠시 말없이 바라보다가 마침내 느리게 말했다.

"그래. 약속하마."

올레! 이제 됐다!

"고마워요, 아빠. 역시 아빠밖에 없어요. 에헷."

나는 마지막 공격으로 클로드의 뺨에 쪽, 뽀뽀까지 하며 대망의 데뷔탕트 파트너 건을 해결했다. 그러고 나서 언뜻 내려다보았을 때, 그가 방금 전까지도 티스푼으로 마구 휘젓고 있던 찻잔은 액체 한 방울 없이 텅 비어 있어 나는 더욱 웃음을 참기 어려워지고 말았다.

나는 필릭스가 그래도 조금이나마 서운해하지 않을까 생각했지만 그는 내 말을 듣자마자 어딘가 초췌했던 얼굴을 화악 밝게 개며 '감사합니다, 공주님!'을 외쳐 나를 다소 뻘쭘하게 만들었다. 끄응. 아무래도 그동안 필릭스의 마음고생이 내 생각보다 심했던 모양이다. 하지만 그동안 당신의 그 눈치 없는 행동에 내가 당했던 걸 생각하면! 왜 이래, 나도 뒤끝 있는 여자라고. 흑.

"오벨리아의 평화가 함께하시기를."

그리고 나는 막 가넷궁을 빠져나오던 길에 흰둥이 아저씨를 만났다.

"알피어스 공, 오랜만이에요."

또 댁입니까? 그래도 요즘은 눈앞에 잘 안 보인다 싶더니만. 하지만 속이야 어떻든 간에 나도 웃으며 그에게 인사해 주었다. 나도 이제는 나이가 있으니 '흰둥이 아저씨'라는 호칭은 진작 졸업한 뒤였다. 옆에 있던 필릭스도 로저 알피어스와 심심한 인사를 나누었.

그나저나 이 양반은 이상할 정도로 나랑 자주 마주치는 것 같단 말이지? 아닌가? 그동안 가끔씩 이렇게 가넷궁 앞에서 다른 가신들을 만난 적도 있었지만 그 사람들은 호기심 어린 눈빛만 보낼 뿐, 나한테 굳이 말을 걸지 않아서 그런가?

"오늘도 아름다우십니다, 아타나시아 공주님."

쓰읍. 이렇게 매번 립 서비스를 잊지 않고 말이야.

"허허. 알현 시간보다 이르게 입궁하길 잘했군요. 이렇게 우연히 공주님을 다 뵙고 말이지요."

호오. 이건 좀 새까만 아우라가 느껴지는 말이었다. 저 사람이 말하는 '우연'이란 보통 그 앞에 '계획된'이라거나 '만들어진'이라는 수식어가 붙어도 마땅하지 않던가.

"저도 이렇게 우연히 알피어스 공을 만나게 되니 반갑네요."

그래서 하고 싶은 말이 뭐냐.

"그러고 보니 공주님의 데뷔탕트가 얼마 남지 않았더군요."

흐응. 내 데뷔탕트 이야기였네. 겉으로 태연히 웃으며 그의 말을 듣던 나는 이어지는 목소리에 썩소를 짓고 싶어졌다.

"그날 손을 맡기실 짝은 정하셨는지……."

이 양반이 지금 날 의식해서 이런 질문을 하는 건가? 그날 이제키엘하고 같이 제니트를 데리고 올 생각이라 내 파트너는 누구인지 미리 알아 두려고? 우리 제니트 짝은 벌써부터 오벨리아 최고의 신랑감으로 회자되는 이제키엘인데 네 파트너는 내 아들보다 못하지? 뭐 이런 건가? 그래서 나 약 올리려고? 허허. 알고는 있었지만 새삼 짜증 나네.

로저 알피어스는 조심스럽게 물은 뒤 그 후로 조용히 내 대답만 기다리고 있었지만 나는 〈사랑스러운 공주님〉의 내용을 알아서 그런지 그런 그가 곱게 보이지 않았다. 그래서 나는 친히 알피어스 공작에게 크고 아름다운 엿을 선사해 주기로 했다.

"그야 당연히 정했죠."

나는 로저 알피어스를 향해 환하게 웃으며 그에게 화려한 똥을 투척했다.

"아바마마가 함께 가 주시기로 했답니다."

다 비키라 그래. 내 파트너는 이 나라 황제다! 때마침 지금 막 클로드와 이야기도 마치고 온 참이라 기분이 아주 상쾌했다. 황제면 이 나라 일짱이나 마찬가지인데, 이제 할 말 없지? 할 말 없지? 옆에서 필릭스도 아주 흐뭇한 얼굴로 웃으며 고개를 끄덕거리고 있었다. 그동안 그를 괴롭히던 일이 해결되어 마음이 무척 가벼운 것 같았다. 로저 알피어스의 흔들리는 음성이 내 귀를 파고든 것은 바로 그때였다.

"폐하께서…… 말씀이십니까?"

그는 내 말이 어지간히 충격적이었던 듯 드물게도 눈동자의 흔들림을 감추지 못했다.

"폐하께서 정말, 공주님의 에스코트를……."

그래, 놀랄 만도 하지. 이 아저씨도 클로드의 그 성격을 다 알고 있을 텐데. 크흡. 당혹감으로 사정없이 흔들리는 그의 눈동자를 보며 나는 수줍은 미소를 지어 보인 뒤 겸손하게 말했다.

"물론 제가 먼저 부탁드린 것이지만요."

아무리 그래도 클로드의 체면이 있으니 내가 먼저 조른 것으로 해두는 게 나았다. 그러니 이만 진정하지 않겠나, 흰둥이 씨. 하지만 알피어스 공작은 아직까지 놀라움이 가시지 않은 듯 내 말을 곱씹으며 혼잣말처럼 중얼거렸다.

"그러니까, 공주님의 청을 폐하께서 흔쾌히 수락하셨다는 말씀이군요."

마침내 로저 알피어스가 다시금 동요를 가라앉힌 낯으로 나를 향해 너털웃음 지었다.

"허허. 이런 놀라운 일이. 알고는 있었지만 역시 폐하께서 아타나시아 공주님을 이만저만 아끼시는 것이 아닌 것 같습니다."

그렇게 말하는 목소리는 침착했지만 나는 그의 눈동자가 무언가를 생각하듯 신중한 빛을 띠는 것을 발견하고 말았다. 쯧. 이 아저씨 또 머리 굴리고 있구먼. 하지만 이어진 그의 말에는 나도 그만 무심결에 흠칫 놀랄 수밖에 없었다.

"이것 참, 아쉽군요. 혹, 아직 상대를 정하지 못하셨다면 제 아들은 어떠신지 여쭈어보려 했는데."

"알피어스 공의 아들이요……?"

"소식을 들으셨는지 모르겠으나 제 아들이 이번에 아를란타에서 수학을 마치고 오벨리아로 돌아왔답니다."

이번에는 내가 할 말을 잃을 차례였다. 이, 이 아저씨가 지금 뭐라고 한 거지? 남몰래 또 다른 아들을 숨겨 놓고 있는 게 아니라면, 지금 이 아저씨가 말하는 건 이제키엘일 수밖에 없잖아?! 지금 그 이제키엘을 내 파트너로 붙여 주려고 했다는 거야?

"아무래도 제가 한발 늦은 것 같군요."

아니, 이제키엘은 제니트랑 같이 손잡고 사이좋게 데뷔탕트 파티에 오는 거 아니었습니까? 제니트는 어쩌고 이제키엘을 나랑 같이 붙여 주려고 한대요?

"알피어스 공자가 제게 그런 청을 하고 싶다던가요?"

"공주님을 보필하는 자리인데 제 아들에게도 당연한 영광이 아니겠습니까."

그러니까 이제키엘의 의사는 아니라는 거군. 내 생각에는 어릴 때 그를 내 친구로 붙여 주려고 했던 것처럼, 이번에도 흰둥이 아저씨 혼자서 설레발 치고 나한테 떡밥이나 던져 보려고 한 것 같다. 그래서 만약 내가 걸리면 그 나름으로 나쁠 것 없는 일로 치려고. 이것 참. 제니트 노선으로 아예 한 길만 파는 게 아니라 나한테도 한 다리 걸쳐 줘서 고맙다고 해야 하는 건가. 이 능구렁이 아저씨가 나한테도 그물을 펼친다는 건, 그래도 아직까지는 내가 놓치기 아까운 물고기라는 의미이기도 했으니까.

"알피어스 공에게 자주 이야기를 들어 그런지 저도 호기심이 생기네요. 데뷔탕트 파티 때 만날 수 있겠죠."

"예. 그때 인사드릴 수 있을 겁니다."

알피어스 공작과 나는 서로에게 속내를 숨긴 웃는 얼굴로 마지막까지 대화하다가 이내 여상한 인사말을 남긴 채 헤어졌다. 어유, 저 능구렁이.
"알피어스 공자와는 매번 엇갈리는군요."
"그러게."
으앗. 필릭스의 말에 대꾸하면서도 약간 찔렸다. 그의 말은 반만 맞는 것이었으니까. 난 이미 이제키엘하고 비공식적으로 만나 버렸는데! 하지만 공식적으로는 자의 반 타의 반으로 계속 그와의 만남을 미루고 있기는 했다. 나도 흰둥이 아저씨의 원대로 해주기 싫어서 매번 튕기기는 했지만 클로드가 퇴짜를 놓은 경우도 만만찮게 많았다. 하지만 그것도 내 데뷔탕트 날이면 끝인 건가.

"그래도 괜찮습니다."
"다음에는 제가……."

나는 지난번 만났던 이제키엘을 떠올렸다. 흰 꽃잎이 눈꽃처럼 흩날리던 그곳에서 희미하게 웃으며 내게 속삭이던 그를.
"아, 마법사님이시네요."
바로 그때 옆에서 들려온 필릭스의 목소리에 나는 상념에서 깨어나 눈길을 돌렸다. 대대로 공주들이 사용하던 에메랄드궁은 후궁전이던 루비궁보다 덜 고립되어 있어서 이렇게 가넷궁과 연결된 길을 오가다 보면 황궁에서 일하는 다른 사람들을 보는 경우도 드물지 않았다. 그리고 거기에는 흰둥이 아저씨 같은 가신들이나 황실마법사들도 포함되어 있었다. 나는 저 멀리서 보이는 푸른빛 도는 깜장 머리에 한순간 주변의 시선을 잊고 큰 소리로 외쳤다.
"루카스!"
옆을 지나던 궁인들이 내 외침을 듣고 저마다 하던 일을 멈추고 고개를 돌릴 정도였으니 까만 또라이가 그 소리를 듣지 못했을 리가 없었다. 그러자 나와 단둘이 있을 때야 어떻든, 밖에서만큼은 건실한 미소년 천재 마법사를 자칭하고 있던 루카스가 나를 뒤돌아보았다. 동요 없는 붉은 눈동자에 약간 심통이 났다. 그래서 나는 요즘 내 앞에 코빼기도 내비치지 않았던 루카스를 향해 웃으며 약간 빈정거렸다.

"요즘 무척이나 공사다망하신가 보죠? 얼굴 보기가 아주 힘듭니다?"

하지만 그는 내 의도를 눈치채지 못한 양 나에게 그저 겸손히 답할 뿐이었다.

"황실의 녹봉을 받는 신하로서 게으름을 피워서야 쓰겠습니까."

헛. 이 월급 도둑이 지금 뭐라고 하니? 나는 루카스의 뻔뻔한 헛소리에 어이없는 표정을 지을 수밖에 없었다.

"그렇지요. 맞는 말씀입니다. 자고로 황실의 가신이라면 그런 마음가짐으로 일해야지요."

필릭스는 루카스의 말에 감탄하며 고개를 주억거렸지만 말이다.

"말씀처럼 한동안 공사다망하여 미처 찾아뵙지 못했습니다. 그간 건강히 잘 지내신 것 같아 마음이 놓이는군요."

웃기고 있네. 네가 정말 내 걱정을 했으면 그렇게 얼굴 한 번 보이지 않았을 리가 있냐? 얼마 전까지만 해도 시도 때도 없이 내 방에 나타나서 사람 간 떨어지게 만들던 놈이 빈말은.

"송구합니다만 지금도 바로 탑에 가 봐야 할 것 같습니다."

"뭐야. 진짜 바쁜 거야?"

그런데 얼굴을 보자마자 곧바로 가 봐야 한다는 말에 이놈이 진짜 할 일이 있어 바쁜 건지 긴가민가해지기 시작했다.

대륙 최강의 마법사였던 검은 탑의 마법사의 유지를 이어받아 오벨리아의 황실마법사들은 자신들의 거처를 '검은 탑'이라 명명하고 있었다. 대륙에서도 그 수가 적은 마법사들이었기 때문에 오벨리아에서도 그들은 꽤나 파격적인 대우를 받고 있었다. 그리고 잘은 몰라도 루카스는 그중에서도 특히 인정받는 마법사인 모양이었다. 그래서 최연소 황궁 마법사가 된 이후부터는 황실마법사들이 쉴 새 없이 자신을 찾는 다고 내 앞에서 투덜거리곤 했으니.

나는 의심과 궁금증을 담은 눈빛을 보냈으나 루카스는 무슨 생각을 하는지 그런 나를 잠시 말없이 쳐다보기만 했다. 뭐야, 오랜만에 만나서는 또 시비 걸려는 건가? 나도 눈싸움에서 지지 않는다고. 당연히 잘못한 게 없는 나는 당당히 루카스의 시선을 정면으로 받아쳐 줬다.

"잠시."

그러자 쯧, 하고 작게 혀를 차는가 싶던 그가 돌연 나를 향해 손을 뻗어 왔다. 이마에 따뜻한 체온이 닿고, 그 직후 착각인지 몸에서 무언가가 빠져나가는 느낌이 들었다. 잉? 얘 지금 뭐한 거래요.

"어린아이도 아닌데 이런 것을 붙이고 다니십니까."

잠시 후 비웃음과 함께 루카스가 손에서 날려 보낸 것은 어디서 붙었는지 모를 나뭇잎이었다. 어, 이상하다. 왜인지 얘가 내 이마에 손을 대고 나서부터 묘하게 몸이 가벼워진 느낌인데. 하지만 곧 루카스가 내게서 뒤돌아섰기 때문에 내 의문은 오래가지 못했다.

"몹시 바쁘긴 하나 짬을 내서 종종 찾아뵙겠습니다. 아무래도 공주님께서 저를 많이 그리워하시는 듯하니."

"하하. 농담도. 오히려 그 반대겠지요."

나는 얄밉게 웃는 루카스를 향해 마찬가지로 흥 콧방귀를 뀌어주었다.

"이제 돌아가시죠, 공주님."

"그래."

그러고 나서 에메랄드궁으로 돌아가는 내 발걸음은 처음 그곳을 나설 때보다 확연히 가벼워져 있었다. 어쩐지 밀려 두었던 숙제를 오늘 전부 해결한 것처럼 상쾌한 기분이었다.

시간은 쏜살같이 흘러갔다.
"생일 축하드려요, 공주님."
"축하드립니다."
"우리 공주님이 벌써 열네 살이시라니."
"아, 정말 감동이에요."

평소처럼 이것저것 배우고 춤 연습하고 했을 뿐인데 벌써 내 생일이라니 믿기지가 않는다. 사실 나는 내 생일이라 해도 별다른 감흥이 없었지만 지금 내 눈앞에 있는 네 사람은 그렇지 않은 모양이었다. 릴리, 필릭스, 한나, 세스 모두 감읍한 표정으로 나를 보고 있었으니 말이다.

"부족하지만 공주님을 생각하며 열심히 준비한 선물입니다."
"여기, 저도요."
"제 것도 있어요, 공주님."
"한번 풀어 보세요."

나는 두근두근한 표정을 짓는 사람들 틈에서 약간 어색한 기분으로 상자의 리본을 풀었다.

"와아, 예쁘다."

필릭스의 선물은 데뷔탕트 때 신어도 될 법한 화려한 구두였다. 크리스털로 장식된 흰 구두는 신데렐라의 유리 구두처럼 아름다운 자태를 자랑하고 있었다.

"공주님께 정말 잘 어울려요."

릴리의 선물은 보석함인가 싶었지만 뚜껑을 열면 맑은 음악 소리가 흐르는 오르골이었다. 어여쁜 소녀가 세공된 오르골은 테두리까지 전부 금이었는데, 알알이 박힌 색색의 보석들까지 그렇게 예쁠 수가 없었다. 세스는 나를 위해 직접 만든 것이라며 가운데 있는 붉은 보석 주위로 반짝이는 구슬들이 박힌 머리핀을 선물해 주었다. 마지막으로 한나의 선물은 까망이를 본 떠 만든 것 같은 푹신푹신한 검은 인형이었는데, 까망이도 이 인형이 무척 마음에 드는 듯이 옆에서 꼬리를 마구 흔들며 헥헥거리고 있었다.

"전부 다 너무너무 마음에 들어! 정말 고마워."

나는 선물을 차례로 풀어 본 뒤 그들을 향해 활짝 웃어주었다. 벌써 몇 번이나 반복해 온 일인데도 생일 때마다 선물을 받는 것은 어딘가 낯간지러웠다. 하지만 그만큼 고마운 마음도 컸다.

"공주님을 만난 것이 제 생의 가장 큰 기쁨이랍니다."

릴리가 부드럽게 미소 지으며 속삭인 말을 필두로 다른 세 사람도 차례로 입을 열었다.

"다시 한번 진심으로 생일 축하드립니다, 공주님."

"내년 생일에는 더 멋진 선물을 준비할게요."

"앞으로도 공주님께 항상 즐겁고 좋은 일만 가득했으면 좋겠어요."

"끙!"

내 머리에 묶은 것과 세트인 붉은 리본을 목에 맨 까망이도 의자에 앉은 내 허리에 머리를 비비적거렸다.

"고마워요, 다들."

나는 공연히 쑥스러워져서 헤헤 웃었다.

"자, 오늘을 위해 특별히 준비한 케이크예요."

"와아아! 빨리 먹자, 릴리의 특제 케이크!"

"저도 같이 만들었다고요, 공주님."

"그래, 릴리와 한나의 특제 케이크!"

"케이크 위에 있는 장식은 세스가 만들었답니다."

내 생일 케이크는 한마디로 짱짱 멋졌다! 매년 사이즈도 업업! 초콜릿의 당도도 업업! 그리고 내 살들도 업업! 크흑. 그래도 이런 날은 안 먹을 수 없지!

"맛있다! 다들 빨리 안 먹으면 내가 다 먹을 거야!"

나는 생일 때면 늘 그렇듯, 또다시 나 몰래 짠한 눈빛을 보내고 있는 네 사람을 향해 외치며 까망이와 함께 초콜릿 케이크를 전투적으로 해치웠다.

※

"안녕히 주무세요, 공주님."

"릴리도 잘 자."

으아아, 배불러. 생일 때는 항상 나도 모르게 과식하게 된다니까. 이건 다 릴리의, 아니, 릴리와 한나와 세스의 특제 생일 케이크가 너무 마약 같기 때문이야. 으아앙.

"아타나시아 공주님."

릴리는 곧바로 방을 나가지 않고 침대 머리맡에 와서 살며시 내 머리를 쓰다듬어주었다.

"공주님은 저뿐만 아니라 오벨리아 모두의 보배시랍니다."

매번 내 생일 때면 잠들기 직전 그녀가 내게 해주는 말이었다.

"저에게도, 다른 분들에게도 그 자체로 아주 귀하고 소중한 분이세요."

이럴 때의 그녀는 꼭 엄마 같았다. 물론 나는 한 번도 엄마가 있어본 적이 없어서 잘은 모르지만.

"오늘 이 자리에 있어주셔서 감사합니다."

미소 띤 얼굴로 내 손을 잡고 속삭이는 릴리의 얼굴을 보며 나도 눈을 접어 웃었다.

"나도. 옆에 있어줘서 고마워, 릴리."

내 생일만 되면 그들이 어떻게든 내 기분을 밝게 해주기 위해 노력하는 것을 알았다. 아무리 괜찮다고 해도 믿지를 않아서 결국은 나도 그냥 바보처럼 웃는 것을 선택했지만 나를 생각해 주는 그 예쁜 마음들이 고맙지 않은 건 아니었다.

릴리는 내 이마에 굿나잇 키스를 해준 뒤 조용히 문을 닫고 밖으로 나섰다. 나는 조용한 방 안에 가만히 누워 있다가 잠이 안 와서 창가 쪽으로 몸을 돌렸다. 어스름한 달빛이 방 안으로 쏟아져 들어오고 있었다. 이번에도 내 생일은 이대로 지나가려나 보다.

"그래도 이번에는 혹시나 싶었는데."

결국 클로드는 내 14번째 생일에도 나를 보러 오지 않았다. 나는 이럴 때마다 기분이 묘하게 이상해졌다. 다른 사람들의 생각처럼 클로드에게 섭섭하다거나 혼자서 풀이 죽어 우울하다거나 한 것은 물론 아니었다. 그것은 마치 어릴 때 클로드의 방에서 깨진 초상화 액자를 보았을 때나, 그가 나에게 다이아나의 꿈을 꾸게 해주었을 때, 혹은 내가 처음으로 그에게 먼저 안기며 뺨에 입을 맞춘 순간 클로드가 한순간 무방비하게 내보이고 말았던 그 표정을 보고 말았던 때와 같은 기분이었다.

"이런 기분 별론데."

마치 알아서는 안 될 동전의 뒷면을 몰래 엿본 것처럼 마음 한구석이 찜찜했다. 아니, 찜찜하다는 말로 표현할 수 없는 그 느낌을 나는 아직도 뭐라고 정의 내려야 하는지 모르겠다. 다만 그 모든 순간을 눈에 담지 말았어야 했는데…… 하는 생각이 때때로 들었다.

그럴 때의 클로드는, 정말이지 평범한 사람 같아서. 내가 생각하고 있던 피도 눈물도 없는 그런 냉혹한 사람이 아니라, 슬픈 일에 울고 기쁜 일에 웃고 또 사람 때문에 상처받고 누군가를 사랑할 줄 아는 그런 보통의 평범한 사람처럼 느껴져서. 그리고 예전 같으면 생존을 위해 그에게서 발견되는 그런 인간다운 면을 마냥 기쁘게만 여겼을 내가 어째서인지 더 이상은 그러지 못하게 되었기 때문에.

"아, 몰라."

몰라, 몰라. 이런 복잡한 건 딱 질색이란 말이야. 아무튼, 클로드가 왔으면 오히려 더 어색해질 뻔했는데 차라리 잘됐지, 뭐. 나는 그렇게 생각하며 다시 몸을 반대쪽으로 뒤집었다.

"모르긴 뭘 몰라?"

바로 그때 등 뒤에서 시큰둥한 목소리가 들려왔다.

"왜 이렇게 늦게 왔어?"

나는 놀라지도 않고 침대에 누운 채로 다시 몸을 돌렸다. 그러자 달빛을 등진 채 서 있는 루카스가 눈에 들어왔다.

"내가 그렇게 한가한 사람인 줄 알아?"

툭 내뱉듯 말하고 있지만 그래도 나름대로는 내 생일이라고 와 준 걸 알았다. 물론 따로 선물을 준다거나 하는 건 아니지만 지난 6년 동안 루카스가 내 생일날 밤에 나를 혼자 둔 적은 한 번도 없었다. 짜식. 이왕 올 거면 선물도 좀 들고 올 것이지. 하지만 이놈에게 그런 센스가 있을 리 만무했다. 그래서 나는 생일마다 늘 그래 왔듯 알아서 그에게 내 생일 선물을 요구했다.

"까망이 보러 가자."

"너 내 말 귓등으로 듣지? 진짜 확 먹어버린다."

"알았어, 알았어. 그러니까 보러 가자!"

그래 봤자 까망이를 먹는다는 게 빈말이란 걸 알아서인지 이제는 무섭지도 않았다. 루카스도 자신의 협박이 먹히지 않는다는 것을 알고 얼굴을 구겼다. 어차피 데려다줄 거면서 앙탈은. 결국 내 예상대로 루카스는 잔뜩 짜증이 난 표정으로 손가락을 튕겼다.

쏴아아.

그리고 눈을 감았다 떴을 때, 우리는 밤바람이 파도처럼 일렁이는 후원에 도착해 있었다.

"까망아!"

까망이는 잔디 위에 동그랗게 몸을 말고 있다가 우리의 인기척을 느끼고 귀를 쫑긋거렸다. 그리고 자신을 찾아온 게 나라는 걸 깨닫자마자 벌떡 일어나 풍성한 털을 휘날리며 달려왔다.

"끼잉!"

하루가 다르게 쑥쑥 자라 이제는 내 허리 높이만큼 오는 까망이가 달려들어서 나는 그대로 잔디에 넘어지고 말았다.

"아유, 우리 까망이 언니 보고 싶었어요? 오구오구."

"뀨웅!"

나는 그래도 좋다고 까망이랑 같이 잔디를 뒹굴며 히히덕거렸다. 청소년에게 있어서 역시 뭐니 뭐니 해도 제일 꿀잼인 건 어른들 몰래 하는 늦은 밤의 비밀스러운 일탈 아니겠습니까? 루카스가 나를 향해 구시렁거렸지만 나는 그냥 까망이의 까만 털에 얼굴을 묻으며 헤죽거릴 뿐이었다.

"추워 죽겠는데 무슨 짓이냐고."

"보온 마법 걸어주면 되잖아."

아무리 날이 따뜻하다고 해도 밤바람이 약간 서늘하기는 했다.

"가지가지 한다, 진짜."

혀 차는 소리와 함께 몸에 훈기가 돌기 시작했다. 나는 고맙다는 의미를 담아 루카스를 향해 배시시 웃어 보였다. 아, 역시 까망이랑 이러고 있으니까 좋다. 따뜻한 체온이 몸 속 깊은 곳까지 스며서 노곤노곤 나른해지는 느낌이었다. 이런 게 바로 애니멀 테라피인가? 뭔가 좀 아닌 것 같았지만 아무렴 어떠냐는 생각이 들었다.

"빨리 자. 너 또 그거랑 뒹굴다가 정신 놓을 거잖아."

이 자식. 내가 까망이랑 놀다가 자는 걸 저런 식으로 말하다니. 크흡. 그래도 내가 나도 모르게 잠들면 방까지 다시 데려다주는 게 루카스이기 때문에 뭐라고 할 수도 없었다.

"우리 까망이 요즘 밥을 잘 먹었나. 좀 살이 찐 것 같은데."

"뀨잉!"

뭐, 푹신푹신하니 좋긴 했다. 나는 까망이를 끌어안고 별이 총총히 뜬 밤하늘을 쳐다보았다. 따끈따끈한 체온에 감싸여 있으려니 잠이 올락 말락 했다. 나는 약간 충동적으로 입을 열었다.

"나 이제 데뷔탕트야."

"알아."

"실수 안 하겠지?"

"네 아빠가 실수하면 안 된대?"

"아니."

"그럼 뭐가 문제야."

이 자식. 사람이 고민 상담을 하는데 성의 없긴. 그래도 묘하게 마음이 가벼워지긴 했다.

"너 맨날 발바닥에 불나게 연습했잖아. 바보가 아니면 어지간한 정도로는 하겠지."

무심하기 짝이 없는 심드렁한 목소리가 낮게 흔들리는 잔디 사이로 가물거리다 사그라졌다.

"떠들지 말고 자라니까."

"내가 뭘 얼마나 떠들었다고 그래?"

"네가 원하는 까망이까지 대령해 줬으니까 빨리 눈 감아. 네가 잠들어야지 나도 가서 잘 거 아니야."

"치사해……."

아, 진짜. 이왕 내 생일이라고 서비스해 주는 김에 좀 더 놀아줄 것이지. 으윽. 그래도 평소에는 까망이랑 붙어 있지 말라고 성질부리는 놈이 내 생일이라고 밖으로 데리고 나와 준 데다 또 까망이랑 뒹굴거리다가 잠든 나를 다시 방으로 곱게 돌려보내 준 은혜가 있으니 따지지는 말아야지.

약간 불만스러운 마음으로 눈을 감자 살랑살랑 이마를 간질이는 바람이 느껴졌다. 코끝을 스치는 풀잎 냄새도. 포근하게 온몸을 감싸 주는 따스한 온기에 서서히 마음이 편안해지기 시작했다. 왜인지 생일 때는 잠이 잘 오지 않았는데 까망이를 안고 있으려니 저절로 눈꺼풀이 내려앉았다. 역시 애니멀 테라피가 최고시다. 크으으.

"잘 자, 루카스."

잠들기 직전 나는 그에게 웅얼거리며 인사했다. 어쩐지 잠시 후 귓가에 작은 목소리가 스쳐 지나간 것 같았으나 수면 속에 가라앉기 시작한 내 귀에는 그 소리가 미처 닿지 않았다. 나는 까망이를 끌어안은 채로 까무룩 잠이 들었다.

※

그리고 시간은 흘러 마침내 데뷔탕트의 날이 밝았다.

"공주님, 서두르세요. 시간이 없어요."

"저기, 세스……. 나 지금 일어났는데?"

"오늘은 중요한 날이니 아무리 일찍 준비를 해도 부족한걸요!"

아직 잠이 깨지 않아 몽롱한 내 목소리에도 세스는 나를 재촉해 자리에서 일으켰다. 아니, 데뷔탕트는 해질 때 시작하잖아요? 그런데 무슨 이 이른 아침부터 준비를 한단 말입니까? 하지만 세스뿐만이 아니라 다른 시녀 언니들의 기세 또한 장난이 아니었다. 으어? 평소에는 존재하는 듯 안 하는 듯 언제나 조용히 옆에 머물고 있던 언니들이 갑자기 왜 이렇게 전투 모드인 거지?

나는 비몽사몽간에 얼떨떨한 상태로 그녀들에게 이끌려 욕실로 들어

섰다. 그리고 그때부터 고문과도 같은 고통스러운 시간이 시작되었다!
"공주님, 눈을 감아주세요."
"다리를 좀 더 쭉 펴 주세요."
"몸에 힘을 푸시고 편하게 누우세요."
평소에도 시녀 언니들이 내 목욕 시중도 들어주고 하긴 했지만 지금은 정말 머리끝부터 발끝까지 관리를 받고 있었다. 욕조 속에 미용과 피로 회복과 혈액순환과 기타 등등에 좋다는 향기로운 꽃잎이며 약초이며 오일을 마구 가져다 넣는 것은 기본이고, 내 몸에 피부 미용에 도움을 준다는 뭔가를 치덕치덕 발라 대며 온갖 곳을 주무르기까지 했다.
물론 이런 식으로 관리받는 것이 처음은 아니었지만 이 짓은 정말이지 몇 번을 해도 도통 적응이 되지 않았다! 게다가 오늘은 중요한 날이기 때문인지 평소보다 많은 시녀 언니가 내게 달라붙어 있어서 더 부끄러웠다. 으아앙. 이런 수치 플레이는 싫어, 싫어.
하지만 내 창피함과는 상관없이 언니들은 얼굴에 증기를 쐐 수분 공급을 해야 하니 눈을 감아라, 어깨가 뭉쳐 있으니 힘을 빼고 편하게 있어라, 구석구석 마사지를 해야 하니 발끝까지 일직선이 되게 다리를 조금 더 쭉 펴라, 자꾸만 꼼지락거리지 말아라 등등의 요구를 해댔다.
아무래도 내가 그동안 공주의 데뷔탕트를 너무 만만하게 생각하고 있던 모양이다.
하긴 그동안 한껏 차려입고 어딘가를 간다 해도 에메랄드궁에서 도보로 30분도 채 걸리지 않는 황제궁의 클로드와 만나는 것이 고작이었으니까.
물론 클로드를 만나러 가는 데에도 꽃단장이 필요하긴 했지만 그래도 확실히 다른 귀족들 앞에 처음 나서는 데뷔탕트라 그런지 시녀 언니들도 오늘따라 기합이 잔뜩 들어가 있었다.
나는 데뷔탕트 준비를 한다는 것이 얼마나 엄청난 일인지 오늘에서야 똑똑히 깨달았다. 물론 에메랄드궁으로 사람을 불러 오늘 입을 드레스와 구두, 장신구 등을 맞출 때에도 무척 긴 시간을 들여 고생하긴 했었지만 말이다. 아침에 나를 깨운 직후 곧장 세스와 한나에게 뒷일을 맡기고 사라졌던 릴리는 내 준비를 도울 다른 시녀 언니들을 통솔하느라 바빴다. 나는 기나긴 목욕 후에 마침내 다시 만나게 된 그녀가 나를 구해 줄 것이라 생각했지만 그건 오산이었다! 오늘 에메랄드궁에는 전투력이 만렙에 달한 언니들밖에 없나 봐. 크흑.

"이거 더 먹고 싶어."

"너무 많이 드시는 건 곤란해요."

"하지만 배고픈걸?"

"두 시간 후에 간단히 요기하실 만한 걸 드릴게요. 그때까지 조금만 참아주세요."

이런 식으로 식사도 조금씩, 겨우 공복만 달랠 수 있는 간단한 과자류 같은 걸로 채워야 했다. 한나한테 들어 보니 최상의 몸매를 위해 아예 하루 종일 굶는 귀족 영애들도 있다던데. 그래도 난 굶지는 않아서 기뻐해야 하는 건가. 으앙. 아니, 이게 다 잘 먹고 잘 살자고 하는 짓인데 왜 밥 하나 제대로 못 먹으면서 파티 같은 걸 해야 한대요? 남자들은 파티 때마다 안 굶겠지? 남녀 차별 너무해! 개억울!

"공주님, 이제부터 한 시간 동안은 말씀하시면 안 돼요. 불편해도 조금만 참아주세요."

그녀들은 또 나를 앉혀 놓고 내 얼굴에 열심히 뭔가를 발랐다. 말하는 걸 들어보니 팩과 비슷한 효능인가 본데. 아까 목욕할 때 하던 거랑은 또 다른 건가? 으어어, 불편해.

"얼굴도 찡그리시면 안 돼요."

그리고 그러는 동안 릴리가 내 머리에도 뭔가를 하기 시작했다. 핫. 그렇지 않아도 피곤했는데 머리를 만져 주니 노곤노곤해져서 잠이 온다.

"피곤하시면 잠시 눈을 붙이셔도 괜찮아요."

내 상태를 가장 빠르게 알아챈 릴리가 웃음기 어린 목소리로 뒤에서 속삭였다. 으앗. 사실은 긴장해서 잠을 설친 터라 그 말이 그렇게 고마울 수가 없었다. 으윽, 이 나이 먹고 긴장이라니 부끄럽당. 쑥스럽당. 크으윽. 하지만 밀려드는 수마 앞에서는 부끄러움도 아무런 소용이 없었다. 결국 나는 병든 병아리처럼 앉은 자세로 꾸벅꾸벅 졸다가 짧은 쪽잠에 들었다.

본래 데뷔탕트는 일 년 중 마지막 달의 1일에 열리곤 했으니 추울 것 같지만 그렇지 않았다. 오벨리아는 1년 내내 봄과 여름만이 지속되는 나라이기 때문이었다.

"거울 한 번 보시겠어요?"

그건 아주아주 다행이었다! 그렇지 않으면 오늘 같은 날 나 같은 여자애들은 추워서 벌벌 떨 수밖에 없지 않았겠어? 이렇게 하늘하늘 얇은 옷을 입고 있는데 말이야.

잠시 후의 데뷔탕트를 위해서 할 수 있는 최대한으로 멋을 부리고 시녀 언니들에 의해 머리부터 발끝까지 변신해 재탄생된 나는……

"어떠세요?"

완전히 꿈속에서 만난 요정 언니의 미니미 버전이었다! 으아앙! 아타나시아는 원래도 본판이 한 미모 했었는데 이렇게 꾸며 놓으면 이건 정말 사기캐 아닌가요?

"정말 아름다우세요, 공주님."

오늘을 위해 노력해 준 시녀 언니들 모두가 자랑스러움과 감동이 뒤범벅된 얼굴로 나를 보고 있었다.

"오늘 데뷔탕트 파티에서 분명히 공주님이 가장 아름다우실 거예요."

나도 그녀들을 향해 고마움을 담아 환하게 웃어주었다. 데뷔탕트 때에는 흰 드레스를 입는 것이 관행이었기 때문에 나 역시도 순백의 하얀 드레스를 걸치고 있었다. 나는 언뜻 비슷해 보이는 흰 드레스들에도 이토록 많은 디자인이 있다는 사실을 이번 기회에 처음 알았다.

처음으로 사교계의 문을 두드리는 데뷔탕트 날 어른스러운 모습을 부각하고 싶은 마음에 과한 노출을 하는 사람도 있다고 했는데 나는 그러지 않았다. 나도 좀 나이가 들면서 느낀 건데 원래 아이는 아이다운 것이, 또 소녀는 소녀다운 것이 가장 보기 좋은 법이 아니겠는가. 하지만 반대로 레이스가 나풀나풀하고 너무 유아틱한 드레스도 곤란했다.

그래서 릴리와 함께 고르고 고른 드레스가 바로 지금 내가 입고 있는 것이었다. 이 드레스는 한마디로 말하면 아타나시아의 소녀다운 순수함과 풋풋함, 또 요정 같은 미모를 더욱 돋보이게 해주는 요정 드레스라고 할 수 있었다!

재질도 얇고 보들보들한 데다 특히 치맛단이 겹겹이 덧대어져서 제자리에서 빙그르르 돌면 마치 한 송이의 흰 꽃이 개화하는 것만 같은 모양이었다. 주름을 잡아 적당히 부풀린 소맷단에도, 쇄골을 드러낸 드레스의 앞부분에도, 가슴 아래를 조이며 허리 뒤로 길게 늘어뜨린 리본에도 보석이 박혀 있어 내가 움직일 때마다 신비로운 빛을 냈다.

구두는 필릭스가 선물해 준 것 말고 다른 것을 착용했다. 내 생일 이전에 이미 맞춰 놓은 것이 있는 데다, 그때 주문한 두 켤레의 똑같은 구두 중 하나를 신고 굽 높이에 익숙해지도록 춤 연습을 했던 터라 나도 어쩔 수가 없었다. 혹시나 익숙하지 않은 신발을 신었다가 사람들 앞에서 대자로 넘어지기라도 하면 큰일이잖아. 흑흑.

"티아라는 최대한 단단히 고정시켰으니 쉽게 모양이 흐트러지지는 않을 거예요."

그래, 이 티아라도 진짜 예쁘다. 평소에도 결 좋고 예쁘게 굽실거리던 머리카락에 도대체 무슨 짓을 했는지 오늘따라 내 금발에는 윤기와 탄력이 넘쳐 보였다. 허리까지 길게 늘어뜨린 머리 위에 티아라까지 얹자 나는 정말 공주 같았다! 장신구는 너무 지나치지 않게 붉은 가넷이 박힌 귀걸이와 목걸이, 그리고 팔찌만 했는데, 아타나시아의 생김새 자체 때문인지 이것만으로도 충분히 화려해 보였다.

"공주님. 이제 나가 보셔야죠."

밖에서 무슨 전갈을 받았는지 잠시 방을 나갔다 온 릴리가 곧 나를 향해 말했다. 벌써 나가야 할 시간인가?

"오늘은 분명 공주님께 멋진 데뷔탕트가 될 거예요."

그녀는 내 손을 잡고 기도하듯, 그리고 나를 응원하듯 미소 띤 얼굴로 속삭였다. 나도 그녀를 보고 걱정하지 말라는 의미로 웃어주었다.

"응. 분명 그럴 거야."

그야, 나는 원작 속의 아타나시아가 아니니까. 릴리와 다른 시녀 언니들의 응원도 있겠다. 오늘 하루 파이팅 할게요! 그러고 난 뒤 나는 그들의 격려를 받으며 방을 나섰다.

"공주님."

"필릭스."

문 앞에는 필릭스가 정복 차림을 한 채 서 있었다. 헉, 기사 복장인가? 역시 남자는 제복! 으윽, 심장에 좋지 않다.

"오늘따라 정말 눈이 부시도록 아름다우십니다."

평소에 말수가 적던 시녀들까지 내게 아름답다고 극찬을 아끼지 않았기 때문에 자신감이 가득 차오른 상태였는데 필릭스까지 가감 없이 놀란 얼굴을 보여 주자 약간 쑥스러워 웃음이 났다.

"폐하께서 기다리고 계십니다. 가시죠."

그래도 오늘은 내가 딱 봐도 굽 높은 신을 신고 있어서 그런지 필릭스도 그냥 내 뒤에서 걷는 것이 아니라 나를 에스코트해 주려고 했다. 나는 필릭스의 손을 잡고 계단을 내려갔다. 으악, 그런데 에메랄드 궁전의 계단이 원래도 이렇게 많았었나? 내려가도 내려가도 끝이 없네! 그래도 옆에서 다른 시녀 언니들이 우리를 선망 어린 눈빛으로 바라보고 있었기 때문에 그런 생각을 밖으로 표출해서 분위기를 깨게 만들지는 않았다.

"폐하. 공주님을 모셔 왔습니다."

그리고 나는 마침내 클로드를 만나게 되었다. 헉. 이 사람이 이렇게까지 예장을 잘 차려입은 건 처음 본다. 평소에는 맨날 석유 부자 같은 천 조각이나 대충 걸쳐 입은 모양새인 데다 그나마 일 년에 두어 번 외국 사신들을 맞을 때나 격식 있는 옷차림을 했던 것으로 기억하는데.

설마 오늘이 내 데뷔탕트라고 빼입은 거야? 그런 거야? 그런데 당신애 아빠 맞아요? 왜 이렇게 번쩍번쩍 빛이 나는 거죠? 그런 생각에 나는 그를 보고 놀랐고, 클로드도 나를 보고 조금 놀란 것 같았다. 그의 눈동자가 나와 마주치는 순간 잠시 움찔거리며 가늘어지다가 이내 원래 상태로 되돌아갔다.

"추워 보이는군."

저런 말이 이렇게 예쁜 나를 보자마자 처음 내뱉는 말이라니. 허허. 이제는 놀랍지도 않다.

"아빠, 오늘 굉장히 멋있어요!"

어쩌겠니. 내가 먼저 금칠을 해줘야지. 자, 칭찬 머겅. 두 번 머겅. 많이 머겅. 그러자 클로드가 나를 보며 다소 미묘한 표정을 지어 보이는가 싶었다. 으음. 보아하니, 내색하지는 않고 있어도 내 생일날 얼굴 한 번 비치지 않은 것을 신경 쓰고 있는 모양이었다. 하기야 오늘이 내 생일 이후로 처음 보는 거였지. 하지만 아마도 그건 이 사람에게는 어쩔 수 없는 일이었을 테니 나도 이해하는 수밖에. 게다가 그 사실을 이렇게 마음 걸려 하고 있는 것 자체만으로도 나는 이미 괜찮았으니까.

"오늘 아빠랑 같이 있을 수 있어서 기뻐요."

나는 이번에도 클로드가 다이아나 때문에 내 생일 때 얼굴을 보이지 않은 것을 잊은 것처럼 그를 향해 활짝 웃어주었다. 그런 내 미소에 클로드의 눈동자도 조금씩 빛을 달리했다. 곧 그가 방금 전 필릭스가 그랬듯, 내게 천천히 손을 내밀었다.

"오늘."

나는 여전히 웃는 낯으로 그의 손을 붙잡았다. 그런 직후 클로드가 나를 향해 작게 속삭였다.

"무척 예쁘구나."

그 단조로운 음성에 나는 고개를 들어 그의 얼굴을 바라보았다. 하지만 클로드는 나를 보고 있지 않았다. 마치 방금 전 아무 말도 하지 않은 사람처럼. 하지만 나는 표정 없는 그의 옆얼굴을 빤히 올려다보다가 이내 얕게 소리 내 웃고 말았다.

"고마워요, 아빠."

내 말에도 그는 무슨 소리인지 모르겠다는 듯 무반응으로 일관했지만 그래도 내 웃음은 멈추지를 않았다. 클로드와 함께 손을 붙잡고 데뷔탕트가 열리는 거대한 홀에 도착할 때까지도.

⁂

"클로드 데이 앨제어 오벨리아 황제 폐하께서 드십니다!"
"아타나시아 데이 앨제어 오벨리아 공주님께서 드십니다!"

나는 누구? 여긴 어디? 지금 이게 다 뭐 하는 거? 나는 웃는 얼굴 그대로 멍해져 있는 상태였다. 처음 회장 안으로 들어설 때 문 앞에 있던 사람이 클로드와 내 도착을 우렁찬 목소리로 알린 것이 내 긴장의 시작이었다. 암막처럼 길게 내려온 보라색의 천을 걷고 안으로 들어서자 감미롭게 연주되고 있던 음악이 일시에 뚝 끊어졌다. 그리고 마치 기다렸다는 듯 수백, 수천 개의 눈이 일제히 나를 향해 달려들었다. 흐헉? 흐어억? 소, 솔직히 미친 줄 알았다. 나는 클로드의 손을 붙잡고 연회장 안으로 들어서다가 그 시선들을 받고 흠칫 제자리에 멈추어 서고 말았다.

"왜 그러지?"

얼굴은 여전히 웃는 상태인데 갑자기 제자리에서 서서 꼼짝도 하지 않는 나를 향해 클로드가 물었다. 당신은 지금 이게 아무렇지도 않은 거야? 하지만 나는 이미 멘붕이 온 상태였다. 끄아아앙! 생각해 보니까 나 이렇게 많은 사람 앞에 선 건 처음이야! 게다가 주위는 바늘 굴러가는 소리조차 들릴 것처럼 쥐 죽은 듯이 조용했다. 그 속에서 오직 내게 고정되어 있는 시선들만이 시끄러웠다. 허헉, 헉. 숨 막혀서 죽어버릴 것 같아. 머릿속이 새하얗게 변해서 아무 생각도 들지 않았다.

그런 나를 잠시 내려다보던 클로드가 고개를 들어 주위에 있던 사람들을 스윽 훑어본 것은 바로 그때였다. 그러자 회장 안에 있던 사람들이 일제히 눈동자를 내리깔고 머리를 조아리기 시작했다. 히익. 이것이 바로 권력의 참된 맛입니까? 지금만큼은 리스펙트! 이 순간만큼 당신이 내 아빠인 게 기뻤던 적은 없었어! 으아앙. 쳐다보고 있던 눈들이 사라지니 이제야 좀 살겠다. 하지만 클로드를 향한 존경심이 무럭무럭 샘솟던 것도 잠시뿐, 곧 그가 내게 무심히 속삭인 말에 나는 흠칫할 수밖에 없었다.

"원한다면 식이 끝날 때까지 저들이 두 번 다시 고개를 들지 못하게 해주마."

"아, 아니요."

아무리 그래도 그건 아니지! 오늘 데뷔탕트하는 게 나 혼자만인 것도 아닌데 말이야! 저쪽에 나처럼 하얀 드레스 입고 몇 달, 혹은 몇 년 전부터 오늘만 기대한 여자애들도 있는데 데뷔탕트가 끝날 때까지 고개를 들지 못하게 하겠다니. 그건 그냥 오늘 데뷔탕트를 망치라는 의미밖에 되지 않았다. 크흑. 그런 짓을 했다가는 저 수많은 소녀의 원한을 사서 내 명대로 못 살지도 몰라.

"아빠가 옆에 있어주실 거니까 괜찮아요."

으윽, 하지만 아직도 속 울렁거려. 춤추다가 갑자기 쏠려서 토해 버리는 건 아니겠지? 만약 그런 일이 생기면 난 수치스러워서 죽어버릴 거야. 흐어엉.

"의외로, 이런 별것도 아닌 일에 긴장을 하는군."

네? 별것도 아닌 일이라고요? 이 거대한 장소에서, 그것도 저 한가운데 있는 댄스홀로 지금 걸어가는 것만으로도 전 압사당해 죽을 것 같은데요? 와, 그런데 저기에서 춤을 춰야 하다니. 새삼스럽지만 미, 미쳤다.

"어릴 때 그 손으로 내 머리카락을 사정없이 잡아 뜯어 놓거나 겁 없이 얼굴까지 때려 댔던 것을 생각하면, 지금 사람들 앞에서 춤추는 일쯤이야 거뜬할 터인데."

커헉! 클로드가 단조로운 음성으로 지나가듯 읊조린 순간, 나는 너무 당황해서 딸꾹질을 할 뻔했다. 이, 이런 식으로 기습 공격하기 있기 없기? 애초에 그 얘기가 지금 왜 나와! 그게 몇 년 전인데? 흐히익, 이 사람 뒤끝 있는 건 알았지만 아직도 그걸 기억하고 있었다니!

"에, 에이. 전 그런 기억이 없는걸요? 아빠도 참, 농담이 지나치세요. 하하하."

나는 재미있는 농담을 들었다는 것처럼 소리까지 내서 웃었다. 하지만 클로드는 넘어가지 않았다.

"어린것이 그때부터 퍽 당돌한 면이 있었지."

"아익, 그만 놀리세요."

크앙! 내 흑역사 그만 말해! 때리고 싶다! 때리고 싶어! 하지만 그랬다가는 간만에 또 생존 위협을 느끼게 되겠죠. 흑흑. 그러는 동안 어느덧 클로드와 나는 댄스홀에 도달하게 되었다. 클로드가 입술을 약간 삐죽거리고 있는 나를 향해 남자 쪽에서 먼저 춤을 청할 때 보이는 인사를 했다. 물론 클로드답게 그 인사는 기름기를 쫙쫙 뺀 닭 가슴살처럼 지극히 간소화되어 있어 아주아주 단순하고 담백한 느낌이었다. 하지만 나도 차라리 그게 나았다.

"손."

내가 똥개입니까? 크흑. 자기 집 강아지한테 손! 발! 굴러! 누워! 할 때처럼 말하지 좀 말아주실래요?

"헤헷."

하지만 어쩌겠습니까. 달라면 드려야지요. 그, 그래. 적어도 지금은 생명의 위협을 느끼고 있지는 않잖아. 나는 치맛자락을 양옆으로 살짝만 들어 올려 인사한 뒤 내 앞으로 내밀어진 클로드의 손에 내 손을 처억 얹었다. 크윽. 이러니까 진짜 똥개 같다. 그래도 방금 전 들은 클로드의 말이 나름의 효과는 있었던 모양이다. 더 이상은 아까처럼 긴장되지 않는 걸 보니 말이다. 그래, 사람들 보는 앞에서 춤 좀 추는 게 뭐 대수라고. 난 사람들이 벌벌 기면서 무서워하는 클로드 뺨도 때렸던 사람이야, 왜 이래! 쿠, 쿨럭.

"마음을 편히 갖도록 해라."

내가 클로드와 손을 맞잡자 지금껏 수백 번은 더 연습한 것 같은 미뉴에트의 음이 홀 안에 느리게 번져 나가기 시작했다. 그 사이로 흘러드는 클로드의 목소리는 음악 소리에 묻힐 정도로 자그마했지만.

"다른 이들이 뭐라고 하든 너만 즐거우면 그만인 날이니."

그 어떤 소리보다도 크게 내 귓가에 박혀 들었다. 다른 사람들이 나를 보고 어떤 표정을 짓고, 어떤 말을 하고 있는지 하나도 느껴지지 않았다. 나는 내 손을 이끌며 움직이고 있는 클로드의 얼굴을 바라보았다. 그리고 이내 비식 웃었다. 혹시나 했는데 역시나 내 긴장을 풀어주려고 일부러 옛날 얘기를 꺼냈던 모양이다. 그 덕분에 정말 마음이 편해졌으니 더 걱정하지 말라는 의미로 나도 아무 말이나 해야겠다.

"아빠, 제가 춤을 얼마나 잘 추는지 모르시죠? 깜짝 놀라지 마세요. 퐁파듀 부인도 매일 입에 침이 마르도록 얼마나 제 칭찬을 했는지 모르……."

콰악!

그런데 그 말이 끝나기도 전에 내 구두 굽 아래로 대리석 바닥이 아닌 다른 무언가가 밟혔다. 클로드가 한순간 말을 잃은 내 얼굴을 보면서 한쪽 눈썹을 슬쩍 추켜올렸다.

"지금 네가 내 발을 밟았다는 건 알겠다."

"……."

제, 제기랄. 정말 나한테 왜 이래요! 나 지금 잘난 척했는데! 한껏 거들먹거리면서 신이 내린 내 춤 솜씨를 자랑했는데! 그런데 왜 이 타이밍에 클로드 발을 밟고 만 건데요! 크아앙! 신이 있다면 정말 너무한 것 아닙니까? 흑역사는 이제 그만 줘도 되잖아요. 흐엉엉!

"손힘이 야무진 건 진작부터 알았지만 발도 그렇다니."

"괘, 괜찮으시……."

"아프다."

"……."

클로드가 너무 즉답을 해서 나는 더더욱 말문이 막히고 말았다. 아니, 발을 밟히자마자 날 내던지거나 하지 않아서 고맙긴 한데 그냥 좀 모른 척해 주면 어디가 덧난답니까? 더군다나 하필 내가 그의 발을 밟을 때 내뱉었던 말이 있어서 더 창피했다. 똑똑똑. 여기 어디 쥐구멍 없어요? 제가 좀 세놓고 싶은데요? 으앙!

그런데 바로 그때 앞에서 바람 빠지는 듯한 야트막한 웃음소리가 들렸다. 나는 부끄러움에 푹 수그리고 있던 고개를 반사적으로 들었다가 이내 시야에 비친 얼굴에 두 눈을 크게 뜨고 말았다.

"그래. 아무리 닮아도 다른 사람인 것이 당연한데."

클로드는 나를 볼 때 이따금씩 드러내곤 하던 복잡한 감정을 씻은 듯이 지워 버린 얼굴로 엷게 미소 짓고 있었다.

"그 당연한 사실을 잊고 있었다니, 나도 많이 아둔해졌군."

"아빠?"

나는 클로드의 그런 표정에 시선을 빼앗겨 버렸다. 그리고 그 때문에 집중력을 잃어버린 탓일까. 아차 하는 사이, 나는 다시 한번 더 클로드의 발을 밟았다. 으아아! 이건 고의가 아니에요! 제, 제 발이 주체성이 넘치다 보니 따로 움직이고 있어서!

"퐁파듀 부인이 하루가 멀다 하고 칭찬한다 하지 않았나?"

"워, 원래는 잘하는데요. 오늘은, 오늘은 제가 긴장을 많이 해서……."

하지만 내가 듣기에도 내 말은 영 부실하게 들렸다. 크으윽, 분하다! 나 진짜 원래는 춤 엄청 잘 추는데! 하지만 나는 그 후로 두 번 더 클로드의 발을 밟았고, 그 때마다 클로드가 내 속을 긁은 것은 당연한 일이었다.

마침내 클로드와 추는 춤이 끝날 무렵, 나는 최선을 다해 표정 관리를 하며 웃고 있었지만 정신만큼은 한없이 피폐해져 있었다. 크으윽, 울고 싶다! 오늘의 이 굴욕은 절대 잊지 않겠어!

따단-

"끝났군."

마침내 미뉴에트의 마지막 음이 홀 안에 길게 울렸다. 기분 탓인지 클로드가 낮게 읊조린 말이 마치 이제 안심이라는 듯 느껴져서 기분이 약간 꿍해졌다. 그래, 좋겠다. 더 이상 나한테 발 안 밟혀도 되니까. 흑. 나는 클로드의 손을 놓고 그에게 인사를 했다.

"잘했다."

그리고 머리 위에서 들려온 목소리에 순간적으로 귀를 의심하며 고개를 들었다. 바로 그때, 기다렸다는 듯이 주위에서 우레 같은 박수 소리가 울렸다. 그때가 되자 조금 남아 있던 긴장감마저 눈 녹듯 사르르 녹아내렸다. 나는 또다시 내게 내밀어진 클로드의 손을 붙잡았다. 이제는 오늘의 또 다른 주인공들을 위해 댄스홀을 비워 줄 차례였다. 나는 클로드의 손을 붙잡고 걸으면서 투덜거리듯 속삭였다.

"다음에는 더 잘할 거예요."

그 말을 듣고 클로드가 또다시 아까처럼 야트막하게 웃은 것 같았다. 아까보다 마음의 여유가 생긴 나는 주위를 천천히 둘러보았다. 사실 내가 클로드와 춤을 추면서 생각보다 실수를 많이 한 이유는 날이 날이니만큼 어쩔 수 없이 다른 곳에 신경이 쓰였기 때문이기도 했다. 가령 이곳 어딘가에 있을 제니트라든가. 피, 핑계가 아니고 진짜다. 정말이라구!

하지만 제니트의 모습은 아직 보이지 않았다. 소설 속에서 그녀가 자신의 존재를 주장하며 나타났던 것은 데뷔탕트가 시작되고 얼마쯤 지나서였더라. 그 책을 읽은 후로 상당히 오랜 시간이 지나서 그런지 자세히 기억나지가 않았다. 클로드의 손을 붙잡고 걷는 동안 내가 본 사람들은 저마다 외계 생물체를 본 듯한 눈빛을 하고 있었다. 응? 아니, 그런데 저 표정들은 뭐래요? 못 볼 걸 본 것처럼 말이야. 내 행색이 좀 이상한가? 머리가 산발이라든가. 옷의 실밥이라도 뜯어졌다거나.

"아빠, 저 어딘가 이상해요?"

물어볼 사람이 옆에 있는 클로드밖에 없었기 때문에 나는 소리 죽여 속닥거리며 물었다. 그러자 그가 나를 흘깃 내려다본 뒤 툭 던지듯 말했다.

"처음 들어올 때 모습 그대로 예쁘니 걱정하지 말아라."

커흡. 이 사람 뭘 잘못 먹었나? 아까부터 립 서비스가 아주 그냥! 게다가 남의 눈치 따위 하나도 보지 않고 뭐 저렇게 대놓고 크게 말해!

"헉!"

"크읍!"

"컥, 콜록콜록!"

웅성.

바로 그때, 비교적 가까이에 서 있어 클로드의 말을 직격으로 들은 사람들이 한차례 크게 술렁였다. 그들의 눈은 이제 밖으로 튀어나올 것처럼 크게 떠져 있었다. 외계인을 보는 듯한 눈빛이 한결 더 짙어진 것은 두말할 필요도 없었다. 게다가 못 들을 걸 들은 사람들처럼 저마다 숨을 급히 들이켜지를 않나, 사레가 들렸는지 기침을 해대지를 않나. 아주 난리도 보통 난리가 아니었다. 으앙! 왜 부끄러움은 내 몫이죠! 창피한 말은 이 사람이 했는데! 누가 들으면 클로드가 평소에 나를 엄청 애지중지하는 줄 알겠네!

그러는 동안 댄스홀에는 또다시 음악이 울려 퍼지기 시작했다. 공주인 내가 데뷔탕트의 기념비적인 첫 춤을 추고 난 뒤의 두 번째 미뉴에트였다. 나는 클로드의 말을 다른 사람들이 들었다는 사실에 약간 얼굴이 홧홧해서 구두 신은 발을 공연히 바닥에 비비다가 잠시 후 고개를 들었다. 클로드는 어느덧 다가온 필릭스의 귓가에 무슨 말인가를 속삭이고 있었다. 나는 그들에게서 시선을 떼고 방금 전 내가 떠나온 자리를 관찰하기 시작했다.

그리고 마침내 내가 알고 있던 얼굴을 발견했다. 아. 저기 알피어스 공작이다. 역시 오늘 데뷔탕트에 왔구먼. 혼자서 서 있는 걸 보니, 만약 제니트와 이제키엘도 함께 왔다면 지금쯤 저 댄스홀에서 춤을 추고 있겠지.

매해 개최되는 데뷔탕트 볼은 이제 막 어린 티를 벗은 소녀들이 자신의 파트너와 미뉴에트를 추는 것으로 시작되어 그 후 짝을 바꾸어 자유롭게 화합하는 것으로 이어진다고 들었다. 그렇기 때문에 데뷔탕트 때 서로의 신랑, 신붓감을 점찍어 놓기도 한다고. 그러니 데뷔탕트의 파트너로 왜 기혼자를 기피한다 들었는지 이해가 되었다. 아마 클로드도 더 이상 댄스홀에 서지는 않을 것 같은데.

으음. 그나저나 저 많은 사람 중에서 제니트와 이제키엘을 찾는 건 역시 무리였다. 이번에도 그들은 제니트가 클로드의 딸이라 주장하며 나타날까? 만약 그렇다면, 클로드는 어떻게 반응할까? 그리고 나는 그 상황에서 어떻게 행동해야 하지? 나는 슬쩍 내 옆에 서 있는 클로드의 얼굴을 올려다보았다. 그는 필릭스와 이야기를 마쳤는지 무료한 눈빛으로 저 앞의 어딘가를 의미 없이 바라보고 있다가, 이내 내 시선을 느끼고 고개를 내렸다. 나는 그런 그를 향해 웃어 보였다.

"아빠, 오늘 같이 있어주셔서 감사해요."

이번만큼은 그에게 잘 보여야겠다는 영악한 의도가 아니라, 온전한 진심을 담아서 말했다.

"그것만으로도 기뻐서 아빠 말씀처럼 무척 즐겁고 행복한 날이 될 것 같아요."

만약에 클로드가 원래의 이야기가 그랬듯 제니트에게 마음을 빼앗겨 나를 더 이상 딸로 여기지 않는 날이 온다 해도, 나는 지금까지 내가 그에게 받았던 것들까지 부정하고 싶은 건 아니었다. 그러니 일단 지금까지는 고마웠다고 말해두는 것도 나쁘지 않겠지. 물론 그렇게 되는 걸 두 손 놓고 지켜보기만 하진 않겠지만, 나는 지금껏 그랬듯 살기 위해 모두를 속이는 것마저 망설이지 않을 테니 이렇게 순수한 마음으로 말할 수 있는 것도 지금뿐일지 몰랐다.

"저요, 아빠가 제 아빠여서 정말 좋아요."

어쨌든 당신은 살면서 내가 처음으로 가져 본 아빠고, 나는 지금까지 그것이 내심 좋았던 모양이니까. 나는 그를 향해 웃었고, 그는 그런 내게 무어라 말하려는 듯 입을 열었다.

딴-

바로 그때, 두 번째 미뉴에트가 끝났다. 그리고 곧바로 세 번째 음악이 시작되었다. 이번 곡은 두 사람이 짝을 이루는 것이 아니라 그 해의 데뷔탕트를 맞은 모든 소녀가 다 함께 열을 맞추어 추는 춤이었다.

"아빠. 그럼 안녕."

그렇게 경쾌하게 속삭인 뒤 나는 줄곧 붙잡고 있던 클로드의 손을 놓아버렸다. 바로 그 순간 마주한 얼굴이 표정을 변화시켰다. 맞닿았던 체온이 완전히 멀어지는 순간 그의 손이 잠깐 멈칫하는 것 같기도 했고, 또 벌어진 입술은 나를 부르려는 것 같기도 했다. 그러나 나는 미소 짓는 얼굴 그대로 뒷걸음질 쳐 어지럽게 움직이는 사람들 틈으로 섞여 들었다. 알피어스 공작이 클로드를 향해 다가가는 모습도 뒤엉킨 사람들 사이로 이내 완전히 사라져 버렸다.

방금 전보다 발랄한 느낌의 전주가 홀 안에 가득 울려 퍼졌다. 아직은 앳된 소녀들이 저마다 뽀얀 뺨을 상기시킨 채 자리를 찾아 움직이고 있었다. 나도 그중 한 사람이어서 얼기설기 서 있는 여자아이들 사이에 끼어 들 틈이 없나 주위를 두리번거리는 중이었다.

소곤소곤.

그런데 기분 탓일까. 어쩐지 다들 내 옆에 서는 걸 꺼리는 것 같았다. 아니, 꺼린다는 것과는 좀 다른 느낌인데⋯⋯ 아무튼 내가 지나갈 때마다 힐끔힐끔 쳐다보면서 저마다 길을 내주고 있기는 한데, 그게 '내 옆에 자리 있으니까 이쪽으로 와'라는 느낌이라기보다는 '자, 내가 비켜 줄 테니까 어서어서 지나가!'라는 느낌이라 약간 미묘했다. 끄응. 방금 전 클로드와 춤을 춘 일로 다들 내가 공주인 걸 알아서 불편한가 보다. 그렇겠지⋯⋯? 그냥 내가 싫어서 그런 건 아니겠지? 헉. 갑자기 두 눈에 습기가. 나는 잠깐 주위를 둘러보다가 백합꽃으로 머리를 장식한 여자아이의 옆에 다가가 섰다. 좋아. 너로 정했다!

"흰 백합이 무척 잘 어울리네요."

내가 옆에 서는 순간 깜짝 놀란 듯 흠칫거리던 소녀는 내가 먼저 말을 걸기까지 하자 당황한 기색을 숨기지 못했다. 나는 그녀를 향해 배시시 웃어주었다.

"나도 백합을 아주 좋아해요."

정확히 말하면 그 이름을 가진 사람을 좋아하는 것이었지만. 소녀는 어째서인지 나를 보며 잠깐 멍하니 입을 벌리다가 곧 정신을 차린 듯 뺨을 붉히면서 대답했다.

"아, 그, 저, 가, 감사합니다."

"이번 곡 잘 부탁해요."

"저, 저야말로 잘 부탁드려요."

레이스 장갑을 낀 손이 서로에게 닿았다. 맞잡게 된 손은 약간 긴장했는지 잘게 떨리고 있었다. 이번 춤은 데뷔탕트를 맞은 소녀들끼리 짝을 이루어 추는 것으로, 중간에 파트너를 4번 바꾸도록 되어 있었다. 물론 오늘의 주인공들을 모두 모아 동작을 맞추어 볼 기회 같은 건 없었으므로, 애초에 이번 춤은 지극히 단순한 움직임으로만 짜여 있었다. 그렇지 않으면 아마 춤을 추는 동안 여기저기서 동선이 꼬이고 난리가 나겠지. 그냥 곡 하나가 끝날 때까지 앞으로 세 걸음, 다시 뒤로 세 걸음, 한 번 턴하고, 맞은편에 있는 사람하고 자리를 바꾼 뒤 다시 각자가 선 방향에서 오른쪽으로 한 칸씩 이동만 하면 되었다. 뭐, 잘 몰라도 대충 다른 사람들 눈치 봐서 하면 되니까.

음악이 시작되고 순식간에 파트너가 한 번 바뀌었다. 백합꽃의 소녀 대신 키가 훌쩍 큰 여자아이가 주저하다가 내 손을 붙잡았다. 아무래도 이번 춤은 단순하고 쉬운 것이다 보니 중간중간에 자꾸만 다른 생각이 들었다. 가령 클로드는 알피어스 공작과 만나서 지금쯤 무슨 이야기를 나누고 있을까 하는 생각이라든가. 그들이 있는 곳이 여태 조용한 걸 보면 알피어스 공작이 아직 제니트 얘기를 꺼내지 않은 건가 싶기도 했지만, 어쩌면 이번 곡이 끝난 뒤 그녀를 직접 소개하려는 계획일지도 몰랐다.

그런 생각을 하는 동안 파트너가 두 번 더 바뀌었다. 이번이 마지막이다. 친목을 다지는 의미라기보다는 그냥 데뷔탕트의 상징적인 춤이다 보니 한 곡이 끝나는 시간은 아주 짧았다. 그런데 이번 파트너는 지금까지의 소녀들과 달리 선뜻 내 손을 맞잡았다. 그 서슴없는 손길에 나는 무의식중에 옆으로 시선을 움직였다. 곧바로 춤이 시작되었기 때문에 자세히 보지는 못했지만 이번에는 갈색 머리카락을 가진 소녀였다.

"허리에 묶인 리본이 거의 풀렸어요."

귓가에 작은 목소리가 속삭여지는 순간, 나는 흠칫하고 말았다. 유리 호반 위에 옥구슬이 굴러가는 듯한 맑은 목소리. 시선이 닿는 순간 환하게 빛이 나는 것만 같은 아름다운 얼굴. 그리고 나에 대한 순수한 호기심과 기이할 정도의 호감을 품은 눈동자. 그 색은 심해 같은 깊은 코발트블루색이었다.

"제가 다시 묶어드릴까요?"

하지만 나는 이 소녀가 바로 원래부터 오늘 나와 만날 운명이었던 사람임을 알 수 있었다. 그 사실을 깨닫자마자 입에서 탄성인지 탄식인지 모를 소리가 작게 새어 나왔다.

"아."

처음으로 얼굴을 마주하게 된 제니트였다. 지금까지 그런 생각을 했던 적이 몇 번인가 있었다. 과연 나는 처음 그녀를 보게 될 때 어떤 표정을 짓고 있을까. 서로 이름을 모른 채로 만나도 과연 나는 그녀를 곧바로 알아볼 수 있을까? 비로소 오늘 알게 된 정답은 '그래'였다. 내가 대답 없이 쳐다보고만 있자 마주한 미소에 의아함이 번졌다.

"저어, 무슨 문제라도?"

"아니……."

콱!

그때, 발밑에 대리석 바닥이 아닌 다른 무언가가 밟혔다. 헉? 지금 내가 밟은 거 뭐야? 나는 내가 방금 전 제니트의 발을 밟았다는 사실을 어렵지 않게 눈치챈 뒤 경악했다.

"미안해요, 고의가 아니었……."

"괜찮아요. 하나도 아프지 않았는걸요."

내가 당황해서 사과하자 상냥한 미소와 대답이 돌아왔다. 순간 그녀의 뒤에서 후광이 비친 것만 같았다. 이, 이 천사는 도대체 뭐죠? 여주인공 성격 버프 너무 심각한 거 아닌가요? 나 지금 꽤 굽 높은 구두 신었는데 안 아플 리가 없잖아! 심지어 앞꿈치도 아니고 뒤꿈치에 밟혔는데! 그 증거로 밟히는 순간 귓가에 '아!' 하는 단말마가 울렸고.

콱!

"앗."

그런데 한 번 더 밟았다. 이 짧은 춤을 추는 동안 몇 번이나 밟는 거야?! 으아앙! 미안해요, 미안해요! 나중에 네가 클로드 딸 행세를 하든 어떻든 일단 지금은 밟아서 미안해요! 이번에는 정말 아팠는지 고운 얼굴이 고통에 물드는 것이 보여 더욱 양심의 가책이 느껴졌다. 그런데도 그녀는 내가 당황하자 오히려 괜찮다는 듯 나를 향해 말갛게 웃어주기까지 했다.

"실은 저도 엄청 긴장해서 아까 신나게 밟아버렸거든요."

그거 좀 공감대가 형성되는데…… 가 아니라. 설마. 아무리 생각해 봐도 제니트가 춤추다가 다른 사람 발을 밟았을 것 같지는 않다. 흑흑. 혹시 지금 나 위로해 준 건가? 그때, 어쩐지 길게만 느껴졌던 곡이 마침내 끝났다. 사방에서 박수 소리가 울렸다. 데뷔탕트를 치르는 소녀 모두가 화사하게 웃는 얼굴을 하고 있었다. 제니트도 나를 향해 미소 띤 얼굴로 말했다.

"실례가 아니라면 제가 리본을 묶어드리고 싶어요."

하지만 어째서인지 내 입에서는 수락의 말이 쉽게 나오지 않았다. 눈앞에 비치는 순수한 호의에 이상하게도 약간 속이 불편해졌기 때문이다.

"괜찮아요. 어차피 이번 곡도 끝났으니 다른 이에게 부탁할게요."

나는 차마 그런 것을 부탁할 수 없다는 듯 웃으며 거절했고, 그러자 마주한 사람이 다시 입을 열었다. 하지만 나는 그녀가 다른 말을 더 꺼내기 전에 웃는 낯으로 말을 돌려 버렸다.

"그보다 두 번이나 발을 밟아서 미안해요. 많이 아팠을 텐데, 혹시 다치지는 않았어요?"

"정말 괜찮아요. 개의치 마세요."

"그렇다면 다행이지만. 아. 그만 자리를 비켜야겠네요. 이번 곡은 춤을 출 생각이 없어서. 그럼 즐거운 시간 보내요."

그녀는 내게 더 하고 싶은 말이 있는 눈치였지만 나는 생글거리며 그대로 자리를 빠져나갔다.

워어어. 그러고 나서 나는 지금 이게 꿈인가 생신가 하는 생각이 들어버렸다. 지금 내가 제니트랑 얘기를 한 게 맞나? 설마 내가 착각한 것일 뿐, 저 여자애는 제니트가 아닌 다른 사람이었다던가. 하지만 방금 전까지 있던 곳을 슬쩍 뒤돌아본 뒤 나는 내 생각이 틀리지 않다는 것을 확신할 수 있었다. 제니트가 알피어스 공작과 함께 댄스홀을 빠져나가고 있었다.

그런데 좀 이상하네. 클로드와 만나서 무슨 이야기를 나눈 건 확실한데 왜 저렇게 조용한 거야? 원작에서는 내용이 어땠더라. 그나저나 제니트의 저 눈 색깔은 마법으로 바꾼 거겠지? 설마 이따가 클로드 앞에 나타날 때 짜안! 하고 보석안을 내보여서 극적인 효과를 얻을 생각이라거나.

나는 클로드를 찾아서 움직였다. 이제부터는 자유롭게 서로의 짝을 바꿔 춤추는 것이 허용되는 시간이었기 때문에 상대를 바꾸어 댄스홀로 들어가는 소년, 소녀들이 눈에 띄었다. 내게 춤을 신청하는 사람은 없었지만 지금 내 관심사는 그런 게 아니었기 때문에 사실 춤 같은 건 아무래도 상관없었다. 그런 것보다 나는 클로드를 만나고 싶었다. 그 사람을 만나서 무언가를 확인하고 싶었기 때문이다. 그런데 내가 클로드를 발견하는 것보다 다른 사람이 나를 불러 세우는 것이 먼저였다.

"아타나시아 공주님."

사실 무시하려면 얼마든지 무시할 수 있었다. 하지만 귓가를 스치는 내 이름에 나는 어느덧 걸음을 멈추고 있었다.

"천사님."

나는 그 목소리를 알고 있었다. 신뢰감을 주는 중저음의 부드러운 그 목소리는 일전에도 내가 들어 본 적 있는 것이었기 때문에. 다만 낯선 것은 그 음성에 실려 나오는 내 이름뿐이었다.

"이렇게 정식으로 인사드리는 것은 처음이군요."

나는 소리가 들려온 방향으로 천천히 고개를 돌렸고, 오늘 만나게 될 운명이었던 또 다른 사람을 그곳에서 마침내 발견할 수 있었다.

"괜찮습니다. 다음에는 제가……."

"이제키엘 알피어스입니다. 만나 뵙게 되어 영광입니다."

"직접 당신을 만나러 갈 테니."

흰 꽃잎들 사이로 아련히 사그라졌던 그날의 미소가 다시금 눈앞에 번졌다.

"이제키엘 알피어스."

나는 그가 방금 전 내게 소개한 그 이름을 작게 소리 내 불러 보았다. 분명 음악 소리에 그대로 파묻혀 버릴 듯한 아주 작은 목소리였는데도 다음 순간 그는 내 속삭임을 들은 것처럼 웃었다. 이제키엘 알피어스. 그리고 내 이름은 아타나시아 데이 앨제어 오벨리아.

"그런가요."

그동안 마음속으로만 담고 있던 서로의 이름을 처음으로 입술에 올린 오늘. 그와 나는 생전 처음 만난 사람들처럼 익숙한 듯 낯선 미소를 지은 채로 서로의 얼굴을 마주했다.

"만나서 반가워요. 알피어스 공자."

허허허허. 내가 지금 뭘 하고 있는 거랍니까?

콱!

"미……."

"괜찮습니다."

내가 지금 이제키엘하고 춤을 추고 있는 게 맞습니까? 바, 방금 전 발바닥으로 와 닿은 생생한 느낌에 의하면 맞는 모양인데. 으아악! 게다가 이 느낌은 지금이 처음도 아니었다. 오죽하면 이제키엘이 내가 미안하다는 소리를 하기도 전에 익숙하다는 듯 괜찮다는 말을 다 할까! 아마도 지금 내 동공은 사정없이 흔들리고 있을 거다. 그러니 이제키엘이 안심하라는 듯이 저런 봄바람 살랑살랑한 미소를 지어 보이고 있는 거겠지!

사실 클로드랑 춤출 것만 생각하고 미뉴에트 외에는 연습을 별로 안 했더니 자꾸만 이제키엘의 발을 밟는 참극이 벌어지고 있었다. 그러니까 왜 나한테 춤 신청을 했어! 그냥 인사만 하고 아름답게 헤어졌으면 좋았잖아!

하지만 거기에서 뭐에 홀리기라도 한 듯이 이제키엘의 손을 붙잡고만 나도 참 문제였다. 그, 그렇지만 그때 이제키엘 모습이 동화책 속의 한 장면 같아서 도저히 거부할 수가 없었다구요?

생각해 봐라. 반짝반짝한 샹들리에 불빛 아래에서 왕자님처럼 근사하게 예복을 갖춰 입은 은발에 금안인 미남이 나한테 춤 신청을 하는 장면을. 그 순간에는 진짜 내가 이야기 속의 주인공이라도 된 것 같았다.

그래서 정신을 차렸을 때 나는 이미 그의 손을 붙잡고 만 뒤였고, 주위에는 그때까지 우리 두 사람을 지켜보고 있던 사람들이 어느덧 물 만난 고기처럼 신이 나 웅성거리고 있었다. 크으, 무시무시한 남자 주인공 버프! 나는 상황 파악이 덜된 상태로 이제키엘의 능숙한 리드에 따라 춤을 추기 시작했다. 그리고 얼마 지나지 않아 지금의 상황에 봉착하게 된 것이었다.

"심려치 마시지요. 발걸음이 깃털처럼 가벼우셔서 아무 느낌도 들지 않습니다."

제, 제길. 지금 또 밟았다. 나는 눈앞에서 속삭여지는 목소리에 그냥 마음을 놔 버렸다. 클로드, 제니트, 이제키엘에 이르기까지. 어째서인지 춤을 추는 상대마다 발을 밟아 대기 바쁘니 이게 도대체 어떻게 된 일이랍니까. 허흐흑. 그런데, 이제키엘 너…… 아까부터 미묘하게 날 놀리는 것 같은 느낌인데?

"아무 느낌도 들지 않으면 그냥 모른 척 해주지 그래요?"

모름지기 숙녀가 춤을 추다가 실수로 발을 밟았으면 눈치껏 아무 일도 없었던 것처럼 모른 척 해주는 게 진정한 신사인 법인데! 그런데 이제키엘은 내가 자기 발을 밟을 때마다 꼬박꼬박 저런 말을 한마디씩 덧붙여 나를 더욱 부끄럽게 만들고 있었다. 기분 탓일 수도 있지만 뭔가 놀림받는 느낌이라 미묘하다!

"원하신다면 이제부터는 그러겠습니다."

지금도! 지금도 봐! 말투는 한없이 예의 바르면서 눈으로는 웃고 있잖아! 크으. 그래. 아를란타에서도 그렇고 오벨리아에서도 그렇고 리드하는 게 이렇게 능숙한 걸 보면 그동안 다른 여자들하고 한두 번 춤췄던 것도 아닐 텐데, 아마 그중에 이렇게 자기 발을 사정없이 밟아 댄 사람은 없었을 테니 웃기기도 하겠지. 으허헝.

"폐하께서 아타나시아 공주님을 무척 귀애하신다 들었는데."

그런데 바로 그때, 이제키엘의 나지막한 웃음소리가 귓가에 울렸다.

"그 총애의 깊이를 감히 헤아릴 수 없다던 말이 사실이었군요."

나는 그가 무슨 소리를 하는지 몰라 미간을 좁혔다.

"공주님께서 밟으신 발등보다 아까부터 집중된 시선을 받고 있는 등이 더 따갑습니다."

나는 이제키엘의 말을 듣고 그의 등 너머로 의아한 시선을 옮겼다.

그리고 곧 발견하게 된 것에 급히 숨을 들이켜고 말았다.

"헉."

뭐, 뭐, 뭐죠, 저 눈빛은! 눈빛만으로 사람도 죽이겠어요! 저거 분명 클로드인데? 오늘은 다른 때보다 단정히 정리된 저 순금 같은 머리칼, 지금은 불빛에 반사돼 녹금색으로 빛나고 있는 보석안, 은실로 화려하게 장식된 검은색 예복! 분명히 방금 전까지만 해도 내가 찾고 있던 그 클로드가 맞는데? 그런데 왜 저런 눈으로 이쪽을 보고 있는 거죠?

"귀애하는 공주님의 손을 아직 다른 이에게 맡기고 싶지 않으신 모양입니다."

에, 에이. 설마. 아무리 그래도 그런 팔불출적인 이유는 아니겠지. 나는 웃음기 띤 이제키엘의 말을 흘려들으며 저 멀리서 엄청난 존재감을 내뿜고 있는 사람을 간간이 훔쳐보았다. 으억, 저 사람 지금 심기 불편하다고 이마에 써 놓은 것 같다. 지금 클로드 눈앞에 종이라도 가져다 대면 단번에 두 동강이 나고도 남을 것 같은 날카로움이 아닌가. 여, 옆에 있는 사람들이 사색이 되어서 슬금슬금 클로드한테서 멀어지고 있는 건 내 착각이 아닐 거야. 그러고 보니까 이제키엘을 만나기 전까지 난 클로드를 찾고 있었는데. 나는 크흠, 헛기침한 뒤 말했다.

"알피어스 공이 평소 공자에 대한 이야기를 많이 하니 아바마마께서도 흥미가 동하여 그러시는 것일 테지요."

아니면 방금 전 만난 로저 알피어스가 뭔가 클로드의 심기를 거스르는 일을 했거나. 그것도 아니면 클로드는 평소에도 로저 알피어스를 성가시게 생각하는 편이었으니 그 영향이 대물림되어 이제키엘에게 향하는 것일 수도 있었다. 아, 아무튼 어떤 이유이든 간에 단순히 내가 외간 남자랑 춤추는 게 불만이라 저러는 건 아닐 거야!

"저야말로 무척이나 영민하고 아름다운 공주님이시라고 항상 들어와 만나 뵙는 날을 손꼽아 고대하고 있었습니다."

아니, 그런데 이 사람. 알피어스 공작을 닮아서 그런지 립 서비스가…… 다음 순간 눈이 마주쳐서 이제키엘과 나는 서로의 얼굴을 마주 본 채로 방긋 웃어 보였다. 다른 사람들이 봤다면 그와 내가 퍽 사이좋게 보였을 수도 있는 미소였다. 하지만 이건 내숭이다.
"과연 소문 그대로이십니다."
 난 그렇다 치고, 이제키엘도 이런 식으로 웃을 수 있었구나. 이제키엘이 다른 얼굴로 웃는 것을 본 적이 있어 그런지 지금의 미소가 누군가에게 보여 주기 위해 잘 만들어진 것이란 사실을 어렵지 않게 눈치챌 수 있었다.
"저야말로, 소문 속의 알피어스 공자를 이렇게 만나게 되니 신기한 기분이네요."
 우리 두 사람 모두 알피어스 공작저에서 서로를 만났던 일은 없었던 것처럼 행동하고 있었다. 그나저나 아까 만났을 때부터 얼굴에 동요 한 점 없는 걸 보니까 역시 알고 있었구먼, 내 정체. 하긴. 저 이제키엘이 누구인데 그것 하나 유추해 내지 못했을까 싶었다. 내 말을 듣고 이제키엘이 눈꼬리를 살짝 접어 웃었다. 아, 지금은 진짜 웃는다.
 콱!
 그리고 나는 이야기 속 남자 주인공이 내뿜는 남다른 광채에 한눈을 파는 사이 그만 또 한 번 그의 발을 밟고 말았다. 웃음 띤 상태로 굳어 버린 내 얼굴과 달리 눈앞의 미소는 한결 더 짙어졌다.
"이제부터 모른 척하라 명하셨으니 그리하겠습니다."
"……."
"그러니 앞으로도 내딛는 발걸음을 편히 하셔도 괜찮습니다."
"……."
 ……여기 정말 쥐구멍 없나요? 내가 세 들고 싶다니까? 나는 속으로 절규하며 제발 이 곡이 빨리 끝났으면 좋겠다고 기도했다.

"끝났군요."

으아앙! 드디어 해방이다! 물론 이 말은 나보다도 이제키엘이 해야 맞지만. 으앙, 으앙. 이번 곡은 유달리 길었는데 그동안 나한테 밟히느라 고생 많이 하셨습니다. 으흐흑.

"마음 같아서는 한 곡 더 청하고 싶지만."

나는 이제키엘이 하는 말에 진심으로 학을 뗐다. 서, 설마 빈말이지? 그거 진심 아니지? 네 발등도 강철은 아니잖아? 아하하. 어쩜 흰둥이 아저씨 아들 아니랄까 봐 빈말도 잘하지.

"후일을 기약하겠습니다."

"그래요. 그게 좋겠어요."

나는 그가 마음을 바꿔 먹고 나한테 또 춤을 신청할까 봐 냉큼 대답했다. 그러자 이제키엘이 옅게 소리 내 웃었다. 그래. 웃어라, 웃어. 으아앙. 퐁파듀 부인이 혀를 내두르며 극찬하던 환상의 춤 솜씨를 가지고 있던 내가 어쩌다 이렇게 몰락했는지 모를 노릇이었다. 으허, 으허엉. 나 내일부터 춤 다시 배울 거야. 오늘 방에 가서 이불 많이 걷어찰 거야!

"아타나시아 공주님의 소중한 날에 뜻깊은 시간을 함께할 수 있어 영광이었습니다."

이제키엘이 내 손등을 붙잡고 정중히 예를 갖추어 인사했다. 크으. 가만히 서 있기만 해도 멋있는 애가 이러니까 진짜 그림 같구나. 이제키엘이 아를란타에서 돌아왔다고 시녀들까지 떠들썩하게 굴었던 이유를 알겠다.

"그럼 다음에 만나 뵐 날을 기대하고 있겠습니다, 천사님."

쿠, 쿨럭! 뭐? 너 지금 뭐라고 했니? 방금 전에 금단의 단어가 내 귀를 스친 것 같은데? 내가 굳어 있는 동안 이제키엘이 내 손등에 입을 맞춘 뒤 그 상태로 나와 눈을 마주한 채 빙긋이 입꼬리를 올려 웃었다. 어, 엄마. 남자 주인공이 순박한 강아지인 줄 알았더니 여우였어요! 이거 지금 나 놀리는 거 맞지? 지금도 그렇고 아까도 내가 발 밟을 때마다 아닌 척 나 놀렸던 거 맞지? 역시 그런 거지?

"오늘 부디 즐거운 시간 보내시기를."

……그런데 아까는 미처 몰랐는데 이 시선들 대체 뭡니까? 엄청, 엄청 쳐다보고 있잖아요? 아까 클로드랑 춤출 때랑 비슷한 듯 약간 다른 시선인데.

"공주님."

"필릭스."

그때, 이제까지 줄곧 클로드의 옆에 있던 필릭스가 내게 다가왔다.

"아빠는?"

클로드는 어디 두고 혼자 왔니? 나는 방금 전까지 나와 이제키엘을 향해 무시무시한 눈빛을 보내고 있던 사람을 찾아서 눈길을 움직였다.

"폐하께서는 다른 용무로 잠시 자리를 비우셨습니다."

아까도 필릭스랑 뭐라고 속닥거리더니 무슨 일이 생긴 모양이다. 하긴. 클로드가 한가한 사람도 아니고 오늘도 나 때문에 일부러 시간 내서 와 준 건데.

바로 그때, 어떤 생각이 내 머릿속을 스쳐 지나갔다. 아. 혹시 이거 원작 속 그 내용인 건가? 지금 알현실에서 알피어스 공작과 제니트를 만나고 있다거나. 마음의 준비를 전혀 하지 않고 있던 것도 아닌데, 그 순간 약간 심장이 두근거렸다.

"금방 돌아오실 테니 걱정 마세요. 다른 누구도 아닌 공주님의 데뷔 탕트이니, 아마 끝까지 자리를 지키실 겁니다."

그런 마음이 표정에서 티가 났는지 필릭스가 덧붙여 말했다. 클로드가 말없이 자리를 비워서 내가 서운해하고 있다고 생각한 모양이다. 나는 괜찮다는 의미로 필릭스에게 웃어 보였다. 그러자 그도 미소 지으며 내게 손을 내밀었다.

"그럼 공주님. 저와도 한 곡 부탁드립니다."

뭐, 뭣. 지금 또 춤을 추자고? 으음. 하긴. 클로드와도 춤을 추고 이제키엘하고도 춤을 췄는데 필릭스만 거절하는 것도 말이 되지 않았다. 아까부터 내가 춤추는 걸 보고 있었으니 밟힐 건 각오하고 있는 거겠지? 쓰읍. 그렇다면야.

"네에, 기꺼이요."

이제부터 발등이 조금 아플 텐데 내 책임 아닙니다!

◆◇◆

"공주님. 혹시 저도 모르는 새 제가 공주님의 심중을 언짢게 만든 적이 있다면 죄송합니다."

오 분쯤 후, 곡이 시작되기 전에 비해 현저히 핼쑥해진 얼굴로 필릭스가 내게 사과했다. 춤을 추는 내내 하도 사정없이 발을 밟아 대다 보니 혹시 내가 일부러 그런 것이 아닌지 의심이 된 모양이다. 아니, 하지만 아무리 그래도 그렇지! 난 고의가 아니었는데 그렇게 사과하면 내가 뭐가 되나요? 어흐흑. 나라고 발을 밟고 싶어서 밟은 줄 아나. 나는 민망한 기분으로 필릭스를 향해 속닥거렸다.

"다 알고 춤 신청한 거 아냐? 아까 내가 아빠 발 밟는 거 봤을 거 아니야."

"아니요. 전혀 그런 티가 나지 않았는데…… 정말 폐하의 발등도 이리 밟으셨단 말입니까?"

그, 그렇게 믿을 수 없다는 듯이 반문할 건 없지 않아? 사람이 말이야. 춤추다가 발을 좀 밟을 수도 있지. 응? 그런데 왜 표정이 점점 밝아지는 겁니까? 내가 고의로 그런 게 아니란 걸 알아서 그런 거야?

"제게만 이러신 것이 아니라니 안심했습니다. 앞으로도 마음 편히 밟아주시……."

콱!

"윽."

그냥 무리하지 말아요…… 그리고 나 지금 마음 편히 밟고 있는 거 아니야! 나도 최대한 신경 써서 조심하고 있는 거란 말이야! 으아앙! 마침내 곡이 끝나고 난 뒤 필릭스는 그 어느 때보다 기쁨에 젖은 얼굴로 내 손을 붙잡고 댄스홀을 나섰다. 아니, 이 오빠가 이렇게 행복해 보이는 얼굴을 하는 건 또 처음 본다. 으앙, 너무해. 아니, 물론 이해하지 못하는 건 아니지만.

"폐하께서 조금 늦으시는 모양이네요."

그러게. 뭔지는 몰라도 이야기가 길어지나 보네. 어라? 그런데 저쪽에 다른 사람들한테 둘러싸여 있는 건 제니트잖아? 어디 보자. 알피어스 공작은…… 저 뒤에서 이제키엘이랑 얘기 중이네. 그럼 클로드에게 생긴 일이란 건, 제니트와 관련된 일은 아닌 건가. 그런 생각을 하며 댄스홀을 빠져나가고 있을 때, 필릭스가 낮게 웃으며 내게 귀엣말을 해왔다.

"실은 폐하께서 자리를 비우시기 직전 제게 명하시기를, 다른 좀벌레들이 더 이상 함부로 꼬여 들어 설치는 일이 없게 공주님의 곁을 각별히 주의해 지키라고 하셨답니다."

네? 그게 뭡니까? 좀벌레요? 꼬여 들어 설쳐? 누가 누구한테요?

"그 마음을 이해 못 하는 건 아니지만 오늘은 공주님을 위한 날이니 어쩔 수 없지요."

하지만 내가 의문을 표하기도 전에 필릭스가 웃는 낯으로 걸음을 멈추었다.

"나중에 혼은 좀 나겠지만 그 정도야 달게 견디겠습니다."

그리고 내 등을 부드러운 손길로 툭 다독이듯 미는 바람에, 나는 서 있던 곳에서 두어 걸음 앞으로 밀려나고 말았다.

"제가 뒤를 지키고 있을 테니 부디 마음을 편히 가지시기를."

다음 순간 나는 흠칫했다. 언제부터인가 내 근처에 다른 사람들이 우글우글 몰려 있었던 것이다. 도대체 언제부터 이렇게 가까이에 다가와 서 있었는지 모를 일이었다. 저기. 피, 필릭스? 혹시 내가 춤추는 동안 발 밟아서 그러는 거 아니지? 한두 번도 아니고 도합 열 번쯤은 밟았다고 날 이 사람들 속에 밀어 넣고 복수하는 거 아니지?! 힐끔 돌아봤더니 필릭스는 여전히 그 자리에 서서 나를 향해 부드럽게 웃고 있었다. 그래서 나도 잠깐 망설이다가 결국은 다시 앞을 보고 약간 어색한 기분으로 미소 지었다. 그러자 내가 하는 양을 지켜보고 있던 사람들이 마치 기다렸다는 듯 앞다투어 입을 열기 시작했다.

"아타나시아 공주님. 만나 뵙게 되어 영광입니다."

"저는 게일 후작 가문의 차남······."

"제 이름은 엘리자베스······."

"예정된 사람이 없다면 다음 곡은 저와 함께······."

"이번 데뷔탕트를 진심으로 축하드려요."

으아아, 누가 저 좀 살려 주세요!

✦

데뷔탕트가 끝나기도 전에 나는 완전히 두 손 두 발 다 들어버렸다. 그리고 불량 공주가 되기로 결심했다! 나 이제 그만 돌아갈래! 허흐흑.

"예. 그럼 제가 모시겠습니다."

필릭스도 이제는 충분하다 싶은지 나를 말리지 않았다. 그럴 만하지! 내가 얼마나 정신없었는데! 처음에는 다들 눈치만 보고 말도 안 걸더니 갑자기 한꺼번에 몰려들고 말이야.

앗! 저기 클로드다!

"아빠!"

방금 전까지 사람들한테 시달려서 그런지 괜히 클로드가 더 반가웠다. 내 부름을 듣고 클로드가 힐끗 나를 쳐다보더니 곧 함께 있던 사람에게 무어라 몇 마디를 더한 뒤 돌려보냈다.

"아직 데뷔탕트가 끝나지 않았을 텐데."

"어차피 이제 거의 막바지라 그만 돌아갈까 싶어서요."

"왜?"

"네?"

으엥? 그냥 그러려니 할 줄 알았는데 왜냐니?

"그리 고대하던 데뷔탕트인데 왜 벌써 돌아간다는 거지?"

이, 이유 없는데요. 그냥 피곤해서 일찍 방 가서 엎어져 자려고 한다! 그런데 이런 솔직한 말을 할 분위기는 아니잖습니까.

"누가 귀찮게 굴었나."

헉. 족집게다. 그래. 당신이 없는 동안 사람들이 막, 막 나한테 몰려들고! 갑자기 나중에 자기 집에 놀러 오라고 막 초대하고! 같이 춤추자고 하고! 물론 내 비극적인 춤 실력이 다 뽀록날까 봐 이건 거절했지만. 크흑.

"아니면 누가 마음 상하게 하는 말이나 행동이라도 했나?"

엥. 이건 또 뭐지. 마음 상할 말이나 행동이라니? 당신 그런 걱정도 할 줄 알았어? 그런데 내가 뜻밖의 말에 놀라 두 눈을 크게 뜨는 걸 클로드는 다르게 해석한 모양이다. 엇 하는 사이 주위의 온도가 순식간에 급감했다. 그리고 서릿발 같은 낮은 음성이 내 고막을 찔러 들어왔다.

"누구냐."

"아니……."

"필릭스 로베인."

 냉혹한 목소리가 필릭스를 불렀다. 뭐야, 뭐야. 왜 무섭게 풀네임으로 부르고 그런대요? 클로드의 부름이 있자마자 필릭스가 각을 잡고 자리에 부복했기 때문에 나는 더욱 깜짝 놀라고 말았다.

"예, 폐하."

"내가 없는 동안 공주를 잘 보필하라 하지 않았나? 한데 버러지만도 못한 놈이 공주의 심기를 거스르는 동안 도대체 무얼 하고 있었지?"

"죄송합니다, 폐하. 신이 부족하여 주변을 미처 세세히 헤아리지 못했습니다. 명백한 제 실책이니 벌하여 주십시오."

"회장으로 돌아간다. 아무래도 짐이 그동안 너무 조용히 있었던 모양이구나. 제 주제도 모르고 겁 없이 설쳐 대는 꼴을 보니 이제 그만 살고 싶은 것 같군."

 아, 아니, 지금 상황이 어떻게 돌아가는 건지 나만 이해가 안 되나요? 난 별말도 안 했는데 느닷없이 갑자기 왜 살벌해져서는 다시 회장 안으로 들어간대요? 그런데 지금 이 사람이 저 안으로 들어가면 왠지 엄청나게 무서운 일이 벌어질 것만 같은 그런 분위기인데? 내 불안은 클로드가 걸음을 떼며 음산하게 읊조리는 순간 확신이 되었다.

"감히 짐의 딸에게 망발을 지껄인 놈들은 혀를, 황족을 대하는 예우를 잊고 경거망동하게 행동한 놈들은 손발을 잘라 성문 앞에 걸겠다."

 그게 무슨 소리예요?! 지금 회장 안에 있는 사람들을 잡아서 족치겠다는 걸로 들리는데? 이거 딱 그 맥락인데?! 아니, 왜?! 나는 방금 전 클로드가 살벌하게 읊조린 말을 다시금 되새겨 보았다. 그리고 곧 그 말의 의미를 깨닫고는 띠용 뒤통수를 얻어맞은 기분이 되고 말았다.

"아, 아빠?"

내가 당황해서 클로드를 부르자 그가 나를 뒤돌아봤다. 헉. 저 눈빛을 보니 내가 춤을 추는 동안 클로드가 이제키엘을 노려봤던 건 그냥 애교 수준이란 걸 알겠다. 싸늘하게 가라앉아 섬뜩한 광채를 발하는 눈동자를 보자 오싹 오금이 저렸다. 저 분노가 향하는 곳이 내가 아니란 걸 알면서도 나도 모르게 주춤 뒷걸음질 칠 뻔했다. 스물스물, 클로드의 온몸에서 위험한 기운이 아지랑이처럼 피어오르는 것 같았다. 뒤이어 귓가를 스친 말에 나는 그만 할 말을 잃고 말았다.

"걱정하지 마라. 그치들이 죽고 싶어 네 앞에서 발악을 한 모양이니 내 편히 죽여 주지는 않으마."

주, 죽인다고? 내가 데뷔탕트 중간에 그냥 돌아간다고 해서? 뭔지는 모르지만 그 사람들이 내 마음을 상하게 만든 것 같아서?

"필릭스. 공주를 에메랄드궁으로 데려가라."

잠깐, 잠깐, 잠깐! 난 그냥 내 방 침대에 엎어져 자고 싶어서 그런 거라니까!

"아, 아빠! 잠깐만요. 가지 마세요!"

나는 미치고 팔짝 뛸 것 같은 기분으로 급히 클로드를 붙잡았다. 그러자 무시무시한 기운을 내뿜으며 나를 등지고 걷던 클로드가 절대로 멈춰 세우지 않을 것만 같던 걸음을 제자리에 우뚝 고정시켰다. 하지만 그가 내게 한 말은 여전히 꿈도 희망도 없었다.

"돌아가 있어라. 그리 오래 걸리지는 않을 테니."

바로 그때, 오래전 루비궁에서 있었던 학살 사건이 빛의 속도로 내 머릿속을 스쳐 지나갔다. 으아아! 안 돼, 안 돼! 절대로 안 돼!

"아빠!"

와아, 이거 환장하겠네. 난 지금 태풍의 핵 한가운데에 서 있는 거야! 지금 내가 말 한 번 잘못하면 저 안에 있는 사람들이 죄다 요단강을 건널 수도 있다는 거야!

나는 냉큼 클로드가 서 있는 곳으로 쪼르르 달려가서 그의 팔을 붙잡았다. 바로 그 순간, 그의 주위에 일렁이던 위험한 기운이 착각처럼 화악 허공에 흩어져 버린 것 같았다. 에잇, 안으로 들어가지 못하게 꼭 붙잡고 있어야지! 나는 내친김에 아예 클로드가 나를 떼 버리지 못하게 팔짱까지 껴 버렸다. 그러자 맞닿은 클로드의 팔이 아주 잠깐 움찔거렸다. 설마 이게 무슨 짓이냐고 날 밀쳐 버리지는 않겠지? 그, 그렇겠지?

"아빠, 화내지 마세요. 저 마음 상한 거 하나도 없단 말이에요."

"숨길 필요 없다. 누구든지 건방진 작태를 보인 놈들은 전부 찾아내서 죽……."

"에, 에이. 다른 사람도 아니고 아빠한테 제가 뭘 숨기겠어요?"

자, 내 눈을 바라봐! 내 눈을 보면 넌 행복해지고 넌 웃을 수 있고!

"정말이에요. 저는 아빠 딸인데, 어느 누가 저한테 함부로 할 수 있겠어요? 말도 안 되죠."

아무래도 명색이 자기 딸인 공주가 다른 사람한테 무시당했다는 생각에 화가 난 모양이니 '내 아빠가 짱인데 누가 감히 날 건드리겠어!' 하는 의미를 담아 클로드에게 살살거렸다. 그러자 클로드의 분노가 약간 누그러진 것 같았다.

"하면 왜 벌써 밖으로 나왔지? 어떤 버러지가 네게 헛소리나 허튼짓을 한 것이 아니냐."

그러니까, 난 그냥 내 침대와 혼연일체가 되고 싶어서 그런 거라니까. 흑흑.

"아빠가 너무 오래 절 혼자 두시니까 제가 찾아온 거잖아요."

내 말에 클로드가 멈칫했다.

"아빠랑 같이 있고 싶어서 제가 온 건데, 아빠가 저를 두고 다시 들어가 버리시면 어떡해요."

지금 내가 한 말에는 두 배는 더 크게 팔을 움찔거렸다. 통한 건가? 그런 건가?

"그러지 말고 저랑 같이 에메랄드궁에 가요. 연회장은 너무 복잡하고 시끄러워서 다시 들어가기 싫단 말이에요. 네?"

어흐흑. 난 내 목숨 하나 부지하기도 힘든데 저 안에 있는 수많은 사람의 목숨까지 지켜 줘야 하다니. 정말 내 전생의 업보가 얼마나 무겁길래.

"네에? 아빠아."

겉으로는 간드러지게 클로드를 부르고 있지만 속으로는 좀 울고 있습니다. 으흐흑. 난 그냥 클로드의 말에 어리바리하게 눈을 깜빡인 죄밖에 없는데! 제발 저 안에 있는 사람들이 이대로 죽어서 제 업보가 더 이상 무겁게 쌓이는 일이 없게 해주세요. 으형! 내 기도가 하늘에 닿았는지, 잠시 후 클로드가 하는 수 없이 내 부탁을 들어준다는 듯이 말했다.

"어쩔 수 없군. 에메랄드궁으로 가지."

으허어. 저 지금 십년감수했습니다. 저는 제 눈 깜빡임이 이렇게 큰 위력을 가진지 미처 몰랐구요!

"아. 그리고 보니까 아빠, 다른 급한 일 있으셨던 거 아니에요? 바로 가넷궁으로 안 가 보셔도 돼요?"

"그렇게 원한다는데 잠깐이라면 시간 내주지 못할 것도 없다."

그, 그러십니까. 아하하. 그것 참 감사합니다.

그렇게 클로드 회유에 성공한 내가 하하 호호 웃으며 그와 함께 몸을 돌렸을 때, 문득 뒤에 서 있던 필릭스가 입을 열었다.

"그러고 보니, 공주님. 허리에 묶여 있던 리본이 사라졌습니다."

앗. 아까 다시 묶는다는 걸 까먹고 있었네.

"아. 정말이네."

내 빨간 리본! 끝에 보석이 박혀 있는 비싼 거였는데! 크흑. 내 예쁜이 잃어버렸엉.

"필릭스. 찾아와라."

"예."

"괜찮아요. 그냥 가요."

어차피 댄스홀에서 풀려 버린 거면 이미 여러 번 밟혀서 걸레짝이 되었을 텐데. 흑. 눈물을 머금고 보내 줘야지, 내 예쁜이. 두 사람이 그래도 괜찮겠냐는 듯이 나를 쳐다봤지만 나는 그들에게 고개를 끄덕여 보였다. 헉. 그런데 설마 보석에 대한 내 집념을 알고 저렇게 재확인하는 건 아니겠지? 응?

"아타나시아 공주님."

그때, 누군가 내 등 뒤에서 나를 불렀다. 가냘픈 목소리가 밤공기에 섞여 귓가를 스쳐 지나갔다. 줄곧 나를 향해 있던 클로드의 눈동자가 내 어깨 너머로 미끄러지는 모습이 마치 느린 화면을 재생하듯 아주 천천히 시야에 번졌다. 나는 뒤돌아보았고, 방금 전 나를 부른 사람이 누구인지 마침내 두 눈으로 확인할 수 있었다.

"이것을 떨어뜨리셨어요."

얄궂은 운명의 붉은 실. 그 끝자락을 손에 쥐고 서 있는 제니트였다. 어째서 네가 여기에 있지? 일순간 그런 생각을 했다. 기이한 정적이 밤바람에 휩싸인 채로 내 옆을 맴돌았다. 나는 약간 비현실적인 기분으로 내 눈앞에 있는 소녀가 마침내 무언가를 깨달은 듯 '아' 하고 소리 낸 뒤 다시금 정중히 예를 갖춰 인사하는 모습을 바라보았다.

"황공합니다, 폐하. 공주님을 뵙고자 하는 마음이 앞서 그만 크나큰 실례를 저질렀습니다. 오벨리아의 태양께 영광과 축복을."

그녀가 고개를 숙이자 밤하늘의 별처럼 환한 빛을 내던 고운 얼굴 대신 길게 늘어진 갈색 머리카락이 시야에 들어찼다. 나는 반사적으로 클로드를 올려다보았다. 하지만 그는 앞선 사죄에 아무런 반응도 내보이지 않은 채 마주한 이에게 뜻 모를 시선만을 고정시키고 있을 뿐이었다. 그래서 내가 먼저 입을 열 수밖에 없었다.

"잃어버린 걸 방금 알았는데. 찾아줘서 고마워요."

"별말씀을요."

나는 제니트에게서 붉은 리본을 건네받았다. 손이 스치는 순간 나는 겉으로 드러나지 않게 손끝을 멈칫했으나, 제니트는 나를 향해 방긋 미소를 지었다. 클로드는 지금 그녀를 보고 아무 느낌도 들지 않는 걸까. 지금 내 눈앞에 있는 소녀의 얼굴은 분명 클로드의 방에 깨진 채 놓여 있던 초상화 속 여인을 닮았는데.

다만 그림 속의 여인이 지닌 녹색 눈동자 대신 눈앞에 있는 소녀는 심해 같은 짙은 푸른색의 눈동자를 갖고 있다는 점만이 두드러지는 차이점이었다. 어차피 그마저도 마법으로 숨긴 것이겠지만. 어릴 때 내가 알피어스 공작저의 온실에서 보았던 어린 제니트는 분명 클로드와 나, 우리 두 사람과도 같은 보석안의 소유자였으니까.

"그러고 보니 아직 제 소개도 드리지 않았네요."

그녀가 웃자 주위에 화악 꽃이 피는 것 같았다.

"저는 제니트 마그리타라 합니다."

바로 그 순간 내 뒤에서 줄곧 무심히 서 있던 클로드가 반응했다.

"마그리타?"

원작의 내용과는 달랐다. 제니트는 알피어스 공작과 이제키엘의 비호를 받으며 앞으로 나서는 대신, 홀로 회장을 빠져나와 나와 클로드를 독대하고 있었다. 게다가 그녀가 밝힌 자신의 신원은 클로드의 딸이 아니었다.

"알피어스에서 데리고 있다던 그 아이였군."

알피어스 공작이 묘하게 조용할 때부터 혹시 그러지 않을까 싶기는 했지만, 그는 아직 제니트의 정체를 밝힐 생각이 없는 것 같았다.

"제 이야기를 들으신 적이 있나요?"

그런데 클로드가 지나가듯 읊조린 말에 제니트가 호기심 어린 말투로 반문했다. 그 순간 클로드의 눈썹이 굴곡을 그리며 슬그머니 치켜올라갔다. 과연 제니트는 〈사랑스러운 공주님〉의 여주인공이었다. 클로드의 앞에서 저렇게 똑바로 고개를 들고 말할 수 있는 사람은 아마 신하 중에서도 극히 드물 것이었다. 하지만 그것이 건방지게 느껴지지 않고 오히려 소녀다운 귀여운 당돌함으로 느껴진다는 점이 여주인공이 가진 무서운 능력이라 할 수 있었다.

"알피어스의 그늘에서 자라 그런지 당돌하구나."

"송구합니다."

서늘히 내뱉어진 말에도 제니트는 그저 미소 띤 얼굴로 공손히 답할 뿐이었다. 그 모습을 보며 이윽고 클로드가 입을 다물었다. 무슨 생각을 하는지 모를 눈빛이 자신을 '제니트 마그리타'라 소개한 소녀의 얼굴에 그대로 내리꽂혔다. 곧 그가 실소했다.

"과연, 그런가."

그 말이 무슨 의미인지는 그 자리에 있는 누구도 알아차리지 못했다. 클로드는 내가 그의 표정을 해석하기도 전에 먼저 자리에서 걸음을 뗐다.

"돌아가자."

나는 앞서 걷기 시작한 클로드의 뒷모습을 보다가 다시금 제니트에게로 눈길을 돌렸다. 아. 그리고 곧바로 시야에 들어온 그녀의 얼굴에 탄식하고 말았다. 남빛이 도는 푸른 눈동자가 멀어지는 클로드의 뒷모습을 말없이 좇고 있었다.

"아타나시아."

그때 클로드가 자리에 멈추어 선 채로 나를 불렀다. 나지막하게 울려 퍼진 내 이름에 이번에는 눈앞의 시선이 내게로 향했다. 나는 그녀의 눈빛이 내게 닿기 무섭게 클로드가 있는 곳으로 뛰다시피 걸었다.
"걸음이 느리구나."
"죄송해요."
"공주님께서 피곤하신 것 같습니다. 괜찮으시다면 마차가 준비된 곳까지 제가 부축해 드릴……."
"필릭스. 열 걸음 뒤로 가라."
나는 내 등을 따라붙고 있는 시선을 느끼며 마차가 준비된 곳까지 걸었다. 그리고 열린 마차 안으로 올라타기 위해 필릭스의 손을 잡은 순간, 내 손에 감겨 있던 리본이 스르륵 풀려 나갔다.
"이건 버리는 게 좋겠군."
어느덧 클로드는 내 붉은 리본을 손에 쥐고 있었다.
"이미 바닥에 나뒹굴던 것 아닌가. 공연히 손을 더럽힐 필요 없다."
아까부터 클로드가 무슨 생각을 하는지 모르겠다. 아니…… 사실은 내가 문제인지도 모른다. 평소처럼 깊게 생각하지 않아도 되는 일을 괜히 나 혼자 재고 따지고 그 안에 담긴 의미를 어떻게든 굳이 해석해 내려고 애쓰는 건지도. 나는 얕은 숨을 내뱉은 뒤 입을 열었다.
"그래도 마음에 들었던 건데."
"필릭스. 저것과 똑같은 리본을 더 만들라고 일러라."
"예. 내일 바로 재단사를 부르겠습니다."
내가 사용하는 물건은 전부 맞춤 제작한 것이었기 때문에 리본 하나를 만드는 데도 사람을 불러야만 했다. 내가 무어라 말하기도 전에 클로드가 손에 쥐고 있던 리본을 날려 보냈다.
"저보다 더 좋은 것도 얼마든지 안겨 줄 수 있으니 아쉬워할 필요 없다."
반짝이는 보석이 박힌 붉은 끈이 밤바람에 실려 하늘 높이 날아올랐다.

"그 밖에도 갖고 싶은 것이 있다면 무엇이든 말하려무나."

그렇게 말해놓고 클로드는 잠시 내 얼굴을 쳐다보다가 다시 입을 열었다.

"아타나시아."

그는 무언가 하고 싶은 말이 있는 듯했는데, 어째서인지 쉽사리 그 말을 내뱉지 못하고 미간을 잔뜩 구겼다. 나는 도대체 그가 왜 그러는지 알 수가 없어 마주한 얼굴을 의아하게 올려다보았다. 그리고 마침내 지나가듯 그가 속삭인 말에 나는 두 눈을 크게 뜨고 말았다.

"14번째 생일도, 그리고 오늘 데뷔탕트도 모두 축하한다."

"사실은 저요. 14살 데뷔탕트를 축하한다는 말도 아빠한테 제일 먼저 듣고 싶어요."

얼마 전 내가 그에게 고백한 적 있던 말이 불현듯 기억을 스쳤다가 이내 누군가 후우- 불어 날린 비눗방울처럼 서서히 하늘 위로 두둥실 떠올랐다. 클로드는 방금 전 무슨 말을 했냐는 듯이 필릭스의 손에서 내 손을 잡아 빼 그대로 나를 마차 안으로 집어넣었다. 하지만 필릭스도 웃음을 참는 얼굴을 하고 있는 것으로 봐서, 지금 막 클로드가 내게 했던 말이 환청이 아니었음을 알 수 있었다.

"풉."

나는 천연덕스러운 얼굴로 내 맞은편에 자리 잡는 클로드를 보면서 그만 웃어버리고 말았다.

"아빠, 지각이에요. 생일 축하도 데뷔탕트 축하도 벌써 다른 사람들한테 들었는데."

"그럼 취소하랴?"

"에헷."

릴리의 말처럼, 과연 오늘은 정말로 멋진 데뷔탕트 날이었다.

　　　　　　　　※

"라라라랄라."

 깊은 밤, 나는 혼자 테라스에 나가 콧노래를 흥얼거리고 있었다. 잠시 에메랄드궁에 들러 나와 함께 짧은 티타임을 가졌던 클로드는 이미 가넷궁으로 돌아간 뒤였다. 그런 후에 릴리도 내 잠자리를 봐준 뒤 방을 나갔지만 어째서인지 나는 잠이 오지 않아서 결국 침대 밖으로 나오고 말았다. 나직한 속삭임이 밤공기에 얕게 번져 든 것은 바로 그때였다.

"흐응. 울고 있을 줄 알았더니 재미없네."

 익숙한 목소리에 고개를 돌리자 검은 머리카락을 흩날리며 난간에 대충 걸터앉아 있는 루카스가 시야에 들어왔다. 여느 때처럼 느닷없는 등장이었지만 나는 놀라지 않고 대답했다.

"내가 울긴 왜 울어?"

"너 내 종이 인형 네 개나 찢어 먹었잖아."

 악! 내 흑역사! 루카스가 직접 내 춤 연습 상대를 해주는 대신 소환해 줬던 사람 모양 종이 인형 이야기였다.

"지금 기분 좋았는데 그 얘기 왜 꺼내!"

 그건 내 잘못이 아니란 말이야! 애초에 네가 종이 인형 같은 걸로 춤 연습을 하라고 시키니까 그렇지! 그런데 루카스는 얄밉게도 내가 발끈하는 양을 보며 나를 비웃었다.

"이거 봐. 내가 그럴 줄 알았어. 솔직히 말해봐. 네 아빠가 이제 다시는 너랑 춤 안 춘다고 하지?"

"아니거든. 그런 말 한 사람 아무도 없거든?"

그나저나 그럼 저놈은 내가 오늘 클로드의 발을 사정없이 밟아 댈 걸 이미 알고 있었단 말인가! 이이익. 그런 건 진작 나한테도 말해줬어야지!

"뭐야. 너 네 아빠하고만 춤춘 게 아닌가 보네."

"왜 이래, 오늘 나하고 춤추고 싶어 한 사람 많았……."

"그럼 이것도 다른 사람한테 묻혀 온 건가?"

갑자기 눈앞에 번지던 달빛이 사라졌다. 어둑해진 시야와 함께 선명한 붉은빛이 가까이 다가들었다. 어딘가 위태로운 자세로 난간 위에 달을 등지고 앉은 루카스가 나한테 상체를 기울였다. 아래로 내리깔린 싸늘한 눈동자가 잠시 동안 무언가를 살피는 듯하다가 이윽고 내 눈을 직시했다.

"너 오늘 누구 만났어?"

그 순간 나도 퍼뜩 정신을 차렸다.

"어어? 나 오늘 사람 엄청 많이 만났는데."

"그럼 어디서 붙은 건지 모르겠네."

붙다니, 뭐가? 당연하게도 나는 어리둥절했다.

"가만히 있어 봐."

루카스가 귀찮다는 듯이 말한 뒤 내 이마에 손을 얹었다.

으잉? 또 뭐 하는 거야? 그런데 지난번 클로드를 만나러 갔다가 루카스를 마주쳤을 때 그랬듯 또다시 묘하게 몸이 가벼워지는 느낌이었다. 그러고 보니 지금까지 내가 인식을 못 해서 그렇지 이놈이랑 부대끼고 지내는 동안 간간이 이런 느낌이 들던 때가 또 있던 것 같기도 하고.

"너 보수 작업해 주는 것도 그렇고 후속 처리가 은근 번거롭단 말이야. 그때 괜히 살렸나."

아니, 이놈이? 기껏 좋은 일해 주고서 욕먹을 소리 하는 건 또 뭐죠?

"내 허락 없이 이상한 거나 묻히고 들어오지를 않나."

루카스가 불쾌하다는 듯이 내 이마에 닿았던 손을 쳐다보다가 먼지나 오물을 떼듯이 툭툭 털어 댔기 때문에 나는 더 궁금해지고 말았다.
"도대체 뭐가 붙어 있었는데?"
"있어. 더러운 거."
그러니까 그게 뭐냐고! 너 혼자만 알면 다야!
"들어가서 잠이나 자."
하지만 루카스는 나를 향해 건방지게 손가락을 까딱할 뿐이었다. 그러자 내 몸이 테라스가 아닌 방 쪽을 향해 저절로 돌아갔다.
"야잇. 이게 무슨 짓."
"누워서 이불 덮고."
나는 알 수 없는 힘에 조종돼 신고 있던 슬리퍼를 벗고 침대 위로 올라갔다. 그러자 이불이 저절로 목 끝까지 포옥 덮였다.
"자장가 들으면서."
따란따라라란-
릴리에게 생일 선물을 받은 후부터 줄곧 머리맡에 올려 두고 있던 오르골의 뚜껑이 혼자서 열리더니 곧 그 속에서 마음을 평화롭게 만드는 음악 소리가 흘러나왔다.
"기분 좋게 자."
루카스, 저 이상한 자식…… 잘해 주는 것 같기도 하고 막 대하는 것 같기도 하고 애매하단 말이지?
"머리 비우고 자라. 괜히 뻗대다가 밤늦게 기절하지 말고."
"안 그래도 자려고 했네요!"
나는 침대에 누워서 구시렁거렸다. 뭐, 그래도…… 처음에 오자마자 했던 말을 생각해 보면 내가 데뷔탕트를 망치고 혼자서 울적해져 있을까 봐 와 준 건가. 그럼 그렇다고 솔직히 말하면 될 텐데.
물론 내가 이런 말 하면 헛소리 말라고 또 비웃겠지. 투덜투덜.

"루카스, 좋은 꿈 꿔."

마음 넓은 나는 속으로 투덜거리다가 결국 못 이긴 척 아직까지 테라스에 있는 루카스를 향해 인사해 주었다. 살랑살랑 흔들리는 커튼 너머로 달빛을 머금은 그림자가 비쳤다. 방금 전까지만 해도 두 눈이 말똥말똥하기만 했는데, 그 풍경이 지극히 정적으로 평화로워서 그런지 이상하게도 순식간에 잠이 쏟아졌다.

"너도 좋은 꿈 꿔."

살랑살랑.

잠결에 귀를 스치는 작은 목소리를 끝으로 나는 눈을 감아버렸다. 그날 밤 결국 무슨 꿈을 꾸었는지는 기억이 나지 않았지만, 나는 웃는 얼굴을 한 채 잠이 들 수 있었다.

제6.5장
각자의 사정

"아타나시아─"

그때, 이름을 부르고 만 것은 어째서인지 몰랐다. 다만 어렴풋하게 미소 띤 얼굴이 흰색의 소용돌이 속으로 사라지는 순간, 그 이름을 입 밖에 내지 않고는 참을 수가 없을 것 같았다. 하지만 그가 흘려보낸 목소리는 누구에게도 당도하지 못하고 다시 되돌아와 입안에서만 메아리쳤다. 흰 드레스들이 썰물처럼 눈앞에서 밀려 나간 후 자리에 남은 것은 물안개처럼 흐릿한 잔상뿐이었다. 클로드의 눈동자가 싸늘히 가라앉았다. 방금 전 본 그 표정은 도대체 무엇이었지?

아타나시아가 그에게서 뒷걸음질 치며 지어 보였던 미소를 다시금 상기하자 가슴 한구석이 이유 없이 선득해졌다. 손안에서 빠져나간 온기가 괜스레 마음에 밟혔다. 까닭 모를 한 자락의 불안감이 속 깊은 곳을 침범하기 시작했다. 그 탓에 클로드는 어느덧 다가온 알페어스 공작이 그의 옆에 선 것을 알아차리지 못했다.

"폐하."

공손한 부름에 날카로운 눈빛이 옆으로 미끄러졌다.

"신, 로저 알피어스 인사드립니다. 오벨리아의 무궁한······."

"그만 되었다."

클로드는 알피어스 공작이 예를 올리는 것을 막았다. 쓸데없이 장황하기만 한 인사를 받아줄 기분이 아니었다. 저조한 그의 기분을 모를 리 없는데도 로저 알피어스는 허허 웃으며 말을 이었다.

"아타나시아 공주님께서 벌써 데뷔탕트를 맞게 되셨다니 감읍한 일입니다."

그의 말에 클로드의 시선이 다시금 흰색의 레이스 물결 속으로 옮겨 붙었다. 하지만 춤을 추고 있는 소녀들 틈에서 그가 찾고 있는 사람은 보이지 않았다.

"처음 뵈었을 때만 해도 그리 작고 어리시더니."

문득 마음 한구석이 잘게 술렁거렸다. 그것은 오늘 에메랄드궁에서 하얀 드레스 차림으로 그의 손을 붙잡던 아이를 볼 때 느꼈던 감정이기도 했고, 또 하루가 멀다 하고 자라는 아이를 앞에 두고 그가 때때로 느꼈던 기분이기도 했다. 작은 손을 꼬물거리던 아이가 한 살 한 살 나이를 먹더니 어느덧 데뷔탕트를 치르는 소녀가 되어 있었다.

"폐하께서 직접 공주님을 에스코트해 주신 일로 회장이 떠들썩합니다. 신 또한 놀랐으니 그럴 만도 하지요."

처음에는 차라리 눈앞에서 사라져 버렸으면 좋겠다고 생각했었는데······.

"폐하께서 아타나시아 공주님을 귀애하시는 모습에 언제나 감탄을 금할 수 없답니다."

지금은 그 아이가 없는 일상을 상상하기 어려웠다. 가랑비에 옷 젖는 줄 모른다더니. 딱 그 짝이 아닌가. 더욱 놀라운 것은 날이 갈수록 마음속에 아쉬움이 자라났다는 점이다. 그가 아는 것은 아이의 5살 이후부터의 모습뿐이라는 사실에. 그가 스스로 잃어버린 그 앞선 세월이 이상할 정도로 아쉽고 또 아쉬워서.

"만약 폐하께 다른 왕자나 공주님이 더 계셨어도 마찬가지로 지금처럼 이리 보듬어 아껴 주셨겠지요."

잠시 혼자만의 상념에 잠겨 있던 클로드가 이윽고 귀를 스친 로저 알피어스의 말에 실소했다.

"다른 왕자나 공주라. 쓸모없는 가정이군."

"말 그대로 가정이지요."

"공도 하나 마나 한 소리를 하는 취미가 있었나."

젊은 황제가 싸늘히 읊조린 말에 알피어스 공작이 입을 다물었다. 비어 있는 그의 옆자리를 두고 황후를 들이라느니, 황제로서의 본분을 잊지 말라느니 하며 귀찮게 굴어 대는 가신들은 아직까지도 있었다. 물론 클로드는 그 말에 눈 하나 깜짝하지 않았지만 말이다. 그리고 살아 있는 한 앞으로 그가 자식을 더 보는 일은 없을 것이었다.

"미래의 일은 속단할 수 없는 것이지요."

"아니, 그런 일은 없다."

마침내 발견한 백금색 머리카락이 멀리서 흔들리는 것을 바라보며 클로드는 한 치의 망설임도 없이 단언했다.

"저 아이가 둘이 되지 않는 이상은."

바늘 하나 꽂혀 들어가지 않을 것 같은 그 틈 없는 말에 로저 알피어스는 드물게도 완전히 할 말을 잃고 말았다.

"그러십니까."

클로드의 옆얼굴을 신중한 눈길로 바라보던 그는 짧은 시간 동안 무언가를 셈해 보다가 다시 웃으며 입을 열었다.

"폐하. 이번에 제 질녀도 공주님과 함께 데뷔탕트를 치르고 있답니다. 이번 곡이 끝난 후 인사 올려도 되겠습니까?"

"질녀라. 공이 전부터 지겹도록 말했던 그 아이 말인가."

"예. 아주 어릴 때부터 알피어스가 보살피고 있던 아이지요."

"알피어스에서 친딸처럼 보살피는 아이라니. 전부터 생각했지만 공답지 않은 일이라 제법 흥미롭군."

온기 없는 보석안이 로저 알피어스의 속을 꿰뚫어 보려는 듯 가만히 주시했다. 알피어스 공작은 그 섬뜩한 눈빛에 한순간 속이 시린 느낌을 받고 말았다. 그러나 이 정도로 주춤한다면 로저 알피어스의 이름이 울 것이었다.

"본래 공주님 또래의 여자아이란 유리 공예품처럼 섬세한 면이 있어 옆에서 어른의 눈으로 보살피는 데에는 한계가 있는 법이지요. 같은 성별의 벗이 생긴다면 아타나시아 공주님께서도 기뻐하시지 않겠습니까."

그는 방금 전 군중들의 소란 속에서 아타나시아 공주와 데뷔탕트를 여는 첫 춤을 추던 클로드의 모습을 떠올리며 덧붙였다.

"아마 내색치는 않아도 분명 공주님께서도 외로우실 테니까요."

"외롭다?"

그 말에 클로드의 곧게 뻗은 눈썹이 꿈틀거렸다. 로저 알피어스는 때를 놓치지 않고 말을 이었다.

"워낙 어른스럽고 총명하신 공주님인지라 말을 아끼고 계시지만 그 마음에 빈자리가 없을 리 있습니까. 물론 신이 구태여 이리 말하지 않아도 폐하께서는 아타나시아 공주님에 대해 전부 다 헤아리고 계실 테지요."

그 담담한 음성에 어째서인지 클로드는 서서히 심기가 불편해졌다. 그래서 그는 서늘한 눈빛으로 로저 알피어스를 스치며 냉소적으로 말했다.

"그렇지 않아도 음악 소리에 귀가 번잡한데 시끄럽게 구는군. 오늘은 그만 물러가라."

"공주님과 함께 이 자리에 서게 된 것도 연인데, 그러지 마시고 지금……."

"되었다고 하지 않나. 내 딸과의 시간을 방해받고 싶지 않다."

그리고 클로드는 그의 직설적인 말에 꿀 먹은 벙어리가 되어버린 로저 알피어스를 뒤로한 채로 걸음을 옮겼다. 줄곧 곁에 서 있던 필릭스가 알피어스 공작을 향해 가볍게 묵례한 뒤 소리 없이 클로드의 뒤를 따랐다. 음악은 한창 절정에 다다라 있었다. 폭풍처럼 몰아치는 연주음 속에서 로저 알피어스는 약간의 시간이 지나고 나서야 비로소 정신을 차릴 수 있었다.

"허허. 이것 참. 바로 눈앞에 있던 황금 동아줄을 미처 못 알아보고 있던 기분이군."

황제 클로드와 공주 아타나시아. 그들에 관한 것은 온통 놀라움의 연속이었다. 특히 클로드는 아타나시아 공주와 연관된 일에는 아예 다른 사람이 되어버리는 듯했다. 주위를 둘러보자 아직까지도 소리 죽여 웅성거리는 소리가 음악 소리에 묻혀 귓가를 간질였다.

하긴 누가 놀라지 않겠는가. 베일에 싸여 있던 아타나시아 공주가 다른 누구도 아닌 황제 클로드의 손에 직접 에스코트받고 나타난 것만으로도 충분히 놀랄 일인데, 그간 연회 때마다 상석에 앉아 따분한 기색만 보이던 황제가 방금 전 그 공주와 춤을 추기까지 하지 않았나. 그것이 마치 한 폭의 그림처럼 잘 어울리는 모습이라 사람들은 그만 넋을 빼놓은 채 그들이 춤추는 모습을 멀거니 바라보고 말았다. 그리고 그러던 중에 클로드가 공주를 향해 미소 짓는 순간, 사람들은 일제히 경악해 숨을 들이켤 수밖에 없었다.

'그 클로드'가 웃다니! 그것도 저런 다정한 얼굴로! 그들의 충격은 클로드가 아타나시아 공주를 향해 예의 그 무심한 어투로 '예쁘다'는 말을 하는 순간 정점을 찍었다. 사람들은 처음에 자신들이 제대로 들은 것이 맞는지 제 귀를 의심하다가, 곧이어 부끄러운 듯 뺨을 붉히는 아타나시아 공주를 보고 방금 전 귓가를 스친 음성이 환청이 아니었다는 사실을 깨달았다.

알피어스 공작은 이제 완전히 사라진 클로드의 뒷모습을 좇다가 그만 또다시 허허 헛웃음을 짓고 말았다. 지금 그가 갖고 있는 동아줄이 알피어스를 더 높은 곳으로 끌어올려 줄 황금 동아줄이라고만 생각했는데, 수년 전부터 조금씩 자신감이 줄어들고 있었다. 시간이 갈수록 아타나시아 공주를 향한 클로드의 총애가 견고해지는 것이 그의 두 눈에도 똑똑히 보였기 때문이다. 로저 알피어스는 괜스레 떫은 입맛을 다셨다. 적어도 알피어스가 가진 것이 썩은 동아줄은 아니어야 할 텐데.

"아버지."

그때, 옆에서 그를 부르는 목소리가 들려왔다. 이제는 그와 엇비슷한 눈높이를 가지게 된 아들 이제키엘이었다.

"이거, 아타나시아 공주에 대한 폐하의 애정이 생각 이상으로 각별하구나."

로저 알피어스는 흰색의 드레스를 입은 소녀들 틈에 섞여 있을 공주를 생각하며 쯧 혀를 찼다. 그로서는 뒷맛이 써서 읊조린 말이었으나 어째서인지 이제키엘은 희미하게 미소를 지었다.

"그러실 수밖에 없겠지요."

그 말에서 풍기는 분위기가 다소 미묘해서 알피어스 공작은 아들을 향해 고개를 돌렸다.

"폐하께서 공주님을 향해 웃으시는 모습을 보지 않으셨습니까."

과연 그 말이 맞았다. 그 모습을 보았다면 누구나 바보가 아닌 이상 아타나시아 공주를 향한 황제의 애정을 감히 가늠하고도 남았으리라. 로저 알피어스는 특히나 몇 년 전부터 직접 두 사람을 마주하며 보고 들은 것이 있는지라 그들이 맡고 있는 또 한 명의 보석안의 소녀를 섣불리 앞에 내세우지 않은 것을 다행이라 생각했다.

"이제키엘."

그는 지금 이 순간에도 데뷔탕트를 치르는 소녀들뿐 아니라 다른 귀부인들의 시선마저 독식하고 있는 아들의 이름을 불렀다.

"예, 아버지."

예복을 갖춰 입고 단정히 선 이제키엘은 어느덧 훌륭히 장성하여 로저 알피어스의 마음을 흐뭇하게 만들고 있었다.

"너는 이 로저 알피어스의 아들이지만, 그 이름을 떠나서도 누구나 탐낼 수밖에 없는 아이다. 내가 너를 그리 길렀고, 너는 내 기대 이상으로 잘 자라 주었어."

그래. 그러니 걱정할 것은 아무것도 없었다.

"일단 둘 다 얻으려무나. 너라면 그럴 능력도 그럴 자격도 충분하니."

홀 안에 울리는 음악은 이제 거의 막바지인 듯 한없이 고조되고 있었다. 이제키엘은 아무런 대답 없이 화려하게 흔들리는 순백의 레이스들 사이에 시선을 두었다. 하지만 로저 알피어스는 이제껏 그의 뜻을 거스른 적 없는 아들이 이번에도 그의 기대를 실망시키지 않으리라 믿었다. 고요한 폭풍을 동반한 하얀 소용돌이가 눈앞에서 부드럽게 일렁이고 있었다.

창밖의 달이 밝았다. 루카스는 잠시 시선을 두었던 그믐달로부터 눈길을 돌렸다. 그러자 달빛을 받고 있는 하얀 얼굴이 시야에 가득 들어차는가 싶었다. 새근새근. 깊게 잠든 듯 고른 숨소리가 귓가를 스치는 것과 동시에 그는 혼잣말을 읊조렸다.

"어쩐다지."

사실은 그는 얼마 전부터 고민이 있었다. 예전이라면 이렇게 미적거리는 일 없이 단숨에 결정해 행동에 옮겼을 일이나 세상모르고 잠들어 있는 얼굴을 보자 어째서인지 또 답지 않은 망설임이 생겨났다. 그것은 퍽 우스운 일이었다. 무엇이든 마음 내키는 대로 하지 않은 것이 없고, 또 누구에게도 그 앞길을 가로막힌 적이 없는 검은 탑의 마법사에게 망설임이라니.

"그냥 내버려 두고 갈까."

다만 그렇게 하면 눈앞에 있는 이 소녀는 금방 죽을 가능성이 농후했다. 몇 년 전 폭주하는 마력을 가까스로 잠재웠다고는 하나 그것은 영구적인 것이 아니어서, 기실 루카스는 다년간 이 작은 소녀의 옆에 붙어 어울리지 않게 친절히 후속 조치를 해주고 있었다. 넘쳐흐르는 마력이 갈 곳을 못 찾고 들썩일 때마다 접촉해 안정시켜 주는 일이 바로 그것이었다. 그러니 아마도 지금이라도 그가 손을 털고 이곳을 떠난다면 이 소녀는 빠른 시일 내에 죽을 것이 분명했다.

루카스는 침대맡에 있는 의자에 걸터앉아 잠들어 있는 소녀를 내려다보았다. 어둠 속에서도 선명히 빛나는 붉은 눈동자에 일순간 사람답지 않은 시린 광채가 어렸다가 곧 잠잠히 가라앉았다. 사실 그는 다른 모든 이유를 차치하고서, 그저 재미있을 것 같았기 때문에 이 소녀의 곁에 머무르기로 한 것이었다. 실제로도 소녀는 그의 기대를 저버리지 않았고, 그래서 지난 몇 년간 그는 제법 지루하지 않은 날들을 보낼 수 있었다. 게다가…….

사락.

루카스는 잠들어 있는 소녀를 향해 손을 뻗었다. 눈앞에 있는 소녀에 맞추어 앳된 모습을 유지하고 있기에 아직은 소년티가 나는 그의 손에 백금색 머리카락이 잡혔다. 그의 눈에 한순간, 아주 잠깐이지만 그

빛이 까만색으로 물들었다가 다시 원래대로 돌아오는 것처럼 보였다.

"그래도 아직은 좀 더 있어 볼까."

루카스는 14살의 소녀 안에 함께 잠들어 있는 검은 머리카락의 여자를 보면서 혼잣말했다.

나이는 스무 살쯤 될까. 아주 가끔씩 소녀에게서 그 모습을 투영시키는 수수께끼의 여자.

"으응."

머리카락을 매만지는 집요한 손길에 소녀가 잠에서 깰 것처럼 몸을 뒤척였다. 그럼에도 루카스는 손을 치우는 대신 약간 헝클어진 채 동그란 이마를 간질이고 있는 백금색 머리카락을 정리하듯 손으로 매만졌다. 잠시 후 다시금 깊은 잠에 빠져든 듯, 약간 찡그려져 있던 소녀의 미간이 곱게 펴졌다.

그래. 아직은 조금 더 있어도 괜찮겠지.

루카스는 결정했고, 그럼에도 언젠가 자신이 이곳을 떠날 사람이라는 사실을 스스로에게 다시 한번 주지시켰다. 다음 순간, 그가 앉아 있던 자리에는 어스름한 달빛만이 존재하고 있을 뿐이었다.

사방이 꽉 막힌 마차 속에서 로저 알피어스는 간만에 핏대를 세우며 언성을 높이고 있었다.

"오늘만큼은 혼자서 움직이지 말라고 분명 당부했을 텐데? 갑자기 바닥에 떨어진 리본을 주워 공주의 뒤를 쫓아간 것만으로도 기겁할 만한데, 심지어 폐하의 눈앞에 그렇게 아무 대책도 없이 모습을 드러내기까지 하다니. 정녕 네가 제정신이냐?"

화려한 데뷔탕트 파티가 파한 시간. 그럼에도 아직 짧은 꿈의 여운에서 깨어나지 못한 소녀들은 몽롱한 기분에 젖어 저마다의 현실로 돌아가는 마차에 올랐다.

"제니트, 듣고 있는 게냐?"

"아니요."

아까부터 반응이 없다 싶어 물었더니 돌아온 대답이 퍽 놀라웠다. 알피어스 공작은 그 당당한 말에 한순간 할 말을 잃어버리고 말았다. 그러나 로저 알피어스가 그러거나 말거나 제니트는 어딘가에 정신이 팔려 그런 그에게 신경조차 쓰지 않는 눈치였다. 평소와 다른 그녀의 모습에 로저 알피어스는 황당한 얼굴이었지만 곧 들려오는 목소리에 결국은 이 이상 훈계하는 것을 포기해 버렸다.

"아버지, 오늘은 제니트에게도 기념적인 날이었지 않습니까. 정히 꾸중할 일이 있다면 내일 하시지요."

알피어스 공작은 아들인 이제키엘의 말에 혀를 찬 뒤 못마땅한 얼굴로 고개를 돌렸다. 그러고 난 뒤 마차 안은 조용해졌다. 다른 때라면 앞장서 분위기를 한결 유하게 만들었을 사람도 지금은 혼자만의 세계에 빠져 무언가를 깊이 생각하고 있었기 때문이다. 잠시 후, 창밖을 응시하고 있던 제니트의 입술이 작게 달싹였다.

"아타나시아……."

그 작은 속삭임에 이제키엘이 제일 먼저 반응했다. 옆으로 미끄러진 그의 눈동자에 창밖의 불빛으로 곱게 물든 소녀의 얼굴이 비쳤다.

"그러니까 그분이 내 하나뿐인 자매라는 거네요."

제니트는 시야에 번지는 빛의 향연 속에서 마치 꿈을 꾸는 것 같은 목소리로 속삭였다. 그녀는 방금 전 자신이 직접 리본을 건네주며 짤막한 대화를 나누기까지 했던 아름다운 공주님을 떠올리고 있었다.

"그리고……."

그 옆에 계시던 분이 바로 나의…….

덜컹.

멈춰 있던 마차가 움직이기 시작했다. 흔들리는 몸을 따라 창밖의 찬연한 빛들도 이리저리 어지럽게 춤을 추었다. 제니트는 그 불빛을 보며 긴 시간을 인내한 끝에 마침내 오늘 만날 수 있었던 사람들을 떠올리고 있었다.

흔들흔들.

한여름 밤의 꿈 같았던 짧은 밤이 어느덧 끝나 가고 있었다.

제7장
설마 이것은 그린 라이트인가요?

"공주님, 이것도 먼저 온 것들과 같이 둘까요?"

"설마 그것들도 다?"

"네! 초대장들이에요."

나는 한나를 따라 옆방으로 들어갔다가 산더미처럼 쌓여 있는 편지 봉투들을 보고 약간 얼떨떨해졌다. 지난번에 온 게 끝인 줄 알았는데 오늘 도착한 양은 심지어 그 두 배나 되었다.

"앞으로 더 많아질 텐데요."

한나는 오늘 내 앞으로 도착한 편지 봉투들을 야무지게도 혼자 척척 분리해 놓았다. 처음에는 내가 저걸 일일이 다 열어 봐야 하는 줄 알고 질겁했으나 릴리의 말로는 그럴 필요가 없단다. 시녀들이 알아서 분류를 끝낸 후 개중에 중요한 것들만 추려서 나한테 다시 올릴 거라고. 그럼 나는 그때 편지들을 보고 답장을 할지 안 할지 결정하면 된다고 했다.

이처럼 나한테 초대장이 엄청나게 많이 쏟아지기 시작한 건 데뷔탕트 다음 날부터였다. 나는 생전 처음으로 내 앞에 배달된 편지에 어리둥절했으나 다른 시녀들은 이런 상황을 미리 예감했던 듯 '올 것이 왔구나!' 하는 표정을 짓고 있었다. 그런 그녀들은 약간 신이 난 것처럼 보이기도 했다. 이미 안전성 검사를 끝마친 편지는 릴리의 손에 곱게 꺼내져서 내 앞에 놓이게 되었는데, 그 내용은 놀랍게도 보름 후 열리는 파티에 나를 초대하고 싶다는 것이었다.

 나는 그 편지를 보고 감격했다. 역시 이건 클로드 효과인 걸까? 클로드가 아타나시아를 없는 사람 취급했던 원작에서는 다른 귀족들 역시 그녀를 본체만체했었으니까. 하지만 나는 데뷔탕트에서 클로드에게 직접 에스코트를 받으며 나타났으니 이런 관심도 받고 그러는 건가? 크흑. 황제의 후광이란 역시 너무나 엄청난 것.

 "아, 이런 날이 오다니. 정말 너무 기뻐요."

 보아하니 다른 시녀들도 기분이 좋은 눈치였다. 하기야 어릴 때만 해도 루비궁에서 찌리 공주로 존재감 없이 짱 박혀 있던 내가 이렇게 초대장도 무더기로 받고 그럴 줄 누가 알았겠는가. 으흐흑. 이런 게 바로 인간 승리인가요? 물론 아직 갈 길이 멀지만 그래도 지금은 뿌듯해도 될 때 맞죠?

 "후우, 드디어 때가 왔군요."

 그런데 모두가 즐거워하는 와중에 오직 세스만이 결의에 찬 얼굴을 하고 있었다.

 "공주님께서 하루가 다르게 아름다워지실 때부터 언젠가는 이런 날이 올 것이라 예상하고 있었어요. 혹시라도 무도회장 같은 데서 질 나쁜 벌레들이 꼬여 들면 언제든 저를 불러 주세요. 제 목숨을 걸고 처단할 테니까요."

 "아앗, 세스, 박력 있어. 멋져!"

 세스의 말에 한나가 손뼉을 치며 호응했다. 치맛자락 사이로 드러난 그녀의 구두굽이 햇빛에 반사돼 섬뜩하게 번쩍였다. 그동안 저기에 밟혀 죽은 해충이 몇이던가! 거, 걱정해 주는 건 고맙지만 좀 무섭다, 세스…… 역시 벌레 퇴치 전문가!

"그나저나 공주님, 어느 가문의 초대를 가장 먼저 수락하실 거예요?"
"글쎄. 아직 잘 모르겠어."

아, 그런데 나 이런 데 가도 되는 건가? 그러고 보니 나는 지금까지 한 번도 황성 밖으로 나간 적이 없었다. 물론 클로드가 나한테 밖으로 절대 나가지 말라고 한 적은 없었지만 어쩌다 보니 14살이 된 오늘까지 한 번도 외출한 일이 없었던 것이다. 뭐, 이참에 클로드한테 물어볼까?

"첫날 초대장을 보내왔던 이레인 후작가는 어떠세요? 다른 시녀들에게 들었는데 이레인 후작가는 저택 자체가 하나의 거대한 화원이나 마찬가지라서 어디에 서 있든 마치 낙원에 있는 것만 같은 황홀경이라고……."

"한나, 그건 공주님께서 결정하실 일이야. 게다가 아직 초대장을 모두 열어 보시지도 않았잖니."

들떠서 재잘거리는 한나를 릴리가 꾸중했다. 하지만 그런 그녀도 진심으로 화가 난 기색은 아니어서, 한나는 그 후로도 자신이 만족할 때까지 한참이나 더 다른 가문들에 대해 떠들어 댔다. 나는 그 모습을 보며 흐뭇하게 손가락으로 코 밑을 슥 훑었다. 음. 나보다 더 설레 하는 모습을 보니 이것 참 뿌듯하구먼.

"아차. 까망이 님 밥 드리는 걸 잊었네!"

한나는 한참 후에야 까망이의 밥을 줘야 한다며 헐레벌떡 방을 나섰다. 그 후 어쩔 수 없다는 얼굴로 한차례 웃어 보인 릴리가 남은 초대장들을 마저 정리했다. 나는 궁금증도 해결할 겸 클로드를 만나러 가 보기로 했다.

"아빠!"

오늘 클로드가 있는 곳은 집무실이었다. 새삼스럽지만 클로드는 황제여서 국정을 직접 돌보고 있었는데, 모르긴 몰라도 매일매일 상당히 바쁜 것 같았다. 그러는 와중에도 나랑 같이 다과 시간을 보내고 저녁 식사를 함께하는 걸 보면 신기하기도 하고. 집무실의 문을 열자마자 서류를 앞에 두고 있는 클로드의 모습이 눈에 들어왔다. 오오, 역시 일하는 남자는 진리! 거기 형씨, 오늘 간지 좀 나시는걸?

"바쁘세요?"

방 안으로 들어가지는 않고 문틈으로 빼꼼 고개만 내민 채 묻자 그가 나를 향해 말했다.

"앉아서 기다려라."

그래도 들어오지 말라거나 방해하지 말고 가라는 말은 안 한다. 몇 년 전이었는지는 잘 기억이 안 나지만 아무튼 처음에 멋모르고 클로드가 국정을 보는 중인 집무실에 들어왔을 때가 생각난다. 그때는 유난히 저기압인 클로드에게 쫄아서 언제 문을 열고 들어왔냐는 듯이 다시 스르륵 백스텝을 해서 살포시 문을 닫고 복도로 나갔었는데. 그때도 나를 집무실로 안내한 건 필릭스였고. 부들부들.

"조용히 있을게요."

나는 그렇게 말한 뒤 집무실 한구석에 마련된 소파에 얌전히 앉았다. 클로드는 다시 책상 위의 서류를 들여다보며 무언가를 휘날려 적고 있었다. 큼큼. 잉크 냄새. 그리고 보면 클로드 저 양반, 의외로 잉크 냄새가 잘 어울린단 말이지. 솔직히 어릴 때에는 이 나라가 어떻게 굴러가든 상관없이 클로드 혼자서 먹고 놀고 하는 줄 알았는데 이럴 때 보면 의외로 쓸 만한 황제인 것 같기도 하고. 하긴, 클로드 정도면 상당히 좋은 왕인 걸지도 몰랐다. 역사 관련 서적들에서는 무려 성자라고 기록되어 있으니까? 크헹! 성자라니. 성자라니! 이게 웬 말이오! 아, 안돼! 항마력이 부족해!

나는 혼자서 잠깐 부르르 몸을 떨다가 이 이상 클로드를 보면 극심한 현타가 올 것 같아서 다시 정면으로 고개를 돌렸다. 클로드의 집무실은 이제껏 내가 몇 번 들어와 봤던 그대로의 모습이었다. 아, 참. 사실 지금 내가 앉아 있는 소파와 간이 테이블은 원래 없는 거였는데 언젠가부터 새로 생겨 있더라. 설마 나 앉으라고 가져다 놓은 건…… 아니겠고. 클로드의 집무실을 찾는 사람이 의외로 많은가 보다.

응? 그런데 이거 원래 클로드 책상 위에 있던 거 아닌가? 할 일도 없었던 나는 내 앞에 있는 까만 장식품을 요리조리 관찰하기 시작했다. 그런데 이거 좀 묘하게 생겼네. 해태 같은 전설의 생물 비슷하게 생겼는데 정확히 뭔지 알 수가 없잖아. 흐음. 이렇게 보니까 색깔도 까만색이라 그런지 꼭 미니 돌하르방 같다. 코를 문지르면 소원이 이루어진다거나 하는 미신이 있을 것만 같은 그런 생김새라 묘하게 정감이 가기도 하고.

"갖고 싶나?"

슥슥. 핫! 나도 모르게 그만 새까만 돌하르방의 코를 손으로 문지르고 있었다. 그걸 또 보았는지 클로드가 내게 지나가듯 물었다. 아잇, 좀 창피하다! 잠깐. 그나저나 이걸 갖고 싶냐니! 내 미적 감각을 뭘로 보고 이 사람이.

"아니요. 이상한 돌조각…… 이 아니라…… 뭔가 사연이 있는 장식품 같아서 그냥 본 거예요. 헤헤."

필요 없어. 줘도 안 가져! 그런데 클로드가 집무실에 두고 있는 걸 보니 혹시나 겉보기에는 이래도 골동품으로서는 천문학적인 가치가 있다거나. 하지만 내 말을 클로드가 비웃는 순간 그것 역시 아니란 걸 알았다.

"사연 있는 장식품? 그냥 볼품없이 추레한 돌조각일 뿐이지."

쿨럭. 클로드가 이렇게 말하는 걸 보니 진짜로 그냥 낡은 돌조각인가 보다. 아니, 그런데 왜 책상에 고이 모셔 둔 거야? 미처 몰랐는데 취, 취향이 좀 특이하시네요…….

"갖고 싶다면 주려고 했는데."

아니, 필요 없다니까! 큽. 내 아빠란 사람의 취향이 이렇게 독특했다니. 그래도 취향 존중! 비웃지 않을게요! 이상하다고 생각하지 않을게요! 돌하르방 좀 좋아할 수도 있지! 나, 나름대로 피규어라고 생각하면 그럭저럭 이해할 만해! 아, 아니, 이건 좀 다른가.

"할 말이 있어서 찾아온 건가?"

그렇게 내가 까만 해태상을 보며 혼란을 느끼고 있을 때, 클로드가 나를 향해 물어 왔다. 어음. 초대장 받은 얘기도 하고 겸사겸사 황성 밖에 나가도 되냐고 물어보려고 했는데 바쁜 걸 보니 솔직히 괜히 찾아왔나 싶다. 나는 잠깐 생각하다가 말했다.

"그냥 아빠 보고 싶어서 왔던 건데 바쁘신 것 같으니까 그만 돌아갈게요."

"그다지 바쁘지 않은데."

아니…… 그렇게 말하는 와중에도 당신 손은 한시도 쉬지 못하고 있는데요? 그리고 맨날 나만 보면 바쁘지만 특별히 시간 내주는 거라는 둥 그랬으면서 그게 무슨 말씀이세요?

"필릭스."

달칵.

"예, 폐하."

클로드가 이름을 부르자 문밖에서 대기 중이던 필릭스가 곧장 집무실 안으로 들어왔다. 그리고 클로드가 자리에서 유유히 일어나며 하는 말에 나는 약간 황당해지고 말았다.

"오늘 중으로 처리해야 할 서류가 남았으니 대신 처리해라."

이제부터 필릭스한테 시킬 거라 안 바쁘다는 거였냐!

"폐하, 어찌 제가……."

"이미 검토는 끝났으니 실제로 해야 할 일은 별로 없다. 이게 필요할 테니 빌려주지."

으잉? 그런데 클로드가 내 앞의 테이블 위에 놓여 있던 까만 해태 돌하르방을 필릭스에게 던지다시피 휙 건네주는 것이었다.

지금 이게 무슨 상황인지 내가 어리둥절하는 사이, 필릭스가 불덩이라도 맞은 사람처럼 화들짝 경기하며 두 손으로 받아 든 돌하르방을 책상 위에 조심스럽게 내려놓았다.

"폐하! 국보나 다름없는 옥새를 어찌 이리 함부로 다루십니까!"

네……? 잠깐만요. 그 해태가 뭐라구요? 옥새? 옥새라고? 내가 알고 있는 의미의 그 옥새? 저 돌하르방이? 방금 전 클로드가 나한테 주겠다고 했던 저게? 하하하하하하. 아무래도 요즘 내 기가 허한가 봐. 왜 이상한 단어가 귀에 들리지.

"게다가 전부터 말씀드리지 않았습니까. 극히 드문 일이기는 하나 다른 각료들도 들어오는 이런 개방된 곳 말고 금고 같은 곳에 보관하시라고. 귀중한 옥새를 이리 아무 곳에나 두시다니요."

"일을 하라 불렀더니 잔소리를 하고 있군. 떠들 시간이 있다면 앉아서 서류를 한 장이라도 더 보는 것이 나을 텐데."

"폐하!"

환청이 아니었나 보다. 그럼 저거 진짜 옥새인 거야? 으악! 잠깐만요! 그런데 옥새 취급 너무 하찮잖아요! 그리고 이런 걸 왜 나한테 준대! 내가 멋모르고 넙죽 달라고 했으면 어쩌려고! 당신 혹시 일하기 싫어서 나한테 저거 떠넘기려고 했던 거 아니지?

"돌아오기 전까지 다 처리해 놓도록. 반푼이가 아니라면 그 정도야 금방 끝낼 수 있겠지."

"폐하! 정말 너무하십니다!"

나란히 동공지진을 일으키고 있는 필릭스와 나를 아는지 모르는지 클로드 혼자만 유유자적했다. 결국 나는 필릭스를 등진 채로 문을 여는 클로드를 따라서 엉겁결에 집무실을 나서고 말았다.

"일을 시켰으니 한두 시간 정도는 찾지 않을 테지."

와아. 이 사람……. 이게 바로 권력의 힘인가. 크으. 필릭스 힘내요. 어, 그런데 잠깐…… 그러고 보니 설마 필릭스 이 오빠, 평소 클로드한테 당하던 걸 눈새인 척하면서 은근히 나한테 풀던 건 아니겠지……? 뭐야. 아까 클로드도 그렇고 필릭스도 그렇고 둘 다 지금 겁나 수상하다.

"정원으로 차를 내오라고 해야겠다. 필릭……."

"아빠가 방금 두고 왔잖아요."

클로드는 습관처럼 필릭스를 부르다가 이내 그가 옆에 없다는 사실을 뒤늦게 깨닫고 움찔 미간을 좁혔다. 큽. 깐죽거리고 싶다. 어이, 이 봐요. 당신 차 셔틀을 집무실에 버리고 온 게 바로 당신 본인이거든? 그러니까 누가 갑의 횡포를 부리라고 했나! 횡포 부려 봤자 결국은 갑도 후회하게 되어 있어! 을은 소중하다! 막 대하지 말아 달라!

나는 잠시 전생에서 뼈저리게 느꼈던 을의 서러움을 떠올리며 속으로 시위했다. 클로드는 이제 와서 필릭스의 빈자리가 아쉬운 눈치였다. 집무실에서 나온 지 아직 오 분도 안 되었는데 말이지. 그러던 어느 순간 갑자기 떠오른 생각에 나는 클로드를 물끄러미 쳐다보다가 이윽고 입을 열었다.

"아빠. 그러지 말고 우리……."

좌악.

 단단한 뱃머리가 물살을 가르는 소리가 시원하게 울렸다. 내가 반짝반짝 빛나는 호수 물을 감상하고 있을 때 맞은편에 앉아 있던 클로드가 말했다.

 "뱃놀이라니. 의외로군."

 "그래요? 날씨도 좋고 가끔은 이런 것도 나쁘지 않잖아요."

 나는 손에 들고 있는 양산을 빙글빙글 돌리며 태연히 대꾸했다. 이 호수에서 배를 탄 건 상당히 오랜만이었지만 여전히 끝내주는 승선감이었다. 그때는 배가 움직이는 시스템에 대해 여러 가지 고민했었는데 알고 보니 황궁의 뱃놀이에 이용되는 배는 마력을 원동력으로 움직이는 것이라 한다. 하기야, 그러지 않으면 이상한 마법 생물이 사는 호수에서 어떻게 마음 편히 안전한 뱃놀이를 즐길 수 있겠어.

 "어릴 때 네가 이 호수에 빠진 적이 있었지."

 그때, 내가 뱃놀이 이야기를 꺼낸 순간부터 뜻 모를 표정을 짓고 있던 클로드가 먼저 지난 일을 화두에 올렸다. 그래. 당신도 안 잊었구나. 그럼 어릴 때 그 일이 나한테 얼마나 충격적이었는지도 알겠냐? 물론 난 보통의 5살짜리 애가 아니니까 물에 빠진 일이 트라우마로 남지는 않았지만 그 당시에는 후유증이 꽤 오래갈 정도로 무서웠다고. 그리고 당신은 왈왈왈 멍멍이였고. 어흑흑.

 "전 기억이 잘 나지 않는걸요."

 클로드는 생글생글 웃는 내 얼굴을 한참이나 말없이 응시했다. 표정으로는 드러나지 않았지만 아마도 클로드와 나 둘 다 지금 서로가 무슨 생각을 하는지 알기를 바라고 있지 않을까. 클로드의 보석안은 호수 물보다 약간 어두운 남빛을 띠고 있었다. 나는 내 눈을 들여다보는 클로드의 표정 없는 얼굴을 웃으며 마주하다가 다시 반짝이는 포말을 향해 시선을 돌렸다. 참방. 나는 맑은 수면 위에 손가락을 가져다 대었다.

"위험하니 물 쪽으로 너무 바짝 다가가지는 말거라."

그런 나를 향해 클로드가 경고했다. 나는 좀 웃고 싶어졌다. 못된 생각일 수 있지만 여느 때처럼 무심히 내뱉어진 그의 말에서 무언가를 확인했기 때문이다. 어릴 때에는 호수에 빠져도 가만히 쳐다보고만 있더니. 그래. 이렇게 보니 정말 그때와는 많은 것이 달라졌다는 게 피부에 선명히 와 닿는구나.

"아빠, 아빠."

그 사실을 새삼스럽게 인지하고 나자 나는 어린애처럼 약간 신이 났다.

"저 꽃, 가까이에서 보고 싶어요."

"저건."

"알아요. 마법 생물이라면서요? 그래도 아빠랑 같이 있으니까 위험하진 않지 않을까요?"

솔직히 유치한 발상이었다. 방금 전 내가 배의 가장자리에 다가가 손을 뻗었을 때 클로드가 예전과 달리 그런 나를 못 본 체하지 않았던 것처럼, 이번에는 내 말에 그가 어떤 반응을 보일지 궁금하고 또 약간 기대가 되기도 했다.

"그러고 보니 어릴 때도 관심을 보였었지. 저런 게 마음에 드나?"

예전에는 내가 저 위험한 꽃에 손을 뻗는 걸 그냥 보고만 있었지. 이번에는 어떨까. 또 방금 전처럼 저 꽃은 위험하니 호기심 갖지 말라고 말해줄까? 나는 조금 두근두근한 마음으로 클로드를 쳐다보았다. 그런데 미묘하게 반짝이는 내 눈빛을 어떻게 받아들였는지 그가 돌연 쯧 혀를 차는 것이었다.

"취향이 꽤 독특하구나."

바로 그 순간 두근두근 콩닥콩닥하던 내 마음이 급속도로 차게 식어버렸다. 아니! 당신한테 그런 소리 듣고 싶지 않아! 물론 그 해태 옥새는 당신 취향대로 만든 게 아니라지만 말이야! 그래도 난 당신을 이해해 주려고 노력했는데! 나도 속으로만 생각한 걸 그렇게 육성으로 말해버리는 게 어디 있어! 치사하게! 이건 배신이야! 으아앙! 나는 클로드가 해태 돌하르방을 애지중지 아낀다 해도 이해하려고 노력했는데 뭔가 굉장히 억울한 기분이었다.

"잠깐 있어 보아라."

그런 내 마음도 모르고 클로드는 약간 귀찮은 듯이 느린 손길을 물가로 뻗었다.

응? 그런데 뭐 하려는 건가요? 저런 마법 생물은 위험하니까 관심 갖지 말라고 할 줄 알았는데 뭘 기다려? 내 의문은 금방 해소되었다.

출렁.

우리가 타고 있는 배가 한순간 작게 흔들리는가 싶더니 클로드가 손을 뻗고 있던 방향의 수면에서 갑자기 무언가가 치솟았다.

좌악!

나는 허공에서 무언가가 날아오는 모습을 두 눈을 동그랗게 뜬 채 바라보았다. 그리고 잠시 후, 내 발치에 후두둑 물방울을 떨어뜨리고 있는 것을 보며 그대로 얼어붙어버리고 말았다.

"함부로 날뛰지 못하게 만들었으니 원하는 만큼 천천히 구경하도록."

클로드가 내 앞에 대령시켜 준 것은 방금 전 내가 가까이에서 보고 싶다고 했던 꽃이었다. 그런데 신비롭게 투명한 빛을 뿜내는 꽃잎 아래로 웬 흉측한 문어 다리 같은 게 있었다. 이, 이 괴리감은 도대체. 내가 할 말을 잃고 있는 사이 연꽃인 척하고 있던 문어가 내 시선을 느낀 것처럼 한차례 크게 몸을 꿀렁거렸다. 미끈미끈한 촉수가 꿈틀꿈틀. 내 동공은 걷잡을 수 없이 흔들흔들. 다시 꿈틀꿈틀. 동공이 흔들흔들.

"으."

결국 나는 기겁해서 소리 지르고 말았다.

"으아앙! 이게 뭐야!"

문어 닮았는데 얼룩덜룩해서 징그러워! 악악! 저리 가, 저리 가! 내가 경기하며 몸을 확 뒤로 물리자 클로드가 의아한 낯을 해보였다.

"왜 그러지? 가까이에서 보고 싶다고 하더니."

"아니, 그건! 이런 촉수 괴물인 줄 모르고! 으악!"

내 비명을 들었는지 연꽃 괴물이 이번에는 나를 향해 촉수를 뻗으며 꿀렁거렸다. 나는 촉수의 구애를 피해 무의식중에 몸을 움직였다. 그 순간, 클로드가 움찔 미간을 좁히며 입을 열었다.

"그렇게 움직이면 위험……."

어울리지 않게도 약간 다급한 음성이 귓가에 번진다 싶었을 때, 배 끄트머리에 간당간당 달라붙어 있던 내 몸이 균형을 잃고 슬쩍 뒤로 기울어졌다.

"아타나시아!"

하지만 나는 물에 빠지지 않았다. 어느새인가 자리에서 몸을 일으킨 클로드가 내 팔을 잡아당겼기 때문이다. 내 앞에서 열심히 촉수질을 하고 있던 마법 생물은 어느덧 감쪽같이 사라진 뒤였다. 으어, 으어어. 방금 나 또 물에 빠질 뻔한 거야? 그런 거야? 저 문어 연꽃 때문에?

"아, 아빠아. 으어어."

내가 전생에 저 문어 다리랑 무슨 악연이 있어서 어릴 때도 그렇고 지금도 그렇고 두 번씩이나! 아니, 클로드 당신도 말이야! 저런 건 좀 예고를 하고 꺼내 오든가! 갑자기 내 앞에 던져 놓으면 어떡해. 으어어엉.

"위험하니 물 가까이 가지 말라고 말했지 않……."

"무, 문어 다리, 막 꿀렁꿀렁, 징그럽, 으앙."

말이 문어 다리지, 실제로 보면 맛있겠다는 생각은 들지도 않을 만큼 얼룩덜룩 징그러웠다! 으어, 취소, 취소. 문어랑 하나도 안 닮았어. 저건 진짜 그냥 촉수 괴물이다. 마음대로 가져다 붙여서 미안해요, 문어 씨!

꿈틀.

응? 그런데 갑자기 시야에 어른거리는 저 촉수는?

"아, 아빠! 저기, 저기!"

뭐야, 없어진 거 아니었어! 이제 보니 허공에 떠 있던 게 그냥 배 위로 떨어진 것뿐인 모양이다. 징그러운 촉수 위로 신비로운 꽃이 자라 있는 모습이 오히려 더 기괴하고 징그러워 보였다.

"아빠, 저거! 싫어! 싫어, 빨리!"

치워 줘! 치워 달라고! 몰랐는데 나에게 촉수 공포증과 혐오증이 있던 것 같다. 나는 내가 지금 누구한테 뭘 시키고 있는 건지 자각도 못 하고 앞에 있는 팔이 구명줄인 것처럼 매달리며 그냥 마구잡이로 재촉해 댔다. 그러자 클로드가 내 기세에 떠밀려 엉겁결에 바닥을 기어 다니는 연꽃 괴물을 눈앞에서 없애 버렸다.

"으허어어."

그리고 난 후에도 나는 잔상처럼 남은 촉수의 후유증에 시름시름하며 우는 소리를 냈다. 으어, 마이 아이즈! 내 눈은 이미 오염되었어! 촉수 괴물 안 본 눈 사요!

"괜찮나?"

클로드는 생전 처음 보는 내 모습에 놀라고 당황한 눈치였다. 하기야 그렇게 난동을 부렸는데 놀랄 만도 하지. 이건 마치 사람들이 바퀴벌레 같은 혐오충을 목도할 때 보이는 것 같은 반응이 아니던가. 크흑. 전생에서 오히려 난 바퀴벌레를 봐도 눈 하나 꿈쩍 안 했는데 이런 촉수에 질 줄이야.

"까, 깜짝 놀랐잖아요. 갑자기 그렇게, 눈앞에 막 촉수를. 으엉. 가져다 대면."

차라리 뭐 그런 걸 가지고 호들갑이냐고 했으면 안 그랬을 텐데, 괜찮냐는 물음에 나도 모르게 클로드를 향한 원망을 토로했다. 그나저나 이 난리법석을 떠는 와중에도 배가 한 번도 요동치지 않는 걸 보니 참으로 대단하기도 했다. 침대는 과학! 흔들리지 않는 편안함을 표방했던 모 침대가 생각난다. 하기야, 대단하기는 내가 매달려서 그렇게 막 발버둥 치는데도 꿈쩍도 않던 클로드도 대단했지만…….

그 순간 나는 문득 정신을 차렸다. 으, 으응? 나 지금 어디 달라붙어 있는 거래요? 이 팔뚝. 어디서 본 거 같은데. 허억. 게다가 내가 지금 뭐라고 지껄여 댔지? 나의 멘붕은 머리 위에서 나직한 음성이 들리는 순간 하늘 높은 줄 모르고 치솟았다.

"이제 안 그러마."

이, 이게 지금 클로드가 한 말이 맞습니까? 제 귓구멍이 제대로 박혀 있는 것도 맞구요?

"그렇게 무서워할 줄 몰랐다."

내가 얼어붙어 있는 사이 클로드가 덧붙였다. 그것만으로도 놀라운데, 다음 순간 아직까지도 그에게 안기듯 매달려 있는 내 등에 어색한 손길이 내려앉았다.

으허. 으헐. 으허헐. 나는 이러지도 저러지도 못하고 그 상태로 어정쩡하게 굳어 있을 수밖에 없었다. 클로드의 행동에 폭풍 같은 감동이 밀려오기 시작…… 하는 게 아니라 폭풍 같은 쪽팔림이 내 온몸을 마구 뚜들겨 패며 달려들었다. 제, 제길. 이 사람이 먼저 이렇게 말할 정도면 도대체 내가 얼마나 요란하게 야단법석을 떨었다는 소리지? 모르긴 몰라도 나는 또 하나의 거대한 흑역사를 기록한 것이 분명했다. 으아아! 어떡해, 창피해! 얼굴 후끈거려! 여기가 제 무덤입니다. 저 오늘 여기서 수치사 할게요. 으어엉! 여전히 어색한 느낌으로 내 등을 두드리는 손길을 느끼며 나는 속으로 절규했다.

※

 물어봤지만 결국 클로드는 내가 궁 밖으로 나가는 걸 허락해 주지 않았다. 아니, 사실 이건 허락하고는 좀 다른 문제인데…….
 "건방을 떨고 있군. 어디서 감히 누구를 오라 가라 하는 거지?"
 촉수 사건 이후 배를 타고 다시 호숫가로 돌아가는 길은 상당히 뻘쭘했는데, 그 민망함을 떨치고자 내가 화제를 옮겼을 때 클로드가 섬뜩하게 일갈한 말이었다. 그는 다른 귀족 자제들이 나를 그들의 저택으로 초대한 것이 퍽 못마땅한 듯했다. 으에, 그런데 뭘 또 그렇게 삐뚤게 받아들이고 그러신답니까. 솔직히 말해봐, 당신 친구 없지! 친구 집에 놀러 간 적도 없고 파티에 초대받아서 간 적도 없지!
 그리고 나서 얼마 후 설마 했던 일이 벌어졌다. 그는 역으로 내게 초대장을 보냈던 이들을 황궁에 불러들였다. 물론 전부 다는 아니고 개중에 릴리가 엄선한 사람들만 부른 것이었지만 말이다.
 "오벨리아의 평화가 함께하시기를."
 "아타나시아 공주님, 초대에 진심으로 감사드려요."
 그래서 나는 지금 에메랄드궁에서 귀족 영애들을 맞이하고 있었다. 와아. 살다 살다 내가 이 성에서 주인으로 손님맞이를 하는 날도 다 오고. 진짜 인생지사 새옹지마. 루비궁에서 초콜릿 훔쳐 먹고 살 때만 해도 상상도 못 했던 일이야. 크흑.
 "모두들 와 줘서 고마워요."
 표정 관리. 표정 관리. 나는 거울을 보고 수없이 연습했던 대로 웃는 낯으로 그들을 반겨 주었다. 쓰읍. 어차피 그 많은 초대장 중에서 어느 것에 먼저 응할지도 고민이었으니 차라리 이렇게 다 같이 모인 게 잘

된 일인지도 몰랐다.

"와아. 이렇게 멋진 정원은 처음 봐요."

오늘 다과회를 연 장소는 에메랄드궁의 장미 정원이었다. 시녀들의 안내를 받아 자리에 착석하던 영애들이 주위를 살피더니 저마다 감탄했다. 하긴. 내가 봐도 이 정원이 황궁에 있는 정원들 중에 제일 화려하고 예쁘긴 했다.

"제가 장미를 좋아해서 아바마마께서 만들어주신 정원이에요. 저도 좋아하는 장소랍니다."

그런데 이거 참. 원래 이 나이대 애들하고는 모여서 무슨 말을 해야 하는 거지? 나는 정원 칭찬을 하는 말에 별생각 없이 대답해 놓고 이어지는 그들의 반응에 곧 당황했다.

"세상에! 폐하께서 정말 다정하시네요."

"실은 데뷔탕트 때 먼발치에서 뵙고 조금 무섭다고 생각했는데 공주님을 대하시는 걸 보면 그렇지도 않은 것 같아요. 그날도 공주님께 굉장히 자상하셨죠."

"이런 정원까지 만들어주시고. 공주님을 정말 많이 아끼시나 봐요."

초롱초롱한 눈빛들에 나는 급격히 부담스러워졌다.

뭐, 뭐지. 이 기분은. 그러고 보니 이건 마치 같은 반 친구가 어느 날 예쁜 새 옷을 입고 와서 '와, 네 옷 예쁘다!'라고 감탄했더니 그 친구가 뿌듯한 얼굴로 '우리 아빠가 사 줬어!'라고 자랑한 것 같은 상황이 아닌가. 헉. 생각했더니 더 뻘쭘해진다.

"데뷔탕트 날 폐하와 공주님의 모습이 마치 한 폭의 그림 같았는데."

자리에 앉자마자 갑자기 클로드가 대화의 주제가 되었다.

"그러고 보니 그날 폐하께서 공주님께 속삭이시는 말을 들었어요. 분명히 공주님처럼 예쁜 아이는 세상에 둘도 없을 테니 걱정하지 말라고 더없이 다정한 목소리로 속삭이셨죠. 그때 두 분 가까이에 서 있어서 또렷이 들었답니다. 아마도 데뷔탕트로 긴장하신 공주님을 격려해 주신 거겠죠?"

"아앗. 저도 그 얘기 들었어요."

그게 뭡니까? 내가 들은 건 분명 그런 내용이 아니었던 걸로 기억하는데? 어디 로맨스 소설에 나오는 구절하고 헷갈린 거 아니야?

"하지만 정말 옳은 말씀이세요. 그날 공주님은 무척 아름다우셨으니까요."

"맞아요. 늘 소문으로만 접해 왔었는데, 직접 뵙고 나니 마치 동화책 속의 요정님 같으셔서 깜짝 놀랐어요."

"아하하⋯⋯ 칭찬이 과하셔서 부끄럽네요."

쿨럭. 너, 너무들 띄워 주신다. 왠지 낯이 좀 뜨거운데요. 아무래도 그날 클로드 버프가 너무 셌나 보다. 데뷔탕트로부터 시간이 꽤나 지난 오늘까지도 이렇게 립 서비스를 해주는 걸 보면. 그런데 다들 뭐랄까. 귀족 영애들이라고 해서 좀 걱정했는데 그냥 평범한 여자애들 같네. 행동거지가 좀 더 우아하고 격식을 차린다는 걸 빼면 중학생 여자애들이 이야기 나누는 거랑 비슷하잖아? 다들 아직 십 대 중반이라 그런가.

한 가지 이상한 건 어째서인지 지금 이 자리에 초청된 것이 여자애들뿐이라는 점이었다. 남자애들은 눈을 씻고 찾아봐도 없는 것이 영 이상하다. 분명 내가 받은 초대장에는 발신인이 어느 가문 공자인 경우도 있었는데. 우연이라기엔 뭔가 수상한걸. 나는 눈동자를 가늘게 접고 정원의 한구석에 내 호위 기사로서 서 있는 필릭스를 힐끔 쳐다보았다. 아무래도 나중에 물어봐야겠어.

그나저나 필릭스도 저러고 가만히 서 있으니 제법 기사 태가 나네. 테이블에 앉은 영애 몇이 힐끔힐끔 필릭스를 쳐다보고 있는 것도 눈에 띄고. 날씨는 화창하지. 정원에서는 향기로운 꽃 내음이 그윽하게 감돌지. 한창 순수한 나이의 어여쁜 여자애들까지 재잘재잘 떠들고 있으니 정말 평화로운 기분이 든다. 나는 대화에 맞춰 몇 번 맞장구를 쳐 주기도 하며 다과 시간을 보냈다. 그때, 내 왼쪽에 앉아 있던 소녀들 중 한 명이 갑자기 생각났다는 듯 '아' 하고 소리 내더니 곧 나를 향해 수줍게 입을 열었다.

"그러고 보니 소개가 늦었어요, 공주님. 저는 이레인 후작가의 헬레나라고 합니다. 저어, 혹시 제 얼굴을 기억하시나요?"

한순간 누구지? 싶었으나 나를 향해 고개 돌린 소녀의 머리를 장식하고 있는 하얀 꽃을 보는 순간 생각이 났다. 데뷔탕트 때 만났던 백합 소녀!

"데뷔탕트 때 같이 춤을 췄었죠. 다시 만나서 반가워요."

그때도 그렇고 오늘도 머리에 백합을 꽂고 있는 걸 보니 그 꽃을 정말 좋아하나 보다. 내가 아는 척하자 백합 소녀가 발갛게 얼굴을 붉혔다.

"공주님, 저는 듀크 백작가의……."

"저는 이스틴……."

"저는 어쩌구……."

백합 소녀의 인사에 다들 잊고 있던 자기소개가 생각난 듯이 앞다투어 입을 열었다. 그리고 아까부터 내가 안 그런 척 신경 쓰고 있던 소녀도 마침내 고운 목소리를 내 자신의 이름을 밝혔다.

"제니트 마그리타예요. 공주님을 이렇게 다시 만나 뵐 수 있어 얼마나 기쁜지 몰라요."

데뷔탕트 날 마주친 적이 있던 제니트였다.

"그날 공주님께서 떨어뜨리신 리본을 제가 가져다 드렸었죠."

으억, 실은 아까부터 저 많은 영애 중에서 제니트만 보여서 혼나는 줄 알았다. 이게 바로 여주인공 효과인가요? 다들 화려한 드레스를 입고 있는 와중에 제니트만이 비교적 수수한 실크 드레스 차림을 하고 있었는데, 그 점이 오히려 그녀의 미모를 더욱 돋보이게 만들어주는 것 같았다.

"기억나네요. 고마웠어요."

내가 대답하자 제니트가 기쁜 듯이 활짝 웃었다. 그리고 나는 보고야 말았다. 제니트의 맞은편에 앉아 있던 영애들이 한순간 눈부신 무언가를 본 것처럼 두 눈을 깜빡거리는 것을. 허흑. 그런데 그 리본, 클로드가 버렸는데. 저 천사 같은 미소를 보니 어쩐지 좀 미안해진다. 그때, 제니트의 미소에 잠깐 넋을 놓고 있던 어떤 영애가 이내 생각났다는 듯이 외쳤다.

"아! 그러고 보니 그날 알피어스 공자님의 에스코트를 받았던."

제니트가 성을 빌려 쓰고 있는 흰둥이 아저씨의 사촌 집안은 중앙 귀족들 사이에서 썩 이름 있는 가문은 아닌 듯했다. 하기야, 제니트의 정체를 밝히기 전까지 그녀의 존재를 숨기려면 그래야 했겠지.

"마그리타라면 알피어스 공자님과는 육촌 관계가 되나요?"

이제키엘이 영애들 사이에서 뜨거운 감자이긴 한 모양이었다. 그의 이름이 나오자마자 모두의 눈길이 제니트에게 쏠리는 것을 보면.

제니트가 웃으며 답했다.

"어릴 적부터 알피어스에서 자랐기 때문에 친오라버니 같은 분이세요."

헉. 아까부터 왜 저렇게 예쁘게 웃는 거야. 주위에 막 꽃잎이 휘날리는 것 같은 환영이 보이잖아요! 무섭다, 여주인공! 꽃 뿌리기 버프까지 갖고 말이야!

"부러워요. 알피어스 공자님이 에스코트까지 해주시고."

"직접 뵙고 나니 소문이 과장이 아닌 걸 알겠더라고요. 그 훤칠하신 모습이라니."

"아아. 정말 피오레체의 조각상 같은 외모셨죠."

"하아."

어이구. 제니트뿐만이 아니라 이제키엘도 남자 주인공 효과가 장난 아니었다. 여기도 이제키엘 때문에 상사병에 걸린 영애들이 많구먼. 하지만 어차피 남자 주인공은 여주인공을 위해 존재하는걸.

사실 제니트를 이렇게 빨리 다시 만날 줄은 몰랐는데, 솔직히 내가 황궁에만 짱 박혀서 두문불출하지 않는 한 언제까지나 그녀를 피할 수는 없을 것 같았다. 오늘 그녀가 내 다과회에 초대된 것도 그렇고 일단 제니트는 알피어스 공작가의 비호를 받고 있었기 때문에 내가 무시하는 데도 한계가 있었다. 게다가 소설의 여주인공인 제니트부터가 나를 만나려는 굳은 의지를 가지고 있지 않은가. 지난번 내가 떨어뜨렸던 리본을 굳이 주워서 가져다준 것도 그렇고. 그러니 어차피 언젠가는 그녀와 다시 만나게 되었을 날이 다만 오늘로 앞당겨졌을 뿐이다.

"저기, 그럼 혹시 알피어스 공자님이 어떤 여성상을 좋아하는지…… 아시나요?"

그 와중에 어떤 영애가 용기를 내 물었다. 다들 아닌 척하고 있었지만 제니트의 대답에 귀를 쫑긋 세우고 있는 게 느껴졌다. 하지만 제니트는 난처한 표정을 지으며 말했다.

"죄송해요. 저도 그런 건 잘…….”

"뭐어, 그냥 한번 물어본 거지 그렇게 많이 궁금했던 건 아니에요."

"흠흠."

"큼큼."

나는 차를 홀짝이면서 그들의 활발한 대화를 흥미진진하게 지켜보았다. 으으웅. 이렇게 보니 다들 참 귀엽기도 하지. 한창 예쁠 나이인 소녀들이 저마다 뺨을 발갛게 물들이고 좋아하는 남자애 얘기를 하는 모습이 참 풋풋해 보였다. 크흑. 십 대 중반 여자애들이 종달새처럼 재잘재잘 떠드는 게 이렇게 귀엽고 훈훈하게 느껴지다니. 이러니까 나 진짜 늙은 것 같다. 어흐흑. 그렇게 내가 아련한 눈빛으로 그들을 보고 있을 때, 갑자기 백합 소녀가 나를 향해 고개를 돌렸다. 헉. 표정 관리, 표정 관리. 나는 엄마 미소 대신 공주 미소를 다시 입가에 올렸다.

"그러고 보니 공주님도 알피어스 공자님과 춤을 추셨었죠."

억. 왜 다시 화제가 나한테 튀는 겁니까. 나 창피한데. 그날 이제키엘 발 엄청 밟았는데! 그래서 잊고 싶은 기억인데!

"그랬었죠……."

"저도 봤어요! 알피어스 공자님이 공주님께 춤을 청하시는 모습!"

취소한다. 종달새가 아니라 매였어! 먹잇감을 발견한 것처럼 번뜩이는 눈빛들을 보며 나는 등 뒤로 식은땀이 흐르는 것을 느꼈다.

"이제키엘이 공주님께요?"

미처 몰랐던 이야기인 듯 한순간 멈칫하는가 싶던 제니트까지 반문하자 나는 그만 이 다과회를 파하고 싶어졌다. 이, 이런 식의 관심은 낯설다. 역시라고 해야 할지 이제키엘 인기 장난 아니구나. 이렇게 보니 그가 남자 주인공이라는 사실이 새삼스럽게 와닿는다. 이건 아까 전 클로드가 화제에 올랐을 때보다도 더한 관심 집중이 아닌가. 하지만 반대로 말하면 역시 그 정도는 되어야 남자 주인공이란 거겠지.

"그때 공자님과 공주님 모습이 꼭 동화 속 한 장면 같더라구요!"

저 영애는 아까부터 계속 동화책 타령이었다. 하긴 동화책 속 단골 주제가 공주랑 왕자, 혹은 공주랑 기사 뭐 그런 거긴 하다.

"그래서 어떠셨어요, 공주님?"

"만약 저한테 춤 신청을 해주셨더라면. 아아."

보아하니 이제키엘하고 같이 춤을 춘 소감을 듣고 싶은 모양이었다. 초롱초롱 반짝반짝거리는 눈빛들이 다소 부담스러웠다. 하지만 당황스러운 건 잠깐이었다. 어유, 다들 참 좋을 때다. 크흑. 나는 또 늙은이 같은 생각을 해놓고 약간 아련해졌다. 물론 이제키엘이 남자 주인공이라서 그런지 아직 17살인데 벌써부터 키도 크고 여자애들 마음 설레게 얼굴도 잘생기긴 했다. 은발 금안이라는 눈에 띄는 색 배합부터가 이미 주인공이라고 도장 쾅쾅 찍어 놓은 거 아니던가. 게다가 자고로 로맨스 소설의 남자 주인공이란 완벽남이어야 하는 법이므로 아마 이제키엘은 모든 스펙에서 세계 최고가 아닐까 싶었다. 하지만 아무리 그래도 나를 미혹시키기에는…….

"괜찮습니다."
"다음에는 제가…….."

으음. 하긴 그때는 한순간 이제키엘에게서 눈을 뗄 수 없긴 했지만. 나는 머릿속에 떠오른 알피어스 공작저에서의 이제키엘을 애써 털어버리며 입을 열었다. 흐음. 다들 이렇게 귀여우니 장단을 좀 맞춰 줄까?
"사실 좀 놀랐어요. 설마 알피어스 공자에게 춤 신청을 받을 줄 몰랐거든요."
내가 꺼낸 말에 영애들이 꺄악꺄악 소란을 떨어 댔다.
"저도 알피어스 공자에 대한 이야기는 예전부터 익히 들어왔던 터라 평소 호기심을 느끼고 있었는데."
그렇게 운을 띄웠을 뿐인데도 다들 좋다고 추임새를 넣으며 장단을 맞춰 왔다. 헉. 이건 마치 다 함께 한마음 한뜻이 된 아이돌 팬덤 같기도 하고. 아, 아냐. 나는 거기에서 빼 줘!
"역시 황성에도 알피어스 공자님에 대한 소문이 흘러 들어갔군요!"
"오히려 세간의 소문은 황성 내에 있는 궁인들이 더욱 꽉 잡고 있을걸요?"
"와, 대단해요!"
그래도 아직은 다들 어려서 그런지 반응들이 참으로 솔직하고 꾸밈이 없었다. 아니. 아무리 그래도 그 물개 박수는 귀족 영애가 보이기에 좀 그렇지 않습니까? 아무튼 그런 분위기라 그런지 나도 처음보다는 마음이 많이 편해지고 있었다.

"그래서 제가 댄스홀을 막 빠져나가려고 하는데……."

"어머나!"

"그때 옆에서 누군가 저를 불러서……."

"세상에!"

"고개를 돌렸더니……."

"꺄악!"

내가 한 마디씩 할 때마다 리액션들이 장난이 아니었다. 이것 참 이야기할 보람 있는 청자들일세. 그래도 내가 이제키엘하고 같이 춤췄다고 시기 질투하는 게 아니라 순수하게 부러워하고 있어서 다들 귀여웠다.

사실 〈사랑스러운 공주님〉에서도 별것 아닌 이유로 다른 영애들의 질투를 사 괴롭힘당했던 엑스트라가 얼마나 많던가! 크흑. 원래 여주인공이 아니고서야 남자 주인공 옆에서 얼쩡거리는 여캐들의 말로야 뻔하다지만 말이야.

하지만 이 소설은 오로지 제니트의, 제니트에 의한, 제니트를 위한 소설이다 보니 이제키엘에게 껄떡거리던 여자들은 모두 제대로 된 갈등을 형성하기도 전에 존재감 없이 금세 사라지기 일쑤였다. 그래서 어떻게 보면 그런 장치 자체가 그냥 남자 주인공인 이제키엘의 인기를 설명하기 위해, 또 그런 유혹에도 주위에 눈길 한 번 돌리지 않던 이제키엘의 멋진 모습을 부각시키기 위한 도구가 아닌가 싶었다.

"그랬군요. 전 그때 잠시 자리를 비웠던 터라 이제키엘과 공주님이 함께 춤을 추신 줄 몰랐어요."

그리고 우리의 천사 같은 여주인공인 제니트 역시 그런 여자들에게 질투심이나 불쾌감 한 번 가진 적이 없었다. 왜냐하면 제니트는 순수하고 사랑스럽고 마음씨 여리고 아름다운 완벽한 여주인공이었으니까.

"아쉽네요. 저도 그 모습을 보았더라면 좋았을 텐데. 분명 무척이나 아름다운 광경이었겠죠."

엄밀히 따지자면 굳이 제니트가 그런 부정적인 감정을 느낄 필요조차 없이, 이 세상의 모든 것이 처음부터 그녀를 위해 존재하고 있지 않던가.

"네, 전 직접 봤는데 얼마나 멋졌는지 몰라요!"

"댄스홀 밖에서도 다들 넋을 놓고 두 분만 바라보고 있던걸요."

"처음 에스코트 받았던 마그리타 양을 제외하면 알피어스 공자님이 그날 먼저 춤을 청한 건 아타나시아 공주님뿐이었어요. 하아. 다음에는 저한테도 기회가 있었으면."

다시 한번 주위가 떠들썩해졌다. 이야, 이렇게 많은 소녀가 거의 다 이제키엘을 흠모하고 있다니. 여간 죄 많은 남자가 아니네.

"저어, 저는 데뷔탕트 날 뵀었던 자르비에 공자님도 멋진 것 같더라고요."

그러나 역시 미세한 취향의 차이는 존재해서 그런지 이제키엘의 곁다리로 조금씩 다른 영식들의 이름이 물망에 오르기 시작했다.

"자르비에 공자님이라면! 그! 고독한 회색 늑대!"

하지만 뒤이어 귓가를 찔러 들어온 목소리에 나는 그만 마시던 차를 뿜을 뻔하고 말았다. 내가 지금 뭘 들었지? 뭐, 고독한 회색 늑대?

"아아, 맞아요. 알피어스 공자님이 여심을 녹아들게 만드는 부드러운 카리스마와 완벽한 미모를 가지고 계시다면 자르비에 공자님은 무리에서 벗어난 한 마리의 고고한 늑대 같은 분위기가 있죠."

"저어, 저는 아까부터 저쪽에 서 계신 기사님께 자꾸만 시선이 가서……."

수줍은 음성을 따라 고개를 돌려 보자 그곳에 서 있는 건 필릭스였다.

"아아, 저도요! 저 무엇이든 베어버릴 것 같은 날카로운 눈빛! 하지만 분명 저 냉정함 속에 숨겨 두신 건 불꽃같은 뜨거운 열정이겠죠!"

 아, 아니, 필릭스가 아닌가 보다. 날카로운 눈빛? 냉정함 속에 숨겨 놓은 불꽃같은 열정? 그런 수식어라면 절대 필릭스일 리가 없어.

 "공주님, 혹시 저쪽에 검은 제복을 입고 서 계신 붉은 머리카락의 멋진 기사님이 누구인지 알 수 있을까요?"

 하지만 아무리 눈을 씻고 찾아봐도 지금 내 눈에 보이는 붉은 머리의 기사는 필릭스밖에 없었다. 나는 약간 기가 막힌 기분으로 답했다.

 "제 호위 기사인…… 로베인 경 말인가요?"

 "아앗! 로베인 경이라면, 설마 적혈의 기사 필릭스 로베인 님?!"

 오소소! 그 외침을 듣는 순간 온몸에 오싹 소름이 돋았다. 저, 적혈의 기사? 그건 또 뭔데!

 "적혈의 기사님이라면, 폐하께서 오벨리아를 흑마법으로부터 구하실 때 부정한 세력들을 누구보다 빨리 섬멸시켜 주위를 온통 피바다로 만들었다는 바로 그!"

 "어쩐지 한눈에 그 기도가 범상치 않다 느꼈는데 설마 적혈의 기사님이셨다니!"

 피, 필릭스? 필릭스가 적혈의 기사? 적혈구도 아니고 적혈의 기사라고? 그, 그리고 그거 원래 책 속에 있던 설정이야? 설마 저 오그라드는 호칭이 진짜 필릭스 거야? 나는 흔들리는 동공을 움직여 저 멀리 서 있는 필릭스를 바라보았다. 그런데 기분 탓인지 필릭스의 동공도 지금의 나 못지않게 세차게 흔들리고 있는 것 같았다.

 "아. 그러고 보니 이레인 후작가에도 한 분 계시잖아요. 그 자태가 꽃처럼 아름다워서 꽃 공자님이라고 불리시는 분이!"

 "맞아요, 맞아!"

 이레인 후작가라면 백합 소녀의 가문이었다. 나는 필릭스에게서 시선을 떼고 다시 고개를 돌리다가, 곧이어 무방비 상태에서 고막을 찔러 들어온 외침에 더욱 격한 동공지진을 일으키고 말았다.

"부드러운 카리스마!"

"한 마리의 고독한 늑대!"

"냉혹한 적혈의 기사!"

"꽃보다 아름다운 꽃!"

으악! 내 귀! 이거 도대체 장르가 뭐예요? 무슨 인소 속 사대천왕, 그런 것도 아니고! 으아악! 그리고 나는 보았다. 영애들이 흥분해서 외치는 구령에 백합 소녀가 차를 마시다가 사레가 들려 기침하는 것을. 고독한 회색 늑대 얘기를 제일 먼저 꺼낸 게 자기면서 막상 남동생인지 오빠인지를 상대로 한 저 오그라드는 수식어를 들으려니 멘탈 붕괴가 오는 모양이었다. 그러니까 애초에 그놈의 늑대 얘기를 왜 꺼냈어! 으아악!

"공주님은 어느 분이 제일 멋지다고 생각하세요?"

"역시 함께 춤을 추셨던 부드러운 카리스마의 알피어스 공자님?"

"아니면 외로운 회색 늑대 자르비에 공자님?"

"냉혹함 속에 다정한 불꽃을 숨기고 계신 적혈의 기사님은요?"

"한 떨기 꽃보다 더 아름다운 이레인 공자님은 아직 직접 만나 본 적이 없으시죠."

아, 안 돼, 내 항마력! 이제 제발 그만해, 으아아악!

"무척 즐거운 다과 시간이었어요. 모두 오늘 방문해 줘서 고마워요."

그래. 즐거웠다. 그리고 다시는 만나지 말자. 흑.

"정말이지 너무나도 재미있었어요! 다음에 또 초대해 주세요, 공주님."

자리가 파할 때쯤 나는 다과 시간이 처음 시작될 때보다 확연히 정신이 너덜너덜해져 있었다. 처음 고독한 늑대 얘기가 나왔을 때부터 장장 한 시간 동안이나 인소 속 사대천왕 뺨치는 무시무시한 얘기를 들었더니 타격이 여간 큰 게 아니었다. 으어, 다시 생각하니 또 소름이!

"아타나시아 공주님."

한 가지 놀라웠던 건, 제니트도 그런 영애들의 틈바구니에 섞여 저 시공간이 뒤틀어지는 것 같은 얘기를 꽤나 흥미진진하게 듣고 있더라는 것이었다. 그 꽃보다 공자인지 뭔지 하는 이레인 후작가의 꽃 공자 얘기가 나올 때마다 속이 안 좋은 것처럼 핼쑥해지던 백합 소녀와는 사뭇 다른 반응이었다. 나는 옆에서 들려온 제니트의 부름에 고개를 돌렸다.

"오늘 초대해 주셔서 얼마나 기뻤는지 몰라요."

아앗, 잠깐! 나, 나 아직 마음의 준비가 안 됐는데 또 그렇게 꽃잎을 뺨뺨 뿌리면!

"공주님과 더 깊은 이야기를 나누고 싶었는데 그러지 못해서 조금 아쉽네요."

나는 제니트가 뿌린 무형의 꽃잎들에 뺨을 얻어맞고 약간 얼얼해진 상태로 마주한 얼굴을 보았다.

"다음에 또 만나 뵐 수 있겠죠?"

천사 같은 외양의 마음씨 고운 제니트. 아마 <사랑스러운 공주님>의 책 내용 같은 걸 몰랐더라면, 나는 이 아이를 지금과 다른 기분으로 볼 수 있었을 텐데. 나는 내 대답을 기다리고 있는 제니트를 향해 웃어주었다.

"그럼요. 기회가 되면 또 만나도록 해요."

그리고 내 말에 봄꽃처럼 환히 미소 짓는 얼굴을 보며 약간 착잡한 기분이 되고 말았다. 나는 내 다과회에 와 준 영애들을 에메랄드궁의 입구까지 배웅했다. 그리고 때마침 그 앞에서 낯익은 사람을 만나게 되었다.

"루카스."

"오벨리아의 번영이 함께하시기를."

다른 사람들의 앞이라 그런지 루카스가 내게 공손히 인사해 왔다. 나를 따로 찾아올 때가 아니면 늘 그렇듯 그는 오늘도 황실마법사의 복장을 하고 있었다. 내 옆에 있는 영애들이 호기심 어린 눈길로 루카스를 쳐다보는 것이 느껴졌다. 끙. 그런데 나 루카스한테 반말해야 하나, 존댓말해야 하나? 한 1초 남짓 고민하다가 나는 입을 열었다.

"고개를 드세요."

어흠. 난 위엄 있는 공주니까. 앗! 그런데 이놈이. 고개 들기 전에 입꼬리 씰룩이는 거 다 봤어! 내가 웃겨? 이렇게 우아하게 고개 들라고 하는 공주 또 본 적 있어? 그런데 착각인지 루카스가 고개를 드는 순간 주위에서 헉 숨을 들이켜는 소리가 들린 것 같았다.

"오늘 궁전에서 다과회를 여신 모양이군요."

붉은 눈동자가 내 옆에 있는 다른 영애들을 한차례 훑고 지나갔다. 으응? 그런데 왜 자꾸 흡흡 숨 들이마시는 소리가 들리지?

"네. 무척 즐겁고 유익한 시간을 보냈답니다."

"공주님께서 즐거우셨다니 폐하께서도 기뻐하실 겁니다."

악. 루카스 쟤, 오늘 에메랄드궁에서 다과회를 열게 만든 게 클로드라는 걸 아는 모양이다. 그렇다고 꼭 지금 저런 말을 해야겠니?

"송구합니다만 탑에서의 부름이 있어 지금 바로 자리를 비켜야 할 것 같습니다."

"저런. 바쁜 사람을 오래 붙들고 있으면 안 되죠. 그만 물러가세요."

"감사합니다, 공주님. 오벨리아의 평안이 함께하시기를."

나는 기다렸다는 듯이 루카스를 후딱 보내 버렸다. 으윽. 하여간, 루카스는 뭔가 잠정적인 시한폭탄 느낌이라니까. 다른 사람들 앞에서 나한테 예의를 안 차린 적도 없고 내숭을 안 부린 적도 없는데 이상하게 자꾸만 막 무슨 일을 저지를 것 같고. 그렇게 내가 멀어지는 깜장 뒤통수를 보며 속으로 구시렁거리고 있을 때였다.

"고, 공주님. 저분은 도대체 누구신가요?"

나는 옆에서 들리는 떨리는 음성에 고개를 돌렸다. 그러자 어째서인지 뺨을 발갛게 상기시키고 있는 백합 소녀가 눈에 들어왔다. 으응? 그러고 보니 얼굴 붉히고 있는 영애들이 왜 이렇게 많지?

"어, 음. 루카스라고. 황실 소속 마법사예요."

나는 왜인지 기분이 미묘해져서 대답했다. 그러자 돌연 백합 소녀가 탄성을 내지르며 양손으로 자신의 뺨을 부여잡는가 싶었다.

"루카스 님! 어쩜 존함까지도 너무 멋지세요!"

넹……? 지금 뭐라고 하셨습니까? 나는 지금 내가 잘못 들었나 싶어서 백합 소녀를 다시 쳐다보았다. 그리고 곧이어 다른 영애들에게서 한꺼번에 터져 나오는 격한 반응에 할 말을 잃고 말았다.

"세, 세상에. 검은 탑에 저렇게 멋진 분이 계셨단 말이에요?"

"아아, 저 밤하늘 같은 검은 머리카락과 루비처럼 붉게 반짝이는 눈동자!"

"방금 전 눈이 마주치는 순간 저는 벼락을 맞는 것 같았어요!"

그, 그러고 보니 루카스가 겉모습만큼은 멀쩡하다 못해 깜짝 놀랄 정도로 훌륭했지. 자칭 타칭 미소년 천재 마법사이기도 하고.

"정말 예쁜 마법사님이네요."

심지어 여주인공인 제니트마저도 깔끔하게 감탄했다. 다만 아직은 앳된 소년의 외모이기 때문에 잘생겼다기보다는 예쁘다는 평이었다. 나도 이제는 본 지 하도 오래 되어서 좀 가물가물해지려고 하지만 원래 모습은 그래도 남자답게 선이 굵고 체격도 지금에 비해 확연히 컸던 것 같은데. 어쨌든 나는 루카스 때문에 뜻하지 않게 일어난 소란에 약간 얼떨떨해졌다. 이거 아무래도 나만 루카스를 매일 보다 보니 별 감흥이 없었던 건가 보다. 멀어지는 루카스에게 시선을 고정시킨 채 꿈결 속을 헤매는 듯한 표정을 짓고 있던 백합 소녀가 다시 입을 연 것은 그때였다.

"저 우수에 젖은 눈동자. 온몸을 휘감고 있는 고독한 분위기. 깊은 외로움이 느껴지는 뒷모습!"

헉. 바로 그 순간 내 동공은 다시금 세차게 흔들릴 준비를 하기 시작했다. 서, 설마 이건.

"마치 야생을 방랑하는 한 마리의 고고한 검은 늑대 같아요. 아아. 이런 느낌은 처음이야!"

아아, 루카스. 너 방금 전에 고독한 회색 늑대를 밀어내고 사대천왕 됐어…… 나는 멀어지는 깜장 머리를 향해 아련한 눈빛을 보내고 말았다.

"공주님, 그렇게 빨리 걸으시면 위험합니다. 조금 천천히……."

"하지만 넘어지기 전에 적혈의 기사님이 '짠!' 하고 구해 주실 거잖아요?"

"……."

"그렇죠, 적혈의 기사니이임?"

내 말에 필릭스는 꿀 먹은 벙어리가 되어버렸다. 다과회가 있던 날로부터 벌써 며칠. 나는 세간에 떠도는 필릭스의 별명으로 그를 놀려 주는 데 재미가 들려 있었다.

"적혈의 기사님이 제 호위 기사님이라 얼마나 영광인지 몰라요. 크으. 역시 피보다 붉은 정열의 불꽃! 냉혹한 빙산 속에 용솟음치는 뜨거운 심장! 앞으로도 저는 적혈의 기사님만 믿을게요."

"……."

내가 그럴수록 필릭스의 낯빛은 점차 파리해졌다. 아무래도 저런 오그라드는 소리를 생으로 들으려니 이만저만 타격이 큰 게 아닌 모양이다. 하지만 그가 그럴수록 나는 깐죽거리는 것을 멈출 수가 없었다. 크크크. 필릭스 놀려 주는 거 너무나 재미있는 것.

"공주님, 너무하십니다……."

상처 입은 어린 영혼 필릭스가 나를 향해 원망스럽게 중얼거렸다. 나는 그가 그러거나 말거나 콧노래를 흥얼거리며 계속해서 앞서 걸었다. 품에 한 아름 안고 있는 꽃다발에서 달콤한 향기가 올라와서 기분이 좋았다. 클로드의 궁은 언제 가도 늘 삭막했기 때문에 분위기 쇄신 겸 집무실에라도 놓아줄 생각이었다.

"쉬고 계신 모양이네요."

그런데 클로드는 집무실에 없었다. 하지만 이런 경우는 이전에도 드물지 않게 있었기 때문에 나는 클로드를 찾아 익숙하게 가넷궁의 복도를 걸었다. 이 궁은 오늘도 참 조용하구먼. 그래서 어릴 때 폐궁인 줄 알고 여기를 내 예쁜이들의 아지트로 삼으려고 했던 것만 생각하면! 크흑.

"아빠?"

나는 클로드의 침실로 들어섰다. 노크를 해도 대답이 없으니 내가 알아서 들어가 확인해 보는 수밖에. 필릭스는 항상 그렇듯 문밖에서 대기하고 있었다. 그리고 나는 소파 위에서 내가 찾던 사람을 발견하고 그의 앞에 다가가 섰다. 또 여기서 자고 있네. 멀쩡한 침대 놔두고 왜 맨날 이런 좁은 데서 자는 거야?

그리고 올 때마다 느끼는 건데, 누가 들어오든 말든 신경도 안 쓰고 말이야. 이러다가 칼 맞고 죽으면 어쩌려고 이래? 그러고 보면 필릭스를 내 호위 기사로 잠시만 빌려준다고 했던 게 벌써 몇 년째인지 몰랐다. 황제란 사람이 시중들어주는 사람을 나보다도 적게 데리고 있지를 않나.

클로드는 정말 피곤했는지 내 발자국 소리에도 한 번을 뒤척이지 않았다. 새근새근 잘도 자네. 나는 클로드를 깨워야 할지 말아야 할지 고민했다. 오늘은 별다른 이유가 있어 찾아온 것도 아니었기 때문에 더욱 그랬다. 내내 정무를 보다가 피곤해서 잠깐 쉬는 사람을 깨우자니 어쩐지 영 마음이 편치 못했다.

흐음. 그러고 보면 요즘 들어 부쩍 낯빛이 피곤해 보이긴 했었지. 내 데뷔탕트 때도 그렇고 뱃놀이 때도 그렇고, 어쩌면 그렇게 바쁜 와중에도 나한테 시간을 내주었기 때문에 지금 이렇게 방전돼서 미동 없이 눈을 감고 숙면 중인 건지도 몰랐다. 한 번 더 불러 보고 안 깨면 그냥 말자.

"아빠."

나는 작게 소리 내서 클로드를 불렀다. 조용한 방 안에 내 목소리만 가득 울려서 어쩐지 조금 기분이 묘해졌다. 그래도 클로드는 눈을 뜨지 않아서 나는 더 이상 그를 깨우려고 시도하지 않기로 했다. 하지만 곧바로 일어나서 자리를 떠나는 대신 나는 클로드가 잠들어 있는 소파 앞에 쭈그리고 앉았다. 그리고 무릎 위에 턱을 괴고 클로드가 자고 있는 얼굴을 구경하기 시작했다.

그러다가 갑자기 든 생각에 그때까지도 끌어안고 있던 꽃다발에 손을 가져갔다. 그리고 그중에서도 제일 예쁜 분홍 꽃을 클로드의 머리에 꽂아주었다. 와아! 여기도 꽃 공자가 있어! 나는 머리에 꽃을 단 클로드를 보며 흥분했다. 꽃보다 아름다운 꽃! 봄의 여신조차 고개를 숙이고 말 정도의 이 눈부신 아름다움! 보고 있냐, 이레인 후작가의 꽃 공자! 루카스가 회색 늑대를 밀어내고 고독한 검은 늑대로 승격한 것처럼 클로드도 지금 너의 꽃 공자 자리를 위협하고 있다구! 나는 신이 나서 이번에는 좀 더 크고 화려한 꽃을 클로드의 머리에 꽂았다. 크으! 이것이 바로 독장미보다 위험하고 치명적인 클로드의 아름다움! 그 농익은 매력은 아직 솜털이 보송보송한 어린 공자들과는 비교조차 할 수 없…….

탁!

그런데 바로 그 순간 아래에서 불쑥 올라온 손이 내 팔목을 확 붙들었다.

"으악!"

악, 깜짝이야! 놀라서 시선을 움직이자 클로드와 눈이 마주쳤다. 악! 나는 또 한 번 놀랐다. 이 사람 왜 이렇게 소리 소문 없이 눈을 떠?! 그런데 마주친 클로드의 눈동자는 바로 어제 내가 봤던 것과도 달랐다.

헉. 내가 머리에 꽃 단 광년이로 만들어서 화났나 보다!

"아니, 전 그냥 꽃이 예뻐서, 이거 달면 아빠도 꽃 공자…… 가 아니라 옥동자, 아니! 아니, 내가 지금 뭐래."

냉기가 흐르는 차가운 눈동자를 마주하자 식은땀이 흘렀다. 내가 저런 눈을 본 게 몇 년 만이더라? 그런데 내 어수선한 변명을 듣던 클로드의 눈빛이 어느 순간 갑자기 변했다.

"아타나시아."

"네, 넹?"

"너였나."

느엥? 그럼 나지, 누구냐! 설마 방금 전까지 잠이 덜 깨서 그렇게 사람을 겁준 겁니까? 내 생각이 맞는지 클로드가 몇 번 눈을 깜빡이더니 자리에서 몸을 일으키며 눈가로 손을 가져갔다. 헉. 지금 당신 눈 비비는 거야? 아, 안 어울리게 왜 귀여운 짓을…… 내가 잠깐 멍하니 클로드를 보는 사이 또 한 번 눈이 마주쳤다. 바로 그 순간, 그의 눈썹이 꿈틀거리며 잠기운이 어려 있던 눈동자가 또렷해졌다. 묘하게 느슨하던 표정도 삽시간에 얼어붙었다.

"왜 그렇게 보는 거지?"

아니…… 머리 양쪽에 꽃 달고 눈 비비는 게 대박 귀여워서요. 물론 이런 소리를 진짜 했다가는 간만에 내 생명이 좀 위태로워질 가능성이 있었다. 으헐. 아니, 그런데…… 이건 진짜 의외의 귀염성인데? 당신 이렇게 분홍 꽃이 잘 어울리는 사람이었냐는?

"아빠는 자고 일어난 모습도 멋있어요!"

"실없는 소리."

크흑. 제법 싸늘한 말투와 아기자기한 꽃의 괴리감이 더욱 갭모에였다.

"필릭스."

그때 클로드가 나직한 목소리로 필릭스를 불렀다. 그러자 곧바로 문이 열렸다.

"부르셨습니까, 폐하."

그리고 보면 항상 그렇게 크지도 않은 목소리로 부르는데 잘만 알아듣는단 말이야? 아마도 필릭스의 귀가 유달리 좋거나 아니면 클로드가 음성에 마력을 싣는 게 아닌가 싶었다.

"궁인들에게 차를 내오라 시켜라."

"예, 폐하…… 헉."

그런데 방으로 들어와 클로드에게 부복해 인사하던 필릭스가 고개를 들더니 흠칫했다.

"왜 그러지?"

헉. 그리고 보니까 클로드 머리에 꽃 달고 있었지! 필릭스는 양쪽 머리에 예쁘게 꽃을 달고 있는 클로드를 보며 못 볼 걸 본 것처럼 동공을 흔들고 있었다. 하지만 역시 충정한 기사답게 곧 큼큼 헛기침을 하며 태연한 낯을 한다.

"꽃이…… 참으로 어여쁩니다."

클로드는 이놈이 지금 무슨 소리를 하나 싶은 표정으로 눈썹을 슬쩍 추켜올렸다. 그러다 이내 내가 꽃을 안고 있다는 사실을 상기했는지 힐끔 시선을 던졌다.

"화병에 꽂아서 창가에 둘까요? 햇빛을 받게 하는 게 좋을 것 같은데."

나는 클로드의 머리 위에 곱게 꽂힌 꽃을 의식하지 않으려고 노력하며 냉큼 말했다. 클로드가 깨기 전에 잠깐 꽂았다가 다시 빼려고 했는데! 망했다. 허흑. 저걸 어쩐다지.

"향기가 좋아요. 아빠도 맡아 보세요."

나는 필릭스가 또 이상한 소리를 하기 전에 품에 안고 있던 꽃을 클로드에게 덥석 들려 주었다. 다행히도 클로드는 내가 준 꽃을 내던진다거나 하지 않았다.

"벌써 라플리에가 필 시기가 되었군."

"예…… 라플리에 꽃이 폐하께 참으로 잘 어울리십니다."

시끄럽다, 이 적혈구 기사야! 괜히 쓸데없는 말 하지 마라. 으앙.

"오늘은 둘 다 실없는 소리를 하는구나."

다행히도 클로드는 눈치채지 못한 것 같았다.

"차를 내올 때 화병도 가져오라 일러라."

"예, 폐하."

필릭스가 방을 나선 이후 나는 초조해졌다. 제, 제길. 궁인들이 오기 전에 저 꽃을 어떻게 해야 할 텐데? 필릭스는 그렇다 쳐도 궁인들까지 저 모습을 보고 놀란다면 클로드도 이상한 걸 눈치챌 게 뻔했다. 그리고 그렇게 되면 천하의 클로드에게 이런 발칙한 짓을 한 나는……!

"아, 아빠. 오늘 많이 피곤하신가 봐요."

나는 내 심신의 안정과 평화를 위해 일단 클로드에게 접근했다. 그는 내가 준 꽃을 앉아 있는 자리 옆에 내려놓고 있었다. 나는 클로드가 자리에서 일어나 영영 기회를 박탈당하기 전에 서둘러 움직였다.

"잠깐이라도 침대에서 편하게 주무시지. 소파는 몸이 결리지 않아요?"

내가 소파 뒤로 가서 클로드의 어깨 위로 손을 뻗자 그가 '이건 또 뭐 하는 거지?' 하는 눈빛으로 나를 슬쩍 뒤돌아보았다. 악, 안 돼! 지금 꽃이 약간 흘러내렸어.

"이거 봐. 어깨가 다 뭉쳤잖아요."

주물주물!

나는 애써 웃으며 클로드의 어깨를 양손으로 꽉꽉 주물렀다. 내 불시의 기습에 손끝에 닿은 어깨가 일순간 딱딱해졌다. 헉. 너무 셌나. 아프다고 일어나면 안 돼! 나는 손에서 힘을 약간 풀고 방금 전보다 살살 클로드의 어깨를 주물주물했다.

"아무리 바쁘셔도 쉴 때는 제대로 쉬셔야 해요."

그래도 노력한 보람이 있는지 어느 정도 그 짓을 하자 클로드도 어깨에서 점점 힘을 빼고 소파에 편하게 몸을 기대 왔다. 어윽. 그런데 도대체 언제 자연스러운 타이밍으로 저 꽃을 빼낸다지요?

"그, 그런데요. 침실 앞을 지키고 있는 사람이 한 명도 없는 건 너무 위험하지 않아요?"

나는 일단 클로드의 주의를 돌릴 겸 아무 말이나 꺼내기로 했다.

"누가 나쁜 마음먹고 들어오면 어떡해요."

"쓸데없는 걱정을."

하지만 클로드는 내 말을 듣고 대번에 심드렁하게 코웃음 쳤다. 코웃음조차 시큰둥한 느낌을 풍길 수 있다니 그것도 참 재주였다. 아니, 그런데 지금 이 사람 무슨 자신감이지? 아무리 당신 마력이 세다고 해도 자는 동안 누가 칼침 한 번 놓으면 다 끝나는 거 아니야?

"지금처럼 아빠가 주무시는 동안 나쁜 사람이 들어올 수도 있잖아요?"

방금 전에도 내가 들어온 줄도 모른 채 쿨쿨 자고 있던 사람이! 그런데 따지는 듯한 내 말투에 클로드가 또 콧방귀를 뀌었다.

"자고 있든 깨어 있든 상관없다. 살심을 품고 내게 접근하는 순간 온몸이 갈기갈기 찢어져 죽을 테니."

우뚝. 나도 모르게 클로드의 어깨를 주무르던 손을 멈추고 말았다.

"그, 그게 무슨……?"

"보호 마법이다."

클로드는 내가 동요하고 있다는 걸 모르는지 태연히 설명했다.

"살심을 품고 일정 거리 이상 다가오는 사람은 모두 고통스럽게 죽도록 마력을 이용해 몸에 술식을 새겨 놓은 것이지. 몰랐나?"

그걸 내가 무슨 수로 안답니까?! 그러니까…… 누구든 당신을 죽이려고 다가가면 오, 오체분시를 당한다 이 말이야? 나, 나 어릴 때 반쯤은 농담으로 지금 이 사람이 없어지면 내 앞길이 좀 편안해질까 생각했었는데…… 만약에 내가 진심으로 나쁜 마음을 먹고 이 사람을 해치려고 했으면 나도 오체분시를 당했을 거라는……? 갑자기 오싹 소름이 돋으면서 간담이 서늘해졌다. 역시 클로드 이 무서운 사람!

그런데 이어지는 클로드의 말은 더욱 충격적이었다.

"네게도 비슷한 마법이 걸려 있으니 자다가 칼 맞아 죽을 걱정은 하지 않아도 된다."

네……? 비슷한 마법이 걸려 있어요? 누구한테요? 나한테요? 그럼 나한테 살심을 갖고 누가 접근하면 내 눈앞에서 피투성이의 참극이 벌어진다는 겁니까……? 내 눈동자가 사정없이 흔들리기 시작했다.

"어, 언제부터……?"

"오래전의 일이라 기억나지 않는데."

기억조차 안 날 정도로 오래전부터 나한테 그런 무서운 마법을 걸어 놨던 거냐! 으아앙! 그래도 혼자 멍 때리다가 칼침 맞아 죽지 않게 신경 써 줘서 고마워해야 하는 건가. 으허헝.

"그래도요."

나는 왜인지 허탈한 마음이 되어 다시 클로드의 어깨 위에서 손을 움직이며 말했다.

"만에 하나 조금이라도 아빠한테 위험한 일이 있을까 봐 걱정돼요."

하지만 그렇게 말하면서도 클로드한테 위험한 일이라니. 도무지 상상이 되지 않았다.

"앞으로도 오래오래 제 곁에 있어주셔야죠."

그러자 클로드는 잠시 말이 없었다. 나는 평화로운 정적 속에서 잠시 잊고 있던 내 사명을 떠올렸다.

으아. 이제 그만 저 꽃을 제거해야 하는데! 슬슬 다과상 차리러 궁인들이 들어올 때가 된 것 같단 말이야!

"웃기는구나. 감히 누가 누굴 걱정하는지."

꽃 어떡해. 으어어어.

"아타나시아, 너야말로……."

나지막하게 이어지던 목소리가 멈추었다. 어째서인지 클로드는 거기에서 말을 더 잇지 않았다. 기묘한 침묵을 등에 업은 채 나는 홀로 안절부절못했다.

똑똑.

"폐하."

으악! 궁인들이 왔나 보다! 으아악!

클로드가 문 쪽으로 슬쩍 고개를 돌렸다. 에라, 모르겠다! 나는 그가 궁인들에게 들어오라 명하기 전에 최후의 방법을 사용하기로 했다.

"아빠!"

나는 뒤에서 클로드의 목을 끌어안아버렸다. 그리고 클로드가 멈칫하는 사이 재빠르게 꽃 하나를 제거하는 데 성공했다!

"다과 시간 후에 짧게라도 좋으니까 저랑 같이 산책해요. 오늘은 햇볕도 좋아서 아빠 기분도 한결 좋아지실 거예요. 네?"

내 신경은 온통 클로드의 오른쪽 머리에 남은 꽃에 쏠려 있었다. 으어, 으어. 나는 클로드의 목에 감고 있지 않은 팔을 살금살금 움직였다.

"난 바쁘다."

"정말 안 돼요?"

똑똑.

"폐하?"

시간이 흘러도 들어오라는 말이 없자 밖에서 다시 한번 노크를 해 왔다.

"하는 수 없군."

결국 클로드가 하는 수 없다는 듯이 승낙했다. 자신은 정말 바쁘지만 내가 졸라 대니 어쩔 수 없이 넘어가 주겠다는 듯한 말투였다.

"들어와라."

핫! 잠깐 기다려!

"고마워요, 아빠!"

쪼옥.

나는 기쁘다는 듯이 웃으면서 클로드의 뺨에 뽀뽀를 했다. 잉차! 클로드 머리에 꽂힌 깜찍한 분홍 꽃! 넌 내 거야!

"오벨리아의 태양께 영광과 축복을."

때마침 들어온 궁인들이 클로드에게 고개 숙여 인사한 뒤 다음 차례로 나에게도 인사를 건넸다. 헉헉. 나는 손에 잡고 있는 깜찍한 분홍 꽃을 소파에 놓인 꽃다발 위에 휙 던져 놓고 클로드에게서 떨어졌다. 이, 이건 마치 미션 임파서블을 찍은 기분이랄지. 조금만 늦었어도 똥 될 뻔했다. 어흑. 앞으로는 꽃 공자니 뭐니 하면서 깝치지 않을게요.

설마 이것은 그린 라이트인가요? | 461

으힝.

"왜 그러고 서 있지? 와서 앉아라."

"느에."

처음 이 방에 들어올 때보다 한 십 년은 더 늙은 것 같은 기분으로 나는 다과상을 향해 총총 다가갔다.

◈

클로드와 산책까지 하고 난 뒤 나는 혼자 내 전용 도서관으로 향했다. 필릭스는 황실 공용 도서관에서 다른 책을 가져다 달라고 심부름을 보낸 참이었다. 물론 그는 직무 태만이라느니 하며 내게서 떨어지지 않으려 했지만 내가 그냥 보내 버렸다. 방금 전 클로드를 통해 나한테 보호 마법이 걸려 있다는 것도 알았겠다. 혼자 간다고 해도 무서울 게 없었다. 크흑. 다시 생각해 봐도 좀 충격이다. 내 몸에 그런 무시무시한 마법이 걸려 있었다니!

내 전용 도서관은 황실의 공용 도서관보다도 컸다. 무슨 변덕인지는 몰라도 클로드가 지어서 내게 선물로 준 것인데 역시 황제라 그런지 스케일 한번 남달랐다. 흐음. 오늘은 무슨 책을 본다지? 도서관에는 이미 읽은 책들도 있었고 일단 구해 놓기만 하고 아직 읽지 않은 책들도 있었다. 나는 책장 사이를 누비면서 고민했다.

팔랑.

어라? 그런데 기분 탓인지 내 도서관에서 절대로 있을 리 없는 책장 넘기는 소리가 들리는 것이었다. 내가 지난번에 책상 위에 책을 그냥 올려놓고 갔나? 그래서 열린 창문으로 새어 들어온 바람에 종이가 날리고 있는 걸까? 나는 작은 소리가 들리는 곳을 찾아 책장을 빙 둘러 걸었다.

또각.

그리고 나는 마침내 내 공간에 허락 없이 들어와 있는 사람을 발견할 수 있었다. 내가 뜻밖의 손님에 놀라 자리에 멈추어 서는 것과 동시에 그 역시도 내 구둣발 소리에 고개를 들었다. 눈부신 햇빛이 쏟아져 들어오는 창가에 한 폭의 그림처럼 서 있는 남자. 하얀 은발이 창문을 타고 들어온 바람에 뒤섞여 흩날렸다.

"오벨리아의 축복이 함께하시기를. 그간 평안하셨습니까, 아타나시아 공주님."

반짝이는 빛무리에 잠긴 이제키엘이 나를 향해 미소를 지었다. 과연 소설의 주인공은 내뿜는 광채부터가 다른 사람들과 달랐다. 얼마 전 만 났던 제니트가 그랬고, 지금 내 눈앞에 서 있는 이제키엘 역시도 그랬다. 보통 해를 등 뒤에 두고 있으면 얼굴에 음영이 져서 어두침침해 보여야 하는 게 정상 아닌가? 그런데 이제키엘은 마치 빛에 산화되어 가는 성자처럼 신성해 보여서 나는 한순간 할 말을 잃고 말았다. 탁. 바로 그때 책을 접는 소리가 평화로운 정적 속에 울렸다.

"좋은 오후입니다."

"좋은 오후네요."

헉. 이제키엘의 인사가 너무 자연스러워서 나도 모르게 대답하고 말았다. 이게 아닌데? 너 왜 여기 있는 거니? 여긴 내 개인 도서관이라고?

"공자가 왜 여기에 있는 거죠?"

나는 약간의 놀라움과 약간의 어이없음을 담아 이제키엘에게 물었다. 아니, 남자 주인공이면 다야? 쓸데없이 멋있게 웃어서 사람 혼을 빼놓으면 다야? 도대체 남의 개인 공간에 이렇게 떡하니 당당하게 자리 잡고 있는 건 뭐랍니까? 마치 내 도서관이 자기 도서관인 것처럼 말이야! 그러면서 남의 책을 마음대로 읽고 있지를 않나, 또 무단 출입을 주인한테 딱 걸린 주제에 태연히 인사까지 하지를 않나? 허, 허참. 나

열해 보니 진짜 황당하네? 그런데 손에 펼쳐 들고 있던 책을 곱게 접어 든 이제키엘이 여전히 담담한 낯빛으로 내 질문에 대답했다.

"이곳은 황실의 공용 도서관이 아닙니까?"

"아니에요."

그의 말에 나는 더욱 기가 막혔다. 설마 지금 길을 잃었다는 거야? 황실의 공용 도서관은 출입 허가증만 며칠 전에 미리 받아 놓으면 귀족들도 자유롭게 이용할 수 있었다. 물론 서가마다 출입이 불가능한 구역도 있었지만 어쨌든 내 개인 도서관과 달리 개방된 곳이었다. 그런데 다른 사람도 아니고 이제키엘이 길을 잃어서 도서관을 잘못 찾아왔다니 어째 믿기지가 않는다.

"아무도 제지하는 자가 없기에 출입이 통제되지 않은 공용 도서관인 줄 알았습니다."

엇. 그런데 뒤이어 귓가를 스친 목소리에 나는 멈칫하고 말았다.

"문 앞을 지키는 기사들이 있었을 텐데요?"

"한담을 나누느라 제가 접근하는 것도 모르던 기사들 말입니까?"

으음. 나는 방금 전 내가 이곳에 들어올 때 문 앞에서 각을 잡고 서 있던 기사들을 떠올렸다. 그런가. 내가 안 볼 때는 농땡이도 부리고 그러면서 적당히 일하고 있던 건가. 하지만 상대가 이제키엘이라는 점에서 그들에게도 변명의 여지가 있었다. 왜냐하면 이제키엘은 문무 모두 출중히 겸비한 남자 주인공으로 설정되어 있었으니까. 그러니까 본인도 모르는 사이 주인공 버프가 발동되어 이제키엘이 원하는 대로 아무도 그의 존재를 눈치채지 못했을 수도 있지 않은가? 나는 눈앞에 있는 사람을 향해 눈을 가늘게 좁히며 물었다.

"길을 잃은 게 아니죠?"

의심이 아니라 확신이었다. 그러자 이제키엘이 여전히 천연덕스럽게 대답했다.

"타지에서 오래 생활한 탓인지 오벨리아의 지리에 그리 익숙지 못합니다."

순 거짓부렁이라는 말이 턱 끝까지 차올랐다. 이윽고 시야에 얕게 번지는 미소를 보자 더욱 그랬다.

"황궁 역시 낯설어 쉽게 길을 찾지 못하겠더군요."

와, 와아. 이제키엘 그렇게 안 봤는데…….

"하여 설마 제가 들어온 곳이 공주님의 전용 도서관일 줄은 꿈에도 생각지 못했습니다."

역시 얘도 흰둥이 아저씨 아들이 맞았어! 나는 이제키엘에게서 어딘가 익숙한 느낌을 받고 미비한 타격을 입고 말았다. 으어, 피는 못 속인다더니 옛말이 딱 맞나 봐요.

"한데 중간에 공용 도서관으로 향하는 길을 알려 주러 다가온 몇몇 궁인과 직무 태만인 기사들 외에는 앞을 제지할 만한 이가 아무도 없었다니. 황족의 사적인 공간이라기에는 치안이 지나치게 허술한 것 아닙니까?"

"애당초 이곳은 내 개인 공간이라 다른 사람은 아무도."

"지금 제가 들어오지 않았습니까?"

어, 어라. 그런데 뭔가 이상하다.

"그 말은 누구나 마음만 먹으면 그리 어렵지 않게 지금 이 자리까지 당도할 수 있다는 의미가 되지요."

설마…….

"심지어 오늘은 호위 한 명 옆에 두지 않으셨군요."

설마 나 지금 이제키엘한테 혼나고 있는 건가……?

"그러시면 안 됩니다."

내 의문은 이제키엘이 나를 보며 단호하게 읊조리는 순간 확신이 되었다.

"아무리 가까운 거리라 해도 수행인을 최소 열은 두셔야 한다고 생각합니다."

나는 내 눈을 똑바로 직시하며 말하는 이제키엘을 약간 생경한 기분으로 올려다보았다.

"평소 공주님을 보필하는 이가 호위 기사인 로베인 경뿐이라 들었습니다."

흔들림 없이 곧은 금색 눈동자를 마주하자 지금 이제키엘이 진지하다는 사실을 어렵지 않게 알 수 있었다.

"로베인 경의 실력이 출중함은 아나 지나친 복례의 간소화는 좋지 않다 사료됩니다."

아무래도 지금 이제키엘은 나를 걱정해서 말하고 있는 모양이었다.

"알피어스 공자……."

그것을 깨닫는 순간 나는 기분이 미묘해졌다. 그래서 마주 보고 있는 이제키엘을 향해 말하지 않을 수가 없었다.

"불법 침입자면서 말을 참 잘하네요."

어떤 의미로 감탄이라면 감탄이었다. 우와, 어찌나 말을 논리 정연하게 잘하는지. 정작 내 개인 공간에 허락 없이 들어온 불청객이 지금 내 눈앞에 있는 사람이란 것조차 깜빡 잊을 뻔했다. 아니, 걱정해 준 건 고마운데 말이야. 일단 지금 네가 나한테 그런 말을 할 상황이 아닌 것 같지 않니? 내 말에 이제키엘이 고개를 약간 옆으로 기울이며 입을 열었다.

"저를 이대로 쫓아내시렵니까."

"쫓아내기만 하겠어요. 죄를 물을 수도 있죠."

"그러지 않으시리라 생각합니다."

"어째서죠?"

하지만 이제키엘은 여전히 동요 없이 자리에 서 있을 뿐이었다. 그 모습이 얼마나 태연자약하던지, 누가 봤으면 그를 이 도서관에 허락받고 들어온 사람인 줄 알지도 몰랐다. 그렇게 생각해 놓고 나는 설마 싶어졌다. 혹시 기사들도 그래서 이제키엘을 무심코 그냥 들여보내 준 거 아니야……? 들어오는 폼이 하도 당당해서? 그리고 이제키엘이 나지막하게 웃으며 속삭이는 말에 나는 결국 그를 벌할 수 없게 되고 말았다.

"무단 침입으로 따지자면 이로써 감히 제가 공주님과 적을 함께 두게 되었다고 여겼는데, 아닙니까."

나는 흠칫해서 입을 벌렸다. 아, 아니. 얘가 아픈 데를 꼬집네? 지금 내가 너희 집에 무단 침입했었다고 쌤쌤이로 치자는 거니? 그리고 그건 내가 아니라 루카스가 마음대로 그랬던 거야! 물론 그중에 한 번은 내 자의로 갔던 거지만.

"무단 침입으로 공자와 적을 함께 두었다니. 그런 기억 없는데요?"

이제키엘은 내 발뺌에 그냥 미소 지어 보이기만 했다. 차라리 그가 더 우기면 나도 오기로라도 더 반박했을 텐데, 이렇게 그냥 웃기만 하니까 오히려 내가 더 뭐라고 할 수가 없었다. 으악, 뭔가 얄밉네!

"흰둥이 주니어……."

"방금 뭐라고 하셨는지."

나도 모르게 음산히 중얼거린 말에 이제키엘이 반문했다. 못 들었으면 되었다네. 이 작은 흰둥이 같으니라고! 나는 내 안에서 이제키엘의 평가를 다시 내렸다.

"이제 보니 공자는 아버지를 많이 닮으셨군요?"

그런데 그렇게 말하는 내 표정이 어땠는지, 한순간 이제키엘이 당황과 곤혹감이 뒤섞인 눈빛을 보이는 것이었다. ……내 표정이 그렇게 썩어 있었나?

"송구합니다."

나도 이제키엘도 동시에 표정을 수습하는 데 성공했다. 그래도 나는 여전히 그를 불만스럽게 쳐다보고 있었고, 이제키엘은 방금 전 내 얼굴이 퍽 인상적이었는지 어쩐지 다소 면구한 기색이었다.

"오늘의 무례를 사죄드립니다. 공주님의 사적인 공간에 허락 없이 발을 들인 점, 또한 공주님께 예우를 다하지 않고 건방진 말을 늘어놓은 점. 모두 제 잘못이니 만약 벌을 주신다면 달게 받을 것입니다."

나는 그의 정중한 사과에 또다시 미묘한 기분이 되어버렸다. 하지만 사실 처음부터 진심으로 그를 벌할 생각은 없었다.

"다음부터 길을 잘못 들어서서는 안 될 거예요. 금일 이후 보안을 철저히 할 예정이거든요."

나는 이제키엘을 위해서 만약 네가 나를 해칠 마음으로 다가왔으면 그대로 오체분시가 되었을 거라는 말은 하지 않기로 했다. 크흑. 주인공 버프보다 더 무서운 클로드의 마법이여.

"알고 있습니다. 저도 오늘 같은 천운은 두 번 다시 없으리라 생각했으니까요."

천운이라니, 뭐가요? 내 도서관 보안이 엉망이라 쉽게 들어와 볼 수 있었던 게? 하지만 다음 순간 이제키엘이 나를 향해 나직하게 속삭인 말에 나는 그만 훅 숨을 들이마시고 말았다.

"혹여나 싶은 마음에 무작정 발길을 옮기기는 했으나 마음속으로 바라던 분께서 정말로 이리 제 앞에 나타나 주실 줄은 몰랐기에."

헉. 아까 한 말 취소다. 이제키엘이 내게 남자 주인공의 미남계 버프를 발동했다! 효과는 엄청났다! 시선이 마주치는 순간 어째서인지 옴짝달싹할 수가 없었다. 아주 잠깐 동안은 시간이 그대로 멈춘 것 같았다.

"무례가 아니라면."

귓가에 번지는 낮은 음성만이 고요한 공간 속에 유독 강렬하게 울렸다.

"제가 가까이 가도 되겠습니까?"

한순간 뭐라고 대답해야 할지 알 수가 없었다. 그러지 말라고 해야 하는 건지 그러라고 해야 하는 건지. 처음 접해 보는 상황에 그저 입술만 달싹이는 사이 이제키엘이 내 대답을 기다리지 않고 한 발짝 가까이 다가왔다.

"이미 충분한 무례입니다."

그때 등 뒤에서 나를 대신한 대답이 들려왔다. 이제키엘도 서늘한 목소리가 들린 곳으로 시선을 움직인 뒤였다. 하지만 굳이 뒤돌아 확인할 필요도 없이 나는 이미 이 목소리의 주인을 알고 있었다.

"공주님께서는 허락하지 않으실 테니 걸음을 멈추십시오."

이제키엘의 앞이기 때문인지 미소년 천재 마법사를 코스프레 중인 루카스였다. 뒤에서 타악 걸음을 멈추는 소리가 들렸다. 나는 루카스의 기가 막힌 타이밍에 놀라며 슬쩍 고개를 돌렸다.

"탑의 마법사인가."

루카스의 의상이 황실 소속 마법사의 복장인 것을 알았는지 이제키엘이 읊조렸다. 나는 나대로 갑자기 등장한 루카스에게 의문을 느꼈다. 때마침 난처하던 찰나에 시기 적절히 나타난 건 잘된 일이긴 한데 얘 성격에 웬일이지? 끼어들기를 다 하고.

"신원을 밝혀라."

"이미 황실에 속한 몸. 황제 폐하와 공주님의 명이 아니라면 따를 이유가 없습니다."

게다가 의외라고 해야 할지 루카스는 이제키엘을 상대로 밀리는 법 없이 맞서고 있었다. 루카스의 야무진 대답에 이제키엘의 눈이 미세하게 가늘어졌다. 바로 그때, 퍼뜩 내 머릿속에 어떤 생각이 스쳐 지나갔다. 앗! 그러고 보니 지금 이건 부드러운 카리스마와 고독한 늑대의 격돌인 건가!

"공자는 이미 법도를 어기고 공주님께 무례를 범했습니다. 하나 아타나시아 공주님께서 자비로우시게도 그 죄를 묻지 않겠노라 하셨으니 정도를 안다면 이쯤 하여 물러나는 것이 도리일 것입니다."

"마치 그대의 행동에는 법도에 어긋남이 없는 것처럼 말하는군. 그대야말로 공주님의 서가로 허락 없이 들어올 자격이 있나?"

내 다과회에 참석했던 귀족 영애들이 본다면 두 눈을 초롱초롱하게 빛내며 격하게 흥분할 것만 같은 장면이었다. 왜인지 편이라도 갈라서 '우리 편 이겨라!' 하고 응원해야 할 것 같은 분위기인데. 거기에 야광봉과 팝콘도 곁들이면 그야말로 화룡점정, 금상첨화!

그나저나 루카스도 루카스지만 이제키엘도 의외였다. 매번 나한테 봄바람 살랑살랑한 모습만 보여서 미처 몰랐는데 저런 식으로도 말할 수 있구나. 방금 전에 루카스한테 한 말도 '너야말로 주제도 모르고 설치지 마라' 이런 의미 아니었나? 하지만 그런 말도 이제키엘이 말하니 제법 우아하고 위압적으로 느껴지긴 했다. 역시 부드러운 카리스마! 우유 빛깔 이제키엘! 크흡. 하지만 아무리 나라고 해도 이제키엘한테까지 개드립을 치지는 못하겠다.

"하면 공자에게는 지금 이 자리에서 제게 그 자격을 따져 물을 권리가 있으신지요."

나는 공손한 척 계속 얄미운 말을 해대는 루카스를 보며 잠깐 동안의 관전을 멈추고 앞으로 나섰다.

"그만해, 루카스."

그러자 루카스가 입을 다물고 나를 향해 고개를 숙여 왔다. 짜식. 그래도 다른 사람 앞이라고 내 체면을 차려 주긴 하네. 루카스가 이런 온순한 모습을 보일 때면 아직도 가끔 적응이 안 된다.

"공자도 그만하세요. 둘 다 내가 이 자리에 있다는 걸 잊은 것 같습니다."

"불충을 용서하십시오."

이제키엘도 곧바로 자신의 실수를 내게 사과했다. 팝콘 먹는 기분으로 둘의 대치 상태를 그냥 지켜보는 것도 재미있었을 테지만 사람을 꿔다 놓은 보릿자루 취급하는 건 영 마음에 들지 않았다.

"그는 내 서가에 출입이 허락된 몇 안 되는 사람 중 하나이니 신원을 따로 확인할 필요는 없습니다."

그래도 루카스가 날 생각해서 중간에 나서 줬으니 나도 편 좀 들어 줘야겠지.

"그 역시도 공자처럼 내 일신상의 안위를 걱정해 나선 것이니 이쯤에서 그만하세요."

내 말에 이제키엘의 시선이 루카스의 얼굴에 가 닿았다. 그는 무언가를 생각하는 눈치였다. 그리고 이내 기억났다는 듯이 이제키엘이 내뱉은 말에 나는 기분이 다소 미묘해졌다.

"몇 년 전, 폐하께서 제 대신 공주님의 말벗으로 들이셨다던 그 마법사입니까."

어, 음. 그게 맞긴 한데. 슬쩍 고개를 돌려 보니 루카스가 입꼬리를 약간 삐딱하게 비틀고 있는 게 보였다. 그가 이제키엘을 향해 '어쭈' 하는 소리가 내 귀에 육성으로 들리는 느낌이었다. 아무래도 이제키엘이 자신을 대타로 취급하는 걸 루카스도 느낀 것 같았다. 이, 이렇게 보니까 이제키엘도 은근히 성격이 나쁜데? 그렇지? 지금 나만 그렇게 생각한 거 아니지? 하지만 다행히도 루카스가 '청순가련 미소년 천재 마법사' 코스프레를 집어치우기 전에 이제키엘이 먼저 내게 작별 인사를 고해 왔다.

"오늘은 이쯤에서 물러가는 것이 좋을 것 같군요. 무례를 용서해 주신 공주님의 그 너그러우신 마음에 탄복하며 감사드립니다."

저벅.

그 말을 끝으로 이제키엘이 나를 향해 조금 더 가까이 다가왔다. 키가 커서 그런지 그가 몇 걸음을 채 옮기기도 전에 눈앞에서 창문이 가려지며 그림자가 드리워졌다. 이제키엘은 손에 들고 있던 책을 그대로 내게 건네주었다.

"공주님의 서고를 사사로이 엿봐 죄송합니다. 상당히 흥미로운 책이 많더군요. 다음에 제대로 이야기 나눌 기회가 있었으면 좋겠습니다."

나는 그가 내민 책을 엉겁결에 받아 들었다. 그러다 닿은 온기에 한 순간 손가락 끝이 움찔 떨렸다.

"부디 공주님의 다과회에 초대받는 영광을 제게도 내려 주시길 고대하고 있겠습니다."

그는 내게 똑바로 시선을 맞대며 그리 속삭인 뒤 먼저 자리를 떠났다.

"뭐 저렇게 있어 보이는 척을 하고 가?"

옆에서 루카스가 못마땅하게 투덜거리는 소리가 들렸지만 나는 굳은 채 아무 대답도 하지 못했다. 그도 그럴 것이……

"게다가 책 제목이 이게 뭐야. 「요조숙녀 드봐리의 달콤한 계약 연애」?"

"으아악!"

나는 루카스가 내 손에 있던 책을 빼내 가며 비웃듯 제목을 읊은 순간 비명을 내질러 버렸다.

"이거, 이거 내 거 아니야!"

"아. 방금 전 흰둥이 아들이 말한 흥미로운 책이라는 게?"

"아니야!"

으아악!

아마 지금 내 얼굴은 새빨개져 있을 거다. 내가 전용 도서관에 몰래 숨겨 놓고 읽던 내 로맨스 소설을 이렇게 들키다니! 사서한테만 몰래 부탁해서 릴리도 한나도 세스도 모르는 건데! 이제키엘 뭐야! 멋있는 척 창가에 서서 보고 있던 책이 이거였냐고! 으아앙!

"상당히 흥미로운 책이 많더군요. 다음에 제대로 이야기 나눌 기회가 있었으면 좋겠습니다."

방금 전 이제키엘이 남기고 간 말이 떠오르자 더욱 낯이 뜨거워졌다. 저건 분명 날 놀린 거지? 그런 거지? 그렇지 않고서야 이 책을 이렇게 직접 내 손에 다시 들려 주고 갈 리가 없잖아!

"이런 게 재미있어?"

"내 거 아니라니까!"

"뭘. 여기도 있네. 「공주님의 첫사랑을 찾아라」, 「어느 레이디의 비밀 고백」, 「제국 제일 검의 은밀한 순정」. 와, 제목들이 하나같이 흥미진진해?"

으앙! 구석에 숨긴다고 숨긴 건데 왜 이렇게 잘 찾는 거야! 나는 루카스가 꺼내 든 책들을 빼앗으려 했다. 그런데 글쎄 이놈이 실실 웃으면서 내가 책을 빼내 가지 못하게 손을 높이 드는 게 아닌가! 나는 루카스의 손에서 책을 뺏기 위해 폴짝폴짝 뛰면서 용을 썼다. 아니, 그런데 이게! 나랑 키 차이도 얼마 안 나면서! 에잇! 닿아라, 닿아라!

"왜 그래. 좋은 건 같이 좀 보자."

"이리 내놔!"

"공주님! 괜찮으십니까? 방금 비명이!"

투둑!

바로 그때 문 앞을 지키고 있던 기사들이 내 비명을 들었는지 헐레벌떡 서고 안으로 달려 들어왔다. 루카스가 들고 있던 책이 하필 그 순간 기사들의 코앞에 떨어진 것은 분명 놈의 얄궂은 술수였을 것이다.

「요조숙녀 드보리는 왜 그 방랑 기사에게만 고기를 먹였을까?」

"헉."

"흡."

책 제목을 본 기사들이 숨을 들이켰다. 나는 나대로 당황해서 있었고, 어느덧 다시 천재 미소년 마법사 코스프레를 시작한 루카스만이 오직 침착했다. 그는 시선을 책에 고정한 채로 턱을 만지작거리며 무언가를 깊이 고심하는 표정을 짓더니 이내 진지한 표정으로 기사들에게 물었다.

"왜 레이디 드봐리는 방랑 기사에게만 고기를 먹였을까요? 기사님들은 그 이유를 아십니까?"

"예, 예?"

"저, 저희가 어찌."

바닥에 있는 책에서 시선을 떼지 못하던 기사들이 화들짝 고개를 들었다. 그러더니 이번에는 눈동자를 부산스럽게 굴리며 고개를 휘휘 젓는다. 악, 지금 뭐 하는 거야! 아마 루카스가 책을 집어 들지 않았다면 내가 먼저 버럭 소리 질렀을지도 몰랐다.

"방금 전까지 여기 있었던 객이 두고 간 물건인 것 같네요. 제가 전해 주겠습니다."

"헉. 방금 전 있던 객이라면."

역시 들어올 때는 몰라도 나가는 이제키엘은 봤었는지 기사들이 뜨악한 얼굴로 다시금 책에 눈길을 박기 시작했다. 이제키엘과 저 요망한 제목의 책이 연결이 안 돼 경악하는 것이 한눈에 보였다. 그리고 루카스의 입가에 싸늘하게 번지는 미소에 곧 기사들의 얼굴이 사색이 되어버렸다.

"그보다 불청객의 침입을 허용한 이유에 대하여 공주님께 직접 드릴 말씀이 있지 않습니까?"

잠시 후 루카스와 나는 나란히 도서관을 나섰다. 루카스는 이제키엘에게 그랬듯 황실의 법도가 어쩌구 직무 태만이 어쩌구 하면서 기사들을 호되게 혼쭐냈다. 그런데 이 녀석, 아까부터 미소년 마법사 역할극에 너무 심취한 것 같은데. 왠지 즐기고 있는 느낌이잖아? 그래도 문지기인 기사들이 제 역할을 못한 것은 맞았기 때문에 나도 그냥 그들이 혼나는 걸 내버려 두었다. 그리고 마침내 잔뜩 각이 잡힌 기사들을 등지고 돌아섰을 때, 나는 루카스를 향해 속닥거렸다.
"그런데 너도 문으로 들어왔어?"
루카스는 처음 이제키엘을 만났을 때와 달리 꽤나 상쾌해 보이는 얼굴로 가볍게 코웃음 쳤다.
"나한테 출입구 같은 게 왜 필요해."
그 말인즉 마법으로 순간 이동을 했다는 이야기다. 아니, 내가 곤란한 상황인 걸 어떻게 알고 날아온 거지? 게다가 그런 주제에 두 번씩이나 외부인 출입을 손 놓고 허용했다고 기사들을 그렇게 잡다니. 루카스 얘, 이제 보니 아무래도…….
"이제키엘이 꽤나 마음에 안 드나 보네?"
괜히 등장해서 이제키엘한테 일침을 가한 것도 그렇고, 내 도서관 앞을 지키고 있는 기사들에게 앞장서 뭐라고 한 것도 그렇고. 그러고 보니까 전에 이놈이 나를 알피어스 공작가로 날려 보낸 것도 이제키엘의 이름을 들은 직후였잖아? 그런 생각에 내가 의심 어린 눈초리를 보내자 루카스가 쉽게 긍정해 왔다.
"재수 없게 생겼잖아."
헉. 그거 지금 이제키엘한테 한 말 맞아? 재수 없게 생겼다니. 남자 주인공에 대한 평가가 너무 박하다!

"이제키엘한테 그런 말하는 사람은 아마 네가 처음일 거야."

이제키엘이 도대체 루카스한테 뭘 어쨌기에 재수가 없다는 거지? 일단 두 사람이 직접 만난 건 오늘이 처음 아닌가? 그런데 내 순수한 의문을 곡해했는지 루카스가 어이없다는 듯 허, 소리를 내며 나를 향해 믿을 수 없다는 눈빛을 보내는 것이었다.

"뭐야? 설마 너도 다른 시녀들이나 네 다과회에 왔던 여자애들처럼 그 흰둥이 아들이 마음에 든다는 거야?"

아니, 왜 생각이 그리로 튀는 거야? 하지만 곧 루카스가 심드렁하게 읊조린 말에 나는 그만 발끈해 버렸다.

"취향 하고는. 네 나이를 생각해."

"내 나이가 뭐?"

갑자기 나이를 왜 걸고넘어지지? 그리고 지금 뉘앙스가 굉장히 애매했는데. 지금 내 나이가 많다는 거야, 적다는 거야? 루카스는 내 나이가 열넷인 줄 아니까 당연히 후자 쪽일 텐데 얘가 말하면 왜 가끔씩 미묘한 느낌이 들지? 그, 그냥 나 혼자 제 발 저리는 건가? 그래도 어쨌거나 기분이 나쁘다!

"너 이제키엘 질투하니?"

"뭐?"

당연히 내 입에서도 고운 말이 튀어나올 리 없었다.

"잘생기고 똑똑하고. 오벨리아에서 알아주는 일등 신랑감이라잖아. 너무 완벽해서 재수 없는 거 아니야?"

"완벽?"

그런데 루카스는 내 말을 비웃었다.

"내가 더 똑똑하고 잘생겼어."

그 당당한 말에 나는 한순간 말문이 막혀 버렸다. 알고는 있었지만 자신감이 만렙을 찍다 못해 하늘 끝까지 부수고 나갈 기세가 아닌가.

나는 왜인지 약이 올라서 어느새 더욱 열심히 이제키엘의 두둔에 열과 성을 다하고 있었다.

"이제키엘은 알피어스잖아. 알피어스는 오벨리아에서도 셋밖에 없는 공작 가문인데다 땅도 가장 비옥하고 영지 내에 광산이 있어서 엄청 부유하댔어."

"그런 거 다 가져다 대도 내가 이겨."

이익. 하지만 루카스에게는 통하지 않았다. 도대체 얘는 무슨 자신감이지? 어디로 보나 근거 없는 헛소리인 것 같은데 뻔뻔할 정도로 당당해서 당최 거짓말처럼은 들리지 않는 게 미스터리였다. 나는 옆에 있는 루카스의 빼질한 얼굴을 잠시 썩은 표정으로 바라보다가 여전히 찜찜하게 기분이 나쁜 상태로 다시 정면을 향해 고개를 돌렸다.

"그래도 키는 이제키엘이 더 큰 것 같……."

"누가 누구보다 크다고?"

쏴아아.

그 순간 나는 걸음을 멈추고 말았다. 착각인지 바닥에 드리워진 루카스의 그림자가 내 머리 위로 훌쩍 올라가 있는 것처럼 보였다. 귓가에 스친 낮은 목소리에 일순간 뒷덜미가 쭈뼛 곤두서는 느낌이었다. 방금 전까지 고막을 울리던 음성과 비슷하지만 그 색이 완전히 다른 목소리가 재차 머리 위에서 메아리쳤다.

"내가 네 나이에 맞춰 어린애 행세를 하고 있다고 해서 진짜 어린 줄 알면 곤란하지."

나는 소리가 들리는 곳으로 무심코 고개를 들었다. 그리고 평소보다 한참 더 고개를 꺾고 나서야 비로소 앞에 있는 사람의 눈동자를 마주할 수 있었다. 내가 루카스를 처음 만났던 게 몇 년 전이었지? 어쨌든 지금 내가 마주하고 있는 사람은 내 기억 속에서보다도 어른인 모습을 하고 있었다.

쏴아아.

바람을 따라 나뭇잎이 우수수 흔들렸다. 그 틈새로 새어 든 빛이 완연한 성인 남자의 모습을 한 루카스의 머리 위로 조각조각 흩어지고 있었다. 살랑살랑 부드럽게 흩날리는 검은 머리카락. 그 아래에서 나를 조용히 직시하고 있는 붉은 눈동자. 그 얼굴의 낯익은 이목구비까지도. 그는 분명 방금 전까지 내가 마주하고 있던 루카스였지만 내가 알고 있던 소년은 아니었다. 인형처럼 한 점의 온기도 감정도 없는 눈동자가 나를 물끄러미 내려다보고 있었.

언제부터인가 나는 숨을 멈추고 있었고, 어른이 된 루카스는 압도적인 존재감을 자랑하며 방금 전까지 그와 시시껄렁한 농담을 하고 있던 내 말문을 막히게 만들었다. 하지만 바로 다음 순간 주위를 둘러싸고 있던 숨 막히는 공기가 깨졌다. 루카스가 피식 가볍게 미소 지은 순간의 일이었다.

"이렇게 보니까 너 되게 작다."

나는 그의 미소에 퍼뜩 정신을 차릴 수 있었다. 마치 꿈에서 깨어난 사람처럼 나는 두 눈을 깜빡이면서 시야에 비치는 루카스의 장난스러운 얼굴을 바라보았다. 그는 무언가가 퍽 만족스러운 듯이 배부른 표정을 지은 채 웃고 있었다. 헉. 그때서야 나는 지금의 상황을 깨달았다. 아니, 얘가! 다른 사람들이 보면 어쩌려고 이렇게 밖에서 갑자기 변신을 해!

"지금 뭐 하는 거야!"

나는 주위를 급히 둘러보며 루카스에게 소리쳤다.

"빨리 원래대로 돌아가! 빨리!"

"원래대로라니. 이게 내 원래 모습이거든?"

"미니미 버전으로 다시 돌아가라고! 누가 보면 어쩌려! 아, 빨리!"

내가 하도 성화를 부리자 결국은 루카스도 투덜투덜 다시 작은 모습으로 돌아갔다. 나는 다시금 어려진 루카스를 보며 그제야 안심할 수 있었다. 깜짝 놀라서 그런지 심장이 쉴 새 없이 벌렁벌렁했다.

"아, 마력 또 줄어들었어."

"그러니까 누가 갑자기 변신하래?"

"너 때문이잖아."

그래 봤자 여전히 괴물 같은 마력을 가졌을 게 뻔한데 하여간 엄살이었다. 나는 옆에서 짜증스레 심통을 부리는 미니미 루카스를 보며 아직까지도 진정이 되지 않는 심장을 쓸어내렸다. 이제부터 이 녀석 앞에서는 이제키엘 얘기를 꺼내지 말아야겠다고 다짐하면서.

◈

"그래서 며칠 전 이레인 후작가의 꽃 공자님을 제가 직접 만나 뵈었다는 게 아니겠어요."

"어머나! 정말 소문대로의 미모시던가요?"

"제가 감히 단언하건대, 소문 이상이세요."

"꺄아!"

여긴 어디? 나는 누구? 나는 꽃 같은 소녀들 속에 파묻혀 의문을 느끼고 있었다. 내가 왜 또 이 아가씨들 틈에 껴 있는 거지?

"그래도 저는 역시 지난번 황궁에서 마주쳤던 마법사님이……."

"아, 고독한 검은 늑대 루카스 님!"

쿨럭. 그래. 이건 다 내가 빈말로 지난 다과회가 즐거웠다고 클로드에게 말실수를 했기 때문이다. 이렇게 달력을 한 장 넘기기도 전에 또다시 내 성에 이 아가씨들을 초대할 줄 알았으면 그런 말은 절대 안 했을 텐데! 하지만 후회해도 이미 늦었다. 나는 황궁 내에 있는 전망 좋은 꽃밭에서 그녀들과 함께 피크닉을 즐기고 있는 참이었으니까. 멀거니 시선을 위로 들어 보니 구름 한 점 없는 하늘은 화창하고 날씨는 더 없이 맑았다. 그리고 재잘재잘 쉴 새 없이 흘러드는 소녀들의 목소리는 꾀꼬리처럼 청아…….

"맞아요! 그 눈동자 속에 어린 위태로운 매력은 회색 늑대 자르비에 님을 능가하고도 남았죠!"

……했지만 그와 동시에 먹잇감을 잡아채는 매처럼 박력이 넘쳤다.

"아아, 저는 완전히 반해 버렸어요. 매일 밤 꿈에 그분이 나오셔서 저는 잠을 자나 잠에서 깨나 언제나 마법사님 생각을……."

쿨럭. 여기 루카스의 열성적인 팬이 있네. 지난번에 루카스에게 검은 늑대란 호칭을 직접 수여한 바 있는 백합 소녀가 꿈을 꾸는 듯한 얼굴로 눈동자를 빛내며 외쳤다.

"이건 운명적인 만남이에요! 저는 그분을 만나기 위해 지금껏 살아온 거예요!"

아, 아니. 아직 한 번밖에 안 만나 본 사이잖아요? 그리고 당신은 지금 속고 있어! 그날 당신이 본 루카스는 평소의 루카스가 아니야! 그거 다 사기라고!

"외로운 검은 늑대 루카스 님! 아아. 내가 그 등을 안아드릴 수 있다면 좋을 텐데."

으앙. 그러니까 당신 지금 속고 있는 거라니까! 그리고 그 금기의 단어를 내뱉지 말란 말이야! 저 멀리서 루카스가 듣고 날아올까 봐 무섭다구요. 으아앙. 나는 다시금 손발이 오그라들어서 찌릿찌릿한 것을 느끼며 백합 소녀와 다른 영애들을 애써 외면했다.

하하. 바람이 참 좋구나. 어머. 잔디 위에 있는 메뚜기 좀 봐. 음. 폴짝폴짝 잘도 뛰는 걸 보니 아주 건강한 메뚜기로군. 새들도 참 발랄하게 지저귀기도 하지. 어, 이쪽으로 날아온다. 나 그거 한번 해보고 싶었는데. 손을 앞으로 내밀면 새가 내 손가락 위에 착 앉는…… 허헉.

새가 메, 메뚜기 물어갔어. 이런 게 생태계의 먹이사슬인가. 아디오스, 메뚜기……

"날씨가 참 좋지요?"

그런데 현실을 부정하고 있던 내 곁에 누군가 사뿐히 다가와 앉았다. 엇, 누구인가 했더니 제니트였다. 크흠. 오늘도 참 예쁘구나. 야유회라 그런지 베일로 장식된 모자를 쓴 제니트는 오늘도 변함없는 눈부신 미모를 자랑했다.

"네. 오늘 비가 온다는 소리가 있어서 조금 걱정했는데 날이 맑아서 다행이에요."

나는 들고 있던 양산을 빙그르르 돌리며 그녀를 향해 웃었다. 그러고 보니 내가 릴리에게 이제부터 초대장에서 제니트를 빼 달라거나 하는 말을 한 적이 없었구나. 하긴, 그때만 해도 두 번 다시 이런 모임을 가질 생각이 없었으니. 흐흑. 이게 다 클로드에게 말을 잘못한 내 업보다.

"마그리타 양, 영애들과의 대화가 재미없나요?"

"그럴 리가요. 모두 입담이 좋으셔서 시간 가는 줄 모르겠던데요."

그런데 왜 굳이 멀리 떨어져 있던 날 찾아온 거니? 일광욕을 핑계로 잠깐 차양 밑에서 벗어난 참이었는데. 하기야 그런 것치고 내가 지금 양산을 들고 있긴 하지만.

"실은 저런 이야기는 처음 접해 봐서 무척 흥미로워요."

그리고 다음 순간 제니트가 천진난만하게 읊조린 말에 나는 쿨럭 헛기침을 하고 말았다.

"그 부드러운 카리스마라는 거요. 지난번에 처음 듣고 너무 재미있어서 이제키엘에게도 말해줬거든요."

뭐? 누구한테 뭘 말해?

"그랬더니 이제키엘이 그런 이야기를 어디에서 들었냐고 묻더라고요."

문득 다과회가 있던 날 밤 내가 루카스에게 검은 늑대 이야기를 꺼냈던 기억이 났다. 그때의 루카스는 정말이지…… '고독한 검은 늑대'의 출처를 캐물으며 으스스하게 웃던 루카스가 떠올라 나는 또다시 전신에 오소소 소름이 돋았다.

"그래서 공주님의 다과회에서 들었다고 했더니 표정이 아주 이상해지는 거 있죠."

그럴 만도 하지! 와, 나도 차마 이제키엘한테 개드립을 시전하지 못했는데 말이야. 역시 제니트는 괜히 여주인공이 아니었어. 대단하다! 존경스럽다!

"이제키엘이 그런 얼굴을 하는 건 처음 봐서 정말 재미있었어요."

잠시 그때의 기억을 더듬는 듯하던 제니트가 곧이어 맑은 웃음을 터뜨렸다. 귀족 영애답지 않은 경쾌하기까지 한 웃음에 나는 조금 놀랐다. 게다가 마치 은방울꽃이 뾰로롱 피어나는 것 같은 맑고 투명한 웃음소리가 아닌가? 어느새 나는 나도 모르게 제니트에게 화답하고 있었다.

"재미있었겠네요."

"그렇죠?"

"그 얼굴 나도 보고 싶은데 언젠가 기회가 되면 좋겠어요."

'부드러운 카리스마'라는 금기의 단어를 눈앞에서 들은 이제키엘의 표정이라니. 크으. 궁금하다, 궁금해. 내가 한창 금기어를 마주한 이제키엘의 모습을 머릿속으로 시뮬레이션해 보고 있는데 별안간 영애들 틈에서 맑은 웃음소리가 들려왔다.

"마그리타 양, 전 조금 더 있다가 일어날 테니 먼저 가서 담소 나누세요."

크흡. 오늘은 또 얼마나 길게 인터넷 소설 같은 이야기를 하려나. 중간에 이렇게라도 쉬어주지 않으면 도무지 정신이 버텨 줄 것 같지 않았다. 아까 내가 자리를 떠나기 전에도 지금 내 옆쪽에 서 있는 필릭스가 멋지다고 열을 올리고 있었지. 나는 나와 열 걸음 정도 떨어진 곳에 못 박혀 있는 필릭스를 힐끔 쳐다보았다. 그래도 오늘이 두 번째라 그런지 필릭스도 첫 번째 다과회 날처럼 지진이 난 듯이 동공을 흔들고 있지는 않았다.

"공주님께서는······."

그런데 바로 그때, 어째서인지 곧장 자리를 떠나지 않고 머뭇거리던 제니트의 목소리가 다시금 내 귓전을 울렸다.

"혹시 제가 싫으신가요?"

헉. 나는 당황해서 제니트를 향해 눈길을 돌렸다. 그러자 나를 똑바로 응시하고 있는 눈동자가 시야에 들어왔다. 제니트는 약간 어두운 낯빛을 한 채 나를 보고 있었다. 그런 그녀의 얼굴이 약간 풀이 죽은 듯이 보여 나는 당황스러워졌다. 가, 갑자기 이게 웬 난데없는 직구라지요?

"그게 아니라."

뜻밖의 물음에 놀란 탓인지 한순간 말문이 막혔다. 내가 잠시 동안 대답하지 못하자 제니트의 표정이 조금 더 시무룩해졌다. 그녀의 얼굴이 어두워질수록 나는 왜인지 내가 크나큰 잘못을 저지른 듯한 기분이 되어버렸다. 나는 큼큼 헛기침을 한 뒤 변명했다.

"그게 아니라, 실은 내가 동성 친구를 사귀어 본 적이 없어서 이런 상황이 익숙지 않아 그래요."

한순간 내가 왜 이런 변명을 해야 하지? 싶었지만 그래도 역시 마주한 울적한 얼굴을 보자니 가만히 있을 수가 없었다.

"어떤 식으로 대화해야 할지 잘 모르겠다고 해야 할지. 그래서 딱히 싫어서가 아니라."

그런데 내 말을 들은 제니트의 얼굴에 서서히 낯꽃이 피었다. 내 말 한마디에 화악 밝아지는 그녀의 얼굴을 보자 기분이 점점 이상해졌다.

"저도 그래요."

제니트가 나를 향해 다시 웃어 보였다.

"이런 말 불쾌하게 듣지 않으셨으면 좋겠는데."

그 무구한 미소에 나는 방금 전과 다른 의미로 말문이 막히고 말았다.

"어쩐지 공주님과 저는 조금 닮은 것 같아요."

데뷔탕트 날 제니트가 순수한 호의로 내게 다가왔던 때와 같은 느낌이었다.

"처음 뵈었던 때부터 줄곧 공주님과 친구가 될 수 있으면 좋겠다고 생각했어요."

천사처럼 순진무구하기만 한 얼굴을 보자 마치 지금껏 그녀를 경계하고 있던 것이 죄악인 것처럼 느껴졌다. 나는 이런 아이를 상대로 지금까지 무슨 생각을 했던 걸까?

"제가 그런 생각을 한 것이 실례일까요?"

소설대로라면, 제니트는 알피어스 공작과 그녀의 이모에게서 이야기를 들어 클로드와 나를 진짜 자신의 아버지와 자매인 줄 알고 자랐을 것이다. 그러니 그녀가 내게 다가오는 데에는 다른 의도가 없을 가능성이 컸다. 어린 제니트가 얼마나 가족을 애타게 바라 왔는지는 소설책에도 거듭 묘사되어 있지 않던가.

비록 나는 여주인공을 위해 의미 없이 희생당해야 했던 아타나시아 때문에라도 그런 그녀를 마냥 좋아할 수 없었지만…… 그래도 막상 종이 책 속의 활자가 아닌 실재하는 제니트를 마주하자 책 속의 내용만으로 그녀를 다소 꺼림칙하게 생각하고 있던 것이 잘못된 일로 느껴졌다. 무엇보다도 지금의 제니트는 내게 잘못한 것이 있기는커녕 오히려…….

"아니요."

무의식중에 나는 입을 열었다.

"그렇지 않아요."

그렇게 말해놓고 나는 한순간 멈칫하고 말았다. 나도 모르게 튀어나온 말이 어쩐지 내 것 같지 않았다. 단 세 번 만났을 뿐이지만 그래도 뿌리 깊은 경계심을 가지고 있던 상대에게 이렇게 순식간에 방어벽을 허무는 게 정상인가. 하지만 그러한 마음은 곧이어 내가 본 것 중 가장 환하게 웃는 제니트를 보는 순간 소리 없이 사라지고 말았다.

"감사해요. 정말 기뻐요."

결국 나는 제니트를 따라 하는 수 없이 웃어버렸다. 그래. 아무렴 어떠냐. 좋은 게 좋은 거지. 데뷔탕트 전까지만 해도 이런 생각을 한 적이 없었는데, 지금은 이상하게도 마음이 편했다. 소설 속에서 아타나시아가 죽은 원인이나 마찬가지였던 제니트를 눈앞에 두고도 웃을 수 있을 정도로.

"다음에는 알피어스에 한번 와 주시겠어요? 전부터 공주님을 초대하고 싶었어요."

"기회가 된다면 그럴게요."

그리고 그 이유는, 어쩌면 더 이상 클로드가 전처럼 무섭게 느껴지지 않기 때문인지도 모른다고 나는 어렴풋하게 생각했다.

제7.5장
고독한 검은 늑대 루카스를 건드리지 마세요

"뭐 해?"

다과회가 있었던 밤, 내가 한창 침대에서 뒹굴거리고 있을 때 루카스가 나타났다. 나는 내 전용 도서관에서 꺼내 온 책을 읽고 있다가 인기척에 고개를 든 참이었다. 그런데 불빛이 반만 비추는 침대 한구석에 선 루카스를 보는 순간 내 안에 나조차 모르고 있던 어떤 충동이 눈을 떴다. 나는 침대에 엎드려 있던 몸을 벌떡 일으키고 개드립을 시전했다.

"황혼보다 어두운 자여."

내가 입을 열자 루카스의 표정에 물음표가 떠올랐다. 쟤가 또 혼자서 무슨 생쇼를 하나 싶은 표정이었지만 나는 이미 한 번 연 입을 다물 수가 없었다.

"내 몸에 흐르는 피보다 더 붉은 자여!"

어린 시절 선풍적인 인기를 끌었던 모 마법 소녀 애니메이션에서의 대사를 장엄하게 읊자 루카스의 눈썹이 서서히 굴곡을 그리기 시작했다. 하지만 이제부터 시작인데!
"상처 입고 이 도시를 홀로 떠도는 외로운 한 마리의 짐승!"
"좋은 말로 할 때 그만해라."
루카스가 음산하게 속삭였다. 역시! 백합 소녀가 고독한 검은 늑대 얘기를 하며 호들갑을 떨 때 기분 탓인지 루카스가 발을 삐끗하는 것 같더니만! 역시 넌 다 들었던 거였어! 그 금단의 단어를!
"고독한 검은 늑대 루카스!"
루카스가 나를 죽이고 싶다는 눈빛으로 보자 나는 더욱 신이 났다.
"하지만 누구보다도 뜨거운 심장에는 그 이름처럼 눈부신 한 줌의 빛을 숨기고 있겠지!"
"야."
"마법사계의 떠오르는 혜성! 아아! 그 치명적인 매력에 모두 눈이 멀어버…… 읍!"
루카스가 손가락을 따악 튕기자 저절로 입이 다물어졌다. 야잇, 치사하게! 나 아직 대사 다 못 끝냈단 말이야!
"읍읍!"
하지만 내 발버둥은 루카스가 다가와 내 턱을 잡아 쥐는 순간 고장 난 로봇처럼 뚝 멈추고 말았다.
"하지 말라니까 왜 말을 안 들어."
오소소. 다과 시간 때와는 다른 의미로 팔에 소름이 돋았다. 이, 이 자식. 웃고 있는데 개무서워!
"앞으로 한 번만 더 내 앞에서 늑대니 뭐니 그딴 소리 하면 진짜 혼난다."
나긋나긋한 목소리로 말하고 있는데 짜증을 내는 것보다 더 무섭다니 이게 어찌 된 일이죠?! 나는 오랜만에 보는 까만 또라이다운 면모에 쫄아서 머리카락이 휘날리도록 고개를 마구 끄덕거렸다. 그러자 루카스가 내 턱을 잡고 있던 손을 움직여 이번에는 내 머리 위에 툭 손을 얹었다.

"그래. 착하네. 이왕 착한 김에 하나만 더 대답해 봐."

"뭐, 뭘요?"

눈치를 보며 반문하자 루카스가 방금 전보다 한결 더 섬뜩하게 미소 지었다.

"그 개소리 맨 처음 꺼낸 게 누구야?"

헉. 나는 설마 하는 마음으로 되물었다.

"그, 그, 그건 왜 물으시는지?"

"내가 왜 묻는 것 같아?"

차, 찾아가서 족치려고……? 내가 생각한 게 맞다는 듯 마주한 예쁜 미소가 깊어졌다. 으앙! 백합 소녀! 위험해!

"누구야."

"몰라!"

"누구냐고."

"몰라!"

"너 동공에 대지진 났어. 빨리 불어."

"모른다니까!"

으아아아앙! 그날 밤 까만 또라이에게서 백합 소녀를 지켜 내는 것은 아주아주 힘들었다. 크흐흑…….

2권에서 계속…